suhrkamp taschenbuch 4837

In Isfahan verliebt sich der Hofastronom Omar Chayyam in die Tochter eines Mannes, dessen rätselhaften Tod er aufklären soll. Er kommt zu dem Schluss, dass ihr Vater vergiftet wurde. Aber durch wen? Chayyams akribische Recherchen erzeugen eine Atmosphäre obsessiver Verdächtigungen, erweisen sich als menschlich zerstörerisch, sind aber erfolgreich. Würde er seiner Liebsten sagen, wer ihrem Vater das Gift verabreicht hat, wäre ihre gerade aufkeimende Liebe am Ende. Wie also weiterleben?

Kurz darauf verdüstert sich der Horizont. Hofintrigen und soziale Spannungen bedrohen das Seldschukenreich von innen, während ihm Kreuzritter und Mongolen von außen gefährlich werden. Als Omar Chayyam Jahrzehnte später Rechenschaft über sein Leben ablegt, ist das Reich zerfallen. Eine Terrororganisation, angeführt von einem früheren Weggefährten, versetzt die Gegend in Angst.

Mit epischer Kraft, den Scharfsinn und die Ohnmacht seiner Protagonisten im Blick, schildert der große bosnische Schriftsteller Dževad Karahasan, wie der heraufziehende religiöse Fundamentalismus eine blühende, von geistiger Vielfalt und Toleranz geprägte Epoche zerstört.

Dževad Karahasan, 1953 in Duvno/Jugoslawien geboren, Erzähler, Dramatiker und Essayist. Die Belagerung Sarajevos war Thema seines in zehn Sprachen übersetzten *Tagebuchs der Aussiedlung* (1993) und seiner beiden Romane *Schahrijârs Ring* (1997) und *Sara und Serafina* (2000). Für den Essayband *Das Buch der Gärten* wurde er 2004 mit dem Leipziger Buchpreis zur Europäischen Verständigung ausgezeichnet. Karahasan lebt in Graz und Sarajevo.

Katharina Wolf-Grießhaber, geboren 1955 in Stuttgart, promovierte über Danilo Kiš und lebt als freie Übersetzerin in Münster. Sie übersetzte u. a. Bogdan Bogdanović, Bora Ćosić, Dževad Karahasan und Danilo Kiš, 2008 erhielt sie zusammen mit Bora Ćosić den Albatros-Literaturpreis der Günter Grass Stiftung Bremen.

Dževad Karahasan

# Der Trost des Nachthimmels

*Roman*
*in drei Teilen*

Aus dem Bosnischen von
Katharina Wolf-Grießhaber

Suhrkamp

Die Originalausgabe erschien 2015 unter dem Titel
*Što pepeo priča* [Was die Asche erzählt]
bei Simurg Media in Sarajevo.
Die Originaltitel der drei Teile des Romans lauten:
*Sjeme smrti*, *Utjeha noćnog neba*, *Miris straha*
[Der Samen des Todes, Der Trost des Nachthimmels,
Der Duft der Angst]

Erste Auflage 2018
suhrkamp taschenbuch 4837

Umschlaggestaltung: Hermann Michels und Regina Göllner
unter Verwendung einer Kalligraphie des 41. Vierzeilers
aus den Rubayiat von Omar Chayyam.
Druck und Bindung: CPI – Ebner & Spiegel, Ulm
Printed in Germany
ISBN 978-3-518-46837-1

# Teil 1

*Der Samen des Todes*

~

# 1

Es gibt Tage, die besser nicht angebrochen wären. Aber wenn sie schon anbrechen müssen, wenn der Anbruch eines jeden Tages unabwendbar ist, müsste es eine Möglichkeit geben, den Tag, den man ganz gewiss nicht braucht, zu meiden, etwa indem man gar nicht erst aufwacht oder ihm sonstwie fernbleibt. Ohne diese Möglichkeit ist man nicht frei, ein Wesen, das nicht mindestens darüber entscheiden kann, was es nicht möchte, hat keinen freien Willen und wird nie einen haben.

Für Omar Chayyam war dieser Donnerstag, der 16. Schaban des Jahres 469, sicherlich so ein Tag. Der Morgen dämmerte schon, als er von Sali nach Hause kam, einem guten Bekannten, fast Freund, den er beim Sterben begleitet hatte, wohl wissend, dass er an diesem Tod nicht direkt schuld, aber auch nicht ganz unschuldig war. Vor seinem Haus traf er einen unbekannten Burschen an, der ihm mitteilte, die Karawane mit der Ausrüstung und den Büchern für das Observatorium, das er hier in Isfahan baute, sei überfallen und ausgeraubt worden. Verständnislos starrte er den Burschen an und redete sich ein, das sei Unsinn und demnach nicht möglich. Was sollten Räuber mit seinen Büchern und Astrolabien, Sternenatlanten und astronomischen Tafeln anfangen? Aber der Bursche stand unbeirrt vor ihm, und so schweigsam er auch war, bewies er ihm dadurch, dass er möglich und sogar wirklich war, ob das nun Sinn hatte oder nicht. Und dann gab es auf der Baustelle des Observatoriums eine Reihe von Gründen, diesen Tag zu meiden. Die Arbeiter standen in Grüppchen beieinander und beratschlagten, wie sie den Tag totschlagen und dabei so tun könnten, als arbeiteten sie, denn schon seit zwei Tagen hatten sie weder Material noch einen von den Leuten gesehen, die sie damit eindecken sollten. Chayyam spuckte aus und eilte Richtung Basar, in der Hoffnung, dort Feridun zu finden, einen jungen Unternehmer, der alle Arbeiten rings um den Bau des Observatoriums leitete.

Während er den Berg hinab dem Stadtzentrum zustrebte, ging er in Gedanken alle Vorfälle durch, die zu Salis Tod geführt hatten, wahrscheinlich weil er hoffte, etwas zu finden, was ihn von seiner Unschuld überzeugen oder ihn zumindest ein wenig von seinem Schuldgefühl entlasten würde. Am Dienstag, den 14. Schaban, hatte ihn Sali zu einem geselligen Beisammensein bei Yazdagird eingeladen, einem Anhänger von Zoroaster, dessen Teehaus die goldene Jugend von Isfahan zu einem ihrer Lieblingstreffpunkte gemacht hatte, Sali hatte einen großen Auftrag und einen entsprechend hohen Vorschuss bekommen, und das wollte er feiern, indem er eine erlesene Gesellschaft bewirten ließ.

Yazdagirds Teehaus lag inmitten eines weitläufigen Gartens, direkt am Ufer des Zayandeh Rud, ungefähr einen halbstündigen Ritt von der Stadt entfernt, und bestand aus zwei Räumen, von denen einer für jeden offenstand, weil dort Essen und erlaubte Getränke serviert wurden, während der andere, kleinere Raum, der sich zu einer Terrasse öffnete, die sich wiederum in einer Reihe kleinerer, sich zum Fluss hinunter erstreckender Terrassen fortsetzte, hauptsächlich für geschlossene Gesellschaften reserviert war, die den schönen Blick auf den Garten und den Fluss, aber auch Wein, Haschisch, Frauen und andere Dinge genießen wollten, die jedem verboten sind, der nicht genug Geld hat, um sie sich ungestraft leisten zu können. Als Omar und Sali eintrafen, erwartete sie in diesem Raum, an einem großen Tisch in der Ecke, schon eine Gesellschaft, die aus drei jungen Männern bestand. Zwei von ihnen kannte Omar vom Sehen, mit dem dritten und ältesten, dem sympathischen Sonderling Abu

Said, einem Sufi, der verlangte, dass man ihn Prinz Seydo nannte, war er ziemlich gut bekannt, weil er sich mit ihm viel und gern über Poesie unterhielt. Wie andere Sufis trug Abu Said Kleidung aus grober Wolle, aber immer hatte er mindestens ein goldfarbenes Stück an, heute zum Beispiel einen Kaftan, der zugleich das eitle Gold und die grobe, kaum verarbeitete Wolle zu verspotten schien. Darin glich der Kaftan seinem Besitzer, der mit allem, was er sagte und tat, sich und seinen Gesprächspartner auch immer verspottete, mit dem, was er aussprach, und dem, was er verschwieg, wobei er gleichzeitig zu verstehen gab, dass er sowohl sich als auch den Gesprächspartner sehr ernst nahm. Zum Beispiel versicherte er gern allen, die ihm zuhören wollten, er sei glücklich und dankbar, dass die guten Männer, Sultan Malik Schah und der Großwesir Nizam al-Mulk, bereit seien, sich um das Diesseits zu kümmern, so dass er, Abu Said, das heißt Prinz Seydo, sich ganz den wichtigen Dingen widmen könne, vor allem der Sorge um das Jenseits und die damit verbundenen Dinge. So und ähnlich provozierte Abu Said gern jeden, ständig an der unbestimmbaren Grenze zwischen Scherz und Ernst, indem er allem, was er sagte und tat, Spott und Lob beimischte, und zwar zu gleichen Anteilen. Er brachte es fertig, einem Menschen, dessen Haus gerade brannte, begeistert ins Gesicht zu jubeln: »Ist das deins? Schön für dich, mein Bruder, freu dich und feiere, du Glücklicher«, um ihm dann lang und breit zu erklären, dass Gott nur jene, die er lieb habe, vor schwere Prüfungen stelle und schnell von aller unnötigen Last befreie. Und dann, wenn er normale Leute so weit hatte, dass sie ernsthaft an Selbstmord dachten, versicherte er laut allen um sich herum, besonders dem, der wahrhaftig daran dachte, sich umzubringen, das Leben sei überaus herrlich und wundervoll und diese Welt der richtige Ort, an dem man es verbringen solle. Und dennoch war es noch nie vorgekommen, dass ihn jemand verprügelt oder auch nur beleidigt hätte, dass ihm zum Beispiel ein verzweifelter Familienvater, der gerade das Dach über dem Kopf verloren hatte, gesagt hätte, was er dachte, oder ein wütender Soldat an ihm die stumpfe Seite seines Säbels ausprobiert hätte, im Gegenteil – er war und blieb in allen Kreisen der Isfahaner Gesellschaft beliebt.

Während Sali und Omar die Freunde, die sie angetroffen hatten, begrüßten und sich auf die um einen niedrigen Kupfertisch angeordneten Kissen niederließen, stellte die schöne Tochter von Yazdagird eine große Schüssel voller Kerne auf den Tisch, Kürbis- und Sonnenblumenkerne, Mandeln und Haselnüsse, und fragte, wer was trinken wolle. Abu Said und Omar wollten Wasser, mit Schnee gemischt und so gut gekühlt, dass es im Mund prickelte, und die drei anderen roten Schiraz. Sali erzählte ihnen, der Händler Rustem, der gerade unweit des Basars einen wahren Stadtpalast erbauen ließ, habe ihm angeboten, alle Keramikarbeiten an seinem künftigen Haus zu verrichten. Er, Sali, müsse also die Entwürfe für die Bodenmosaiken und die Ornamente zeichnen, welche die Wände zieren sollten, die Farben bestimmen und die Herstellung der Plättchen beaufsichtigen und dann am Ende die Verlegung dieser Plättchen und ihre Anordnung zu den von ihm entworfenen Mosaiken und Ornamenten leiten. Er sagte, er habe im Kopf bereits ein ziemlich klares Bild von den Ornamenten, erklärte die Unterschiede zwischen denen im Inneren und jenen, die den Palast von außen schmücken sollten, führte leidenschaftlich den Beweis, dass die Innen- und die Außenornamente an einem Gebäude nicht identisch sein dürften und oft nicht einmal ähnlich sein müssten, erkundigte sich eingehend, wer von den Anwesenden welche Mosaiken in seinem Haus haben wollte, wenn er in der Lage wäre, sich ein Haus mit Mosaiken zu leisten. Dabei trank er immer mehr und bestellte ständig neue Speisen, sprach immer schneller und immer lauter, offensichtlich fühlte er sich immer unwohler und wurde der Gesellschaft immer unangenehmer.

Wahrscheinlich hatte Yazdagird bemerkt, dass Sali eine Drangsal oder zumindest ein Unbehagen durch sein unmäßiges Reden und Bestellen überdecken wollte, und beschloss, ihn wenigstens bei Letzterem zu unterstützen, indem er immer neue Sachen anbot, die bestellt werden konnten. Irgendwann kam er an ihren Tisch, und leise, als vertraute er ihm ein wichtiges Geheimnis an, schlug er Sali vor, dieses wunderschöne Gastmahl mit in Wachtelschmalz gebratenen Lammzungen abzurunden, und schwor, keins der Lämmer sei älter als fünf Monate. Sali war sofort einverstanden und verlangte, dass Yazdagird diese Zungen für sie fünf zubereite, aber Abu Said mischte sich ein und erstickte jedes weitere Gespräch über neue Speisen, indem er bemerkte, man bewirte Menschen mit Gespräch und Gesellschaft, während Speis und Trank nur der Anlass für das Gespräch und die Gegenwart der Menschen seien, mit denen wir unsere Zeit verbringen. Sali bestand auf den Zungen und auf noch etwas Wein, erklärte, er werde alles bezahlen, weil er einen hohen Vorschuss für einen großen Auftrag bekommen habe, versicherte, es sei eine Freude und Ehre für ihn, diese Gesellschaft bewirten zu können, und wollte nach Abu Saids Hand greifen.

Mit einer Bewegung dieser Hand, die zu fassen Sali nicht gelungen war, entließ Abu Said Yazdagird, dann wandte er sich Sali zu und hielt ihm eine Rede, wie sie niemand von ihm erwartet hätte. Lange lobte er die Freigebigkeit als eine der schönsten Tugenden, bewies, dass ein Mensch ohne Freigebigkeit weder Vornehmheit noch Freude habe, weil ihn die anderen Leute zu Recht mieden, es aber ohne die anderen keine Freude gebe – weder der größte Narr noch der schlimmste Geizhals könnten sich an sich selbst erfreuen, er erinnerte an die Hadithe, die Freigebigkeit lobten, und an große Menschen, die Freigebigkeit unabhängig von den Hadithen lobten. Dann erwähnte er, dass jede Tugend widerwärtig werde, wenn jemand sie als Mittel einsetze, um sich darzustellen oder um Lob, Belohnung, Ansehen oder Ähnliches zu erlangen. Er schwor, ein Mensch, der schenke, um zu zeigen, wie viel er habe, sei schlechter als einer, der ängstlich auf seinem kleinen Besitz hocke, genauso wie ein netter Mensch, der allen schmeichele, damit sie ihn lobten, schlechter sei, als einer, der sich kurz angebunden gebe, um seine Ruhe zu haben. Heute habe Sali seine Freigebigkeit gezeigt und weise versucht, seine Freude mit den Freunden zu teilen, das sei klug, weil Freude in Einsamkeit schwerer zu ertragen sei als Trauer, aber es wäre schade, wenn sich seine Freigebigkeit nun in ein primitives Protzen mit Geld verwandeln würde oder in das Bestreben, von ihnen, seinen Gästen und Freunden, Lob, Dankbarkeit oder, Gott bewahre, Bewunderung einzuheimsen.

Erst gegen Ende seines Sermons kehrte Abu Said zu seiner charakteristischen Redeweise zurück, bis dahin hatte er hart und entschieden, ernst und selbstgewiss gesprochen, als wüsste er wirklich, was er sagte und was die Wahrheit war. Dann, als er wieder auf seine Art redete, mit unerwarteten Intonationswechseln und Pausen, in einem Ton, der dem Zuhörer nicht zu enträtseln erlaubte, ob Abu Said ernst sprach oder spottete, weil auch Abu Said selbst offenbar nicht wusste, ob er es ernst meinte und ob, was er aussprach, die Wahrheit war, redete er bereits von Dingen, die nicht in direktem Zusammenhang mit ihrem Abend und Salis Verhalten standen. Er sagte, der Mensch müsse etwas aus seinem Leben machen, der Schöpfer habe uns ja wohl nicht in die Welt gesetzt, damit wir sie schmückten, denn es gebe, Hand aufs Herz, schönere Dinge und Erscheinungen als den Menschen. Es ist klar, dass Er uns zu einer Aufgabe berufen hat, zu einem Zweck, den wir erfüllen müssen, und zwar jeder Einzelne von uns. Deshalb frage dich, wofür du gemacht bist und was dein Zweck sein könnte. Schön für dich, wenn du dich auf dieser Welt aufhalten kannst, als wärst du schon gestorben, ruhig und gesammelt, ganz dem Wichtigen und Unvergänglichen hingegeben. Doch solche gibt es wenig, selbst ihnen gelingt es nicht unbedingt immer, ihren Blick von den Erscheinungen dieser Welt zum Unvergänglichen hinzuwenden. Wenn du nicht sein kannst wie sie, und das kannst du nicht, weil du nicht Prinz Seydo bist, widme dich den Menschen, mit denen du leben musst, und verdiene an ihnen Gottes Lohn, verbreite Liebe in der Welt, tu so, als dientest du deinem Nächsten. Wenn du auch das nicht kannst, und du kannst es nicht, weil du nicht klug genug bist, um zu begreifen, dass du dir dienst, was immer du auch tust, gib dich den gemeinen Freuden hin und scheffle und spare Geld. Verdiene und häufe die Schätze dieser Welt an, mein Bruder Sali, sammle Reichtümer und gib sie aus für Gutes, auch das ist ein Zweck. Aber wenn du auch das nicht kannst, dann verdiene und spare nur, es wird sich schon jemand finden, der es für Gutes oder Schlechtes ausgibt; sammle an, häufe an und spare, wie lumpig es auch immer ist, auch das ist eine Freude und ein Zweck, darum widme dich ihm, damit du ihn erfüllst. Mach etwas aus deinem Leben, widme dich ihm, aber widme dich ihm wirklich.

»Bla-bla-bla«, winkte Sali ab. »Das Leben, mein lieber Prinz, ist Luft, daraus lässt sich nichts machen. Du weißt nicht, ob es in dir oder um dich herum ist, ob du es eingeatmet oder ausgeatmet hast, du hörst und siehst es nicht, während es je nach Laune einmal hier und ein anderes Mal dort ist … Reine Luft.«

Einer der jungen Männer, die Sali und Omar zusammen mit Abu Said angetroffen hatten, winkte, um die Aufmerksamkeit auf sich zu lenken, und gab dann Yazdagirds Tochter mit dem Daumen das Zeichen, seinen Krug mit Wein zu füllen. Ohne den Blick von dem Mädchen abzuwenden, sagte er, es sei am besten, dem Leben zuzuprosten und auf seinen Sinn zu trinken. »Begieße ihn gut, und du wirst sehen, wie schnell er wächst«, schloss er und griff dabei nach der Hand des Mädchens, die sie ihm geschickt entzog.

»Meinst du den Sinn? Wächst er bei dir etwa auch?«, fragte ihn der andere junge Mann mit einer zweideutigen Geste und wies mit dem Blick auf das Mädchen.

»Wie denn nicht?! Der Birnbaum wächst, wenn er gut gewässert wird, das Fohlen auch, warum dann nicht der Sinn und dergleichen Dinge?«, stimmte der Erste lachend zu und sah der schönen Tochter von Yazdagird nach.

»Das Blut«, entfuhr es Omar, Gott allein weiß, warum und wie.

»Wo? Welches Blut?«, fragte Sali, nachdem die drei die Gläser abgestellt hatten.

»Blut ist Leben, seine Grundlage, es trägt das Leben, verteilt es im Körper«, erklärte Omar und wunderte sich über sich selbst. Er hatte sich nicht in dieses Gespräch einmischen wollen, das ihm unangenehm war und ihn nichts anging, er hatte sich nicht wichtigmachen und nicht sein Wissen zeigen, nicht einmal seine Meinung äußern wollen, und doch hatte er zugelassen, dass ihm eine dumme Bemerkung über das Blut herausgerutscht war und er sich nun immer tiefer in das Gespräch verstrickte.

»Gut gesprochen, Hakim. Ja, ja, das Blut, beide fließen, wo gibt es eine bessere Grundlage des Lebens«, lachte Sali. Aber sein Lachen, und vor allem sein Gesicht, waren eher verkrampft als fröhlich.

»Das habe ich ernst gemeint«, bekräftigte Omar, »wo kein Blut fließt, gibt es auch kein Leben.«

»Das kannst du ja auch an der Pfirsichfrucht sehen«, wandte sich Abu Said an Sali. »Solange sie am Baum hängt, wird sie rot, weil sie voll von dem Blut ist, das durch sie fließt, aber wenn du sie pflückst, wird sie blass, weil sie ihr Leben verliert, die Arme.«

Durch das Lachen, das Abu Saids Bemerkung hervorgerufen hatte, drang Omars Stimme kaum durch.

»Schwer hat es, wer dich ernst nimmt, lieber Prinz Seydo«, antwortete ihm Omar, »weil du alles, aber auch alles, was nicht du gesagt hast, dem Spott preisgeben musst. Wenn ich jetzt sage, dass heute Dienstag, der 14. Schaban, ist, wirst du auch das leugnen und einen Witz auf meine Kosten reißen.«

»Nein, beileibe nicht, Hakim«, entgegnete Abu Said und tat, als redete er ernst. »Sag nur, dass heute Dienstag ist, und ich stelle dir, wenn dir daran liegt, schweigend eine schriftliche Bescheinigung aus, dass es so ist.«

»Beide fließen, das ist das Einzige, was das Blut und das Leben gemein haben«, wiederholte Sali still, fast konspirativ, als wäre es lebenswichtig für ihn, Omar von dieser wichtigen Wahrheit zu überzeugen.

Da passierte Omar das, was in ähnlichen Situationen jedem jungen Narren passieren würde, der von seinem außergewöhnlichen Verstand überzeugt ist: Er verspürte das Bedürfnis, seinen Gesprächspartnern das, was er behauptet hatte, zu beweisen oder sie zumindest davon zu überzeugen. Er vergaß, dass ihm seine unglückliche Behauptung über das Blut und das Leben zufällig entfahren war, er vergaß, dass auch er selbst es nicht ganz ernst meinte oder zumindest nicht überzeugt war, dass diese Behauptung stimmte, es fiel ihm nicht ein, dass man bei Gesprächen dieser Art einen guten Witz mehr schätzt als die heilige Wahrheit, weil ein Witz im Unterschied zur Wahrheit die Stimmung verbessert und Lachen hervorruft und solche Gespräche eben dazu dienen, die Menschen in gute Stimmung zu versetzen und zum Lachen zu bringen. Er vergaß auch das Wichtigste, was er bisher über solche Gespräche gelernt hatte, nämlich dass er sich nur dann gut in sie einfügte, wenn er die ganze Zeit schwieg. Alles vergaß er und fing an, Beweise für die Behauptung anzuführen, die ihm zufällig herausgerutscht war, als handelte es sich um den Grund seines Lebens.

»Ar-Razi hat, soviel ich weiß, als Erster die Überzeugung geäußert, dass Blut und Leben untrennbar miteinander verbunden sind. Er bemerkt, dass ein menschliches Glied abzusterben beginnt, wenn das Blut aufhört durchzufließen, während das Fleisch dieses Gliedes verfault und sich zersetzt, weil das Blut nicht mehr zu ihm gelangt und es nicht mehr am Leben erhält. Darauf gründet er seine Überzeugung, dass das Blut Grundlage und Quelle des Lebens ist. Ibn Sina zweifelte an der Richtigkeit dieser Überzeugung, weil er zu beweisen versuchte, dass das Blut den menschlichen Körper in einem geschlossenen Kreis durchfließt, während das Leben des Menschen von außen kommt und auch wieder aus ihm fortgeht. Das Leben öffnet den Menschen zur Außenwelt, hat Ibn Sina gesagt, während das Blut in ihm entsteht und in ihm gefangen bleibt. Aber weil er keine andere Quelle oder Grundlage des Lebens gefunden hatte, gestand er am Ende zu, dass ar-Razis Gedanke stimmen könnte. Und selbst das blinde Huhn, Hassan bin Ra's, der unwürdige Schüler des großen Abu al-Qasim, ist zu dem Schluss gekommen, dass die Mutter ihrem Kind das Leben gibt, weil sie mit ihrem Blut den Embryo tränkt, den sie in sich trägt.«

Omar hielt kurz inne, um Atem zu holen und seinen Mund mit dem gekühlten Wasser zu erfrischen, genug, dass sich der junge Mann auf seiner rechten Seite, Sohn des Führers des großen Nomadenstammes der Bahtiyaren, der schon seit einem guten Jahr hier in Isfahan ein wichtiges Geschäft vorhatte und plante, mit der besorgten Frage in das Gespräch einmischte, was Omar denn Hassan bin Ra's so verüble, dass er ihn in aller Öffentlichkeit ein blindes Huhn nenne.

»Du kennst Hassan bin Ra's?«, fragte Omar mit sanftem Erstaunen zurück.

»Nein, ihn kenne ich nicht, aber dich«, antwortete Bahtiyar und begann als Erster laut zu lachen. Die anderen stimmten ein und hoben die Gläser, Sali trank seines leer und füllte es gleich von neuem. Man konnte ihm ansehen, dass ihm der Wein zu Kopfe stieg, er begann die Kontrolle über seine Muskulatur zu verlieren, so dass kurze Krämpfe seine Gesichtsmuskeln zu einem hässlichen, unwillkürlichen Lächeln verzerrten, während ihn Schulterzucken befiel. Angespannt wanderte sein Blick vom einen zum anderen, und als er sich ins Gespräch mischen wollte, gab er nur ein Gurgeln von sich, das nicht zu verstehen war.

Nachdem sie die Gläser abgestellt hatten, fragte der andere junge Mann Abu Said, was er von der ganzen Diskussion halte. Abu Said antwortete, indem er sich laut und mit trauriger Stimme fragte, wie der menschliche Verstand zu verstehen sei. Er wundere sich über den Tod und frage, woher er komme, wundere sich aber nicht über das wahre Wunder, nämlich das Leben, und frage nicht danach. Und wenn er sich doch danach fragt, wie es jetzt unser kluger Hakim Omar tut, dann denkt er, das Leben sei einfach wie der Tod und habe nur eine Quelle, eine Grundlage, eine Ursache. Er glaubt, dass ein Ertrunkener am Wasser gestorben sei, und im Einklang damit glaubt er, dass er zum Beispiel vom Wasser gelebt habe und sein ganzes Leben aus dem Wasser hervorgegangen sei. Wenn er dann noch denkt, das Leben sei das Gegenteil des Todes, kommt er womöglich auf die Idee, das Leben des Ertrunkenen sei aus dem Feuer hervorgegangen, weil es im Wasser endete. Er hat entdeckt, dass die Ursache einer Krankheit zum Beispiel eine verstopfte Halsader ist, aber daraus schließt er, die Ursache der Gesundheit sei, alle Adern, die du zu fassen bekommst, zu öffnen. Wie willst du ihm erklären, dass die Ursache der Gesundheit alles ist? Und die Ursache des Lebens alles und der Rest? Genauso ist es, ihr wisst, dass es so ist, weil ich es euch sage, wem könnten sich die Quellen des geheimen Wissens erschließen, wenn nicht Prinz Seydo.

»Im lebendigen Menschen schlägt das Herz«, sagte Omar in die Stille hinein, die unerwartet am Tisch eingetreten war. »Es schlägt die Stunden unseres Lebens, bestimmt seine Dauer und Geschwindigkeit, so wie es mit seiner Größe die Größe unseres Körpers bestimmt. Wenn wir ein Herz von der Größe eines Wasserbalgs hätten, wären wir mindestens so groß wie ein Elefant. Und dann würde das Herz einmal in der Stunde schlagen oder noch seltener.«

»Und wenn unser Gehirn wie eine Zwiebel wäre, wären wir alle so gelehrte Hakime wie unser Omar«, unterbrach ihn der andere junge Mann. Niemand lachte, nicht einmal Omar beachtete ihn, er redete nur, bemüht, konzentriert und verständlich zu sprechen.

»Wenn unser Herz einmal stündlich oder seltener schlüge, würden wir Menschen mindestens hundert bis hundertfünfzig Jahre oder länger leben. Und umgekehrt, wenn es die Größe einer Zwiebel hätte, müsste es zehn- oder zwölfmal schneller schlagen als das, welches wir haben, und wir hätten die Größe eines Hasen oder Huhns. Ich habe haargenau ausgerechnet, dass wir 800 Jahre leben würden, wenn unser Herz einmal täglich schlagen würde, und an Größe würden wir den Elefanten weit übertreffen. Dann sähen wir den Unterschied zwischen Tag und Nacht nicht, die Jahreszeiten wären für uns das, was jetzt die Tageszeiten sind … Wenn unser Herz hingegen 8000 Mal in der Stunde schlüge, könnten wir die Sonne am Himmel wandern und die Pflanzen wachsen sehen, wir könnten sehen, wie sich das Meer hebt und senkt, als atmete es, wir könnten sehen, wie der Tau auf die schlummernde Erde fällt. Alles würde sich ändern, und alles bliebe doch gleich, weil alles im Zeichen unseres schlagenden Herzens stünde. Dieses Herz treibt mit seinem Schlagen das Blut durch unseren lebendigen Körper, daran wollte ich euch erinnern.«

Eine unangenehme Stille trat ein, als hätte Omar gerade etwas Ungehöriges gesagt oder getan. Nur Sali streckte seinen Arm über den Tisch, zog Omar am Ärmel und flüsterte so durchdringend, dass es alle am Tisch hören mussten:

»Es fließt nur, mehr nicht.«

Obwohl er wusste, dass es unpassend war, hatte Omar das Gefühl, er sei schuld an dem Unbehagen und der Beklommenheit, die sie befallen hatten, und er müsse Sali antworten und alles erklären, was er im Laufe dieser Nacht gesagt hatte, weil er sich nur dadurch, dass er ihm eine gute Antwort gab, von der Schuld befreien oder sie wenigstens verringern könne.

»Ich verlange keine Gnade für mich, nur für die großen Lehrer«, antwortete Omar, bemüht, heiter zu klingen. »Erlaube ihnen, etwas zu wissen.«

»Da braucht es kein Wissen, das versteht sich von selbst«, antwortete Sali mit dicker Zunge und immer noch mit jenem durchdringenden Flüstern, das sicherlich auch im hintersten Winkel des Raums zu hören war.

Omar machte Anstalten zu antworten, hielt aber mitten im Atemzug inne und sackte dann vor aller Augen zusammen, die Arme hebend, als ergebe er sich. Er fühlte sich elend, aus gutem Grund, weil sein scheinbarer Sieg über Sali in logischer Hinsicht nichts wert war. In dieser Gesellschaft konnte man nicht ernsthaft all das darlegen, was er mathematisch im Zusammenhang mit dem Herzen, seiner Größe und Geschwindigkeit ausgearbeitet hatte. Deshalb hatte er diesen Gedankengang mitten im Satz abgebrochen, und alles andere, was er äußerte, war reines Geschwätz gewesen, das er nicht beweisen konnte, und so hatte er sich hinter Autoritäten versteckt.

»Bring uns Ayran«, rief Abu Said Yazdagird zu.

»Meine Ahnen haben das Dugh genannt«, bemerkte der junge Mann, der Chayyams Gehirn mit einer Zwiebel verglichen hatte.

»Und die Vorfahren eines Arabers haben es, nehme ich an, flüssigen, mild gesalzenen Joghurt oder so ähnlich genannt«, erklärte ihm Abu Said.

»Meine Ahnen sind zum Glück weder Türken noch Araber, sondern echte alte Perser. Und ich empfinde deshalb keine Trauer und keine Scham, das kannst du mir glauben«, fuhr der junge Mann fort.

»Warum auch? Du hast auch so noch hinreichend Gründe zur Trauer oder Scham«, lachte Abu Said.

»Du vielleicht nicht?«, fragte der junge Mann unnachsichtig.

»Wie könnte ich keine haben, mein Bruder?! Ich habe sie in Hülle und Fülle, glaub mir, ich bin doch ein Mensch.«

Yazdagirds schöne Tochter stellte eine große Keramikschüssel voll gesalzenen Joghurts und eine Kelle zum Eingießen auf den Tisch, dann ging sie zurück, um Gläser zu holen. Während sie die Gläser auf dem Tisch verteilte, lachte Abu Said los, schlug sich mit der Hand aufs Knie und verkündete:

»Jetzt werden unsere zwei Gelehrten entdecken, dass der Ayran der wahre Träger des Lebens ist: Er fließt, ist leicht salzig und fad – das wahre Leben.«

Mit Joghurt wurde Salis Feier beendet, und nachdem jeder so viel getrunken hatte, wie er wollte, machten sie sich auf den Weg zurück in die Stadt. Das war vorgestern gewesen, am Dienstag. Und gestern, am Mittwoch, hatten sie ihn aus dem Tiefschlaf geweckt, spät in der Nacht, damit er zu Sali komme, der ihn dringend brauche. Er traf ihn an der Grenze zum Jenseits an. Sali lag da, den rechten Arm zur Zimmertür ausgestreckt, so dass jedem, der eintrat, als Erstes die Hand mit dem zwischen Zeigefinger und Mittelfinger geschobenen Daumen ins Auge springen musste. So hatte es Sali persönlich inszeniert, als er noch bei vollem Bewusstsein gewesen war und befürchtete, die Burschen würden Omar nicht rechtzeitig finden und herbringen. Chayyam war sicher, dass sich ihre Blicke getroffen hatten, als er in der Tür stand, dass ihn Sali gesehen und erkannt hatte, bevor seine Augen erloschen, und dass er deshalb seine Zunge zwischen die Lippen geschoben hatte, um die Geste seiner rechten Hand zu wiederholen. Eine Geste, mit der er ihn, Chayyam, verspottete. Aber mit dem Mund war es ihm nicht gelungen, die rote Zungenspitze lugte kaum zwischen den weißen Lippen hervor, bevor Salis Leben und jede Fähigkeit erlosch – auch die Fähigkeit zu spotten. Ihn verwirrte das unnormale Rot von Salis Zunge, das mit dem übereinstimmte, was in den zwei Schüsseln und dem Glas neben Salis Bett zu sehen war. Das Rot von noch nicht geronnenem Blut.

Man erzählte ihm, Sali habe gleich nach Sonnenuntergang seine Freunde eingeladen und sich, während er auf sie wartete, die Pulsadern aufgeschnitten und sie recht locker verbinden lassen, damit das Blut in die Schüsseln tropfte, die er schon neben dem Bett bereitgestellt hatte. Als sich die Freunde versammelt und gestärkt hatten, verkündete Sali, er beabsichtige, sein eigenes Leben zu trinken. Und dann goss er das, was bis dahin in die Schüsseln getropft war, die bis zu diesem Moment keiner der Anwesenden wahrgenommen hatte, feierlich in sein Glas und trank es aus. Er beruhigte die aufgeregten Freunde, bat sie, ihn anzuhören, und betonte, er beabsichtige nicht, sich umzubringen und tue es auch nicht, sondern trinke lediglich sein Leben aus. Beharrlich verlangte er, sie sollten sich nicht aufregen und ganz normal essen und trinken, aber das gelang niemandem so recht. Als er nach dem zweiten oder dritten Glas Blut seine Kräfte schwinden fühlte, schickte er nach Chayyam. Da der Verlangte nicht erschien, er aber, Sali, sichtbar schwächer wurde, bat er sie, seine letzte Botschaft aufzuschreiben und sie Chayyam getreu auszurichten, wenn er erschiene. Die Botschaft lautete: »Beide fließen nur, mehr nicht. Hier hast du den Beweis.«

Lange blieb Chayyam bei Sali, obwohl es nichts mehr für

ihn zu tun gab. Er stand allen im Weg und bot Hilfe an, die keiner brauchte, doch er blieb unbeirrt bei ihm, wohl in der irren Hoffnung, es könnte sich noch etwas ändern oder er könnte doch noch etwas tun. Möglich war weder das eine noch das andere, und so forderten sie ihn am Ende auf, bitte nach Hause zu gehen. Aber zu Hause, das heißt vor seinem Haus, traf er den Burschen an, der gekommen war, um ihm den Überfall auf die Karawane mit der Ausrüstung und den Büchern für sein Observatorium zu melden.

So begann der Donnerstag, der 16. Schaban, ein Tag, der, hätte man Omar Chayyam gefragt, gewiss besser nicht angebrochen wäre.

# 2

In Isfahan, wie auch in anderen Städten, trafen sich die Geschäftsleute und die dem Hofe Nahestehenden, also die Beamten, Gelehrten, Ärzte, alle, die Zugang zum Hof hatten, aber keine Höflinge waren, auf dem Basar und saßen dann in einem der unzähligen Lokale in unmittelbarer Nachbarschaft. Eines der populärsten führte Basurmedschid, ein Mann, der hier geboren und aufgewachsen war, wie übrigens auch seine Eltern, und der sich dennoch als Jemenit vorstellte und fühlte, wahrscheinlich weil seine Vorfahren vor zwei Generationen von dort gekommen waren. Von seinen Eltern hatte er ein Teehaus an einem der besten Plätze der Stadt geerbt, ein eingeführtes Lokal, aber nicht beliebt genug, um gut davon leben zu können, weil es sich durch nichts von einem beliebigen anderen Lokal an einem beliebigen anderen guten Platz in der Stadt unterschied. Das ist zu wenig in Zeiten des Überflusses und der Maßlosigkeit, in solchen Zeiten kommt es darauf an, nicht nur gut, sondern etwas ganz Besonderes zu sein. So war es bis vor zwei, drei Jahren, als Basurmedschid seine Familie im Jemen besucht und Kaffee von dort mitgebracht hatte, hellgrüne Bohnen, nach denen unten alle Leute verrückt waren und aus denen er ein Getränk herzustellen begann, wie es hier nie jemand gesehen noch gekostet hatte. Dank dieses Getränks unterschied sich Basurmedschids Lokal von allen anderen, schnell eroberte es die Gunst der angesehenen Leute, und schneller, als der Wirt zu träumen gewagt hatte, wurde es zu den populärsten Treffpunkten in der Stadt gezählt und der Kaffee zu den unvermeidlichen Getränken der ernsthaften Leute.

Viele kamen und bestellten Kaffee nur, um zuzuschauen, wie Basurmedschids Bursche einem großen Sack löffelweise grünliche Bohnen entnahm, die Menge sorgfältig abwog, sie in ein Gefäß aus feinem dünnen Blech gab und dieses Gefäß dann über eine ständig brennende Ölflamme hob, wie die Anhänger von Zoroaster sie in ihren Tempeln hatten, und es über das Feuer hielt, um die Bohnen zu erhitzen. Der Bursche schüttelte das Gefäß und bewegte es ruckweise auf und ab und hin und her, und ein wundersamer Duft entströmte, mit dem sich nichts Bekanntes vergleichen ließ. Wenn er die Bohnen, die bereits eine dunkelbraune, beinahe schwarze Farbe angenommen hatten, ab und zu umrührte, verstärkte sich der Duft noch. Sobald ihm schien, dass die Bohnen genug geröstet waren, weil sie ihr Gewicht nahezu verloren hatten, ging der Bursche zu Basurmedschid und brachte ihm die Bohnen zur Kontrolle. Dieser saß auf einem niedrigen Podest in der Tiefe des Raums, schwer und dick, mit großem Bauch und langsamen Bewegungen, meist schweigsam und über die Maßen laut, wenn er zu sprechen begann, alles in allem – schon ein echter ernster Herr. Basurmedschid schüttete sich die Bohnen auf die Hand, warf sie hoch, um sich nicht zu verbrennen, roch daran und betrachtete aufmerksam, wie dunkel sie geworden waren, und dann erlaubte er dem Burschen mit einer kurzen Kopfbewegung weiterzumachen und tat die Bohnen wieder in das Gefäß zurück, das der Bursche die ganze Zeit in der ausgestreckten Hand hielt. Nachdem er die Erlaubnis bekommen hatte, kehrte der Bursche in den vorderen Teil des Lokals zurück, schüttete die Bohnen in einen Granitmörser und begann sie zu zerkleinern, indem er sie mit einem Granitstößel zerstieß und zermahlte. Das durch das Mahlen der Bohnen entstandene Pulver schüttete er in ein kleines Kupfergefäß, erhitzte es über jener Flamme, auf der er zuvor die Bohnen geröstet hatte, und goß dann siedendes Wasser darauf. Den ganzen Raum und alle Anwesenden durchströmte ein wahrhaft paradiesischer Duft, hoffen wir, eine der Belohnungen, die in der besseren Welt auf die Gerechten warten, während sich in der Kupferschale, die der Bursche auf die Flamme zurückstellte, rasend schnell der Schaum hob, der überzukochen drohte. Er kochte fast nie über, der geübte Bursche verstand es, die Schale im letzten Moment von der Flamme zu nehmen und siedendes Wasser beinahe bis an den Rand der Schale nachzufüllen, aber viele verfolgten immer aufs Neue gespannt seine Tätigkeit und fragten sich, ob der Schaum über den Rand der Schale laufen werde oder nicht. Man muss zugeben, dass viele das neue Getränk, für das sich schon der Name Kaffee eingebürgert hatte, genossen, aber viele tranken ihn ohne wirklichen Genuss, weil sie sich davon überzeugt hatten, dass er dem Magen bekam, die Kraft zurückbrachte und erfrischte. Aber seine Zubereitung, die Rituale, die Basurmedschids Bursche mit sichtlichem Genuss ausführte, und sein Spiel genossen mit Sicherheit alle, die hierher kamen.

Omar Chayyam ging auf Basurmedschids Lokal zu, für das sich in der Stadt die Bezeichnung Kaffeehaus eingebürgert hatte, wahrscheinlich nach dem Vorbild von Teehaus, überzeugt, dort Feridun zu finden, seinen Freund und Unternehmer, der das Observatorium baute. Sie trafen sich auf der Straße, ein paar Minuten vom Nordeingang des Basars entfernt.

»Wo steckst du denn bloß, ich suche dich seit gestern Nachmittag«, rief Feridun, als er den Freund sah.

»Damit du mir Material für den Bau aushändigen kannst?«, entgegnete Chayyam gereizt.

»Damit du meinen Vater rettest.«

Chayyam wich einen halben Schritt zurück und maß Feridun mit dem Blick, als wollte er sich vergewissern, ob er ihn verspottete. Um die Wahrheit zu sagen, musste die Aufforderung, jemanden zu retten, wie Spott in seinen Ohren klingen, besonders jetzt, unmittelbar nach dem Vorfall mit Sali, der ihm schmerzlich bewusst machte, wie sehr er dem Armen geholfen hatte, sich zu retten.

»Was ist denn passiert?«, fragte er, als er sich davon überzeugt hatte, dass Feridun sich nicht über ihn lustig machte.

Gestern habe ihm schon morgens der Kopf weh getan, begann Feridun seinen Bericht über die Krankheit seines Vaters Mirchond. Nicht schlimm, eher die Ankündigung eines Schmerzes als richtiger Schmerz, und so hätten sie angenommen, alles werde bei Basurmedschid in Ordnung kommen, weil man ja wisse, dass sein Kaffee bei Kopfweh helfe. Der Schmerz sei allerdings stärker geworden, sein Vater habe sich kaum dazu durchringen können, das Mittagsgebet zu beten, vielleicht hätte er es auch gar nicht gebetet, wenn er sich nicht geschämt hätte, es auszulassen. Von Anfang an habe dieses Kopfweh irgendwie mit den Augen zu tun gehabt, Druckbeschwerden wie nach einer Überanstrengung der Augen bei schwachem Licht, und kurz nach Mittag seien die Augen selbst zum Problem geworden, denn er habe nur schwach und ganz verschwommen sehen können, und das Sehen selbst sei eine Anstrengung für ihn gewesen.

»Aber warum stehen wir hier wie angewurzelt herum, ich kann dir alles auch unterwegs erzählen«, wunderte sich Feridun irgendwann und zog den Freund mit sich.

Sie schlugen die Richtung zum At Meydan ein, dem Pferdeplatz, einem mit jungen Zypressen eingegrenzten großen Park im östlichen Teil der Stadt, der ein paar Jahre zuvor in Mode gekommen war, so dass jetzt alle, die etwas auf sich hielten, von Zeit zu Zeit dort hingingen, um einander ihre wertvollen Pferde sowie ihr Können zu zeigen, das der Pferde und auch das eigene. Vor ein paar Jahren hatten die müßigen Söhne reicher Väter begonnen, sich auf dem Pferdeplatz zu versammeln, um in einem uralten, gefährlichen und anstrengenden Spiel miteinander zu wetteifern, wie geschaffen für übermütige junge Männer, die nur die Langeweile als wirkliche Bedrohung empfinden und sich vor ihr mehr fürchten als vor irgendetwas sonst: Mit langen Stäben, ähnlich wie

Lanzen mit einem Fuß am Ende, kämpften sie um eine Holzkugel, die mit dem Stab in ein Tor geschlagen werden musste, markiert durch in die Erde gerammte Lanzen, wobei in diesem Kampf alles erlaubt war, außer abzusitzen oder den Gegner aus dem Sattel zu heben. In weniger als einem Jahr war die ganze Stadt verrückt nach diesem Spiel, und der Pferdeplatz wurde zum populärsten Stadtpark und zum Ort, an dem sich, wer etwas auf sich hielt, von Zeit zu Zeit zeigen musste. Unmittelbar hinter diesem Park, fast an seinem Rand, begann das kleine Anwesen von Feriduns Familie, wertvoll wegen seiner Lage, aber auch wegen seines Alters, denn es war sozusagen seit jeher in ihrem Besitz gewesen. Feridun gab ein höllisches Tempo vor, als hinge davon buchstäblich das Leben seines Vaters ab, und dennoch gelang es ihm, zusammenhängend und verständlich zu sprechen, so dass Chayyam alles erfuhr, was sein Freund über die Krankheit seines Vaters sagen konnte.

Mirchond hatte gestern bereits beim Frühstück, zu dem sich die ganze Familie versammelt hatte, über Kopfschmerzen geklagt, aber schon das bloße Gespräch darüber, ob er den Tag besser zu Hause verbringen solle, abgelehnt. (»Willst du das, um meinen Platz in der Weißen Moschee einzunehmen?«, fragte er Feridun, der ihm das vorgeschlagen hatte. »Nur keine Eile, dein Vater gehört noch nicht zum alten Eisen. Und dein Platz in der Weißen Moschee wird auf dich warten, er gehört seit eh und je unserer Familie, niemand wird ihn dir wegnehmen, mit welcher Geschwindigkeit die Stadt auch wächst und neue angesehene Leute auftauchen.«) So begaben sich Vater und Sohn gemeinsam in die Stadt und trennten sich vor dem Kaffeehaus von Basurmedschid, der Vater ging, um sich mit Leuten zu treffen, und Feridun zu der großen Ziegelei in der Vorstadt, um nachzusehen, warum man ihm die vereinbarte Menge an Ziegeln nicht lieferte. Sie trafen sich erneut bei Basurmedschid, kurz nach dem Mittagsgebet, auf den ersten Blick war zu sehen, dass es dem Alten nicht gut ging. Das Kopfweh hatte sich verschlimmert, und in der Zwischenzeit waren dumpfe Schmerzen in den Gelenken aufgetreten. Außerdem quälten ihn vorübergehende schwache Krämpfe in den Muskeln, er hätte nicht sagen können, ob das eine Folge der Schwäche in den Gelenken war oder nicht, so dass er es nicht wagte, nach seiner Tasse Kaffee zu greifen und sie zum Mund zu führen. (»Das hat mir gerade noch gefehlt, dass ich meinen Anzug oder, Gott bewahre, meinen Bart bekleckere. Und auch noch vor fremden Leuten«, erklärte Mirchond, warum das Getränk unberührt vor ihm stand, aber die Wut und das Entsetzen in seiner Stimme waren nicht zu überhören.) Irgendwann traten auch Probleme mit den Augen auf, eigentlich mit dem Sehen, die er nicht hätte beschreiben können und die vielleicht auch gar nicht die wahren Probleme waren, das heißt, nicht das Sehen, sondern etwas anderes … Es handelte sich darum, dass er nicht gut sah, das wäre, ganz kurz, das, was Mirchond erklären wollte. Er sieht einen Gegenstand und erkennt ihn, zum Beispiel die Schüssel mit den Haselnüssen, die vor ihm auf dem Tisch steht, vielleicht weil er noch weiß, dass hier schon vorher eine Schüssel mit Haselnüssen gestanden hat, aber vielleicht auch, weil er sie wirklich sieht und erkennt; doch schon kurz darauf hat sie begonnen zu verschwimmen, ihre Form und Konturen zu verlieren, das heißt nicht sie, sondern das Bild in meinen Augen, erklärte Mirchond am Ende.

»Alles in allem – ein Häufchen Elend«, schloss Feridun. »In weniger als einer halben Stunde hat sich ein so großer Mann, und auch noch ein so robuster, in eine Jammergestalt verwandelt.« Deshalb hatte er geglaubt, es handele sich um eine Grippe, nur eine Grippe, das habe ihn seine Erfahrung gelehrt, könne einen Menschen in so kurzer Zeit derart fertigmachen. Aber er hatte beschlossen, sehr besorgt zu tun und so die Angst des Vaters zu vergrößern, er würde sich ein wenig auf seine Kosten amüsieren und sich gleichzeitig wegen seines gereizten Tons vom Morgen an ihm rächen. (Mirchond war auch sonst übermäßig besorgt um sich und fürchtete sich vor der kleinsten Erkältung oder Magenverstimmung, aber dieses Mal, hatte er, Feriduns Meinung nach, alle Grenzen überschritten.) Er hatte außerdem beschlossen, viel Gewese um die Krankheit des Vaters zu machen, um ihm seine Sorge und Liebe zu zeigen, aber auch seine Fähigkeit, etwas vorzubereiten und in die Tat umzusetzen.

Deshalb hatte er einen der Müßiggänger, die immer im Kaffeehaus und davor herumlungerten, mit der Botschaft zum Arzt ihrer Familie geschickt, er solle sich gleich zu ihrem Haus aufmachen und sie dort erwarten, während er selbst sich um einen Wagen kümmerte, mit dem er den Vater nach Hause bringen wollte, wobei er betonte, dass der Alte in diesem Zustand reite, stehe für ihn gar nicht zur Diskussion. Als sie ankamen, wartete der Arzt tatsächlich auf sie und machte sich gleich an die Arbeit. Auch er glaubte, es handele sich um eine Grippe, entschied aber, eine eingehende Untersuchung vorzunehmen, wo er schon einmal gekommen war. Für den Anfang wollte er den Urin von Mirchond sehen, den er lange betrachtete, schüttelte und erhitzte, aus einem Gefäß in ein anderes goss, er roch daran, drehte das Gefäß und hielt inne, und dann schaute er, ob und was für eine Spur der Urin an der Wand des Gefäßes hinterließ. Am Ende schüttete er den Urin in drei kleinere Gefäße und goss in jedes ein paar Tropfen Flüssigkeit aus einem Fläschchen, das er mitgebracht hatte, und beobachtete lange und aufmerksam, wie der Urin darauf reagierte. Dann studierte er Mirchonds Augen, weitete seine Lider und sah ihm in die Augen, leuchtete hinein, indem er eine Kerze fast bis ans Auge führte, und verfolgte, wie sich die Pupille verhielt, verlangte, dass er das Auge nach links oder rechts bewegte, und danach widmete er sich den Nägeln an Händen und Füßen, drückte darauf und maß, wie schnell ihre alte Farbe zurückkehrte, betrachtete und beklopfte sie, erkundigte sich, wie der Patient all das empfand. Die Untersuchung zog sich hin und wurde von Brechanfällen, die ohne Ankündigung einsetzten, und von schrecklichen Kälteanfällen unterbrochen, die wahrscheinlich als Folge des Erbrechens und der Erschöpfung auftraten. Die gewöhnlichste Sache, wie die Untersuchung des Bauchs durch Abtasten seiner einzelnen Teile, dehnte sich unabsehbar aus, weil der Patient vor Kälte nicht ertragen konnte, dass man seinen Bauch auch nur für kurze Zeit aufdeckte.

Nach all den Qualen der Untersuchung empfahl der Arzt, ihm heiße Milch zu geben und ihn gut zu wärmen. Er erklärte, er sei sich in nichts sicher, weil ihm so etwas bisher noch nicht begegnet sei. Gerade diese Probleme, die Mirchond habe, so gelagert und in dieser Intensität – all das entspreche keiner der ihm bekannten Krankheiten. Das Erbrechen und die Krämpfe seien in Ordnung, wenn man etwas Verdorbenes gegessen oder sich über das erträgliche Maß hinaus angestrengt und Bauchkrämpfe bekommen habe; aber das dürfe nicht zusammen mit Kopfweh, Schmerzen in den Gelenken und Sehstörungen auftreten, weil die Augen nicht durch Bauchkrämpfe oder verdorbenes Essen in Mitleidenschaft gezogen werden sollten. Wenn sich jemand erbricht und Sehstörungen hat, ist er mit ziemlicher Sicherheit vergiftet, und wir würden ihn von den Giften heilen, wenn nicht das Kopfweh und die Gelenkschmerzen wären, die mit Vergiftung nicht unbedingt zu tun haben müssen, dafür aber fast immer auf eine Grippe hinweisen. Außerdem zeigt sich das Gift immer zuerst im Urin, aber sein Urin ist ganz rein und gesund wie bei einem Kind. Ein Körper, der Gift aufgenommen hat, kann keinen solchen Urin haben, und deshalb kann ich ihn nicht von Giften heilen. Kopfweh, mit dem Kälteanfälle einhergehen, ist völlig in Ordnung, es ist ein Zeichen für eine Grippe oder eine Erkältung, aber was hat Erbrechen damit zu tun, wenn keine Geschwülste im Bauch sind, er nicht aufgebläht und nicht verletzt ist? Deshalb habe er es mit der Therapie nicht eilig, eine falsche Therapie töte sicherer als jede Krankheit, und alle Therapien seien falsch außer der einzig richtigen. Diese richtige Therapie kannst du allerdings nur bestimmen, wenn du weißt, woran der Patient erkrankt ist. Von heißer Milch und Wärme kann es einem schwerlich schlechter gehen, deshalb ist das sicher keine falsche Therapie, sondern ein vorübergehender Notbehelf, und die richtige Therapie werden wir bestimmen, wenn wir entdeckt haben, woran er erkrankt ist. Ich bin vorerst überzeugt, dass es sich um eine Entzündung handelt; wenn er, sagen wir, einen roten oder stinkenden Urin hätte, wäre es eine Blasenentzündung; wenn er starke Schmerzen im Unterleib hätte, wäre ich mir sicher, dass es sich um Blinddarmentzündung handelt. Aber er hat einen reinen Urin und keine Schmerzen im Bauch, sondern im Kopf, wer soll daraus klug werden!?

Der Arzt versprach, am Abend wieder vorbeizuschauen, und ging fort, aber Feridun schickte gleich darauf nach Chayyam. Letzte Nacht war der Arzt kurz nach dem Nachtgebet noch einmal da, wie er es versprochen hatte, und empfahl, dem Kranken weiterhin heiße Milch und Wärme zu verabreichen, weil alles darauf hinwies, dass sich die Krankheit beruhigte. Wieder erklärte er, die Krankheit müsse sich früher oder später entscheiden und eine Richtung einschlagen, und er werde dann herausfinden, welche Richtung es sei, und die richtige Therapie verordnen. Dann ging er, nachdem er betont hatte, er sei mit der Entwicklung der Dinge nicht unzufrieden. Aber am Morgen, als er wieder kam, traf er den Kranken in einem viel schlechteren Zustand an und musste zugeben, nichts zu wissen und nichts zu verstehen. (»Das ist, wie wenn man sich an einer Kreuzung entscheiden müsste, gleichzeitig nach links und nach rechts zu gehen«, erklärte er.) Er empfahl, das Einzige zu tun, was sie tun könnten, also bei dem Notbehelf zu bleiben, und ihm weiterhin heiße Milch zu geben, dann ging er erneut mit dem Versprechen fort, bis zum Mittag wieder zu kommen. Daraufhin hatte sich Feridun persönlich auf die Suche nach Chayyam begeben.

Es wäre anständig, Feridun darauf aufmerksam zu machen, dass sein Vertrauen in ihn, Chayyam, als Arzt logisch nicht gerechtfertigt ist, dachte Chayyam, nachdem er sich den Bericht des Freundes angehört hatte. Er hatte natürlich alle großen Lehrer unter den Ärzten gelesen, ar-Razi, Ibn Sina und Abul Kasim kannte er mehr oder weniger auswendig, aber praktisch hatte er sich mit der Heilkunst nicht befasst, denn seine Neigungen, aber auch die äußeren Umstände zogen ihn mehr zur Mathematik und Astronomie. Wenn Feridun erwartete, dass er, Omar Chayyam, seinem Vater besser helfen könne als ein erfahrener Arzt, war klar, dass diese Erwartung auf seinem freundschaftlichen Vertrauen, seiner Sympathie oder Ähnlichem fußte und nicht auf rationalen Gründen.

Auf der linken Seite, etwas weiter vom Weg entfernt, auf dem sie gingen, erstreckte sich eine große Baustelle, auf welcher der Meydan-i-Sultan entstand, der Sultansplatz, ein großer neuer, dem Seldschukenreich würdiger Platz, die künftige Zierde der Stadt Isfahan, die seit einiger Zeit ihren Ehrgeiz, sich sogar mit Bagdad zu vergleichen, nicht allzu sorgsam verbarg. Was bis vor kurzem hier gestanden hatte, hauptsächlich kleinere Familienhäuser, hatte weichen müssen, um Platz zu schaffen für das neu Entstehende – die von Gärten umgebenen großen Paläste der reichsten Familien, die Moscheen, die den Reichtum und die Macht dessen, der sie erbaute, zeigen sollten, für Schulen und andere Stiftungen, die auf allen Seiten aus dem Boden schossen, als wollten sich einzelne Leute und Familien in der Anstrengung und im Spenden für das Gemeinwohl geradezu überbieten. So sah man jetzt auf diesem Terrain nebeneinander Haufen von Backsteinen oder Lehmziegeln, die von den ehemaligen Häusern übriggeblieben waren, und einen großartigen Palast, für dessen Portalnische, die gerade mit Keramik verkleidet wurde, man mehr Ziegel brauchte, als in fünf solchen Häusern verbaut waren. Etwa zehn Schritte weiter stand etwas mehr als ein halbes Haus, nämlich ein paar Wände, die aneinander lehnten und deshalb senkrecht stehenblieben, und in unmittelbarer Nähe eine neue Schule, eben erst fertiggestellt, die es mit der Nizamiyya, der weltberühmten Schule in Bagdad, aufnehmen zu wollen schien. Was war mit dem Leben geschehen, das sich in all den zerstörten Häusern abgespielt hatte? Wohin waren seine Formen verschwunden, und wo waren seine Spuren bewahrt? Was war mit den verlorengegangenen Spielsachen und den verlegten Messern geschehen, als das Haus, in dem sie verborgen gelegen hatten, abgerissen worden war? Und was mit den Tränen, die wegen dieser Spielsachen und Messer vergossen worden waren, was mit allen Ängsten, Krankheiten, Lieben und Schlägereien, die jedes dieser Häuser bezeugte? Das konnte nicht verschwinden, als hätte es nie existiert, weil ein restloses Verschwinden, logisch betrachtet, unmöglich war. Aber wo waren diese Reste und was ist aus ihnen geworden? Was würde aus alldem werden, wenn das Haus abgerissen, die Ziegel zerstreut oder in ein neues Gebäude eingebaut würden, der Mörtel eingestampft oder für etwas anderes verwendet würde? Würden die Spuren dieses einstigen Lebens und die Erinnerungen daran in die neuen Gebäude hinübergebracht, die an der Stelle der alten errichtet wurden, als Quelle der Unruhe, Schlaflosigkeit und Zerstörung, die sich einmal auch in ihnen abspielen würden?

Aus einem der übriggebliebenen Häuser, dem eine ganze Ecke fehlte, kamen zwei in Schwarz gehüllte Frauen heraus, sahen sich um, als überprüften sie etwas, und machten sich um die Ecke des entstehenden Nachbarhauses davon. Von den Stößen des Windes bauschte sich der schwarze Umhang bei einer der Frauen auf und schmiegte sich abwechselnd eng an den Körper, und zwar so regelmäßig, dass es aussah, als täte die Frau es mit Absicht. Warum blieb der Umhang der anderen Frau unbeweglich, wenn er doch durch die Wirkung einer äußeren Kraft, wie eine Notwendigkeit, atmete und tanzte? Wie kam es, dass die blinde Kraft des Windes den Umhang der einen Frau in Ruhe, den der anderen aber atmen und tanzen ließ?

»Und, was sagst du?«, fragte Feridun nach langem Schweigen.

»Wozu?«

»Zu meinem Alten natürlich.«

»Was kann ich schon sagen, bevor ich ihn gesehen und gehört habe?«

Der Anblick der Baustelle verdross Chayyam, wohl deshalb schwang in seiner Antwort Gereiztheit mit. Falls sie mitschwang, falls er nicht nur annahm, dass sich sein Gefühl auf die Stimme und den Tonfall übertrug. Wenn wir erst einmal bauen können, ohne dabei zu zerstören, dann werden wir Menschen das Recht haben, gut von uns zu denken, so ungefähr hatte sein Lehrer und Förderer Abu Tahir gesprochen, der ihn dem Großwesir Nizam al-Mulk als Hofastronom empfohlen hatte. Wir schenken dem einen, was wir einem anderen weggenommen haben, wir zerstören das eine, um etwas anderes zu bauen, einer von uns macht nur deshalb Fortschritte, weil ein anderer Rückschritte macht – wir verteilen nur um, das ist alles, was wir machen können, aber dabei behaupten wir zu schaffen und rühmen uns rückhaltlos. Abu Tahir hatte sicher recht gehabt, aber das erklärte seinen, Chayyams, momentanen Verdruss nicht, den der Anblick des entstehenden Platzes hervorgerufen hatte. Warum sah er heute nur zerstörte Häuser, die Reste einstigen Lebens und

Menschen, die um Ruinen schlichen, und übersah alles, was entstand und etwas Gutes für die Zukunft versprach? Und warum verdross ihn das, was er sah, dermaßen?

»Es wird viel gebaut, überall«, bemerkte Chayyam und zeigte mit der Hand zurück zum Sultansplatz. »Die Stadt wächst wie verrückt.«

»Ich hab auch zwei Baustellen dort«, antwortete Feridun, aber seinem Tonfall war nicht zu entnehmen, ob in seiner Antwort der Stolz oder die Sorge überwog.

An der Ecke einer der Gassen, die in die große Straße mündeten, auf der die beiden gingen, tauchte Abu Said auf und kam auf sie zu, offensichtlich auf dem Weg ins Stadtzentrum. Auf Feriduns Bemerkung, dass man ihn in diesem Viertel nicht erwarten würde, weil er weder ein reicher noch ein bettelarmer Mann sei, antwortete er, dass er gerade aus der Gilde der Seifensieder komme, mit denen er sich oft treffe und unterhalte. Es war schwer, sich Prinz Seydo unter den armen Leuten, die Seife machten, vorzustellen, beiden Freunden war es neu, dass er auch in solchen Gesellschaften verkehrte, und Feridun entfuhr die Frage, wie er denn an die geraten sei.

»Glaubst du, ich pflege nur mit euch Umgang? Nehme nur euch wahr? Die Seifensieder sind mein Umgang, lieber Bruder, mit ihnen verkehre ich und mit den Gerbern, sie brauchen den Glauben und Gespräche darüber, ihr seid so da, zum Scherzen und Spotten.«

»Hast du von Sali gehört?«, fragte ihn Chayyam.

»Sicher, gute Nachrichten verbreiten sich schnell«, antwortete Abu Said.

»Und was sollen wir jetzt machen?«, fragte Chayyam wieder.

»Uns auf die Beerdigung vorbereiten.«

»Ich habe an uns beide gedacht, wir sind ja nicht ganz unschuldig an allem, was passiert ist«, beharrte Chayyam.

»Beruhige dich, Hakim, beruhige dich, Bruder, Gott erleuchte deinen Verstand«, rief Abu Said aus. »Du bist nicht unschuldig!? Deinetwegen hat sich der Kleine umgebracht!? Schau dich doch an, mein lieber Bruder, aber ehrlich, schau dich gut und ehrlich an, und sag mir, wer deinetwegen die Straße überqueren würde. Du hast ja noch nicht mal einen goldenen Mantel, und jemand sollte sich deinetwegen die Pulsadern aufschneiden. Ach, mein Lieber!«

»Aber wie soll ich verstehen, was passiert ist? Hast du eine Erklärung, hast du einen Grund, den wir akzeptieren und ertragen könnten?«

»Die Erde hier, mein Hakim, ist trocken und kalt«, antwortete Abu Said. »Man muss sie befeuchten und erwärmen, wohl deshalb sind wir erschaffen und hierhergestellt worden. Aber um sie zu befeuchten und zu erwärmen, musst du ihr Blut, Tränen, Schweiß oder dein Gepinkel geben, jeder von uns gibt das, wovon er am meisten in sich trägt.«

»Dir reicht das?«

»Gib du mir mehr!«

Chayyam stand stumm vor Abu Said und sah ihn verstört an. Er ist verbittert und gießt seine Verbitterung über die Leute um ihn herum aus, wahrscheinlich hat ihn Salis Tod viel stärker getroffen, als er zuzugeben bereit ist. Es handelt sich nicht darum, dass ich ihm oder er mir mehr Erklärungen gibt, sondern darum, dass wir eine Erklärung finden, die für den Verstand überzeugend und für die Seele erträglich ist. Logisch ist das, was er sagt, nicht haltbar, es kann nicht sein, dass Er mich erschaffen, mit feinen äußeren und inneren Sinnen ausgerüstet, mich mit Geist begabt und dazu verpflichtet hat, dass ich mich bemühe, Ihn zu erfassen, nur damit ich mich über die Erde ergieße, um sie zu befeuchten und zu erwärmen. So viel Material und Wissen einer so geringen Wirkung wegen verschwenden, nein, das würde kein betrunkener Viehzüchter tun, geschweige denn der Schöpfer des

Himmels und der Erde. Das, was Abu Said sagt, ist wahnsinnig und eine Sünde. Aber hat Sali nicht gerade so geendet, durch zwei beinahe unsichtbare Ritzen an den Venen ist er ausgelaufen wie ein Wasserbalg. Er ist der Schöpfer, Er hat alles im Überfluss außer Mangel und Problemen, warum sollte Er in seinem Überfluss sparen und ökonomische Geschöpfe machen? Weil ich erwarte, dass er sich vernünftig verhält, weil ich glaube, dass die Logik und die Mathematik von Ihm sind? Aber ich verpflichte Ihn zu nichts, es sind meine logischen Fehler, wenn ich erwarte, dass Er sich im Einklang mit den Gesetzen verhält, die ich verstehe, oder wenn ich glaube, dass Ihn meine Erwartung, mein Wissen und meine Gefühle zu etwas verpflichten. Wahrscheinlich ist Abu Said deshalb so verbittert, entsetzt, erschrocken ... Oder etwas anderes in der Art. Auch dieses lange Schweigen von Chayyam schien ihn zu stören und schließlich zu ärgern.

»Hast du ihn etwa nicht vorgestern Abend bei Yazdagird gesehen!? Ist dir nicht aufgefallen, dass er bereits im Gehen begriffen war? Wie solltest du auch, unter Ziffern gibt es keinen Schmerz.«

Es wäre gut, wenn Abu Said recht hätte, dachte Chayyam. Oder wenigstens wenn er, Chayyam, wie Abu Said wäre. Aber noch besser wäre es, wenn er in seiner prinzlichen Gnade etwas Überzeugenderes als seine mystische Gleichgültigkeit anbieten könnte, einen materiellen Beweis oder ein gutes Argument. Es gibt keinen logischen Zusammenhang zwischen dem goldenen Mantel und der Behauptung, Sali sei im Gehen begriffen gewesen, selbst wenn diese Behauptung stimmt. Aber wir wissen nicht, ob sie stimmt, Abu Saids Wesen setzt zu vieles gleich.

»Wenn wir nicht weitergehen, triffst du den Alten nicht lebend an«, zog ihn Feridun am Ärmel, und sie setzten ihren Weg Richtung Pferdeplatz fort, ohne sich von Abu Said zu verabschieden, der im Übrigen schon gegangen war.

# 3

Es war wirklich erschreckend, wie sehr sich Mirchond in kaum zwei Tagen verändert hatte. Chayyam kannte ihn und hätte ihn am liebsten mit dem Wort beschrieben, das sein Sohn verwendet hatte, als er über ihn sprach, nämlich als robusten Alten, der vor Kraft, Gesundheit und Lebenshunger geradezu strotzte. Seinen grauen Bart und seine grauen Haare versteckte er nicht, im Gegenteil, er wies gerne auf sie hin, wohl wissend, dass sie seine unersättliche Vitalität nur unterstrichen.

Ansonsten war alles an ihm Selbstdarstellung. Die Leute, die ihn gut kannten, sagten, er zeige sich das ganze Leben so, wie er gern wäre, und das größte Problem dabei sei, dass ihm das teuflisch gut von der Hand gehe. Er war Dehkan, Nachkomme des alten persischen Landadels, und versäumte keine Gelegenheit zu betonen, dass er ein konservativer Mann und müder Hüter der tausendjährigen Tradition sei, wobei er es bestens verstand, sich als das getreue Abbild dieser Tradition darzustellen. In seinen Gesprächen fehlte zum Beispiel nie eine Anekdote aus dem Landleben, etwa die Geschichte, wie er mit einem jungen Stier gekämpft und ihn nach langem Ringen erst bezwungen hatte, als er ihn mit den Händen bei den Hörnern gepackt und ihm den Kopf zu Boden gedrückt hatte, oder die Geschichte, die er noch lieber erzählte, wie ihm gegenüber einem Steuereintreiber, der erregt die Größe und Schönheit des Reichs gerühmt hatte, herausgerutscht war, dass das Reich wirklich gut und schön sei, aber seine Zwiebeln doch besser und schöner. Vor Vergnügen errötete er jedes Mal, wenn er diese Anekdote erzählen und das Gesicht des Steuereintreibers, ebenso verwirrt wie verängstigt, ausführlich beschreiben und dann seine Überzeugung hinzufügen konnte, dass ein Mann des Landes die Dinge so empfand und sah, und er war eben ein Kind und Mann des Landes, daran konnte man nichts ändern, schon gar nicht er, der es sich nicht ausgesucht hatte, aber wenn er es sich hätte aussuchen können, hätte er sich wiederum ausgesucht, das zu sein, was er war. Noch vergnügter errötete er, wenn er die Gelegenheit hatte zu erzählen, wie ihm seine zweite Frau Fitna einmal vorgeworfen hatte, sie hätten nicht so viel Geld wie die Menschen mit modernen Berufen, so dass sich zum Beispiel ihr Schmuck mit dem, den die Frau eines etwas reicheren Händlers besitze, nicht einmal vergleichen lasse, woraufhin er ihr einen blühenden Pfirsichbaum gezeigt und gefragt hatte, ob sich auch nur irgendein Schmuck damit vergleichen lasse. »Und deiner duftet auch noch«, hatte er dann gesagt, und jedes Mal, wenn er das erzählte, betonte er, das habe er ihr am Ende des Gesprächs gesagt, und dann erwähnte er, den Blick plötzlich senkend, die Pfirsichbäume hätten damals ganz besonders geblüht, schöner als je zuvor, als hätten sie es ihm zuliebe getan.

Unter Mirchonds Bildern vom Landleben überwogen dennoch jene, die seine Kraft und Bereitschaft zeigten, es mit einem jungen Hengst oder wilden Esel, aber auch mit einem heftigen Wind und einem Frühlingssturm aufzunehmen. Seine Kraft war so sichtbar und zweifelsfrei, dass in seinem Umfeld spöttische Kommentare ausblieben, als er vor etwa anderthalb Jahren, kurz vor Chayyams Eintreffen in Isfahan, ein gesundes junges Mädchen als dritte Frau zu sich nahm. Natürlich gab es auch keine Zustimmung, man wusste ja, wann und wie die ernsten und ehrenhaften Männer eine dritte Frau nahmen, aber in Mirchonds Fall blieben Verurteilungen und Spott aus, und es gab sogar achtungsvolles Verständnis und auch so etwas wie Neid.

Was immer er tat, Mirchond gelang es, das gewünschte Bild von sich unbeschädigt aufrechtzuerhalten. Die Leute glaubten ihm gern, dass er so sei, wie er sich darstellte, selbst wenn seine Handlungen das Bild, das er von sich schuf, geradewegs Lügen straften. Für alle in der Gesellschaft war er das verkörperte Ideal eines Dehkans, ein konservativer Bewahrer der persischen Tradition, der mit dem Land und vom Land lebte, der es ablehnte, sich den schnellen Veränderungen im Geschäftemachen und Benehmen anzupassen, obwohl man wusste, dass er etlichen Händlern Geld lieh und dieses Geld gern wieder zurücknahm, vermehrt um den ihm zustehenden Teil des Gewinns, den der Händler erzielte. In Gesprächen brachte er es fertig, die Händler und Geldwechsler, die Unternehmer und Beamten seine Geringschätzung spüren zu lassen (was er im Übrigen oft und gern tat), obwohl sein leiblicher Sohn Bauunternehmer war. Er konnte das, weil er wie kein Zweiter auf der Welt zu sagen verstand, dass er von dem, was das Land und seine Arbeit hergaben, lebte, dass er, ehrlich gesagt, nicht bereit wäre, von etwas anderem zu leben, weil er nun einmal ein Mann und Kind des Landes war, und zwar jenes kleinen Stück Landes, das seine Vorfahren schon seit fünfzehn Generationen bearbeiteten. Die Leute brauchten einen echten Dehkan wahrscheinlich sehr, als welcher sich Mirchond gern und geschickt darstellte, und jemanden, der das auch sagte und es so sagte, wie er es tat, und sie weigerten sich zu sehen, dass er manchmal verriet, was er darstellte. Sie hatten, um die Wahrheit zu sagen, auch gar keinen Grund, es zu sehen, weil Mirchond das, was ihre Zeit und sie brauchten, gut darstellte, es war gut genug, was sie aus ihm machten oder wenigstens verlangten, das habe er zu sein.

Es wäre übertrieben zu sagen, dass die Krankheit aus Mirchond einen hinfälligen Greis gemacht hätte, aber sie hatte ihn so geschwächt, dass in ihm keine Spur von Robustheit mehr war, von jener Kraft, die sich in jeder Bewegung entladen und geäußert hatte. Mit tiefen Augenringen und fast weißem Gesicht, kraftlosen Gelenken und zitternder Stimme war er nur ein Schatten seiner selbst. Noch bevor er sich an den Patienten wandte, schickte Chayyam einen Diener mit einer Liste von Dingen los, die dieser im Basar beim Apotheker und Kräutermann besorgen sollte, und dann begann er ein langes Gespräch mit Mirchond. Auf alle Fragen antwortete der Alte geduldig und erschöpfend, mit einer kindlichen Fügsamkeit, die für die Leute, die ihn aus seinen guten Tagen kannten, geradezu beleidigend war. Die Untersuchung verlief ohne Probleme, weil sich der Patient in einer Phase der Besserung befand. Chayyam notierte alles, was er bei der Untersuchung feststellte und von Mirchond hörte, und dann ordnete er die einzelnen Tatsachen auf einem anderen Blatt Papier nach Wichtigkeit und Ähnlichkeit in Gruppen. Oben auf das Blatt schrieb er »Erbrechen – Krämpfe – Sehstörungen«, links darunter »Kopfweh« und rechts »schwere Träume«. Was auf dem ersten Blatt übriggeblieben war, trug er unter dieser Überschrift ein und sortierte die Angaben zu Gruppen, dann verband er die einzelnen Angaben durch Striche miteinander und dachte lange nach, als prüfte er den Wert und die Bedeutung dieser Verbindungen. Kurz bevor Chayyam mit der Anordnung seiner Notizen fertig war, erschien der Diener und brachte die bestellten Dinge, und so verlangte er, dass man dem Kranken heiße Milch gab, damit er schwitzte, und nahm dem Patienten Speichel und Urin ab. Er schüttete die Körperflüssigkeiten des Kranken aus einem Schälchen ins andere, goss davon ein wenig in gesonderte Glasschälchen und fügte einige Tropfen aus einem der Fläschchen hinzu, die der Diener auf dem Basar gekauft hatte, schüttelte und rührte … Die Körperflüssigkeiten veränderten ihre Farbe, wenn man ihnen etwas aus dem Fläschchen hinzufügte, ein oder zwei Mal waren Klänge in den Schälchen zu hören, weil die ganze Zeit während Chayyams Mühen Totenstille im Zimmer herrschte, nur unterbrochen von Chayyam, der unverständliche Laute von sich gab und neue Eintragungen machte. Als auf Mirchonds Gesicht die ersten Schweißtropfen auftraten, nahm er ein Täfelchen, mit dem er den Schweiß vom Gesicht, von unter den Achseln und von der Brust in ein dünnes Glas zu schaben schien, und dann beschäftigte er sich lange damit. Als er aus einem der Fläschchen drei Tropfen einer Flüssigkeit von einem seltsamen Geruch in das Glas gab und umrührte, färbte sich der Schweiß grellgelb. Daraufhin seufzte Chayyam, stellte das Glas mit dem gelben Schweiß beiseite, ergriff die Rohrfeder und das Blatt mit seinen Aufzeichnungen, trug eine weitere Notiz ein und versank in Gedanken. Nachdem er lange nachgedacht hatte, hob er den Blick und verkündete, ohne die versammelten Familienmitglieder einzeln anzusehen, Mirchond habe sich doch vergiftet, wie unangenehm es ihm auch sei, einen erfahrenen Arzt zu widerlegen, der das Gegenteil behauptete.

»Es ist keine Entzündung«, betonte er. »Ar-Razi hat es als Erster geschrieben, und Ibn Sina hat es dann praktisch überprüft und bestätigt, dass Erbrechen, Krämpfe und Sehstörungen sichere Zeichen für eine Vergiftung sind, sie treten immer auf, wenn einer vergiftet ist, und meist treten sie in dieser Kombination nur dann auf. Er hat kein Fieber, deshalb wird es keine Entzündung sein, die meist Fieber im Körper hervorruft. Wenn du auf der Haut eine kalte Stelle ertastest, kannst du sicher sein, dass drinnen, im Körper, und zwar unter der kalten Stelle, eine Entzündung ist, die Fieber verursacht. Aber er hat keine kalte Stelle am Körper. Berührt seine Stirn, die Achseln, die Ohren, schaut ihm in die Augen – nirgendwo eine Spur inneren Feuers. Alles hat mit Kopfweh angefangen, was auf eine Entzündung hindeuten kann, aber sein Kopfweh hat tief in den Augen und dahinter angefangen, ist dort geblieben, auch als es stärker wurde. Ich würde das nicht mit einer Entzündung in Verbindung bringen, sondern mit dem Sehen, das heißt mit dem, was irgendwie mit den Augen selbst zusammenhängt, und das ist in diesem Fall eine Vergiftung.«

Er verordnete dem Kranken, rasch Wegerichpulver einzunehmen, ein getrocknetes, dann gemahlenes Blatt, um die Gifte auszuscheiden, und eine nur in klarem Wasser gekochte Rübe zu essen, welche die im Körper vorhandenen Gifte binde. Er gestand, dass er schwanke, ob er eine weitere therapeutische Maßnahme ergreifen solle, die vielleicht helfen, aber die Dinge genauso gut verschlimmern und schließlich den Tod des Patienten herbeiführen könne, weil ihre Wirkung ausschließlich davon abhänge, wie weit die Vergiftung des Körpers fortgeschritten sei. Alles hänge davon ab, ob die Gifte ins Blut gelangt seien. Er würde gern, erklärte er, ein heißes Bad für die Beine machen, das heißt, für die Füße und die Unterschenkel, damit Mirchond schwitze und mit dem Schweiß auch einen Teil der Gifte ausscheide, die sein Körper bereits aufgenommen habe, aber ein solches Bad würde auch die Bewegung des Blutes beschleunigen und damit die Aufnahme des Gifts in den Körper, weil es gerade das Blut sei, das das Gift in jeden Teil des Körpers transportiere und die Vergiftung zu ihrer vollen Wirkung bringe. Am Ende entschied er sich, Salz zu erwärmen und damit Umschläge auf den unteren Teil des kranken Körpers zu machen, im Glauben, dadurch alle guten Wirkungen eines heißen Bades zu erreichen, aber nur wenige seiner schlechten Wirkungen.

So begann der Kampf um Mirchonds Leben. Um das Bett des Kranken hatten sich alle drei Frauen versammelt, die erste und älteste, Hind, die bis heute der Mittelpunkt des Hauses und der Familie geblieben war, Fitna, die zweite Frau, still und zurückgezogen, fast abwesend, sowie die jüngste, Schirin, die ihrem Aussehen nach zu urteilen jünger war als sein Sohn Feridun. Außerdem waren Sukayna, seine Tochter, die ebenso wie Feridun von seiner ersten Frau war, und zwei sehr alte Dienerinnen da, die schon lange zur Familie gehörten. Fast ständig war auch jemand aus der Nachbarschaft anwesend, eine oder zwei Frauen aus befreundeten Familien, manchmal Mann und Frau gemeinsam, die gekommen waren, um Hilfe anzubieten, auch zwei Nachbarn tauchten auf, mit denen Mirchond tags darauf auf die Jagd hätte gehen sollen. Im Mittelpunkt stand natürlich Chayyam, von dem man erwartete, dass er tat, wofür sie sich versammelt hatten. Alle sahen auf ihn und warteten auf den kleinsten Wink, um loszurennen und Salz und eine Schüssel mit Glut zu holen, zu überlegen, wie das Salz zu erwärmen und wie damit die Umschläge für den Kranken zu machen seien, um Wasser heranzuschaffen und dem Patienten, der ständig Durst hatte, zu trinken zu geben, um Rosenwasser zu bringen und damit die Stirn des jungen Hakim abzuwischen, um ihm den Aufenthalt und die Arbeit in ihrem Haus angenehmer zu machen. Am späten Nachmittag schlief Mirchond ein, und alle atmeten auf, denn alles deutete darauf hin, dass er nicht abgesackt war oder sich verloren hatte, sondern wirklich eingeschlafen war. Da konnten sie sich endlich um sich selbst kümmern und aßen am Bett des Kranken oder tranken Tee, bemüht, ohne wirklichen Erfolg, sich dabei zu unterhalten. Auch Chayyam war nicht wirklich erfolgreich in seinem Bemühen, die Frauen aus der Familie seines Freundes nicht anzusehen, so sehr er auch wusste, dass dies der Anstand von ihm verlangte – zum ersten Mal im Leben war er ins Zentrum einer Gruppe geraten, die etwas Großes von ihm erwartete, und diese Gruppe bestand obendrein fast nur aus Frauen, über die er nichts wusste und mit denen er deshalb auch nicht zu sprechen verstand, wie es sich gehörte.

Irgendwann in der Nacht, noch immer saßen sie um das Bett und tauschten bisweilen das eine oder andere Wort aus, ohne an Schlafen zu denken, erwachte Mirchond sichtlich gestärkt. Er verlangte zu essen und warf ihnen vor, sie speisten ihn hier mit einer faden Rübe ab, versicherte, es gehe ihm gut, und drohte, morgen, wenn er ausgeschlafen habe und mit neuer Kraft aufstehen werde, mit allen abzurechnen, die ihn derart quälten, dann schickte er sie schlafen und schloss die Augen. Alle im Zimmer erstarrten vor Freude, und dann begannen sie sich plötzlich zu regen und beinahe gleichzeitig zu reden. Die alten Frauen segneten Chayyam, und Mirchonds erste Frau, Hind, die von den anderen Frauen und den Dienern bei ihrem Namen oder dem Attribut »die Erste« genannt wurde, erklärte ihm, nach dem hier könne sie zwischen ihm und Feridun, ihrem einzigen Sohn, keinen Unterschied mehr machen, während er, Chayyam, mittendrin stand, verlegen und beschämt, weil sie ihm offensichtlich Verdienste für einen ganz zufälligen Erfolg zuschrieben. Er bedankte und freute sich, daran war nicht zu zweifeln, aber gleichzeitig stotterte er und bemühte sich zu erklären, dass er sonst keine Kranken behandele und dies das erste Mal sei, ein glücklicher Zufall habe gewollt, dass er unlängst wieder alle großen Lehrer der Medizin, von ar-Razi bis zu unseren Zeitgenossen gelesen habe, so dass ihm ihre Erfahrungen und Empfehlungen frisch im Gedächtnis hafteten, er rechtfertigte sich, geholfen habe ihm wohl auch, dass er keinerlei Erfahrung besitze, und in der Wirklichkeit, in dem, was er sehe, besser habe erkennen können, was er in den Schriften der Lehrer beschrieben gefunden habe … Er folgerte, dass es uns manchmal nütze, wenig zu wissen, woraufhin im Zimmer ein Lachen ausbrach, als wäre eine Kristallflasche zersprungen. Alle sahen Sukayna an, Mirchonds jugendliche Tochter, die so herzlich aufgelacht hatte, sie sprang auf Chayyam zu und küsste ihn. Danach entfernte sie sich von ihm, maß ihn mit Blicken, rief »Schau an, er ist wirklich komisch!« und brach wieder in ein Lachen aus, das in alle Richtungen durch das Zimmer kullerte.

Chayyam spürte, dass sein Gesicht brannte, und daher

wusste er, dass er wohl wirklich komisch war, aber wie sehr, konnte er nicht wissen. Er versuchte, sich vorzustellen, wie er aussah und was wohl so komisch an ihm war, er bemühte sich, wenigstens zu erahnen, wie ihn in diesem Moment die anderen sahen und wie sie ihn fanden, aber ohne Erfolg. Er schloss, dass es einem sehr helfen würde, wenn man sich, wenigstens manchmal, wenigstens in bestimmten Situationen, von außen und innen sehen könnte, wenn er sich zum Beispiel jetzt sehen könnte, wie ihn Sukayna sah. Obwohl, fürchtete er, auch das keine Lösung wäre, weil ihn auch die anderen von außen sahen und nur Sukayna über ihn lachte, sie ihn also nicht komisch fanden. Du bist arm dran, wenn du dich dein ganzes Leben lang nur von einer Seite siehst und kennst, da gibt es weder richtiges Wissen noch Verständnis.

Hind stand auf und verkündete, es sei Schlafenszeit, der Kranke schlafe, also könnten auch sie sich hinlegen; wenn sie hierblieben, würden sie nur den Schlaf und die Genesung des Kranken beeinträchtigen. Chayyam und Feridun blieben bei dem Kranken, während die anderen auseinandergingen.

Am Freitagmorgen schlief Mirchond noch immer, und so lud Feridun Chayyam ein, ihm ein wenig das Anwesen zu zeigen und sich unterwegs die Beine zu vertreten. Sie gingen also nicht in den Innenhof und den Garten, sondern hinaus, vor den Haupteingang, bogen links um die Ecke und gingen den linken Flügel des Hauptgebäudes entlang fast bis zum Ende, dann entfernten sie sich vom Haus und gingen auf eine Baumgruppe im Garten zu. Unterwegs fragte Feridun seinen Freund, woher er den Mut gehabt habe zu behaupten, bei Mirchond handele es sich um eine Vergiftung, obwohl ein angesehener und erfahrener Arzt das Gegenteil festgestellt habe.

»Gerade deshalb«, entgegnete Chayyam. »Er hat seine Behauptung, dass es sich nicht um eine Vergiftung handele, am Urin festgemacht, wie es wahrscheinlich jeder erfahrene

Arzt getan hätte. Und in siebenundneunzig von hundert Fällen hätte er recht gehabt. Die Ärzte stoßen nämlich hauptsächlich auf gemischte Gifte, die dem Körper zugeführt werden, solche Gifte zeigen sich zuerst im Urin, und die Sehprobleme treten bei einem Vergifteten erst ganz am Ende auf. Um eine Schlussfolgerung wirklich zu begreifen, musst du zumindest den Weg erahnen, der zu dieser Schlussfolgerung geführt hat, also die Logik des Mannes, der das gefolgert hat, weil das menschliche Urteil oder die Schlussfolgerung nicht zu trennen sind von dem, der sie ausgesprochen hat, vom Augenblick und den Umständen, unter denen das geschehen ist, schließlich von seinem Charakter und seinen Erfahrungen. Denn wir sehen von den unzähligen Möglichkeiten der Welt nur ein paar wenige, jene nämlich, die uns unsere Erfahrung, unser Charakter, unser Wissen zeigen … wir sehen und verstehen also nur jenen Teil der Welt, der sich uns gezeigt hat, und nur über ihn können wir urteilen und aus ihm schlussfolgern, fast würde ich sagen, wir finden hauptsächlich das, was wir suchen …«

»Ich hab dich doch was ganz Einfaches gefragt, Mann«, empörte sich Feridun.

»Ich hab dir eine Antwort gegeben. Er hat Spuren von Gift im Urin gesucht, und als er keine fand, schlussfolgerte er, dass dein Vater keine Vergiftung hat. Warum? Weil er in der Praxis nur einer Art von Giften begegnet ist, solchen, die aus giftigen Substanzen gemischt sind und sich im Urin nachweisen lassen. Aufgrund seiner Erfahrung hat er vergessen, dass es sich dabei nur um eine Art von Giften handelt, wie uns die Arbeiten über Gifte und Vergiftungen von ar-Razi lehren. Aber Gifte gibt es Hunderte, Tausende, von unterschiedlicher Herkunft und unterschiedlicher Wirkung. Jeder lebendige Körper verwandelt sich doch in Gift, in viele verschiedene Gifte, wenn ihn das Leben verlässt und er zu zerfallen beginnt. Dein eigener Körper kann anfangen, die

Nahrung, die er aufnimmt, in Gifte zu verwandeln oder in sich Gifte zu produzieren, wenn eine bestimmte Störung bei ihm auftritt. Aber im Urin lassen sich solche Gifte nicht entdecken, sie hinterlassen Spuren im Schweiß oder im Speichel. Eine *zarra*, das kleinste Teilchen des lebendigen Körpers, ist aus Teilen zusammengesetzt, die, jedes für sich, reine Gifte sind, und zwar starke. Nur der Hauch des Lebens befreit sie, wenn sie so angeordnet sind, wie die Göttliche Gnade sie zu einer Ganzheit angeordnet hat, von ihrer tödlichen Wirkung. Es genügt, das Fleisch eines Tiers zu essen, das einige Tage tot und isoliert war, abgesondert von Wärme, Licht und sauberer Luft, um sich übel zu vergiften.«

»Willst du damit sagen, dass mein Vater Fleisch von einem Kadaver gegessen hat?«

»Nein, Gott bewahre, ich rede über einen Fall, den ar-Razi beschreibt.«

»Gut für dich«, atmete Feridun auf. »Da sind wir.«

Mit dem Finger bedeutete er Chayyam zu schweigen und ihm zu folgen, er ging auf einen von Bäumen beinahe ganz verdeckten Pavillon zu, und dann öffnete er weit die Tür, vor der sie stehen geblieben waren. Durch die Tür quollen Tauben, die ihm auf die Schultern, die ausgebreiteten Arme und den Kopf flogen, und er lachte laut, mit funkelnden Augen und leuchtendem Gesicht. Er wollte seinem Freund zeigen, was seine Lieblinge mochten, so schwang er den linken Arm und legte ihn an den Körper, alle Tauben, die auf ihm waren, flogen hoch und begannen über ihm zu kreisen. Danach streckte er den linken Arm aus, und sie landeten darauf, nun schwang er den rechten und ließ ihn sinken, so dass die Tauben, die auf ihm gesessen hatten, wiederholten, was ihre Artgenossen auf der linken Seite bereits getan hatten. Als sie auf den wieder ausgestreckten rechten Arm zurückgekehrt waren, machte Feridun einen Sprung und klatschte in die Hände, woraufhin alle Tauben aufflogen und in geordneter Formation ein paar Kreise über ihnen zogen. Währenddessen holte Feridun Getreide aus einer kleinen Tasche, die über seiner Schulter hing, und bot es, die Arme ausgebreitet, auf den offenen Handflächen an, die Tauben landeten, pickten Getreide und flogen wieder auf, wobei sie Kreise über seinem Kopf beschrieben, während ihr Beschützer laut lachend seiner Freude freien Lauf ließ, die er nicht mehr zurückhalten konnte.

Als er des Spiels mit seinen Lieblingen ein wenig müde war, erklärte Feridun Chayyam, dass er schon seit einigen Jahren jeden Morgen, aber buchstäblich jeden Morgen vor dem Aufbruch in die Stadt hierher kam und Kraft sammelte für den Tag, der ihm bevorstand. Er gab zu, dass sein Vater über seine Liebe und die bloße Idee, Tauben zu züchten, offen spottete, aber das traf ihn nicht, er könnte jetzt nicht mehr ohne seine Tauben auskommen, selbst wenn er es wollte.

Ein Diener kam mit der Nachricht herbeigerannt, Mirchond sei erwacht, und so eilten auch sie zurück. In der Vorhalle trafen sie Sukayna an, in ausgesprochen festlichem Aufzug. Sie trug ein pfirsichfarbenes Seidengewand und ein Stirnband von gleichem Stoff und gleicher Farbe. Über dem rechten Auge hatte sie, an dem Band befestigt, einen ziemlich großen Smaragd, der einen starken und wunderschönen Kontrast zu der dunklen, fast schwarzen Farbe ihres Auges bildete.

»Was hast du aus dir gemacht?«, fragte Feridun heiter, erfreut über den Anblick seiner Schwester, die buchstäblich strahlte.

»Ich hab mich zurechtgemacht, ich feiere, dass mein Vater aufgewacht ist. Würdest du das nicht?«

»Schön, aber nicht wie Valida, ihr Mädchen ahmt sie nach, als wäre nur sie schön, als müsstet ihr unbedingt alle so sein wie sie!«

»Ich hab mich zurechtgemacht, damit ich schön bin, kann ich was dafür, dass auch sie schön ist?«

Wie fern ihm auch die freizügigen Kreise waren, wusste Chayyam doch, wovon Bruder und Schwester sprachen, weil man von Valida schlicht wissen musste. Er hatte sie nicht gesehen, auch sonst gab es nicht viele Leute, die sie aus der Nähe gesehen hatten, aber er wusste viel über ihre Verse und noch mehr über ihre freizügigen Abenteuer, über ihre öffentlichen Reden, die Bewunderung oder Wut erregten, und über ihre atemberaubende Schönheit. Dichterisches Talent und rednerischer Ruhm, Schönheit, Liebe und Mut, all das weckte im Zusammenhang mit Valida Bewunderung und Neid, Träume, Sehnsucht und Gerede, in einem Maß, das die bloße Möglichkeit, nicht von ihr zu wissen und nicht genug über ihr Verhalten, ihre Kleidung, ihre Auftritte gehört zu haben, ausschloss. Auf der Stirn, über der linken Augenbraue, hatte Valida ein Muttermal, das sich nicht entfernen ließ, das sie aber störte, und so hatte sie sich entschlossen, ein Stirnband aus Seide zu tragen, um es nicht sehen zu müssen. Aber damit nicht jemand auf die Idee kam, sie wolle etwas verbergen, brachte sie einen Edelstein an, und zwar genau dort, wo man das Muttermal gesehen hätte, wenn das Band und der Edelstein nicht gewesen wären.

In Mirchonds Zimmer herrschte ein fröhliches Durcheinander. Der Kranke lag da, gegen zwei Kissen gelehnt, die seinen Oberkörper stützten, mit leuchtendem und rosigem Gesicht, das, umkränzt von seinem weißen Haar und Bart, noch leuchtender wirkte. Der lange und gute Schlaf schien ihm etwas von seiner Kraft oder wenigstens die Erinnerung an sie zurückgebracht zu haben. Am Kopfende seines Bettes saß Hind, ganz starr von der Anstrengung, ihre Gefühle unter Kontrolle zu behalten, und kämmte mit den Fingern sein vom Schlafen und vom gestrigen Schwitzen verwirrtes Haar, neben ihr stand eine Nachbarin mit einer Schüssel Quitten in den Händen und versicherte, die Quitten schicke ihr Mann, derselbe, der es vermieden hatte, dieses Haus zu betreten, seit Mirchond eine dritte Frau geheiratet hatte. »So groß ist seine Freude darüber, dass Mirchond sich erholt hat«, versicherte die Nachbarin und sah sich um, wo sie ihre Schüssel mit den Quitten abstellen könnte. Um den Kranken kümmerte sich hastig die junge Schirin, die seine Kleidung in Ordnung brachte und Gesicht und Hände mit Rosenwasser wusch, so dass eine unerträgliche Mischung von Gerüchen das Zimmer erfüllte, nach abgestandenem Schweiß, Rosenwasser, duftenden, in einem Glutbecken verbrannten Kräutern, mit Schweiß getränktem Salz, das seit gestern Nachmittag in einer Ecke des Zimmers stand, zahlreichen menschlichen Körpern, die im Zimmer herumschwirrten und ihre Gerüche abgaben ... Links von der Tür saß eine sehr alte Dienerin und betete, und einen Schritt von ihr entfernt Fitna, die zweite Frau, die unhörbar weinte. Am Fußende des Krankenbetts saß die andere Greisin, über das ganze Gesicht strahlend rieb sie seine Füße und sagte von Zeit zu Zeit mit einem Lächeln und sichtlicher Freude: »Ach, mein Lieber!« In der frohen Erwartung, die das Zimmer erfüllte, kam keiner der Anwesenden auf die Idee, das Tischchen, auf das Sukayna das Tablett mit dem Frühstück für den Vater hätte stellen können, ans Bett zu rücken, so dass sie mit dem Tablett in den Händen auf halbem Weg zwischen Tür und Bett stehenblieb.

Chayyam ordnete an, dem Alten vor jedem Gespräch und jeder Untersuchung zu essen zu geben, aber gekochte Rübe und nicht die Leckerbissen, die Sukayna gebracht hatte. Er machte sich große Sorgen, als er bemerkte, dass sein Patient, der im Übrigen mit hungrigem Blick verfolgte, wie Sukaynas Tablett auf dem Tischchen in der Zimmerecke abgestellt wurde, was ein klares Zeichen war, dass er Hunger hatte, ein Stückchen von der Rübe in den Mund nahm und es dann auf der Zunge behielt, wie ein Kind, das nichts damit anzufangen weiß. »Das Gehirn ist nicht beschädigt«, flüsterte er für sich, aber durchaus hörbar, »er weiß, dass er Hunger hat, und weiß, dass er essen möchte, er weiß sogar, was er möchte, also kann er nicht vergessen haben zu kauen. Das bedeutet, dass es sich um die Muskeln handelt, die abgestorben sind oder den Kontakt zum Gehirn verloren haben.«

Es war eine Qual, dem stämmigen grauen Mann dabei zuzusehen, wie er mit seinem Kiefer und der Zunge kämpfte, um sie zu bewegen, während ihm der Speichel am Kinn hinunterrann. »Das ist, was ich befürchtet habe«, flüsterte Chayyam Feridun zu, der ihn verständnislos anstarrte.

In der Zwischenzeit war es Mirchond doch gelungen, die Kiefermuskeln und die Zunge zu bewegen und zu kauen, aber das Schlucken fiel ihm noch schwerer, so dass es eine wahre Quälerei war, erniedrigend für beide Seiten, ihm beim Essen zuzusehen.

»Das ist, was ich dir unterwegs gesagt habe, beim Taubenschlag«, wandte sich Chayyam wieder mit einem Flüstern an Feridun. »Einen solchen Fall beschreibt ar-Razi, ich habe sofort alles erkannt. Gebe Gott, dass wir doch mehr bewirken können als er für seinen Patienten.«

»Was soll das jetzt, verdammt noch mal?!«, fuhr ihn Feridun an, den scheinbar nervte, dass er seinen Freund nicht verstand, und zwar weder das, was er sagte, noch den Grund, warum er es sagte. »Du siehst doch, dass der Mann isst, was willst du denn noch?«

»Er konnte nicht kauen, jetzt macht ihm das Schlucken zu schaffen, das heißt, er hat eine Muskelstarre. Das ist überhaupt nicht gut, das ist ein Zeichen, dass das Gift ins Blut gelangt ist und sich im ganzen Körper verteilt hat. Ich weiß nicht … Soll er erst mal essen, dann werden wir uns im Gespräch mit ihm vergewissern, ob meine Befürchtung zutrifft.«

Er ließ den Kranken nach dem qualvollen Mahl ausruhen,

und dann begann er seine Muskeln am Hals und am Kiefer zu berühren, zu streicheln und zu massieren, wobei er sich die ganze Zeit erkundigte, wie der Kranke die Berührung und seine Muskeln wahrnahm, ob er die Berührung überhaupt registrierte und inwieweit er fähig war, Berührung von Druck zu unterscheiden. Mirchond versuchte folgsam zu antworten, mit ebenjener demütigen Bereitschaft, die Chayyam schon einmal unangenehm berührt hatte, aber das, was von ihm kam, glich allem auf der Welt eher als der menschlichen Sprache. Erst war es eine Stimme, die sich nicht zu einer Rede formen konnte, weil sie nicht auf die Hindernisse stieß, die ihren Fluss verengen oder schließen, sie gelangte nicht in die Kanäle, die sich verengen oder verbreitern, schlug nicht gegen die Wände, die sie auf die linke oder auf die rechte Seite lenken. Als sich die Stimme irgendwann zu Worten zu formen begann, war es vielleicht noch qualvoller, sie zu hören. Mirchond schien jedes Wort wie ein hartes Kügelchen im Mund zu wälzen, er konnte es nicht verschlucken, aber auch nicht ausspucken, und als ihm schließlich gelang, es auszuwerfen, konnte der Hörer nur mit großer Mühe und viel Phantasie ein Wort einer menschlichen Sprache erkennen.

»Wir haben nichts zu verlieren«, sagte Chayyam laut zu allen, nachdem Mirchond verstummt war. Erst dieser Ausruf vertrieb die fröhliche Stimmung, die geherrscht hatte, als er und Feridun hereingekommen waren, endgültig aus dem Zimmer. Er verlangte, sie sollten heißes Wasser holen, sie könnten ruhig das Salz von gestern hineintun, um ein Bad für die Beine zu bereiten, dicke Tücher, die sie mit Essig befeuchten und mit denen sie den Kranken abreiben sollten, genug Joghurt, den sie ihm zu trinken geben sollten, wenn er durstig werde, und viel, viel gemahlenen Wegerich, den sie ihm, und sei es mit Gewalt, in den Hals stopfen sollten.

In diesem Augenblick nahm Hind, ohne ein Wort oder eine sichtbare Geste, den Platz inmitten der kleinen Frauengesellschaft ein. Als hätte sie sich mit Blicken und ihrem Gesichtsausdruck mit den anderen Ehefrauen, ihrer Tochter und den Dienerinnen abgesprochen, lenkte sie das Geschehen im Zimmer, und alle beeilten sich, vermutlich ihrem Platz und ihrer Rolle in dieser Gesellschaft entsprechend, das zu tun, was man von ihnen erwartete und was Hind ihnen durch ihre stumme Verständigung auftrug. Sogar Chayyam, der die Mechanismen, nach denen menschliche Gesellschaften funktionieren, nie hatte kennenlernen wollen, erkannte ohne weiteres, wie sich welche der hier anwesenden Frauen fühlte und welchen Platz sie in ihrer kleinen Welt einnahm. Er sah zum Beispiel, dass Fitna ihren Platz irgendwo zwischen den Dienerinnen und Ehefrauen gefunden hatte, weil sie offensichtlich alles, was physische Arbeit war, als ihre Pflicht empfand und diese schnell und geschickt verrichtete, wie immer darum bemüht, unsichtbar zu sein und zu bleiben. Mit der jungen Schirin dagegen, die ihrer eigenen Meinung und der aller anderen nach die Zierde des Hauses und der Hausbewohner war, verband man Freude, Genuss und Schönheit, während Sukayna, nach allem zu urteilen, die Hüterin der Vornehmheit in der Familie war (der alten Dienerin trug sie auf, die Tücher zum Abreiben des Kranken zurückzubringen und andere zu holen, mit der Erklärung, die Tücher, die sie zuerst gebracht hatte, passten in das Haus eines Geldwechslers, aber nicht in das Haus eines Adligen).

Eine Frau kam herein, wahrscheinlich eine Nachbarin, zwei große Eier in den Händen, sie sah sich um, als suchte sie jemanden, dem sie die Mitbringsel aushändigen könnte, dann zog sie sich an die Seite zurück, wich an die Wand aus, nachdem sie wohl eingesehen hatte, dass in dem geschäftigen Treiben, das hier herrschte, niemand Interesse für sie und ihre Eier hatte.

Die Frauen erledigten schnell und akkurat alles, was er von ihnen verlangte, sie erledigten auch das, was er selbst nicht gekonnt oder gewusst hätte. Hind zog dem Kranken zum Beispiel sehr geschickt und ohne Probleme die Zunge heraus und flößte ihm das Wegerichpulver ein, das sie zuvor in Joghurt gerührt hatte, aber Chayyam konnte sich nicht von dem Gefühl befreien, dass sie ihn schief ansahen. Gaben sie ihm die Schuld, dass sich Mirchonds Zustand verschlechterte, oder war es der natürliche Missmut, den Menschen dem Überbringer einer schlechten Nachricht gegenüber an den Tag legen? Aber gleichzeitig musste er zugeben, dass er sich in diesem Haus voller Harmonie und Wärme wohlfühlte, dass er seinen Freund Feridun darum beneidete, in einer solchen Familie aufgewachsen zu sein und hier sein Leben verbracht zu haben, und dass er Mirchond vor allem deshalb heilen wollte, um die Freude, die er hier in der vergangenen Nacht kennengelernt hatte, noch einmal zu sehen und zu spüren. Seiner Familie hatte er durchaus nichts vorzuwerfen, aber was er hier sah … Sie schienen gemeinsam zu atmen und zu fühlen, sie hatten eine Harmonie erreicht, wie er sie noch nicht gesehen hatte, außer am nächtlichen Himmel, beim Beobachten der Sterne.

Am Nachmittag besserte sich Mirchonds Zustand. Nachdem er stark geschwitzt hatte und mit Essig eingerieben worden war, ruhte er sich kurz aus, und dann verlangte er fast verständlich etwas zu essen. Mit Schwierigkeiten, aber viel leichter als am Morgen aß er etwas gekochte Rübe und trank ziemlich viel Joghurt, in den Wegerichpulver gerührt war. Danach versank er in einen Zustand zwischen Schlaf und Ohnmacht, so dass auch die Hausbewohner ein wenig verschnaufen konnten. Eine knappe Stunde später kam Mirchond zu sich und sah seinen Sohn an, konzentriert und beharrlich, als wollte er sich jede Einzelheit in seinem Gesicht ins Gedächtnis einkerben oder ihn auf etwas aufmerksam machen.

»Lass nicht zu, dass es dabei bleibt«, sagte er, nachdem er

ihn lange betrachtet hatte, und so deutlich, dass es alle Anwesenden verstanden.

Feridun erschauerte irgendwie sonderbar bei dieser Bitte, fast als hätte er Angst, und dann bat er den Vater, ihm zu erklären, woran er denn denke. Vergebens. Bevor es ihm gelang, erneut zu sprechen, flossen Mirchond zwei Rinnsale am Kinn hinunter, als hätte sich in seinem Mund auf einmal eine kleine Quelle angesiedelt. Alle schauten auf Chayyam, als erwarteten sie von ihm eine Erklärung, doch dieser schüttelte nur den Kopf.

Zur Tür, die sich plötzlich öffnete, kam ein stämmiger Mann mit seiner Frau herein, die an einem Bastnetz fingerte, in dem verschiedenes Obst zu sehen war.

»Hier sind Freunde und Geschenke!«, rief der Mann beim Hereinkommen »hier sind Leute, um mit euch die Freude zu teilen.«

Daraufhin schrie jemand auf und verstummte sogleich, als wäre es ihm gelungen, den Schrei zu ersticken, und im Zimmer trat die tiefe Stille des Todes ein. In dieser Stille ertönte unnatürlich laut das Knacken zerbrochener Eier, die der Frau, die sich an die Wand zurückgezogen hatte, aus der Hand gefallen waren.

»Was ist hier los?«, fragte der fröhliche Ankömmling verwirrt.

Wie zur Antwort begann Fitna, laut zu klagen und sich mit der Hand auf die Brust zu schlagen, sie fragte ihren Mann, warum er sie im Stich lasse und was sie nun mit sich anfangen solle.

»Was soll das?! Bist du noch normal?!«, fuhr Feridun sie an und ging wütend auf sie zu.

»Kein Mann, kein Kind, kein Hündchen, kein Kätzchen, nicht einmal Schmerz genug ist da, um mich zu töten«, klagte Fitna monoton, mechanisch, mit einer unmenschlichen Stimme, die sich ins Hirn bohrte.

»Beschwör das Unglück nicht herauf, Schwester«, versuchte Hind sie zu beruhigen.

»Was hast du mich geboren, Mutter!? Was soll ich jetzt mit mir anfangen, ich Verlassene. Was habe ich dir getan, o Gott? Was schlägt mich dieses Schicksal so?«

»Du bist die Witwe meines Vaters, du bleibst hier, das ist auch dein Haus«, meldete sich Feridun wieder, bemüht, dem unerträglichen Aufzählen ein Ende zu machen. »Schweig!«, schrie er, als er wohl eingesehen hatte, dass keine menschliche Stimme in Fitnas Bewusstsein drang. Sie verstummte, aber dafür rannte Sukayna aus dem Zimmer, wobei sie das Tischchen umstieß, auf dem sie das Tablett mit den Speisen abgestellt hatte, die sie als Frühstück für ihren Vater vorgesehen hatte. Sie rannte, einen unnatürlichen Laut von sich gebend, hinaus und schlug heftig die Tür zu.

Nach diesem Vorfall legte sich eine qualvolle Stille über alles, nur eine der alten Dienerinnen murmelte unbeirrt ihre Gebete, während die andere durch die Decke hindurch Mirchonds Beine streichelte und in einem ihr eigenen Rhythmus wiederholte: »Du mein Herz, du mein Herz«. Aber ihre Stimmen schienen die schwere Stille nur zu vertiefen.

In diese Stille stieß wie ein Messer Mirchonds Röcheln. Chayyam ging zu ihm, untersuchte den Mund und überzeugte sich, dass es genau so war, wie es ar-Razi beschrieben hatte – jene Speichelquelle war versiegt, und nun war der Mund vollkommen trocken, selbst das unumgängliche Maß an Feuchtigkeit fehlte. Es war klar, danach kämen die Starre von Hals und Lunge, das Ende der Atmung und der Verlust der Luft und dann das Todesröcheln und der Tod. Da gab es nichts mehr zu tun, dem Menschen in seiner Niedertracht war es recht, dass er das Schlimmste nicht aussprechen musste, denn das hatte die arme Fitna getan.

So war es dann auch.

# 4

Am Samstagmorgen, während die Frauen alles Notwendige für die Beerdigung vorbereiteten, forderte Feridun Chayyam auf, sich mit ihm in den Garten zu setzen und zu beraten. Aber als sie sich in dem großen und wunderschönen inneren Garten des Familienhauses befanden, blieb er bei keiner Bank, keiner Laube, auch nicht beim Bassin oder bei einem der Plätze stehen, wo man zum Kanal gehen und so angenehm am Ufer sitzen konnte, sondern schritt nervös, beinahe wütend durch den Garten, ohne auch nur eine einzige seiner Schönheiten wahrzunehmen.

»Willst du mir jetzt erklären, was mit meinem Vater war«, fuhr ihn Feridun nach langem Schweigen an. »Ohne Umschweife!«

»Eine Vergiftung, das hab ich dir mehrmals gesagt«, antwortete Chayyam, bemüht, ruhig zu wirken und den Ton des Gesprächs mit dem Freund wenigstens halbwegs zu mildern. »Ar-Razi beschreibt erschöpfend einen solchen Fall aus seiner Praxis, er stimmt in jeder Einzelheit überein. Auch das hab ich dir gesagt.«

»Das kann nicht sein. Wie? Warum?«

»Eine Fleischvergiftung. Auch das hat der große ar-Razi erklärt: Wenn Fleisch an einem normalen Ort liegt, stirbt es, fast als würde es den Tod des Tieres wiederholen, dessen Körper dieses Fleisch einmal gewesen ist, sagen wir, es zersetzt sich und verfault, und im Laufe dieses Prozesses wird neues Leben geschaffen oder sogar geboren, irgendwelche Würmchen, Fliegen, verschiedene Pilze … Das ist der normale, ununterbrochene Kreislauf von Gebären und Sterben, aus dem neues Gebären hervorgeht. Aber wenn man das Fleisch, sagt ar-Razi, von der Welt absondert, wenn man es irgendwo aufbewahrt, wo keine Luft und kein Licht hinkommt, stirbt es nicht und zerfällt auch nicht, sondern verwandelt sich in Gift, und zwar in ein starkes und böses Gift, das jedes Leben schnell dahinrafft. Dieses Gift, in das sich das Leben verwandelt, das einst im Fleisch war, tötet die Nerven, und die Muskeln verlieren dort, wo es hingelangt, ihre Beweglichkeit und ihr Leben, sie erstarren und versteinern, als hätten sie sich nie bewegt. Ich erkläre das damit, dass die *zarra* des lebendigen Fleisches, isoliert von Luft und Licht, die die Bedingungen des Lebens, seine Grundvoraussetzungen sind, in ihre Bestandteile zerfällt, und das sind, wie wir wissen, die Gifte, die in präzisen Verhältnissen in eine *zarra* des lebendigen Körpers gemischt sind.«

Feridun brüllte buchstäblich vor Wut und drohte, sich zu vergessen, wenn ihm der Freund nochmals eine Vorlesung halte, anstatt ihm kurz und einfach auf eine kurze und einfache Frage zu antworten.

»Was habe ich dir denn getan?«, wunderte sich Chayyam.

»Woran ist mein Vater …? Wie denn? Warum bloß? Wer, um Himmels willen? Das sag mir und nicht Gift, Scheitan, *zarra* und was weiß ich. Du gehörst umgebracht, das gehörst du, verdammt noch mal.«

»Er hat Fleisch gegessen, das eine Zeitlang aufbewahrt wurde, wo keine Luft und kein Licht hinkommt, so dass es sich in Gift verwandelt hat. Geht's einfacher?«

»Unsinn, das kann nicht sein.«

Chayyam schwieg weise, er drückte seinen Freund nur stark am Oberarm, wohl als Zeichen seiner Anwesenheit.

»Wer?«

»Was?«, antwortete Chayyam mit einer Frage.

»Wer hat es ihm gegeben? Das Fleisch?«

Chayyam zuckte nur mit den Schultern.

»Das musst du in Erfahrung bringen, weder er noch ich können zur Ruhe kommen, solange wir das nicht in Erfahrung gebracht haben.«

Wieder gingen sie schweigend weiter, und wieder unterbrach Feridun das Schweigen laut seufzend und fluchend.

»Du hast Zugang zum Hof, hast Bekannte, für dich ist das nicht … Du musst ermitteln.«

»Was nützt mir der Zugang zum Hof, sie haben ihn ja nicht dort vergiftet«, empörte sich Chayyam, der einen Fehler in der Logik seines Freundes sah.

»Hilfe, Rat, Empfehlung, all das hast du dort. Leute, die nachzuforschen verstehen, Leute, die das Recht haben nachzuforschen, Leute, die Angst verbreiten. Das habe ich gemeint, verstehst du«, zischte Feridun ihn nervös an. »Nachforschen müssen wir.«

Stumm gingen sie weiter, doch dann unterbrach zur Abwechslung Chayyam das Schweigen.

»Ich bin nicht sicher, ob du richtig handelst. Wenn du jetzt Ermittlungen aufnimmst, wirst du in einem Monat ein ganz anderes Bild von deinem Vater haben, als du es jetzt hast, ein äußerliches, etwas, was nicht ein Vater sein kann, weil man es nicht lieben kann und es keine Sicherheit ausstrahlt. Eine Summe von Tatsachen, die im besten Fall nur teilweise stimmen, viele hässliche Worte und Ahnungen, wahrscheinlich ein paar Taten, von denen du lieber nicht erfahren hättest. Zahlt sich das aus? Lohnt es sich, den Vater zu verlieren, um den zu entdecken, der ihm das Gift gegeben hat? Ich fürchte, das ist ein sehr schlechter Handel, mein Freund.«

»Es ist ja dir passiert, wer soll es wissen, wenn nicht du?«

»Mir ist es nicht passiert, und ich kenne keinen, dem es passiert wäre, aber es ist doch logisch. Es muss so sein, wenn du den Menschen auf das reduzierst, was die Polizei über ihn wissen kann.«

»Wenn er sich verstellt hat. Aber wenn er anständig war?«

»Er braucht sich gar nicht zu verstellen, mit dem Leben des anständigsten Menschen wird es so gehen, wenn sich erst die Polizei seiner bemächtigt. Den Wert und den Wahrheitsgehalt einer Tatsache bestimmt der Mensch, über den sie etwas aussagt, die Umstände, unter denen es dazu gekommen ist, die Leute, die damals als Zeugen über das Ereignis ausgesagt haben, und diejenigen, die jetzt darüber aussagen. Jeder Mensch ist entweder ein armer Tropf oder ein Schurke, wenn du sein Leben auf Tatsachen reduzierst, aus denen du seine Gegenwart, die Umstände und die Aussagen der Menschen, die ihn lieben, gelöscht hast. Ich will mir gar nicht vorstellen, geschweige denn wissen, wie ein solches Bild von meinem Vater aussehen würde. Oder von mir selbst.«

»Es ist sein Vermächtnis, ich muss.«

»Wie denn? Ich war doch bei ihm, seit er krank geworden ist.«

»Lass nicht zu, dass es dabei bleibt. Das waren seine letzten Worte. An mich gerichtet.«

»Glaubst du, dass er an Ermittlungen gedacht hat?«

»Woran denn sonst?«

»Er kann an alles Mögliche gedacht haben, es gibt keinen einzigen Grund, seine Worte nur so zu verstehen. Er hat ja nicht einmal gewusst, dass er vergiftet worden ist.«

»Meinst du, er ist ein Narr? Abu Said hat gesagt, in der Todesstunde weiß der Mensch alles über sich, aber auch erst dann.«

Nach längerem Überlegen beschloss Chayyam, noch einmal zu versuchen, Feridun von den Ermittlungen abzubringen, überzeugt, dass das seinem Freund nichts als Schaden bringen würde.

»Dein Bild von deinem Vater ist jetzt lebendig, zusammengefügt aus den Blicken von innen und denen von außen, zustande gekommen aus deinen und aus seinen Worten, voll von deinem Wissen über seine Absichten und Wünsche, voll von Einzelheiten aus eurem gemeinsamen Leben. Urteile über einen Menschen erst, nachdem du wenigstens einen

Sack Salz mit ihm gegessen hast, du weißt, dass man so im Volk sagt. Und man sagt es, weil du den Menschen nach so langem Umgang und nahem Kontakt von innen und außen kennst, so wie du jetzt deinen Vater kennst. Dein Bild ist voller Liebe und Wut, Erinnerungen an Situationen, in denen er dich falsch verstanden hat und ungerecht war, an Situationen, in denen er es vermocht hat, Liebe zu zeigen und dir deinen Wunsch zu erfüllen, von dem du selbst noch gar nichts gewusst hast. All das geht im Laufe der Ermittlungen verloren, wenn du sein ganzes Lebens auf äußere Tatsachen zusammenstutzen musst. Vergiss nicht, dass jetzt in deinem Bild von deinem Vater auch deine Bedürfnisse und Wünsche enthalten sind, jetzt siehst du ihn und erinnerst dich an ihn wenigstens zu einem Teil auch so, wie du ihn gern gehabt und wie du ihn gebraucht hättest, du hast ihm Eigenschaften oder wenigstens Spuren von Eigenschaften zugeschrieben, die er nicht hatte, aber du hast es gebraucht, dass er sie hat. All das verschwindet im Lauf der Ermittlungen, in einer äußeren Tatsache gibt es keinen Platz für unsere Bedürfnisse und Wünsche.«

»Gibt es für dich etwas Schlimmeres als Tatsachen?«, fragte Feridun, unklar, ob er es ernst meinte oder ihn verspotten wollte.

»Ich sage nichts gegen Tatsachen, ich behaupte nur, dass wir die Wahrheit über einen Menschen kennen, wenn wir ihn von innen und außen kennengelernt haben. Und Tatsachen stellen den Menschen nur von außen dar, deshalb sage ich, dass wir einen Menschen, den wir nur von außen, nur durch die Tatsachen sehen, verloren haben. Und ich fürchte, das könnte dir mit deinem Vater passieren.«

»Es ist sein Vermächtnis.«

»Ich bin nicht ganz sicher, an deiner Stelle würde ich noch einmal darüber nachdenken.«

»Gut, wenn du nicht einmal so viel für mich tun willst«,

winkte Feridun enttäuscht ab, drehte sich um und ging zum Haus zurück.

»Es muss klar sein, dass es allein deine Entscheidung ist«, rief Chayyam ihm nach, und Feridun drehte sich um und bestätigte es mit einer Handbewegung.

Feridun ging ins Haus und Chayyam zu seinem Förderer, dem Großwesir Nizam al-Mulk. Er legte ihm den Fall dar und bat um Hilfe bei den Ermittlungen. Der Großwesir dachte kurz nach und versprach dann jede mögliche Hilfe. Fuzail, der Polizeichef von Isfahan, werde ihm mit seinen Leuten, seinem Wissen und seiner Erfahrung zur Verfügung stehen, und helfen würden ihm auch alle Leute, die nach Fuzails Einschätzung von Nutzen sein könnten. Er schrieb einen Brief, versiegelte ihn und übergab ihn einem zuverlässigen Mann mit dem Befehl, Chayyam zu Fuzail zu begleiten, dem er den Brief übergeben solle.

Das Ergebnis des Gesprächs mit dem Großwesir befriedigte Chayyam voll und ganz, aber ihn verwirrte, dass sie unterschiedlicher Meinung waren. Nizam al-Mulk hatte sich, bevor er sich setzte, um den Brief zu schreiben, lange über die Gründe verbreitet, aus einem gewöhnlichen Tod einen großen Fall zu machen. Die Menschen sterben, das ist ziemlich bekannt, wenn um jeden Tod, und sei es auch nur um die Tode durch Gift, soviel Lärm gemacht würde, gäbe es keinen Frieden und keine Ruhe, weder im Reich noch in der Stadt, weder in der Provinz noch in der Familie. Man muss die Menschen beruhigen und unterhalten, ihnen helfen, den Tod zu vergessen, und sie davon überzeugen, dass sie froh sind, man muss ihnen helfen, Zufriedenheit zu empfinden, denn zufriedene Menschen lassen sich am leichtesten regieren. Schwer hat es eine Gesellschaft, in der die Menschen ständig alles an den Tod erinnert und sie beunruhigt, schwer hat es eine solche Gesellschaft, und noch schwerer haben es die Menschen in ihr. Aber hier wäre es klug, eine Ausnahme zu machen, bei Bedarf kann man hier ein großes Geschrei anheben und die gewaltige Sorge seitens des Staates demonstrieren. Der alte persische Adel hat sich erholt und ist ziemlich stark, immer mehr Menschen sprechen hier vom Ruhm und von der Größe des alten Persien, jeder zweite Mensch zeigt sich offen gereizt gegenüber Arabern und Türken. Daher wäre es sehr gut, wenn die türkische Macht jetzt ihre Sorge über den Tod eines persischen Adligen zeigen und viel Mühe aufwenden würde, um seinen Tod, in dessen Zusammenhang Zweifel aufgekommen sind, aufzuklären. Das wäre ein Zeichen, dass uns die Menschen, die das alte Persien rühmen, wichtig und lieb sind, ebenso wie die Leute, die Sultan Malik Schah rühmen, Gott möge seinen Ruhm mehren und seine Rechte stärken, weil uns alle Leute, die etwas zu unserem Reich beitragen, wichtig und lieb sind. Du brauchst den wahren Mörder gar nicht zu finden, wichtig ist, dass wir Willen und Mühe zeigen.

Daraufhin bemerkte Chayyam beiläufig und ohne jede Absicht, es wäre doch logischer, Morde aufzuklären, um die Achtung des Gesetzes und des Menschenlebens im Reich zu zeigen und sich zu eigen zu machen, aber daraufhin geriet der Großwesir in Wut und empfahl ihm mit drohendem Finger, gar nicht erst zu versuchen, über seine Absichten zu urteilen und seine Gründe zu bewerten. Das sei nicht die Angelegenheit der Hofastrologen und werde es auch nicht sein, solange es fähige Wesire gebe, betonte Nizam al-Mulk, der Chayyam in dieser Schelte die ganze Zeit als jungen Mann bezeichnete und ihn am Ende offen und absichtlich beleidigte, indem er ihn einen Astrologen nannte.

Nicht diese Meinungsverschiedenheit bereitete Chayyam Sorgen, die Gewogenheit des Großwesirs und seinen Platz bei Hofe würde er auch wegen viel größerer und gravierenderer Dinge, als es eine Meinungsverschiedenheit war, nicht verlieren. Sie beide hatten sich lange, bevor Nizam al-Mulk der jetzige Großwesir wurde, nahegestanden, schon als er der bescheidene Abu Ali al-Hassan gewesen war, so dass Chayyam ihn auch jetzt, wenn sie unter vier Augen waren, mit Abul Hassan und nur vor Zeugen mit Sahib, Herr, anredete. Wenn man Abu Tahirs Empfehlung dazurechnete, die sicherlich Gewicht hatte, dann Chayyams Kenntnisse und Fähigkeiten, dann die Begeisterung, mit der sowohl der Sultan als auch der Wesir seinen Plan einer Kalenderreform aufgenommen hatten, die sich Nizam al-Mulk schon als eines der Prestigeprojekte seiner Herrschaft zu eigen gemacht hatte, so war klar, dass er keinen Grund hatte, um seinen Platz zu fürchten und Auseinandersetzungen mit dem Wesir zu vermeiden, wenn diese manchmal auch zu Meinungsverschiedenheiten führten. Aber er musste sich fragen, warum ausgerechnet ihm ständig solche Meinungsverschiedenheiten unterliefen. Warum waren die Leute beleidigt, wenn er sie an die Logik erinnerte, nicht um wichtig zu tun oder um sie zu verletzen, sondern um sie auf das aufmerksam zu machen, was über ihren Absichten und Bedürfnissen stand und sie deshalb verpflichten musste? Und zwar ärgerten sich in gleicher Weise die letzten Narren, die nicht über ihren Bauch hinaussahen, wie auch die Besten, die weit genug hätten sehen müssen. Warum taten sie so, als erschöpfte sich die ganze Welt in ihren Beziehungen und als wäre es an und für sich wichtig und sinnvoll, wenn sie einander für sich gewannen oder unterwarfen? Als stünden hinter oder über der Gesellschaft und allen menschlichen Angelegenheiten nicht eine Logik und Wahrheiten, die sie alle verpflichteten, ungeachtet der Stellung, die sie sich in ihren Beziehungen erkämpft hatten. Er hätte das irgendwie verstehen müssen, er musste unter Menschen leben, wie sehr es ihn freute oder anwiderte.

# 5

Fuzail war ein ziemlich kleiner dürrer Mann mit langen Armen, die fast bis zu den Knien reichten, mit einem rötlichen, wie in Ton gebrannten Gesicht, ohne linkes Auge. Er war Soldat gewesen, bevor ihn Nizam al-Mulk als Polizeichef einsetzte, und zwar ein ruhmreicher Held, der niemals zurückgewichen war, obwohl er nicht zu den Helden gehörte, die Hunderte von Kämpfern begeisterten und mitrissen. Er verhehlte nicht, dass ihm jene auf die Nerven gingen, die sich durch großes Heldentum hervorzutun bemühten, er behauptete, die meisten von ihnen veranlasse die Angst, die bei ihnen überhandgenommen habe, zu unvernünftigem Heldentum, aber er konnte es sich erlauben, das öffentlich zu sagen, weil ihm an Tapferkeit in der Seldschukenarmee keiner gleichkam. Ihn störten eigentlich auch sonst Leute, die sich hervorzutun bemühten, immer sagte er, am liebsten hätte er eine Armee, die siegreich sei, ohne einen einzigen Helden und ohne ein einziges Opfer. »Kriege werden nicht geführt, damit Narren zu Ruhm gelangen, sondern um Beute und Lösegeld«, sagte Fuzail den Soldaten vor jeder Schlacht. Wahrscheinlich deshalb hatte ihn der Großwesir an der Spitze der Polizei im Staate haben wollen, die es erst noch vollständig zu organisieren galt. Er schien keinen Missgriff getan zu haben, denn Fuzail gefiel, nach allem zu urteilen, was er in dieser Stellung tun konnte und musste, während er, nach eigenem Bekenntnis, von ihm genau das bekam, was er erwartete. Dort konnte Fuzail im Übrigen genau das erhalten, was er bei der Armee beharrlich gesucht und selten gefunden hatte – Kämpfe ohne Hervortun, Siege ohne großen Kampf und Opfer, und am meisten von allem die Mühe, das einmal Eroberte zu ordnen, zu bewahren und wenigstens eine Zeitlang vor neuen Kämpfen und Opfern zu schützen. Man wusste, dass sich der Großwesir und Fuzail nicht übermäßig zugetan waren, dass sie sich jedenfalls nicht besonders nahestanden, aber man wusste auch, dass es ein wahres Wunder gewesen wäre, wenn sich zwischen diesen beiden so unterschiedlichen Männern eine Beziehung entwickelt hätte, die über das reine Vertragen hinausgegangen wäre. Der vornehme und gelehrte Nizam al-Mulk verbrachte sein Leben zwischen Büchern und seinesgleichen, bemüht, seine Feinde für sich zu gewinnen, jene, die ihn nicht leiden konnten, zu überzeugen, dass er sympathisch sei, wie gefährlich er auch war, und den Widerwillen zu verbergen, den er gegenüber jenen empfand, die er nicht leiden konnte, weil ein kluger Mann niemandem seine Abneigung zeigt. Fuzails Leben verlief in Feldlagern, zwischen Säbeln, Pferden und Menschen, die ihn dulden mussten, weil er ihr Befehlshaber war, wie er jene dulden musste, die ihm befahlen. Feinde brachte man in dieser Welt um oder bemühte sich wenigstens, sie umzubringen, während man über Liebe oder gar Sympathie nicht einmal nachdachte. Zwischen den beiden konnte sich sicher keine Freundschaft entwickeln, nicht einmal ein ernsthafterer Umgang, weil sie nicht miteinander reden konnten, aber Achtung und vielleicht sogar so etwas wie Sympathie war, nach allem zu urteilen, durchaus vorhanden. Auf jeden Fall sagte man, der Wesir erlaube Fuzail Dinge, die er anderen nicht im Traum erlauben würde, und man wusste, dass man vor dem Polizeichef nur gut über den Wesir denken durfte, wenn man schon etwas denken wollte. Im Übrigen verstand es sich von selbst, dass sie einander duldeten und unterstützten, weil Fuzail keinen anderen Wesir suchen und der Wesir keinen besseren Polizeichef finden konnte.

Fuzail begrüßte Chayyam kurz, führte das Siegel auf dem Brief des Wesirs an die Lippen, öffnete und las ihn, eine Weile starrte er geradeaus vor sich hin, wie es manche Leute tun, wenn sie nachdenken, dann stand er auf und ging aus dem Zimmer. Als er zurückkam, bedeutete er dem Boten des Wesirs mit der Hand, dass alles wie befohlen erledigt würde, womit er ihn entließ, dann setzte er sich wieder Chayyam gegenüber. Mit einer Handbewegung forderte er ihn zum Sprechen auf, und Chayyam erzählte alles, was er zu sagen hatte, wobei er sich auch mit Kommentaren, Überlegungen und Erklärungen nicht zurückhielt. Nach Chayyams Bericht schwiegen sie wieder lange.

»Das ist nicht einfach«, ergriff Fuzail schließlich das Wort. Langes Schweigen. »Mit dem Dolch oder der Keule bringt dich ein Unbekannter um, meist ein kleiner Dieb. Aber er ist ein Dummkopf. Immer fasse ich ihn, weil er mit deinem Beutel oder Gürtel prahlt. Mit dem Säbel bringt dich um, wer dir ebenbürtig ist, wenn du seinen Harem, seine Ehre oder ein lebenswichtiges Interesse von ihm angetastet hast. Ihn brauche ich nicht zu fassen, er kommt von allein zu mir und stellt sich. Aber Gift …«

Wieder trat Schweigen ein, länger, als man es in einem normalen Gespräch erwarten kann. Aber irgendwann redete Fuzail doch weiter, als ob er laut nachdächte oder sich selbst etwas erklärte.

»Gift gibt dir einer der Deinen, meist eine Frau, nie jemand Entferntes. Du würdest es auch gar nicht von jemandem nehmen, der nicht einer der Deinen ist. Oft wird der Betreffende nicht sagen, wer ihn vergiftet hat, versucht hat, ihn zu vergiften, selbst wenn er es kann, auch mir ist das schon passiert.«

»Ja, das ist logisch«, stimmte Chayyam zu. »So habe ich es nicht gesehen, es ist mir nicht in den Sinn gekommen, aber es ist so. Dumm, nicht wahr?«

»Du bist wegen des Kalenders hier«, ergriff Fuzail nach einer neuen Pause wieder das Wort, und auf Chayyams bejahendes Kopfnicken fragte er, ohne seine Verwunderung zu verbergen: »Warum um alles in der Welt willst du dann über Vergiften nachdenken??!«

Mit einer kurzen Handbewegung ließ er das Thema fallen und befreite Chayyam davon, antworten zu müssen, dann schwiegen sie wieder. Nie zuvor hatte Chayyam einen Menschen getroffen, der so unbefangen schwieg, ohne die leiseste Spur des Unbehagens, dass er vor anderen schwieg, und ohne ein Unbehagen bei seinem Gesprächspartner hervorzurufen, den er dadurch nicht zum Schweigen verpflichtete und ihm nicht zu verstehen gab, er habe ihm nichts zu sagen.

»Du setzt dich hin und schreibst alles auf, was du über jedes einzelne Mitglied seiner Familie weißt. Wann wer in die Familie gekommen ist. Was für 'n Platz und was für 'ne Stellung er jetzt einnimmt, ob das seinen Wünschen entspricht. Schreib ruhig auf, was du dazu denkst. Wer enttäuscht ist und wem das Glück gelächelt hat, wer gern hätte, dass es ewig so bleibt, und wer gern gehen würde. Wer geht, obwohl er gern bleiben würde, und wer bleibt, obwohl er gern gehen würde. Wer kann und wer nicht kann. Alles, was du denkst.«

»Du denkst doch wohl nicht …«, fragte Chayyam vorsichtig.

»Wieso solltest du das sonst machen?«

»Das ist doch Unsinn«, rief Chayyam aus, der sich an die Verbundenheit unter den Mitgliedern von Mirchonds Familie erinnerte, die so stark gewesen war, dass man sie gleichsam mit den Händen greifen konnte. Er wollte anheben, über die schöne Eintracht zu sprechen, die Hind angeführt hatte, ohne Worte und Bewegungen, mit ihrer Wärme oder ihrem Geist oder … Der bloße Gedanke des Polizeichefs war so abscheulich, dass er vor ihm gar nicht darüber reden konnte, er wiederholte nur, das sei wahnsinnig und unmöglich. Aber Fuzail nickte als Antwort darauf lediglich noch einmal bestätigend mit dem Kopf, woraufhin ihn Chayyam wütend fragte, ob es auf der Welt denn irgendwen gebe, den er nicht verdächtige.

»Ja«, antwortete Fuzail schlagfertig. »Alle, denen ich die Sache nachgewiesen habe.«

Sämtliche Aufzeichnungen über Mirchonds Hausgenossen solle Chayyam Fuzail bringen, sie würden sie dann gemeinsam kommentieren, analysieren, einander über alles befragen, was mit den Aufzeichnungen und den Leuten, die sie betreffen, zusammenhing, die eigenen Meinungen und Urteile prüfen. Er müsse sich ferner bei den Familienmitgliedern erkundigen, mit wem sich Mirchond getroffen, mit wem er Umgang gehabt und mit wem er zusammengearbeitet habe, mit wem er befreundet gewesen sei und mit wem er Streit gehabt habe, wen er gemocht und wen er gehasst habe, mit wem er Probleme gehabt und mit wem er seine Zeit besonders gern verbracht habe. Er müsse aufpassen, dass er keinen Namen vergesse; dann würden sie diese Liste mit der Liste vergleichen, die die Leute von der Polizei erstellen würden. Wenn ein Name auftauche, den Mirchond seiner Familie verschwiegen habe, oder wenigstens ein Name, den die Familie Chayyam verheimlicht habe, wäre das ein großer Fortschritt.

»Gleich kommt der Herr Oberspitzel«, verkündete Fuzail nach einem weiteren Schweigen, das seiner vorangegangenen Erklärung gefolgt war. »Er ist ein warmer Bruder, das soll dich nicht überraschen. Das soll dich auch nicht stören, er wird dich nicht anfassen, wenn du ihn nicht anfasst. Ansonsten ist der Kerl schwer in Ordnung, nur eben das mit den Männern. Aber unbedingt fähig. Wenn unser Wesir jemandem zwei Aufgabenbereiche überträgt, ist dir klar, was für einer er ist, du weißt, der Wesir ist streng dagegen, dass ein Mann zwei Aufgabenbereiche hat. Aber er hat das, er ist auch Chef der Sittenpolizei. Damit scherzt er oft, der Teufel, er sagt, er sei ein Hüter der Ehrbarkeit. Er heißt Suhrab.«

Fuzail ächzte schwer, als hätte es ihn todmüde gemacht, dass er plötzlich so viele Sätze über einen Mann ausgesprochen hatte. Ein Mensch, der wie Fuzail sogar an Atemzügen und Worten sparte, von anderen Gottesgaben ganz zu schweigen, wäre Chayyam unter anderen Umständen vielleicht auch sympathisch gewesen, aber heute bereitete ihm Fuzails Sparsamkeit ein ernstes Problem und ließ nicht zu, dass er echte Sympathie für ihn empfand. Er war nämlich hungrig und durstig wie ein Hund, am Morgen war er aus Mirchonds Haus fortgegangen, bevor er ein Stück Brot oder einen Schluck Wasser hatte zu sich nehmen können, und das nach zwei, drei Tagen Durcheinander, in denen es ihm ein-, zweimal gelungen war, nebenbei einen Bissen zu sich zu nehmen, aber kein einziges Mal hatte er sich normal hingesetzt und wie ein Mensch gegessen. Wäre sein Gastgeber ein etwas normalerer Mann gewesen, hätte Chayyam ihn bitten können, ihm etwas zu essen und zu trinken zu bestellen, aber von diesem Fuzail dergleichen zu verlangen – daran war nicht einmal zu denken. Normale Leute fragen ihren Gast, ob er etwas essen oder trinken möchte, oder tragen sogar, ohne zu fragen, etwas auf und überlassen es ihm, etwas von dem Aufgetragenen zu nehmen oder nicht. Auch dieser hätte seinem Gast sicher etwas zu essen gegeben, wenn der Gast es verlangt hätte, einem Schützling des Wesirs hätte er wahrscheinlich sogar eine anständige Mahlzeit servieren lassen, aber Chayyam spürte aus irgendeinem Grund, dass er lieber seine eigene Zunge verschlucken würde, als diesen Gastgeber um einen Happen Essen zu bitten. Er wusste, dass es nicht daran lag, dass Fuzail ein Mann war, der aß und trank, so viel er brauchte, zu einer Zeit, die dafür bestimmt war, nur dann und nur so viel, solche Leute können gute Gastgeber sein und sich freuen, wenn sie die besonderen Wünsche der Gäste erfüllen, aber es gelang ihm nicht herauszufinden, woran es lag. Vielleicht daran, dass Fuzail den Gedanken, zur Unzeit zu essen, und zwar in seinem Zimmer, als unanständig empfunden hätte, wie ein Fluch oder etwas noch Schlimmeres? Nein, sicherlich auch das nicht, ein Fluch oder was auch immer hätte ihn nicht verwirrt, er hatte Kriege durchgemacht und alles erlebt, was damit einherging, wie hätte ihn der harmlose Wunsch nach etwas Essen verwirren oder in Verlegenheit bringen sollen.

Ein besonderes Problem war, dass er schwieg, wann immer er keinen wirklichen Grund hatte zu sprechen, sagen wir, etwas Konkretes zu verlangen oder zu erklären. Daher musste sein Gesprächspartner immer aufs Neue in Schweigen verharren, und das fällt einem Gesprächspartner, der praktisch drei Nächte lang nicht geschlafen hat, sehr schwer. Jedes Mal, wenn ihr Gespräch in Schweigen versank, hatte Chayyam das Gefühl, dass sein Körper gerne in Schlaf versänke, und mit fortschreitender Zeit hatte er immer weniger Kraft, dieser Versuchung zu widerstehen. Wenn dieser Mann doch wenigstens den Tonfall und das Tempo seiner Rede gewechselt hätte, wenn ihm von Zeit zu Zeit ein Ausruf oder eine jähe Bewegung entfahren wäre!? Aber nein, er sprach das, was es zu sagen gab, geradewegs und ruhig aus, und dann schwieg er, so unbeweglich in seinem Schweigen, wie er es beim Reden gewesen war. Nichts, was Aufmerksamkeit geweckt und dem armen Gesprächspartner das Wachbleiben erleichtert hätte, der wusste, dass er sich blamieren würde, wenn er einschliefe, aber nicht wusste, wie diese Peinlichkeit zu vermeiden war.

Von der Peinlichkeit befreite ihn das Eintreten eines Mannes, den der Wächter weder angemeldet noch hereinbegleitet hatte, was bedeutete, dass er hier bekannt und vertrauenswürdig war. Groß und stark, stellenweise sichtlich rund, mit bleichem und sehr hellem Gesicht, vermittelte er einen ausgesprochen würdevollen Eindruck. Es war der bereits erwähnte Suhrab, der Herr al-barid, der Chef des Geheimdiensts und Muhtasib, Chef der Sittenpolizei von Isfahan, ein Mann, der, nach allem zu urteilen, das besondere Vertrauen des Großwesirs genoss. Als er sich gesetzt hatte, sagte ihm Fuzail, worum es ging, und erzählte alles, was er wusste, danach sagte Chayyam alles, was er sagen konnte, und Suhrab hörte die ganze Zeit aufmerksam zu und nickte fröhlich, als wollte er seinen Gesprächspartner ermutigen, noch mehr zu reden und absolut alles, was es gab, zu sagen.

»Klar«, meldete sich Suhrab, nachdem er alles angehört hatte, was ihm seine Gesprächspartner zu sagen hatten, und er kurz über das, was er gehört hatte, nachgedacht hatte. Seine Stimme war hoch und dünn, fast fistelig, als spottete sie über den starken, würdevollen Körper, aus dem sie kam. Suhrab kannte die Reaktionen der Leute auf seine Stimme sicher gut, weil er sich gleich ganz Chayyam zuwandte, ihn aufmerksam ansah und lächelte, als wäre er in Verlegenheit. »Lach du ruhig, die Leute wundern sich und lachen immer, wenn sie mich hören.«

Suhrab sprach die Laute sehr weich aus, wie es oft Leute aus dem Volk tun, wenn sie besonders vornehm klingen wollen, indem er die Artikulation ganz nach vorn verschob und die einzelnen Laute hauptsächlich mit der Zungenspitze und den Zähnen bildete. So klang »Leute« bei ihm wie »Ljeute« und »klar« wie ein gezuckertes »kljar«, während alle Reibelaute so weich ausgesprochen wurden, dass sie auf halbem Wege zu Zischlauten wurden. Chayyam meinte, die Höflichkeit gebiete es, Suhrabs Fistelstimme und seine komische Aussprache nicht zu bemerken, so enthielt er sich jeder Reaktion, aber dann schloss er, dass sein Gesprächspartner eine Reaktion gerade verlangte, sonst hätte er ihn nicht so auffällig angesehen. Er suchte nach einer Formulierung, mit der er hätte behaupten können, dass er an seinem Gesprächspartner nichts komisch finde, aber so, dass seine Behauptung nicht sehr überzeugend gewesen wäre, weil er eine allzu offensichtliche Lüge immer für widerwärtig gehalten hatte. Suhrab wartete zum Glück nicht allzu lange auf seine Erklärung, so dass sich Chayyam eine Lüge sparen konnte.

»Manche meinen, es müsste mich stören, es sei nicht gut, wenn die Leute über uns von der Obrigkeit lachen. Aber schau, mich stört das gar nicht, es tut mir in der Seele weh, aber ich Armer ertrage es und lasse mich nicht davon stören«, plapperte Suhrab, als würde er beichten, wobei er die Laute weich aussprach und die Worte rundete wie Süßigkeiten.

»Das hat er, der Teufel, eigens eingeübt«, meldete sich Fuzail mit Sympathie in der Stimme und so viel Lächeln, wie sich auf seinem aus gebranntem Ton gemachten Gesicht zeigen konnte. »Als ich ihn kennengelernt habe, hat er noch normal gesprochen.«

»Am besten öffnet er sich dir, wenn er dich komisch findet, dann vertraut er dir auch das an, was er sich selbst nicht anvertrauen würde«, erklärte Suhrab, ohne die Spur eines Lächelns auf dem Gesicht. »Sei komisch, mein Süßer«, wandte er sich ganz Chayyam zu, als bemühte er sich, ihn für etwas zu gewinnen, woran ihm besonders lag, »sei komisch und harmlos, und die Leute reichen dir ihr Herz und ihr Vertrauen.«

»Iblis hat sich dasselbe ausgedacht«, warf Fuzail ein, dem es nicht gelang, seine Neigung zu seinem seltsamen Kollegen zu verbergen. »Er verpackt seine Lügen, so dass sie harmlos und wie Lob aussehen, da muss er doch Erfolg haben.«

»Er hätte weniger Erfolg, wenn auch diejenigen, die die Wahrheit sagen, sie ein wenig verpacken würden«, lächelte Suhrab. »Aber wir müss'n arbeiten, lass das Philosophieren.« (»Weniger« und »diejenigen« klangen bei Suhrab fast wie »wenger« und »diejengen«, mit stark erweichtem n.)

Bevor sie auseinandergingen, mussten sie sich noch verabreden, wie sie die Arbeit aufteilen, was wer von ihnen als Erstes unternehmen, wie sie Kontakt halten und Informationen austauschen würden. Erst durch dieses Gespräch begriff Chayyam, wie mächtig Suhrab war und was er eigentlich tat. Als Herr al-barid, formal Chef oder Direktor der Post, war er der Befehlshaber aller Leute, die Informationen aufdeckten, kontrollierten und übermittelten, von den kleinen Spitzeln, die den Tratsch vom Basar weitergaben und zusahen, wie sie ihn für sich nutzen konnten, bis zu den Spezialagenten ersten Ranges, welche hier eine Verschwörung aufdeckten und dort eine schmiedeten, die aus irgendeinem Grund aufgedeckt werden musste, sagen wir, um ein paar Leute beseitigen zu können. Gleichzeitig leitete er als Muhtasib einen Dienst, der die Aufsicht über den Basar ausübte, und die sogenannte Sittenpolizei, so dass er buchstäblich wusste, wie die Stadt atmete und was welcher Bürger dachte, beabsichtigte, träumte oder versuchte. Als Muhtasib erfuhr er als Erster, wer auf dem Basar versucht hatte, beim Wiegen zu betrügen oder mit Falschgeld zu bezahlen, wer verdorbene Ware verkauft und wer eine fremde Frau vor oder hinter dem Ladentisch unanständig angesprochen hatte. Auch konnte er als Muhtasib jedem, wie reich und groß er auch war, nachweisen, dass er unanständige Geschäfte gemacht oder noch unanständiger fremde Frauen angesprochen hatte, für einen Mann in seiner Stellung konnte es kein Problem darstellen, ein paar Zeugen zu finden. Suhrab übernahm es, nach der Natur der Dinge, zu ermitteln, mit wem sich Mirchond getroffen hatte, wie und warum, und auch alle Angaben der einzelnen Mitglieder seiner Familie zu überprüfen.

Vor dem Auseinandergehen wollte er von Chayyam erfahren, wo Mirchond und Feridun, seines Wissens, überall hingegangen seien, wo sie sich mit wem getroffen hätten, über welche Orte sie gesprochen hätten, in welche Häuser sie gegangen und wer ihre Freunde gewesen seien. Chayyam gab zu, dass er sie nur bei Basurmedschid, Feridun ein paarmal auch bei Yazdagird getroffen habe, aber auch da sei er nur widerwillig mit ihnen hingegangen, weil er schlicht kein Mann großer Geselligkeit sei. Chayyam wollte sich auch mit der Fülle seiner Aufgaben rechtfertigen, die ihm nicht viel Umgang mit Menschen erlaube, mit dem Wunsch nach Wissen, von dem es so viel gebe, er sich aber so wenig davon angeeignet habe, und auch damit, dass er erst seit kurzem hier sei, aber Suhrab erlaubte ihm nicht, all das zu erklären.

»Das ist der weise Mann aus dem Jemen?«, fragte er, um Chayyams Bericht über sich selbst zu unterbrechen, aber wahrscheinlich auch, um zu überprüfen, ob er wusste, wer Basurmedschid war.

»Warum hast du das so gesagt?«, wollte Chayyam wissen, weil ihm nicht klar war, ob Suhrab seinen Bekannten verspottete oder ihn tatsächlich lobte, aber in seiner Frage klang, nach allem zu urteilen, Unzufriedenheit oder etwas Ähnliches mit.

»Na gut, er ist nicht aus dem Jemen, aber weise ist er schon«, lachte Suhrab sanft. »Bist du nun zufrieden, mein Süßer?«

Am Ende, als sie alles zusammengestellt hatten, was da war, und überprüft hatten, was wer von ihnen über alles dachte, stimmte Suhrab voll mit Fuzails Meinung überein, dass man den Mörder im Familienkreis suchen müsse, denn vergiftet werde fast ausschließlich in der Familie. (»Wer wird dich denn vergiften, wenn nicht dein Nachwuchs oder der Erwählte deines Herzens, niemandem bist du so wichtig und nah, nicht wahr?«) Aber er betonte, man müsse unbedingt auch alle Leute überprüfen, mit denen er sich ein wenig regelmäßiger getroffen habe, selbst wenn es nicht seine Freunde seien. Er denke nicht, dass sie dort Mirchonds Mörder finden würden, aber er sei sicher, dass man die Nase ein paar anderer Dinge wegen dort hineinstecken müsse. Chayyam unternahm nicht einmal den Versuch, die Familie zu verteidigen und seine neuen Bekannten davon zu überzeugen, dass sie sich irrten, all das war ihm zu unsinnig und widerwärtig, als dass er die Behauptungen erneut entkräftet hätte, die sich selbst widerlegen würden. Und das in diesem Zustand, wo er unfähig war, zwei Gedanken zusammenzusetzen.

Es herrschte tiefste Finsternis, als sich Chayyam wieder auf der Straße befand. Er dachte, es wäre klug, nach links zu gehen, Richtung Basar, dort würde sich sicher noch ein offenes Gasthaus finden, in dem er etwas zu essen bekommen würde. Aber er ging nach rechts, heimwärts. So vieles hatte er in diesen drei Tagen gesehen, gehört und erlebt, so viel Neues und Unverständliches, dass er dringend allein sein und wenigstens versuchen musste, etwas davon zu verstehen, zu einem Ganzen zu fügen, eins mit dem anderen oder mit den Erfahrungen zu verbinden, die er bereits hatte. Vielleicht war auch er, nach alldem, ein neuer Mensch. Auch wenn er es war, würde er wohl den Weg nach Hause kennen, wo man schlafen und vielleicht etwas essen konnte, das war vorerst am wichtigsten.

# 6

Drei Tage später, am Dienstag, den 21. Schaban, brachte Chayyam Fuzail seinen ersten »Bericht«, einen Packen eng beschriebener Blätter, auf denen er alles, was er über jeden Einzelnen von Mirchonds Hausgenossen wusste, alles, was er von anderen über sie gehört hatte, sowie alles, was er über jeden von ihnen dachte, aufgeschrieben hatte. Genau wie Fuzail es verlangt hatte.

Viel Mühe hatte ihn die Erstellung dieser Schrift, seiner ersten Arbeit für die Polizei, gekostet. Er hatte einige Dinge kennengelernt, von denen er bis dahin keine Ahnung gehabt hatte, zum Beispiel die Zwiespältigkeit, Falschheit, innere Gespaltenheit oder wie man jenen widerwärtigen Zustand schon nennen soll, in dem sich ein Teil des Menschen bemüht, das, was er tut, vor dem anderen Teil desselben Menschen zu verbergen. Und genau in diesem Zustand hatte er die letzten drei Tage verbracht, während er seinem Freund Feridun, dessen Hausgenossen und Freunden, die in den Tagen der Trauer seinen Beistand brauchten, nicht von der Seite wich. Er sprach mit seinem Freund über dessen Schwester, über die zweite oder dritte Frau des Vaters, zeigte Sorge und Interesse für diese Menschen, und dabei bemühte er sich, das, was er hörte, zu behalten, um es aufzuschreiben und dem Chef der Polizei auszuhändigen. Er entdeckte auch, dass es im ersten Moment schwer ist, mit Menschen zu reden, wenn man die ganze Zeit nicht das im Kopf hat, worüber man spricht und was man hört, sondern etwas ganz anderes, aber dass man diese Kunst bald beherrscht, wenn man über bestimmte Fähigkeiten verfügt. Er entdeckte schließlich, dass er sich diese Kunst allzu schnell und zu problemlos, fast ohne Widerstand angeeignet hatte, was für ihn ein Grund hätte sein müssen, sich zu schämen, vor allem weil er nicht nur mit der Kunst der Verstellung, sondern auch mit sich selbst beim Erlernen und bei der Anwendung dieser Kunst keine Probleme gehabt hatte.

Zum Beispiel redete er über Fitna, Mirchonds zweite Frau, erkundigte sich besorgt nach ihrer Gesundheit und ihren Zukunftsaussichten, danach, wie sie den Tod ihres Mannes verkraftet hatte und nach der Beziehung zu ihrem Mann, nach dem Haus, aus dem sie stammte und danach, wie sie sich im Haus, in das sie durch die Heirat gekommen war, zurechtgefunden hatte, nach ihrer Beziehung zu den anderen Frauen von Mirchond und zu den anderen Hausgenossen, er redete über sie und erkundigte sich, aber die ganze Zeit hatte er das im Sinn, was er über sie schreiben und was er Fuzail sagen würde, über seine Aufzeichnungen wie auch über Fitna selbst. Dabei hätte ein anständiger Mensch viele Gründe gehabt, diese Frau zu bedauern und sich über ihr Leben zu entsetzen, in dem es, nach allem zu urteilen, keinen frohen Tag gab. Mirchond hatte sie geheiratet, weil er noch Kinder haben wollte und von seiner ersten Frau Hind nach der Geburt von Sukayna, die sie und das Kind kaum überlebt hatten, keine mehr erwarten konnte. Die alte und angesehene, aber völlig verarmte Familie hatte es kaum erwarten können, dass jemand eine der Töchter mit dem Versprechen, für ihre Aussteuer aufzukommen, aus dem Haus führte, und Mirchond hätte Fitna nicht nur ohne Aussteuer genommen, sondern wäre nach eigenen Worten sogar bereit gewesen, für sie zu zahlen, sie zu rauben, zu entführen … Die geheimnisvolle Glut und Kraft des Mädchens aus dem Oberen Stadtviertel von Isfahan hatte ihm vollständig den Verstand geraubt.

Ein knappes halbes Jahr später stellte sich heraus, dass das, was Mirchond für Fitnas geheimnisvolle Glut gehalten hatte, in Wirklichkeit Verlegenheit, Schüchternheit und Angst vor der Welt und den Menschen war, und ihre Körperkraft vielleicht zum Arbeiten angetan, aber, nach allem zu urteilen, nicht dazu bestimmt war, ihm Kinder zu gebären. Auch ein halbes Jahr nach der Heirat erwiderte sie das Feuer von Mirchond nicht mit eigenem Feuer und wurde auch nicht schwanger, so dass sich der Ehemann langsam, aber sicher von ihr abwandte. Und an die Stelle des Entzückens, des Feuers und der Hoffnungen, die ihn an seine zweite Frau gebunden hatten, trat Wut, Scham, etwas offen Negatives, was er nicht einmal zu verbergen versuchte. Er misshandelte sie nicht, davon konnte keine Rede sein, er schrie sie nicht einmal an und machte ihr auch keine wütenden Vorhaltungen, er wandte einfach stur den Blick von ihr ab, vermied es, sie anzusprechen, und tat, als wäre sie nicht da. Ungefähr so lange dauerte es, bis auch ihre Familie alles Schlechte, was sich im Zusammenhang mit ihrer Heirat ereignet hatte, mit Fitna verband, angefangen bei dem Bewusstsein, dass sie die Tochter praktisch verkauft hatten, bis hin zu ihrem Unbehagen, dass sie sie vor ihren zwei älteren Schwestern verheiratet hatten. Nicht nur diese Schwestern, die sie »übersprungen hatte«, indem sie vor ihnen geheiratet hatte, sondern auch ihre Mutter und ihr Vater wollten nach der Heirat nichts mehr von Fitna hören, es gelang ihnen auch nicht zu verbergen, wie wenig sie sich freuten, wenn sie für ein paar Stunden zu Besuch kam. Daher konnte keine Rede davon sein, dass sie zu den Ihren zurückkehrte, und Mirchond konnte sich nicht scheiden lassen, so sehr er es sich auch gewünscht hätte und so sehr es die anständigste und beste Lösung für beide gewesen wäre. So saß Fitna in einem Haus, in dem sie niemand anschauen wollte, mit der Erinnerung an das Haus, in dem sie niemand mehr sehen wollte, und lebte vom Almosen des Mannes, der ihr Leben zerstört hatte. So jedenfalls hatte sie ihre Situation in einem Gespräch mit Sukayna beschrieben.

Chayyam redete mit Sukayna, mit Feridun, mit Hind und mit den Nachbarn, die sie kaum kannten, über Fitna, aber die ganze Zeit hatte er im Kopf, dass der Bericht an die Polizei sein eigentliches Vorhaben und Ziel war und nicht das Mitleid mit einem jungen verpfuschten Leben. Natürlich empfand er auch Mitleid, Trauer, Wut (was war das für eine Welt, in der einem Mädchen das Leben vorenthalten wurde, nur weil es schön und gut war?!), aber stärker und klarer als all das gestaltete sich in seinem Geist die Frage, ob Fitnas Wehklagen angesichts von Mirchonds Leichnam ehrlich gewesen war oder dazu gedient hatte, etwas zu verbergen. Und noch viele solche Fragen, vielleicht all jene, die Fuzail aussprechen würde, wenn sie über seine Aufzeichnungen reden würden. Warum hätte sie sich für ihr zerstörtes Leben nicht rächen sollen? Was sie getroffen hatte, war schlimmer als der Tod, weil sie weiterexistierte, aber nicht lebte. Warum hatte gerade sie angefangen, Mirchond zu beklagen, obgleich gerade sie keinen Grund hatte, ihn zu betrauern?

Die Aufdringlichkeit solcher Fragen und seine mangelnde Bereitschaft, sich von ihnen zu befreien (es war nicht nur Unfähigkeit, er hatte nicht einmal versucht, diese Fragen zu verdrängen und von sich zu weisen), waren für Chayyam ein Grund, sich zu schämen oder zumindest ein charakterliches Unbehagen zu empfinden. Fitna hatte sich nicht rächen wollen und ihren Mann nicht ermordet, das war ihr das ganze Leben nicht in den Sinn gekommen, das musste jedem klar sein, der dieses zerstörte Menschenkind einmal gesehen hatte. Es war keine Substanz mehr da für den Wunsch oder den Gedanken, nicht einmal für das Bewusstsein, dass sie sich von allem befreit hätte, wenn sie sich umgebracht hätte, geschweige denn für so ein kompliziertes Unterfangen wie einen Mord. Doch er, Chayyam, fragte sich das beharrlich und reihte solche Fragen zu einer wahren Kette böser Gedanken und niederträchtiger Unsinnigkeiten aneinander. Dabei schämte er sich nicht und war auch nicht so wütend auf sich, wie es der Anstand erfordert hätte, allzu schnell hatte er sich daran gewöhnt, Niederträchtiges über die Menschen zu fragen und zu denken. Aber das sagte nichts Gutes über ihn: wie der Mensch – so seine Gedanken über andere Menschen und ihre Taten.

Er war ausgesprochen naiv gewesen, als er Feridun auf die Verluste hingewiesen hatte, die ihm durch die Ermittlungen drohten, er war gar nicht auf die Idee gekommen, dass auch er Verluste erleiden könnte. Dabei könnten seine, Chayyams, Verluste noch größer ausfallen, weil wahrscheinlich der am meisten verlor, der das Vertrauen in die menschliche Güte verlor. Und er hatte schon angefangen zu verlieren, er ahnte die Niedertracht schon hinter jeder menschlichen Handlung.

»Richtig gute Menschen sind das«, dachte Fuzail laut, nachdem er die Aufzeichnungen von Chayyam flüchtig durchgeblättert hatte. »Mich wundert nicht, dass sie das Pech getroffen hat, bei so viel Güte musste es ja so kommen.«

»Du spottest?«

»Wer würde über Leute in Trauer spotten, sei doch vernünftig«, winkte Fuzail ab.

»Ich dachte, du spottest über mich, meine Naivität oder so etwas«, erklärte Chayyam.

»Nicht mal über dich«, wehrte Fuzail ab, und dann wandte er sich wieder den Aufzeichnungen zu, wobei er einzelne Stellen, die er wohl beim Überfliegen ausgewählt hatte, sorgfältig las. Und dann, nach längerem Studium der Aufzeichnungen, fragte er verwundert, ob denn Mirchond keine Diener gehabt habe.

»Doch, natürlich, wie denn auch nicht«, beeilte sich Chayyam mit der Antwort, als beleidigte bereits die Frage seine Freunde.

»Da sind aber keine«, bemerkte Fuzail, auf die Papiere vor sich zeigend.

»Meinst du, man muss auch sie überprüfen?«

»Ach!« Fuzail breitete die Arme aus und gleichzeitig weiteten sich seine Augen. »Sie führen oft aus, was die Herrschaften planen. Sie sind Hausbewohner. Wichtige. Vor ihnen und vor Kindern verbergen wir manche Dinge, die wir sonst normal tun, aber dafür sagen und tun wir vor ihnen und vor Kindern andere Dinge, die wir vor unseresgleichen verbergen wie die Schlange ihre Füße.«

»Äch«, seufzte Chayyam und erschauerte bei dem Gedanken an die Aufgabe, die ihm bevorstand. Wie sollte er sich über die Dienstboten erkundigen, so dass Feridun oder Sukayna es normal fänden oder wenigstens nicht verdächtig? Wie sollte er mit dem Gärtner in ein vertrauliches Gespräch kommen oder mit der alten Dienerin, die in den paar Tagen während Mirchonds Krankheit nicht hatte erkennen lassen, dass sie auch nur einen einzigen Satz von Chayyam verstanden hätte?

Dann legte Fuzail ausführlich alles dar, was er und Suhrab in der Zwischenzeit erfahren und geschlossen hatten. Sie meinten, man müsse in drei Kreisen ermitteln. Ein Kreis sind die Händler und Geschäftsleute, mit denen Mirchond zusammengearbeitet hat, wobei er ganz den altmodischen Grundbesitzer gab, der mit den modernen Geschäften und Geld nichts im Sinn hat. Von ihnen gibt es nicht viele, aber auch nicht gerade wenige. Es gibt welche, die ihm beträchtliche Summen schulden, es gibt welche, denen er etwas schuldet oder, viel häufiger, sein Sohn Feridun. Auffällig sind der Händler Sufyan, der ihm 1200 Golddinar schuldet, und der Bauunternehmer Husref Schirazi. Er überließ Feridun aus irgendeinem Grund zwei große Aufträge, die der Hof ursprünglich ihm zugeteilt hatte, und er versorgt ihn auf allen Baustellen mit Material. Das heißt, in letzter Zeit versorgt er ihn nicht oder nur unzureichend, weil ihm Feridun 700 Golddinar für längst ausgehändigtes Material schuldet. Fuzail und Suhrab seien der Meinung, dass diese beiden interessanter sind als alle anderen Geschäftsleute, wobei Sufyan als Erster dran wäre, weil er in letzter Zeit zweimal mit Mirchond gegessen hat. Und den hat, scheint es, genau jemand, der mit ihm gegessen hat, umgebracht.

Der zweite Kreis sind Leute, die er halb im Geheimen getroffen hat, bei Zusammenkünften und Gesprächen, Essen und geschlossenen Feiern, wie etwa Verlobungen, Beschneidungen und Patenschaften, bei Festen in abgetrennten Räumen ausgewählter Lokale und bei Ausflügen, aber immer im Verborgenen. Das sind Leute, die gelobt haben, die persische Tradition zu bewahren und das, was von ihr vergessen, verbannt oder auf andere Weise verloren ist, in altem Ruhm zu erneuern. Es sind keine Verschwörer, sie bereiten keinen Aufstand vor und würden nicht gegen den Sultan, »Gott möge seinen Ruhm mehren und seine Rechte stärken«, losschlagen, aber sie würden sich nicht aufregen, wenn die Araber, Türken und alle anderen Ankömmlinge von hier verschwinden würden. Sie würden sich nicht mit uns einlassen, nicht einmal mit uns verkehren, sie verbringen ihre Zeit am liebsten miteinander, und zwar in Gesprächen über den persischen Adel und seine Größe sowie über die alten Zeiten und den Ruhm ihres Reichs. (»Nimm's ihnen nicht übel, wenn sie dir am Herzen liegen«, bemerkte Fuzail vorsichtig.) Mirchond hat sich unter ihnen sehen lassen, wie er sich überall hat sehen lassen, wo er einen Gewinn für sich und sein Ansehen erwarten konnte, und das ist der Grund, ein Auge auch auf sie zu werfen. Keine Gruppe mag es, wenn sich eines ihrer Mitglieder anders verhält als die Mehrheit, und den Umgang und Geschäfte mit jenen, die sie zu ihren Feinden erklärt hat, hält sie sogar für Verrat und bestraft das meist. Mirchond hat mit Türken und Arabern genauso wie mit Persern verkehrt und Geschäfte abgeschlossen, sein Sohn baut dein Observatorium für den Hof der Seldschuken ... Ist das Verrat? Muss das bestraft werden? Wie? Hat es noch tiefere Meinungsverschiedenheiten zwischen Mirchond und ihnen gegeben? Hat

Mirchond zum Beispiel eines ihrer Geheimnisse verraten? Hat er beabsichtigt, von ihnen abzurücken? All das muss man überprüfen, sie sind nicht sehr verdächtig, aber man darf sie nicht vernachlässigen.

Der dritte Kreis sind die Hausbewohner und Freunde, die auch weiterhin die Hauptverdächtigen bleiben. Er ist vergiftet worden, und mit Gift morden Nahestehende, diejenigen, mit denen man isst und trinkt, vertraulich spricht und von denen man alles erwartet außer Bösem und Hintergedanken. Es sind hauptsächlich Frauen. Weit verbreitet ist die Überzeugung, dass Frauen aus dem Affekt morden, wie man unter Polizisten sagt, in Anfällen von Leidenschaft oder wegen verletzter Gefühle. Das kann auch stimmen, aber man vergisst oft, dass die verletzten Gefühle bei Frauen etwas ganz anderes sind als bei Männern und dass wir Männer uns anders verhalten, wenn wir verletzt sind. Man vergisst, sagen wir, dass Frauen auch mit Gefühlen denken, dass sie diese beiden Dinge, nämlich den Gedanken und das Gefühl, nicht unterscheiden oder wenigstens nicht so stark trennen wie Männer, so dass sie viel klüger sind als die Männer, wenn es um Herzensangelegenheiten geht. Einen Mann stören Gefühle beim Denken, entweder denkt er oder fühlt er, und wenn er verletzt ist, zieht er den Säbel oder den Dolch und sticht zu. Dabei brüllt er im besten Fall, etwas Klügeres bringt er nicht heraus, weil er nicht denken kann. Die Frau arbeitet weder mit dem Säbel noch mit dem Dolch, weil sie erstens nicht damit umzugehen weiß, weil es zweitens zu direkt und zu roh ist und weil sie drittens auch mit dem Herzen denkt, Gefühle und Gedanken schließen sich bei ihr nicht aus, sondern ergänzen und unterstützen sich, so dass sie auch in einem Augenblick tiefer Verletztheit weiter und klarer denkt, als es ein Mann für möglich hält. Daher greift die Frau zum Gift. Auch Männer übrigens, die einen weiblichen Verstand haben.

Wichtig sei, die Ermittlungen klug zu führen und die einzelnen Aufgaben dabei weise aufzuteilen. Man müsse zum Beispiel mit viel Lärm gegen die vorgehen, die am wenigsten verdächtig seien, deshalb hätten Suhrab und Fuzail verabredet, dass Suhrab und seine Leute »die Hüter der persischen Ehre und Größe« überprüfen sollten, wie Suhrab sie spöttisch nenne. (»Oder ernsthaft, bei ihm kann man nie wissen.«) Sie sind nicht gefährlich und haben Mirchond mit ziemlicher Sicherheit nicht umgebracht (»Obwohl man nie weiß, der Mensch ist verdächtig, solange man nicht bewiesen hat, dass er schuldig ist«), es sind eher Träumer und Schwätzer als Menschen der Tat, aber gerade deshalb muss man sie mit viel Lärm überprüfen. Dadurch gibt man ihnen erstens zu verstehen, dass man von ihnen weiß und sie ihm Auge behält, zweitens zeigt man durch dieses Geschrei der Stadt und dem Volk, dass die Obrigkeit nicht schläft, sondern ihre Arbeit macht, außerdem ermutigt und schläfert man dadurch drittens diejenigen ein, die man ernsthaft überprüfen muss, wiegt sie in falscher Sicherheit und täuscht sie so. »Ein Giftmörder ist schwer zu entdecken, und es ist unmöglich, ihm etwas nachzuweisen, ihm kannst du nur beikommen, wenn du ihn getäuscht und dazu gebracht hast, einen Fehler zu begehen.« Solange sich Suhrab und seine Leute mit den persischen Freunden von Mirchond befassten, würden sich Fuzails Leute nach dem Unternehmer Husref Schirazi umsehen und umhören und seine Ziegeleien, Kiesgruben, Baustellen inspizieren. Und Chayyam solle den Händler Sufyan besuchen, der am interessantesten für sie sei, weil am verdächtigsten.

Chayyam gefiel der Plan, aber er meinte, man solle ihm auch den Unternehmer überlassen, es sei leichter einen Menschen zu täuschen, wenn mit ihm nicht die Polizei, sondern ein harmloser Hakim und Freund des Opfers spreche. Wenn die Polizei ihn aufsuche, verliere der Mann Sicherheit und Ruhe, wie immer er auch gelebt und was immer auch für ein

Zustand in seinem Kopf geherrscht habe. Fuzail meinte, es sei doch besser, so vorzugehen, wie er und Suhrab es geplant hätten. Der Unternehmer Husref sei für die Polizei sicherlich interessant und man müsse ihn sich ein wenig aufmerksamer und aus der Nähe ansehen, aber man solle nicht ernsthaft damit rechnen, dass er Mirchond umgebracht habe. Welche Gründe könnte er denn gehabt haben, das zu tun? Die Schulden, die Mirchonds Sohn einfach nicht begleicht? Alle Ermittlungen sprächen dafür, dass gerade diese Schulden ein starker Grund seien, Gott um Gesundheit und ein langes Leben für Mirchond zu bitten, weil Feriduns Fähigkeiten nicht versprechen ließen, dass er, Husref, sein Geld wiedersehe. So stünden die Dinge, wenn man dem glauben könne, was sie bis jetzt erfahren hätten, und sie hätten sich angestrengt und viele Leute mit diesen Ermittlungen beschäftigt. Husref müsse gedacht haben, dass der Alte die Schulden mit ziemlicher Sicherheit begleichen werde, erstens, weil er Geld habe, und zweitens, weil ihm viel an seinem Ansehen und seiner Ehre liege, und dass Feridun das nicht tun werde, weil er kein Geld habe. Deshalb hätte er ein großer Narr sein müssen, den Alten zu töten, aber ein Narr sei er nicht, ein Narr komme nicht in kurzer Zeit zu seinem Reichtum. Aber irgendetwas habe Husref damit und mit vielen anderen Dingen zweifellos zu tun, deshalb sei es besser, wenn sich Fuzails Leute mit ihm beschäftigten, die sich mit verschiedenen Dingen auskennten.

Außerdem müsse die ganze Sache schnell vonstattengehen, wenn der Wesir Ermittlungen anordne, dürfe man auf die Resultate nicht lange warten.

Chayyam fand diese Gründe überzeugend und schlug vor, gleich zu Sufyan zu gehen, womit sein Gesprächspartner einverstanden war. Dieser erklärte, wie er Sufyans Laden auf dem riesigen Isfahaner Basar am leichtesten finde (»die beste Gewürzhandlung in der Stadt, vielleicht sogar im Reich«), und fügte hinzu, Sufyan sei besonders stark im Handel mit Indien (»dort verkauft er unsere Farben und Leinöl, und hier verkauft er ihre Gewürze«). Chayyam fragte sich laut, ob er denn eine Empfehlung oder etwas Ähnliches brauche, ob er denn unangemeldet im Geschäft eines unbekannten Mannes auftauchen und aus heiterem Himmel ein Gespräch über den Tod eines gemeinsamen Bekannten beginnen könne. Fuzail behauptete, genau das sei das Beste, was er tun könne.

»Hast du mir noch etwas zu sagen?«, fragte Chayyam zum Schluss. »Eine Verhaltensregel, einen Rat, irgendetwas, was mir helfen könnte.«

»Was denn?«

»Was weiß ich, etwas über ihn. Worauf soll ich achten, wie ist er?«

»Ein seltsames Rindvieh, ein richtiger Araber«, antwortete Fuzail nach kurzem Nachdenken. »Da fragst du ihn auf der Straße, so im Vorübergehen, wie es ihm geht, und er fängt an aufzuzählen, was ihn stört und wo es ihm wehtut.«

»Du hast ihn doch gefragt.«

»Weil es sich gehört, aber nicht, weil es mich interessieren würde.«

»Trotzdem ist es logisch, dass er dir antwortet, wenn du ihn gefragt hast, es wäre sogar unhöflich, sich taub zu stellen«, beharrte Chayyam.

»Na da hast du mir aber klargemacht, dass ich dich nicht zufällig frage, wie es dir geht«, schloss Fuzail und stand auf, wodurch er zu verstehen gab, dass das Gespräch beendet war.

Auch Chayyam stand auf, er wandte sich zum Gehen, aber an der Tür drehte er sich noch einmal um und fragte Fuzail, warum er gesagt habe, Sufyan sei wie ein richtiger Araber.

»Die sind so hölzern«, erklärte Fuzail über die Schulter, »er ist immer schrecklich ernst, damit er nichts außer sich selbst ernst nehmen muss.«

# 7

Als er zu Sufyan kam, war Chayyam leicht betäubt, weil er zwischen Regalen hatte durchgehen müssen, vollgestopft mit Dutzenden Gewürzen. Eine berauschende Duftmischung empfing ihn schon vor dem Laden, wo auf Tischen und in Schachteln alltägliche und allen bekannte Gewürze ausgestellt waren, und dann folgte der Durchgang durch den Laden voller Düfte, wie er sie zuvor weder gerochen hatte noch sich hatte vorstellen können.

In der Tür des Ladens, an der Grenze zwischen zwei Dufttaumeln, unterhielt er sich lange mit dem Angestellten in Sufyans Geschäft. Es galt, von dem Mann so viel wie möglich zu erfahren, aber so, dass er nicht bemerkte, dass ihn Chayyam verhörte, was bedeutete, dass alles wie ein Gespräch im Vorübergehen aussehen musste, ohne Absicht und Ziel, in dem die Fragen nur ein Mittel waren, das Gespräch fortzusetzen. Von ihm erfuhr Chayyam, dass Mirchond in den letzten zehn Tagen zweimal bei ihnen gewesen war und lang und vertraulich mit dem Herrn in dessen Zimmer gesprochen hatte. Beide Male hatten sie den Burschen losgeschickt, der ihnen Essen aus dem nahen Gasthaus brachte, und ihm, dem Angestellten von Sufyan, eingeschärft, dass der Herr für niemanden zu sprechen sei, und ihm verboten, sie zu unterbrechen, und sei es auch nur kurz, um ihnen Tee oder einen Imbiss zu reichen. Und dann hatten sie so, hinter verschlossener Tür, lange etwas beredet, wirklich lange.

Sufyan saß in einem gemütlichen, abgeschatteten Zimmer hinter dem Laden, reich möbliert und fast so groß wie das Geschäft. Er war ein ziemlich stämmiger Mann mit ausgesprochen heller Haut, mit den weichsten Händen, die Chayyam je berührt hatte. Auch seine Augen waren hell und völlig starr, scheinbar immer fest auf ein Ding neben dem geheftet, das er, nach dem Gegenstand des Gesprächs zu urteilen, eigentlich hätte anschauen müssen.

Sobald ihnen ein jüngerer Gehilfe Tee gereicht hatte und in das Geschäft zurückgegangen war, stellte sich Chayyam als Feriduns Freund vor und äußerte den Wunsch, die Meinung des Händlers über Mirchonds unverhofften Tod zu hören.

»Sieh mal, bitte«, begann Sufyan nach kurzem Schweigen, »kluge Leute waren sich schon vor langer Zeit einig, dass der kürzeste Weg ins Paradies, zumindest für einen etwas älteren Mann, über das Bett einer jungen Frau führt. Ich denke, das ist alles, was ein ernsthafter Mann über den Tod meines verstorbenen Freundes zu sagen hätte und sagen sollte, alles andere, was jemand sagen würde, wäre entweder eine Lüge oder eine unnötige Wiederholung davon.«

»Ich bin nicht sicher, ob ich dich verstehe.«

»Wenn du seine dritte Frau gesehen hast, müsstest du mich verstehen. Er ist in meinem Alter, wenn nicht ein wenig älter, und sie ist jünger als seine Tochter.«

»Ach!?«, entfuhr es Chayyam, der bemerkt hatte, dass Feriduns Stiefmutter jünger war als er, aber gar nicht auf die Idee gekommen war, sie mit Sukayna zu vergleichen oder überhaupt mit ihr in Verbindung zu bringen.

»Jünger, ein wenig, nicht ganz ein Jahr, aber jünger. Wo führt das hin?!«

»Ich stimme dir zu, dass das nicht in Ordnung ist, aber ich bin nicht davon überzeugt, dass das unbedingt zum Tode führt«, beharrte Chayyam, in der Hoffnung, seinen Gesprächspartner zu verärgern und ihn so zu einer Unvorsichtigkeit zu verleiten.

»Sieh mal, bitte«, kehrte Sufyan zum ruhigen Vortragston zurück, als hätte er die Absicht seines Gastes gelesen und spottete nun über sie. »Der Allmächtige und Erbarmer hat denen, die lesen können, verschiedene Bücher gegeben. Die Offenbarung ist ein Buch, aber auch die Welt ist ein Buch, und der Mensch ist ein Buch. Wenn du nicht fähig bist, das Offenbarte Buch, den Koran, zu lesen, kannst du die Welt betrachten und in ihr lesen, was in der Offenbarung gesagt ist. So auch beim Menschen, wenn du imstande bist, ihn zu lesen. Eines Seiner Bücher ist die Zeit, das heißt die in den Fluss der verflossenen Zeit eingetauchten Schicksale und Ereignisse. In diesem Fluss kann man lesen, geradeso wie in der Welt oder im Offenbarten Buch, und wer dazu fähig ist, kann in diesem Buch der Zeit sein Schicksal lesen und Beispiele finden, die ihn auf sein Schicksal vorbereiten und ihm helfen, es zu verstehen.«

Im Anschluss daran erzählte Sufyan einen wahren und in jeder Hinsicht beispielhaften Fall, der alle vernünftigen Männer belehren sollte, auch Mirchond, den er ja nicht belehrt hatte. In der ersten Phase nach der Offenbarung des Islams, zur Zeit des Kalifen Osman, lebte Attika, eine berühmte Schönheit und gefährliche Braut. Innerhalb von sieben, acht Jahren heiratete sie dreimal, und alle drei Männer geleitete sie nach ein oder zwei Jahren gemeinsamen Lebens ins Jenseits. Und immer spielte es sich auf die gleiche Weise ab: Der Mann verliebte sich in die schöne Attika, der an Schönheit und Anmut sicher keine gleichkam, und hielt um ihre Hand an; sie willigte ein, da feierten sie Hochzeit und lebten ein, zwei Jahre in Freude und Glück, dann meldete sich Attikas Mann zu einem der Feldzüge, an denen es zu dieser Zeit nicht fehlte, und blieb schließlich dort irgendwo liegen, in den fernen Gegenden, in die man gegangen war. Das Gerücht verbreitete sich, dass Attika über besondere Fähigkeiten verfügt, den Mann zu entzücken und an sich zu binden, und dass ihre Männer nach ein oder zwei Jahren gemeinsamen Lebens mit ihr in einen Zustand völliger Erschöpfung geraten sind. Sie bietet ihm so viele Genüsse und solcher Art, dass er ihrer Herausforderung nicht widerstehen kann, die Herausforderung aber ist ihre Stimme und ihr Anblick und ihr Duft und ihre stumme Nähe ... nach ein oder zwei Jahren ist er verbraucht und unfähig, weiterhin mit ihr zu leben, aber ohne sie zu leben ist er noch weniger fähig. So haben alle drei Männer die Lösung für sich darin gesehen, ins Feld zu ziehen und als Kämpfer für den Glauben zu fallen. So entstand der Ausspruch, dass Attika die Männer am schnellsten und zuverlässigsten ins Paradies befördert.

Als Vierter verliebte sich der angesehene Baumeister und Wohltäter Mustansir in sie, ein gelehrter und kühner Mann, beliebt in der Gesellschaft, aber auch schon für eine normale Heirat in einem etwas vorgerückten Alter und erst recht für eine Heirat mit Attika. Das Problem, fürchte ich, waren denn auch seine fortgeschrittenen Jahre, denn ein alter Baum lässt sich nicht löschen, wenn er einmal Feuer fängt, vor allem, wenn er trocken ist. Eine Zeitlang schien es wohlmeinenden Menschen und Freunden gelungen zu sein, ihn von der geplanten Heirat abzuhalten, weil sich Mustansir beruhigte und zu seinen zahlreichen Aufgaben zurückkehrte, als hätte er sowohl Attika als auch die Heirat vergessen. Aber ein paar Monate später, nur der große Gott weiß warum, vielleicht damit sich sein Schicksal erfüllte, aber vielleicht auch deshalb, weil er von dem Gift schon gekostet hatte, dem man nicht widersteht, heiratete er doch und lebte etwas über ein Jahr mit Attika zusammen. Dann meldete er sich natürlich zu einem Feldzug, und während er darauf wartete, dass das Heer aufbrach, vertraute er sich einem Freund an. Es tut einem leid zu sterben, sagte er, besonders leid tut es einem, wenn man ausgekostet hat, was er mit Attika genossen hat, aber in diesem Fall fällt es einem nicht schwer zu sterben, weil man weiß, dass man nie wieder das erleben wird, was man bis jetzt gehabt hat und ohne das man nicht mehr bereit ist zu leben. In seiner Situation ist der Tod die einzige und willkommene Lösung, dachte er, und ist bald darauf fortgegangen, um zu sterben, wie es jener Ausspruch über Attika auch angekündigt hat.«

Sufyan sprach ruhig und gemessen, ohne den Tonfall und das Sprechtempo zu wechseln, bemüht, gleichzeitig weise und klar zu sein, sichtlich genießend, dass man ihm zuhörte, und fast genauso sehr, sich selbst reden zu hören. Seine Erzählung ging von Mustansir zu Mirchond, aus der Frühzeit des Islam in die heutige Zeit über, aber sein Tonfall und die Art des Erzählens änderten sich nicht, er verband nur die beiden Teile seiner Erzählung durch die Bemerkung, dass es Mirchond leider nicht verstanden hat, im Buch, das uns der Fluss der Zeit mitteilt, zu lesen, denn hätte er es verstanden, hätte er in Mustansirs Schicksal ein Zeichen, eine Warnung und eine Botschaft erkannt.

Vor zwei Jahren, irgendwann Mitte Redscheb, weilte Mirchond in Hamdan und ging auf den Basar, ohne die Absicht, etwas zu kaufen oder zu verkaufen, sondern einfach, weil es sich gehört, in jeder fremden Stadt, in die man kommt, den Basar zu besichtigen, weil man die Stadt gerade auf dem Basar am schnellsten und besten kennenlernt. Aber vielleicht, fragte sich Sufyan, ging er auch deshalb auf den Basar, damit sich sein Schicksal erfüllte. Mit Vergnügen wandelte er durch den Basar, hörte Stimmen und atmete Gerüche ein, verglich diesen Basar mit dem Isfahaner und kam zum hundertsten Mal in seinem Leben zu dem Schluss, dass kein Ort auf der Welt Isfahan gleichkommt. Aus Gründen, die der menschliche Verstand nicht zu erfassen vermag, sagte sich Mirchond zum wer weiß wievielten Male im Leben, hat es das Schicksal besonders gut mit denen gemeint, die es dazu bestimmt hat, in Isfahan, der Stadt aller Städte, geboren zu werden, wie das Schicksal es auch besonders gut mit dieser Stadt gemeint hat. Dann und wann blieb er vor einem Stand stehen und betrachtete die angebotene Ware, hauptsächlich um festzustellen, dass in Isfahan bessere Ware billiger angeboten wird.

An einem Stand blieb er ohne diese und ohne irgendeine andere Absicht stehen, er blieb stehen, weil ihn die glänzendsten und glühendsten Augen, die er im Leben gesehen hatte, durchbohrten. Ein Mädchen, sicher jünger als Feridun, vielleicht im Alter seiner Sukayna, verkaufte Zobelfelle. Auch sie selbst hatte eine Kappe aus Zobelfell auf, mit so etwas wie Ohrenklappen, sie spielte damit, indem sie sie nach oben klappte und dann wieder nach unten, so dass sie fast ihr ganzes Gesicht bedeckten. Sie sah mit ihren großen Augen voller Glanz um sich, ohne Neugier und ohne zu zeigen, dass sie irgendetwas sah, und alles an ihr lachte außer ihrem Gesicht. Warum traf sich sein Blick in einem Moment mit diesen Augen? Sie flogen schneller als ein Vogel oder ein Gedanke von Gegenstand zu Gegenstand, gossen auf alles ihr Lachen und Licht, wahrscheinlich ohne etwas von dem, was sie in ihrem Flug berührten, zu erkennen. Wie war es dann möglich, dass sich mit ihnen der Blick eines gleichgültigen Passanten traf, der genauso schnell und ohne Interesse von einer Sache zur anderen flog? Wohl deshalb, damit sich sein Schicksal erfüllte, eine andere Erklärung gibt es nicht, wie sehr die Leute auch danach suchen und wie sehr sie es leid sind, diese alte Leier vom Schicksal zu hören. Kurz, er blieb wie angewurzelt vor dem Stand mit den Zobelfellen stehen, rang nach Atem und irgendeinem Gedanken, beziehungsweise Satz, und sei es auch ein dummer. (»Die Alten haben uns ermahnt, im Winter die Füße warm zu halten, weil uns durch kalte Füße verschiedene Krankheiten drohen, aber sie haben vergessen zu erwähnen, dass es im Frühling am wichtigsten ist, einen kühlen Kopf zu behalten, weil von einem glühenden die schlimmste Krankheit droht – die Liebe«, bemerkte Sufyan belehrend. »Aber dass ein alter Mann mit grauem Bart derart erliegt …«)

Als er so weit zu sich gekommen war, dass er hören und sehen konnte, bemerkte Mirchond, dass das Mädchen hinter dem Stand unermüdlich redete, wohl um ihre Ware zu loben. Sie hob einzelne Stücke in die Höhe und zeigte sie ihm, faltete sie vor ihm auf und drehte sie, damit er alle Seiten sah, dann legte sie sie auf den Tisch zurück und strich mit der Hand über das Fell. Man sah, dass ihr diese Berührung Vergnügen bereitete, man hätte schwören können, dass die Berührung des Fells das Einzige war, was aus der Außenwelt in sie, in ihr Bewusstsein und ihre Gefühle drang, was sie erkannte und in ihrem Inneren behielt. Und dennoch tat sie auch dies nebenbei und flüchtig, sie strich lediglich über das Fell, das sie auf den Tisch legte, und gleich danach hob sie ein anderes Stück in die Höhe, das sie zeigte, drehte und lobte.

»Wie doch das Leben mit uns spielt! Plötzlich möchte man ein Zobelfell sein«, äußerte Mirchond, als er zu Atem gekommen war und die Gabe der Sprache wiedererlangt hatte. Sie hob ihre Augen zu ihm, hielt einen Moment inne, als dächte sie über seine Worte nach, lachte kurz auf und setzte dann ihr Spiel mit dem Fell und dem Bereden der potentiellen Kundschaft fort. Mirchond feilschte im Scherz mit ihr, versicherte, dass kein einziger Mensch den Preis, den sie verlangte, akzeptieren würde, schwor, dass der kurze Pelzmantel, den er gerne kaufen würde, nicht einmal die halbe Summe wert sei, die er ihr geben müsste ... Hatte sie begriffen, dass er das tat, nur um mit ihr zu reden? Hatte sie bemerkt, dass alle Augenblicke seine Stimme zitterte und er einen Satz zwei-, dreimal aussprach? War es möglich, dass sie nicht einmal ahnte, was in ihm vorging? Aus ihrem Verhalten ließ sich die Antwort nicht erahnen, sie versicherte ihm ernst, das sei der beste Pelz, und zwar so verfertigt, wie man es sich nur wünschen könne, sie erklärte und rechtfertigte sich, ihr Vater und ihr Bruder hätten die Preise festgesetzt, so dass sie da nichts machen könne, zuckte mit den Schultern und lächelte, wenn sie nichts zu sagen hatte. Schließlich schlug sie ihm vor, in einem Monat wiederzukommen, sie werde da sein und sich in der Zwischenzeit zu Hause erkundigen, ob sie etwas für ihn tun könne. Mit diesem Vorschlag nahm sie ihm die Möglichkeit, das Gespräch weiter in die Länge zu ziehen, und er musste gehen. In einer Entfernung von etwa zehn Schritten drehte er sich um, um sie noch einmal zu sehen, und sie spielte, wie zuvor, mit den Ohrenklappen an ihrer Mütze, während ihre glänzenden Augen durch den Basar flogen. Kam es ihm so vor, oder blieb ihr Blick tatsächlich eine Zeitlang auf ihm ruhen und erkannte ihn wieder? Er sah sie jedenfalls eine Zeitlang an, länger als es sich gehört, dann ging er weiter, verwirrt durch das starke Gefühl, dass sich die ganze Welt an ihr erfreute.

»Das war sein Schicksal«, schloss Sufyan. »Die Kleine hat, schätze ich, seine Leidenschaft aufs Neue entfacht und ihm Freuden verschafft, die er nicht mehr erhofft hatte, und er hat sich in sie ergossen wie ein Wasser ins andere. Gestorben ist mein Freund, sagst du? Ich weiß beileibe nicht, ob er erst jetzt gestorben ist, am Samstag, ich weiß nicht, ob es da etwas zu sterben gegeben hat, ich bezeuge, dass er schon seit Monaten nicht mehr unter den Lebenden war.«

In der Stimme des Alten klang etwas Bitteres mit, aber nichts verriet, was diese Bitterkeit hervorgerufen hatte. War es eine Verurteilung des Freundes, der unvorsichtig im Feuer einer jungen Frau verbrannt war? Oder eine Verurteilung der Zeit, die Greisen erlaubte, unreif zu sein und solche Dummheiten zu begehen? War es Trauer um den Freund oder ein Vorwurf gegen den Freund, weil er ihn zurückgelassen hatte? Tat es ihm leid, dass ein ihm lieber Mensch nicht einmal im Alter Vernunft und Vorsicht hatte walten lassen, oder dass es ihm, Sufyan, nicht gelungen war, sich von seiner Vorsicht und Vernunft zu befreien? Der Freund hatte sich süß und schnell umgebracht und dadurch all das vermieden, was ihn, den zurückgelassenen Sufyan, erst noch erwartete. Es war das erste Mal seit Beginn dieses Gesprächs, dass das Gefühl stärker war als Sufyans Mühe, weise und korrekt zu sein.

»Trotzdem hast du dich mit ihm getroffen und mit ihm gegessen«, bemerkte Chayyam nach langem Schweigen.

»Warum hätte ich mich nicht mit ihm treffen sollen? Wir sind doch Freunde«, wunderte sich der Alte.

»Du behauptest, er sei vor langer Zeit gestorben, hast ihm seine dritte Heirat noch nicht verziehen, aber triffst dich normal mit ihm, isst mit ihm und schließt mit ihm Handelsgeschäfte ab. Gibt es da deiner Meinung nach eine Logik?«

»Eine Logik gibt es, glaube ich, nicht, aber es gibt Freundschaft. Glaub mir, sie ist im Leben wichtiger.«

»Ich verstehe das nicht, ich kann das nicht verstehen«, empörte sich Chayyam hartnäckig.

Sufyan schlug den Blick nieder und seufzte einige Male tief, als sammelte er sich, so dass Chayyam glaubte, seine Absicht, ihn aus dem Takt und der beinahe unmenschlichen Selbstkontrolle zu bringen, sei gelungen. Aber als der Händler von neuem zu sprechen begann, konnte er dieselbe ruhige Stimme hören, gekennzeichnet durch Maß, die Anstrengung, weise zu sein, und die Absicht, dem Gesprächspartner ein Beispiel an Korrektheit zu geben.

»Anständige Menschen urteilen nicht über Dinge, die sie nicht verstehen, junger Mann.«

»Ich urteile ja gar nicht, Gott bewahre«, rief Chayyam aus, als verteidigte er sich, »ich habe doch nur gefragt, ich möchte verstehen, immerhin ist ein Mensch gestorben.«

»Sieh mal, bitte«, fuhr Sufyan fort, als hätte er den Zwischenruf seines Gesprächspartners nicht gehört. »Vertrauenswürdige Menschen haben aufgezeichnet, dass der weiseste Mann am Hof von Abdul-Malik, dem fünften Kalifen der Umayyaden, ohne Vergleich der berühmte Sinan al-Basri war. Er war Dichter und Übersetzer, kannte unsere und andere Religionen, deutete und kommentierte die Gesetze dieser und jener Welt. Mit Sicherheit wusste er mehr darüber, was mit der Seele im Jenseits geschieht, als die meisten Leute darüber wissen, was mit ihnen im Diesseits geschieht. Abdul-Malik erlaubte ihm nicht, sich für zwei Tage von ihm zu entfernen, nichts entschied er, ohne sich vorher mit ihm zu beraten (glaub mir, gerade deshalb war er der Weiseste und Gerechteste unter den Kalifen der Umayyaden), auch vor Fremden verbarg er nicht, dass er Sinan für den Weisesten unter den Menschen hielt. Aber Ansehen in der Gesellschaft genoss Sinan nicht, ständig sonderte er sich ab und floh vor den Menschen, so dass irgendwann auch die anderen Leute anfingen, ihn zu meiden. Der Kalif verhehlte nicht, dass ihm sein Lieblingsberater fehlte und dass er ihn an seiner Seite haben wollte, wenn sich bei ihm eine Gesellschaft versammelte und gelehrte Gespräche in Gang kamen, aber Sinan tat, als hörte oder verstünde er die Vorhaltungen des Kalifen nicht, bis ihn der Kalif einmal offen und vor Zeugen fragte, warum er Menschen und ihre Gesellschaft meide. Sinan schwor, das sei nicht der Fall, und versicherte dem Kalifen, er finde es schön mit diesen Leuten hier, aber noch schöner finde er es mit den Leuten, die ihm Gesellschaft leisteten, wenn er allein sei. Auf die Frage nach diesen Leuten antwortete er, unter ihnen seien Gottesgesandte und Weise aus der Zeit vor der Offenbarung des Islams, aber auch liebe Menschen aus seiner Kindheit, alte Verwandte, von denen schon sein Vater die Welt und das Leben kennengelernt habe, Menschen, von denen er nur vom Hörensagen wisse, und solche, die außer ihm niemand kenne. Er verkehre, erklärte Sinan, mit ihren Worten und Gedanken, die zu uns gekommen seien, mit ihren Werken und der Botschaft über sie, er verkehre mit der Erinnerung an sie und mit der Sehnsucht nach ihnen. Nach dieser Erklärung, abgegeben in der Öffentlichkeit und vor zuverlässigen Zeugen, begannen die Leute Sinan noch mehr zu meiden, so dass der Kalif Abdul-Malik der einzige Mensch war, der seine Gesellschaft suchte. Sinan geriet schon zu Lebzeiten völlig in Vergessenheit, und kurz nach seinem Tod folgten ihm seine Gedichte, Gesetzesauslegungen, Kommentare der heiligen Schriften in die Vergessenheit. Aber das heißt nicht, dass Sinan nicht existiert hätte, dass er nicht weise gewesen wäre und nicht die Wahrheit gesagt hätte, als er gestand, dass der Umgang mit lieben Toten angenehmer und nützlicher für ihn sei als die Gesellschaft lebendiger Menschen.«

»Ich habe nicht von ihm gewusst, nicht einmal gehört«, bemerkte Chayyam beschämt. »Eine Schande, nicht wahr?«

»Keine größere Schande als deine Bereitschaft, über Dinge und Menschen zu urteilen, die du weder kennst noch verstehst.«

»Ich urteile nicht, das habe ich dir schon gesagt, ich urteile wirklich nicht. Aber ich muss mich damit befassen, der Vater meines Freundes ist vergiftet worden. Ich hab ihn doch auch gemocht, du sagst, du auch.«

»Natürlich ist er vergiftet worden, was hätte er denn anderes erwarten können?«

»Wie meinst du das!?«, brauste Chayyam auf.

»Das habe ich dir doch bereits gesagt. Ein alter und geschwächter Körper verträgt kein starkes Liebesgift, so viel hätte auch er wissen müssen, wie verzückt er auch war.«

»Nicht die Liebe hat ihn vergiftet, sondern das Essen«, bemerkte Chayyam ruhig, die Reaktionen seines Gesprächspartners aufmerksam beobachtend.

»Wie!? Das alte Rindvieh hat seine Ernährung verstärkt, um alle Anstrengungen und Tollheiten zu ertragen?«

»Ich weiß nicht, was er mit dem Essen angestellt hat, du hast doch mit ihm zu Mittag gegessen, sogar mehrmals in letzter Zeit«, ließ Chayyam nicht locker, in der Hoffnung, der Alte werde durch eine Äußerung oder Bewegung den Verdacht bestätigen, der in ihm wuchs.

»Da hast du dich aber gut erkundigt?« Sufyan hob sein Gesicht und die rechte Handfläche zu Chayyam, aber weder aus dieser Bewegung noch aus seiner Stimme ließ sich schließen, ob er wütend oder gekränkt war, ob er sich verteidigte oder seinen Gesprächspartner jeden Augenblick angreifen würde.

»Reg dich nicht auf, ich muss …«, entgegnete Chayyam. »Das schulde ich meinem Freund, und auch der Großwesir interessiert sich für diesen Tod.«

»Und du denkst, ich habe etwas damit …« Sufyan erhob sich halb von seinem Sitz und starrte seinen Gesprächspartner mit stockendem Atem an.

»Du schuldest ihm 1200 Golddinar, und dieses Geld braucht er gerade jetzt ganz dringend. Zweimal hast du mit ihm zu Mittag gegessen, sozusagen vertraulich, zu einem Zeitpunkt, wo er wollte, dass du ihm die Schulden zurückzahlst, und er wurde durch Essen vergiftet. Nein, ich beschuldige dich nicht, sondern mache dich auf die Tatsachen aufmerksam und überprüfe sie auf Befehl des Wesirs, andere werden dich beschuldigen, wenn ich ihnen keine annehmbare Erklärung für diese Tatsachen liefere.«

All das sprach Chayyam in einem Atemzug aus, bemüht, hart und entschlossen zu klingen, dabei wusste er, dass seine »Tatsachen« zu nichts Anlass gaben. Er beschuldigte den Alten, weil er den Eindruck hatte, Neid, Bitterkeit, Wut aus der Stimme herausgehört zu haben, die von Mirchonds Leidenschaft erzählt hatte.

Sufyan zog mit Mühe Luft ein und zitterte sichtlich am ganzen Körper, wahrscheinlich vor Anstrengung, sich zu sammeln. In der dumpfen Stille, die in dem Zimmer hinter dem Gewürzladen eingetreten war, klang sein geräuschvolles Atmen mitunter wie ein Röcheln. Aber als er zu sprechen anfing, hatte seine Stimme ihre Ausgeglichenheit zurückgewonnen, als bestünde dieser Mann hauptsächlich aus Selbstkontrolle und Liebe zu seinem Selbstbild, und Lunge und Bauch, Furcht und Freude, Glaube und Liebe zu anderen seien nur eine Nebensache.

»Sieh mal, bitte«, begann Sufyan zu sprechen. »Du bist jung und hast deshalb das Recht, ein Dummkopf und Narr zu sein, aber die, die dich auf mich angesetzt haben, müssten eigentlich wissen, dass ich dem verstorbenen Mirchond nichts schulde und geschuldet habe. Er hat mir 1200 Golddinar gegeben, damit ich auf seine Kosten Ware besorge und mit Gewinn in Indien verkaufe und dort Ware für ihn besorge, die ich dann hier mit Gewinn verkaufe, so Gott will. Verstehst du? Ich handele für mich, und ihn beziehe ich ein, gebe sein Geld zu meinem und seine Ware zu meiner, aber sein Geld bleibt seins und seine Ware auch. Es ist sein Geld und sein Risiko, wenn das Geschäft nicht läuft, wie es soll, aber es ist auch sein Gewinn, wenn das Geschäft gelingt. Ich erweise ihm einen Freundschaftsdienst, und er überlässt mir, wenn ich ihm den Gewinn auszahle, einen Teil des Verdienstes, um seine Dankbarkeit zu bezeigen. Alles in allem gibt es von Schulden meinerseits und Druck seinerseits nicht die Spur.«

»Willst du sagen, ihr habt gar nicht über das Geld gesprochen, wenn ihr euch in letzter Zeit getroffen habt?«

»Würdest du darüber reden, wenn du so viel Geld im Umlauf hättest? Natürlich haben wir darüber gesprochen, aber wir haben es nicht als Schuld erwähnt, und es war nicht der Grund, uns zu treffen.«

»Worüber habt ihr euch denn dann so vertraulich unterhalten, dass es nicht einmal deine Angestellten hören durften?«

»Bist du sicher, dass ich dir auch das sagen muss?«, fragte der Alte ruhig, fast flüsternd.

»Ich weiß nicht, ich würde gern auf der Stelle vergessen, worüber ihr euch unterhalten habt, aber du würdest viel für den Wesir und mich tun, wenn du es mir sagen würdest«, antwortete Chayyam, ohne sich zu bemühen, die Schwere seines Verdachts zu verbergen. »Ich werde es bestimmt vergessen, wenn ich es nicht brauche, das verspreche ich dir.«

»Wir hatten vor, uns zu verschwägern, wir wollten meine älteste Tochter mit Feridun verheiraten, und im Zusammenhang damit gibt es immer vieles zu bereden.«

Chayyam schämte sich seiner Aggressivität und Aufregung, mit der er den Alten verhört hatte, nachdem er geglaubt hatte, er sei verdächtig. Als er den Geruch der Angst wahrgenommen hatte, war er auf den Mann losgegangen, wie ein Hund losgeht, wenn er Blut leckt. Aber das, was er gerochen hatte, war keine Angst, sondern Unbehagen gewesen, der Mann hätte einem Fremden nicht von den Plänen erzählt, seine Tochter zu verheiraten, da war er natürlich verdächtig. Viel hätte er darum gegeben, nicht in dem Gewürzladen zu sein und nicht mit seinem Besitzer gesprochen zu haben.

War es logisch möglich, die Vergangenheit zu verändern oder das, was geschehen war, wenigstens auszulöschen? Gott konnte das, logisch gesehen, nicht, denn wenn Er die Vergangenheit ändern könnte, wäre Sein Wille keine Notwendigkeit. Aber Er war es, alles, was geschah, war nach Seinem Willen und daher notwendig. Aber wenn Er nicht alles konnte, eben auch nicht die Vergangenheit ändern, war Er nicht allmächtig. Doch das war Er gewiss. Man sollte sich nicht mit solchen Fragen befassen, dies war eins der Paradoxa, auf die man immer stieß, wenn man versuchte, die Welt und das Dasein mit der Logik in Einklang zu bringen. Aber jetzt befasste er sich gar nicht damit, ihn interessierten im Augenblick weder die Paradoxa noch die Logik, sondern die reine menschliche Qual. Wie sollte er sich gegenüber diesem Alten rechtfertigen? Wie seine Schande vergessen? Wie und wieweit war der Mensch frei, wenn er nicht einmal so viel konnte, dass er eine Schande oder Dummheit, die er begangen hatte, auslöschte oder wenigstens vergaß?

»Nimm es mir nicht übel, wenigstens nicht allzu sehr«, murmelte Chayyam, stand auf und verzog sich ohne anständigen Gruß aus dem Zimmer, in dem er mit Sufyan gesprochen hatte.

Die Scham hatte ihm nicht erlaubt, sich höflich von seinem Gastgeber zu verabschieden, aber sie hielt ihn nicht davon ab, sich bei dessen Angestelltem nach dem Gasthaus zu erkundigen, aus dem Sufyan den Imbiss für sich und Mirchond bestellt hatte, und nach dem Burschen, der das Essen gebracht hatte. Und schon gar nicht hinderte sie ihn daran, zu dem Gasthaus zu gehen und den Burschen, der in der Nachbarschaft das bestellte Essen austrug, eingehend zu befragen.

Es sei wahr, die Alten hätten hinter verschlossener Tür vertraulich miteinander gesprochen und das Gespräch sogar unterbrochen, als er hereingekommen sei, und hätten dann geschwiegen, bis er wieder gegangen sei, so dass er nicht wisse, worüber sie gesprochen hätten. Aber er wisse, dass es ungewöhnlich sei, weil die Tür des hinteren Zimmers meist offen stehe, er wisse nicht, ob er sie jemals geschlossen vorgefunden habe, außer diese beiden Male, und er bringe dem Nachbarn schon seit Jahren Essen.

Nein, er könne nicht beurteilen, ob sie sich vor seinem Kommen und nach seinem Gehen gestritten oder angenehm unterhalten hätten, seine Arbeit sei, ihnen zu essen zu geben, und nicht, ihre Stimmung zu beurteilen. Natürlich schaue er sich die Kunden manchmal genauer an, sehe sich auch um, wie der Kunde lebe, wobei er immer darauf achte, dass weder sein Herr noch der Kunde davon erführen, aber es gebe keinen Grund, sich die beiden Alten in dem Laden genauer anzusehen, in den er häufig gehe.

Der Bursche erinnerte sich gut an das, was er ihnen als Imbiss gebracht hatte und zählte ihm zuverlässig auf, was sie alles gegessen hatten. Chayyam verblüffte, dass nicht eine einzige Fleischspeise dabei gewesen war, und so fragte er zweimal nach und bekam zweimal die Antwort, sie hätten genau das Erwähnte erhalten und es seien mit Sicherheit keine Fleischspeisen dabei gewesen. Aber es sei reichlich Essen für zwei Personen gewesen, zwei riesige und hungrige Männer hätten sich satt essen können, man müsse annehmen, dass beide gegessen hätten.

Chayyam war nicht bereit, die Idee, die ihm auf dem Weg zum Gasthaus gekommen war, vorschnell fallenzulassen, und fragte den Burschen, ob er sich vorstellen könne, dass Sufyan heimlich eine Fleischspeise auf Mirchonds Teller bugsiert habe. Der Bursche war skeptisch, er meinte, das wäre das erste Mal gewesen, dass jemand einem anderen ein Stück Fleisch untergeschoben hätte, eine gute Fleischspeise werde einem doch meist gestohlen. »Aber trotzdem,« insistierte Chayyam, und der Bursche bemerkte, man hätte dieses Fleisch irgendwo für das Essen bereithalten müssen, es dort heimlich herausnehmen und, wieder heimlich, auf den fremden Teller bugsieren müssen, zu all dem Gemüse, Obst und den Körnern … »Warum denn nicht?!«, wollte Chayyam wissen. Um das auszuführen, müsse man geschickter und gewandter sein als der, mit dem man zusammensitze und dem man das Fleisch unterjubele, aber Sufyan sei das nicht, der Arme könne ja kaum etwas sehen.

Chayyam drehte sich um und verließ rasch das Gasthaus, beschämter als kurz zuvor, als er von Sufyan weggegangen war, wenn das überhaupt möglich war.

## 8

Menschen sind so 'ne Sache, mein Süßer, weder du noch ich sind daran schuld. Der liebe Gott hat den Leuten Verstand geschenkt, damit sie betrügen, lügen und stehlen können, das tun sie denn auch, man soll ihnen das, heißt es, nicht so verübeln. Aber man darf beileibe auch nicht leugnen, dass wir das können.«

Mit diesen und derartigen Worten bemühte sich Suhrab, Chayyam zu beschwichtigen, der verbittert zu beweisen versuchte, dass es falsch und schändlich sei, den Mörder von Mirchond im Haus und unter den engsten Freunden zu suchen. Chayyam behauptete, er kenne alle Hausbewohner gut und sei bereit, für jeden einzelnen seine Hand ins Feuer zu legen, man könne, versicherte er, das innere Wesen eines Menschen kennenlernen und auf dieser Grundlage wissen, wozu dieser Mensch fähig sei und was er gewiss nicht tun werde. »Was in der Seele und im Geist enthalten ist, ist beständiger und stärker als alles, was von außen zum Menschen gelangt, deshalb bestimmt dieser Inhalt die Handlungen des Menschen stärker als alle Umstände, alle Versuchungen, alle Einflüsse, denen er ausgesetzt ist«, erklärte Chayyam überzeugt und zornig zugleich. Er sagte, er kenne die Leute in Mirchonds Haus, kenne gerade das innere Wesen eines jeden von ihnen gut, deshalb wisse er, wie unvorstellbar es sei, dass einer von ihnen einen Menschen vergiftet habe. Er glaubte tatsächlich, was er sagte, aber gleichzeitig wusste er, dass er die Mitbewohner von Mirchond in Wirklichkeit gar nicht kannte, dass ihm selbst Feridun, den er als Einzigen einigermaßen kannte, nur über die Arbeit und Vergnügungen für junge Männer bekannt war, und das nahm seinen Behauptungen jenes Maß an Überzeugungskraft, das notwendig gewesen wäre, damit auch die anderen ihm glaubten.

Und die Gründe und Beweise seiner Gesprächspartner waren, nach allem zu urteilen, unbestreitbar, jedenfalls wirkten sie so.

Die Geschäfte seines Freundes Feridun zum Beispiel standen sehr schlecht. Husref Schirazi, der sich für seinen Freund ausgibt, hat ihm einige große Aufträge erteilt und ihn überredet, ein paar andere anzunehmen, ebenso große, mit der Begründung, nur so könne er sich zu einem bedeutenden Baumeister entwickeln. Feridun hat ihm geglaubt, dass man in einer Zeit der Blüte, wie diese, in der wir leben, nicht schrittweise wachsen kann, so viele Unternehmen gibt es, die schnell wachsen, dass sie, wenn auch gegen ihren Willen, die langsamen irgendwann schlucken oder zertreten. »Heute wächst du schnell, oder du bist weg«, hat Feridun die Lehre seines Freundes Husref auch in Gesprächen mit Chayyam wiederholt. In Wirklichkeit hat Feridun, gerade wegen der großen Aufträge, die er gleichzeitig angenommen hat, seine materiellen Mittel erschöpft, ist in Schulden geraten und von anderen völlig abhängig geworden. Ausgerechnet bei Husref hat er die meisten Schulden, von dem hängt er total ab – ohne Husrefs Geld und seine Empfehlungen wäre Feridun bereits jetzt am Ende. Wären diese Ermittlungen nicht aufgenommen worden, wäre es nur eine Frage der Zeit, vielleicht einiger Monate, bis Husref Feriduns Baustellen, Materialvorräte, Leute und das Bargeld, das sich finden ließe, übernehmen würde, ohne einen einzigen Dinar zu investieren. Feridun müsste ihm am Ende noch dankbar sein, weil er seine Schulden übernommen und ihn so vor dem Gefängnis gerettet hätte.

Der einzige Weg, wie Feridun aus dieser Sackgasse herauskommen könnte, in die ihn sein Freund Husref geführt hat, wäre ein großer Geldbetrag oder Besitz. Zum Beispiel Mirchonds Besitz, den Feridun erben würde, wenn seinem Vater, Gott verhüte, etwas zustieße. Mit diesem Besitz als

Garantie bekäme Feridun ohne Probleme einen fast unbegrenzten Kredit, und das würde ihm ermöglichen, alle Aufträge, die er jetzt ausführt, zu Ende zu bringen und Geld einzunehmen. So würde er wirklich über Nacht zu einem großen Baumeister: er hätte sich von seinen Schulden befreit, hätte genügend Bargeld für neue Unternehmungen und, was genauso wichtig ist, Ansehen und Vertrauen gewonnen, ohne die man keine großen Aufträge bekommt. Aber damit all diese schönen Dinge in Erfüllung gingen, müsste er der Eigentümer des Familienbesitzes sein, niemand würde den Besitz als Garantie anerkennen, wenn der Kreditnehmer nicht sein Eigentümer wäre. Aber er kann nur Eigentümer seines Familienbesitzes werden, wenn seinem Vater, Gott verhüte, etwas zustößt.

Womöglich stünden die Dinge mit Mirchonds jüngster Frau noch schlimmer als mit Feridun. Ein paar Monate nach ihrer Heirat hielt der Führer eines großen Stammes, der Basiri, der offensichtlich nicht wusste, dass sie Mirchond geheiratet hatte, für seinen Sohn um ihre Hand an. Kürzlich, als er ihrem Vater Felle aushändigte, hatte er gesagt, er und sein Sohn, der Schirin einfach nicht vergessen kann, wären froh, wenn sie in ihr Haus käme. Nebenbei hatte er bemerkt, gestand der Vater der schönen Schirin, dass es vielleicht nicht schlecht wäre, wenn er, ihr Vater, mit Mirchond über die Scheidung sprechen würde, dieser brauche so eine junge Frau nicht mehr, er habe keine Kinder mit ihr, während sie Schirin mit offenem Herzen und ausgebreiteten Armen aufnehmen würden. Die Basiri sind ein großer und reicher Stamm, der Sohn ihres Führers könnte in Isfahan leben, sogar in Bagdad, im eigenen Haus oder wenigstens dem des Vaters, und seine Frau könnte Seide und Gold tragen, Dienerschaft und Kutschen, edle Reitpferde und Zugang zu den wirklich ersten Häusern haben. Doch am wichtigsten ist, dass diese Frau einen jungen Mann in voller Kraft hätte und keinen

Greis. Wie viele Frauen gibt es, die einer solchen Versuchung widerstehen könnten? Zählst du all diese Gründe auf, etwas zu tun, aber tust es dann doch nicht – das können nur die wenigen, vor allem unter den Frauen, denen diese Dinge mehr bedeuten. Ist Schirin eine dieser wenigen, fast unmöglichen Frauen? Ist sie nicht zu jung für so viel Willensstärke und Tugend?

Hat ihr Vater schon mit Mirchond über die Freigabe gesprochen, und welche Antwort hat er vom Mann seiner Tochter erhalten, wenn er überhaupt eine erhalten hat? Hat er mit Schirin vor oder nach dem Gespräch mit Mirchond gesprochen und sie über den Antrag der Basiri informiert? Wie hat sie das Angebot der Basiri aufgenommen und wie die Verweigerung einer Scheidung, falls Mirchond es abgelehnt hat, sie freizugeben? Liebt sie ihren Mann wirklich, und wo sind die Grenzen dieser Liebe? Würde sie um der Liebe willen, wie groß sie auch immer ist, auf den jungen Mann und das Leben im Haus der Führers eines der mächtigsten iranischen Stämme verzichten?

Chayyam kam Sufyans Behauptung in den Sinn, bei Mirchond habe es nichts zu sterben gegeben, weil er schon monatelang, bevor er seine Seele ausgehaucht habe, tot gewesen sei. Er erinnerte Suhrab und Fuzail an diese Worte, und dann fragte er sich laut, ob ihn nicht die Bitte, seine junge Frau freizugeben, in den Zustand gebracht habe, die sein Freund als Tod beschrieben habe. Diese Bitte müsse ein schrecklicher Schlag für ihn gewesen sein, selbst wenn der Vater seiner Frau einen Weg gefunden habe, seinen Vorschlag weise und indirekt vorzubringen, es sei logisch, dass er davon tatsächlich in der Seele habe sterben können und weiterexistieren nur als Gespenst.

»Du schätzt es schon als sicher ein, dass der Alte mit ihm gesprochen hat?«, fragte Fuzail.

»Du etwa nicht?«, entgegnete Chayyam mit einer Frage,

verwirrt, als traute er seinen eigenen Ohren nicht. »Finde du mir zwei Männer im ganzen Reich, die nicht die Freigabe ihrer Tochter verlangen würden, wenn sie an seiner Stelle wären.«

»In alldem ist zu viel Seele, aber es könnte auch Wahrheit drin stecken«, nickte ihm Fuzail nach längerem Überlegen zu.

Lange erwogen sie diese Annahme, fragten sich, wie wahrscheinlich es sei, dass Schirin ihren Mann, der nicht in die Scheidung eingewilligt habe, beseitigt habe, und mutmaßten, auf welche Arten sie das habe tun können. Ist es vorstellbar, dass eine Frau ihrem Mann eine gute Fleischspeise zu essen gibt, wenn er ihr zu einem besseren Leben und Ansehen in der Gesellschaft im Weg steht? Es ist unvorstellbar, dass sie es nicht tut, sie müsste entweder krank oder völlig verzaubert von ihm sein, um ihn nicht zu beseitigen. Schirin ist weder krank noch verzaubert, noch eine außergewöhnliche Gerechte, sie ist also mit ziemlicher Sicherheit bereit, es zu tun. Wie hat sie es bewerkstelligen können? Einfach wie sich mit Wasser satt trinken. Von ihren Verwandten hat sie auch schon früher verschiedene seltene Fleischsorten bekommen, um sich und ihren Mann zu bewirten, warum hätte sie nicht auch jetzt, für eine ganz besondere Gelegenheit, etwas Besonderes bekommen sollen? Alles, was man tun musste, war, dieses Fleisch einige Tage lang an einem Ort aufzubewahren, wo kein Licht und keine Luft hinkommen. Aber sie kann es auch schon so oder auf andere Art präpariert bekommen haben, alles war machbar, selbst ohne ihr Wissen.

»Stell dir vor, wie er gegurrt hat, als er aß, was ihm sein Täubchen persönlich zubereitet hat!«, rief Fuzail mit einer unbegreiflichen Wut in der Stimme aus.

»Besser Gift aus ihrer Hand als Arznei aus einer anderen, so sieht das aus, wenn man ehrlich liebt. Nur dass du darüber nicht gerade viel weißt.«

»Ich weiß nichts«, gab Fuzail schroff zurück. »Und es tut mir nicht leid.«

Chayyam brachte ein paar Einwände vor, die den angenommenen Ablauf der Ereignisse in Frage stellen sollten, aber alle wurden verworfen. Auch dem verliebten Mirchond, wandte Chayyam ein, hätte es seltsam vorkommen müssen, dass ihre Verwandten unmittelbar nach dem unangenehmen Gespräch über die Scheidung spezielle Geschenke schickten. Der erste Grund, den Einwand nicht gelten zu lassen lautete: Dieses Gespräch muss nicht unangenehm gewesen sein, es kann ganz anständig verlaufen sein, und wenn auch etwas Unangenehmes vorgekommen wäre, hätte man es am Ende ausbügeln können. Der Vater der schönen Schirin ist ein ernsthafter Mann, aber ein ernsthafter Mann wird das, was ihn stört, ärgert oder ihm missfällt, nicht verschweigen und verdrängen. Ihr Geschenk müssen sie nicht offen überreicht haben, sie können es einem der Diener gegeben haben, die Besorgungen für das Haus machen. Mit diesen Dienern sowie mit allen anderen im Haus sind sie sicher bekannt, und keinem von ihnen wäre es seltsam vorgekommen, dass die Freunde ein Geschenk für den Herrn haben, vor allem wenn sie unzählige Male bis jetzt ähnliche Geschenke gebracht haben.

Der zweite Einwand war, dass Schirin sicher nicht oft gekocht hatte, wenn sie es überhaupt getan hatte, und es auch den verzückten Mirchond zumindest ein wenig hätte wundern müssen, wenn sie mit einer Spezialität vor ihm erschienen wäre, und das jetzt, unmittelbar nachdem sie die Scheidung gewünscht hatte. Auch das wurde ohne Probleme widerlegt, erstens damit, dass nicht sie persönlich gekocht haben musste, sie konnte das Fleisch dem Koch gegeben und angeordnet haben, für den Herrn das und das Essen zu bereiten, mit dem sie ihn gutstimmen wollte (es wäre logisch anzunehmen, dass das bereits geschehen war). Aber auch die

Natur ihrer Beziehung widerlegte Chayyams Einwand, Mirchond hätte aus ihrer Hand sicher auch Gift genommen, wenn er geglaubt hätte, sie dadurch an sich binden zu können.

Einer der Einwände wies auf zeitliche Unstimmigkeiten in der Kette der Ereignisse hin, aber er widerlegte sich sozusagen von selbst. Das Gespräch über die Scheidung musste, wenn es überhaupt stattgefunden hatte (was nicht sicher war, dieses Gespräch müsste erst bewiesen werden), vor ein, zwei Monaten stattgefunden haben. Ließe sich ihre Annahme aufrechterhalten, wenn in der Zwischenzeit, also in den letzten ein, zwei Monaten, niemand aus der Familie seiner jungen Frau Mirchonds Haus besucht hätte? Sobald er diesen Einwand ausgesprochen hatte, widerlegte Chayyam ihn, bevor einer seiner Gesprächspartner das Wort ergriff. In große Häuser wie in das von Mirchond kommen die Dinge von verschiedenen Seiten, jedenfalls kann das Oberhaupt des Hauses nicht alles verfolgen und wissen. Und Freunde können ein Geschenk auch ohne spezielle Absprache mit dem Oberhaupt des Hauses, erst recht ohne ein Treffen mit ihm schicken. Damit das Stück Fleisch, das in Mirchonds Leben eine so wichtige Rolle gespielt hat, ins Haus gelangte, brauchte niemand zu Besuch zu kommen, und niemand aus dem Haus brauchte irgendetwas zu tun oder zu wissen. Selbst Schirin muss nicht gewusst haben, dass man für ihren Mann ein Geschenk besonderer Art präparierte.

So gingen sie alle Mitbewohner von Mirchond durch. Trugen alles vor, was sie über jemanden wussten, erörterten bis ins kleinste Detail die Situation des Betreffenden, zum Beispiel die Probleme, die er jetzt hatte oder ihrer Meinung nach haben könnte, sie gingen seine Zukunftsaussichten und den möglichen Einfluss der jetzigen Probleme auf diese Aussichten durch, wobei sie Mirchond und seinem Platz bei den Problemen und Zukunftsaussichten, die jeder seiner Hausgenossen hatte, besonders viel Aufmerksamkeit widmeten. Wie viele Gründe hat er oder sie, bei Mirchond zu leben und den Zustand zu ertragen, der jetzt in seinem Leben herrscht? Wie viel von dem, was er jetzt vom Leben hat, entspricht seinen Erwartungen, Wünschen und Hoffnungen? Welche Vorteile könnte er von Mirchonds Tod haben? Wie viele Gründe hat er oder sie, ihn zu beseitigen, auch wenn es seine Zukunftsaussichten nicht verbessert und keinen Vorteil in diesem Augenblick bringt? Ist, sagen wir, Fitnas Verzweiflung so stark, dass sie den Tod als wahre Erlösung für sich empfinden müsste? Sie muss aufgrund ihrer Erfahrung wissen und spüren, dass jede Familie eine Verdammnis für sie ist, die, aus der sie fortgegangen ist, ebenso wie die, in die sie gekommen ist. Deshalb ist es vom Herzen und vom Kopf her logisch zu erwarten, dass sie die Familie zerstört, in der sie gefangen ist, und das erreicht sie am leichtesten, wenn sie das Familienoberhaupt beseitigt. Das ist für sie der bestmögliche Ausweg, sie ist jetzt frei und allein. Jetzt kann sie irgendwo in jemandes Dienste treten, kann als Gesellschafterin in ein besseres Haus gehen, kann in ein Krankenhaus, um Leichen zu waschen und Kranke zu pflegen, kann sich auf Reisen begeben wie diejenigen, die nach Erleuchtung suchen, zuerst auf eine Pilgerfahrt und dann weiter, von Stadt zu Stadt, von Land zu Land, bis Krankheit und Tod sie ereilen … Ihr stehen jetzt zahlreiche Möglichkeiten offen, und jede von ihnen ist besser als das, was sie hat. Ob als Dienerin in einem Haus oder als Reisende, die Wissen und Weisheit sucht, ob sie in einem Armenhaus unterkommt oder für Kinder in einer der Schulen kocht, die überall aus dem Boden schießen, immer kommt sie besser weg, als wenn sie hier sitzt, denn immer hat sie Würde, Grund, Gesellschaft und Brot. Aber hier, wo sie jetzt ist, hat sie nichts außer Brot, und auch dieses zu verdienen fehlt ihr die Gelegenheit. Gegen die Annahme, dass Fitna die Mörderin sei, sprachen die Tiefe und Dauer ihrer Verzweiflung, aber auch der Mangel an Lebenserfahrung und

Wissen über die Welt. Sie lebt schon so lange in Verzweiflung, dass ihr das jede Kraft und jede Hoffnung geraubt hat, sie kann in diesem Zustand nicht glauben, dass es einen Ausweg für sie gibt und dass gerade sie sich diesen Ausweg öffnen kann. Außerdem hat sie fast als Kind geheiratet, bevor sie irgendetwas von der Welt hat sehen, erfahren und erproben können. Sie ist buchstäblich aus einem Haus ins andere übergewechselt, aus einem geschlossenen Kreis in einen anderen, so hat sie nicht die Gelegenheit gehabt, überhaupt zu erfahren, dass sie hier oder dort unterkommen, dieses oder jenes arbeiten und sich damit ihr Brot und ein Dach über dem Kopf verdienen könnte. Wahrscheinlich weiß sie nicht einmal, dass es auf der Welt außer Häusern, in denen arme Frauen wie sie eingekerkert sind, auch andere Orte gibt.

Chayyam widersprach, so gut er konnte, empörte sich, bemühte sich, in den Überlegungen seiner Gesprächspartner Widersprüche und logisch unhaltbare Schlüsse zu finden. »Das ist unlogisch«, sagte er, »das ist nicht zu verstehen. Warum? Du kannst nicht jemanden beschuldigen, wenn du nicht klar und überzeugend sagen kannst, warum er das getan haben sollte, und wir können das nicht. Warum, sagt mir, warum!«

»Jedes Warum hat sein Ich-weiß-nicht, mein Süßer, das ist ja unsere Qual«, antwortete ihm Suhrab, woraufhin Fuzail laut loslachte.

Selten hatte Chayyam mit seinen Einwänden Erfolg, Suhrab und Fuzail hatten für ihre Ausführungen meist unumstößliche oder wenigstens überzeugende Argumente, so dass er am Ende immer zustimmen musste, dass dieses oder jenes Mitglied in Mirchonds Haus aus gutem Grund verdächtig, möglicherweise schuldig oder sogar wahrscheinlich schuldig war, wie Schirin und Feridun. Vielleicht wegen der unerbittlichen Logik der beiden Polizisten, vielleicht wegen des allzu langen Gesprächs, in dem er immer wieder aufs

Neue zugeben musste, dass die anderen recht hatten, aber vielleicht auch aus einem verborgenen Grund überkam Chayyam ein Gefühl der Beklemmung, wirklich und stark, als hätte ihm jemand Kräftiges die Brust zugeschnürt, so dass ihm die Atmung buchstäblich erschwert wurde. Wie war es möglich, dass er bis jetzt nicht bemerkt hatte, wie viele Gründe ein Mensch hatte, einen seiner Nächsten, vielleicht viele von ihnen umzubringen? Er hörte den beiden zu und entdeckte, dass all die Lieben und Guten, von denen ein Mensch umgeben war, eine Fülle von Gründen hatten, ihn umzubringen. Was tun dir dein Sohn und deine Tochter, deine Ehefrau und dein Bruder? Sie tun verschiedene Dinge, wenn sie normale Menschen sind, aber meist, wenn sie wirklich normal sind, trachten sie mir nach dem Leben, so viel habe ich einsehen müssen, weil ich hinsehen kann. Was für ein Narr musste er sein, dass er sich so lange so wohl gefühlt hatte, in diesem Tiergarten, in dem wir Menschen leben!? Und wie war es möglich, dass es überhaupt noch Menschen gab? Logisch gesehen, hatte der Mensch alle oder zumindest zahlreiche Gründe, den Vater, die Mutter, die Frau, den Bruder, irgendeinen von den Menschen, mit denen er leben musste, umzubringen, oder sogar alle zusammen, weil sein Leben sicherlich einfacher und bequemer wäre ohne einen von ihnen oder ohne sie alle. Es gibt keinen Menschen, dem der Mord an einem Nahestehenden nicht einen Vorteil in der Gegenwart brächte und seine Zukunftsaussichten verbessern würde, daher ist es völlig logisch und eigentlich notwendig, dass wir ohne Unterlass unsere Lieben umbringen.

Aber die Menschen leben unbeirrt weiter, selbst jene, die von Dutzenden Nahestehenden und Lieben umgeben sind. Warum und wie? Wie ist das zu verstehen? Ist es die Angst vor der Strafe, die uns daran hindert, den Vater oder den Bruder, die uns auf die Nerven gehen und verschwenden, was wir verschwenden könnten, zu beseitigen? Sicher nicht, die

Angst vor der Strafe ist nur möglich, aber die Gründe, sie zu beseitigen, sind ganz konkret, die Angst vor der Strafe kann die konkreten und wirklichen Gründe nicht besiegen. Außerdem hat Fuzail zugegeben, dass die beste Polizei, die sich bis zum Äußersten anstrengt, jeden dreißigsten Mord aufklärt, vielleicht ein paar mehr, wenn das Glück mitspielt und alles gut läuft. Die Menschen haben also keinen Grund, sich ernsthaft vor der Polizei und ihrer Strafe zu fürchten, selbst jene nicht, die fähig sind, sich Strafen lebhaft und überzeugend vorzustellen. Warum morden wir dann nicht so viel, wie es die Vernunft von uns erwartet, so viel, wie logisch wäre? Er musste Antworten auf diese Fragen finden, immer hatte ihn eine tiefe Angst in seinem Innern beunruhigt und herausgefordert, wenn er bemerkt hatte, dass die Wirklichkeit von der Logik abwich, und wenn er eingesehen hatte, dass er das menschliche Verhalten nicht verstehen konnte. Und meist gelang es ihm nicht, es zu verstehen, es blieb ihm unklar, sosehr er sich auch bemühte und sosehr er seine geistigen Fähigkeiten entwickelte. Es war gut, dass die Menschen weniger mordeten als vernünftig gewesen wäre, ihm war es natürlich lieb, dass es so war, aber das musste man verstehen, dafür musste man eine Erklärung finden, die sich nicht in sich zurückzog wie eine Schnecke, wie es der Fall mit den Erklärungen war, die ihm bekannt waren. Aber er hatte diese Erklärung nicht und hatte, zumindest auf der Grundlage der bisherigen Erfahrung, keine Hoffnung, sie irgendwann einmal zu finden.

Ernsthafte Probleme traten auf, als schließlich Sukayna an die Reihe kam. Chayyam hatte zuerst mit einer ihm selbst unerklärlichen Wut jedes Gespräch über sie abgelehnt, in dem man sie irgendwelcher Dinge, vor allem des Mordes an ihrem eigenen Vater, verdächtigt hätte. Suhrab und Fuzail versicherten ihm, sie verdächtigten niemanden, sondern hülfen ihm nur, sich morgen richtig hinzustellen und sich besser zurechtzufinden, wenn die Ermittlungen im Familienkreis begännen. Es sei völlig sicher, dass Mirchonds Mörder aus dem Haus komme, die bisherigen Ermittlungen schlössen jeden Zweifel aus. Deshalb würden sie jetzt Chayyam alles sagen, was sie über die Familie und über jedes einzelne Familienmitglied wüssten, denn die Ermittlungen im Haus müsse er selbst führen. Wenn er alles wisse, was die beiden wüssten, werde es viel leichter für ihn, die Ermittlungen aufzunehmen, als wenn er sich nur auf das verlasse, was er wisse, und vor allem auf das, was er fühle. Und wenn sie jetzt in einem Gespräch ohne Beschränkungen und Verbote alle vorstellbaren Varianten erwogen, wenn sie erforschten, wie viele Gründe und Möglichkeiten, den Verstorbenen zu beseitigen, wer von den Hausbewohnern gehabt habe, stünden ihm im Vorhinein alle wahrscheinlichen Geschichten, beziehungsweise alle Geschehensabläufe, die in Betracht kämen, zur Verfügung. Wenn du eine Vorstellung vom Gesamtgeschehen hast, von der wahrscheinlichen Folge der Ereignisse und den Rollen der einzelnen Beteiligten, hast du schon mehr als die halbe Ermittlung hinter dir, dir bleibt nur noch, auf die Details und die unwillkürlichen Handlungen der Beteiligten zu achten. Die Details brauchst du, um die Beweise zu sammeln, und die unwillkürlichen Handlungen der Beteiligten musst du verfolgen, um dein Bild vom Geschehen zu überprüfen und dich vor ihren absichtlichen und unabsichtlichen Lügen zu schützen.

»Wir sind Menschen, mein Süßer«, sagte ihm Suhrab mit der süßesten Stimme, zu der er fähig war. »Wenn du deinen Vater nicht hundert Mal hast umbringen wollen, heißt das, er hat dich nicht erzogen, wie es sich gehört. Und wenn du ihn bis zu deinen reifen Jahren nicht umgebracht hast, heißt das, er hat rechtzeitig aufgehört, dich zu erziehen, und sich zur Ruhe gesetzt, ein wenig weiter von dir weg.«

Chayyam musste zugeben, dass alles, was sie sagten, vollkommen logisch war, und so musste er sich beruhigen und zulassen, dass das Gespräch zu Ende geführt wurde. Trotzdem konnte er das Gespräch, in dem über Sukayna als verdächtige Person gesprochen wurde, nicht ruhig ertragen. Daher stand er auf und ging im Zimmer umher, sah durch das Fenster und breitete die Arme aus, während Suhrab über die Gründe sprach, ihr Augenmerk auch auf sie zu richten. Sie ist etwas älter als Schirin, aber der »liebe Vater« hat nichts getan, um einen Mann für sie zu finden. Das kann man keinen guten Vater nennen, für sie ist jetzt die richtige Zeit zum Heiraten, in zwei Jahren wird es höchste Zeit und in drei Jahren zu spät sein. Ein Vater, der das nicht sieht, hat nicht verdient, Vater genannt zu werden. Ihrer hat es nicht gesehen, und sie hat erkennen müssen, dass er es nicht gesehen hat. In der greisenhaften Berauschtheit von seiner jungen Frau überschüttet er sie und ihre Familie mit Geschenken, so dass er schon ziemlich lang auf dem besten Weg ist, seine Kinder um das Haus zu bringen. Mit einer guten Mitgift würde Sukayna ohne Probleme einen guten Mann finden, in zwei Jahren würde sie ihn mit etwas Mühe finden, aber ohne Mitgift würde sie auch jetzt keinen finden, geschweige denn in zwei Jahren. Ihr Vater hat fleißig daran gearbeitet, sie um die Mitgift zu bringen, und zwar bald, nicht erst in ein, zwei Jahren.

Das wäre in Kürze, was Suhrab über Sukayna sagte und was Chayyam dazu trieb, wie rasend im Zimmer umherzugehen und mit den Armen zu fuchteln. Schon nach den ersten paar Sätzen fiel ihm auf, dass es keine Wut war, was ihn zu einem derartigen Verhalten trieb, sondern ein Pulsieren im oberen Teil des Bauches, angenehm und schmerzhaft zugleich. Dieses Pulsieren versetzte ihn in einen Zustand, der ihm völlig unbekannt war und in ihm Gefühle weckte, mit denen er nicht umzugehen wusste. Er musste sich auch eingestehen, dass es nicht die Verdächtigung von Sukayna war, was ihn dabei störte, dieses Gespräch zu ertragen, ihn störte das Gespräch selbst. Dessen wurde er sich bewusst, als Suhrab schwieg, Fuzail mit einer Handbewegung zu verstehen gab, dass er nichts hinzuzufügen habe, und er, Chayyam, sich mit der Hand demonstrativ den Mund zuhielt und so zum Ausdruck brachte, dass er nichts sagen würde. Das bedeutete in Wirklichkeit, dass er nicht bereit war, mit fremden Menschen über sie zu sprechen, so viel war ihm wie auch seinen Gesprächspartnern klar.

Fuzail wies daraufhin mit dem Kopf auf Chayyam und verzog spöttisch das Gesicht, sagte aber in freundschaftlichem Ton zu Suhrab: »Weiß Gott, es sei ihm vergönnt, sie passt zu seinem Alter.« Dann erhob er sich, wodurch er auch den beiden anderen zu verstehen gab, dass es Zeit war aufzustehen und ihrer Wege zu gehen.

## 9

Es war nicht klar, wann das erste Totengedenken nach Mirchonds Verlassen dieser Welt veranstaltet werden sollte. Seine erste Frau Hind meinte, es solle am Donnerstag stattfinden, aber ihr Sohn Feridun wollte, dass es am Freitag sei, zu Hause und nicht in der Moschee, und zwar gleich nach dem Freitagsgebet. »Papa ist nach Sonnenuntergang«, erklärte Feridun, wenn darüber diskutiert wurde, »und nach Sonnenuntergang beginnt ein neuer Tag.« Das sollte bedeuten, dass sein Vater in der Nacht von Freitag auf Samstag gestorben war, aber nach der Dämmerung, also nachdem der Samstag bereits angefangen hatte, und das hätte dann bedeutet, dass das erste Totengedenken auf den Freitag fiel. Keiner der Anwesenden war sicher, ob das der Wahrheit entsprach, aber alle wussten, dass es für Feridun gut wäre, wenn die Gedenkfeier am Freitag und im Haus veranstaltet würde, weil er so mit einem Schlag in die hohen Kreise der Isfahaner Gesellschaft Eingang fände. Wenn er einmal die angesehenen Bürger, und das waren diejenigen, die ihr Freitagsgebet in der Weißen Moschee verrichteten, zu einer Feier in seinem Haus einlüde und nur die Hälfte der Eingeladenen erschiene, wäre er ein gleichberechtigtes Mitglied dieser Gesellschaft geworden. In diesem Fall würden bestimmt fast alle zusagen, eine Einladung zum Totengedenken schlug man nicht ohne triftigen Grund aus, und Feridun hatte bisher keine Gelegenheit gehabt, den Leuten solche Gründe zu geben. So beschlossen sie, dass das Totengedenken im Haus, am Freitag, gleich nach dem Gebet stattfinden sollte.

Chayyam traf kurz vor den anderen ein, denn er kam nicht von der Moschee, sondern von der Baustelle seines Observatoriums. Ihn freute, dass die Arbeiten wieder in Gang gekommen waren und schneller vonstatten gingen als je zuvor, aber in dieser Freude lag auch Bitterkeit. Als er gestern, am Donnerstag, zum ersten Mal nach Mirchonds Tod zur Baustelle gekommen war und Dutzende von Arbeitern sah, die Mörtel mischten und Ziegel trugen, an den Gerüsten hinauf- und hinuntereilten und am Rande der Baustelle Teile für die Dachkonstruktion zusammenfügten, sprang er vor Freude auf und dachte, dass das Gebäude spätestens in einem Monat fertig wäre, wenn die Leute von Feridun so weiterarbeiteten. Gleichzeitig dachte er allerdings, ohne jede Freude, dass sie gewiss weiterarbeiteten, weil Feridun jetzt über Mirchonds Geld verfügte. Später begriff er, dass ihn Suhrab und Fuzail mit ihrem letzten Gespräch auf diesen Gedanken vorbereitet hatten, aber ein Unbehagen und etwas wie Scham hatte er gleich empfunden, bevor er sich an das Gespräch mit den Polizisten erinnerte und erschrak, wie er überhaupt so etwas von seinem Freund denken konnte. Wohl deshalb ging er am folgenden Tag, am Freitag, ungern von der Baustelle zu Feriduns Haus, belastet mit Unbehagen, Scham und einem Verdacht, der ihn nicht verlassen wollte. Wäre er imstande, normal mit dem Freund zu sprechen, von dem er schon zwei Tage lang dachte, dass er seine Geschäfte mit dem Geld des Vaters gerettet habe, das er womöglich nicht nur geerbt habe? Hatte er das Recht zu glauben, er sei der Freund des Mannes, von dem er dergleichen dachte, wo es ihm einfach nicht gelingen wollte, sich von diesem Gedanken zu befreien oder ihn wenigstens zu verdrängen? Kannst du der Freund eines Mannes sein, an dessen Ehre du nicht glaubst? Wie würde Freundschaft unter Leuten aussehen, die gar nicht erst so tun, als wären sie redlich und legten Wert auf Ehre, Anstand, menschliche Verpflichtungen?

Oben auf der Treppe, die von der Eingangstür zum ersten Stock führte, wo die Zimmer der Gäste und der Familienmitglieder waren, empfing ihn eine Dienerin und forderte ihn durch ein Zeichen auf, ihr in den linken Flügel zu folgen, in den sogenannten Frauenteil des Hauses, wo sich bereits die weiblichen Gäste der Gedenkfeier versammelten. Die Dienerin wies schweigend auf die erste Tür, zu der sie kamen, und ging dann weiter den Gang hinunter, während er verlegen vor der Tür stehenblieb. Noch nie war er im Frauenteil eines Hauses gewesen, deshalb hatte er keine Ahnung, was er jetzt tun sollte und was jetzt überhaupt geschehen konnte. Warum hatte sie ihn hierhergeführt? Was würde geschehen, wenn ihn hier jemand sähe? Wie sollte er sich jetzt verhalten? Sollte er einfach hineingehen? Oder wie zufällig an der Tür kratzen, damit die drinnen, die ihn gerufen hatten, hörten, dass er da war, und taten, was jetzt zu tun war? Oder sollte er etwas Schweres auf den Boden werfen, so dass es gegen die Tür schlug und auf seine Anwesenheit aufmerksam machte?

Während er so dastand und überlegte, öffnete sich die Tür um zwei, drei Fingerbreit, durch den Spalt blitzte ein Auge, und gleich danach fuhr eine Hand heraus, die seine rechte ergriff und ihn ins Zimmer zog. Chayyam stockte der Atem, ein wenig vor Verwirrung und ein wenig mehr vom Anblick Sukaynas, die, in kirschrote Seide gekleidet, ein Tuch von derselben Farbe auf dem Kopf trug, das kleine Gesicht noch bleicher als sonst, so dass es nun, von der Kirschfarbe eingerahmt, wie eine Blüte aussah. Sie drückte ihm eine große, gelbe Quitte in die Hand und legte mit ihren Händen seine Finger darum, und dann teilte sie ihm aufgeregt flüsternd mit, dass sie alles von Feridun gehört habe, und bat ihn, sich zu beruhigen. Da Chayyam nicht wissen konnte, was sie gehört hatte, redete Sukayna in ihrem heißen, durchdringenden Flüstern weiter.

»Feridun sagt, du fragst die Leute in der Stadt aus, schaust sie schief an und verdächtigst sie. Beruhige dich, niemand wirft dir etwas vor, wir mögen dich alle und wissen, dass du getan hast, was ein lebendiger Mensch tun kann. Und vielleicht ist es so am besten, für alle. Los, geh jetzt, was hast du denn in den Frauengemächern zu suchen?«

Sie schob ihn durch die Tür hinaus, durch die sie ihn kurz zuvor hereingezogen hatte, und schloss sie leise hinter ihm, ihn allein im Gang zurücklassend, in dem jeden Augenblick eine Frau auftauchen und ein Geschrei erheben konnte, weil sie einen fremden Mann unter den weiblichen Hausbewohnern sah, so viel war Chayyam auch in seinem Zustand völliger Betäubung klar. Deshalb beeilte er sich, zur Treppe zurückzukommen, die ins Erdgeschoß führte, und ging dann, beinahe ohne sich dessen bewusst zu sein, was er tat, hinaus in den geräumigen Innenhof, in dem man gut und lange spazieren gehen konnte. Das hatte er jetzt bitter nötig, vielleicht würde ihm ein Spaziergang helfen, sich zu sammeln und in einem einigermaßen gefassten Zustand zum Totengedenken zu kommen, zu den Fragen und Gesprächen über das Jenseits, die sich unter Menschen, die sich trafen, um eines lieben Verstorbenen zu gedenken, nicht vermeiden ließen. Er konnte nicht unter die Leute gehen, solange er Sukaynas Gestalt nicht aus den Augen bekam, zumindest so weit, dass er das, was direkt vor ihm war, wieder sehen konnte; solange er nicht begriff, was sie ihm mit ihrem durchdringenden Flüstern gesagt hatte, das ihm noch immer die Ohren durchbohrte; solange er nicht begriff, was mit ihm vorging. Weder das noch irgendetwas anderes konnte er begreifen, solange er nicht anfing zu denken.

Ein breiter, mit Kies bestreuter Weg führte auf einen großen Springbrunnen in Form einer Lotosblume zu, aber er ging nicht ganz bis dorthin, gut dreißig oder vierzig Schritte davor brach er ab beziehungsweise verzweigte sich in zwei Pfade, die um einen kleinen, gut gepflegten Rasen herumführten, der eine wunderschön angelegte Sonnenuhr einrahmte. Chayyam nahm die rechte Abzweigung des Kiespfads, ging um den Rasen mit der Sonnenuhr herum und gelangte zu der steinernen Lotosblume, aus deren Mittelpunkt Wasser strömte, es floss über die steinernen Blütenblätter hinab und fiel mit einem angenehmen beruhigenden Geräusch in ein kleines Becken. Hinter dem Springbrunnen war eine Laube mit genügend Platz für mindestens zehn Personen zu sehen, aber Chayyam ging nicht dorthin, sondern ließ sich auf einer der um den Springbrunnen angeordneten Bänke nieder. Erst als er sich setzte, bemerkte er, dass er noch immer die Quitte von Sukayna in der Hand hielt. Einem Drang folgend, der ihm völlig unklar blieb, atmete er den Duft der Quitte tief ein, hielt den Atem an, solange er konnte, dann küsste er sie und verstaute sie an seiner Brust. Er saß noch eine Weile auf der Bank, lauschte dem beruhigenden Geplätscher und atmete tief, wie es Menschen tun, die sich bemühen, aus einer starken Erregung zu sich zurückzukehren. Es half, nach etwa zehn, zwanzig Minuten war er tatsächlich ruhig genug, um zurück ins Haus und unter die Menschen zu gehen. Während er von der Bank aufstand, überflog er die Fensterreihe und bemerkte, wie an einem Fenster ein dunkelrot gerahmter weißer Fleck verschwand. War es Sukaynas Gesicht unter dem Tuch, das sie jetzt um den Kopf gebunden hatte, denn der Tevhid musste schon im Gange sein? Wahrscheinlich nicht, was hätte sie am Fenster zu suchen gehabt, während die ihrem Vater gewidmete Gedenkfeier stattfand, auf der sie ihre Pflichten als eine der Gastgeberinnen für die vielen Frauen erfüllen musste. Es war ihm so vorgekommen, weil er seit einiger Zeit überall um sich herum und in allem Sukaynas Gesicht sah. Aber die Erscheinung lenkte seine Aufmerksamkeit darauf, dass dieser Teil des Hofs direkt gegenüber dem Frauenteil des Hauses lag, gut sichtbar von jedem Fenster eines jeden Raumes im ganzen Flügel.

»Bist du … bist du noch zu retten«, empfing ihn Feridun am Fuß der Treppe, wo er die Gäste begrüßte, die von draußen kamen. »Wie kannst du nur … Sufyan … Er ist ein Freund.«

»Du hast mich da hineingeritten, jetzt lass mich in Frieden«, fuhr ihn Chayyam mit unverhohlener Wut an, wobei er, noch während er es aussprach, nur zu gut wusste, dass in dieser Wut vor allem seine Scham und sein Schuldgefühl Feridun gegenüber zum Ausdruck kamen.

»Nicht«, rief Feridun, die Arme mit nach oben gerichteten Handflächen ausbreitend. »Ausgerechnet Sufyan!«

Den Namen des Freundes seines Vaters sprach Feridun nach einer kurzen Pause aus, so wie man einen ganzen Satz ausspricht, wohl selbstverständlich voraussetzend, dass es reiche, diesen Namen auszusprechen, um zu zeigen, wie falsch und unsinnig das war, was Chayyam tat. Das kränkte und erzürnte Chayyam noch mehr, ihm lag noch immer im Magen, dass er geglaubt hatte, ein fast blinder Mann würde seinen Freunden Gift unterschieben. Noch klang ihm die Stimme des Burschen aus dem Gasthaus im Ohr.

»Noch schlimmer ist, was kommt«, stieß er hervor, ging an seinem Freund vorbei und die Treppe hinauf. Dann fügte er, ohne sich umzudrehen, hinzu: »Wir sind in dieses Wasser gewatet, mein Freund, jetzt müssen wir es entweder bis zum anderen Ufer durchwaten oder uns vom Wasser forttragen lassen.«

Langsam stieg er die Treppe hinauf, verlegen angesichts seines Verhaltens, das ihn auch selbst überraschte. Oben auf der Treppe ging er in den rechten Gebäudeflügel, das heißt in den Männerteil des Hauses, wo sich in einem großen Gästezimmer bereits eine Gesellschaft von etwa zwanzig Männern versammelt hatte. Nach denen zu urteilen, die hier saßen, war Feridun bereits ein Mitglied der höheren Kreise der Isfahaner Gesellschaft, denn Chayyam, die Gesichter überfliegend, erkannte den Imam der Weißen Moschee, den größten Seifenproduzenten in diesem Teil des Reichs, den Kadi Sabuktigin, eine der ältesten und angesehensten Rechtsautoritäten in der Stadt, einige Großhändler, deren Geschäfte sich weit über die Grenzen des Reichs hinaus entwickelt hatten, den Eigentümer einer Waffenschmiede, zwei Männer aus der Hofkanzlei. Der große Muhammed Maghribi, ein Angestellter der Hofbibliothek und nach der Meinung vieler der erste Kalligraph jener Zeit, begrüßte ihn mit einem Handzeichen und wies auf den Platz neben seinem. Chayyam verbeugte sich kurz vor allen, eigentlich machte er einen Halbkreis in gebeugter Haltung und hielt die Hände an der Brust, wie es der Brauch vorschrieb, ging dann in die Ecke zu Muhammed Maghribi und setzte sich neben ihn, an den Platz, den ihm dieser schon bereitgehalten hatte. Er tat, als hörte er dem Gespräch zu, und rutschte ein wenig hin und her, als wollte er sich einschalten, um Maghribi daran zu hindern, sich ihm zuzuwenden. Um die Wahrheit zu sagen, war er nicht fähig zu einem Gespräch, schon gar nicht zu einem Gespräch mit einem ernsthaften Mann, der ihn gut kannte, weil ihn immer noch sein Ausfall von eben beschäftigte, als er Feridun ohne Grund und Recht angeschrien hatte. Warum? Sicher war einer der Gründe, dass er über den Freund dachte, was er dachte, und dass es ihm nicht gelang, sich von diesen Gedanken zu befreien oder sie wenigstens zu verdrängen, sosehr er sich auch bemühte und sosehr er wusste, dass es schändlich war, das von einem Menschen zu denken und ihm gleichzeitig zu versichern, du seist sein Freund. Aber sicher auch wegen der Verwirrung, die Sukayna in ihm hervorgerufen hatte. Ihn verwirrte alles, was sich in ihm abspielte, es war neu, schmerzhaft und wunderschön, aber auch völlig unverständlich, und gerade das quälte ihn. Alles, was im Zusammenhang mit ihr in ihm vorging, war unbegreiflich, stark und sinnlos, und er hatte schon vor langer Zeit bemerkt, dass die Konfrontation mit etwas Sinnlosem eine starke Angst, ja geradezu Panik in ihm auslöste. Ihre Nähe schmerzte ihn, aber er sehnte sich nach ihr. Die Quitte an seiner Brust raubte ihm den Atem, aber sie war ihm lieber und wichtiger als alle angesehenen Leute hier, er war eher ihr zugewandt als ihnen, er hätte sie am liebsten hervorgeholt und wieder geküsst. Was kannst du über dich denken, wenn du deine eigenen Handlungen nicht verstehst und sie nicht kontrollieren kannst? Wie viel kannst du von der Welt verstehen? So hatte Feridun für das gezahlt, was Sukayna verschuldet hatte.

Schnell beruhigte er sich und begann dem Gespräch, das im Gange gewesen war, als er hereingekommen war, tatsächlich zuzuhören. Der alte Kadi Sabuktigin erzählte begeistert von einem jungen Kollegen, einem Strafrichter, von dem auch er etwas gelernt hatte. Er erzählte, wie man einmal einen jungen Mann vor sie geführt hatte, der einen Mord gestanden hatte und über den sein Kollege, der Strafrichter, demnach nur die Todesstrafe hätte verhängen müssen. Dieser Richter schien allerdings gar nicht an die Aussprache der Strafe zu denken. Zuerst zweifelte er an der Richtigkeit der Aussage des jungen Mannes und verlangte von den Schreibern, sie zu überprüfen, bis der junge Mann nicht durch einen Schwur seine Aussage bestätigte und sein Geständnis mit Details vervollständigte, die keinen Platz mehr für Zweifel ließen. Danach wunderte sich derselbe Richter, dass jemand, der so aussehe, ein Mann mit einem so ehrlichen Gesicht, das buchstäblich einen Glanz ausstrahle, einen anderen Menschen habe umbringen können, und gleichzeitig lobte er die Entscheidung des jungen Mannes, sich zu stellen, denn mit diesem Geständnis habe er seine Sünde ernstlich verringert und die Aussichten bewahrt, im Jenseits dennoch gut wegzukommen. Die Schreiber korrigierten den Richter, indem sie erklärten, der junge Mann sei gefasst und gewaltsam hergebracht worden, doch der Richter winkte ab und behauptete, sie hätten ihn nur deshalb gefasst, weil er schon dazu entschlossen gewesen sei, sich zu ergeben und seine Tat zu gestehen. Er zeigte mit der Hand auf den jungen Mann und forderte die Schreiber auf zu sagen, wer einen solchen

Falken fangen könnte, wenn er nicht selbst beschlossen hätte, sich fangen zu lassen. Dann lobte er wieder rückhaltlos die Entscheidung des jungen Mannes, in Wahrheit zu sterben, bekannte, dass er seinen Glauben bewundere, und schickte ihn die rituelle Waschung vornehmen und einige Rekate verrichten, um den Wahrhaftigen darum zu bitten, ihm seine Sünden zu vergeben. Als sie den Burschen erneut vorführten, erklärte ihm der Richter fast in Verzückung, ihn trenne jetzt nur ein Säbelhieb vom Paradies, und mit einer Handbewegung schickte er ihn und zwei Henker »den Willen Gottes ausführen«.

Der alte Kadi versicherte den Zuhörern am Ende seiner langen Geschichte, der junge Mann sei festen Schrittes und gern hinausgegangen, als hätte er es kaum erwarten können, hingerichtet zu werden. Er sei mit sich und mit der Welt im Frieden gewesen, habe über das ganze Gesicht gestrahlt und sei wirklich fröhlich gewesen. Und all das dank dem ungewöhnlichen Strafrichter, von dem der alte Kadi Sabuktigin nach eigenem Bekenntnis auch heute nicht wisse, ob ihn gute oder schlechte Geister lenkten.

»Von wem spricht er denn?«, fragte Chayyam Muhammed Maghribi.

»Von Suhrab, die ganze Zeit spricht er nur von ihm«, antwortete der Kalligraph, der seine Verwunderung darüber, dass sich Chayyam nach dem Gespräch erkundigte, dem er die ganze Zeit gespannt zugehört hatte, nicht verbarg.

»Warum?«

»Wo lebst du denn?!«, schnauzte ihn Muhammed an.

Kurz und offensichtlich unwillig erzählte er, dass etwa zehn große Baumeister verhaftet worden seien, und nach allem zu urteilen, sei dies erst der Anfang, denn es folgten Ermittlungen am Hof selbst, die noch Dutzende von Staatsbeamten und -unternehmern mit hineinziehen könnten. Es sei nämlich ein Netz von Unternehmern und Beamten aufgedeckt worden, die sich mit dunklen Geschäften und Betrügereien große Reichtümer verschafft, den Staat um unschätzbare Summen geschädigt und das Bauwesen im Reich unter die Kontrolle eines engen Kreises von Leuten gebracht hätten. Man wisse nicht, wie viele kleine und mittlere Unternehmer sie vernichtet, wie viele Menschen sie arm gemacht oder sogar an den Bettelstab gebracht, wie viele Familien sie zerstört und wie viele Kinder sie zu Waisen gemacht hätten. Man könne den direkten Schaden, den sie dem Staat zugefügt hätten, nicht ermessen, noch weniger den Schaden, den sie durch Verzögerung oder durch schlechte Ausführung der Arbeiten verursacht hätten, zum Beispiel dadurch, dass sie schlechteres Material als das vereinbarte eingebaut oder dass sie weniger als notwendig eingebaut hätten. Vorerst kenne man nur eine Art Betrügereien. Die Beamten, die mit der Beschaffung des Materials für staatliche Arbeiten, zum Beispiel für den Bau der Festung und der Stadtmauern oder für die Pflasterung der Straßen und Plätze in den Städten befasst gewesen seien, hätten ausschließlich bei Unternehmern aus dieser Gruppe gekauft, und zwar zu Preisen, welche die realen um ein Mehrfaches überstiegen. Andererseits hätten sie ihren Unternehmern große staatliche Aufträge zu um ein Vielfaches erhöhten Preisen zugeschanzt, und diese hätten dann andere Unternehmer beauftragt, die Aufträge zu normalen Preisen auszuführen, wobei sie die Bezahlung dieser normalen Vergütung so lange wie möglich hinausgezögert und diese Leute in eine immer schwierigere Situation und am Ende in den Ruin getrieben hätten. Alles in allem nichts als Raub, Betrug und Verbrechen, sicher hätten sie Hunderte von Menschenleben ausgelöscht, im besten Fall werde man ihnen wegen Betrugs den Prozess machen, und zwar dank Suhrab. Ohne Suhrab geschähe nicht einmal das, er habe sie aufgedeckt und die Ermittlungen aufgenommen, die am Ende wenigstens einen Teil ihrer Untaten gutmachen würden.

Chayyam wunderte sich, dass man alle Verdienste um die Aufdeckung der Betrügereien im Bauwesen Suhrab zuschrieb, denn er hatte sich gut gemerkt, dass in jener Verabredung Fuzail es auf sich genommen hatte, den Unternehmer, der Feridun ruinierte, zu überprüfen, Fuzail war es, der beschlossen hatte, seine Leute zu schicken, um das Geschäftsgebaren jenes Unternehmers zu untersuchen. Aber Chayyam hielt sich zurück, danach zu fragen, und verzichtete auf jeden Kommentar, da ihm eingefallen war, dass auch das Teil der Absprache zwischen den beiden Polizisten sein könnte. Vielleicht hatte Fuzail den Kollegen gebeten, Lob und Ehre auf sich zu nehmen, damit er, Fuzail, unbemerkt und in Ruhe arbeiten konnte? Das sah ihm sogar ähnlich, wohl deshalb wirkte es so überzeugend, obwohl ungewöhnlich war, dass alle den Chef des Geheimdienstes kannten und rühmten, aber keiner den Polizeichef zu kennen schien.

»Hat man Husref Schirazi verhaftet?«, fragte Chayyam mit hoffnungsvoller Stimme.

»Wer ist denn das?«, erwiderte sein Gesprächspartner, der nicht einmal mehr versuchte, seine Unzufriedenheit zu verbergen, dass ihn Chayyam vom Gespräch mit den anderen Gästen abschnitt.

»Ein Schurke. Einer von denen aus den Ermittlungen.«

»Ich weiß nicht, ich habe nichts gehört. Und wenn er nicht erwähnt wird, bedeutet das, dass er ein kleiner Fisch ist.«

»Er ist weder klein noch ungefährlich«, begann Chayyam zu erklären, aber Muhammed Maghribi unterbrach ihn und bat, dem Gespräch im Zimmer zuzuhören.

Es redete ein älterer, Chayyam unbekannter Mann, der in dieser Gesellschaft offensichtlich geachtet war. Ansonsten herrschte im Zimmer ein Gewirr von Geräuschen, wie es in größeren Gesellschaften, die natürlicherweise in mehrere Gruppen von zwei, drei Mitgliedern zerfallen, immer entsteht. In jeder dieser Gruppen entfaltet sich ein Gespräch, das ihre Mitglieder interessiert, so dass im Raum parallel ein Dutzend oder mehr Gespräche geführt werden, die nach der Natur der Dinge immer lauter werden, weil sich die Leute in den kleinen Gruppen bemühen, etwas zu verstehen, und jeder Redende sich anstrengt, lauter als der Redende neben ihm zu sprechen. Zu diesen parallelen Gesprächen kommt das Klappern der Gläser und Tassen, Messer und Teller hinzu, und all diese Klänge vereinigen sich zu einer unverständlichen Klangmischung, die sich wie ein Vorhang über die Köpfe der Anwesenden breitet. Aber als dieser Unbekannte zu sprechen begann, verstummten alle und begannen ihm zuzuhören oder so zu tun, als hörten sie zu. Er erzählte, dass er sich Suhrab wie ein großes, wie ein geradezu unermessliches Ohr vorstelle, das alles höre, was im Reich gesprochen werde. Er fragte sich, ob irgendwer auf der Welt wisse, wie viele Händler, Briefträger, Bettler, Reisende und Sufis, Trödler und Verkäufer von Talismanen, Heilkräutern und Pulvern von Heilsteinen oder Knochen, reisende Schmiede, Wünschelrutengänger und Züchter edler Vögel, Käufer von Wolle und Wandermusiker, wie viele Leute der hier erwähnten und aller anderen Berufe, die unterwegs ausgeübt würden, in diesem Augenblick durch die Welt reisten und die Ohren spitzten, um für Suhrab das, was man im Reich laut sage, was man flüstere und was man nur in seinen Bart murmele, zu belauschen und zu übermitteln. Sie alle verrichteten unterwegs ihre sichtbare Arbeit, aber in Wirklichkeit reisten und lauschten sie für Suhrab, so dass er alles höre, was im entferntesten Dorf oder im entlegensten Teehaus über sie gesprochen worden sei. Daher stelle er sich ihn, Suhrab, wie ein großes Ohr vor, das jeden Laut und jedes Wort einfange, und das falle ihm nicht besonders schwer, weil er ihn nie gesehen habe, und das, was du nicht gesehen hast, kannst du dir fast auf jede Art vorstellen.

Als hätte sie das Bekenntnis des Alten enttäuscht, dass er Suhrab, nach allem zu urteilen, der Held des Tages oder wenigstens der Held der hier versammelten Gesellschaft, nie gesehen habe, begannen Feriduns Gäste wieder mit dem Essbesteck und den Tassen zu klappern und sich dann in kleinen Gruppen zu unterhalten. In der Zwischenzeit hatten sich Feridun und die drei, vier letzten, verspäteten Gäste der Gesellschaft angeschlossen, so dass jetzt im großen Zimmer, auf der Sitzbank, die sich entlang dreier Wände erstreckte, vielleicht dreißig Männer saßen. Vor ihnen, auf niedrigen Tischchen aus geschnitztem dunklen Holz, Tee, Rosenmarmelade, Weißdornblütensaft, Schälchen voller Kerne und eine Menge gedörrtes Obst. Feridun saß Chayyam gegenüber und warf ihm bisweilen fragende Gesten und verwirrte Blicke zu, mit denen man eine Erklärung verlangt, aber Chayyam winkte jedes Mal ab oder schaute weg, als hätte er nichts gesehen. Ihm war nicht nach einer Erklärung gegenüber dem Freund, schon gar nicht nach der Nachricht von den Betrügereien im Bauwesen. Die Aussichten, dass Feridun gerettet und seine Unschuld an all dem Schmutzigen, das in letzter Zeit aufgedeckt und begangen worden war, bewiesen würde, freuten ihn sehr, aber dadurch verstärkte sich nur seine Befürchtung, dass er, Chayyam, ein Schuft und mitnichten ein Freund war. Jetzt wäre es ihm, ehrlich gesagt, viel lieber gewesen, wenn Feridun tatsächlich etwas Schlechtes getan hätte und er ihm »trotz allem« seine Freundschaft hätte bezeugen können, als dass sich herausgestellt hätte, dass Feridun unschuldig war und dass Chayyam schlecht von ihm gedacht und ihn verdächtigt hatte, nur weil er ein Schuft war. Ganz zu schweigen davon, dass er in seinem Innern noch immer an seinem Freund zweifelte und wusste, dass er sich immer schlechter fühlen, zu Recht immer schlechter von sich denken würde, je mehr Beweise für Feriduns Unschuld auftauchen würden. Außerdem würde er schon morgen hierherkommen, in dieses Haus, um Ermittlungen über den Mord am Familienoberhaupt anzustellen. Wie sollte er das dem neuen Oberhaupt des Hauses, Feridun, erklären, der so gekränkt war, weil er Sufyan verdächtigt und mit ihm gesprochen hatte?

Während Chayyam überlegte, wie er das Totengedenken ohne Gruß und ohne Erklärung gegenüber Feridun verlassen könne, und sich fragte, wann die Höflichkeit es erlaube zu gehen und ob sie es überhaupt erlaube, dass sich jemand halb im Geheimen davonstehle, öffnete sich die Tür, und Abu Said erschien, ganz in Gold gekleidet und sogar mit einem goldenen Turban auf dem Kopf.

»Frieden diesem glücklichen Haus«, rief er nach einem Salam aus.

Durch das Zimmer ging ein Stimmengewirr, aus dem Überraschung, Bestürzung, Unmut und Unzufriedenheit herauszuhören waren. Einige Leute schlugen sich wütend aufs Knie, viele winkten ab und schnaubten, um so ihrer Verbitterung Luft zu machen, und jener Alte, der Suhrab nie gesehen hatte, konnte sich nicht zurückhalten und sprach laut ein vor Wut zitterndes »Äch!« aus.

Abu Said, der immer noch in der Tür stand und sich unschuldig über die negativen Reaktionen auf sein Kommen verwunderte, starrte ihn fragend an.

»Auch du könntest vor dieser Situation Ehrfurcht haben, wenigstens vor dieser«, erklärte der Alte seinen Ausruf und beantwortete damit die stumme Frage von Abu Said.

»Ich hab doch Ehrfurcht, sieh mal, ich hab mich herausgeputzt, so schön ich konnte«, erklärte Abu Said ruhig, betont Verwunderung demonstrierend.

»Genau davon rede ich, du hast dich herausgeputzt und bist auf eine Tehvid gekommen. Auch für dich gelten doch wohl die Anstandsregeln, du müsstest wissen, dass dich Trauer und Tod verpflichten.«

»Aber was haben wir denn zu betrauern? Verzeiht mir Armem, ich habe wirklich keine Ahnung.«

»Du weißt nicht, dass der Herr dieses Hauses gestorben ist?!«, schrie der Mann, der neben Feridun saß, und stand auf, buchstäblich zitternd vor Wut.

»Das schon, aber ich weiß nicht, was wir betrauern. Trauern wir, weil der Verstorbene hier ein schönes Alter erreicht hat, dann abberufen wurde und heimgekehrt ist? Trauern wir, weil er Krankheit, Verfall, Altersschwachsinn entgangen ist? Weil er keine Enttäuschung durch die Kinder, keinen Verrat, keine Erniedrigung kennengelernt hat? Weil er von Armut, Verfolgung, Verzweiflung verschont geblieben ist? Ihm sind nicht viele Jahre des guten Lebens und der Freude vorenthalten worden. Muss ich das wirklich betrauern? Wer untersteht sich, deswegen zu trauern und in diesem Haus als sein Freund zu sitzen?«

»Hab Ehrfurcht vor der Trauer der Lebenden«, rief ein alter Händler aus, »uns verpflichten auch die Lebenden. Das bist du der Trauer dieses jungen Mannes, der seinen Vater verloren hat, schuldig, der Trauer vieler von uns, die einen Freund verloren haben. Hab Ehrfurcht vor der Trauer dieses Hauses, das seinen Herrn verloren hat.«

»Von dem Haus weiß ich nichts, davon verstehe ich nichts«, fuhr Abu Said auf, als hätte er diese Gelegenheit, sich zu erklären, kaum erwarten können, »aber von uns Menschen weiß ich, und gerade deshalb habe ich mich so zurechtgemacht. Der Neid ist das, was uns quält, mein Lieber, nicht die Trauer. Diejenigen unter uns, die Verstand haben, sind neidisch auf ihn, und so erinnere ich sie mit meinem Gold an die besseren Seiten der menschlichen Natur und fordere sie auf, den Neid zu zügeln.«

Zwei, drei Männer standen auf, gingen zur Tür und sagten laut genug, dass man es im ganzen Zimmer hören konnte, das sei »nicht mehr zu ertragen«, »auch Unverschämtheit«

müsse »Grenzen haben« und ähnliche Dinge. Von neuem trat eine qualvolle Spannung ein, als sie sich der Tür näherten, in der Abu Said noch immer stand, ohne Anstalten zu machen, aus dem Weg zu gehen. Sie hatten sich entschlossen, diese Gesellschaft aus Protest zu verlassen, sie mussten also hinausgehen, wenn sie sich nicht lächerlich machen wollten. Aber um hinauszukommen, mussten sie durch die nicht gerade breite Tür, in der der hitzige Abu Said stand, der nicht zulassen würde, dass sie ihn zur Seite oder womöglich durch die Tür stießen, womöglich würde er sich wegen einer sanften Berührung sogar aufführen, als hätten sie ihn angegriffen und beleidigt. Alle, die Prinz Seydo kannten, und es kannten ihn wahrscheinlich alle, die sich zu diesem Totengedenken versammelt hatten, wussten, dass man von ihm buchstäblich alles auf der Welt eher erwarten konnte, als dass er die Leute ruhig durchließ, die aufzubringen ihm gelungen war. Deshalb starrten sie zur Tür, in einem Schweigen, das beinahe schmerzte. Jeder von ihnen mochte Abu Said auf seine Art und deshalb betete jeder auf seine Art, dass er nichts täte, womit er die Gedenkfeier schänden oder verderben könnte, so etwas verzieh man nicht, und es wäre schade gewesen, wenn die Stadt diesen seltsamen Vogel verloren hätte. Und er, Abu Said, stand, als hätte er all diese Gebete gehört, ganz unbeweglich da, starrte in Feriduns bleiches Gesicht und schien dünner geworden zu sein, damit man leichter an ihm vorbeikäme. So konnten die erzürnten Gäste ohne Aufstand durch die Tür schlüpfen und Abu Said, der tat, als hätte er sie weder gehört noch gesehen, in dumpfer Stille zurücklassen. Er ließ lediglich zu, dass sich im Zimmer eine frohe Erleichterung ausbreitete, er wartete ab, stumm und unbeweglich, wie er war, bis alle Anwesenden aufatmeten, und dann rührte er sich, einen Augenblick, bevor sich der ungeduldigste unter seinen Zuschauern rühren würde, die sich gerade aus einer langen Erstarrung lösten.

»Schön für dich, mein Bruder«, wandte er sich schließlich an Feridun und ging auf ihn zu. »Du hast nicht erlebt, dass sich dein Vater vor deinen Augen in ein Kind verwandelt hat, du hast ihn nicht waschen und füttern müssen, hast auch nicht gesehen, wie seine Kraft und Größe nachgelassen haben. Groß ist die Gnade, die dich davor bewahrt hat, das müsstest du wissen. Manchen Blinden scheint es schrecklich, ihren Vater in den besten Jahren zu verlieren. Aber Prinz Seydo sagt euch, dass es ein großes Glück ist, weil dieser Tod dir den Vater bis an dein Lebensende erhalten hat. Seine Kraft, die dir früher unermesslich schien, so stark, dass gerade sie die Welt bewegte, ist nicht vor deinen Augen geschwunden und hat ihn dir nicht als Strohpuppe zurückgelassen. Auch sein Verstand, den du als kleiner Junge bewundert hast, weil er dir die Welt erklärte, hat sich nicht in Altersschwachsinn verwandelt, mit dem du hättest fertigwerden müssen. Für dich bleibt dein Vater stark, klug und groß bis zu deinem Tod, und das ist ein großes Geschenk. Du fürchtest dich nicht vor der Welt, solange du einen solchen Vater in dir trägst.«

»Vielleicht hätte man ihn doch retten können … wenn Vernunft geherrscht hätte. Es war«, stammelte Feridun, aber Abu Said ließ ihn nicht klar ausdrücken, was er im Sinn hatte.

»Wozu retten?! Hast du dem wirklich etwas Gutes getan, den du jetzt nicht hast sterben lassen, sondern bewahrt hast für einen langen schmerzlichen Verfall, der ihn in drei Jahren erwartet? Hast du ihn gerettet? Hast du dir denjenigen zu Dank verpflichtet, dessen Vater du so gerettet hast?«

»Wir alle so bei fremden Eltern und anderen Leuten, aber bei unseren …«

»Weil ihr blind seid wie Kätzchen und die Zukunft nicht seht. Wenn eure Sterbestunde um zehn Tage verschoben würde, wärt ihr einverstanden und würdet meinen, ihr wärt gerettet. Doch es wäre nicht so, wenn ihr wüsstet, wofür ihr gerettet worden seid. Aber was kann man machen, wir werden mit geschlossenen Augen geboren, wie die Kätzchen. Prinz Seydo weiß es zum Glück, und deshalb hör ihn an, ich bin doch wohl sehend geboren.«

Man hörte ein leises Lachen, das schnell erstickt wurde. Abu Said schaute auf den, der aufgelacht hatte, dann auf die, die ihn zum Schweigen gebracht hatten, danach stieß er Feridun mit dem Ellbogen in die Rippen, nicht allzu sanft.

»Freu dich, wenn die Klugen dir das sagen. Wenn es nach mir ginge, wäre dies jetzt ein Haus der Freude. Ich sage nicht, dass Lieder und Musik erklängen, nein, zu sehr fürchte ich die Leute und ihre Zungen, aber Freude gäbe es schon, das ganze Haus wäre voller Freude. Die Freude war dem Wahrhaftigen von jeher das liebste Gebet, Prinz Seydo weiß über diese Dinge Bescheid. Auch über die anderen natürlich.«

Wieder hörte man Lachen, dieses Mal von mehreren Seiten, aber jetzt folgten keine abwürgenden Geräusche. Alle schienen gespannt darauf zu sein, was Abu Said sagen oder tun würde, doch er wartete in Ruhe ab, bis das Gelächter von selbst erstarb, dann wandte er sich an den Mann zu seiner Linken und begann ein leises Gespräch mit ihm. Als hätten sie begierig auf dieses Zeichen der Normalität gewartet, fingen die Gäste an, miteinander zu reden, sich mit Tee oder Marmelade zu bedienen, den Lärm zu produzieren, der natürlicherweise in so großen Gesellschaften herrscht – wenn eine Gruppe von zwanzig Leuten nicht mit einem Geräuschteppich zugedeckt wird, kommunizieren sie nicht miteinander, sondern hören eine Predigt, haben Angst oder warten. Als sich die Normalität zurückgemeldet hatte, stand Abu Said auf, rieb sich zufrieden die Hände und verkündete, er könne nun gehen, denn er habe dieses ehrenwerte Haus vor Trauer und Lüge bewahrt.

»Wenn du mitkommen würdest, Hakim, hätte ich ein paar Worte mit dir zu reden«, wandte er sich an Chayyam, der bereitwillig aufsprang und sich ihm anschloss. In der Tür drehte Abu Said sich um und behauptete mit einer Glut in der Stimme, als wollte er seine Botschaft denen, an die er sich wandte, ins Gedächtnis brennen, dass die Wahrheit glücklich mache und sich die Menschen deshalb an ihr erfreuten. Währenddessen stahl sich Chayyam durch die Tür davon und rannte wie ein Flüchtling die Treppen hinunter, um so schnell wie möglich hinauszukommen.

Abu Said holte ihn erst vor der Haustür ein. Lange gingen sie schweigend nebeneinanderher, Abu Said ähnelte kaum noch dem Mann, der kurz zuvor Begeisterung ausgestrahlt, die Freude gerühmt und die Aufmerksamkeit der Leute auf sich gezogen hatte. Er wirkte müde und missmutig, daher hätte Chayyam geschwiegen, auch wenn er auf ein Gespräch gebrannt hätte. Aber das tat er nicht, seine Gedanken und alles andere waren mit der Quitte an seiner Brust verschmolzen, so dass er Prinz Seydo womöglich ganz vergessen hätte, wäre sein Blick nicht alle Augenblicke auf ihn gefallen.

»Was hast du denn in den letzten paar Tagen gemacht?«, fragte Abu Said unerwartet, in einem Tonfall, der nichts Gutes versprach.

»Nichts, was ich immer mache.«

»Du belligst immer die Leute auf dem Basar, um sie zu fragen, ob sie Schurken sind und ganz nebenbei einen Freund umbringen?«, knurrte Abu Said drohend und legte so die Gründe für seinen Missmut offen. »Du hast die Quelle der Weisheit bei der Polizei entdeckt, gehst von der richtigen Seite auf die Leute zu, sprichst sie an, wie es für dich und für sie gut ist, du hättest keinen besseren Weg für dich finden können.«

Ein neuerliches langes Schweigen folgte. Abu Said beschleunigte stark seine Schritte, aber auch das half ihm nicht, seinen Zorn zu beherrschen, so hüpfte er zeitweise oder stampfte mit dem Fuß auf, wenn er ausschreiten musste.

»Was machst du wirklich? Sag schon!«

»Mirchond ist ermordet worden«, begann Chayyam nach längerem Überlegen, »vergiftet«.

»Und jetzt ist deine dringendste Aufgabe, den Tod zu erklären, ja?«, unterbrach ihn Abu Said in einem Ton, in dem sich Wut und Spott mischten.

»Nein, ich bemühe mich nur aufzudecken, wer ihn vergiftet hat.«

Chayyams Stimme zitterte. Er wusste, warum sein Gesprächspartner wütend war, auch er selbst dachte jetzt, dass er die Dummheit seines Lebens begangen hatte, als er sich darauf eingelassen hatte, aber er war überzeugt, dass man trotzdem nicht so mit ihm hätte umgehen und sprechen sollen. Gerade weil er schuldig war, hätte man ihn nicht anschreien und ihm die Übel vorwerfen sollen, die ihn als Strafe für seine Schuld getroffen hatten.

»Na klar, wer könnte das aufdecken, wenn nicht du?! Das hast du schlau angefangen, verdammt noch mal. Wählst dir einen guten Umgang, gewinnst Freunde unter den Leuten auf dem Basar, und nebenbei scheidest du die Schuldigen von den Gerechten in der Welt«, wetterte Abu Said. »Das muss sofort aufhören.«

Chayyam hatte Angst, ihm könnten die Tränen kommen. Als blickte ihm Abu Said auf den Grund der Seele, als sähe er alles und verstünde alles und verlachte und verspottete ihn jetzt wegen seiner Dummheit. Wenn irgendjemand auf der Welt wünschte, dass dies aufhöre, und zwar in diesem Augenblick, dann war er es, Chayyam. Er musste gleich morgen zu ihr und zu Feridun gehen und fragen, ob sie vielleicht ihren Vater umgebracht hätten, jeden Tag verlor er ein kleines Stück mehr Vertrauen und Ruhe, und dieser Sonderling hier verlangte streng, dass all das sofort aufhöre.

»Das ist jetzt die Sache des Großwesirs«, murmelte Chayyam nach langem Schweigen.

»Du bist … Ach alle Ehre! So viel wissen und ein solcher Trottel sein, das ist schon selten!« Abu Said spuckte wütend auf den Boden und bog in die erste Straße ab, nur um Chayyam den Rücken zu kehren.

## 10

In den folgenden Tagen besuchte Chayyam regelmäßig die Baustelle des Observatoriums, das der Hof für ihn baute. Zu tun hatte er hier nichts, er kam, um sich daran zu erfreuen, dass der Bau rasch voranschritt, und um die Anordnung der Zimmer, der Instrumente und der Einrichtung im künftigen Observatorium zu planen. Dabei hoffte er, auf der Baustelle, zum Beispiel im Gespräch mit den Leuten, die Material lieferten, oder mit den Aufsehern, einen Beweis für Feriduns Unschuld zu finden oder mindestens einen Grund, ihn weniger zu verdächtigen. Er glaubte, es würde ihm viel bedeuten, wenn das geschähe, schon eine Zeitlang spürte er, dass er vereinsamte, dass er auch Feriduns Freundschaft verlor, dass er bald ohne nahe Menschen dastehen würde, wenn dies so weiterging. Wenn er das Vertrauen in Feridun wiedergewönne, rechnete er, könnte seine Vereinsamung ein Ende finden. So erfuhr er von dem Mann, der Sand und Kalk anfuhr, dass Feridun seine Schulden bei keinem einzigen Gläubiger beglichen hatte, auf jeden Fall wusste man nicht, dass er irgendeinem von ihnen eine größere Summe ausgezahlt hätte. Das verstand Chayyam als sicheres Zeichen, dass Mirchonds Tod nichts mit der Belebung von Feriduns Geschäften zu tun hatte, und als Grund, den Verdacht gegen Feridun zu mildern, er hätte nicht mit der Begleichung der Schulden gewartet, wenn er mit dem Geld des Vaters gerechnet hätte, und hätte alles getan, was notwendig gewesen wäre, um seiner habhaft zu werden. Alles war hier sozusagen von selbst in Gang gekommen, sobald der Dämon Husref Schirazi beseitigt war, der aus allem, dem er nahegekommen war, Kraft und Bewegung herausgezogen hatte.

Voller Hoffnung ging er zu Fuzail, um ihm seine Erkenntnis mitzuteilen und im Gespräch mit ihm seine Annahmen zu überprüfen, aber dieses Gespräch schadete eher seiner Hoffnung als seinen Zweifeln an Feridun. Fuzail meinte nicht, dass es ein Hinweis auf Feriduns Unschuld sei, wenn er nicht zeige, dass er Geld habe, und sich an seinem Verhalten nichts geändert habe, er konnte sogar ziemlich lang nicht verstehen, was Chayyam überhaupt meinte. Wie jedes Mal, wenn etwas zu deuten war, sah Fuzail drei Möglichkeiten, um Feriduns Verhalten nach dem Tod seines Vaters zu verstehen, und dann legte er diese Möglichkeiten systematisch dar. Eine mögliche Erklärung ist die von Chayyam, die darin einen Beweis oder zumindest ein Zeichen seiner Unschuld sieht. Wer seinen Vater ermordet hat, kann danach nicht haargenau so sein, wie er früher gewesen ist, und da Feridun jetzt in allem genauso ist, wie er vor einem Monat oder einem Jahr war, wäre es angebracht zu glauben, dass er unschuldig ist. Aber genauso überzeugend ist die gegenteilige Deutung, die in diesem Umstand die große Schlauheit Feriduns sieht. Wenn er seinen Vater umgebracht hat, hat er das getan, um dessen Geld an sich zu reißen und seine Geschäfte zu retten. Nach dem Tod seines Vaters zeigt er nicht, dass er mehr Geld hat, das heißt, er zeigt, dass er keins hat, was das beste Zeichen dafür ist, dass er kein Mörder ist. Erst später, viel später, wenn alle glauben, dass er es nicht ist, zeigt so ein schlauer Fuchs seinen Reichtum und gibt ihn aus. So würden sich die Schlauesten oder Klügsten verhalten, aber von ihnen gibt es, um die Wahrheit zu sagen, unter den Menschen sehr wenige. Es besteht kein Grund zur Annahme, dass es unter Mördern besonders viele kluge Leute gibt, und genauso wenig besteht ein Grund, Feridun zu den besonders Klugen zu zählen. Die dritte Möglichkeit ist nicht weniger überzeugend als die vorigen zwei, es besteht sogar ein Grund zu glauben, dass sie der Wahrheit am nächsten kommt. Das ist die Meinung, dass sein jetziges Verhalten nichts darüber aussagt, ob er der Mörder seines Vaters ist oder nicht. Erst in einem oder in zwei Monaten wird er wirklich wissen, dass sein Vater weg ist, wenn sein Körper es erkennt, wenn der Platz auf der Sitzbank, auf dem der Vater gesessen hat, es ihm sagt, dann wird er vielleicht anfangen, sich anders zu verhalten. Aber vielleicht auch dann nicht, weil der Tod anderer Menschen, wie nahe sie einem auch stehen, das Verhalten der Menschen nicht ändert. (»Ich kenne keine Mutter, die den Topf, in dem sie Reis kocht, ausgetauscht hätte, wenn sie ihren Sohn verloren hat«, sagte Fuzail, um seine Überzeugung zu untermauern, »und ich kenne viele, die einen Sohn verloren haben.«)

Das Gespräch mit Fuzail hatte zwar Chayyams Erwartungen enttäuscht, aber es half ihm, mit Feridun wieder normal zu reden und ansonsten ihre Beziehung in Ordnung zu bringen, die sehr gelitten hatte, nachdem sich die Ermittlungen zu Mirchonds Tod in etwas verkehrt hatten, was niemandem von Nutzen war. Das frühere Vertrauen zwischen ihnen kam nicht mehr zurück, jetzt hätte Feridun sicher nicht von ihm verlangt, seinen Vater zu retten, wie er es vor kurzer Zeit getan hatte, als ihn das pure Vertrauen dazu veranlasste zu glauben, sein Freund Chayyam könne besser helfen als ein erfahrener Arzt. Auch die Freude, dass jemand da war, die sie bis vor kurzem verbunden hatte und die die Grundlage ihrer Freundschaft war, fehlte. Jetzt freute sich nichts in ihm, dass Feridun da war, so wie sich offensichtlich nichts von Feridun über seine Anwesenheit freute. Und das hieß, dass auch ihre Nähe nicht wiederhergestellt war, weil sich die Nähe zu jemandem hauptsächlich als stumme Freude, dass er da ist, äußert. Aber auch der Zorn wie vor einigen Tagen auf dem Totengedenken war weg, auch die Angst, dass der andere etwas missverstehen könne, auch die Bereitschaft, einander bis zur Erschöpfung anzuschreien, um sich zu rechtfertigen oder zu begreifen. Chayyam wusste nicht, wie das Gespräch mit Fuzail seine Beziehung zu Feridun hatte beeinflussen können, aber er brachte die Veränderung, die stattgefunden hatte, mit ebendiesem Gespräch in Verbindung. Wahrscheinlich hatte er dabei bemerkt, dass er über seinen Freund ruhig und ganz vernünftig reden konnte, vielleicht hatte er das dabei zum ersten Mal auch getan? Dieses jetzt war keine Gleichgültigkeit, eher hätte er gesagt, es sei ein geduldiger Friede, welcher der Gleichgültigkeit zwar glich, sich aber dennoch von ihr unterschied, wenigstens darin, dass er sich an eine andere Zeit und einen anderen Zustand erinnerte.

Auf jeden Fall half Chayyam gerade dieser fade Friede, sich mit dem Freund über Dinge auszusprechen, die er noch vor zwei Tagen nicht zu erwähnen gewagt hätte. So gelang es ihm, über seine unrühmliche Begegnung mit Sufyan zu sprechen, die ihm sowohl Feridun als auch Abu Said offen vorgeworfen hatten. Das konnte er, weil er vor Feridun jetzt keine Scham über seine Dummheit mehr empfand, auch nicht das Bedürfnis, sich zu rechtfertigen und dem Freund zu versichern, dass er im Recht gewesen sei, wie naiv und dumm er am Ende auch dagestanden hatte. Er begann vernünftig zu erklären, dass es logisch notwendig gewesen sei, Sufyan zu verdächtigen, aber Feridun unterbrach ihn und bemerkte, genauso vernünftig und ruhig, die Sache mit Sufyan sei mehr als klar und stelle für niemanden ein Problem dar. Aber das Problem sei, dass sich zehn, fünfzehn Leute vom Basar und aus der Nachbarschaft bei ihm über unangenehme Verhöre beklagt hätten, die sie über sich hätten ergehen lassen müssen. Jeden von ihnen hätten irgendwelche Leute aufgesucht, die sich regelmäßig auf ihn oder auf seine Ermittlungen berufen und dann ihre Gastgeber über alles und jeden ausgefragt hätten, angefangen von Mirchond und ihrer Beziehung zu ihm, bis hin zu Dingen, über die man auch vor Freunden und den eigenen Kindern am liebsten schweige. Diese Leute hätten nicht verhehlt, dass sie ihre Gastgeber, lauter anständige und angesehene Menschen, in den Kreis der Verdächtigen einschlössen, bisweilen hätten sie ihnen offen gedroht und mit ihrem ganzen Benehmen gegenüber jedem dieser angesehenen Menschen die grundlegenden Anstandsregeln gehörig verletzt. Das erklärte Chayyam, warum ihn Abu Said so wütend ermahnt hatte, damit aufzuhören, die Leute auf dem Basar zu behelligen und sie des Mordes zu verdächtigen. Wie sollte er ihn überzeugen, wie sollte er irgendjemanden überzeugen, dass nicht er das getan hatte und dass er nicht einmal gewusst hatte, dass man das tat? Es war klar, dass er schleunigst zu Fuzail oder Suhrab gehen und die Sache besprechen musste, wahrscheinlich hatten sie diese Leute geschickt.

Mit der gleichen vernünftigen Ruhe, auf die zu hoffen er noch gestern gar nicht gewagt hätte, gelang es ihm, Feridun mitzuteilen, dass die Ermittlungen nun auf sein Haus und die Familie eingegrenzt würden, wobei er sich, noch während er seine Gründe und Argumente darlegte, vor der Reaktion des Freundes fürchtete. Es zeigte sich, dass er keine Angst hätte haben müssen, sein Freund nahm alles so ruhig auf, dass sich Chayyam gekränkt fragte, was diese völlige Gleichgültigkeit über Feriduns Beziehung zu ihm aussagte. Es solle so sein, wenn es sein müsse, dachte Feridun, was ihn angehe, könnte Chayyam eine Zeitlang auch bei ihnen wohnen, denn dann könnte er alle aus unmittelbarer Nähe beobachten. Chayyam würden ohnehin alle kennen, die Familienmitglieder ebenso wie die Dienerschaft, er müsse ihn jetzt nicht eigens in das Haus einführen und vorstellen oder irgendetwas erklären – keiner fände es seltsam, wenn er jetzt ein paar Tage oder sogar einen ganzen Monat bei ihnen wohnen und nach Belieben mit den Bewohnern reden, sie beobachten, ausfragen würde. Dem überraschten Chayyam gefiel diese Idee, so nahm er sie gerne an, mit dem gleichen Unbehagen, das er kurz zuvor empfunden hatte. Sagte all das nicht auch etwas Trauriges über Feriduns Einstellung zu Haus und Familie aus? Natürlich lässt du einen Fremden ins Haus, wenn du unbedingt musst, aber wehre dich wenigstens ein bisschen, auch wenn du weißt, dass er am Ende hereinkommen wird. Vielleicht wäre es am besten, wenn er in der großen Laube im Garten wohnen würde, schlug Feridun vor, dann wäre er gleichzeitig im Haus und außerhalb. Er könne ihm auch eine Unterkunft im Haus anbieten, es gebe, Gott sei Dank, auch für Gäste mehr als genug Zimmer, aber der Garten biete ihm sicherlich die besten Arbeitsbedingungen. Als er all das losgeworden war, sah er seinen Gesprächspartner fragend an, und dann, nachdem Chayyam bestätigend genickt hatte, schloss er, dass von morgen an alles für ihn bereitstehe – die für ein angenehmes Leben hergerichtete Laube, die über die Ankunft des Gastes informierten Hausbewohner, die Anordnung, mit ihm zu sprechen, wie und so lange er wolle.

Gleich nach diesem Gespräch rannte Chayyam zu Fuzail, aber einer seiner Wächter führte ihn zu Suhrab, weil ihr Chef abwesend war. In Suhrabs Zimmer traf er neben dem Hausherrn zwei Wächter an, die gerade den Bart eines unbekannten Mannes zu Ende wuschen, der mit gesenktem Kopf dasaß und sich auf die Lippen biss, die Augen geschlossen hatte oder auf den Boden schaute.

»Soll ich ihn rasieren?«, fragte einer der Wächter, als Chayyam die Tür hinter sich schloss.

»Lass es dieses Mal gut sein«, entgegnete Suhrab, stand auf und begrüßte Chayyam überschwenglich, drängte ihn eilig, sich zu setzen, begleitete ihn an seinen Platz und bot ihm etwas zu essen oder zu trinken an, doch dann drehte er sich um und kehrte an seinen eigenen Platz zurück, ohne die Antwort auf seine Angebote abzuwarten und ohne dieses Verhalten zu erklären, genauso wenig wie er kurz vorher seine

Begeisterung über Chayyams Kommen erklärt hatte. Er lehnte sich bequem in die Kissen zurück, und dann sah er den gewaschenen Mann aufmerksam an, der sich auf die Lippen biss, die Augen schloss, um sich so vor Suhrabs Blick zu verstecken oder ihm wenigstens scheinbar zu entgehen, mit den Beinen zappelte und mit den Schultern zuckte, als entschuldigte oder rechtfertigte er sich wegen etwas. Suhrab schwieg, unbeweglich, als wäre er versteinert, und betrachtete ihn mit der ewig gleichen Aufmerksamkeit. Er schien nicht einmal zu blinzeln oder die Pupillen zu bewegen, was den gewaschenen Unglücksraben in äußerste Verlegenheit brachte.

»Merk dir gut, Schönling, was ich dir jetzt sage«, begann Suhrab schließlich, nachdem seinem Opfer bereits sichtbar der Schweiß ausgebrochen war. »Wenn ich dich noch einmal erwische, dass du den Bart färbst, befehle ich zwei, drei Wächtern, dass sie an deine Schönheit glauben und sich mit dir vergnügen.«

Suhrab gab einem der Wächter ein Zeichen, die Seife und die Schüssel mit dem Wasser, das von der Farbe des Bartes fast ganz schwarz war, hinauszutragen. Und der andere Wächter begann, ohne ein spezielles Zeichen abzuwarten, den frisch gewaschenen Bart mit einem Lappen abzutrocknen, wobei er so sehr rieb, dass der Kopf des Unglücksraben wackelte und von links nach rechts schwang.

»Hast du verstanden, was ich dir gesagt habe, Schönling?«, fragte Suhrab, und der Unbekannte antwortete, indem er die Augenlider schloss, weil er anders nicht antworten konnte.

Suhrab gab mit dem Finger ein Zeichen, auf das hin auch der andere Wächter hinausging, das Rasierzeug und den Lappen mitnehmend, mit dem er gerade das Gesicht des Unbekannten abgewischt hatte. Dann klatsche Suhrab in die Hände und machte Anstalten aufzustehen, so wie es Leute tun, die gerade eine große Arbeit erledigt haben.

»Kann ich etwas sagen?«, ließ sich der Unbekannte mit

heiserer und unsicherer Stimme vernehmen, unentwegt auf den Boden vor seinen Füßen starrend.

»Jederzeit«, antwortete Suhrab und lehnte sich wieder in die Kissen zurück.

»Wie soll ich denn heiraten? Muss nicht auch ich eine Frau finden? Zwölf Jahre bin ich bei der Armee, hauptsächlich im Kampf. Ich habe etwas gespart, es vor mir selbst versteckt, aber es hat sich genug angesammelt, um jetzt gut davon leben zu können. Aber wie soll ich das, wenn ich alleine bin, was habe ich davon?! Das ist es, worum es geht, wenn deine Gnaden es wissen möchte.«

»Um Heirat?«, fragte Suhrab.

»Um Heirat.«

»Da hast du deinen Bart gefärbt, hast gedacht, so findest du leichter eine?«, fragte Suhrab weiter.

Der Unbekannte nickte zur Bestätigung.

»Siebenmal war ich schwer verletzt, aber nie habe ich es so schwer gehabt wie jetzt«, sprach der Unbekannte in die Stille, die eingetreten war.

Suhrab schwieg und runzelte die Stirn, als dächte er tief über etwas nach.

»Ein komischer Kauz bist du, Schönling, ich verstehe dich nicht. Was hast du von einer, die einen Bart und keinen Mann heiraten würde?! Du müsstest eine Frau finden, eine, die dich liebt.«

»Wie denn?«

»Sprich mit den Leuten, viele Eltern würden sich herzlich gern von ihrem Nachwuchs befreien. Und viele Mädchen würden sich gern vor ihren Eltern und deren Liebe retten. Du brauchst keine zwei Tage zu warten, schon findet sich jemand für dich, sag einfach ernsthaften Leuten, was du auf dem Herzen hast. Na los, Schönling, geh unter die Leute und sag ihnen, was du brauchst, aber erwähne, dass du ein alter Krieger bist, damit sie dich ernst nehmen.«

Bevor der Unbekannte die Tür hinter sich geschlossen hatte, wie es sich gehört, brachen Fragen und Vorwürfe aus Chayyam hervor.

»Deine Leute haben ein Dutzend Menschen verhört, ihnen gedroht, sie verdächtigt, und das alles im Namen unserer Ermittlungen. Das geschieht auch in meinem Namen, all das wirft auch auf mich ein seltsames Licht, ich habe das Recht auf eine Erklärung. Es sind alles angesehene Leute, all das weiß man in der Stadt …«

»Sie lügen, mein Süßer, sie lügen, dass sich die Balken biegen.«

»Sie lügen bestimmt nicht, ich kenne die Leute.«

»Sie lügen, bei deiner Schönheit. Ich sage nicht, dass sie absichtlich lügen, weil sie böse wären oder so, das sage ich nicht, aber sie lügen, ich weiß es.«

»Wie denn das, ich bitte dich!?«, explodierte Chayyam, fügte aber dann, wahrscheinlich durch die vollkommen ruhige und sichere Stimme Suhrabs verunsichert, hinzu: »Warum sollten sie denn lügen?«

»Aus Unwissenheit, Süßer, warum man auch sonst lügt. Hunderte waren es, mein Süßer, Hunderte Leute in der ganzen Stadt, aber sie wissen es nicht, deshalb lügen sie dich an und sagen, es seien Dutzende.«

»Hunderte Leute habt ihr verhört? Und alle haben … Alles im Rahmen unserer Ermittlungen?«

Suhrab schloss zufrieden die Augen und bejahte dadurch die Fragen Chayyams.

»Mir haben sie gesagt, ein Dutzend, vielleicht auch mehr.«

»Die Klugen schweigen, deshalb spricht man von einem Dutzend.«

»Du bist ja …« Chayyam konnte nicht mehr sitzen, aber auch nicht normal stehen, und so hüpfte er vor ohnmächtiger Wut buchstäblich durch das Zimmer.

»Liebe Leute, was für ein Jammer!«, Suhrab bemühte sich,

seinem Gesicht einen besorgten Ausdruck zu verleihen, was ihm übrigens gut gelang. »Was regst du dich so auf, Süßer, was ist passiert? Komm, setz dich bitte, setz dich und trink was, das ist das Vernünftigste, wenn du nichts anderes tun kannst.«

»Aber warum?«, fragte Chayyam nach längerer Zeit fast flehend.

»Der Wesir hat umfangreiche Ermittlungen angeordnet, du erinnerst dich doch«, beeilte sich Suhrab, alles zu erklären und so die Missverständnisse zwischen ihnen beiden auszuräumen. »Uuuumfangreiche, so dass die Stadt und die Leute sie bemerken und spüren müssen. Allen muss klar sein, wie sehr die Regierung auf den alten Adel und auch sonst auf das Menschenleben hält, man muss aller Welt zeigen, dass die türkische Herrschaft die alten persischen Traditionen fortsetzt. Dafür braucht man viele Leute, viele, ganz viele. Welche, die die Arbeit machen, welche, die betroffen sind und sich beklagen, welche, die sie anhören und schweigen, welche, die reden und es weitersagen. Man muss die Stadt in Aufregung versetzen, mein Süßer, aber du hast sie nicht in Aufregung versetzt, wenn die Leute nicht reden, nicht wütend werden. Glaubst du denn, die Stadt und die Leute haben sich aufgeregt, als du zum Händler Sufyan gegangen bist, um ihn zu verhören? Glaubst du denn, den Leuten war das mit der Tradition oder irgendetwas anderes klar? Wenn es dir nicht klar war, wie hätte es ihnen klar sein sollen?«

Chayyam ging fort, ohne sich richtig von Suhrab zu verabschieden. Er irrte durch die Stadt, ohne zu wissen, wohin er ging, und ohne wirklich wahrzunehmen, wo er sich befand, aber eiligen Schrittes, als rennte er hinter etwas her, so dass er irgendwann schweißnass war. Als er erschöpft innehielt, war er in einem ihm unbekannten Stadtteil, offensichtlich einem der neugebauten Stadtviertel, in denen die armen Leute wohnten, die in die Städte strömten, Lohnarbeiter, die mit Leder, Papier und Seife arbeiteten, alte städtische Familien, die verarmt waren und dorthin hatten umziehen müssen, wo das Leben weniger kostete, ausgediente Soldaten, die von ihren Ersparnissen lebten und dorthin gingen, wo ihre Ersparnisse am längsten hielten. Jene, die das Glück hatten, anderswo zu wohnen, nannten solche Siedlungen spöttisch Schlafzimmer, weil es in ihnen meist nicht einmal Wächter gab, dort gab es außer einer Moschee und mancher neuen, in der Regel armseligen Schule nichts, was sie zu einem Stadtteil machen würde. Die Bewohner solcher Siedlungen übernachteten in ihren Häusern, und am Morgen, gleich nach dem Morgengebet, gingen sie in die Stadt, um Arbeit und Lebensunterhalt zu suchen, und ließen in den Häusern nur jene zurück, die krank waren, im Sterben lagen oder zu jung waren, um eine Arbeit zu bekommen.

Er blieb mitten auf der Straße stehen, um Atem zu holen und sich zu fassen, wobei er sich auf der Stelle drehte, damit der trockene Wind, ein unerträglicher heißer Wind, der den ganzen Tag nicht einen Augenblick aufgehört hatte, seine Kleidung trocknete. Er versuchte, sich an sein Umherirren in der Stadt zu erinnern. Aus Gewohnheit hatte er sich, wie ein Hund, zur Baustelle des Observatoriums aufgemacht, war aber vorher abgebogen und einen anderen Weg gegangen. Er erinnerte sich, dass er auch unweit seines Hauses gewesen war, nur etwa fünfzig Schritte entfernt. Der Körper war einfach in die Richtung gegangen, die er gewohnt war, wo ein Ziel oder ein Grund hätten liegen können. Eine Zeitlang hatte er auch vor dem Haus seines armen Freundes Sali gestanden, ziemlich lange übrigens, war aber nicht hineingegangen. Warum, wusste er nicht, genauso wenig wie er wusste, was ihn dort hingeführt hatte. Im Haus hätten ihm keine Begegnungen gedroht, keine Schwierigkeiten, Sali hatte hier niemanden, so wenig wie er, Chayyam, selbst. Vielleicht war das der Grund für ihre Nähe gewesen, gewiss war es eine der

Grundlagen dafür gewesen, dass sie sich so gut verstanden hatten, was ihnen bereits bei ihrer ersten Begegnung aufgefallen war – beide waren hier allein, waren Teil eines ungeheuren Heeres von vereinzelten Menschen, die diese Stadt überschwemmten, Menschen ohne Vorfahren und Verwandte, sie waren derart allein, dass sie manchmal auf die Idee kommen konnten oder sogar mussten, sie hätten sich selbst geboren. Die Empfindsameren unter ihnen erkannten sich auf den ersten Blick, so wie er und Sali sich erkannt hatten, und zwischen ihnen entwickelte sich eine Nähe ohne wirkliche Freundschaft, eine seltsame Nähe bar aller Gründe und Freuden. Sie wussten nichts übereinander, verstanden sich aber vollkommen, sie hatten keinen Grund, miteinander zu verkehren, weil sie einander weder Freude noch Nutzen brachten, waren aber viel zusammen, wohl deshalb weil sie sich ineinander wiedererkannten. Nicht nur diese Stadt, die ganze Welt war überschwemmt von solchen Menschen, einsamen Menschen in ständiger Bewegung.

War es die Erinnerung an Sali, die das Gefühl völliger Einsamkeit hervorgerufen hatte, das ihn anbrandete und fast ertränkte, oder war dieses Gefühl von der Erinnerung an den Bruder in der Einsamkeit ausgelöst worden? Und warum dachte er, dieses Gefühl sei jetzt stärker und tiefer als je zuvor? Hatte sich sein Gefühl nur verstärkt, oder konnte die Einsamkeit wirklich größer, tiefer, umfassender werden? Ging es darum, dass er jetzt, nachdem ihn Suhrab unabsichtlich ausgelacht hatte, schwächer und verletzbarer war als sonst und auch seine Einsamkeit stärker empfand, oder hatte sich diese Einsamkeit in letzter Zeit wirklich vergrößert, irgendwie vervollständigt und offenbarte ihm das jetzt? Wie konnte sich Einsamkeit verstärken, war das logisch überhaupt möglich? Allein bist du, wenn du keinen vertrauten Menschen in deiner Nähe hast, kann sich also die Abwesenheit, das heißt das Nicht-Haben, verstärken und vergrößern?

Logisch oder wenigstens mathematisch kann sie es, von Null aus kommt man weiter in die negativen Zahlen, in denen das Defizit bis zur Unendlichkeit anwachsen kann. War das bei ihm der Fall, war er bereits unter den negativen Zahlen? Die Einsamkeit eines Menschen, sagen wir, verstärkte und vervollständigte sich, wenn er anfing, wirklich all jene zu spüren, die er verloren hatte: Es ging nicht darum, dass er niemanden gehabt hätte, sondern darum, dass er jemanden verloren hatte. Und der, den du verloren hast, ist nicht einfach abwesend, er ist negativ anwesend, anwesend wie das starke Gefühl der Leere, des Mangels, des Entzugs. Alle Verluste, die dieser erlitten hatte, spürte er wirklich und konkret, wie seine Haut und seine Nägel, über dieses Gefühl war seine Einsamkeit angewachsen und hatte sich vervollständigt.

Er hatte in der letzten Zeit zuerst Sali verloren, den ersten zufälligen Bekannten, dem er sich nach seiner Ankunft in Isfahan angenähert hatte. Und dann hatten seine unseligen Ermittlungen begonnen, die ihm Feridun, die ihm seinen lieben Freund und Kollegen in der Astronomie, Musaffer Samarkandi, nahmen, den er unlängst in einem Wutanfall beschuldigt hatte, für das Verschwinden astronomischer Instrumente verantwortlich zu sein. Die Ermittlungen hatten ihm zu Beginn die Sympathie von Suhrab und vor allem Fuzail und vielleicht eine gute Freundschaft mit ihnen in Aussicht gestellt, fast versprochen, aber sie schienen es ihm nur deshalb versprochen zu haben, damit er jetzt spüren konnte, dass daraus nichts geworden war und auch nichts werden würde. Allen Leuten, die er in den Gast- und Teehäusern kennengelernt hatte, mit denen er manchmal auch jetzt am selben Tisch saß, hatte er sich nun entfremdet. Nicht dass er angefangen hätte, die Leute als potentielle Verdächtige zu betrachten, aber etwas davon hatte es doch. Er war den Menschen gegenüber offen gewesen, war unter sie gegangen, hatte Gedanken und Gefühle empfangen und gegeben, wie er den

Körpergeruch empfangen und gegeben hatte, aber das war ihm schon vor einer Weile abhandengekommen. Während seiner unseligen Ermittlungen, genau gesagt. Am schlimmsten war vielleicht, dass er mit allen Menschen, die er verloren hatte, scheinbar normal sprach, dabei aber die Kluft spürte, die sie trennte. Musaffer hatte sich zum Beispiel entfernt, nachdem er ihn angeschrien hatte. Sie wohnten weiterhin im selben Haus, redeten miteinander, nachts beobachteten sie gemeinsam den Himmel. Aber es gab nicht mehr das, was er, Chayyam, den Trost des Nachthimmels genannt hatte. Wenn du den Nachthimmel lange genug beobachtest, begreifst du, dass jeder Stern allein und unendlich weit vom nächsten entfernt ist, aber dass sie alle einem Gesetz unterliegen und dass dieses Gesetz ihre Einsamkeit aufhebt. Es verbindet sie, stellt Beziehungen zwischen ihnen her, es beginnt ein Gespräch unter ihnen, selbst wenn sie sich dessen nicht bewusst sind. So muss es auch mit den Menschen sein, hatten er und Musaffer philosophiert. Wir sind tatsächlich allein und jeder für sich, aber wir wissen, dass es ein Gesetz gibt, das uns verbindet, weil wir ihm alle unterliegen. Solange es existiert, solange es uns verbindet, sprechen wir mit unseren unbekannten Brüdern. In letzter Zeit, nach jenem Ausfall von ihm, hatten er und Musaffer zweimal zusammen den Nachthimmel beobachtet, aber sie hatten nicht so miteinander geredet. Sie hatten geredet, aber nicht so.

Das hatte seine Einsamkeit wohl verstärkt und vervollständigt. Er spürte den Verlust eines jeden dieser verlorenen Menschen, wie man die Hand oder das Bein spürt, die man verloren hat. Und alles hatte mit Salis Weggang begonnen. War das die Einleitung zu den Ermittlungen gewesen, die ihn in absolute Einsamkeit hüllen sollten, oder waren die Ermittlungen und die Einsamkeit, zu der sie geführt hatten, Teil des Schicksals, das ihm bestimmt war?

Er bewegte sich erst von der Stelle, als ihm der trockene

Wind die Schleimhäute so ausgedörrt hatte, dass ihn jeder Atemzug zu schmerzen begann. Dann ging er wieder ohne Grund und Ziel, wie bis dahin, umher. Und wieder kam er an einen Ort, den sein Körper, der Gewohnheit folgend, ausgesucht hatte, nämlich in das Kaffeehaus von Basurmedschid.

Es war ein, zwei Stunden vor Einbruch der Dämmerung, und das Kaffeehaus war wie immer zu dieser Zeit bis auf den letzten Platz gefüllt. Als Chayyam in der Tür erschien, brach das Gewirr von Geräuschen, das in derart bevölkerten Räumen immer herrscht, plötzlich und vollständig ab, als hätten die Leute gewartet und auf ein vereinbartes Zeichen aufgehört zu reden, zu husten, die Dinge auf dem Tisch zu verschieben oder sich auf eine andere Art vernehmen zu lassen. Das verwirrte ihn, und so blieb er in der Tür stehen, ohne zu wissen, ob er eintreten oder vielleicht zurückgehen sollte.

»Jallah maschallah!«, ertönte in der Grabesstille die tiefe Stimme des Wirtes Basurmedschid, die man sehr selten hören konnte, nur zu besonderen Gelegenheiten, weil er, nach allem zu urteilen, glaubte, Würde und Schweigsamkeit gingen miteinander einher. »Komm, komm, Hakim, sei mir willkommen.«

Basurmedschid erhob sich sogar von seinem Platz und ging, dick und schwer, wie er war, dem neuen Gast entgegen, was sicherlich noch nie geschehen war.

»Wie schön, dass du zu uns gekommen bist«, sagte Basurmedschid donnernd und betrachtete liebevoll seinen neuen Gast. »Wie viel schöner und klüger nur ist mit dir die Stadt für uns! Mir geht es, Gott sei Dank, gut, ich habe keine Probleme im Leben, und doch wird es mir warm ums Herz, wenn ich daran denke, dass du da bist: Ich weiß, wen ich rufe, wenn ein Problem, Gott verhüte, auftaucht.«

In der Zwischenzeit waren sie zum Platz des Wirtes gekommen, dieser ließ sich schwerfällig, schnaubend und seufzend in seine übliche halbliegende Position nieder und suchte dann nach einem Weg, Chayyam neben sich unterzubringen. Bevor es Basurmedschid gelang, seinen riesigen Leib auf die Seite zu drehen oder weit genug wegzurücken, damit ein erwachsener Mann sich neben ihn setzen konnte, meldete sich vom Nebentisch Elia, ein reicher Armenier, Mechaniker und angesehener Goldschmied, und lud den neuen Gast ein, sich an seinen Tisch zu setzen, an dem noch ein Chayyam unbekannter Mann saß. Chayyam nahm die Einladung gerne an, es wäre ziemlich dumm gewesen, sich neben den Wirt Basurmedschid als dessen Zierde zu setzen. Bevor er die zwei, drei Schritte gegangen war, die ihn von dem Tisch trennten, hatten sich schon zwei jüngere Männer dorthin gesetzt, die jeder regelmäßigere Gast hier wenigstens vom Sehen kannte.

»Löst du bitte das Problem?«, fragte einer von ihnen Chayyam, sobald sie sich alle an dem kleinen Tisch niedergelassen hatten. »Alle in der Stadt meinen, nur du kannst es richtig lösen.«

»Welches Problem denn?«

»Wieso ›welches‹? Das eine, das du gerade löst, das dich schon ins Gerede gebracht hat.«

Chayyam sah ihn verständnislos an, und der junge Mann tat, als wäre es ihm unangenehm und als suchte er die richtigen Worte.

»Wie soll ich dir das sagen? Ich meine das Problem …«

»Das Problem der Armut«, mischte sich der andere junge Mann ein.

»Ja natürlich, das der Armut, ja«, stimmte der Erste zu. »Du weißt doch fakir-lik, fakir-lik …«

Seine Ausrufe begleitete er mit unanständigen Bewegungen, schob bei »fakir« das Becken weit vor, um es bei »lik« wieder zurückzunehmen.

»Wir würden es fikirlik nennen«, warf Elia ein und machte weiter, indem er im Rhythmus seiner Rede mit seiner rechten Handfläche auf die zur Faust geballten linken Hand schlug. »Fikir-lik, fikir-lik …«

Elia hatte seine Formel nur ein paarmal ausgesprochen und sich mit der rechten Hand auf die linke geschlagen. Aber als er verstummte und sich beruhigte, griff der andere junge Mann sein Spiel auf, wobei er den Ausruf »fakir-lik« zu »fak« und den Aufruf »fikir-lik« zu »fik« verkürzte. Die einsilbigen Ausrufe zwangen ihn, seine Bewegungen stark zu beschleunigen, so dass er, kurz nachdem er dieses Spiel angefangen hatte, versklavt vom Rhythmus, den er sich selbst auferlegte, wütend mit der rechten Handfläche auf die zu einer Faust geballte linke Hand schlug und laut »fik-fak« rief. Bei »fik« Hand hinunter, bei »fak« Hand hinauf, und das schnell und immer schneller. Sein Gesicht erglühte, die Augen blitzten, und die Stimme wurde stärker, sie brach bisweilen schon vor Anstrengung ab, aber dann wuchs sie zu einer Stärke an, die er vielleicht selbst für unmöglich gehalten hatte, und er rief es immer von neuem aus, schrie immer lauter und schlug immer stärker, immer schneller und immer heftiger, verwandelt in ein reines Instrument des Rhythmus, der nun schon seine eigene Dynamik entwickelt hatte und ihn lenkte.

Den Leuten an den Nachbartischen gelang es mit sichtlicher Anstrengung, einen ernsten Gesichtsausdruck zu bewahren oder die Verwunderung über das Benehmen des jungen Mannes zu verbergen, manche gaben ihren Tischnachbarn Zeichen, und andere wiederum erklärten etwas. Aber die Unterschiede im Benehmen der Gäste verwischten sich schnell, als wären sie sich alle darin einig, dass der Witz des jungen Mannes geistreich sei und er ihnen gefiel. Manche begannen im Rhythmus der Ausrufe und der Schläge des jungen Mannes mit dem Kopf zu nicken, andere schlugen sich mit der Hand auf die Schenkel, die dritten schnipsten in seinem Rhythmus mit den Fingern. Und jene, die am wenigsten mitmachten, begannen zu schmunzeln oder zeigten, dass sie sich mit Mühe das Lachen verbissen, indem sie zum Beispiel mit beiden Händen die Seiten oder den Bauch hielten. Von einigen Tischen ertönte dennoch schon ein Lachen, vereinzelt und verhalten, aber deutlich und laut genug, um gehört und erkannt zu werden. Der dicke Basurmedschid und der stämmige Elia schüttelten sich vor Lachen, das sie noch immer zurückhielten und das jede Sekunde laut ausbrechen musste.

Der erste junge Mann gesellte sich zu seinem Freund, übernahm dessen Formel, Bewegungen und Rhythmus und setzte mit seinen Ausrufen ein, wenn der andere Luft holte. Schnell kam er zu dem Schluss, dass er etwas ändern musste, die reine Wiederholung war weder ausreichend noch gut, um die Leere auszufüllen, die entstand, wenn der zweite junge Mann schwieg, um Atem zu holen, und so veränderte er die Formel, indem er das Wort »Problem« hinzufügte, wobei er die Bewegung und den Rhythmus seines Kameraden beibehielt. So ergab es sich von selbst, dass er zweimal die Formel ausrief und mit der rechten Hand auf die linke schlug, kurz schwieg, um tief einzuatmen und so seinen Atem zu erneuern. Jetzt rief jener viermal seine Formel aus, mit der rechten Hand auf die linke schlagend, schwieg kurz, um Luft zu holen, und in dieser Pause setzte der Erste ein, um zweimal »fik-fak, fik-fak, fik-fak, fik-fak« und dann »fik-fak-Problem, fik-fak-Problem« auszurufen, begleitet von starken und immer stärkeren Schlägen der rechten Hand auf die linke Faust.

Der Rhythmus, der die beiden bereits erfasst hatte und sie beherrschte, begann auch die anderen Gäste zu ergreifen und mitzureißen. Schon fast die Hälfte der Gäste schrie zusammen mit den beiden, schlug in ihrem Rhythmus mit der Handfläche oder der Faust auf den Tisch, schlug mit der Hand auf die Hand oder auf den Schenkel, schnipste mit den Fingern oder schlug mit der Handfläche auf die Handfläche, im Rhythmus, der sie schon alle unterworfen, einander gleichgemacht und so in eine einmütige Gemeinschaft verwandelt hatte. Und gerade diese Einmütigkeit bestimmte, dass die Gemeinschaft nur von kurzer Dauer war. Manche unter den Gästen begannen mit den Füßen auf den Boden zu stampfen, bemüht, dem Rhythmus der anderen zu folgen. Das konnten sie natürlich nicht, man kann so nicht die Geschwindigkeit erreichen, die man ohne Probleme erreicht, wenn man mit den Fingern schnipst oder mit der Hand auf den Tisch schlägt. So zerfiel ihre Gemeinschaft, kurz nachdem der Rhythmus sie hergestellt hatte, und ihr Spiel verrann wie Sand, lange bevor es seinen Höhepunkt erreicht und sie in die Nähe von etwas wie Euphorie gebracht hatte. Als hätte jemand mit einem plötzlichen Ruck ein Leintuch weggezogen, auf dem Kinder angefangen haben, einen Turm aus Kieselsteinen zu bauen.

Die Leute, die kurz zuvor mit glühenden Gesichtern und frei von jedem Gedanken jenen Unsinn ausgerufen hatten, wie man eine Zauberformel ausspricht, verstummten plötzlich wie auf Kommando und beruhigten sich, als wären sie zu Eis erstarrt. Sie hatten, getragen vom Rhythmus und ihm hingegeben, eine Zeitlang ihr Ich abgelegt und waren Teil eines außer Rand und Band geratenen Körpers oder sogar Teil des Spieles selbst geworden, irgendein Lebewesen oder Stückchen Leben ohne Bewusstsein, klare Grenzen und Willen, restlos eingetaucht in den Strom, der sie trug, voll Freude und Euphorie wie ein Kind, das das Gefühl hat zu fliegen, weil ein Erwachsener es an den Armen hält und um seine Achse dreht. Dann kehrte plötzlich zu jedem von ihnen die Last ihres Ich zurück und zusammen mit ihm all das, was uns im Leben kontrolliert und zur Selbstkontrolle zwingt. Ähnlich wie sie verstummten auf einmal auch jene, die vor Lachen gebrüllt hatten, so dass in dem großen Raum eine unbehagliche, quälende Stille eintrat, zeitweise nur von einem Seufzer oder einem der Geräusche unterbrochen, die in einem Kaffeehaus immer auftreten, wie das Scharren von Füßen auf dem Boden, das Klopfen oder Scharren an einem

Keramik- oder Metallgefäß, das Kratzen auf der Tischplatte, wenn ein Gefäß, die Hand oder etwas anderes darauf verschoben wird, Hüsteln oder Naseputzen.

»Mir ist klar, dass ihr über mich spottet, aber ich komme einfach nicht dahinter, warum«, wandte sich Chayyam mit leiser Stimme, als sagte er ihm etwas im Vertrauen, an den stämmigen Armenier neben ihm.

»Du weißt es wirklich nicht?«, fragte ihn Elia verblüfft.

»Wirklich nicht. Warum?«

»Du weißt, dass der alte Mirchond mit einer Frau aus Herat verheiratet war, du weißt, dass sie siebzehn und er über fünfzig Jahre alt war, und trotzdem fragst du dich, warum er gestorben ist. Forschst nach, verhörst Leute, überlegst und all das ganz ernsthaft«, wunderte sich Elia immer lauter.

»Und was ist daran lächerlich?«

»Was für ein Sonderling, guter Gott«, wandte sich Elia an den Unbekannten, der an ihrem Tisch saß, als suchte er Hilfe von ihm. »Jedes Kind weiß, dass eine Frau aus Herat unersättlich ist, jede von ihnen hat es in der Beherrschung von Liebesdingen zur Meisterschaft gebracht, für die meisten von ihnen ist es das Hauptinteresse in ihrem Leben. Das würde irgendwann auch meine Hämmer ermüden, und den Körper eines alten Mannes sollte es nicht ermüden.«

(Elia und seine Schmiede verdankten ihr Ansehen Rüstungen, die aus zu Ketten gefassten Plättchen bestanden und so geschichtet waren, dass sie einander leicht überdeckten, wie Fischschuppen. Eine solche Rüstung schränkt die Bewegungsfreiheit nicht ein und ermüdet nicht, zudem schützt sie besser als eine aus einem Stück gefertigte. Aber ein noch höheres Ansehen bescherten ihm die riesigen Hämmer, die mit Wasser angetrieben waren.)

»Deshalb wirbt der Nomade jetzt für seinen Sohn um sie. Der Kleine ist mit einem Kamel aufgewachsen, jetzt kann ihm nur eine Frau aus Herat genügen, da ist nichts zu machen«, schaltete sich der Unbekannte mit einem belehrenden Tonfall ein, als wollte er wirklich helfen.

»Und wenn er doch nicht daran gestorben ist?«, beharrte Chayyam. »Alles was ihr sagt, ist logisch, ich verstehe euch, aber was, wenn er doch an etwas anderem gestorben ist?«

»Äch!«, seufzte Elia, der die Arme ausbreitete und dadurch zu verstehen gab, dass er von seinem jungen Gesprächspartner abließ, dem offensichtlich nicht zu helfen war.

Chayyam fragte sich besorgt, wie er die Leute von etwas ganz Offensichtlichem überzeugen könne. Es war klar, dass man an verschiedenen Dingen starb, auch ein Blinder sah, dass es so sein musste, aber gerade deshalb war es höllisch schwer, Beweise zu finden, dass es so war. Wie die Leute überzeugen und wie ihnen beweisen, dass man tags besser sieht als nachts? Dieses Mal brauchte er keine Antworten auf seine Fragen zu suchen, weil an einem der Tische bei der Tür eine leise, aber durchdringende Stimme ertönte, mit der Abu Said seinem Nachbarn etwas erzählte.

»Da gehe ich so spazieren, alles ist noch voll von duftender Feuchte, frisch und rein«, sagte Abu Said, sich betont nur seinem Tischnachbarn zuwendend, »und alles in mir, ohne meine Absicht und Entscheidung, dankt dem Schöpfer für diese Schönheit und freut sich. Auf einmal sehe ich unseren Hakim am Ufer eines Fischteichs sitzen. Er angelt, schätze ich, was könnte ein Mann an einem Fischteich machen, wenn nicht angeln. Ich schaue ihn eine Weile an, froh, wie ich war, danke unserem Schöpfer auch für ihn, und dann bemerke ich, dass ihn etwas ärgert, denn sogar zu mir dringen seine wütenden Ausrufe. Ich gehe näher und frage: Was ist denn, entwischt er dir?«

»Wer?«, fragt er zurück.

»Der Fisch, wer sonst?!«

»Welcher Fisch?«

»Du angelst?«

»Nein«, antwortet mir unser lieber Hakim, verblüfft über meine Überzeugung, dass er fischt, als könnte nur ein Verrückter auf die Idee kommen, dass einer, der am Ufer eines Fischteichs sitzt, angelt.

»Was machst du dann? Warum regst du dich auf?«

»Wie soll ich mich nicht aufregen?!«, antwortet er mir und nimmt von einem kleinen Berg neben sich einen Ziegel in die Hand. »Schau her«, er zeigt mir den Ziegel von allen Seiten »sieh mal, wie eckig er ist. Und wenn ich ihn ins Wasser werfe«, daraufhin warf er den Ziegel in den Fischteich, »bildet er Kreise. Wie das? Woher? Warum?«

»So hat unser Hakim geschrien, voller Weh und Wut in das Wasser des Fischteichs schauend, in dem sich Kreise ausbreiteten, und dabei kreiste er mit dem Finger in der Luft, als würde er das, was er im Wasser sah, wiederholen. Ich habe ihm eine Weile zugesehen, mich bemüht, etwas von seiner Wut und Verzweiflung zu empfinden, und dann den Blick auf das Wasser gerichtet, in das er immer noch unbeirrt starrte. Ich habe tief geseufzt, weil es drin, im Wasser, von silbernen Fischen nur so blitzte, als hätten sie mich gerufen und sich mir angeboten. Aber er, glaub mir, hat sie gar nicht gesehen, wenn er überhaupt von ihnen gewusst hat, er hat nur Kuben und Kreise gesehen, die kein anderer auf der Welt sieht … So ist er, du kannst dich darüber wundern, aber ändern kannst du nichts. Und es wäre auch schade, und zwar sehr.«

Abu Said atmete erleichtert auf, als hätte ihm das Erzählen große Anstrengung bereitet, und ließ dann seinen Blick verstohlen durch den Saal schweifen, als vergewisserte er sich, ob alle Anwesenden die Geschichte gehört hatten, die er seinem Tischnachbarn wie im Vertrauen erzählt hatte. Offensichtlich hatten sie sie alle gehört, denn alle Blicke waren auf Chayyam gerichtet, der sie ebenfalls gehört hatte. Er hatte geahnt, dass Abu Said über ihn gesprochen hatte, und nun konnte daran kein Zweifel bestehen. Auch nicht daran, dass alle Anwesenden ihn im Helden der Geschichte wiedererkannt hatten, wenn auch beim Erzählen sein Name nicht ausgesprochen worden war, den er vielleicht überhört hatte, aber die anderen offensichtlich nicht.

Als hätten ihm die Blicke eine große Last aufgebürdet, begann er immer flacher zu atmen, weil es ihm immer schwerer fiel, den Brustkorb zu weiten und wie ein Mensch einzuatmen. Und mit kürzer werdendem Atem trübte oder verengte sich auch sein Bewusstsein. Als er spürte, dass er keinen Schluck Luft mehr einatmen konnte und ihm schwarz vor Augen wurde, stand er auf und rannte aus dem Kaffeehaus.

Draußen ging es ihm gleich besser, so blieb er stehen und begann durstig einzuatmen. Erst da bemerkte er, dass er am ganzen Körper zitterte. Der Wind saugte immer noch die lebensspendende Feuchte aus allem auf der Welt, die Sonne war schon untergegangen, bald würde man den Unterschied zwischen einem schwarzen und weißen Faden nicht mehr sehen. Man muss losgehen, dachte er und blieb wie angewurzelt stehen.

»Komm, gehen wir zusammen«, sagte ihm Abu Said fast ins Ohr, der unbemerkt von hinten herangekommen war und ihn umarmte.

»Du!?«, rief Chayyam verblüfft und entzog sich.

»Los, los, gehen wir!« Abu Said boxte ihn in die Seite. »Was ist, warum bist du wie versteinert?«

»Warum lachst auch noch du mich aus? Von dir …«

»Ich lache dich aus? Wann?«, wunderte sich Abu Said.

»Na gerade eben, drinnen.«

»Gerade eben?«

»Deine Geschichte.«

»Ich habe nicht gehört, dass jemand gelacht hätte.«

»Ja, du hast recht«, wunderte sich Chayyam, dem erst jetzt die Totenstille, die nach Abu Saids Geschichte eingetreten war, bewusst wurde.

»Ich habe dich gerettet, mein Lieber.« Abu Said legte ihm den Arm um die Schulter und zog ihn mit sich, so dass sie sich schließlich von der Stelle bewegten. »Ich habe ihnen erklärt, dass du etwas anderes bist. Vielleicht verrückt, bestimmt ein Narr, wahrscheinlich ein mathematischer Sufi, auf jeden Fall ein Mann Gottes, über den sie nicht urteilen können. Und vor allem können sie nicht denken, sie seien besser als er und könnten ihn auslachen. Wenn sie bei der Überzeugung geblieben wären, dass sie über dich lachen können, könntest du dich hier nicht mehr halten – weder der Großwesir noch dein Wissen, weder der Sultan noch sein Kalender, nichts würde dir hier das Leben erträglich machen. Nicht einmal der Nachthimmel könnte dir helfen.«

»Was soll das jetzt heißen?« Chayyam löste sich ängstlich aus der Umarmung seines Gesprächspartners und sah ihm ins Gesicht, als wollte er darin etwas lesen. Wie kam Abu Said jetzt auf den Nachthimmel, als hätte er seine Gedanken gehört, während er heute Nachmittag auf der Straße gestanden hatte, oder seine Gespräche mit Musaffer, die außer ihnen beiden sicher niemand kennen konnte.

»Du würdest nicht ständig hineinstarren, wenn du dir von ihm keine Hilfe und Trost erwarten würdest, nicht wahr«, winkte Abu Said ab und zog ihn mit sich.

»Aber kein einziges Wort deiner Geschichte ist wahr, du hast alles erfunden.«

»Tja, das hätte ich gar nicht gewusst, wenn du es mir jetzt nicht gesagt hättest«, lachte Abu Said und beschleunigte seinen Schritt.

Chayyam lachte daraufhin auch und eilte ihm nach.

## 11

Das lange vertrauliche Gespräch mit Abu Said beruhigte Chayyam, aber es half ihm nicht zu begreifen, was in Mirchonds Haus vorgegangen war, und einer logisch annehmbaren Antwort wenigstens halbwegs näherzukommen, es half ihm nicht einmal zu ahnen, was sich jetzt in diesem Haus, sozusagen vor seinen Augen, abspielte.

In die bequem eingerichtete Laube unter dem Fenster von Sukayna, neben dem Springbrunnen und der Sonnenuhr, zog er ein, überzeugt, gut und ungestört ermitteln zu können, weil ihn die Hausbewohner als einen der Ihren oder zumindest als Freund aufnehmen würden. Dank dessen würde niemand wissen, dass er den Tod von Mirchond untersuchte, und daher würde niemand versuchen, seine Meinung zu beeinflussen oder ihm seine eigene aufzudrängen, würde niemand vor ihm verbergen, was er dachte und was er über eine Begebenheit oder über einen der Hausbewohner wusste, und genauso würde ihm niemand eine Unwahrheit »enthüllen«, die die Ermittlungen und die Mühe, den Lauf der Ereignisse zu rekonstruieren, in die gewünschte Richtung lenken würde. Andererseits war er doch ein Außenstehender, jemand Fremdes, von außerhalb des Hauses, daher schuldeten sie ihm nicht die Rücksichten, die man Hausbewohnern schuldet, und konnten vor ihm auch das freimütig sagen, was vor den Hausbewohnern verschwiegen werden musste. Daher überraschte es ihn nicht wenig, dass vom ersten Augenblick an alle wussten, warum er zu ihnen gezogen war. Wie hatten sie es nur wissen können? Er war sicher, dass ihnen Feridun nichts gesagt hatte, schon um seiner selbst und seiner Stellung im Hause willen hätte er ihnen nicht gesagt, dass sein Freund hierherkommen würde, um gegen sie zu ermitteln.

Und was ihn selbst betraf, war er noch sicherer, vom ersten Augenblick an hatte er darauf geachtet, sich durch nichts zu verraten, weil er wusste, wie wichtig es war. Er wusste, dass sie es nicht wissen konnten, und sah deutlich, dass es alle wussten, die Familienmitglieder ebenso wie die Dienerschaft. Im Zeichen dieses unbegreiflichen Widerspruchs begann sein Aufenthalt in Feriduns Haus, und in seinem Zeichen verrann die ganze Zeit.

Alle, mit denen er zu reden versuchte, verzogen das Gesicht, weiteten verwundert die Augen und schauten zur Seite, seufzten und trauerten allgemein über das menschliche Schicksal. Mit anderen Worten, alle mieden das Gespräch und bemühten sich, ihre negativen Gefühle ihm gegenüber zu verbergen, die sich allerdings nicht ganz verbergen ließen. Als hätte sie jemand oder etwas verpflichtet, mit ihm zu sprechen, so dass sie es widerwillig taten, aber nur scheinbar, um der Verpflichtung nachzukommen. Ein wirkliches Gespräch bemüht sich um Wahrheit und gründet auf Ehrlichkeit, aber sie alle bemühten sich, vor ihrem Gesprächspartner, vor dem unglücklichen Chayyam, jeden ehrlichen Gedanken und jedes Gefühl zu verbergen. Und ständig wurde an allem deutlich, dass es nur eine Frage der Zeit war, wann einer von ihnen die Kontrolle über sich und die negativen Gefühle ihm gegenüber verlieren und seinen Zorn etwas mehr als er ertragen konnte auf ihn entladen würde.

Das geschah mit Sukayna, die gegen Ende des zweiten Tages mit roten Wutflecken auf ihrem hellen, fast weißen Gesicht in die Laube kam und ihn ohne Vorwarnung und ohne Ankündigung anzuschreien begann, mit den Augen blitzend, wie nur sie es konnte. Zuerst fragte sie ihn, ob er sich denn nicht schäme, sich wie ein Schuft, mit verborgenen Absichten, in das Haus eingeschlichen zu haben, das ihn immer als Freund aufgenommen hatte. Ob er überlegt habe, was von einem Mann zu halten sei, der so tut, als wäre er mit denen befreundet, von denen er denkt, sie seien Räuber und Diebe, und er denke das von den Leuten in diesem Haus.

»Meinst du, ich erlaube, dass die ganze Stadt über dich lacht!?«, fragte sie am Ende, wobei sie vor Wut außer Atem geriet, die Augen weit öffnete und ihm mit dem Finger in die Brust bohrte. »Meinst du, ich lasse es zu, dass du vor der ganzen Welt als Narr und Schuft dastehst?!«

Chayyam versuchte, sich zu rechtfertigen und zu erklären, dass er nur die Wahrheit über Mirchonds Tod enthüllen wolle, aber mit dieser Rechtfertigung beruhigte er Sukayna nicht nur nicht, sondern steigerte ihre Wut nur weiter. Sie behauptete, bei diesem Tod sei alles etwas zu enthüllt, so sehr enthüllt, dass sich ein anständiger Mensch über so viel Enthüllung schäme. Nur ein Schuft oder Narr, aber nur einer, der beides zugleich sei, könne bei alldem etwas ermitteln und enthüllen, dieser Tod und alles um ihn herum sei derart enthüllt und öffentlich, dass es selbst in dieser Zeit der Gemeinheit und Schamlosigkeit peinlich sei.

»Alles ist hier klar, über alle Maßen klar«, schrie sie mit zitternder Stimme, »so viel gemeine Enthüllung beleidigt den Blick wie die Seele. Und doch ist es das Beste, was geschehen konnte, es wird sie zerfressen, wenn sie begreifen, dass sie uns einen Gefallen getan haben.«

Mühevoll fügte Chayyam aus ihren Schreien und erbitterten Tiraden, aus der Abrechnung mit einem Abwesenden und aus dem Angriff auf ihn selbst, der ihn überzeugen sollte, dass er ein nie gesehener Schuft und Narr war, ein Ganzes zusammen, das ihre Sicht auf die Dinge darstellen sollte. Sie stimmte mit ihm überein, dass Mirchond ermordet worden war und ließ nicht den leisesten Zweifel daran, dass ihn seine junge Frau Schirin ermordet hatte, der man eine Heirat in eine der wohlhabendsten Familien des Reiches anbot. Und sie glaubte, dass er vergiftet worden war, wie das Chayyam behauptete, das sah der lächelnden lieben Schlange ähnlich.

Sie hatte einen Ausweg finden müssen, und zwar so, dass sie auch weiterhin lächeln, lieb und frei von ihrem verbrauchten Mann sein konnte.

Sie hatte aus ihrem Vater alle Kraft und Glut gesaugt, er konnte sie gar nicht mehr begehren, aber genauso wenig ohne sie sein und hätte, leer, wie er war, nur noch als Hülle eines Menschen, weitere zehn, ja auch fünfzehn Jahre lang leben können, weil er ganz gesund war, wenn man das Leiden an ihr ausnahm. Zehn Jahre konnten weder sie noch der Bursche, der um sie freite, warten. Mit einem gesunden Greis, in dem weder Feuer noch Rauch war, hätte sie sich nicht einmal ein Jahr vorstellen können, so eine ist sie. Der Alte hätte sie, so verrückt, im Grunde krank, wie er war, nicht freigegeben, selbst wenn sie ihm alles zurückgegeben hätten, was er ihr und den Ihren geschenkt hatte, selbst wenn sie das verdoppelt hätten, weil er ohne sie nicht konnte. Er konnte nicht mit ihr, in ihm war nicht einmal mehr Kraft für das Verlangen, aber noch weniger konnte er ohne sie. Wie wenn ein Narr seine Krankheit liebgewinnt. Sein Tod war für sie der einzige Ausweg. Aber auch für uns. Er hat Schande über die Familie gebracht, über uns und unsere Ahnen, er hat vergessen, dass wir mit allem, was wir im Leben tun, zu unseren Toten sprechen. Er hat seine rasende Leidenschaft öffentlich ausgelebt, über sie hat er lieber gesprochen als anständige Menschen über das Gebet. Was erst hätte er getan, wenn sie ihm gesagt hätte, dass sie geht, und er leer, wie er war, zurückgeblieben und sich dessen bewusst gewesen wäre, dass allein sie seine Hülle noch aufrecht erhalten hat. Anständige Menschen verbergen ihre Leidenschaften auch dann, wenn sie nicht ungehörig sind, sogar innerhalb der Familie schweigt man über solche Dinge, wenn man sie nicht verbergen und kontrollieren kann, doch er hat aus seiner greisenhaften Raserei ein Spektakel für die ganze Stadt gemacht, für Freund und Feind. Er war stolz darauf, dass er in späten Jahren so entbrannt war, der Unselige hat wohl gedacht, das spricht für ihn. Auch im Haus war er nicht anständiger, schon gar nicht vernünftiger. Seine Raserei verbarg er weder vor seinen Kindern noch vor seinen Frauen, nicht einmal vor den Greisinnen, die ihn aufgezogen hatten.

Alles wurde getan, um sie zufriedenzustellen. Nie hat sie etwas verlangt, nie hat sie vor Zeugen einen Wunsch ausgesprochen, er hat ihr die Wünsche von den Augen abgelesen. Oder sie hat sie ihm gesagt, wenn sie sich zurückgezogen haben, obwohl ich auch das nicht glaube, schlau ist das, sie weiß, dass ihr der alte Narr desto lieber einen Wunsch erfüllt, wenn sie ihn nicht ausspricht. Die halbe Dienerschaft im Haus sind Leute aus ihrem Stamm. Er kündigte sogar dem alten Jäger, einem Verwandten seiner ersten Frau, der ihnen jahrelang das beste Wild gebracht hatte, Sukayna hatte ihn besonders gemocht, weil er fast immer auch ein Geschenk für sie dabeihatte, meist etwas aus Fell. Sie hatte dank seiner schon mit fünf Jahren Pelzmäntel und Pelzmützen, Handschuhe und Schärpen wie eine Prinzessin. Aber jetzt würde nicht einmal die Tochter eines etwas besseren Händlers ihren Pelz zum Geschenk annehmen, schloss sie verbittert am Ende, als sie sich schon ein wenig beruhigt hatte. Nach dieser Schlussfolgerung ging, genaugenommen, rannte sie weg, wahrscheinlich beschämt, ohne abzuwarten, dass ihr Gesprächspartner etwas sagte.

Sukaynas Wutausbruch löste in Chayyam eine geradezu panische Angst aus, denn nun war klar, dass auch sie als mögliche Mörderin ihres Vaters in Betracht kam. Die Gründe, mit denen ihn Suhrab und Fuzail letzthin davon zu überzeugen versucht hatten, konnte er nicht ganz ernst nehmen, obwohl er ihnen, logisch gesehen, nichts entgegenzusetzen gehabt hatte. Ihm war klar, wie scheußlich es war und wie wenig es ihm ähnlich sah, aber er verschwendete keine zehn Minuten, um über ihre Argumente nachzudenken und sie zu akzeptieren oder zu verwerfen. Er musste gar nicht nachdenken, er wusste auch ohne nachzudenken, dass Sukayna nicht wegen einer Mitgift oder ähnlichen Dingen morden würde, keinen Unbekannten, geschweige denn ihren leiblichen Vater. Etwas in ihm hat es gewusst, es wusste es zuverlässig, so wie Wissen sein soll, und er musste diesem Etwas Vertrauen schenken, obwohl er ihm vor einem Monat wahrscheinlich nicht zugestanden hätte, dass es existierte. Aber wenn sie dachte, dass Mirchond Schande über die Familie gebracht habe, und fürchtete, dass von ihm eine noch größere Schande drohe … Deswegen konnte sie, für so etwas würde sie Vater und Mutter und sich und noch die halbe Welt umbringen. Aber das schrieb sie der jungen Frau ihres Vaters zu, weil sie sie offensichtlich hasste, sie wollte auch sie beseitigen, weil sie sie für die Ursache und die Schuldige an der Familienschande hielt.

Er wusste, dass er ihre Behauptungen und auch ihre wütenden Anschuldigungen gegen Schirin überprüfen musste. Deshalb ging er zu ihrer Mutter, um sich der Grundbehauptungen zu vergewissern. Hind bestätigte, dass Mirchond einen Verwandten seiner jungen Frau als Jäger engagiert hatte. An ihrem Tonfall merkte man, dass sie das noch immer traf, vielleicht eher beleidigte als schmerzte, sie aber mit Sicherheit nicht gleichgültig ließ, und so begann sich Chayyam nach dem ganzen Fall zu erkundigen. Er erfuhr, dass sie bis vor kurzem der Bruder ihrer Mutter mit Wild versorgt hatte, ein Mann und Jäger von hohem Ansehen, der noch immer für einige der ersten Familien in der Stadt arbeitete und mit ihnen befreundet war. Für Hind war es ein schwerer Schlag gewesen, der erste von einer Reihe beleidigender Niederlagen, die sie hatte erdulden müssen. Ohne Grund hatte er ihren nahen Verwandten entlassen, der dazu ein Adliger war und obendrein besonders günstig für sie arbeitete und zu dem, was von ihm bestellt war, immer noch ein Geschenk für sie, die Kinder oder das Haus mitbrachte, während der Herr Ehemann sich nicht bemühte, eine Rechtfertigung für diese Entlassung zu finden, wenn er schon keinen Grund hatte. An seiner Stelle nahm er dann einen Mann aus dem fernen Osten, den niemand in der Stadt kannte und für den niemand bürgen konnte. Jedes Mal, wenn sie etwas Spezielles brauchten, für besondere Gäste, liebe Freunde oder eine festliche Gelegenheit, musste sie auch weiter bei ihrem Onkel bestellen, weil dieser neue Unglücksrabe einen Fasan kaum von einer Wachtel unterscheiden konnte. Aber dieser Unglücksrabe blieb dennoch der feste Jäger ihres Hauses und der Onkel ein Verwandter, vor dem sie sich wegen ihres Platzes im eigenen Haus schämte und bei dem sie insgeheim immer wieder neue spezielle Dinge bestellte, an die nur er kommen konnte. Es ist schwer und erniedrigend für eine Frau, die ein Haus führt, wenn sie nicht wenigstens nach ihrer Meinung gefragt wird.

Alles verschlimmerte sich noch, als er einen halbwilden Mann mitbrachte, der das Nötige für das Haus besorgen sollte. »Wie soll er Besorgungen für mich machen, wenn er hier keinen kennt? Ich habe einen Mann gehabt, der den halben Umkreis und alle in der Stadt kannte. Er hat mir frisches wie gedörrtes Obst bei einem Anhänger von Zoroaster besorgt, mit dem er schon seit Jahren befreundet ist, er hat Fleisch bei einem Türken besorgt, der für ihn die Jungen abgezweigt hat, wenn sie geboren wurden, und sie speziell für ihn aufgezogen hat, Stoffe hat er bestellt, wenn Leinsamen gesät wurde, und auch das bei einem Mann seines Vertrauens, so dass ich die Farbe und das Gewebe bestimmen konnte. Ich habe reineres Salz bekommen als das, welches an den Hof geht, und für den Sack hat er etwas mehr bezahlt als auf dem Basar ein Okka grobes Salz kostet. Aber er wurde in den Stall versetzt, damit er sich um die Pferde kümmert, und ins Haus, als Einkäufer, kam dieses Rindvieh.«

Einzig beim Koch hatte Hind einen Sieg davongetragen.

»Dies ist ein Adelshaus, hier kann man nicht essen, was den Viehzüchtern aus Herat schmeckt«, sagte sie, als Mirchond die Absicht verkündete, einen neuen Koch einzustellen. Und dabei war es geblieben.

»Und wie sie hierhergekommen sind, ist unser Vermögen dort hingegangen, noch zwei Jahre und meine Kinder hätten nichts zu erben gehabt, wenn es so weitergegangen wäre, wie es angefangen hat.«

»Das alles muss dich sehr getroffen haben«, bemerkte Chayyam.

»Natürlich, das hätte es doch jeden.«

»Hast du sie deshalb einmal zurechtgewiesen, ermahnt?«

»Wen denn?«

»Schirin.«

»Was habe ich mit ihr zu bereden? Über mein Haus rede ich mit meinem Mann. Ihm bin ich tausendmal mit Ermahnungen, Erklärungen, Beweisen, Bitten gekommen. Aber was nützt es, einem Blinden zuzuzwinkern? Man weiß zum Beispiel, dass die besten Gärtner die Anhänger von Zoroaster sind, neun von zehn guten Gärten haben sie angelegt und pflegen sie. Hind hatte einen Gärtner, der sogar bei ihnen, und zwar unter ihren Gärtnern, als Meister gegolten hat. Auch ihn hat Mirchond entlassen, er kann doch nicht erlauben, dass Muslime hungern, während er ihn bezahlt, und so hat er einen Knirps aus Herat hergebracht. Er ist kein schlechter Gärtner, auch nicht unsympathisch, der einzige von diesen neuen Dienern Mirchonds, den sie leiden mag. Aber man kann nicht mit Sicherheit sagen, ob er ganz normal ist.

Chayyam wusste, von wem Hind sprach, er war dem Gärtner einen Tag zuvor bei der Sonnenuhr in der Nähe der Laube, in der er wohnte, begegnet, und die Art, wie sie sich begegnet waren, veranlasste auch ihn zu der Frage, ob der Gärtner ganz normal sei. Er hatte sich die Sonnenuhr angesehen, eines der ersten Dinge, auf die morgens sein Blick fiel, die sich von allen Sonnenuhren, die er bis dahin gesehen hatte, unterschied. Diese teilte den Tag in drei Teile, der Teil, auf den der Schatten fällt, war nämlich ein kleiner Blumengarten, der aus drei großen Dreiecken bestand, die in jeweils vier kleinere Felder aufgeteilt waren. Das linke Dreieck war mit Samtblumen bepflanzt, das mittlere mit goldenen Narzissen und das rechte mit weißen Hyazinthen, und jedes von ihnen war durch schmale Gürtel, fast Linien von blauen Hyazinthen in vier Felder aufgeteilt, die den einzelnen Zeiten oder Stunden des Tages entsprachen. Die Stange, die mit ihrem Schatten anzeigte, um welche Tageszeit es sich handelte, war aus einem harten, dunklen, fast schwarzen und ungewöhnlich schweren Holz gefertigt und wunderbar geschnitzt. Diese Stange war aus irgendeinem Grund nicht fixiert, wie es bei normalen Sonnenuhren der Fall ist, sie war nur in das Loch hineingesteckt, aus dem man sie ohne Probleme herausnehmen konnte. Aber mit diesen Ungewöhnlichkeiten der Uhr hatte es noch nicht sein Bewenden, weil sich, wieder in Form von Dreiecken, dicht nebeneinander drei Löcher befanden, in die man die Stange stecken konnte. Das ist nicht nur ungewöhnlich, das ist auch unsinnig, dachte Chayyam, bemüht, die Logik, die dieser schönen, aber unbegreiflichen Konstruktion zugrunde lag, zu enträtseln. Was war das für eine Uhr, die drei verschiedene Stellen für den Zeiger zur Auswahl anbot? Die Tageszeit erkannte man doch gerade daran, dass sich der Schatten eines fixierten Gegenstandes bewegte; wenn man auch den Gegenstand verschob, sagte die Bewegung seines Schattens nichts mehr aus. Er steckte die Stange aus einem Loch in ein anderes um und beobachtete, wohin in welchem Fall der Schatten fiel, versuchte, abwechselnd vor jedem Loch stehend, zu enträtseln, wie sich der Schatten im Laufe des Tages bewegte, wenn die Stange dort hineingesteckt war, bemühte sich, die einzelnen Schattenbahnen zu vergleichen, und kam zu dem Schluss, dass die Uhr den Tagesablauf nur dann anzeigte, wenn die Stange im vorderen Loch stak. Er war mitten in seinen Beobachtungen und Überlegungen, als ihn jemand mit einem wütenden »Ach!« beiseitestieß, ihm die Stange aus der Hand riss und sie in das mittlere, vorgeschobene Loch stellte, von dem Chayyam gerade geschlossen hatte, dass es das richtige sei. Woher war dieser Jemand plötzlich gekommen, wie war es ihm gelungen, sich ihm ganz unhörbar zu nähern, was hatte er getan, dass von seiner Bewegung nicht ein einziger Kieselstein sich gerührt, nicht ein einziges Blatt geraschelt, kein Zweig geschaukelt hatte? War er im Bunde mit den Büschen, Bäumen und Steinen?

Unwillkürlich schnellte Chayyams Hand wie zur Verteidigung vor und versetzte dem Kerl, der ihm die Stange weggenommen hatte und noch immer dabei war, sie an ihren Platz zu stecken, einen heftigen Hieb in die Brust. Nach jeder Logik hätte der Kerl von diesem Hieb zumindest ins Wanken geraten müssen, weil er nicht nur von kleinem Wuchs, sondern auch mager war. Aber er rührte sich nicht von der Stelle, ließ nicht erkennen, ob er den unbeabsichtigten Hieb von Chayyam überhaupt gespürt hatte, was von einer ungewöhnlichen Kraft und einer ebensolchen Unempfindlichkeit zeugte. Wie konnte man einem lebendigen Menschen nicht anmerken, dass er einen derart heftigen Hieb mitten in die Brust empfangen hatte? Es blieb keine Zeit, sich darüber zu wundern, weil das Aussehen des wütenden Ankömmlings genauso merkwürdig war. Wie ein Fell verbarg sein dichter schwarzer Bart fast das ganze Gesicht, aus dem riesige helle Augen hervorsahen. Als er sein zweites »Ach« aussprach, das dieses Mal seine Zufriedenheit ausdrückte, weil die Stange wieder an der richtigen Stelle stak, schien es, als hätte sich der Bart aufgeklappt, das heißt ein Quadrat in der Mitte gebildet, er gab einen kurzen Schrei von sich und dann klappte er sich wieder zusammen. Sein

Haar war lang, genauso dicht und wild, und daran hing eine Zipfelmütze aus Wolle, die er bei diesem Wetter bestimmt nicht brauchte. Die Mütze saß übrigens gar nicht richtig auf dem Kopf, sie hielt sich buchstäblich nur am Haar, als wäre sie angeklebt. Gekleidet war er in einen übergroßen Kaftan von hellblauer Farbe und in etwas Weißes wie eine Hose mit zahllosen grünen Flecken, und an den Füßen hatte er Stiefel mit hohen Schäften und nach hinten gebogenen Spitzen. Die Arme waren unnatürlich lang, bis unter die Knie, mit riesigen Händen, in der rechten hatte er ein zugespitztes kurzes Stück Holz, mit dem er wahrscheinlich Löcher in die frisch umgegrabene Erde machte, in die er Setzlinge pflanzte.

»Du bist der Gärtner?«, fragte ihn Chayyam, nur um etwas zu sagen, denn nach allem zu urteilen war offensichtlich, dass seine Frage überflüssig war.

»Aha.«

»Und warum bist du so wütend auf mich, was habe ich dir getan?«

»Ach!«, antwortete der Kerl mit seinem Lieblingsausdruck, der dieses Mal bedeutete, »das ist doch klar« oder »warum fragst du, wenn du es selbst weißt«.

»Du weißt, wer ich bin?«

»Aha.«

»Ich habe mir nur ein wenig die Uhr angeschaut, ich wollte sie dir nicht kaputt machen«, erklärte Chayyam versöhnlich und breitete die Arme zum Zeichen der Freundschaft aus.

»A-ha«, antwortete der Gärtner, und seine Aussprache sagte, dass das »verstehe«, »ist klar« oder so etwas hieß.

»Bist du nicht wütend?«

»A-a«, verneinte Chayyams Gesprächspartner, zeigte seine linke Handfläche, vielleicht als Zeichen des Vertrauens oder der Freundschaft, und ging.

Nach zwei Schritten drehte er sich um, zeigte auf die

Stange der Sonnenuhr, drückte mit einem langen »Aaaaa« Verwunderung aus, dann drehte er sich wieder um, dieses Mal ging er tatsächlich.

Hind schmunzelte über Chayyams Bericht von seiner Begegnung mit dem Gärtner und schloss auf die Bemerkung, dass in seinen Adern wahrscheinlich grüne Säfte flössen statt roten Menschenbluts, versonnen die Augenlider.

Chayyam bat um Gespräche mit Fitna und Schirin, es war klar, dass er als junger fremder Mann mit den beiden, vor allem mit Schirin, nicht unter vier Augen reden konnte. Hind riet ihm, vom Versuch, mit Fitna zu sprechen, abzusehen, weil sie seit Mirchonds Tod weder einen Ton gesagt noch gezeigt hatte, dass sie etwas begriff. Er beharrte auf seiner Bitte und schloss zum wer weiß wievielten Mal, dass Hartnäckigkeit eine Tugend der Narren sei. Fitna war zweifellos lebendig, aber zu ihr drangen keine menschliche Stimme und kein menschlicher Gedanken mehr, auch war nicht zu erwarten, dass solches von ihr kam. War die Welt, in der sie sich aufhielt, noch immer eine menschliche? War das, was vor ihnen saß, immer noch sie, noch immer jemand, irgendwer? Ihre Augen bewegten sich und ihre Hände rührten sich, sie aß nach Hinds Bezeugung ab und zu noch eine gedörrte Feige und trank einen Schluck Wasser, aber seit jenem Tag ließ in ihrem Gesicht oder in ihren Augen nichts darauf schließen, dass sie etwas verstanden oder wiedererkannt hätte. Als wäre mit Mirchonds Sterben etwas Wichtiges in ihr verbrannt, sagen wir, der Geist oder das Bewusstsein, und hätte vor den Augen der anderen nur das vergebliche Leben eines Körpers zurückgelassen, ohne Seele, Bewusstsein, ohne Grund, weil unsere Gründe scheinbar doch in der Seele und im Geist stecken. Nicht einmal seinem Feind würde man so etwas wünschen.

Mit Schirin war es zum Glück ganz anders. Sie erwartete sie im großen Zimmer, schön und zurechtgemacht, nach allem zu urteilen schon ein wenig fremd in diesem Haus. Grazil und zäh wie eine Gemse, verführerisch wie sie und fähig, sich aus jeder Notlage herauszuwinden. Es war bereits bekannt, dass sie bald heiraten würde, es war bekannt wann und wen, alle wussten bereits, dass sie nur so lange hierbleiben würde, wie die kürzeste vorgeschriebene Trauerzeit dauerte. Sobald sicher wäre, dass sie nicht von Mirchond schwanger war, und die guten Sitten es erlaubten, das Trauerhaus zu verlassen, würde sie heiraten, wohl deshalb fühlte sie sich hier nicht mehr wie zu Hause. Sie bot ihnen nichts zu essen und zu trinken an, obwohl Chayyam Gast in ihrem Haus war, weder machte sie ihnen Platz, noch zeigte sie ihnen einen Platz zum Sitzen. Das Einzige, wodurch sie erkennen ließ, dass sie noch immer zu diesem Haushalt gehörte, war, dass sie voller Hochachtung vor Hind aufstand und sie begrüßte.

Lange saßen sie schweigend da, Chayyam hatte keine Lust, mit dem Gespräch zu beginnen, weil es ihn gestört hätte, ihren Anblick zu genießen, aber man erwartete von ihm, dass er mit dem Gespräch begann, weil er es verlangt hatte. Erst als es der Anstand nicht mehr erlaubte, dass sie dasaßen und schwiegen, bat er sie, ihm etwas von Mirchond und ihrem gemeinsamen Leben zu erzählen.

»Mein Ehemann«, antwortete Schirin und schaute schnell, verstohlen, Hind an.

»Gut – Ehemann«, dachte Chayyam, klar, dass er ihr Ehemann war, und klar war auch, was eine anständige Frau dachte, wenn sie sagte, jemand sei ihr Ehemann. Aber ihn würde interessieren zu hören, wie sie beide miteinander ausgekommen seien, wie sie sich verstanden hätten, ob sie Probleme gehabt hätten. Sie könne frei reden, jetzt sei alles vorbei, es gebe hier keine Zeugen, die das, was sie sage, ausplaudern würden, aber wichtig sei, dass sie aufrichtig und von Herzen spreche. Niemand zweifle daran, dass sie eine gute Ehefrau gewesen sei, er habe gesehen und werde es immer bezeugen, wie lieb sie Mirchond angesehen und wie schön sie ihn gepflegt habe, als der Arme krank gewesen sei.

»Mach mit dem Wolf im Wald, was er mit mir gemacht hat, und der Wolf wird dich lieb anschauen und mit dir nach Hause gehen«, antwortete Schirin, auf den Boden schauend, und errötete leicht, kaum merklich.

Chayyam sah flehentlich Hind an, als erwartete er Hilfe von ihr, aber ihrem Gesichtsausdruck entnahm er, dass von dieser Seite keine Hilfe kommen würde. Daher bat er wieder Schirin, ihnen zu sagen, wie sie beide miteinander ausgekommen seien, worüber sie gesprochen hätten, wie all das zwischen ihnen gelaufen sei.

»Gut ist es gelaufen, wunderschön, die ganze Zeit. Bis vor kurzem. Dann ist es geschrumpft, ziemlich sogar. Was kannst du tun, aus Alt kannst du nicht Neu machen.«

Hind stand mit der Bemerkung auf, alles habe seine Grenzen, sie betonte jedes Wort, ohne jemanden anzusehen, und ging langsam, würdevoll zur Tür, begleitet vom hellen erstarrten Blick der schönen Schirin. Chayyam stand auch auf und ging, bedauernd, dass er ging, und sich seines Bedauerns schämend, sich dessen bewusst, dass er von der jungen Frau nur eine Art von Information über das Leben mit ihrem Mann bekommen konnte, das sich, nach allem zu urteilen, auch nur auf einer Ebene abgespielt hatte. Doch noch schärfer bewusst war er sich der Tatsache, dass Schirin wirklich nicht in diesem Haus bleiben konnte und bereits früher jeden Grund verloren hatte, hier zu sein, obwohl ihr Mann noch am Leben war.

Besorgt und beschämt setzte er sich neben den Springbrunnen und vergegenwärtigte sich die Ergebnisse seiner Ermittlungen. Er hatte mit vier Frauen gesprochen, und es gab vier Verdächtige. Wenn er bald ein Gespräch mit Feridun wagte, hätte er wahrscheinlich fünf Verdächtige, weil er dann Gespräche mit fünf Menschen hinter sich hätte. Alles lief darauf hinaus, was er in jenem Gespräch bei Fuzail gehört hatte, als Suhrab und er ihm gesagt hatten, warum wer von den Hausbewohnern verdächtig war. Die Ermittlungen hatten den Kreis der Verdächtigen eingrenzen sollen, aber wie die Dinge nun standen, würde er ihn jedes Mal, wenn er mit jemandem sprach, erweitern, und sei es nur um einen zufälligen Passanten auf der Straße. Vielleicht waren die Verdachtsgründe jetzt etwas konkreter, stärker, immerhin deutete sich eine Liste an, auf der die Verdächtigen nach dem Maß des Verdachts, den sie erweckten, angeordnet waren, aber all das war doch beschämend wenig für diese große Mühe, Arbeit und den Wirrwarr, den er angerichtet hatte. Wenn man alles zusammenzählte und abzog, war er jetzt dort, wo er nach dem Gespräch bei Fuzail gewesen war, nur dass er in der Zwischenzeit die ganze Stadt gegen sich aufgebracht, Freunde verloren hatte, vereinsamt, müde war und die Dinge, derentwegen er hierhergekommen war, vernachlässigt hatte.

Schirin war sicher verdächtig, vielleicht am meisten von allen. Es schien alles geradeso zu sein, wie Sukayna gesagt hatte, obwohl man nicht vergessen durfte, dass Sukayna sie aus irgendeinem Grund nicht mochte.

Dann kam Fitna, die Arme. Es musste etwas Schreckliches geschehen sein, dass sie so verbrannt war, für so etwas genügte der Tod des Ehemannes nicht, der nicht mehr der Jüngste und im Übrigen auch schon lange nicht mehr ihr Ehemann gewesen war. Aber eine große und schreckliche Sünde konnte die richtige Erklärung sein. Sie hatte, sagen wir, das Verbrechen begangen, um sich zu rächen, hatte mit einem Akt, wie mit einem Ausholen der Hand, alle Erniedrigungen ausgelöscht, die man ihr zugefügt hatte, alle Ungerechtigkeiten, deren Opfer sie gewesen war, alle Leiden und Fragen, mit denen sie sich jahrelang herumgequält hatte. Alles war mit einem Zug gelöst, sie war gerächt und alle Rechnungen waren beglichen. Sie hatte keinen Grund mehr, hier zu bleiben, eine Zeitlang hatte sie hier vielleicht die Angst gehalten und das Bewusstsein, dass sie nirgends hinkonnte, aber solche Dinge banden einen Menschen nur für kurze Zeit an einen Ort. Als sie ihre Wirkung verloren hatten, konnte sie das Bedürfnis nach Rache gebunden haben. Bestimmt hätte sie sich längst umgebracht, wenn dieses Bedürfnis nicht gewesen wäre. Deshalb war sie jetzt, wo es dieses Bedürfnis nicht mehr gab, schlicht verbrannt. Endlich war sie gegangen. Sie war nicht mehr an diesem Ort, aber wo sie war – das wusste man nicht. Mit der Rache hatte sie auch ihre eigene Seele verbrannt, aber das war nur eine zusätzliche Erklärung für ihren Zustand.

Auch mit Sukayna waren die Dinge nicht ganz klar und harmlos. Die Wut auf den Vater, die Bereitschaft, ihn einen schamlosen alten Narren zu nennen, ihre Verbitterung. Sie selbst hatte ja gesagt, dass es das Beste gewesen sei, was hätte geschehen können, dass derjenige, der ihn ermordet habe, der Familie einen Gefallen getan habe. Aber sie hatte gesagt, diejenigen, die ihn ermordet hätten, würde die Wut zerfressen, wenn sie begreifen würden, dass sie der Familie einen Gefallen getan hätten. Das würde bedeuten, dass sie die Familie hassten, was man von ihr nicht sagen konnte. Außerdem hatte sie »sie« gesagt, nicht »ich«. Das Problem war nur, dass sie »sie« schon beim Namen genannt hatte, es waren Schirin und ihre Angehörigen, und nicht zu verbergen versuchte, dass sie sie nicht ausstehen konnte.

Am besten stand Hind da. Viele Beleidigungen und Erniedrigungen hatte sie von Mirchond schlucken, viele Niederlagen hatte sie von Schirin hinnehmen müssen, aber sie hatte das Regiment in ihrem Haus dennoch behalten, und ihre Stimme wurde gehört. Vielleicht erschüttert, keineswegs bezwungen. Und gerade deshalb aufrecht, fähig, über alle und alles im Haus ruhig, besonnen, würdevoll zu sprechen. Freilich war sie ohne Mirchond und dessen Liebling die Hauptperson, sogar wichtiger, als sie es gewesen war, solange sie die einzige Frau war, aber nichts deutete darauf hin, dass ihr besonders viel daran gelegen hätte, die Hauptperson und die Einzige zu sein. Zwar war sie tiefgründig, vielleicht war allein sie fähig, etwas zu verbergen und sogar etwas vorzuspiegeln, deshalb durfte man dem Eindruck, dass ihr nichts an der Macht lag und daran, die Hauptperson zu sein, nicht zu viel Gewicht beimessen. Sie war als Einzige in der ganzen Familie ruhig geblieben, nur an ihr war die Vergangenheit spurlos vorübergegangen, nur bei ihr gab es keine Anzeichen dafür, dass Mirchonds Tod einen tiefen Einschnitt in ihrem Leben bedeutet hätte, den Punkt, von dem etwas ganz anderes begann.

Es war klar, dass er seine Überlegungen mit seinen Mitarbeitern von der Polizei teilen und sie im Gespräch mit ihnen überprüfen musste, und so schickte er eine Botschaft, dass er sie morgen nach Mittag gern bei Fuzail treffen würde. Sie hörten ihn ruhig an, aber etwas zu ruhig, beinahe gelangweilt, ohne zu verhehlen, dass ihnen nicht ganz klar war, warum er ihnen all das erzählte. Daher beschränkte und kürzte Chayyam seine Überlegungen, je weiter sein Bericht fortschritt, bis seine Rede fast versiegte, als er zu Hind kam. Eine unangenehme Stille trat ein, die Suhrab mit einem tiefen Seufzer unterbrach, und versonnen, wie für sich, fügte er hinzu:

»Ja, ja, die Leute sind so 'ne Sache. Wenn es im Menschen etwas zu verstehen gibt, lässt es sich nicht verstehen. Und wenn es zu verstehen wäre, gibt es da nichts, was der Mühe und des Verstehens wert wäre. Deshalb lass die Hände davon, Süßer, mein Rat ist, dass du von den Leuten die Hände lässt, weil sie so 'ne Sache sind.«

Es gab keine Reaktionen auf seine Bemerkung, Fuzail und Chayyam schwiegen, als hätten sie sie nicht gehört, und so herrschte im Zimmer eine Zeitlang ein Unbehagen und eine Totenstille, die Fuzails Rascheln und Blättern in den Papieren nur noch verstärkte, die Stille wie das Unbehagen. Dann ließ sich Suhrab wieder vernehmen, tief seufzend und verkündend, dass »zu arbeiten« sei, er stand auf und ging, sich nur beiläufig verabschiedend. Wieder wunderte sich Chayyam wie jedes Mal, wenn er ihn sah, dass sich ein derart großer Körper so leicht und geschmeidig bewegen konnte. Fuzail erwiderte den Gruß ebenso beiläufig und ohne Interesse, und wandte sich dann seinen Papieren zu, während Chayyam nicht einmal das tat.

»Euch scheint das ja egal zu sein?«, meldete sich Chayyam nach längerem Schweigen.

Er fühlte sich wohler, wenn er mit Fuzail allein war, von Anfang an war ihm dieser angenehmer als Suhrab gewesen, und er hoffte, sie beide würden sich nun aussprechen, verständigen und so das Unbehagen beseitigen, das sie befallen hatte.

»Was ist uns egal?«, antwortete Fuzail mit einer Frage.

»Wie unsere Ermittlungen laufen.«

»Äch.«

»Oder täusche ich mich da?«, fragte Chayyam mit Hoffnung in der Stimme.

»Äch.«

»Also doch.«

»Äch.«

»Sag mir wenigstens, worum es sich handelt.«

»Die Geschichte ist erledigt. Wir haben erreicht, was wir brauchten, da gibt es nichts mehr zu ermitteln.«

»Was habt ihr denn erreicht?«

»Die Sachen im Bauwesen in Ordnung gebracht, unsere Leute untersucht und überprüft, die Betrügereien aufgedeckt, was uns ohne deine Ermittlungen in zehn Jahren nicht gelungen wäre, dem Staat Zehntausende Golddinar gerettet. Allen zur Kenntnis gebracht, dass wir die alten Traditionen in Ehren halten und sie als unsere betrachten, viele Leute gewonnen, ein Gefühl der Sicherheit erzeugt.«

»Aber die Hauptsache ist euch verborgen geblieben, ihr wisst nicht, wer ihn umgebracht hat.«

»Äch.«

»Nichts Ech, so ist es!«

»Wer wird denn einen alten Esel umbringen, ich bitte dich!?«

»Jemand hat es getan, er ist an Gift gestorben«, insistierte Chayyam wütend, als verteidigte er etwas Kostbares. Da brach wieder seine alte Krankheit aus, immer wieder aufs Neue fesselte er sich an Dinge, die ihn nichts angingen, und befasste sich mit ihnen, als hinge sein Leben von ihnen ab. Normale Leute fesselte und erregte hauptsächlich das, was ihr Leben und ihre Interessen unmittelbar betraf, ihn dagegen immer irgendeine unsichtbare, allgemeine, für niemanden notwendige Wahrheit, welche normale Menschen nicht sahen, nicht hörten und nicht wissen wollten, weil sie nichts mit ihr anzufangen wussten. Und je dümmer und unnötiger, desto heiliger und wichtiger für ihn.

»Du bist ein gelehrter Mann, Hakim, zwing mich nicht dazu, dass jetzt ich dich unterweisen muss«, ermahnte ihn Fuzail und redete nach einer kurzen Pause weiter. »Du weißt doch, wie es war, als der liebe Gott die Aufgaben unter seinen Engeln verteilte? Er hat, gepriesen sei Er, Malik dazu bestimmt, die Hölle in Ordnung zu halten und sich um sie zu kümmern, Mikail hat er dazu bestimmt, es regnen zu lassen und die Geschöpfe zu versorgen, Ridwan, das Paradies in Ordnung zu halten und zu beaufsichtigen, Israfil, ins graue Horn zu blasen und so eine neue Offenbarung oder eine andere große Veränderung auf der Welt anzukündigen, Dschibril, Sein Sprachrohr und Wissensvermittler zu sein. Alle Engel waren glücklich und zufrieden mit den Aufgaben, die Er ihnen in Seiner Gnade zugeteilt hatte, nur Azrail, den er dazu bestimmt hatte, die Seelen zu holen und so den Tod zuzuteilen, war betrübt. Er seufzte und fragte sich laut, wie viele Tränen und Seufzer jeden Tag auf ihn herniedergehen würden, wie viele Male, jeden Augenblick an jedem Tag, ihn die verzweifelte Mutter, deren Kind er getötet hatte, oder das tieftraurige Waisenkind, dem er die Eltern genommen hatte, verfluchen würden. Würde irgendwer seinen Namen ohne Angst, Wut, Hass und Verbitterung aussprechen, wie sollte er den Gedanken ertragen, dass ihn nie jemand des Guten wegen und mit Zuneigung erwähnen würde? Sei beruhigt, erklärte ihm der Erbarmer, niemand wird dich verfluchen, weil dich niemand mit dem Tod in Verbindung bringen wird. Den Geschöpfen werden ihre Lieben an einer Krankheit oder einem Unglücksfall, an Gift oder durch das Messer, Feuer oder Wasser sterben. Im Großen und Ganzen wird es für den Tod eines Geschöpfs immer einen Grund geben, der ihrem Verstand näher, verständlicher und deshalb überzeugender ist als die notwendige Tatsache, dass sterben muss, wer geboren worden ist. Daher werden sie den Unglücksfall oder die Krankheit verfluchen, die Tränen der Mutter werden auf das Feuer oder den Säbel niedergehen, und der Seufzer des Kindes auf das Wasser oder Gift, nur dich wird keiner erwähnen. Wenn dich trotzdem einmal einer erwähnt, wird das im Gespräch sein, ohne Angst und Wut, Verzweiflung und Fluch, so wie man ein fernes Unglück erwähnt.«

»Das soll die Erklärung sein?«, fragte Chayyam voll Bitterkeit und verließ Fuzails Zimmer ohne Gruß, erfüllt von einem wahren Wirrwarr an Gefühlen, unter denen eine ihm selbst unverständliche Verbitterung dominierte. Die Ermittlungen zu einem Giftmord einzustellen, weil die Menschen durch den Tod starben und nicht an Gift, war dumm und zynisch. Dass die Menschen ihrer Natur und Gottes Gabe nach sterblich waren, gab niemandem das Recht, sie zu töten. Klar, Mirchond war durch den Tod gestorben, wie alle Menschen vor ihm, aber in diesem Todesfall hatte jemand ein wenig nachgeholfen, so dass die Polizei, wenn sie ihre Arbeit machen wollte, diesen Jemand suchen musste, solange die Hoffnung bestand, ihn zu finden. Mirchond wäre natürlich auch so gestorben, aber es war logisch anzunehmen, dass es ein paar Jahre später und etwas anders, sagen wir mit weniger Schmerzen, geschehen wäre. Fuzail hätte Mirchonds Mitbewohner fragen müssen, ob diese paar Jahre wirklich ganz unwichtig waren, bevor er entschied, die Ermittlungen einzustellen. Bei diesem Gedanken wurde ihm die wahrscheinliche Ursache für seine Verbitterung klar. Es gab keinen Grund, dass Fuzail sie fragte, ihm, Chayyam, hatten alle ausnahmslos ungefragt gesagt, was sie über diese paar Jahre dachten. Feridun und Sukayna, Hind und Schirin, alle hatten ihm gesagt und gezeigt, dass die Geschichte für sie erledigt war. Der Tod hatte kommen müssen und war gekommen, als er es musste, doch das Leben ging weiter, und sie mussten sich diesem Leben hingeben. Keine Empörung, keine Wut, kein Wunsch dahinterzukommen, ob alles unbedingt so, wie es gewesen war, hatte sein müssen. Alle fanden es normal, dass Mirchond gestorben war, nur er, Chayyam bemühte sich dahinterzukommen, warum und wie es geschehen war. Am Ende stellte es sich so dar, als wäre der Alte nur ihm allein wichtig gewesen, was nicht wahr sein konnte. Daher war er in der ganzen Geschichte entweder lächerlich oder ein verlogener Heuchler, so wenig er das sein wollte. Sollte man ihm glauben, dass Feriduns Vater ihm wichtiger war als Feridun? Er verhörte doch die halbe Stadt, um die Wahrheit aufzudecken, während Feridun schwieg und die Hände in den Schoß legte. Jemand hier musste lügen oder mit allen Spott treiben, und dieser Jemand konnte nur er sein, Chayyam.

Du weißt, lieber Gott, dass das nicht die Wahrheit ist, dass ich nicht lüge und mit fremdem Tod keinen Spott treibe. Du weißt, dass es Dein Wille und Entschluss ist, dass wir der

Wahrheit dienen, so gut wir können, und dass wir von diesem Dienst nicht ablassen, solange wir Kraft haben. Denn Du bist die Wahrheit, von Dir und vom Dienst an Dir dürfen wir nicht ablassen. Deshalb ist es notwendig aufzudecken, wer Mirchond vergiftet hat, überhaupt jede menschliche Wahrheit aufzudecken, die sich aufdecken lässt, wie klein sie auch sei. Nichts, behauptet er, ist gewonnen, wenn man das Geheimnis dieses Todes löst. In unserem Leben vielleicht wirklich nicht, aber die Wahrheit wird aufgedeckt, und das ist das Höchste. Wir müssen wissen. Wissen, darum geht es.

»Ewig hat man seine Plage mit dir«, klopfte ihm Abu Said, von Kopf bis Fuß in Gold gekleidet, unerwartet auf den Rücken, als hätte er sich unhörbar von hinten angeschlichen. »Du sprichst auf der Straße mit dir selbst, verhandelst mit Leuten, die dich nicht hören, das heißt, du steckst wieder einmal in Problemen, und Prinz Seydo muss wieder zusehen, wie er dich herausholt.«

Als hätte er nur auf einen Zuhörer oder eine Aufforderung gewartet, entlud sich Chayyams Wirrwarr von Gefühlen und Fragen in einem langen Monolog, den Abu Said nicht unterbrach, er musste das Bekenntnis nicht einmal durch Fragen oder Bemerkungen anstacheln. In diesem Monolog brach sich die Wut über die menschliche Verachtung der Wahrheit und des Wissens Bahn, er war eine Abhandlung darüber, ob wir frei sein können, wenn wir nicht sicheres Wissen erlangen können, Chayyam stellte Überlegungen an zur Sünde und ihre Wirkung auf den Menschen. Er fragte sich und Abu Said, der von der Sünde doch mehr verstehen musste als er, ob die arme Fitna gerade durch die Sünde in ihren jetzigen Zustand versetzt worden sei. Er gestand, dass ihn Schirin und ihre Ehe sehr verwirrten. Er dachte über die Polizei und die menschliche Natur nach, fragte nach dem Verbrechen und seiner Ursache, aber in dem ganzen Monolog tauchten unversehens immer wieder Sukayna und ihre Wut auf den Vater auf, ihre Überzeugung, dass er ermordet worden sei und dass das gut sei, seine Angst vor ihrer Wut. Den Mittelpunkt seines langen Bekenntnisses bildeten Fragen, die mit Sukayna und dem schrecklichen Verdacht verbunden waren, gerade sie habe womöglich ihren Vater umgebracht.

»Ich würde das nicht ertragen«, schloss Chayyam in einem Tonfall, der keinen Platz für eine Frage oder einen Zweifel ließ.

»Du bist ein wunderlicher Vogel, mein Hakim«, bemerkte Abu Said nach kurzem Nachdenken versonnen. »So viel Wissen und so wenig Verstand, das ist ein Wunder eigener Art.«

Er erklärte ihm, dass manche Leute den Verlust einer wichtigen Person leichter ertrügen, wenn sie sich ständig nur an das Schlechte im Zusammenhang mit ihr erinnerten, dass aber andere Leute den lieben Verstorbenen aus sich herausweinen müssten und sich deshalb ständig an die schönsten und rührendsten Dinge im Zusammenhang mit ihm erinnerten. Erinnere dich an alles Schlechte, was er dir oder sonst wem getan hat, erinnere dich an seine hässlichen Gewohnheiten und Aussprüche, die dir auf die Nerven gegangen sind, erinnere dich, dass er mit der Zunge durch die Zähne gezischt und nach dem Essen gerülpst hat, sag das Schlimmste über ihn, was dir einfällt, und du wirst seinen Tod verschmerzen, ohne dass dir vor Trauer das Herz zerspringt. So ist es bei denen, die trauern, indem sie ihre Trauer verbergen, weil sie sich von dem, der sie verlassen hat, im Stich gelassen fühlen. Oder entsinne dich all des Schönen und Guten, lass in deiner Erinnerung alles Wertvolle aufleben, was dich mit ihm verbindet, damit du um so mehr weinst und den Schmerz über deinen Verlust aus dir herauswäschst, wie du den Staub von den Händen wäschst. So beklagen die anderen, diejenigen, die weinend trauern, wertvolle Menschen. Aber es gebe auch Menschen, die auf ganz andere beziehungsweise dritte Arten trauerten, nur Abu Said wolle jetzt nicht darüber reden, um Chayyam nicht zu verwirren, weil ihm offensichtlich nicht in den Kopf gehe, dass es unterschiedliche Menschen gibt. Es genüge, wenn er dieses Mal begriffen habe, dass seine Sukayna, nach allem zu urteilen, zu jenen Menschen gehört, die leiden, ohne zu trauern, die das Gefühl haben, dass derjenige, der aus ihrem Leben gegangen ist, sie verraten hat, weshalb sie ihn angreifen und ihm Vorwürfe machen müssen. Daher ihre groben Worte über Mirchond, daher die Wut über ihn, das sei ziemlich klar. Aber woher Chayyams Fähigkeit komme, nicht einmal zu verstehen, woher die menschliche Dummheit stammt, das werde, fürchte er, ein ewiges Geheimnis bleiben.

## 12

Der neue Einkäufer, der Hind so sehr auf die Nerven ging, war ein ausgesprochen angenehmer Mann, von mittlerer Größe und heller Haut, mit Haar und Bart schwarz wie Pech, tiefer Stimme und gemessener, etwas langsamerer Sprechweise. Er hatte sich schon damit abgefunden, dass er nun, da Mirchond nicht mehr war, seine Anstellung verlieren würde, er erwartete die Kündigung, sobald die Trauerzeit vorüber wäre, so dass er ganz offen sprach, ohne große Rücksichten und ohne nach Worten zu suchen, die angenehmer klangen, wie Menschen reden, die nichts zu verlieren und keine Verpflichtungen gegenüber denen haben, über die sie sprechen. Gleich, als hätte er Chayyams Gespräch mit Hind belauscht, betonte er, dass er nicht aus Herat stamme und mit Schirin nichts zu tun habe, sie nicht einmal kenne. Mirchond habe den alten Einkäufer entlassen, weil er entdeckt hatte, dass dieser ihn bestahl, und zwar ein wenig über das übliche Maß hinaus, aber die Herrin habe sowohl das als auch ihn mit der neuen Frau ihres Mannes in Verbindung gebracht, mit der sie, nach allem zu urteilen, das Unangenehme in ihrem Leben verbinde, und so habe sie ihn, einen Nachfahren einer alten Isfahaner Familie, zum Ankömmling aus Herat erklärt. Auf Chayyams Bemerkung, dass das in Anbetracht all der Ungerechtigkeiten und Beleidigungen, die Hind in letzter Zeit hatte hinnehmen müssen, logisch sei, lachte er nur und winkte ab. »Die nimmt weder Ungerechtigkeiten noch Beleidigungen hin. Vielleicht waren sie nicht lieb zu ihr, das kann ich nicht wissen«, fügte er hinzu, »aber sie haben ihr das Leben zumindest etwas weniger vergällt als umgekehrt, darauf kann ich schwören.«

Auch die Antwort auf die Frage, ob es in letzter Zeit ungewöhnliche Besorgungen oder irgendetwas anderes von der üblichen Praxis Abweichendes, etwas Besonderes, Neues, gegeben habe, unterschied sich nicht wesentlich von der vorherigen, weil sie kein bisschen präziser und kein bisschen freundschaftlicher gegenüber Hind war. »Woher soll ich das wissen!?«, fragte der Einkäufer verblüfft. »Da gab es keine übliche Praxis, die mir bekannt gewesen wäre. Die Herrin hat über ihre Leute besorgen lassen, was sie brauchte und was sie haben wollte, und auch ich habe immer gekauft, was sie gesagt hat, und dort, wo sie es wollte. Nur hat sich das, was sie wollte, oft geändert. Aber sie wollte das alles nicht einsehen, weil sie mich vom ersten Tag an nicht leiden konnte.« Im Großen und Ganzen behauptete er, ins Haus sei nur gekommen, was Hind bestimmt habe, so dass allein sie sagen könne, was wann hereingekommen sei, wenn nicht auch sie irgendwann den Überblick verloren und ihre verschiedenen Kanäle verwechselt habe.

Chayyam suchte Hind mit der Bitte auf, ihm ein Gespräch mit dem Koch zu vermitteln, und mit dem Gärtner, sofern dieser Sonderling überhaupt in der Lage war zu sprechen. Sie lächelte über diese Bemerkungen und versicherte ihm, der Gärtner werde mit ihm sprechen, wenn sie es ihm befehle, aber auch sie könne nicht erreichen, dass er sich wirklich verständlich mache, weil er einfach mehr von Pflanzen als von Menschen verstehe. Sie erinnerte sich auch an ihren alten Gärtner, der ein wunderbarer und ernsthafter Mann gewesen sei, mit ihm habe man über alles ausgezeichnet reden können, obwohl er ein Spitzengärtner und mit den Pflanzen sehr vertraut gewesen war. Er sei in der glücklichsten Zeit ihres Lebens ins Haus gekommen, vielleicht fühle sie sich deshalb so verbunden mit ihm. »Das war, als mein Feridun geboren wurde, wir haben gedacht, unser Glück kennt keine Grenzen«, erklärte Hind. Alles sei ihnen in dieser Zeit leicht von der Hand gegangen und alles sei ihnen geneigt gewesen. »Wer hätte denken können, dass am Ende alles so ausgehen würde? Irgendwann hat alles angefangen, sich aufzulösen, und dann ging alles von selbst, wie wenn eine gut gestrickte Decke aufgetrennt wird.«

»Denk dir bloß nichts, wir haben gut gelebt, gut und schön«, betonte Hind, als sorgte sie sich um das Ansehen ihres Hauses in seinen Augen. Sie behauptete, Mirchond sei gut zu ihr gewesen, wirklich gut. »Ich habe es kaum überlebt, als ich die Kleine auf die Welt gebracht habe, monatelang war ich dazwischen. Er ist nicht von meinem Bett gewichen, große Liebe hat er gezeigt. Auch jetzt sei ihm Dank, in dieser und in jener Welt. Aber bei dieser Liebe hat er vergessen, dass ich eine Frau bin, er hat einfach nicht zu mir gefunden, und so habe ich mich ganz dem Haus und den Kindern zugewandt. Du kämpfst für dies, kümmerst dich um das, und am Ende stehst du mit leeren Händen da. Du kommst zu dir, drehst dich um dich selbst und siehst, dass sich dein Leben gelöst hat wie ein Faden aus der Naht.«

»Trotzdem denken alle, dass du das Haus die ganze Zeit mit fester Hand geführt hast, wie eine wahre Hausherrin«, bemerkte Chayyam nebenbei, als hätte er den klagenden Ton überhören wollen, der in ihren Worten mitschwang. »Es heißt, du hast nicht einmal Mirchond seinen Willen gelassen.«

»Was hätte ich denn tun sollen? Erlauben, dass er mit seinen Mädchen das Haus durchbringt?«

Einen Augenblick schob sich die enttäuschte müde Frau, die wehmütig über die leeren Hände sprach, mit denen sie am Ende ihres Lebens dastand, vor jene Hind, die Chayyam kennengelernt hatte, eine ziemlich kleine magere Frau voller Kraft, in jedem Augenblick bereit zum Kampf und Konflikt, die nicht von ihren Zielen und Entscheidungen abging. War sie wirklich so müde geworden, wie ihre Worte zu bezeigen schienen? Das ließ sich in diesem Gespräch nicht erraten, weil ein Diener meldete, dass der Gärtner vor seiner Laube sitze und ihn erwarte.

Gestern war er im Laufe seines langen vertraulichen Gesprächs mit Abu Said zu dem Schluss gekommen, dass er mit dem Gärtner reden müsse, weil er hoffte, dieses Gespräch werde ihm helfen, das Geheimnis der Sonnenuhr im Garten zu lüften. Während er ihm versichert hatte, dass die groben Worte Sukaynas über ihren Vater bestimmt nicht bedeuteten, dass sie ihn umgebracht hatte, nicht einmal zeigten, dass sie ihn jetzt weniger liebte als zu dem Zeitpunkt, als sie den Kranken gepflegt und sich festlich angezogen hatte, um seine Gesundung zu feiern, hatte Abu Said ihm gegenüber mehrmals den Unterschied zwischen seiner, Chayyams, Welt der Mathematik und der wirklichen Welt der Gottesgeschöpfe und -gaben hervorgehoben. In der Welt der Zahlen sei alles eindimensional und daher eindeutig. Eine Zahl verhalte sich lediglich zu einer anderen Zahl, weil es in dieser Welt nichts außer Zahlen gebe, und zwar verhalte sie sich nur auf eine Art, die durch das Zeichen, das zwischen ihnen steht, deutlich markiert ist. Aus diesem Zeichen wird auf den ersten Blick und endgültig deutlich, ob deine Zahl mit der anderen Zahl zusammengezählt oder durch sie dividiert wird, oder ob sie von ihr abgezogen oder hinzugefügt wird, ob sie mit ihr malgenommen oder durch sie geteilt werden soll. Das gebe es in Gottes Welt der wirklichen Körper und Geschehnisse nicht, da verhalte sich alles zu allem und sei mit allem in Verbindung, da wäre etwas Ähnliches wie Eindeutigkeit einzig durch schrecklichste Gewalt über das Geschöpf oder das Geschehnis möglich.

»Hast du jemals eine Spinne in ihrem Netz gesehen?«, hatte ihn Abu Said gefragt. »Hast du bemerkt, dass sie auch jene Teile des Netzes steuert, die sie nicht berührt, die gar nicht in ihrer Nähe sind? Wenn sie einen Faden des Netzes auf der rechten Seite spannt oder verschiebt, verschieben sich auch die Fäden auf der linken, und die Maschen des Netzes dehnen sich. Jeder Faden, jeder Knoten und jede Masche sind mit jedem anderen Faden, Knoten oder Masche verbunden, sie verhalten sich zu ihnen, egal, ob sie mit ihnen in einer materiellen Verbindung stehen, ob sie einander nah oder fern sind, ob man ihre Verbindungen wahrnehmen und verstehen kann oder nicht. So ist diese ganze Welt«, belehrte ihn Abu Said. »Kein Geschöpf spricht auch nicht einen Augenblick lang nur zu einem Gesprächspartner und äußert nicht nur einen Gedanken über eine Sache. Sieh mal, du äußerst dich jetzt, sagen wir, über Verliebtheit und Enttäuschung, über den Wind, der sich tagelang nicht legt und die armen Menschen verrückt macht, über gute Hoffnungen, über das Leben gelehrter Menschen im Reich des Sultans Malik Schah, Gott mehre seinen Ruhm, über die Schwierigkeiten der heutigen Menschen, mit anderen Menschen zurechtzukommen, über das Verhalten der Leute aus den Grenzgebieten, die in die Großstädte gekommen sind … Über alles, mein lieber Hakim, über schlichtweg alles! Das hier ist nur der kleine Teil, den ich aufzählen konnte, um dich zu verspotten. Hundert Leute, die wahrnehmen könnten, was du jetzt mit deinem Körper und Leben sagst, würden hundert verschiedene Botschaften hören. Jedes Tier, das dich beschnuppert, würde über dich das erfahren, was sich nur ihm offenbart, und jede Pflanze das, was nur ihr zugänglich ist. Nichts in der wirklichen Welt spricht nur zu einem Gesprächspartner und dient nur einem Ziel.«

Dieses Gespräch hatte ihm Erleichterung verschafft, wohl deshalb hatte er es gern angenommen und es sich gut gemerkt, beinahe Wort für Wort. Am Morgen, als er vor die Laube trat, in der er wohnte, und die Sonnenuhr erblickte, die er in den letzten Tagen ständig vor Augen gehabt und die ihm die ganze Zeit keine Ruhe gelassen hatte, erinnerte er sich in seiner Gänze daran. Um es mit Abu Saids Worten zu sagen, dachte er, äußert sich diese Uhr über die Tageszeit, aber sicher über noch mehr, vielleicht über noch vieles, sonst wäre sie nicht wirklich. Aber worüber genau? Und zu wem? Was müsste man wissen, um auch das andere, worüber sie sich äußerte, zu enträtseln? Hatte es etwas mit dem Leben in diesem Haus zu tun? Mit Mirchonds Tod? Würde er das Geheimnis der Sonnenuhr lüften, wenn er begriff, wozu die beiden offensichtlich unnötigen Löcher dienten, in die man die Stange stecken konnte, die mit ihrem Schatten die Tageszeit anzeigte?

Stundenlang studierte er den inneren Garten, wobei er sich fragte, ob das Geheimnis der Sonnenuhr etwas mit dem Rest des Gartens zu tun hatte. Die Uhr war ein Teil des Gartens, und so konnte er sich dem Geheimnis der Uhr wenigstens annähern, wenn er die Logik begriff, nach welcher der Garten angelegt war. Oder das Verhältnis der Uhr zu einem anderen Teil des Gartens, von dem auch sie ein Teil war. Der Teil des Gartens, der direkt vor den Fenstern der Frauengemächer lag, bestand aus mit Kies bestreuten Pfaden, einem rechtwinkligen Rasen und einem runden Becken mit einem Springbrunnen in der Mitte. Innerhalb des Rasens, in seinem Mittelteil, war die Sonnenuhr in Form eines regelmäßigen Halbkreises angebracht. Die abgeschnittene, gerade Seite dieses Halbkreises verlief parallel zur längeren Seite des Rasens (zur längeren Seite des Rechtecks, übersetzte sich Chayyam selbst), die etwas über fünfzig von seinen großen Schritten, also ungefähr sechzig Arschin lang war. Er stellte fest, dass sich die Längsseiten des Rasens von Osten nach Westen erstreckten, wobei die Seite näher zum Haus, zugleich die Seite, die parallel zur abgeschnittenen, geraden Seite der Sonnenuhr verlief, dem Haus und dem Norden zugewandt war. Von dieser, der nördlichen Seite des Rasens bis zur geraden Seite der Uhr waren es drei Schritte, etwa vier Arschin, und vom Scheitel der runden Seite der Uhr bis zur südlichen Seite des Rasens gut zwei Schritte. Von der Südseite des Rasens bis zum Rand des Beckens wieder drei Schritte. Der Durchmesser der Sonnenuhr, also die Länge auf der Linie von Ost nach West, betrug demnach fünfzig Schritte, und ihre »Tiefe« auf der Linie Nord-Süd zwanzig Schritte. Der Halbkreis der Uhr war in drei regelmäßige Dreiecke geteilt und jedes der Dreiecke in vier Felder. Auf der Ostseite lag ein mit Samtblumen bepflanztes Dreieck, westlich waren weiße Hyazinthen und in der Mitte goldene Narzissen. An der Nordseite des Rasens, etwa einen großen halben Schritt von der Stelle, an der sich alle drei Dreiecke trafen, also von dem Punkt, welcher der Mittelpunkt des Kreises gewesen wäre, der entstanden wäre, wenn man der existierenden Sonnenuhr die abgeschnittene, andere, nichtexistente, aber vorstellbare Hälfte hinzugefügt hätte, war das Loch angebracht, in das man die Stange stecken musste, damit die Uhr die Tageszeit richtig anzeigte. Etwa zweieinhalb Schritte von ihm lagen die zwei unnötigen Löcher, die mit dem richtigen ein regelmäßiges Dreieck bildeten. War es ein Zufall, Spiel oder hatte es einen verborgenen Sinn, dass dieses Dreieck genau ein Zehntel der mit Blumen bepflanzten Dreiecke ausmachte?

Von der Südseite des Rasens bis zum Becken mit dem Wasser betrug die Entfernung wieder drei Schritte. In der Mitte des Beckens stand der Springbrunnen in Form einer Lotosblume, so dass er und das Becken eigentlich zwei konzentrische Kreise bildeten. Der Durchmesser des Beckens betrug fünf große Schritte, sicherlich acht bis neun Arschin, und der Durchmesser der Lotosblume, also des engeren Kreises, drei Schritte, was bedeutete, dass sie das Größenverhältnis des Rasens wiederholten, der fünfzig Schritte lang und dreißig Schritte breit war. War das ein Zufall, Spiel oder eine versteckte Botschaft an Eingeweihte? Eine ähnliche Übereinstimmung wiesen auch die Verhältnisse zwischen den Dreiecken auf – die großen, mit Blumen bepflanzten Dreiecke wiederholten sich in dem durch die Löcher gekennzeichneten kleinen Dreieck, in die die Stange gesteckt wurde. Das war bestimmt Absicht, solche Übereinstimmungen entstanden nicht zufällig, aber welche Absicht stand dahinter?! Was drückten sie aus und wer konnte ihre Äußerung hören, wie Abu Said gesagt hätte?

Stundenlang quälte er sich, führte Messungen durch, ordnete die Notizen mit den Maßen nebeneinander an und verglich sie, entdeckte ihre Übereinstimmungen und die hinter diesen Maßen und ihren Verhältnissen verborgenen Zahlenspiele, die Gesetze, auf denen diese Spiele beruhten und die aus dem Verhältnis des Rechtecks und des Kreises zu erahnen waren. Er empfand Genuss dabei, die Mathematik war seine tiefste Leidenschaft, die erste, die er entdeckt hatte, er probierte Dutzende Kombinationen aus und entdeckte ebenso viele mathematische Operationen mit den festgestellten Maßen, die als Ergebnis ganze Zahlen gehabt hätten. Aber all das brachte ihn einer überzeugenden Antwort auf auch nur eine der Fragen, die sich ihm im Zusammenhang mit der Uhr aufdrängten, nicht näher. War die Wiederholung der Maßverhältnisse eine Botschaft? Warum wiederholten sich die großen Dreiecke in dem kleinen, warum wiederholten sich die Größenverhältnisse der Kreise im Rechteck? Wozu dienten die unnötigen Löcher, in die man die Stange stecken konnte, die mit ihrem Schatten die Zeit anzeigte? Aber ohne Antwort auf diese Fragen konnte er gar nicht ahnen, welches die andere Geschichte war, über die sich diese Uhr äußerte und wem sie sie erzählte. Deshalb musste er unbedingt mit dem Gärtner sprechen, wenn ein echtes Gespräch möglich war.

Er wollte gleich am Anfang mögliche Widerstände und Vorurteile bei dem seltsamen Kerl beseitigen, und so betonte er sogar noch vor dem Gruß, er habe die Stange der Sonnenuhr nicht an der falschen Stelle anbringen wollen, er habe im Übrigen weder böse noch gute Absichten gehabt, sondern nur verstehen wollen, wozu eine Uhr diene, die die falsche Zeit anzeige, und wer sie brauche. Es sei klar, dass diese Uhr auch die richtige Zeit anzeigen könne, aber jemand habe sie offenbar absichtlich zusätzlich mit der Möglichkeit versehen, zwei verschiedene falsche Zeiten anzuzeigen. Warum? Wem könne das dienen? Wozu könne es überhaupt gut sein, dass sie die falsche Zeit anzeigt?

Vielleicht hatte er mit seiner langen Rede den Widerstand des Gärtners beseitigt, aber nebenbei hatte er auch alles andere beseitigt, weil er den armen, auch sonst nicht unbedingt redegewandten Mann so sehr verwirrt hatte, dass er ihm schon die Fähigkeit zu sprechen völlig genommen hatte. Deshalb musste er wieder reden und reden, dieses Mal über sein Interesse für Gärten und die Liebe zu ihnen, wobei er weise betonte, seine Liebe zu Gärten übersteige sein Wissen, das heiße, er habe viel Liebe, aber gar kein Wissen. Damit hätte er den Gärtner beinahe zum Reden gebracht, und als er hinzufügte, dass er im Großen und Ganzen ein wohlmeinender Mensch sei und diesem Haus gegenüber nur gute Absichten habe, und zufällig die rettende Bitte aussprach, der Kerl möge ihm von seinem Garten erzählen, sprudelte aus seinem Gesprächspartner buchstäblich ein Wortfluss.

Hind hatte recht gehabt: Es war schwer, fast unmöglich zu verstehen, was er sagte. Nicht die Aussprache war das Hauptproblem, sie war fast deutlich, das Problem waren die Verbindungen der Wörter, von denen man jedes für sich verstand, aber keineswegs das Ganze, denn es war nicht klar und konnte nicht klar sein, wie sich diese Wörter auf diese Weise miteinander verbinden ließen. Er sagte zum Beispiel mehrmals, »die Schnecke muss man richtig Meeres Zelt aufstellen in den Gelenken des Gartens« (das oder etwas Ähnliches, beim besten Willen hätte Chayyam keinen seiner Sätze wörtlich behalten oder wiederholen können). Ein kleineres Problem waren die unregelmäßigen Formen einzelner Wörter oder die Aussprache falscher Laute an bestimmten Stellen (er sagte hartnäckig »o«, wo »a« hätte stehen müssen, so dass er »follen« statt »fallen« sagte). Zu alldem sprach er, wie alle Menschen, die viel allein sind, wohl aus Gewohnheit, eher zu sich selbst als zu einem anderen, so dass er sich nicht im Geringsten darum kümmerte, ob man ihn hörte und verstand. So senkte er die Stimme oft fast bis zur Unhörbarkeit, jeden zweiten Satz beendete er flüsternd oder indem er etwas Unverständliches in den Bart murmelte – seine Gedanken kannte er ohnehin, er musste sie nicht klar und deutlich aussprechen, und die einzigen Gespräche, zu denen er Gelegenheit hatte, waren die, in denen er sich seine Gedanken selbst erzählte. Wohl nach dieser Gewohnheit senkte er die Stimme bis zur Unhörbarkeit und verschliff die Aussprache bis zur Unverständlichkeit, wann immer ihm schien, dass er lange gesprochen hatte, und das war jedes Mal nach fünf, sechs ausgesprochenen Wörtern. Chayyam wagte nicht zu verlangen, dass er lauter spreche oder das, was er gemurmelt hatte, wiederholte, weil er befürchtete, ihn wieder zu verwirren, und so blieb ihm der zweite Teil der meisten Sätze vorenthalten. Die Flucht in die Unhörbarkeit oder ins Murmeln, die unmöglichen Wortverbindungen, die kaum Sätze der menschlichen Sprache sein konnten, der Verzicht, den angefangenen Satz zu Ende zu sprechen, all das sind Eigenarten eines Menschen, der hauptsächlich zu sich selbst spricht und nur weil er eine menschliche Stimme hören muss und nicht, um etwas mitzuteilen, er wusste ja, was er mitzuteilen hatte, auch wenn er es nicht laut aussprach. Als er das begriffen und sich ein wenig an die seltsame Art des Gärtners gewöhnt hatte, dessen Abweichungen von der normalen Sprache verstanden und erfasst hatte, womit sich der Gärtner aushalf, wenn er nicht wusste, was oder wie er etwas sagen sollte, begann

Chayyam seine Sprache allmählich zu verstehen und mit der Zeit immer mehr und besser. Und aus dem Gärtner sprudelte es, als er einmal den Mund aufgemacht und sich vergewissert hatte, dass ihm jemand sein Ohr schenkte und zuhörte, wie ein Fluss.

Diese Form hat sein Vorgänger dem Garten verliehen, der über zwanzig Jahre hier im Dienst gewesen ist und die Hälfte dieser Zeit der Umgestaltung des Gartens gewidmet hat. Man weiß nicht, wann dieses Haus und mit ihm der Garten errichtet wurde, man weiß nur, dass dies die zehnte Generation ist, die hier wohnt. Ob auch frühere Generationen hier gewohnt haben und wie viele es waren, wenn es so ist, kann man nicht sicher wissen. Soviel man weiß, ist das Haus in dieser Zeit nicht verändert worden, nur repariert, wenn es notwendig war, während der Garten wahrscheinlich mindestens zehnmal verändert wurde, weil jede Generation eigene Ansprüche, Bedürfnisse und Wünsche hatte (es ist bekannt, dass sich die Gewohnheiten und Moden im Hinblick auf Gärten schneller ändern als im Hinblick auf Häuser). Von ihm, als er hierhergekommen ist, hat man verlangt, alles so zu lassen, wie er es angetroffen hat, er hätte das auch getan, wenn sie ihm freie Hand gelassen hätten, wenn er einen neuen Garten anlegen würde, würde er ihn ungefähr so anlegen, weil er sich genau so einen guten alten Garten vorstellt (»Chahar Bagh«, sagte der Gärtner, so wie in alten persischen Familien der traditionelle Garten hieß). Dieser Frauenteil, in dem man Chayyam untergebracht hat, ist ein Ganzes für sich und praktisch vom Männerteil, in dem er, der Gärtner, sich aufhält, getrennt. Beide Teile sind wunderschön, jeder für sich und jeder auf seine Art, jeder kann ein Ganzes für sich sein und ist es auch, und beide zusammen bilden wiederum ein Ganzes, das seine eigene Schönheit hat.

Was die Zeiger der Sonnenuhr angeht, gibt es nicht viel zu sagen. Sein Vorgänger hat die Uhr so gestaltet, auch die

Stellen für die zusätzlichen Öffnungen, die für die falsche Zeit, er hat sie sogar gegraben, bevor er gehen musste. Der jetzige Gärtner hat die bereits fertigen unnötigen Öffnungen nur in Ordnung gebracht und ausgemauert, so dass man die Stange hineinstecken und herausziehen kann.

Er hat schon seit längerem bemerkt, dass man sie nicht braucht und sie einen nur verwirren, nur die vordere Öffnung ist gut, genau und notwendig. Aber von seinem ersten Arbeitstag an hat jemand die Stange beharrlich in die hintere rechte Öffnung gesteckt, wo sie bestimmt nicht hingehört und so eine falsche Zeit anzeigt. Es ist ein Irrtum und führt auf einen falschen Weg, wenn die Uhr am Nachmittag Mittag anzeigt, und genau das tut sie, wenn die Stange im hinteren rechten Loch steckt. Er steckte die Stange beharrlich an die richtige Stelle zurück, und dann fiel der Schatten am Nachmittag auf das linke, mit Samtblumen bepflanzte Feld, aber schon am nächsten Tag stak die Stange wieder an der falschen Stelle und warf am Nachmittag ihren Schatten auf das mittlere, mit goldenen Narzissen bepflanzte Dreieck. Ihn beleidigte und ängstigte dieses eigenwillige Spiel mit dem Tageslauf und der Zeit, und so beschloss er, den, der die Stange der Uhr verstellte, um jeden Preis zu fassen und ihm diese Angewohnheit aus dem Kopf zu prügeln. Er versteckte sich hinter einem Jasminstrauch am Weg und stellte so dem eigenwilligen Mann eine Falle. Lange lag er so auf der Lauer, schlief ein und wachte wieder auf, ohne dass etwas geschehen wäre, weil die Stange der Uhr noch immer am richtigen Platz stand. Er wartete weiter in seinem Hinterhalt, schon drohte die Gefahr, dass er erneut in den Schlaf sinken würde, als der Schuldige endlich erschien. Der Gärtner konnte sich gar nicht vorstellen, auf welchem Weg er zur Uhr gelangt war, weil er nicht auf dem Pfad gegangen war, wie es sich gehörte, sondern plötzlich von irgendwo aufgetaucht war; den Rücken dem Jasminstrauch und ihm, dem Gärtner, zugewandt, ging er zur Stange, zog sie aus der richtigen Öffnung und war im Begriff, sie in die hintere rechte Öffnung zu stecken. Auch von hinten sah man, dass der Schuldige ein stämmiger und starker Mann war, aber der Gärtner rannte unerschrocken auf ihn zu, froh, ihm für immer Vernunft beibringen zu können, und sprang ihm auf den Rücken. Der Unbekannte erstarrte zuerst vor Verwunderung, fasste sich aber schnell, schüttelte ihn ab und drehte sich um. Es war der Herr. Mit einer Ohrfeige ohne Schwung warf er ihn auf die Erde, als wäre er ein unschuldiges Kind (»Er hatte eine schwere Hand, Gnade seiner Seele, das vergisst man nicht, diese Hand«). Danach forschte er nicht mehr nach, wer den Zeiger der Sonnenuhr versetzte, aber jeden Tag kam er vor dem Mittag, um ihn an den richtigen Platz zu stellen, obwohl er wusste, dass der Herr selbst ihn an den falschen stellte. Der liebe Gott ist älter als der Herr. Seither reagiert er noch empfindlicher, wenn jemand die Sonnenuhr durcheinanderbringt, deshalb hat er sich auch so verhalten, als Chayyam die Öffnung verwechselt und die Stange verstellt hat.

Gott weiß, wie lange der heitere Sonderling über seinen Garten geredet hätte, wenn Chayyam nicht zum Koch hätte gehen müssen, dem ältesten Mann im ganzen Haushalt und dem Angestellten mit den meisten Dienstjahren. Schon lange kochte er nicht persönlich, sondern bestimmte, was in das Essen kam, das Hind bestellte, und wie viel davon, wog die Zutaten und überprüfte ihre Qualität, beaufsichtigte die Gehilfen, wenn nötig, schrie er sie an und entließ sie, lobte sie und schlug sie für eine Belohnung vor. Erstaunlich jung aussehend für sein Alter, schnell im Denken, in seinen Bewegungen und im Reden, sprach er in kurzen schnellen Sätzen, die er mit ebensolchen kurzen schnellen Hand- und Kopfbewegungen begleitete, dabei lachte er alle Augenblicke, warf den Kopf zurück und wandte das Gesicht nach oben.

Immer habe er die für die Küche notwendigen Dinge neben oder trotz dem Haupteinkäufer besorgt, das ist doch klar, es wird ja wohl nicht jede Frühgeburt für ihn einkaufen, man muss doch etwas über die Lebensmittel und Gewürze wissen, und das weiß nicht unbedingt jeder. (Schnelles kurzes Lachen.) Nein, mit Eifersucht hat das nichts zu tun, er ist gut genug, dass er nicht eifersüchtig sein und vor den anderen verbergen muss, was er tut, er will nur gut bleiben. (Erneut ein schnelles kurzes Lachen.) Auch der junge Herr Hakim wüsste, was er sagt, wenn er jemals geruht hätte, selbst etwas zu kochen. Einen Gutteil der Dinge, die man in der Küche braucht, muss man mit eigenen Augen sehen, riechen oder mit der Hand befühlen. Oder alles zusammen. (Kurzes schnelles Lachen.) Erst dann weiß man, was und ob man etwas Gutes daraus machen kann. Aber es gibt Leute, die nicht mit jedem über das, was sie zum Verkauf anbieten, sprechen, nur mit einem Koch, der weiß, was er braucht und was gut ist. Soll er etwa so einem einen Einkäufer schicken? Die besten Gewürzkräuter zum Beispiel kauft er nicht auf dem Basar, sondern bei einem Mann seines Vertrauens, was auf dem Basar gekauft wird, verwendet er nur für das Essen, das er für die Dienstboten zubereitet. Er hat viele Quellen und viele Kanäle, über die er an die beste Ware kommt, das ist ganz natürlich, schließlich macht er diese Arbeit seit über fünfzig Jahren. (Freudiges Lachen.) Selbstverständlich hat er alle Wünsche der Herrin erfüllt, eine bessere Herrin kann man sich schwerlich wünschen – sie weiß, was sie will, weiß zu befehlen, verzeiht keine Unordnung und Schlamperei. Sie hat gelegentlich auch ihm selbst ins Gesicht gesagt, dass sie manche Speisen besser zubereitet als er! He, er ist am Feuer alt geworden, er hat Wunder vollbracht, bevor sie geboren wurde, aber sie sagt und beweist das. Was du einem anderen nicht verzeihen würdest, kannst du ihr gar nicht verzeihen, weil es da nichts zu verzeihen gibt. Eine Fee! Sie ist keine Frau, sondern eine Dschinnprinzessin.

Es ist nicht viel, nur von zwei Speisen hat sie behauptet, dass sie sie besser zubereitet als er. Pilav mit Granatapfelsoße und Hasenpastete. Und diese beiden Sachen bereitet sie wirklich gut zu, man könnte nicht sagen, besser als er, aber gut. Gut! Zum Beispiel auch jetzt, als sie einen Hasen bestellt hat … »Soll ich das machen, Herrin?«, frage ich sie, »du kannst das doch nicht, Alter«, sagt sie. Und geht. Sie hat gelacht, mir den Hasen aus den Händen genommen und ist gegangen. Es tut mir leid, das ist viel Arbeit, das ist nicht alles für ihre Hände. Ich rufe ihr hinterher, dass ich das eigenhändig, alles eigenhändig machen würde, die Frühgeburt würde gar nicht in die Nähe kommen. Wahrscheinlich habe ich zu leise gesprochen, sie hat sich nicht einmal umgedreht. Dann habe auch ich mich umgedreht und bin in die Küche.

Chayyam ist sicherlich hochgefahren, als er das hörte, aber der alte Koch ließ nicht erkennen, dass er etwas bemerkt hätte. Hind hat unlängst wirklich eine Hasenpastete zubereitet? Ja, nach langer, langer Zeit, sie wollte dem Herrn etwas Besonderes servieren, sie hat gedacht, das ist seine Lieblingsspeise. Wann war das? Jetzt, unlängst. Wann, wie viel Zeit ist seither vergangen? Nun, der Mann hat den Hasen gebracht, ihr Verwandter, ein guter Mensch und Jäger, er war auf dem Weg zum Freitagsgebet in die Stadt und ist vorbeigekommen, um ihn abzugeben. Daher wisse er, dass es an einem Freitag gewesen sei.

Chayyam rechnete panisch im Kopf nach.

»Könnte es am Freitag, den 10. Schaban, gewesen sein?«

»Warum nicht? Jeder Tag kann doch wohl ein zehnter sein?«

»Der Tag, von dem du sprichst, hätte er es sein können?!«

»Was heißt hier können, er war es. Wäre er zum Freitagsgebet gegangen, wenn nicht Freitag gewesen wäre?«

»Ich frage, ob es Freitag, der 10. Schaban, gewesen sein könnte, der Freitag vor Monatsmitte … Pass auf: dein Herr ist Mitte des Monats krank geworden, nach meiner Rechnung gerade am Mittwoch, dem 15., ich war beim armen Sali, deshalb erinnere ich mich gut. Der letzte Freitag davor war der 10. Schaban, das frage ich dich. Könnte es der gewesen sein?«

»Warum nicht?«

»War er es, hat er den Hasen am letzten Freitag, bevor Mirchond krank wurde, gebracht?!«

»Aber ja, vor dem Freitagsgebet.«

Er begriff, dass er den Alten nicht dazu zwingen konnte, über Daten nachzudenken, und von ihm mehr nicht erfahren würde, und so rannte er in seine Laube und breitete alle Aufzeichnungen über Mirchonds Fall vor sich aus. Alles passte zusammen. Er hatte ihn am Donnerstag untersucht. Und die Krankheit war einen Tag zuvor ausgebrochen, also am Mittwoch, den fünfzehnten. Wenn das Gift zwei, drei Tage gebraucht hatte, um sich im Körper auszubreiten und ihn ernsthaft anzugreifen, und so viel brauchte es, das stand eindeutig so bei ar-Razi, konnte Mirchond das giftige Fleisch möglicherweise am Sonntag oder am Montag gegessen haben. Und das hätte auf jeden Fall das Fleisch sein können, das der Mann am Freitag vor dem Gebet abgegeben hatte. Wie konnte er erfahren, ob Mirchond Hasenpastete von diesem Fleisch gegessen hatte? Wie konnte er alles überprüfen? Wie es wissen, mit Sicherheit wissen?!

# 13

Es musste ein Ereignis werden, das die Welt verändern würde: Verkündet wurde die Verlobung des Kalifen von Bagdad Muktadi mit Muhmalak, der ältesten Tochter des Sultans Malik Schah. Aber das war nicht nur eine Ehe zweier Menschen, das war die Heirat von Minbar und Thron, Feder und Säbel, der heiligen und weltlichen, der symbolischen und praktischen Macht. Der Großwesir Nizam al-Mulk strahlte in diesen Tagen wie nie zuvor, weil es sein großer Sieg war, vielleicht der größte in einem Leben voller Siege. Diese Ehe war seine Idee gewesen, an deren Verwirklichung er voller Mühe und unter großen Anstrengungen, seine ganze Macht und sein ganzes diplomatisches Geschick aufbietend, volle drei Jahre lang gearbeitet hatte. Er hoffte, nun alle mächtigeren Gruppen und Einzelnen, die am Hof immer mehr Einfluss eroberten und laut die Abschaffung des Kalifats oder seinen Umzug nach Isfahan befürworteten, wenigstens für kurze Zeit zum Schweigen zu bringen.

Schon seit Jahrzehnten ist der Kalif nichts weiter als eine hilflose Puppe in den Händen verschiedener Herrscher mit kurzer, wenngleich großer Macht oder aber seiner militärischen Befehlshaber, denen klar ist, dass er ohnmächtig und völlig abhängig von ihnen ist. Er entscheidet nicht einmal selbständig, was er isst, wieso sollte er dann den Titel Beherrscher der Gläubigen führen, den Sultanen und Emiren Titel verleihen, die ersten Häupter der Welt krönen, als erhielte die Krone ihren Wert durch seine Berührung und nicht durch die Macht und Kraft dessen, der sie trägt?! Wieso tun alle beharrlich so, als hätte diese Puppe irgendeine Macht und als wäre Bagdad das Zentrum der Welt, weil dort sein Sitz ist, obwohl doch alle gut wissen, dass der Seldschukensultan der

Erste auf der Welt ist und Isfahan, als sein Sitz, das wahre Zentrum? Dieses traditionalistische Getue mit dem Kalifen kostet viel, kompliziert das Leben und die Beziehungen zwischen den Regierungen und spottet dem gesunden Menschenverstand. Deshalb müsste Sultan Malik Schah Bagdad seinem Reich anschließen und sich zum Kalifen ausrufen, vielleicht gerade in Bagdad. Aber er könnte das Kalifat auch nach Isfahan verlegen, ohne Bagdad anzuschließen, damit die anderen Herrscher nicht eifersüchtig werden. Wieso sollte er nicht sowohl das Kalifat als auch den Kalifen hierherversetzen oder sich selbst hier zum Kalifen ausrufen? Auf jeden Fall müsste er dieses unnötige, unsinnige, über alle Maßen teure Spiel für immer beenden.

Der Großwesir erklärte beharrlich, dass die Dinge nicht so einfach sind, wie es denen scheint, die solche Maßnahmen vorschlagen. Der Kalif besitzt große symbolische Macht, und nur ein Narr unterschätzt die Symbole und ihre Macht, weil die Macht der Symbole im Geistigen liegt. Vielleicht würde die Welt auch existieren, wenn sie ihrer geistigen Dimension verlustig ginge, aber bestimmt wäre sie kein guter Ort für das menschliche Leben. Denn auch wenn unser Leben sich im Körper abspielt, die Seele und der Geist halten diesen Körper in Gang und steuern ihn, machen ihn lebendig, empfindsam und fähig zu arbeiten. Der Körper des Menschen bleibt auch nach dem Tod ganz und unverändert, in allem genauso, wie er es war, als er lebte, und doch ist er tot, weil er die Seele verloren hat. Seine Nieren wandern nicht in die Lunge, und sein Magen verbindet sich nicht mit dem Gehirn, wenn er stirbt, alles bleibt, wo und wie es war, nur ohne Leben, weil die Seele es verlassen hat. Deshalb können wir in einer Welt ohne geistige Dimension nicht menschlich leben, und die Symbole bringen uns diese geistige Dimension näher oder führen uns zu ihr hin, auf jeden Fall verbinden sie uns und verleihen den materiellen Körpern oder

Institutionen den Sinn und die Macht, die nicht in ihrem Körper enthalten sind. Das Geistige offenbart sich uns durch Symbole, enthüllt sich, wird uns verständlich. Menschen, die über Symbole spotten und ihren Wert leugnen, arbeiten gegen sich selbst. Alle, die behaupten, wahr und wertvoll sei nur, was sie mit dem Mund oder mit jenem Ding genießen oder in der Brauttruhe oder im Magazin aufbewahren können, nehmen der Welt ihre geistige Dimension und dadurch das Leben. In der Welt, die sie uns schaffen würden, bliebe vielleicht alles an seinem Platz und so, wie es jetzt ist – nur dass diese Welt tot wäre wie der menschliche Körper, wenn die Seele ihn verlässt. Man kann nicht alles messen oder zählen, das Leben wäre schrecklich, wenn es sich nur im Messbaren und Zählbaren abspielen würde. Deshalb mögen jene, die den Kalifen abschaffen würden, weil er teuer ist oder weil er nur symbolische Macht besitzt, noch einmal nachdenken. Schwer für uns, wenn wir vergessen, wie groß und wichtig symbolische Macht ist. Der Mensch braucht den Körper und die Seele und die Welt den Sultan und den Kalifen. Wir brauchen Nutzen und Genuss, aber genauso brauchen wir Gerechtigkeit und Redlichkeit, Liebe und Vertrauen, Glauben und Hoffnung. Wir können nicht auf einem Bein stehen, und die Welt kann nicht nur ein Zentrum haben. Das Gerippe der Welt besteht aus Geist, die Form verleihen ihr die Maße jener Waage, auf der der Wert von allem, was existiert und geschehen ist, gewogen wird, und ihr Bindegewebe sind die Mischungsverhältnisse von verschiedenen Materien beziehungsweise von Messbarem und Unmessbarem. Wenn wir ihr die geistige Dimension nehmen, berauben wir die Welt ihres Gerüsts, und sie wird zusammensacken und formlos werden, die Gesetze und die Möglichkeit, welche zu haben, verlieren, weil Gesetze nur in einer Welt mit Form, Logik, Bindegewebe möglich sind. Wie auch der menschliche Körper ohne Knochengerüst ein formloser Haufen von Fleisch und Adern wäre.

Wann immer sich ihm die Gelegenheit bot, wiederholte der Großwesir Nizam al-Mulk seine Geschichte vom Geist und den Symbolen, suchte und fand neue Argumente und Vergleiche für sie, rief schon Spott hervor bei Leuten, die jene lächerlich finden, die mit ihrem Leben eine verlorene Sache verteidigen, und seine Sache schien sicher verloren, weil die Zahl derer, die die Abschaffung des Kalifats oder seine Verlegung befürworteten, unaufhaltsam wuchs, und mit der Zahl wuchsen auch ihr Einfluss und ihre Macht. Es gab schon welche im engsten Umkreis des Sultans, sogar in seinem Harem. So erkannte der Wesir immer deutlicher, dass er einen Kampf gegen die Zeit führte, und wiederholte immer häufiger, dass Räuber um des Raubes willen Kämpfe führen, Menschen von Verstand und Ehre aber kämpfen, um das zu verteidigen, was der Verteidigung wert ist, selbst wenn sie wissen, dass ihr Kampf schon im Vorhinein verloren ist. Es ist nicht das Problem, dass Rüpel und Sklaven von gestern beweisen wollten, dass Reichtum in Gold der einzige Wert und der einzig wahre Reichtum ist. Es ist auch nicht das Problem, dass sie gelehrte Leute und Weise gefunden haben, die für eine Handvoll Goldstücke bereit sind, ihre ebenso unsinnigen wie sündigen Behauptungen zu stützen. Es ist auch nicht das Problem, dass sie sich vereinigt und teuflisch gut verteilt haben. Das eigentliche Problem ist nur, dass die Zeit für sie arbeitet, dass er gegen die Zeit kämpfen muss, weil die Welt tatsächlich ihr Gerüst und ihre Form verliert. Aber was soll man machen, es liegt in der Natur der Welt, dass sie ständig zum Untergang neigt und zeitweise in der Formlosigkeit versinkt, aber die Pflicht des anständigen Menschen ist es, sich dem entgegenzustemmen. »Man kann die rechten Leute immer daran erkennen, dass sie gegen die Zeit kämpfen«, pflegte der Wesir trotzig zu sagen, womit er ein immer lauteres Lachen provozierte.

Mit der Ehe, die er gestiftet hatte, gelang es ihm, wenigstens für eine gewisse Zeit, die Welt zu verteidigen, die aus zwei Zentren, zwei Formen der Macht, einer linken und einer rechten Seite, nämlich dem Sultan und dem Kalifen, Isfahan und Bagdad bestand. Chayyam und Musaffer Schirazi, sein Kollege und Freund, arbeiteten drei Tage lang am Horoskop für die künftige Ehe. »Es soll gut sein«, verlangte der Großwesir, »außerordentlich günstig.« Chayyam versicherte ihm, man brauche Horoskope nicht ernst zu nehmen, aber der gut gelaunte Wesir sah ihn mit einem Lachen in den Augen an und tat, als könnte er sich über diese Meinung des Hofastronomen gar nicht genug verwundern. Das war der Grund für Chayyam, sich in langen Erklärungen zu ergehen, die ein nicht bewanderter Mann selbst dann nicht verstanden hätte, wenn sie ihn sehr interessiert hätten, und so schickte ihn der Wesir lachend an die Arbeit.

Die Gesandten des Kalifen brachten den Brauteltern Geschenke mit, die einem den Atem raubten, und so musste man sie mit der Mitgift und Geschenken zurückschicken, die die Größe und den Ruhm von Sultan Malik Schah zeigten und demnach alles übertrafen, was sich der menschliche Verstand vorstellen konnte, so auch die Geschenke des Kalifen. Doch zuvor würde man sie hier unterhalten und ihnen Dinge zeigen, die sie in Bagdad erzählen und damit Verwunderung hervorrufen würden. Es wurde beschlossen, sie am 27. Schaban ziehen zu lassen. Bis zur Grenze des Isfahaner Stadtgebietes würde ein richtiger Hochzeitszug mit ihnen gehen, das heißt, sie wären ein Teil des Zuges. Von dort aus würden die Gesandten des Kalifen und der Zug mit der Mitgift ihren Weg nach Bagdad fortsetzen, und die Braut würde mit ihrem Gefolge an den Hof von Isfahan zurückkehren, um diesen Ramadan noch bei ihren Eltern zu verbringen. Es war zu erwarten, dass der Zug mit der Mitgift in der Mitte des Ramadan vor Bagdad ankäme. Vor der Stadt würde er bis Sonnenuntergang warten müssen, um dann nach dem Fastenbrechen in die Stadt einzuziehen, damit die ganze Stadt würde feiern können. Am Tag des Eintreffens des Zuges vor Bagdad, am 17. Ramadan, würde man in den beiden Hauptstädten, Isfahan und Bagdad, Süßigkeiten, Kerzen und Fackeln an die Leute verteilen. Jedes Haus bekäme salzige und süße Speisen, eine Kerze und zwei Fackeln, die anzuzünden wären, wenn der Zug mit der Mitgift in die Stadt einziehen würde. So wären die beiden großen glücklichen Städte in der Nacht beleuchtet wie am helllichten Tag und würden die glückliche Ehe zusammen mit den Brautleuten und ihren gerechten Herrschern feiern. Am zweiten oder dritten Tag des Bayrams würde der Hochzeitszug dann von Bagdad nach Isfahan aufbrechen, um die Braut abzuholen. So würden die zwei wichtigsten Städte der Welt dank der guten Planung und des Edelmuts der Herrscher volle zwei, drei Monate mit Feiern und Jubeln verbringen, was viel Gutes bringen müsste.

So waren die Straßen und Plätze von Isfahan am 26. Schaban, als die Herolde den Ehevertrag und das Horoskop der künftigen glücklichen Ehe verkündeten, überschwemmt von Gauklern und Akrobaten aller Art, die die Gäste aus Bagdad mit ihren Künsten in Erstaunen versetzen sollten. Da gab es alles. Sie rangen, kämpften mit Fäusten, stumpfen Säbeln, gebratenen Schafskeulen … Liefen um die Wette, zu Fuß und auf Pferden, auf Kühen, auf Menschen, und zwar so, dass die Dicken auf den Mageren ritten, auf Ziegen und auf viele andere Arten. Gingen auf den Händen, auf einer Hand und einem Bein, auf zwei Stangen oder so, dass die Beine vorgestreckt waren und die Hände dazwischen griffen und in dieser Haltung den Körper trugen, als wären es die Beine. Kletterten an einer mit Talg eingeschmierten Holzsäule hinauf, an einer Stange, die ein Mann auf dem Kinn hielt, an einer gerade für diese Gelegenheit auf dem Sultansplatz errichteten Mauer, an einem anderen Mann oder an Leuten, die zu fünft oder sechst, einander auf den Schultern haltend, einen richtigen Turm bildeten. Dennoch schienen drei Spiele, von denen viele Leute eine Gänsehaut bekamen, teils aus Angst, teils vor Verwunderung, am meisten Aufmerksamkeit zu erregen und die größten Gedränge zu verursachen. Auf dem Pferdeplatz veranstalteten einige Leute ein Wettrennen, auf ungesattelten Pferden stehend und in der Hand eine lange Lanze haltend, mit der sie auf eine in fünf Felder aufgeteilte runde Metallscheibe zielten. Jedes dieser Felder brachte, wenn der Reiter es mit der Lanze traf, eine bestimmte Punktzahl, und jeder Punkt brachte einen Golddinar. Die doppelte Zahl an Punkten und Dinaren bekam, wer mit seiner Lanze zusätzlich zu seinem eigenen den Metallring eines anderen Teilnehmers herunterholte. Ein noch größeres Gedränge und noch mehr Aufregung herrschten bei einem eigens für diesen Tag errichteten und fast ganz mit Holzblöcken gefüllten Haus. An bestimmten Plätzen im Haus waren Metallkisten versteckt mit jeweils einem goldenen Ei, gefüllt mit Edelsteinen. Auf ein bestimmtes Zeichen hin wurden die Holzblöcke mit Öl übergossen und angezündet, so dass das Haus im Nu in Flammen stand. Wer wollte, konnte ins Haus rennen und sich auf die Suche nach einer Metallkiste mit einem goldenen Ei voller Edelsteine machen. Viele rannten ins Haus, viele kamen auch zurück, manche sogar mit einer Metallkiste in den verbrannten Händen. Aber die bei weitem größte Aufregung rief eine Gruppe von etwa zehn Halbnackten hervor, die im Kreis saßen und begannen, sich Kobras zuzuwerfen. Es waren drei Kobras, die unaufhörlich vom einen zum anderen flogen, wobei man nie wissen konnte, zu wem welche fliegen und von welcher Seite sie wen treffen würde. Genauso wenig konnte man wissen, wann eine der geworfenen Kobras den, dem sie zugedacht war, verfehlen und unter die Zuschauer fallen würde, welche die Schlange sicherlich weniger geschickt am Hals direkt unter dem Kopf anfassten. Aber statt die Leute auseinander zu treiben und sie von dem wahnsinnigen Spiel fernzuhalten, zog es sie geradezu an, erhöhte ihre Aufregung und ihren Genuss, veranlasste sie, unaufhörlich herbeizuströmen und gebannt auf das Spiel zu starren, das sie das Leben hätte kosten können. Anscheinend mögen es die Leute, wenn jemand mit ihrem Leben spielt, vor allem wenn er das gleichzeitig mit seinem eigenen tut, wie anders ist es zu erklären, dass die Schlangen neben drei Akrobaten, die mit ihnen spielten, auch etwa zehn Zuschauer beißen konnten, ohne dass das die Zahl der begeisterten Neugierigen und Bewunderer im Geringsten verringert hätte?

Am nächsten Tag, am 27. Schaban in der Frühe, setzte sich der Zug in Bewegung. 130 mit verschiedenen Seidenarten beladene Kamele, 74 mit königlichem Brokat bedeckte Maulesel trugen silberne Truhen, gefüllt mit Schmuck, Gold- und Silbergeschirr, Krügen und Gläsern aus feinstem Glas, mit Perlen verziert. 33 edle Pferde trugen Sättel aus feinstem verarbeitetem Leder, eingefasst von Perlmutt und mit Edelsteinen reich geschmückt. Den Mittelpunkt und wichtigsten Teil des Zuges bildete eine Wiege aus purem Gold und um sie herum drei Sänften aus Gold und Silber mit Öffnungen, an denen seidene, mit Perlen und verschiedenfarbigen Edelsteinen verzierte Vorhänge hingen. An einer der Sänften waren die Vorhänge hochgezogen, damit die Blicke zur Braut dringen konnten, zur Sultanstochter Muhmalak, so schön hergerichtet und geschmückt, dass der menschliche Verstand es sich gar nicht vorzustellen vermochte, und um sie herum hundert der schönsten Sklavinnen in prächtigen Seidengewändern. An die Bürger, die sich auf beiden Seiten des Weges versammelt hatten, um den Zug zu verabschieden, wurden ganze Hände voll Dirhems verteilt, die sie vor den Zug werfen sollten, damit die Reise glücklich würde und der Weg mit Gold bestreut.

Feridun hatte über dem Eingangstor zu seinem Haus eine

große überdachte Plattform aufstellen lassen, von der aus seine Mitbewohner den Zug sehen und willkommen heißen konnten, denn der Weg führte ihn gerade dort vorbei. Alle hatten sich versammelt außer Feridun, der den ganzen Tag nicht auftauchte, nachdem er auch an den zwei vorherigen Tagen meist abwesend gewesen war, sogar die arme Fitna war gekommen und sah ohne Verständnis bald in die Ferne, bald auf die Dienerschaft, die in einer Gruppe unten, neben dem Haustor, stand. Im Mittelpunkt der Gesellschaft auf der Plattform waren Sukayna und Chayyam, die, wahrscheinlich gegen ihren Willen, immer wieder flüchtige Blicke tauschten, und dann ohne Grund wie zwei Verrückte lachten. Das wiederholte sich immer wieder aufs Neue, er bemühte sich, sie schnell und kurz genug anzuschauen, damit sie seinen Blick nicht erhaschte, aber es gelang ihr immer, ihn zu erhaschen, gleichzeitig bemühte sie sich, ihn anzuschauen, ohne dass er es bemerkte. Sie lachten laut, wenn sich ihre Blicke ertappten, lachten über ihr Spiel und sein Ergebnis, das sich nicht änderte, lachten über ihr Lachen und übereinander, so dass es schlicht allen auffallen musste, wie sich die beiden absonderten. Aber er musste sie ansehen, immer aufs Neue, weil er sich nicht an ihr sattsehen konnte, so schön, wie sie war, gekleidet in Seide von der Farbe reifer Pfirsiche mit leuchtend blauen Blumen, die bei jeder Körperbewegung ins Altgoldene changierte. Um den Kopf hatte sie einen leuchtend blauen Schal in der Farbe der Blumen, der ihr auf die Schultern fiel, ihr weißes Gesicht umrahmte, das so umrahmt auch selbst einer Blume glich. Irgendwann begannen die Hausbewohner, sich anzustoßen, zu schmunzeln, auf die beiden zu zeigen, und schließlich forderte Hind die Dienerinnen mit einem Handzeichen auf, ihr zu folgen, hakte Fitna unter, um sie mitzunehmen, und kehrte ins Haus zurück, bevor der Zug zu ihnen kam. Auf der Plattform blieben außer Chayyam und Sukayna nur Schirin und zwei ihrer Gefährtinnen, aber auch die drei zogen sich zurück, sobald die Sänfte mit der Braut vorüber war.

»Ach, wie schön sie ist!«, rief Sukayna laut, als die Sänfte mit Prinzessin Muhmalak an ihnen vorbeikam.

In diesem Augenblick gingen Schirin und ihre Begleiterinnen die improvisierte Treppe hinter dem Tor hinunter, um ins Haus zu gelangen.

»Sie ist wirklich schön«, wiederholte Sukayna, als sie allein mit Chayyam war.

»Ja, das ist sie.«

»Wunderschön, das muss man zugeben«, betonte Sukayna. »Sie hat es gut.«

Eine Zeitlang schwiegen sie und betrachteten den prächtigen Zug, der langsam wie ein großer Talfluss in die Ferne floss.

»Mein Gott, wie viel schöner ist sie als ich!«, seufzte Sukayna nach einer längeren Pause traurig.

»Das stimmt nicht!«, rief Chayyam erregt und unnatürlich laut.

»Natürlich ist sie es, das sieht doch ein Blinder«, widersprach Sukayna betrübt.

»Kein bisschen, sie ist kein bisschen schöner!« Chayyam schrie fast. »Wie kommst du nur auf so etwas Dummes!?«

Sukayna warf ihm mit ihren glänzenden schwarzen Augen kurz einen scharfen Blick zu und errötete sanft.

»Du bist schöner«, verkündete Chayyam mit verhaltener Stimme, als käme sie aus einem zugeschnürten Hals. Nach einer kurzen Pause bestätigte er: »Ganz bestimmt schöner.«

»Red keinen Unsinn, bitte«, lachte Sukayna. »Würdest du das auch vor Zeugen sagen?«

»Alles, was wir sagen, haben wir vor Gott gesagt, dem einzigen Zeugen, der nicht vergisst und nicht sündigt.«

»Jetzt weich nicht aus«, rief Sukayna schnell. »Sag's vor den Leuten, wenn du keine Angst hast.«

»Vor jedem!«, rief Chayyam, beleidigt durch ihren ungerechten Vorwurf. »Ich sag's vor jedem, vor hundert Zeugen.«

Die beiden kamen nicht dazu, ihre Missverständnisse zu diskutieren, weil von der Spitze des Zuges ein fürchterlicher Lärm zu hören war, der nichts Gutes verhieß. Chayyam stürzte zum Tor, lief auf die Straße und rannte zur Spitze der Kolonne, dorthin, wo gerade etwas Unerwartetes geschah, weshalb der Lärm auch losgebrochen war.

Den Tumult hatte Feridun ausgelöst, der mit seinen Tauben hingegangen war, um die Mitgift der Prinzessin und die künftige Ehe willkommen zu heißen, indem er ein paar schöne, eigens für diese Gelegenheit eingeübte Figuren ausführte, bei denen die Tauben in Gruppen flogen, auf eine besondere Art, und dann auf seinen Armen landen sollten, wie es menschliche Augen nie gesehen hatten. Das war allerdings nicht vorgesehen gewesen, und so hatten die bewaffneten Begleiter des Zuges gedacht, es könnte eine Gefahr drohen. Deshalb flogen auf die Tauben, sobald sie sich erhoben hatten, Hunderte von Pfeilen, die sie buchstäblich zerfetzten. Auf ihren Halter Feridun, von dem sie aufgestiegen waren, stürzte sich gleichzeitig ein Dutzend riesiger Muskelmänner, die ihn zuerst mit Schlägen und dann mit ihren eigenen Körpern auf die Erde pressten, so wie die Rinde am Stamm klebt.

Chayyam kam angerannt, gerade als sie Feridun vom Boden aufhoben und aufrichteten, wobei sie ihn so hielten, dass seine Hände an den Körper und die Beine buchstäblich aneinandergeklebt waren. Nun stand Feridun zwar aufrecht, aber er war immer noch unbeweglich, weil ihn eigentlich die Wächter aufrecht hielten, ohne ihm zu erlauben, auch nur den kleinen Finger zu rühren. Von den Leuten, die schon ziemlich lange dort standen, weil sie darauf gewartet hatten, den Zug zu begrüßen, erfuhr Chayyam, was geschehen war, und seufzte schwer. Das erklärte Feriduns ständige Abwesenheit in letzter Zeit, da hatte der Pechvogel mit seinen Tauben besonders schöne Figuren zur Begrüßung des Zuges mit der Prinzessin eingeübt. Chayyams tiefer Seufzer war ein Seufzer der Trauer und des Bedauerns, aber auch ein Seufzer der Erleichterung, weil nur ein großer Überschuss an Gottes Gnade die Wächter gehindert hatte, den Narren, der unangemeldet vor den Zug gesprungen war und angefangen hatte, seine Arme voller Tauben zu schwingen, in Teile, kleiner als ein Fingernagel, zu zerstückeln. Mit dem Blick verfolgte er, wie die Wächter ihre Beute an die Seite trugen, sie auf einen Maulesel banden und den Maulesel Richtung Stadtzentrum führten. Gut, sie ließen ihn also am Leben. Vorerst. Morgen musste er zum Großwesir gehen und für ihn bitten, aber das, wie qualvoll und beklemmend auch immer, war das Beste, was hier hatte geschehen können. Es war nicht schwer zu beweisen, dass er keinen Angriff geplant hatte, sondern nur eine schöne Überraschung und einen Gruß. So etwas tat man aus Liebe, aus dem Wunsch heraus, seine Verehrung besonders deutlich auszudrücken, und nicht aus böser Absicht. Etwas schwerer würde es werden, den Großwesir davon zu überzeugen, wovon dieser den Sultan und seine Frau überzeugen musste: dass dies nämlich kein böses Omen für die Ehe ihrer Tochter war, jene Ehe, um die er sich persönlich so sehr bemüht hatte. Er hoffte, Fuzail und Suhrab könnten ihm dabei von Hilfe sein, und das würde, wenn es geschähe, die Unannehmlichkeiten rechtfertigen, die er bisher wegen seiner Verquickung mit der Polizei gehabt hatte.

Chayyam kehrte ins Haus zurück und berichtete alles, was geschehen war und was er erfahren hatte. Hind und Sukayna waren nach seinem umfassenden Bericht, wie er selbst, zugleich niedergeschlagen und voller Hoffnung, erschrocken und dankbar, besorgt und froh, und so sprachen sie bis spät in die Nacht mit ihm. Sie trösteten und beruhigten einander, jeder von ihnen machte sich Vorwürfe, weil er nicht überprüft hatte, wo sich Feridun in diesen Tagen versteckt hatte, und dann entschuldigten ihn die beiden anderen. Zu dritt planten sie und berieten sich, fragten, was zu tun und was dem Großwesir zu sagen sei, wie er versöhnlich gestimmt und gewonnen werden könne. Beide Frauen sahen in Chayyam einen Beschützer und ein männliches Haupt ihres Hauses, und beide zeigten das deutlich, was ihn in jeder Hinsicht aufrichtete. So verbrachte Chayyam in diesem Haus eine weitere Nacht, voller Angst und Freude, Beklommenheit und Hoffnung.

## 14

Vor dem Haus seines Beschützers Nizam al-Mulk fand er sich kurz nach dem Morgengebet ein, bevor der Großwesir, unter anderem dafür bekannt, dass er sich spät hinlegte und früh aufstand, als bräuchte er keinen Schlaf wie andere Menschen, es geschafft hatte, seine Morgentoilette zu beenden und sich zum Frühstück hinzusetzen. Er hatte zeitig aufbrechen müssen, galt es doch, dem Unglück, das es immer eilig hat, zuvorzukommen. Er war sicher, dass er Nizam al-Mulk, der bereits deutlich zu erkennen gegeben hatte, dass er ihm geneigt war, davon würde überzeugen können, dass sich Feridun nichts Böses gedacht hatte und es kein Verbrechen war, sich am Glück der Herrscherfamilie über alle Maßen zu begeistern und diese Begeisterung etwas tölpelhaft zu zeigen. Aber es musste ihm gelingen, ihn davon zu überzeugen, bevor ein ehrgeiziger Wächter, nervöser Gefängnisleiter oder ein anderer eifriger Mitarbeiter des Sicherheitsdienstes auf die Idee kam, dem Großwesir wäre es recht, wenn der Mann, der den Zug mit der Prinzessin angehalten hatte, durch einen Irrtum oder Unglücksfall umkommen werde. Einen solchen Narren kann man nicht verurteilen, es gibt kein Gesetz, das den Leuten verbietet, ihre Herrscher zu lieben, selbst wenn diese Leute Narren sind, aber man kann nicht zulassen, dass ein Mann frei auf der Welt herumläuft, der die Ehe, in die er drei Jahre mühsamer Arbeit investiert hatte, mit einem bösen Omen belegte. Einem klugen Mann ist es am liebsten, wenn so jemand durch einen Unglücksfall ums Leben kommt – ohne offizielles Urteil und viel Gerede, kein Gefühl, dass die Obrigkeit die Liebe der Untertanen nicht erwidere, kein Gerede über die Macht und die Gerichte, aber der Narr ist trotzdem beseitigt, und die Welt ist eine

Last los. So denken kluge Männer, und Nizam al-Mulk ist bestimmt ein sehr kluger Mann. Und einer, der sich erkenntlich zu zeigen weiß. Während ihrer langen Beratung die ganze letzte Nacht hindurch hatte Hind das mehrmals als größte Gefahr hervorgehoben, die Feridun drohe, denn in allen Staaten und in allen staatlichen Diensten gebe es stets viele ehrgeizige Leute, die es eilig hätten und sich bei ihren Chefs einschmeicheln wollten, indem sie deren Wünsche im Vorhinein errieten. Deshalb sei es am wichtigsten, früh genug beim Großwesir zu erscheinen, hatte Hind mehrmals betont, entscheidend sei die Frage, ob es Chayyam gelinge, der Hand des schnellsten unter den ehrgeizigen Sicherheitsbeamten zuvorzukommen. Das war der Grund, warum Chayyam alles getan hatte, was notwendig war, um sich kurz nach der Morgendämmerung vor der Tür des Großwesirs einzufinden.

Sie führten ihn in die Privaträume des Wesirs, nachdem sie ihm erklärt hatten, dass Nizam al-Mulk mit ihm frühstücken und sich nebenbei anhören werde, was ihm Chayyam zu sagen habe. Das Warten war eine wahre Qual für ihn, alle Augenblicke stand er auf und ging kurz durch das Zimmer, in das sie ihn geführt hatten, es hielt ihn einfach nichts an seinem Platz. Auf dem Weg war ihm aufgegangen, dass er Sukayna kennengelernt hatte als derjenige, der ihr einen lieben Menschen retten sollte. So hatte er sich im Übrigen ihren Kuss verdient und sie zum ersten Mal zum Lachen gebracht. Aber dann hatte er versagt. Das halbe Leben hätte er gegeben, um jetzt Feridun zu retten, wenn es ihm schon nicht gelungen war, Mirchond zu retten. So hätte er sich ihr Lachen und ihren Kuss wirklich verdient. Gestern hatte sie wieder über ihn gelacht, bevor er losgerannt war, um zu sehen, wie sie ihren Bruder ins Gefängnis abführten. Er hatte geschworen, auch vor hundert lebendigen Zeugen zu sagen, dass sie schöner sei als Prinzessin Muhmalak, dass sie die Schönste sei, und sie hatte gelacht, als verstreute sie Perlen.

Interessant, dass es ihm unangenehm gewesen war, als sie bei Basurmedschid über ihn gelacht hatten, es hatte ihn beleidigt und geschmerzt, als er dachte, Abu Said lache über ihn. Doch wenn sie über ihn lachte, lachte sein Herz und alles an ihm lachte mit. Gut, dass sie über ihn lachte, dass er Sukayna zum Lachen gebracht hatte, gehörte zu den besseren Dingen, die ihm im Leben widerfahren waren.

Er hatte recht gehabt, der Großwesir brauchte nicht überzeugt zu werden, sogleich schickte er einen Mann mit dem Befehl in die Festung, den Sonderling mit den Tauben zu ihm zu schicken und ihm alle Informationen über den Fall sofort zukommen zu lassen. Mit einem Blick überflog er das Blatt, das man ihm etwas später gebracht hatte, und versprach Chayyam, sein Freund werde vielleicht schon heute zu Hause sein. Man muss ihn noch ein wenig verhören und bearbeiten, dachte der Wesir, er muss lernen, dass die Freude der Menschen bei offiziellen Festlichkeiten offiziell zu sein hat, und die Einzelnen sie nicht nach Belieben und auf eigene Art zeigen sollten. Staatliche Freude ist etwas Vereinbartes und Geplantes, sie muss auch nach Plan und Absprache verlaufen, da kann doch nicht jeder Einzelne einfallen, wie es ihm gefällt, und mit seiner schrillen Stimme den anderen das Lied verderben. Man muss das Chayyams Freund heute im Laufe des Tages beibringen und ihn dann laufen lassen.

Chayyam machte den Mund auf, um etwas zu sagen, aber der Wesir brachte ihn mit einer kurzen Bewegung seiner Finger der linken Hand zum Schweigen (auch sonst waren seine Bewegungen kurz, gemessen und vornehm, wie alles an ihm). Er lächelte (kurz, gemessen und vornehm), deutete mit dem Blick auf das Blatt, das er eben weggelegt hatte, und erklärte, dass man ihn heute nicht schlagen werde, weil er gestern bekommen habe, vielleicht nicht so viel, wie notwendig gewesen wäre, aber doch genug. »Ich weiß, wie wichtig dir seine Gesundheit ist«, fügte der Wesir hinzu und sah ihn mit einem Lachen in den Augen an, »deshalb werde ich nicht zulassen, dass man ihn schlägt.«

In einem wahren Freudentaumel rannte er zurück, um Hind und Sukayna die guten Nachrichten zu überbringen. Unterwegs bemühte er sich, die anstehenden Schritte bei den Ermittlungen zu planen, die fast ans Ende gekommen waren, obwohl sie schon eine Zeitlang keiner mehr wollte. Der Großwesir hatte seinen Bericht nicht einmal hören wollen, sondern ihn entlassen, sobald er beschlossen hatte, dass der Fall Feridun gelöst war. Er dachte dennoch, dass man diese Sache zu Ende bringen solle, und glaubte, er könne es selbst tun, hoffte, es vielleicht schon heute tun zu können, vor Feriduns Rückkehr nach Hause. Natürlich würde er seinen Freund nicht gleich mit den Ergebnissen der Ermittlungen und mit Gesprächen über den Mord an seinem Vater behelligen, aber er wollte und musste mit ihm darüber reden, sobald sich Feridun von seinem Aufenthalt in der Festung erholt hätte. Darüber und über sie beide, über sich und Sukayna. Es war nicht klug, mit dem Unvermeidlichen zu warten und es zu verschieben, und sie beide, schien es, waren das Unvermeidliche.

Hind atmete glücklich auf, nachdem sie sich seinen Bericht angehört hatte, und dann entfernte sie sich mit der Bemerkung, dass sie die jungen Leute nicht stören wolle. Es freute ihn, dass Hind sie beide als Paar so ernst nahm, er dachte, es sei auch schön von ihr, dass sie sie einander überließ. Sukayna errötete sanft, als ihre Mutter aufstand und zur Tür ging, eine Weile nach ihrem Weggang schwieg sie, als wäre sie in Verlegenheit, aber kurz darauf sprach sie mit ernster Stimme und besorgtem Gesichtsausdruck über die gewaltigen Aufgaben, die sie beide in Kürze erwarteten. Man müsse das Haus, in dem er wohne, umgestalten und erweitern, und vielleicht wäre es am besten, ein neues zu bauen, etwa mit Feriduns Hilfe. Sie müssten etwas mit ihrer Kleidung unternehmen, er kleide sich wie der letzte Narr, das müsse von Grund auf geändert werden, aber auch mit ihrer Kleidung sehe es nicht viel besser aus, weil sie für wirklich feierliche Anlässe kaum etwas anzuziehen habe. Und dann sei da auch die Gästeliste, man müsse sehr klug vorgehen und gut überlegen, wen man einlade. Sie dachte, am besten sei es, wenn sie die Liste erstelle, Chayyam kenne doch kaum jemanden in der Stadt, asozial wie er sei, und so werde sie es auf sich nehmen, aber er müsse sich darum kümmern, dass möglichst viele wichtige Leute vom Hof kämen … Er genoss es, ihr zuzuhören und sie anzusehen, zum ersten Mal sah er sie so ernst und besorgt, gerade entdeckte er eine Seite an ihr, die ihm unbekannt gewesen war, und freute sich wie ein Kind, dass auch diese fremde Seite schön war und dass sie ihm so viel Freude bereitete. Aber auch sie genoss übrigens diese Situation, bei aller Besorgtheit, die Gesicht und Stimme ausdrückten, war offensichtlich, dass sie sich über ihre Sorgen freute.

Ein wenig verwirrte ihn doch, dass ihm die Hasenpastete und die Sonnenuhr keinen Augenblick aus dem Kopf gingen, ebenso wenig wie die Fragen, die ihn im Zusammenhang damit schon tagelang verfolgten. Zu diesen Fragen war während dieses Gesprächs, das heißt Sukaynas Monolog, noch die Frage hinzugekommen, ob das, was er gerade tat, nur verrückt oder auch gemein war. Das, was er gerade tat, das heißt, was ihm widerfuhr, weil sein Wille daran in keiner Weise beteiligt war, war logisch nicht möglich und demnach verrückt, daran bestand kein Zweifel, aber es war, fürchtete er, gleichermaßen niederträchtig und gemein, so sehr es auch ohne und sogar gegen seinen Willen geschah. Er hörte Sukayna aufmerksam zu und genoss es, aber dabei fragte er sich, wie er ihre Mutter überlisten und die ganze Wahrheit über die Hasenpastete erfahren könne, die sie wahrscheinlich unlängst ihrem Mann zu essen gegeben hatte, und ob das Geheimnis der Sonnenuhr etwas mit Mirchonds Tod zu tun habe, und dabei wünschte er sich sehnlichst, dieser Zustand und Augenblick möge nie vorübergehen. Wie war das zu verstehen? Wer hätte ihm helfen können herauszufinden, ob beziehungsweise inwiefern es eine Gemeinheit war?

Er forderte Sukayna auf, mit ihm zu Schirin zu gehen, um mit ihr zu reden. Ihm sei aufgegangen, dass sie besser als irgendjemand sonst den Gärtner verstehe und ihn dazu bringen werde, alles zu sagen, was er wissen und erzählen könnte. Wenn das Geheimnis der Sonnenuhr also über den Gärtner zu lüften sei, könne Schirin mehr dabei helfen als alle anderen zusammen. Er war selbst überrascht, als er das ausgesprochen hatte, und hätte er nicht Sukaynas Reaktion bemerkt, hätte er das alles vielleicht nur für Gedanken gehalten. Aber als er sah, wie Sukaynas Gesicht erglühte (vor Wut?, Gekränktheit?, Enttäuschung?), bedauerte er zutiefst, diese Gedanken laut ausgesprochen zu haben. Warum schluckten die Menschen nicht manchmal die Sätze hinunter, die ihnen auf die Zunge kamen, wenigstens die dümmsten? Gut hatte Abu Tahir gesprochen, es war wirklich schade, dass die Zunge feucht war und die Dummheiten der Menschen so schnell von ihr abglitten.

»Warum sollte ich mit ihr reden? Worüber denn?«

Chayyam begann etwas über den Gärtner und seine Wichtigkeit für die Ermittlungen zu faseln, über den Anstand und die Sitten, die nicht erlaubten, dass er allein mit einer jungen Frau zusammensaß, die nicht verwandt mit ihm war …

»Du suchst sie in letzter Zeit etwas oft, pass auf, dass du sie nicht einmal zu viel triffst«, bemerkte Sukayna, bemüht, ruhig zu klingen. Aber nach einem kurzen Seufzer zischte sie drohend: »Die Augen würde ich dir auskratzen!«

Sie blieb kurz sitzen, drohte Chayyam mit ausgestrecktem Finger und mit einem Gesicht, das keinen Zweifel daran ließ, dass sie ihre Drohung wahrmachen würde, wenn es einen Grund dazu gäbe. Dann stand sie auf und verließ das Zimmer mit dem Gang einer Pfauhenne, so stolz und würdevoll wie nur möglich, und ließ Chayyam verlegen und gekränkt zurück.

Kurz darauf, aber noch bevor der arme Ermittler beschlossen hatte, was zu tun sei, kam eine alte Dienerin und forderte ihn mit einem Zeichen auf, ihr zu folgen. Unterwegs teilte sie ihm mit, dass sie ihn auf Sukaynas Befehl zu Schirin begleiten solle, die ihn wahrscheinlich schon erwarte, weil gleichzeitig eine andere Dienerin zu ihr gegangen sei, mit der Botschaft, dass der Hakim wieder mit ihr sprechen wolle. So war es auch, Chayyam redete mit Schirin im Vorzimmer ihrer Gemächer, während neben der geöffneten Tür die beiden alten Dienerinnen als Zeugen ihres Anstands saßen.

»Wie kommt's, dass sie dich zu mir gelassen haben?«, fragte Schirin, ihn mit einer Verbeugung begrüßend.

»Wer?«

»Die beiden, du weißt ganz genau, wer.«

»Nein, ich weiß immer noch nicht, wen du meinst«, sagte Chayyam trotzig.

»Du bist gut, so ist es recht«, lächelte Schirin und lud ihn mit einer Handbewegung ein, sich an den Kernen, dem gedörrten Obst oder der Marmelade zu bedienen, die auf dem Tischchen vor ihr serviert waren. In ihren Gemächern war sie also noch immer die Herrin und heimisch in diesem Haus.

Chayyam sagte ihr, er sei gekommen, um ihre Hilfe zu erbitten, weil ihn ihr Gärtner interessiere.

»Dschurmedschil?«, lachte seine Gastgeberin.

»So heißt er?«, wunderte sich Chayyam.

»Ach wo, mit diesem Spitznamen habe ich ihn angesprochen, als ich klein war, wahrscheinlich fand ich, dass er danach aussieht, aber alle haben das als seinen Namen angenommen. Sie müssen auch gefunden haben, dass er nach diesem Wort aussieht.«

»Du kennst ihn gut?«

»Ich glaube, ich habe mehr Zeit mit ihm verbracht als mit meiner eigenen Mutter, nur weiß ich nicht, ob er eher mich erzogen hat oder ich ihn. Ich bin ja im Garten aufgewachsen, nicht im Haus wie die Mädchen. Sie war schon älter, als sie mich zur Welt gebracht hat, das Haus war voll mit erwachsenen Mannsleuten, mit denen man fertigwerden musste, wer hätte sich da noch um einen kleinen Kobold kümmern sollen?!«

»Du würdest nicht sagen, dass du eine schöne Kindheit gehabt hast?«, fragte Chayyam vorsichtig.

»Wieso denn nicht, großer Gott?! Eine wunderschöne! Ich war die Freude des Hauses. Nur dass ich eben im Garten aufgewachsen bin und nicht im Haus. So kann ich eben nicht sticken, nähen, kann kaum eine Frauenarbeit, aber mit Pflanzen verstehe ich mich, als wären es meine Schwestern.«

Chayyam freute sich sehr über das, was er hörte, und erklärte seiner Gastgeberin rasch, was er von ihr brauchte und wie sie ihm helfen könnte. Er legte, so kurz er konnte, das ganze Problem mit der Sonnenuhr dar, darauf bedacht, seine Ahnung, dass dieses Problem den Tod von Mirchond erklären könnte, nicht zu verraten. Schirin schwieg lange, nachdem er geendet hatte, ohne den Blick zu heben.

»Das wird er dir nicht beantworten können«, erklärte sie nach einer längeren Pause errötend. »Aber ich kann es.«

Sie erzählte, ohne groß herumzustottern, aber mit sichtlichem Unbehagen, Mirchond habe einige Monate nach ihrem Eintreffen beschlossen, dass er die Beziehungen zu seinen Frauen regeln müsse und dies für ihn am leichtesten sei, wenn er es über die Sonnenuhr tue. Jede seiner drei Frauen bekam ihr Dreieck auf der Sonnenuhr und demnach ihre Blume, und manchmal nannte er sie auch so: Die Erste, also Hind, war die Samtblume, Fitna die weiße Hyazinthe, und sie, Schirin, die goldene Narzisse. Durch die Sonnenuhr kündigte er an, welche seiner Frauen er am Abend besuchen würde, so dass er tagsüber mit allen heiter und entspannt reden, jeder ein schönes Wort und eine nette Geste schenken konnte. Er war nicht fähig, einer Frau etwas Unangenehmes zu sagen, er war geradezu krank von dem Bedürfnis, dass ihn die Frauen liebten und nur schöne Dinge von ihm hörten.

»Aber wie hat er es angekündigt?«, erkundigte sich Chayyam.

»Durch die Uhr. Man wusste, dass er die Nacht bei der Frau verbringt, auf deren Dreieck am Nachmittag der Schatten des Zeigers fällt. So war die Abmachung, aber er hat sich nicht daran gehalten.«

»Sondern, wie hat er es gemacht?«

»Ach, egal, was er angekündigt hat, er ist immer zu mir gekommen«, sagte Schirin hastig, wobei sie den Blick senkte. Dann lachte sie hell auf und zuckte mit den Schultern.

Chayyam fühlte sich, als hätte ihm jemand auf den Kopf geschlagen. Sollte das etwa das Geheimnis sein, mit dem er sich so lange herumgequält hatte?! All diese Spiele mit den Zahlen, geometrischen Figuren und Farben nur, um einen Ehemann mit unangenehmen Erklärungen zu verschonen?

»Aber wie konnte er das alles mit nur drei Stellen, an denen man die Stange anbringen kann?«, fragte er gereizt, als kämpfte er, um etwas Kostbares zu retten.

»Wieso drei?«

»Ich habe nur drei Löcher gesehen, in die man die Stange stecken kann, zu einem regelmäßigen Dreieck angeordnet. Was für ein Unsinn!«

»Es gibt neun, aber die anderen sind wahrscheinlich geschlossen, weil sie nie benutzt wurden. Es ist sowieso egal, sage ich dir, er ist nur zu mir gekommen«, lächelte Schirin.

Er ging, ohne sich zu verabschieden. Warum hatte er gehofft, das Geheimnis des Mordes an Mirchond könne durch das, was er Geheimnis der Sonnenuhr genannt hatte, gelüftet werden? Er war fast sicher gewesen, und nun stellte sich heraus, dass die beiden Geheimnisse nichts miteinander zu tun hatten, wenn es sich überhaupt um Geheimnisse handelte. Ihm kam in den Sinn, was für ein großes Glück es war, dass Abu Said den Gang seiner Ermittlungen nicht kannte, er fürchtete, dieser würde ihn bis aufs Blut verspotten, wenn er wüsste, wie lächerlich seine Irrtümer waren.

Bei seiner Laube erhielt er die Botschaft, dass Hind ihn erwarte. Sie dachte, sie beide sollten vielleicht schon vor Feriduns Rückkehr über ihn und Sukayna reden. Natürlich müsse das entscheidende Gespräch zwischen ihm und Feridun geführt werden, aber es sei nicht schlecht, wenn er auch mit ihr redete, immerhin sei sie die Mutter und kenne ihr Kind besser als irgendjemand sonst.

Sie gestand, dass sie ein wenig Angst habe, weil Sukayna noch kindlich sei. Sonst sei sie gut wie fruchtbarer Boden und rein wie die Sonne, aber kindlich, naiv, unfähig, menschliche Schläue und Verdorbenheit zu erkennen. »Aber gut, ich bin sowieso in der Nähe«, beendete Hind in einem beruhigenden Tonfall ihre lange Überlegung zu diesem Problem. Danach überlegte sie, ob Sukayna, unerfahren und unschuldig, wie sie sei, ein Haus führen könne. Ein Haus stehe nur mit einer Ecke auf der Erde, die drei anderen stünden auf der Frau, deshalb müsse die Frau stark und geschickt sein, wenn nötig, auch schlau und gemein. Ob Sukayna all das könne, so gut und unschuldig, wie sie sei? »Aber gut, ich bin sowieso in der Nähe.«

Chayyam empfand Freude und Dankbarkeit, dass sie sich um ihre Zukunft sorgte, eine freudige Dankbarkeit, die ihm in dem Augenblick, da er so tief von seinen Fähigkeiten enttäuscht war, viel bedeutete und die sich gleich ausdrücken wollte. Er musste ihr etwas Schönes sagen, seine oberflächliche Dankbarkeit wollte sich ausdrücken.

»Der Koch sagt, du machst die beste Hasenpastete, besser sogar als seine eigene«, log er.

»Kann der etwa jemandem zugestehen, besser zu kochen als er, und wenn es auch nur ein Gericht ist?!«, fragte Hind überrascht, aber sie nahm das Lob gern an und begann lang und breit auszuführen, wie sie Hasenpastete bereitet, und warum sie dem Koch zustimmt, dass ihre die beste ist. Das liegt nämlich daran, dass sie weiß, wie man Fleisch weich bekommt, ohne es zu klopfen, so dass nichts vom Saft und vom Geschmack verloren geht.

»Er sagt, du hast unlängst eine bereitet?«

»Ja, ich habe einen ziemlich großen wunderbaren Hasen bekommen, er war gar nicht mal geschossen, sondern gefangen und ordentlich geschlachtet, also war in seinem Körper kein einziges Blutströpfchen mehr. Aber er war ein bisschen älter, die Mannsleute wissen nicht, was das heißt. Ich habe ihn in meine Kräutermischung gelegt, ihn mit meinen Händen geknetet, so gut ich konnte, dann in Pergament eingepackt und in der Erde vergraben, damit er so richtig schön weich wird, altes Fleisch braucht ein bisschen länger.«

»Ist dir etwas Ungewöhnliches aufgefallen, als die Pastete fertig war«, fragte Chayyam gespannt.

»Nein, alles war normal. Vielleicht nur, dass der Teig oben aufgeblasen war, es hat eine richtige kleine Kuppel gegeben. Ich mache den Teig immer etwas dicker, damit das Feuer nicht ans Fleisch kommt, sondern es leicht und lange braten kann. Eigentlich brät es nicht mal, es wird nur weich und gibt seinen Saft ab, gibt dem Teig Duft und Geschmack, und wird von alleine wie Milch.«

»Ich fürchte, das ist es«, bemerkte Chayyam für sich. »Hast du das Fleisch wenigstens gesalzen, bevor du es in der Erde vergraben hast?«

»Um Himmels willen!«, rief Hind erschrocken aus, »danach hätte ich das Salz auch nach zehnmal Waschen nicht herausbekommen, und was willst du mit gewaschenem und gequältem Fleisch anfangen. Der Salzgeschmack darf nicht stärker sein als die anderen Geschmäcke, er muss einer von mehreren gleich starken sein. Salz darf nur im Teig sein, aber auch da darf man es nicht herausschmecken, sondern nur so stark, dass das Essen nicht ungesalzen ist. Geh nicht so weit, dass dein Essen gesalzen ist, es soll nicht ungesalzen sein, das ist das richtige Maß.«

Wieder war Chayyam wie vor den Kopf geschlagen. Müdigkeit und das Gefühl, jemand verspotte ihn, überfluteten ihn. Verloren schaute er vor sich hin, ohne zu wissen, was er sagen oder tun sollte.

»Hast du was, du bist irgendwie abwesend?«, fragte ihn Hind nach längerem Schweigen, das zwischen ihnen eingetreten war.

»Ich fürchte, Mirchond ist an deiner Pastete gestorben«, antwortete Chayyam, beharrlich auf den Boden starrend. »Er hat sich vergiftet.«

»Was?«, fragte Hind wieder. »Red keinen Unsinn.«

»Ich fürchte, es ist so, alles ist so, wie ich es bei ar-Razi gelesen habe. Das Fleisch war lange isoliert von Licht und Luft, lange genug, dass sich die Lebenskräfte in ihr Gegenteil verwandelten und in ihm die Samen des Todes aufgingen. Danach hast du das Fleisch nicht richtig gebraten oder gekocht, um diese Samen zu zerstören, sondern es nur leicht bearbeitet. Alles stimmt überein, alles. Das Fleisch wurde am Freitag vergraben, er hat es am Montag gegessen, am Mittwoch ist die Krankheit ausgebrochen …«

»Lieber Gott! Ach, was ist doch der weibliche Verstand!«, klatschte Hind in die Hände, wie man es in Verzweiflung tut, und seufzte tief.

Lange saßen sie in lähmender Stille da, Chayyam verloren und Hind beschämt und verzweifelt. Schließlich fragte sie ihn, nur um die Stille zu brechen, in der über ihren Köpfen wie ein Säbel die Frage »Was nun?« hing, nach seinem Gespräch mit Schirin und nach den ganzen Ermittlungen.

Er erzählte ihr alles, auch das, dessen er sich schämte, was war schon seine Dummheit, verglichen mit dem Unglück, das sich ihnen gerade offenbart hatte?! Er erzählte auch von den Dreiecken und dem Schatten, von seinen Vermutungen und Fragen, vom Gärtner, der die Stange umgestellt hatte, und von der Antwort auf alle tiefen Fragen, die ihm Schirin enthüllt hatte, er redete nur, um das Schweigen und die Frage, der er nicht ins Auge sehen konnte, zu verscheuchen.

Hind wurde bleich wie der Tod. Sie bat ihn, den Teil der Geschichte vom Gärtner, der die Stange hartnäckig aus der hinteren rechten Öffnung in die mittlere gesteckt hatte, zu wiederholen, und dann noch einmal, als müsste sie ganz sicher sein, fragte sie, ob das bedeute, dass Mirchond die Stange morgens in die hintere rechte Öffnung gesteckt hatte, so dass sie am Nachmittag den Schatten auf das Dreieck mit den goldenen Narzissen geworfen hätte, der Gärtner sie aber gleich danach in die vordere, richtige Öffnung zurückgestellt hatte, weshalb sie am Nachmittag den Schatten auf das Dreieck mit den Samtblumen warf? Ja, genau so, bestätigte Chayyam.

»Er hat mich ja gar nicht gedemütigt!?«, flüsterte Hind mit völlig bleichen Lippen. »Alles ist gegen uns, ohne uns geschehen.«

In diesem Augenblick hallten Schreie durch das Haus, die meldeten, dass Feridun zurückgekehrt war, so stand Chayyam auf und rannte ihm entgegen, Hind zurücklassend, die wie versteinert dasaß und vor sich hin, vielleicht in sich hineinstarrte.

## 15

Feridun kam in guter Verfassung aus dem Gefängnis zurück, er war nicht einmal sehr unordentlich, weil ihn Suhrab, sobald sie ihn hergeführt hatten, in einem separaten Zimmer untergebracht hatte (»Wir sind Menschen, mein Täubchen, und Menschen müssen sich vertragen«, hatte Suhrab gesagt und beiläufig hinzugefügt, er bedaure, nicht mehr für ihn tun zu können, weil es ihm hier sehr schlecht gehen müsse, wo »du doch aus der Liebe, aus viel Liebe kommst, die bei dir zu Hause wütet.«) In dem Zimmer, in dem ihn Suhrab unterbrachte, traf Feridun Salm, einen sympathischen Sonderling, der vor etwa einem halben Jahr in Isfahan aufgetaucht war und in der Stadt schon allgemein bekannt war, fast wie eine ihrer Sehenswürdigkeiten.

Salm war vor seiner Ankunft ein Held gewesen, einer der größten Helden im Heer von Ghaznawid, das wiederum voll von großen Helden war. Aus Gründen, über die er mit niemandem reden wollte, hatte er das Heer und sein bisheriges Leben aufgegeben und sich dann auf den Weg gemacht, zu Fuß von Stadt zu Stadt wandernd. Er duldete es nicht, dass man ihn mit den Derwischen verglich, weil er sie für Nichtstuer und Schmarotzer hielt und mit Verachtung über sie sprach, obwohl er selbst auch nicht arbeitete und nicht die Absicht erkennen ließ, daran etwas zu ändern. In Isfahan hatte sein Kommen Aufmerksamkeit und Verwunderung erregt, weil die Leute nicht begreifen konnten, wie und wann dieser junge Mann all die Heldentaten vollbracht haben sollte, die ihm zugeschrieben wurden und ihn berühmt gemacht hatten. Manche versuchten auch, mit ihm darüber zu sprechen, aber er lehnte es ab, über seine Kämpfe in Indien und Turkestan zu reden, auch über seine Heldentaten und sein früheres Leben. Über sich gab er nur preis, dass er in Nischapur geboren und aufgewachsen war und sich, wie er behauptete, auch an Chayyam erinnerte, dem er in seiner Kindheit mehrmals begegnet sei, aber Chayyam konnte sich nicht an ihn erinnern. Meistens saß er in der Sonne, auf einem Ladenflügel oder einer Stützmauer, sogar in den Mittagsstunden, wenn alle Welt Schatten suchte, so sie sich nur bewegen konnte. Er sagte, sein Körper sei ihm nie so vertraut und so sehr seiner wie dann, wenn er spüre, wie ihn die Sonne wärme und brate, dann wisse er gut, dass ihn die Sonne kenne und er tatsächlich da sei, es ihn gebe. Manchmal ging er aufs freie Feld und stand stundenlang im Wind, vor Freude bisweilen laut lachend und jauchzend. Denen, die ihn danach ausfragten, erklärte er, er freue sich darüber, dass der Wind ihm ausweichen und somit zugeben müsse, dass er, Salm, ihm im Weg stehe, dass er, der Wind, nicht durch ihn hindurch könne, womit er sich abfinden und weshalb er ihn schließlich anerkennen müsse. Mit all dem gestehe der Wind ihm zu, dass er da sei, auf dem Weg, dass er anwesend sei. Was gibt es Schöneres?! Der Wind und die Sonne bezeugen, dass es dich gibt, dann zweifele du nur, so viel du magst. Er ernährte sich hauptsächlich an den Tischen von Leuten, die ihn einluden, mit ihnen zu essen. Davon gab es nicht viele, weil viele Leute ein gewisses Unbehagen ihm gegenüber verspürten, aber doch genug, dass er nicht zu hungern brauchte.

Feridun, der all das wusste, nahm ihn mit zu sich nach Hause, als sie aus dem Gefängnis entlassen wurden. Salm hatten sie einen Tag, bevor die Verlobungsfeierlichkeiten begannen, von der Straße aufgelesen, es war klar, dass man solche Leute wenigstens an Festtagen aus den Augen schaffen musste. Suhrab ordnete an, ihn in dem separaten Raum unterzubringen, in den später auch Feridun kommen sollte, und auf Fuzails Frage nach den Gründen für diese Entscheidung antwortete er: »So muss es sein, mein Süßer, weil die Menschen Menschen sind und die Menschen Menschen sind.« Einige Tage wurde im Haus gejubelt und gefeiert, sogar Salm war einverstanden, längere Zeit bei ihnen zu bleiben, obwohl er sich ungern in fremden Häusern aufhielt. In diesen Tagen fand auch das bedeutungsvolle Gespräch von Chayyam mit Feridun statt, der schwor, er könne sich nichts Besseres vorstellen, als seine Schwester mit seinem Freund zu sehen.

Chayyam verbrachte diese glücklichen Tage unter großen Qualen. Es traf ihn schwer, dass niemand bemerkte, dass Hind kaum aus ihren Räumen auftauchte. Wie war es möglich, dass das niemandem auffiel, nicht einmal ihren Kindern? Die Seele des Hauses, die Frau, die zu jeder Tageszeit sozusagen überall im Haus war, alles beaufsichtigte und lenkte, als hätte sie die Fähigkeit entwickelt, zur gleichen Zeit an verschiedenen Orten zu sein, das heißt, an allen Orten in ihrem Haus, tauchte jetzt nur kurz auf, wenn sie musste, eher abwesend als anwesend, eher tot als lebendig, und das fiel niemandem auf. War das menschliche Leben wirklich nur so?

Seine Entdeckung brachte ihn in höchste Not. Sollte er Feridun sagen, wie sein Vater gestorben war? Sollte er noch einmal mit Hind sprechen? Wie sollte er das alles für sich behalten, wenn er sich entschied, es nicht zu sagen? Wie sollte er mit einem fremden Geheimnis in seinem Innern leben, und noch dazu mit einem solchen?

Er beschloss, wieder Abu Said suchen zu gehen, von allen Leuten, die er kannte, verstand dieser die Menschen und ihr unlogisches Verhalten am besten. Er erzählte ihm alles wie ein paar Tage zuvor Hind: von der Sonnenuhr, vom Gärtner, von der Pastete, von Schirin, von Hind, von den Fragen, vom Gefühl, dass ihn jemand verspottete, von der schrecklichen Entdeckung der noch schrecklicheren Wahrheit, mit der die Ermittlungen endeten. Alles, buchstäblich alles, ohne sich selbst und andere zu schonen. Abu Said blieb stehen und sah ihn aufmerksam an, als erforschte er ihn. Leute gingen an ihnen vorüber, wichen ihnen aus, berührten sie oder stießen sie missmutig an, aber Prinz Seydo ließ sich nicht aus der Ruhe bringen, sondern betrachtete seinen Gesprächspartner, als erwartete er etwas Wichtiges von ihm. Und als das nicht kam, fragte er Chayyam schließlich, was er denn eigentlich wolle.

»Ich will einen Rat. Was soll ich machen?«

»Heirate, was solltest du in deinem Alter sonst machen?«

»Mit diesem Geheimnis? Sie hat immerhin einen Menschen umgebracht!«

»Red keinen Unsinn, Hakim, ich bitte dich.«

»Sie hat ihn vergiftet, sie hat es nicht einmal geleugnet.«

»Zufällig! Selbst wenn du recht hast, gibt es da nichts zu tun, weil alles zufällig passiert ist.«

»Nein, ich habe ihre Augen gesehen, als ich gesagt habe, woran Mirchond gestorben ist. Sie waren spöttisch und hart, ich glaube, sie hat mich innerlich sogar verhöhnt.«

»Ich hab gar nicht gewusst, dass sie ein weiblicher Hakim ist, eine seltene Erscheinung, alle Achtung. Ich war sicher, dass sich im ganzen Reich keine zwei Leute finden lassen, die ar-Razi gelesen und sich die Stelle mit den Samen des Todes und dem toten Fleisch gemerkt haben, ich war bereit, meinen goldenen Kaftan an den zu verschenken, der mir den andern bringen würde, der das weiß außer dir. Und da hast du jetzt eine Frau gefunden, die das alles weiß und ausführt. Willst du, dass ich dich zehn Tage lang auf dem Rücken herumtrage?«

»Was willst du damit sagen?«

»Ein erfahrener Arzt hat nicht gehört, dass man einen Menschen mit Fleisch umbringen kann, aber eine Frau mit Kindern und Haus am Hals macht das so nebenbei. Glaubst du denn selber, was du da sagst?«

»Leider ja, das ist doch mein Problem! Ich hab sie gesehen, ich bin sicher, dass sie am Ende unseres Gesprächs auch gestanden hat, dass sie ihn vergiftet hat. Mit Absicht, sie hat gedacht, er demütigt sie.«

»Halt mal, Hakim«, forderte Abu Said eine Atempause, wohl um sich zu sammeln und über alles, was er gehört hatte, nachzudenken. »Sagen wir, du hast recht. Du hast natürlich nicht recht, kannst du gar nicht haben, du bist ja nicht Prinz Seydo, aber sagen wir vorerst, du hast recht. Was ist da nicht in Ordnung, und was kann man mit dem Ganzen anfangen, wenn alles so passiert ist, wie du denkst? Man muss handeln, wenn man etwas gutmachen kann, nicht wahr? Was kann man jetzt gutmachen? Sie hat ihn vergiftet, sagst du? Ja was bleibt ihr denn anderes übrig, als ihn zu vergiften! Ein Jahr lang kündigt er sich an und kommt nicht. Sie schaut nach dem Mittagessen aus dem Fenster und sieht, dass der Schatten auf die Samtblumen fällt, freut sich und rennt, um sich herzurichten, zu parfümieren, Süßigkeiten und Festmähler zu bereiten. Fühlt sich wohl, denkt, sie ist wieder oder immer noch eine schöne und ganze Frau. Er hat zwar eine jüngere, jünger als ihre Tochter, aber, sieh da, er kündigt an, dass er zu ihr kommt. Sie freut sich, bangt, vergewissert sich, ob alles in Ordnung ist, und wartet auf ihn. Sie wartet und wartet, bis spät in die Nacht. Dann begreift sie, dass er nicht kommt und überlegt den Rest der Nacht, was sie mit alldem, was sie für ihn vorbereitet hat, anfangen soll, wie sie die Kleider, die sie für ihn angezogen hat, vor der Dienerschaft verstecken soll, sie muss eine Ausrede erfinden, warum sie Tag für Tag ohne sichtlichen Grund badet … So geht das ewig und endlos und wiederholt sich alle paar Tage, vielleicht auch öfter. Na klar, dann hat sie ihn eben vergiftet, und verdient hat er es, wenn du mich fragst. Und du fragst ja, wer könnte es dir erklären, wenn nicht Prinz Seydo.«

»Nicht er ist schuld, der Gärtner hat doch die Stange an die falsche Stelle gestellt«, entrüstete sich Chayyam, dem die Genauigkeit über alle Maßen wichtig war.

»Gerade eben hast du gesagt, er hat sie an die richtige zurückgestellt.«

»Die richtige zum Messen des Tages, aber sie hat die falsche Botschaft ausgesandt!«, empörte sich Chayyam.

»Gut«, klatschte Abu Said wie nach einer gut verrichteten Arbeit in die Hände. »Bring den Gärtner um und übe Gerechtigkeit, an allem ist er schuld. Aber die arme Frau lass in Frieden, wenn du Gott kennst.«

»Ich verstehe dich, jedes Wort von dir ist Gold, aber trotzdem …«, quälte sich Chayyam.

»Was heißt hier ›aber trotzdem‹?«

»Wir müssen etwas tun, der Mann ist tot.«

»Komm lass uns ein paar Sachen aufzählen, die du tun könntest, ohne Unterschied. Du könntest den Gärtner umbringen, der alles ausgelöst hat, das haben wir schon gesagt. Du könntest Hind umbringen und sie belohnen wie kaum jemand vor dir. Du könntest deiner Zukünftigen sagen, dass ihre Mutter ihren Vater umgebracht hat, das ist der kürzeste Weg zu ihrem Herzen. Du kannst es auch deinem Freund sagen, eine solche Nachricht ist die beste Grundlage für eine lange und feste Freundschaft. Ich weiß nicht, entscheide, mir scheint, es wäre am anständigsten, sie umzubringen und ihre Qualen zu verkürzen.«

»Meinst du, man kann nicht mehr tun als das?«, fragte Chayyam nach langem Schweigen, ohne viel Feuer in der Stimme.

»Ich weiß nicht«, antwortete Abu Said leise. »Vielleicht schon, aber mir fällt nichts ein. Ich weiß nicht.«

So endete dieses Gespräch und ließ Chayyam mit seiner Qual allein. Er hielt sich unter lieben Menschen auf, freute sich, bemühte sich, zumindest ein wenig von seiner Freude auf sie zu übertragen, während er die ganze Zeit wusste, dass es gemein war, eine große und wichtige Wahrheit vor ihnen zu verbergen. Durfte er vor Sukayna und Feridun die Wahrheit über den Tod ihres Vaters verbergen? Durfte er sie ihnen sagen? Auch er dachte nicht, dass er sie Sukayna sagen sollte, kein einziges Mal war ihm das in den Sinn gekommen, wann immer er darüber nachdachte, entschied er, dass er sie ihr auf keinen Fall sagen durfte, weil sie sie nicht ertragen hätte. Aber er war oft in Versuchung, Feridun alles zu sagen, der hätte auch eine solche Wahrheit ertragen, besonders dieser neue Feridun. Der Verlust der Tauben und der Aufenthalt im Gefängnis hatten seinen Freund verändert, ins Gefängnis hatte man den einen gebracht, von dort zurückgekommen war ein fast anderer. Hart, entschlossen und überzeugt von seiner Meinung, bereit, hinter seiner Entscheidung zu stehen und sie durchzuführen, schlicht ein erwachsener Mann und der unbestrittene Herr des Hauses, aus dem er noch gestern zu seinen Tauben geflüchtet war. Vielleicht haben ihm jene, die seine Tauben getötet hatten, einen Gefallen getan, wohl schon, wenn unser Ziel und Zweck ist, dass wir erwachsen werden. Es freute ihn für Feridun, dieser schien sich in seiner neuen Rolle gut leiden zu können, aber seine Gesellschaft genoss er nicht annähernd so wie vor der Veränderung.

Der Ramadan war schon voll im Gang. Chayyam bemühte sich, möglichst viel Zeit zu Hause zu verbringen, in der Einsamkeit. So machte er es immer, der Ramadan war für ihn eine Zeit des Alleinseins, der Kontemplation. Es war der Monat, in dem er ruhte, sich das vergangene Jahr vergegenwärtigte und darüber nachdachte, wie viel er getan und wie viel er zu tun versäumt hatte, an wem er sich versündigt und wer sich an ihm versündigt hatte, was er alles falsch gemacht hatte, und was er hätte tun sollen. Ungern ging er während des Ramadans unter Menschen, er mied, soweit es möglich war, sogar das Fastenbrechen, zu dem ihn Freunde und Bekannte einluden, obwohl er wusste, dass es seine Pflicht war, nach einem mit Alleinsein und Verzicht auf Speisen, Getränke und alle körperlichen Genüsse verbrachten Tag den Umgang mit Menschen zu pflegen. Nie brauchte und mochte er die Einsamkeit so wie am Ramadan, weil er nie so stark fühlte, dass er den Zweck und den Grund des Aufenthalts auf der Welt ahnte oder zumindest ahnen könnte. Wenn er zu Hause saß und vor sich hin schaute und mit seinen Gedanken und seinem Körper weit weg war von allem, was ihn hier band, kam es ihm manchmal so vor, als wäre die Antwort da, nur dass er sie nicht begriffen oder wenigstens gespürt hätte, er freute sich, weil er sicher war, dass sie sich ihm auch offenbaren würde, wenn er sich noch ein wenig durch den Verzicht auf körperliche Genüsse reinigte. Aber immer nach einem solchen Augenblick tauchte jemand auf, oder er musste unter die Menschen gehen, so dass sich die Antwort, die sich ihm genähert und fast offenbart hatte, von ihm entfernte und verschwamm und zu einer weiteren Ahnung im Ozean der verschwommenen Ahnungen wurde, mit denen er rang, seit er angefangen hatte nachzudenken. Sogar die Frage, von der er ausgegangen war, verschwamm und die Frage nach dem Sinn und dem Grund seines Aufenthalts hier vermischte sich mit der Frage nach seiner Beziehung zu dem Menschen, der ihn in seiner Kontemplation unterbrochen hatte, oder nach der Tiefe seiner Verbundenheit mit diesem oder jenem. Manchmal versetzte es ihn auch in Wut, dass immer irgendeiner mit seiner Schnauze mitten in solche Überlegungen hineinplatzte, und innerlich warf er den Leuten voller Verbitterung vor, dass sie ihr Gesicht zwischen ihn und den Grund für seinen Aufenthalt auf der Welt drängten. Dieser Ramadan war etwas Besonderes für ihn, weil er alle zwei, drei Tage zum Fastenbrechen in Feriduns Haus musste, dieser verlangte es laut und deutlich, mit seiner neuen Stimme, die keinen Einwand oder Zweifel duldete.

Die häufigen Besuche in Feriduns Haus fielen ihm nicht so schwer, wie er befürchtet hatte, es lohnte sich, dort hinzugehen, den neuen Feridun anzusehen und Salm, der ihm immer Unbehagen bereitete, zu ertragen, wenn er eine gewisse Zeit allein mit Sukayna verbringen konnte. Jedes Mal verlangte sie, dass sie sich in die Zimmerecke zurückzogen, sobald es die guten Sitten zuließen, und begann sich mit ihm über die großen Aufgaben und Dinge, die sie erwarteten, zu beratschlagen, und dann, wenn es schien, dass sie sich nicht selbst helfen konnten, lachte sie laut ihr Lachen, das Perlen auf den Boden streute. Während dieser Aufenthalte im Haus verbrachte er nur drei-, viermal längere Zeit mit Hind im selben Raum, aber er konnte nicht mit ihr reden, nicht weil er sich nicht dazu hätte überwinden können, sondern weil er sah, dass seine Worte nicht zu ihr drangen. Sie schaute ihn an und sah durch ihn hindurch, das war in jeder Hinsicht offenkundig. Von den anderen erfuhr er, dass sie weiterhin das Haus führte und im Großen und Ganzen normal lebte, aber einsam und eingeschlossen in ihren Gemächern.

Am dritten Tag des Bayram, als der Hochzeitszug, der Prinzessin Muhmalak zu ihrem Mann bringen würde, von Bagdad nach Isfahan aufbrechen sollte, lud Feridun eine Gesellschaft zum Nachtmahl bei Yazdagird ein, mit der Absicht, gegen Ende des Gastmahls die Verlobung seiner Schwester mit Chayyam zu verkünden. Da waren zwei Geschäftsfreunde von ihm, ein junger Händler, der in der Stadt das zweideutige Ansehen eines mutigen Händlers genoss, weil er die langen und gefährlichen Reisen, die sein Geschäft erforderte, selbst unternahm, anstatt wie die anderen Händler irgendeinen armen Mann zu schicken. Dennoch überwog bei seinem Ansehen die bessere Seite, weil er schon jetzt, vor seinem dreißigsten Lebensjahr, einer der reichsten Männer in der Stadt war. Da waren noch Suhrab und Fuzail, die Feridun nach seinem Aufenthalt im Gefängnis stark ans Herz gewachsen waren, sowie Abu Said und Chayyam. Nach dem opulenten Mahl bestellten Feridun und seine Baumeister, der Händler und Fuzail schweren Schiraz-Wein, Abu Said und

Chayyam Sorbet von Rosenblättern und Suhrab kalten Tee. Auch ihn versuchten sie zu überreden, Wein zu trinken, aber er lehnte mit der Erklärung ab, dass es Heuchelei wäre, wenn er vor vielen Zeugen täte, was er beruflich verfolgte und weswegen er andere bestrafte.

Da sie wenige waren, saßen sie auf der kleinsten, der dritten von fünf Terrassen, die sich von Yazdagirds Lokal zum Fluss hinunter erstreckten. Am Nachmittag war über der Stadt ein schweres Gewitter niedergegangen, so dass die Brise, die vom Fluss kam, eine angenehme kristallene Frische mit sich brachte, wie man sie hier selten spüren konnte. Von irgendwoher kam ein schwacher Rosenduft, und aus dem Gebüsch neben der Terrasse war eine Nachtigall zu hören. Alle hatten noch immer genug von der guten Heiterkeit in sich, die der Fastenmonat in den Menschen bewirkt, und waren offen für die Schönheit, die sich ihnen bot, und fähig, sie zu genießen. Das drückte Abu Said gut aus, der nach einem genussvollen tiefen Seufzer verkündete, es fehle in der Brise, die vom Fluss komme, nur noch der Moschusduft, damit es wie auf den Bildern sei, die man auf den Basaren für drei Dirhem verkaufe, oder in den Geschichten, mit denen man die Kinder in der Grundschule zum Guten anleite.

Der Händler enthüllte ihnen das Geheimnis des Sonderlings Salm, das er unlängst auf seiner Reise nach Buchara erfahren hatte. In einer kleinen Stadt, die sie gerade erobert hatten, ging Salm in ein Haus und traf den Hausherrn, einen Handwerker, über den Leichen seiner Frau und seiner drei Töchter an, er hatte sie umgebracht, damit die Soldaten sie nicht entehrten. Seine Söhne und er waren kein Problem für ihn, sollten sie sie niedermachen, sollten sie sie quälen, wenn ihnen danach war, aber die weiblichen Familienmitglieder … Dieses Erlebnis hatte etwas in Salm erschüttert, und seither war er so, wie ihn alle kannten.

»So sind wir Menschen, solche Geschöpfe, wir morden,

auch wenn wir lieben«, warf Fuzail in das neuerliche Schweigen ein, das nach der Geschichte des Händlers eingetreten war.

Die Rose duftete sanft, die Nachtigall sang, und die Freunde schwiegen und atmeten die frische Brise ein. Die Nacht schritt fort und neigte sich schon ihrem Ende zu, die Sichel des jungen Mondes war längst vom Himmel verschwunden, alles war schön und entspannt und blieb beharrlich so. Dieses Gefühl konzentrierte sich in Chayyam ohne seine Absicht und seinen Willen, und er sprach es aus:

*Trink, Herzens=Mond! Ersäufe Gram und Sorgen*
*Im Purpur=Kelch, wie ich, ums Heut' und Morgen. –*
*Wer weiß, wie oft der Mond da droben kreist,*
*Umsonst für uns, – im Staube längst geborgen.*

Dem war nichts hinzuzufügen, und so schwiegen die Freunde und blieben weiter sitzen.

# Teil 2

## *Der Duft der Angst*

~

## *Neue Zeit*

Seit ihrer Gründung hatte die Stadt Isfahan kein solches Fest erlebt. Am Freitag, den 10. Ramadan des Jahres 471, wurden gleich nach dem Morgengebet große Feuer auf allen Plätzen entfacht, und als sich die Flamme beruhigt hatte und zur Glut heruntergebrannt war, wurden über den Feuerstellen Bratspieße mit Kamelen, Ochsen, Hammeln, Hirschen oder einem Dutzend Fasanen, Hühnern, Rebhühnern angebracht. Auf dem Großen Platz, dem bis vor kurzem größten, aber noch immer wichtigsten Platz der Stadt, wurden spezielle Spieße aufgestellt, an denen jeweils ein Kamel gebraten wurde, in dem ein Kalb steckte, gefüllt mit einem Lamm und darin wiederum ein Fasan voller Eier verschiedener Vögel. Nun, nach den unlängst abgeschlossenen Arbeiten, war der Große Platz auf drei Seiten vom unvergleichlichen Isfahaner Basar und auf der vierten von der Weißen Moschee und der dazugehörenden Armenküche und Medrese umgeben. Zwei Flügel des Basars, die den Platz von der Nord- und der Südseite abschlossen, waren erst in den letzten Monaten erbaut und an ebendiesem Freitag eröffnet worden, die Waren kosteten an diesem Tag in allen Läden nur den halben Preis.

Auf den Plätzen und in den Straßen rollten bewegliche Stände, die jedem Passanten kostenlos so viel Suppe, Kuchen nach Wahl oder verschiedene Arten von gedörrtem Obst und Kernen anboten, wie sein Herz begehrte. Neben jedem dieser Stände gingen zwei oder drei Bozaverkäufer mit Kesseln auf dem Rücken, aus denen jeder Passant auf Wunsch Boza, Sorbet, gekühltes Wasser oder ein anderes Getränk ausgeschenkt bekam. An diesem Tag durfte es in Isfahan niemanden geben, der Hunger, Durst oder sonst einen Mangel litt.

Auf jedem Platz und an jeder wichtigeren Kreuzung standen Musiker und spielten Nay und Trommel, die unvermeidlichen Instrumente, oder Zimbel und Laute. Man wusste, dass die Stadt mit Musikern überfüllt war, verschiedene Gastwirte hatten sie speziell zu diesem Anlass aus Indien kommen lassen, aber heute war es nicht gestattet zu spielen, denn ihre Musik war fröhlich und oft frivol, dieses Fest aber musste im Zeichen der Fülle und der Würde gefeiert werden. Deshalb durften auch keine Tänzer, Akrobaten, Schwert- und Feuerschlucker, Glutläufer und Seiltänzer auftreten, keine Purzelbaumschläger die Leute zum Lachen bringen, mit einem Wort – keiner der unzähligen Angehörigen des fahrenden Volks, die in den letzten Tagen nach Isfahan geströmt waren, in der Hoffnung auf Verdienst und die Gunst der gut gelaunten Bewohner der steinreichen Sultansstadt. Ein Auftritt war nicht einmal den Gruppen von Kämpfern erlaubt, die von Stadt zu Stadt und von Fest zu Fest zogen und bis aufs Blut, oft auch um Leben und Tod vor sensationslüsternen Menschen kämpften, wie man in Reichtum und Müßiggang stets viele findet. So beliebt ihre Kämpfe bei jedem Fest auch waren, heute hatten sie zu unterbleiben, denn heute musste man ernst und gesittet, groß, aber maßvoll feiern, wie es dem Inkrafttreten des neuen Kalenders angemessen war, den der Hofastronom Omar Chayyam und seine Mitarbeiter für den Sultan Malik Schah entwickelt hatten. Alle, die heute Schaden erlitten, die Unterhalter wie die Gastwirte, konnten schon morgen mit Einnahmen rechnen, in der guten Hoffnung, ihren Verlust mehr als auszugleichen, weil man in den fünf, sechs Tagen vor dem Nouruz, dem ersten Tag des persischen Jahres, gewiss unaufhörlich feiern und Unterhaltung suchen würde. Nur heute mussten sie ruhen, denn heute waren die Feierlichkeiten anders. So hatte bis heute im Übrigen nicht einmal Isfahan gefeiert, eine Stadt, die an Feste und Ausgelassenheit jeder Art gewöhnt war, denn nicht einmal hier ist jemals so hehr und froh, ruhig und mit Maß, fast möchte man sagen andächtig und dankbar gefeiert worden. Besonders prunkvoll und feierlich ging es natürlich bei Hofe zu. Der mittlere Saal, in dem Sultan Malik Schah sonst Gesandte und Untertanen empfing, Botschaften, Berichte und Beschwerden entgegennahm, Urteile und wichtige Entscheidungen verkündete, war ganz mit seidenen Vorhängen und kostbaren Teppichen bedeckt, so dass man nicht eine Spanne Boden oder Wand sah. Am oberen Ende des Saales, auf dem Thron, saß der Sultan, der wegen seines riesigen Wuchses und erhöhten Sitzes die Menschen um sich herum um zwei, drei Ellen überragte. Auf dem dicht behaarten dunklen Kopf glänzte eine prachtvolle Krone, durch die er noch größer und höher wirkte, aber heute sah er, wohl wegen der Freude, die er offen zeigte, weniger furchterregend aus als sonst. Rechts von ihm, auf einem etwas niedrigeren Sitz, saß sein Großwesir Nizam al-Mulk und links der Hofastronom Omar Chayyam, besonders verdient um den neuen Kalender, der nicht seinesgleichen hat und hatte. Während der Sultan und der Wesir das Gedränge der Feiernden gut ertrugen und es offensichtlich genossen, saß ihr Astronom geistesabwesend, mit einem dümmlichen Lächeln da und ließ seinen Blick durch den Saal schweifen, von Gesicht zu Gesicht und von einem Gegenstand zum anderen, ohne wirklich etwas von dem zu erkennen, woran sein Blick hängenblieb. Alles deutete darauf hin, dass er bis zur Unerträglichkeit verlegen, glücklich und lächerlich war. Das hatte er kurz vor dem Mittagsgebet seinem Lehrer al-Zamahschari gestanden, der ihn vor vielen Jahren mit den Versen des großen al-Ma'arri bekannt gemacht hatte und allein dadurch zu einem der wichtigsten Menschen in seinem Leben geworden war. Verlegen und mit Angst in der Stimme gestand er seinem Lehrer, ein vernünftiger Mensch könne nicht glauben, dass man es im Leben so gut haben könne. Das war die Antwort auf die beiläufige Frage seines Lehrers, wie es ihm gehe, eine der Fragen, auf die der Fragende keine Antwort erwartet, schon gar keine ernsthafte und erschöpfende. Doch Chayyam antwortete ganz ernsthaft und erklärte dann noch, warum er so glücklich war. Vor etwas über einem Monat hatte er sein erstes Kind bekommen, die Tochter Leyla, schon über zwei Jahre lang hatte er das wunderschöne Observatorium, wahrscheinlich das beste der Welt, in dem er nach Herzenslust arbeiten konnte, dort im Observatorium hatte er eine große Bibliothek, jede Schrift, an der ihm etwas lag, konnte er bestellen, und bald würde er in ein neues großes Haus ziehen, das erste wirklich eigene Haus in seinem Leben. »Und dann heute das«, schloss er fast mit Angst. »Warum und wieso? Und warum gerade mir, einfach so – auf einmal?«

Chayyam verbarg seine Aufregung und Beklommenheit nicht, die durch die aufwühlenden Begegnungen, die es an diesem Tag in Hülle und Fülle gab, nur noch verstärkt wurden. Aus Bagdad war der große Muhammad al-Ghazali gekommen, der sich schon jetzt des Titels eines Glaubenserneuerers rühmen konnte. Er sei nicht nur gekommen, um durch seine Anwesenheit zum Gelingen des großen Tages beizutragen, sondern auch, um dem jungen Weisen Chayyam Ehre zu zollen, erklärte er dem Großwesir ausdrücklich, und zwar laut genug, dass es auch der Sultan hören konnte. Aus Nischapur war sein Lieblingslehrer al-Zamahschari gekommen und hatte öffentlich einen Brief des Imams al-Muwaffak vorgelesen, voller Lob und guter Wünsche für seinen Schüler Chayyam und voll des Bedauerns, dass ihm seine angeschlagene Gesundheit nicht erlaube zu kommen, um ihm seine Hochachtung persönlich auszudrücken … All das kann einen in den seltsamen Zustand versetzen, in dem sich Chayyam jetzt befand. Er versuchte nicht einmal, diesen Zustand zu verstehen, er rechtfertigte sich seinetwegen nur hier und da, erklärte, so viel Gutes erweiche das menschliche Herz, erfülle ihn mit Freude und Tränen, aber auch Angst, weil der Mensch, wenn er vernünftig sei und auf die Wahrheit halte, gut wisse, dass er all das nicht verdient habe und ihm in diesem Leben rechtmäßig nicht so viel Gutes zuteilwerden könne.

Besonders freute und beängstigte ihn, dass ihm sein Lehrer al-Zamahschari im Vertrauen den besten seiner jetzigen Schüler empfohlen und ihn gebeten hatte, beim Großwesir ein gutes Wort für diesen einzulegen. Hatte er, Chayyam, es denn so weit gebracht, dass ihm der Erste unter den Lehrern seine Lieblingsschüler empfahl, und das in diesem Ton?! Konnte man seine Stimme etwa mit der Stimme al-Zamahscharis, und gar mit der Stimme des großen Imams al-Muwaffak selbst vergleichen, der im Übrigen der wichtigste Lehrer des Großwesirs Nizam al-Mulk gewesen war?! Konnte seine, Chayyams Stimme denn dort gehört werden, wo diese sprachen?! Gleichzeitig meldeten sich mit diesen Fragen auch andere. War es in Ordnung, dass er sich das fragte und mit so viel Stolz darüber nachdachte? War er bereits von seinem Weg abgewichen, wenn Menschen wie al-Muwaffak ihn um Fürsprache bei den Mächtigen dieser Welt baten, und zwar bei Mächtigen, die ihre Schüler gewesen waren? Die Sache sei die, dass nicht Muwaffak um eine Empfehlung bitte, sondern er, al-Zamahschari, erklärte ihm sein Lehrer, als hätte er seine sorgenvollen Gedanken gehört.

Der Schüler, von dem er spreche und für den er um eine Empfehlung bitte, al-Hassan Ibn Muhammad al-Sabbah, sei gewiss der fähigste junge Mann, mit dem er es, seit Chayyam seine Schule verlassen habe, zu tun gehabt habe. Schnell im Denken, präzis im Sprechen, neugierig und gewandt im Streitgespräch, fähig zu überzeugen und mitzureißen, Meister im Widerlegen fremder Argumente, das sei Hassan. Große Fähigkeiten gehen oft mit großen Charakterschwächen einher, und so auch bei Hassan. Seine größten Schwächen sind Herrschsucht und Unbeständigkeit im Glauben. Er wird heute leidenschaftlich das eine behaupten und zehn Tage später auf Leben und Tod das glatte Gegenteil verteidigen, wenn es ihm nützt oder er es so will. Denn er ist nicht beständig, nicht einmal in seiner Eigennützigkeit, es wäre viel leichter, wenn er es wäre, er ist imstande, aus purer Laune, auf Grund einer Stimmung, die nicht einmal ihm selbst klar ist, alles zu verlieren, was er hat, oder eine Gelegenheit zu verderben, von der er jahrelang geträumt hat. Zu allem ist er fähig, und alles wird er tun, wenn er jemandem damit Bewunderung abnötigen und ihn an sich binden kann, selbst wenn ihm dieser Jemand nicht besonders wichtig ist. Aber die Herrschsucht ist sicher sein Hauptproblem, da ist er geradezu unersättlich, wenn er erst einmal über alle Menschen herrschen würde, würde er auch über die Pflanzen, die Felsen und die toten Gegenstände herrschen wollen … Deshalb sei es wichtig, dass er eine Arbeit in der Nähe des Großwesirs Nizam al-Mulk bekommt, der zu herrschen versteht und den Wunsch nach Herrschaft zu zügeln weiß und besonders jene zu zügeln weiß, die ungeachtet dessen, ob sie dazu taugen oder nicht, herrschen wollen. Es ist zu erwarten, dass er auch mit Hassan fertig wird. Aber der alte Muwaffak mag Hassan nicht, schon im Vorhinein hat er jedes Gespräch darüber abgelehnt, ihn seinem ehemaligen Schüler und dem jetzigen Wesir zu empfehlen. Es wäre schlimmer, ihn in die Nähe der Macht zu lassen als einen Schmetterling an eine Kerze, hat der alte Muwaffak behauptet. Weil die Kerze den Schmetterling verbrenne und die Sache damit beendet sei, weil jeder bekomme, was er verdiene. Den Schaden durch die Liebe des Schmetterlings zur Kerze erleide nur der, der zu sehr begehrt und sich nicht zu zügeln vermocht habe. Doch die Nähe zur Macht werde in Hassan ein Feuer entfachen, durch das alle anderen mehr Schaden erleiden als er, weil er einer jener bösen Menschen sei, die mit ihrem Feuer alle um sich herum anzünden, selbst aber nicht verbrennen. Sie brennen und brennen, mit ihrer Glut bezaubern sie die Menschen in ihrer Nähe und zünden alles an, was sie berühren, aber selbst haben sie sich an diesem Feuer gar nicht verbrannt. Es gibt solche Menschen, ich denke, es sind die schlimmsten, und ich kann sie nicht leiden, möge mir Gott der Erbarmer verzeihen, hat Muwaffak zu al-Zamahschari gesagt. Und er hat die Wahrheit gesagt, er kann Hassan wirklich nicht ausstehen und verbirgt es weder noch versucht er es zu verbergen, schon lange erlaubt er Hassan nicht, seine Vorlesungen zu hören, und lehnt jedes Gespräch mit ihm ab, aber in der Schule hat er ihn den anderen Lehrern zuliebe geduldet. Doch der junge Mann sei fähig, es lohne sich, ihm zu helfen, beharrte al-Zamahschari, deshalb sei es wichtig, dass Chayyam dem Großwesir ein paar schöne Worte über ihn sage. Natürlich könne sich keiner von ihnen beiden auf den Lehrer des Wesirs berufen, aber sie könnten ihn verschweigen und beim Wesir etwas erreichen, wenn ihrer beider Empfehlungen überzeugend seien.

Die Außenwelt von Chayyam war in Ordnung oder wenigstens schien es so. Der Sultan und sein Wesir zum Beispiel, die rechts von Chayyam saßen, nahmen seit dem frühen Morgen Gratulationen entgegen und hörten sich Lobreden von angesehenen Leuten aus dem In- und Ausland an, von Gesandten verschiedener Herrscher und angesehener Häuser, von reichen und armen Untertanen Malik Schahs, wobei sie nur ein Lächeln zeigten und jene Leutseligkeit, die große Menschen an den Tag legen, wenn sie mit Rangniedrigeren sprechen. Und falls es nicht so war, falls es Chayyam nur so vorkam, als lächelten sie mild von oben herab, stand doch fest, dass sie all das gut aushielten und als etwas ganz Normales annahmen. Alle Gratulanten und Gesandten sagten im Grunde das Gleiche, nämlich dass der glückliche Malik Schah, nach dem Willen Gottes, ein Weltreich regiere, das gerade er mit seiner Rechten erweitert und gefestigt habe, ihn aber die Zeit wegen dieser Taten nicht unbedingt im Gedächtnis behalten müsse, wie uns das Schicksal vieler vergessener Herrscher und Helden zeige. Aber die Zeit und das menschliche Gedächtnis würden ihn mit Sicherheit wegen des neuen, auf seinen Befehl hin entwickelten Kalenders registrieren und für die Nachkommen bewahren. Die Leute kamen heran und verneigten sich, wiederholten die ewig gleichen Gedanken und Lobreden, die sich nicht einmal mehr in der Wortwahl voneinander unterschieden, während sich der Sultan und der Wesir mit der ewig gleichen Aufmerksamkeit und Freude die Gratulanten anhörten, die wie ein Gebet eine Formel wiederholten, die nicht verändert werden durfte. Am späten Nachmittag begann der Strom der Gratulanten abzuebben, wahrscheinlich nicht, weil diejenigen verschwunden wären, die dem Sultan gern gratuliert und ihm Glück gewünscht hätten, sondern weil die Tore des Hofs geschlossen worden waren, damit das Festessen für die Auserwählten beginnen konnte.

In dem Maße, wie sich die Zahl der Gratulanten verringerte, die in den Saal kamen, vor den Thron traten und sich danach noch eine Weile dort aufhielten, um Bekannte zu begrüßen, jemanden kennenzulernen oder im Vorübergehen ein paar Sätze zu wechseln, wuchs die Zahl der Diener, die niedrige Tische hereinbrachten und aufstellten, den Gästen, die nicht für das Festessen vorgesehen waren, flüsternd mitteilten, sie könnten sich entfernen, und sie diskret zum Ausgang begleiteten, sich mit Blicken und Zeichen untereinander verständigten, den Gästen, die bleiben sollten, Gefäße zum Händewaschen, Servietten und Rosenwasser reichten, damit sie sich erfrischten und auf das Festessen vorbereiteten. Das waren zahlreiche Gesandte vom Hof des Kalifen, vom Hof der Ghaznawiden und vielen anderen Höfen, angesehene Weise und Lehrer aus allen Gegenden der Welt, von Indien bis Cordoba, große Helden und reiche Männer, Stammesälteste und Vertreter des Sultans aus verschiedenen Gebieten seines Reiches. Ehrenplätze auf dem Podium neben dem Sultan, dem Großwesir und Chayyam bekamen Muhammed al-Ghazali, der große Lehrer, der mit den Gesandten des Kalifen aus Bagdad angereist war, neben ihm ein junger Mathematiker und Astronom, der vor zehn Tagen aus al-Kahira angereist war, mit den Grüßen und guten Wünschen des fatimidischen Kalifen und reichen Geschenken, unter denen die Schriften von Abu Ali al-Hassan Ibn al-Haitham über Optik und Astronomie hervorstachen, und links von al-Ghazali hatte Ibn Badschdscha seinen Platz, der Schüler und Nachfolger des großen al-Farabi. Gleich neben dem Podium saßen die Mitglieder des großen und der kleinen Diwane, die Statthalter der Hauptprovinzen des Seldschukenreichs, die Befehlshaber der wichtigsten militärischen Einheiten, die Kadis und Imame der Hauptstädte des Reichs sowie bekannte Helden, die in vielen Schlachten den Ruhm der seldschukischen Waffen begründet und verbreitet und dabei einen Arm, ein Auge oder einen anderen Körperteil verloren hatten.

Als im Saal nur noch die geladenen Gäste übrig geblieben waren, kamen auch die Frauen herein, die am Festmahl teilnehmen konnten. Unter ihnen stach durch das grelle Blau ihres einfachen, auf den ersten Blick beinahe ärmlichen, lediglich mit einem reichen Gürtel geschmückten Kleides die berühmte Rechtsgelehrte Zeyneba hervor, mit der al-Ghazali den ganzen Nachmittag über die Beziehungen zwischen den vier rechtgläubigen Rechtsschulen im Islam diskutiert hatte. Alles deutete darauf hin, dass sie sich nicht einig waren und die Diskussion vielleicht gerade deshalb genossen. Zeyneba hatte am Vormittag auch die Bekanntschaft Chayyams gemacht. Sie war auf ihn zugegangen, hatte ihn, den kleinen, dunkelhäutigen Mann mit dem pechschwarzen Haar und Bart, den leichten Glotzaugen und der Stumpfnase, gemustert, ihn so lange und aufmerksam, offen und heiter angeschaut, ohne es zu verbergen und ohne sich zu bemühen, ihr Tun zu rechtfertigen oder zu tarnen, dass es Chayyam irgendwann unangenehm geworden war.

»Du bist also der Chayyam«, sagte sie schließlich mit einer Stimme, die tiefer war, als man in Anbetracht ihres zerbrechlichen Körpers erwartet hätte. »Wenn man davon absieht, dass du was von einem Waldgeist hast, gibt's an dir beileibe nichts zu sehen.«

»Was solltest du mich auch anschauen?!«, entgegnete Chayyam verlegen.

»Man muss nicht nur die Sterne anschauen, es gibt auch noch etwas anderes«, lachte Zeyneba hell und entfernte sich, ohne sich umzudrehen.

Das Festmahl, das sich anschloss, wies nur in Einzelheiten den Prunk auf, den der heutige Tag ankündigte und den der Thronsaal, in dem das Mahl stattfand, geradezu verlangte. So waren zum Beispiel die Servietten, mit denen sie sich während des Essens die Finger abwischten, aus einer Mischung von Woll- und Seidenfäden gewebt, von Perlen umsäumt, und in einer Ecke war das Monogramm des Sultans Malik Schah mit Goldfaden eingestickt. Was alles andere, abgesehen von dem reich mit Edelsteinen verzierten Goldgeschirr, aus dem man bei Hofe auch sonst aß, betraf, handelte es sich um eins der angenehmen Festmähler, bei denen man seinem Gesprächspartner und dem Gespräch mehr Aufmerksamkeit schenkt als dem Essen.

Als sich das Mahl schon dem Ende zuneigte, forderte Nizam al-Mulk Chayyam auf, den Anwesenden zu erzählen, was er ihm vor ein paar Tagen über die Erkenntnisse, Entdeckungen, Ahnungen und Fragen gesagt hatte, zu denen er während seiner Arbeit am Dschelali-Kalender gekommen war. »Das über die Sternenbahnen«, verdeutlichte der Großwesir, als er Chayyams verlegenen Blick sah, »es ist keine zwei Tage her, dass du mir davon erzählt hast.« Daraufhin erklärte Chayyam kurz und unklar, in abgerissenen Sätzen und ohne sich zu bemühen, einen Satz an den anderen zu fügen, wahrscheinlich verlegen wegen der zahlreichen Zuhörer, von denen sich viele an seiner Ehrfurcht ergötzten, wie er beim Beobachten des Nachthimmels zu dem Schluss gekommen sei, dass die Alten, wie im Übrigen auch er selbst, nach allem zu urteilen, fälschlich geglaubt hätten, die Himmelskörper bewegten sich auf Bahnen, die vollkommene Kreise seien. Es sei natürlich, dass sie das geglaubt hätten, und klar, warum – was am Himmel sei, müsse vollkommen sein, und der Kreis sei die vollkommene geometrische Form, in der sich die Himmelskörper bewegen müssten. Aber es gebe viele Gründe, daran zu zweifeln. Auf jeden Fall lege das, was er in diesen paar Jahren gesehen habe, den Gedanken nahe, dass die Bahnen der Himmelskörper die Form einer Ellipse hätten. Er werde, so Gott wolle, die Gründe für seine Überzeugung systematisieren und in einer Arbeit darlegen, der er sich widmen werde, sobald er die Abhandlung abgeschlossen habe, an der er jetzt arbeite. »Das ist Algebra, ich habe sie vor langer Zeit begonnen, noch in Samarkand«, erklärte er, obwohl ihn niemand danach gefragt hatte. Außerdem, fuhr Chayyam fort, ist zu befürchten, dass die Himmelskörper keine Kugeln sind, wie es logisch wäre und wie ich selbst noch immer glaube, dem, was ich gesehen habe, zum Trotz. Denn was soll am Himmel sein, wenn nicht eine Kugel, die vollendete Form?! Aber ich bin mir nicht mehr sicher. Wenn ich wirklich gesehen habe, was ich gesehen zu haben glaube, und wenn es wirklich die Schatten von Himmelkörpern waren, wie ich glaube, dass sie es waren, dann gleichen die Himmelskörper eher Eiern, sagen wir schlampig gemachten und dann noch gequetschten Eiern, als einer Kugel, die, wie wir alle wissen, die vollendete Form ist und die einzige, die dem Himmel gebührt.

»Warum erzählst du uns das alles, junger Mann!?«, fragte

irgendwann der Kadi von Isfahan, ohne sich zu bemühen, seine Wut zu verbergen, wandte sich aber gleich danach mit einer entschuldigenden Geste und einem Lächeln dem Großwesir zu.

»Weil sich all das in unser Leben einmischt«, antwortete Chayyam, und dann überschüttete er den Kadi so reichlich mit Erklärungen, dass dieser es fünf Mal bedauerte, etwas gefragt zu haben. Warum kein Kalender ganz genau, ohne auch nur kleine Abweichungen, das astronomische Jahr übertragen und ausdrücken könne, fragte Chayyam sich und alle Anwesenden. Warum das Jahr nicht 360, sondern 365 Tage habe und noch etwas mehr, obwohl der Kreis, die vollendete, dem Himmel und der Welt Gottes würdige Form, 360 Grad habe? Warum die Sternenbahnen keine Kreise seien? Warum, ganz kurz gesagt, nichts von dem, was wir Menschen erkennen können, vollkommen sei? Er sehe drei mögliche Antworten.

Die erste besagt, dass nur Gott vollkommen ist, und alles Erschaffene, also auch Seine Welt, unvollkommen und unzulänglich ist. Die zweite Antwort stellt nicht die Fähigkeit des Erschaffenen, für sich selbst zu existieren, in Frage, sondern unser Wissen und die Fähigkeit zu schauen. Unser Geist und der menschliche Verstand empfinden als schön und nahe an der Vollkommenheit, was regelmäßig ist, deshalb denken wir, dass der Kreis vollkommen ist, dass schön ist, was symmetrisch ist, und gut, was sich ordnungsgemäß wiederholt. Aber vielleicht sieht die Wahrheit ganz anders aus, vielleicht denken der Geist und die Logik der wirklichen Welt, der Kreis sei eine hässliche Anomalie und eine Abweichung von der wunderschönen Form der abgeflachten Ellipse? Vielleicht ist für die lebendige Welt gerade die ordnungsgemäße Wiederholung ein Übel und eine Bedrohung? Die dritte Antwort, die mir einfällt, zieht die Unterschiede zwischen den einzelnen Welten in Betracht. In der Welt der Geometrie sind die

Formen regelmäßig und tadellos, aber sie müssen sich beim Übergang in diese Welt der materiellen Dinge verkrümmen. Die geometrischen Formen kommen nicht einzeln vor, sondern sind unendlich wiederholbar, weil sie kein Gewicht, keine Farbe, keinen Geruch, also keinen Körper haben, aber Körper sind immer unvollkommen, weil sie einzeln und teilweise wiederholbar, dicht und schwer, durch Farbe und Geruch bestimmt sind. Körper wiederholen die geometrischen Formen unvollkommen und daher sind sie teilweise wiederholbar, aber kein einziger Körper kann sich wirklich wiederholen, kein einziger ist mit einem anderen identisch und kein einziger ist wirklich einzigartig. Vielleicht würde das Ei zu einer vollkommenen Ellipse, wenn es in die Welt der Geometrie überginge, aber dabei müsste es die weiße Farbe und das Gewicht, die Dichte und den Geruch verlieren.

Was sagt uns all das? Es sagt uns, dass es auf dieser Welt keine Vollkommenheit gibt und für sie daher die Zahl Eins nicht gilt. Nichts ist hier eins und einzig, Einer ist nur Er, der diese und alle anderen Welten erschaffen hat. Wenn mich jemand fragt, welches die erste Zahl ist, werde ich ihm jetzt sagen, dass es die Zwei sei. Die Null ist keine Zahl, wie auch jemandes Idee von einem Haus kein Haus ist. Nun denke ich, fürchte ich, dass auch die Eins nicht die erste Zahl ist, sondern Ursprung und Vorbild der Zahlen, ich fürchte, dass die Eins die Bedingung des Zählens ist, wie der Einzige die Bedingung aller Existenz ist.

Ob er ein Zeichen bekommen hatte, dem er sich beugen musste, ob er von selbst begriffen hatte, dass ihn keiner der Anwesenden verstand und keiner ihm folgte, ob er an irgendetwas gemerkt hatte, dass die Situation, in die er geraten war, in die er sich wegen seines Bedürfnisses, alles zu erklären, selbst gebracht hatte, lächerlich war und ihn nur das Schweigen daraus befreien konnte und ihn so weniger lächerlich dastehen lassen würde, als er jetzt dastand, jedenfalls verstummte Chayyam plötzlich, obwohl alles darauf hindeutete, dass er noch stundenlang hätte weiterreden können, und dann ließ er seinen Blick über die Gesichter ringsum kreisen, als suchte er wenigstens ein Spur von Verständnis auf einem von ihnen. Schließlich senkte er den Blick.

»Ich habe Hakim Omar aus einem ganz praktischen Grund gebeten, uns das zu erklären«, meldete sich nach einer Pause, die lang genug war, um das durch den überlangen und unklaren Vortrag von Chayyam entstandene Unbehagen zu vertreiben, der Großwesir. »Was er uns gesagt hat, zeigt nämlich, dass auch der Nachthimmel mit den Sternenbahnen und der Aufbau dieser ganzen Welt, vielleicht auch die Natur der besseren Welten, die weise und weitsichtige Politik unseres Sultans, des glücklichen Malik Schah, billigen und bestätigen.«

Durch den Thronsaal ging ein Raunen der Zustimmung, und als es sich legte, erinnerte Nizam al-Mulk daran, dass Malik Schahs Onkel, der glückliche Tugrilbeg, dem Kalifen von Bagdad die Würde und Selbständigkeit zurückgegeben hatte, nachdem er ihn aus der Gefangenschaft der Buyiden befreit hatte, danach begann er den Beweis zu erbringen, dass Malik Schah selbst, seit er die Krone übernommen hatte, alles Notwendige tat, um die Ehre und das Amt des Kalifen von Bagdad zu stützen und zu stabilisieren. Das habe er getan, versicherte der Großwesir den Teilnehmern des Festmahls, weil er wisse, dass die Welt zwei Zentren der Macht und zwei Formen des Gesetzes haben müsse. Wir brauchen die symbolische Macht ebenso wie die praktische, wir brauchen das heilige Gesetz ebenso wie das weltliche, wir brauchen die Nacht ebenso wie den Tag, denn wir stehen auf zwei Beinen und haben zwei Körperseiten. Ohne die zwei Gesetze und die zwei Quellen der Macht wären wir wie Kinder in der Wüste – dem Anschein nach frei, aber in Wirklichkeit verloren, denn wir können gehen, wohin es uns beliebt, weil wir die Richtung nicht bestimmen und das Ziel nicht kennen können. Euch allen ist bekannt, dass der Reisende wissen muss, wo der Osten und wo der Westen ist, um die Richtung bestimmen zu können und zu wissen, wohin er geht. Deshalb bewahrt unser glücklicher Sultan auch so gewissenhaft das Ansehen und das Bestehen des Kalifats als zweite Säule unserer Gesellschaft …

Stimmen unterbrachen ihn, ein unverständliches, aber ziemlich lautes wütendes Murren in der Mitte des Saals. Deshalb begann der Großwesir beinahe zu schreien:

»Oder denkt vielleicht jemand, dass die Welt mit der bösen Rabenmutter Sayyida Schirin besser war?! Vielleicht denkt jemand, sie, diese verdammte buyidische Schlange, sei ein Vorbild im Regieren und nicht unser leuchtender Sultan?! Wenn solche hier sind, will ich sie daran erinnern, dass sie, diese Rabenmutter von Mutter, im Namen ihrer Söhne geherrscht hat und sie abwechselnd auf den Thron erhoben und in den Kerker gesperrt hat, wobei sie dem Eingekerkerten immer gesagt hat, es sei sein Bruder, der ihn vernichte und einsperre. Ich will sie daran erinnern, dass sie mit dem kurdischen Eroberer Badr unter einer Decke gesteckt und vielleicht auch geschäkert und ihm sich und das Leben ihrer Söhne angeboten hat, wenn er ihr die Macht lassen würde. Ich will die Betreffenden daran erinnern, dass solche Mütter nur in einer Welt ohne linke und rechte Seite, ohne Osten und Westen, in einer Welt mit einem Gesetz und einer Autorität geboren werden können.«

Nizam al-Mulk holte kurz Atem, als wollte er seinen Zuhörern Zeit lassen zu begreifen, was er gesagt und an wen er seine Warnung gerichtet hatte. Dann sprach er ruhig und klug wie vor der Pause weiter über die Weisheit und Weitsicht der Politik des Sultans, die in allem den Grundgesetzen der Welt und des Daseins selbst entspreche. Denn wenn wir Omar Chayyam glauben wollen, und es gibt viele Gründe, ihm zu glauben …

Mitten im Wort unterbrach ihn eine kleine Frau, die aufstand und, laut mit den Absätzen auf den Boden klopfend, zum Ausgang ging. Daran erkannten die Eingeweihten, dass die Lieblingsfrau des Sultans, Turkan Chatun, das Festmahl verließ, weil allein die speziell für sie angefertigten Stiefel mit hohen Absätzen aus Rosenholz und einer mehrschichtigen dicken Sohle diesen Klang hervorbrachten. Mit diesen Stiefelchen wollte sie wahrscheinlich etwas zu ihrem kleinen, fast zwergenhaften Wuchs dazutun, aber man sah die Zutat kaum, weil man weit mehr als hohe Absätze hätte dazutun müssen, damit die Sultanin mit normal großen Frauen hätte gleichziehen können. Dennoch behielt sie ihre Stiefelchen aus rotem Leder, wahrscheinlich froh über den Klang, den sie hervorbrachten, und die Möglichkeit, in ihnen fest aufzutreten, so dass alles an ihr hüpfte, wenn sie ging.

Niemandem war klar, warum diese kleine Frau ohne Schönheit und ohne wünschenswerte weibliche Eigenschaften einen beinahe grenzenlosen Einfluss auf den Sultan ausübte. Unklar und für viele lächerlich war im Grunde alles, was mit den beiden zusammenhing. Was hatte den hünenhaften und geradezu furchterregenden Malik Schah bewogen, dieses Frauchen aus einer soliden, aber nicht besonders angesehenen Familie, mit einem angenehmen Gesicht, aber keineswegs schön, überhaupt wahrzunehmen? Er brauchte sie nicht, damit sie ihm Söhne gebar, weil er schon welche hatte, er brauchte sie nicht, um seine Position auf dem Thron zu festigen, weil man dafür Frauen aus großen und mächtigen Familien braucht, weder von ihrer Schönheit noch von ihrem stolzem Wuchs konnte er hingerissen sein, weil sie beides nicht hatte. Und doch beherrschte sie ihn, wenn man den Gerüchten glauben durfte, die am Hof und in der Stadt kursierten, seit sie in seinen Harem gekommen war.

Besonders verwirrte die Leute das komische Missverhältnis ihrer Körpermaße. In den besseren Isfahaner Kreisen, in denen die Leute noch nicht so angesehen waren und sich ihrer echten Fröhlichkeit und ausgelassenen Stimmung hingeben konnten, war bis vor kurzem ein ausgesprochen beliebter und überall gern gesehener Gast ein gewisser Ibule, der es verstand, eine ganze Gesellschaft eine halbe Stunde und länger zum Lachen zu bringen, indem er erörterte, wie es der Sultan und seine geliebte Frau wohl taten, und das dann auch in der leeren Mitte des Zimmers zeigte.

Ibule war ein dicker Mann, etwas kleiner als der Durchschnitt, mit Glotzaugen und einer hohen, fast kindlichen Stimme, dessen echten Namen und Herkunft keiner kannte, zumindest in den Kreisen, in denen er plötzlich erschienen war, wie auch keiner wusste, woher er gekommen und wie er zum ersten Mal in einem der besseren Isfahaner Kreise aufgetaucht war. Aber als er einmal da war und die Leute Tränen lachten, wenn er sich fragte, wie es der Sultan und Turkan Chatun taten, und das dann auch zeigte, wurde er zum unvermeidlichen und beliebten Gast jeder Gesellschaft. Regelmäßig begann man gegen Ende eines Abends zu einem Platz in der Ecke zu schauen, wo Ibule gewöhnlich saß, und auf die besorgte Frage zu warten, mit der er seine Vorstellungen immer begann. »Ist euch klar, Leute, dass es kein glückliches Reich ohne stabilen Thron gibt und keinen stabilen Thron ohne sicheren Erben der Krone?«, fragte sich Ibule zum Beispiel, woraufhin in der Gesellschaft Stille eintrat. Weiter fragte er sich, wie ihre Krone einen Erben bekommen solle, wo der Sultan doch so groß und die Sultanin so winzig sei, und das brachte ihn zu der Frage, wie die beiden es überhaupt tun konnten, zumindest soweit es der Thron und die Krone von ihnen verlangten, was in der Gesellschaft bereits leises Gekicher hervorrief, weil viele Ibules Vorstellungen kannten und schon über das lachten, was kommen würde. Nach derlei Fragen folgte die scheinbar ernsthafte Überlegung, wie und ob es überhaupt vollzogen werden konnte,

Ibule entwickelte und prüfte verschiedene Varianten und Stellungen, und dann stand er irgendwann auf, ging in die leere Mitte des Zimmers und begann das, was er mit Worten beschrieben hatte, zu zeigen, das heißt mit seinem Körper zu vollführen. Vor aller Augen verwandelte er sich, die Leute sahen den Sultan und seine Frau vor sich, die Ibule mit seinem Körper, seinen Bewegungen, seiner Haltung, seiner Ausstrahlung beschwor. Als wäre es ihm durch Zauber gelungen, auf das Maß von Turkan Chatun zu schrumpfen und dann so zu wachsen wie Malik Schah und noch viel mehr. Sie sahen das Sultanspaar vor sich, sahen, wie sie sich abmühten, um sich trotz des Missverhältnisses ihrer Körpermaße zu vereinigen, sahen, wie sich das Frauchen unter dem riesigen Körper des Mannes verlor und wie er sie vergeblich unter sich suchte, wie sie dann unter ihm hervorschlüpfte und danach mühsam auf ihm herumkletterte und etwas suchte, worauf sie sich niederlassen könnte. Ibule stellte immer alles alleine dar, also musste er abwechselnd den Mann und die Frau zeigen, den einen, dann den anderen, aber alle Zuschauer hätten schwören können, sie gleichzeitig zu sehen, als Paar, das sich um eine im Vorhinein verlorene Sache bemühte. Die Gäste lachten sich tot, und Ibule erfand immer verrücktere Stellungen, immer besessener krümmte er sich, begann zu hüpfen oder ließ sich zu Boden, kletterte auf dem unsichtbaren Partner herum, verwandelte sich dann in diesen Partner, suchte den Körper, der auf ihm herumkletterte und suchte vergebens etwas, was klein genug war, um diesen Körper unterzubringen, wenn er ihn fand. Seine Augen leuchteten, sein Gesicht glühte, er badete im Gelächter und in der Begeisterung, die er hervorgerufen hatte, und steigerte sich in eine Verzückung hinein, in der er weit über sich hinauswuchs.

Mehrmals warnten ihn wohlmeinende Menschen bei zufälligen Begegnungen in der Stadt, was er tue, sei gefährlich, aber er antwortete, der Mensch gehe seinem Schicksal entgegen mit allem, was er tue, und allem, was er zu tun versäume, oder mit einem ähnlich schlauen Spruch. Einmal antwortete er im Kaffeehaus von Basurmedschid auf eine solche Warnung, er wisse gut, dass all das böse enden werde, dass aber ohnehin alles schlimm genug sei, ein böses Ende könne daran auch nichts mehr ändern. Er schien recht gehabt zu haben, seit kurzem tauchte er nicht mehr auf, entweder weil er irgendwohin gegangen war oder weil er böse geendet hatte. In den Mutmaßungen über sein Verschwinden herrschte die Meinung des Sufis Abu Said vor, ein Narr sei nicht fähig, das geordnete und unwichtige Leben eines normalen Menschen zu führen, nachdem er einmal das Entzücken kennengelernt und ausgekostet habe.

Irgendwo in der Mitte des Thronsaals schloss sich Turkan Chatun ein großer junger Mann an, der, wie es sich ziemte, ein, zwei Schritte hinter ihr blieb, und diesem schlossen sich, während sie zum Ausgang gingen, ständig neue Leute an, so dass sich am Ende eine beachtliche Gruppe von Personen gebildet hatte, die das Festmahl während der Rede des Wesirs verließen. Den Zeitpunkt des Aufbruchs hatten sie weise gewählt, spät genug, um das Festmahl nicht zu verderben und die Lobreden auf den Sultan nicht zu versäumen, so dass es keinen Grund gab, wütend auf sie zu sein, und früh genug, um dem Großwesir die Freude zu verderben und ihm noch einmal zu zeigen, was sie ihm gern gesagt hätten.

Die Eingeweihten erkannten in dem jungen Mann, der als Erster hinter der Sultanin Turkan Chatun herging, Tarik Ali, das Oberhaupt der Hofbediensteten, ihren Günstling. Die beiden waren neben Tadsch al-Mulk, den der Sultan unlängst zum Wesir seiner Söhne ernannt hatte, die lautesten Vertreter der Strömung gegen Bagdad am Seldschukenhof. Sie forderten, Sultan Malik Schah solle Bagdad, als eine seiner unzähligen Städte, seinem Reich anschließen, seinen Hof dorthin verlegen und sich zum Kalifen ausrufen oder in

Isfahan bleiben und das Kalifat hierher verlegen. Das muss man tun, weil allein er dem erhabenen Kalifenamt Glanz und Sinn zurückgeben kann. Wie die Dinge jetzt stehen, kann und soll das Kalifat nicht überleben, weil es nur zum Spott dient. Wenn es neben dem abbasidischen Kalifen in Bagdad einen fatimidischen in al-Kaheri gibt und einen umayyadischen auf der Iberischen Halbinsel, ist klar, wie unsinnig und sogar schädlich dieser Titel ist. Und wenn dabei der Kalif von Bagdad, den der Wesir Nizam al-Mulk so sorgsam hätschelt und als einzigen legitimen anerkennt, der schwächste der drei Kalifen ist, wenn er nur ein Schatten auf dem Thron und ein Spielzeug in den Händen seiner Söldlinge ist, artet das alles in einen beleidigenden Spott aus, den es im Interesse des Glaubens und der Muslime zu beenden gilt. Der Kalif hat mit seiner Person und seinem Titel die Einheit des Islams und der islamischen Welt zu bezeugen, aber für was für eine Einheit sprechen denn die drei Kalifen, die sich befehden und einander die Position streitig machen?! Es ist klar, dass die Einheit wiederhergestellt werden und ein Kalif inthronisiert werden muss, es ist klar, dass der Seldschukensultan der Einzige ist, der das tun kann, weil nur er den fatimidischen und Cordobeser Kalifen besiegen kann, und deshalb muss man so schnell wie möglich mit dem Getue um den Bagdader Kalifen aufhören, an dem der Großwesir so hängt. Man muss sofort handeln, solange der Sultan noch stark und jung genug ist, um zu tun, was er kann und was er schuldig ist, schon in zehn Jahren könnte es zu spät sein.

Dieses Programm war nicht mit der Politik des Großwesirs Nizam al-Mulk vereinbar, daher wuchs die Feindschaft dieser Strömung ihm gegenüber ständig und begann sich in letzter Zeit auch öffentlich zu äußern, seit die ehrgeizige Turkan Chatun den schönen Tadsch al-Mulk in die Nähe des Sultans gehievt hatte, dessen Einfluss auf den Sultan täglich wuchs. Eine solche Demonstration des Unmuts gegenüber dem Großwesir wäre nur ein paar Monate zuvor undenkbar gewesen, doch heute hatte sie beim feierlichsten Anlass und öffentlich stattgefunden.

Nizam al-Mulk beendete natürlich seine Rede zum Lob der weisen Politik des Sultans, er redete weiter, als wäre nichts geschehen, da er sich an den Klang, den die Absätze mit ihren Schlägen auf den Boden verursachten, gewöhnt hatte, nur etwas lauter und langsamer. Aber dieser Klang war nicht zu überhören und das Weggehen der Gruppe nicht zu übersehen. Gleich nach dem Wesir sprach der große Muhammed al-Ghazali über verschiedene Formen der Herrschaft, über die Vor- und Nachteile jeder der Formen, über den Zusammenhang der wünschenswerten Herrschaftsform mit dem Klima und dem Boden eines Staates. Er sprach ruhig und weise, so dass alle gern und begierig zuhörten, aber auch sein weises Referat konnte nicht die Schläge des Rosenholzes auf den Boden aus den Ohren verbannen und das Gefühl ausräumen, dass jener Auszug einen Schatten auf die große Feier geworfen hatte. Der Tag, mit dem eine neue Zeit hatte beginnen sollen, endete mit einem bösen Omen, daran konnte auch all das Wissen des großen Weisen nichts ändern.

## *Plan des großen Friedens*

Zwanzig Tage später, am dritten Tag des Bayram, mit dem der Ramadan endet, beriet in den Privaträumen des Großwesirs sein Sicherheitsrat. Der Chef der Post und des Nachrichtendienstes, Suhrab, der Polizeichef Fuzail, der Befehlshaber der Hofwache, Kamal, der militärische Befehlshaber der Stadt Isfahan, Firdus, und der Bürgermeister Abu Ali al-Husaini hatten in der vergangenen Nacht zu später Stunde ein leeres Blatt Papier mit dem Siegel des Wesirs erhalten und eine mündliche Mitteilung vom Kurier, der dieses Blatt übergeben hatte, wo sie sich heute nach dem Mittagsgebet einfinden sollten.

Die Stadt war feierlich geschmückt wie nie zuvor, der Bayram und der Beginn des persischen neuen Jahres fielen in dieselbe Zeit, was alle wohlgesinnten Menschen als gutes Zeichen und Grund, besonders festlich zu feiern, verstanden. Auf den Plätzen und in jeder etwas größeren Straße wurden kostenlos Rosensorbet und die berühmten Isfahaner Äpfel verteilt, so dass die ganze Stadt nach Rosen und Äpfeln duftete. In den Armenküchen aß man die ganzen drei Bayram-Tage lang besser, als man sonst in den guten Häusern der Stadt aß, wobei jeder Gast von allem so viel bekommen konnte, wie er wollte. Und trotzdem herrschte keine richtige Festatmosphäre. Die Leute schütteten sich mit Rosensorbet voll und schleppten Äpfel, mit freudloser Miene, als hätten sie ihr ganzes Leben nichts anderes getan, als Rosensorbet zu trinken und kostenlose Äpfel nach Hause zu tragen. Aus den Armenküchen kamen die Leute so überfressen heraus, dass sie sich kaum bewegen konnten, aber auch in ihren Gesichtern war keine Spur der Freude oder wenigstens des Gedankens, ihnen sei etwas Besonderes widerfahren. Wer sie sah, hätte nicht gesagt, dass sie wie nie im Leben geschlemmt, sondern dass sie sich mit einer unangenehmen Arbeit abgerackert hätten. Überall in der Stadt gab es Menschen, Gedränge, Rufe und Ereignisse jeder Art, aber richtige Freude und festliche Stimmung kam nicht auf. Dazu trug sicher die große Kälte bei, die nach einem zu warmen Winter vor etwa zehn Tagen über die Stadt und ihre Umgebung hereingebrochen war und bis heute andauerte, aber selbst eine noch größere Kälte zur Unzeit hätte nicht der alleinige Grund für das Ausbleiben der Freude sein können.

Der Großwesir Nizam al-Mulk stand neben dem Kohlenbecken und wärmte sich über der Glut die Hände, die er, wie um sie zu verbergen, geschwind in die Ärmel seines Kaftans schob, als ein Diener den Vorhang am Zimmereingang hob, und wandte sich mit dem Gesicht dem Eingang und mit dem Rücken dem Kohlenbecken neben ihm zu. Das hätte wie das normale Verhalten eines Hausherrn wirken können, der sich dem Eingang zuwendet, wenn Gäste ins Zimmer kommen, aber in den Bewegungen des Wesirs lag zu viel Glut und Eifer, als dass es sich nur darum gehandelt hätte. Sonst gab es bei ihm keine schnellen Bewegungen oder schnell gesprochenen Sätze, er war in allem gemessen und besonnen, konzentriert und so langsam, dass seine unbestrittene Würde bisweilen wie Steifheit wirkte. Keiner der Ankömmlinge ließ erkennen, dass ihm die ungewöhnliche Hast und das Unbehagen, das ihretwegen entstand, aufgefallen wäre. Seit Jahren arbeiteten sie mit ihm, sie wussten, dass er kalte Hände hatte, wenn er vor Problemen stand, denen er nicht gewachsen war oder die er nicht durchdringen konnte. Dann versteckte er die Hände in den Ärmeln seines Kaftans, schob sie bis zu den Ellenbogen oder sogar bis unter die Achseln hinauf, hielt sie vor das Gesicht und hauchte unbewusst hinein, um sie zu wärmen, während er seinem Gesprächspartner zuhörte.

Probleme und unverständliche Dinge gab es viele. Einige Tage nach der großen Feier, mit der der neue Kalender eingeführt worden war, machte in der Stadt die Geschichte die Runde, die Lieblingsstute des Sultans Malik Schah habe ein Fohlen mit zwei Köpfen geboren, und das sei ein böses Omen, das besage, dass die neue Zeit weder der Welt noch dem Reich Gutes bringen werde. Aus dieser unsinnigen Geschichte gingen, als wären sie auseinander entstanden, unzählige Deutungen verschiedener Prediger, Propheten und Weisen hervor, die dem neuen Kalender einhellig die Schuld an diesem Vorfall zuschrieben, der Böses ahnen lasse. »Man hätte die Zeit nicht antasten dürfen, die Zeit ist doch nicht das Eigentum des Wesirs, das er nach Lust und Laune messen und regeln kann«, war die Schlussfolgerung all dieser Deutungen, als hätten die Deuter aus derselben Quelle geschöpft oder einander gehört und es weiterverbreitet. Noch unangenehmer waren die Gerüchte über einen wilden Streit oder sogar eine Schlägerei, in die die Feierlichkeit bei Hofe anlässlich des Inkrafttretens des neuen Kalenders ausgeartet sei. Laut dieser Gerüchte hatten Turkan Chatun und ihre Partei die Tradition gegen die Eigenmächtigkeit des Wesirs verteidigt und waren auch als Sieger aus der Schlägerei hervorgegangen.

Als sie sich setzten, schaute der Wesir Suhrab an, und dieser begann gleich zu reden, wahrscheinlich hatte er geschlossen, der Blick des Wesirs sei im Grunde das Zeichen, dass man seinen Bericht erwarte. Er bestätigte die Gerüchte über den Konflikt bei Hofe, bestätigte auch die Geschichte von der Stute des Sultans mit dem zweiköpfigen Fohlen, fügte dem Kern und dem bereits bekannten Teil der Geschichte eine Reihe verrückter Details hinzu, die gerade an diesem Tag aufgetaucht waren, zum Beispiel ein fünftes Bein oder ein bereits völlig ausgewachsenes Glied am Körper des wundersamen Pferdchens, und dann betonte er, all die Gerüchte würden von Vagabunden verbreitet, die sich als Wanderprediger, Derwische oder Reisende auf der Suche nach dem Glauben und der Wahrheit ausgäben. Wenn sich ihnen jemand von den Einheimischen anschließe, dann nur Leute ohne Ansehen und Namen. Er führte ein Dutzend Beispiele an, die sich in den letzten zwei Tagen zugetragen hatten, wo angesehenere Einheimische die Gerüchte dieser Lügner widerlegt, die Unwahrheit ihrer Geschichten entlarvt und sie aus ihrer Gesellschaft vertrieben hätten oder sogar vor ihren Zuhörern hätten durchprügeln lassen. Er zählte Gasthäuser, Teestuben, Moscheen und andere Orte auf, an denen es zu solchen Gesprächen gekommen sei, und machte seine Gesprächspartner darauf aufmerksam, dass all diese Orte in den Vorstädten der Armen lägen oder Löcher seien, in denen sich Lumpenpack und hoffnungslose Leute versammelten, was wiederum zeigen sollte, wie unwichtig all diese Geschichten und die Leute seien, die sie verbreiteten. Aber er fügte dennoch einen Bericht über Maßnahmen hinzu, die er ergriffen hatte, um den Gerüchten die Wahrheit entgegenzustellen und wahre, überzeugende und der Regierung geneigte Nachrichten unter den Leuten zu verbreiten.

Der Polizeipräfekt Fuzail fasste Suhrabs Bericht in einem Satz zusammen, mit dem er ihn zugleich bestätigte und kommentierte: Es sei schwer mit dem Gesindel, denn man dürfe es nicht ernst nehmen, aber auch nicht ganz vernachlässigen. Und das ist Gesindel, lauter Gesindel, fügte er hinzu, wohl als Erklärung für seine kurze Äußerung.

Im Schweigen, das eintrat, erhob sich der Großwesir, schob seine Hände in die Ärmel und ging zum anderen Kohlenbecken, das mit seiner Glut die Kälte im anderen Teil des Zimmers töten sollte. Lange stand er da und schaute in die Glut, dann seufzte er tief, wandte sich seinen Mitarbeitern zu und kehrte bis auf zwei, drei Schritte zu ihnen zurück. Es sei nicht so wichtig, was wirklich vorgefallen sei, erklärte er, viel wichtiger sei, wie es die Leute empfänden, denen es passiert sei, und wie die Leute, die den Vorfall bezeugten, ihn sähen. Die Ereignisse gingen in die Menschen über, verwandelten sich in die Geschichten, Bilder und Gefühle der Leute, die sie bezeugten, so dass die Bewertung und das Verständnis der Vorfälle entscheidend von diesen Zeugen abhänge und nicht von der wahren Natur des Geschehens selbst. Für die Zeitgenossen habe die wahre Natur dessen, was passiert sei, noch eine gewisse Bedeutung, aber für die Zukunft, für die Erinnerung und das spätere Verständnis eines Ereignisses oder einer Epoche, seien nur die Geschichten und Bilder von Belang, in die sich die Empfindungen der Zeugen verwandelt hätten. Es sei wohl jedem klar, was für eine gute und wichtige Sache unsere Kalenderreform sei. In den Plänen des Wesirs sollte sie die Krönung einer langen Periode des Friedens und Wohlstands sein, die untrennbar mit seinem Namen verbunden sein würde. Aber was taugen Frieden und Wohlstand, Ordnung im Reich und im Kalender, was taugt alles Gute, das geschieht, wenn die Leute es satthaben und sie üble Bilder und böse Geschichten als Zeugnisse von dieser Zeit überliefern? Und wer sieht schon das Gute vor lauter Gerüchten?!

Ein neuerliches Schweigen unterbrach der Wesir mit der Bemerkung, er habe sie nicht wegen der unsinnigen Geschichten, die irgendwelche Narren in der Stadt verbreiteten, so eilig zusammengerufen, sondern wegen ernster Probleme, die Weisheit und schnelles Handeln erforderten. Gestern war ein Kurier mit der Nachricht ins Abendessen hereingeplatzt, die Karmaten hätten vor einigen Tagen eine Karawane mit Mekkapilgern überfallen. Zu Beginn des Ramadans sind einige hundert Leute von hier aufgebrochen, die den Ramadan auf der Reise verbringen und den Bayram in Mekka, bei der Kaaba, feiern wollten. Es ist keine Pilgerreise, aber eine gute Absicht und verdient Unterstützung, deshalb haben wir Soldaten zur Begleitung und die Empfehlung mitgegeben, ihnen unterwegs kostenlos Wasser und Unterkunft zur Verfügung zu stellen. Am dritten Tag nach ihrem Aufbruch in Basra wurden sie von den Karmaten überfallen, die Soldaten aus der Begleitung und die Männer in der Karawane wurden umgebracht und die Frauen und Kinder in die Sklaverei verschleppt. Auch schon früher hatten sie Überfälle begangen, aber auf Handelskarawanen, denen es gelang, sich mit ihnen zu einigen, und so konnten wir tun, als wäre nichts passiert, oder wenigstens, als wüssten wir nichts davon. Das erleichterte uns die Tatsache, dass die Karmaten als Wegegeld betrachteten, das alle zu zahlen hatten, die durch ihr Territorium kamen, was wir Ausraubung von Handelskarawanen nennen. Aber jetzt ist das nicht möglich, dies ist das größte Verbrechen der Karmaten nach dem großen Massaker an den Mekkapilgern und dem Raub des schwarzen Steins aus Mekka. Ein Verbrechen gegen den Glauben, die Welt und alle Menschen und nicht gegen eine Gruppe, deshalb kann die Obrigkeit nicht so tun, als ginge sie das nichts an.

In Erscheinung traten die Karmaten vor hundert bis hundertfünfzig Jahren als kleine Gruppe von Anhängern des Wanderpredigers Hamdan Karmat, eines gewandten Redners, der es verstand, die Zuhörer mit seinen kühnen Ideen, noch mehr aber durch die Art, wie er sie vorbrachte, zu begeistern. Er predigte gern und viel, wo immer sich eine Gelegenheit bot – auf einem Platz oder in einer Straße, im Hof einer Moschee oder eines Gasthauses, im Schatten eines Baums oder an einem Brunnen, und diese Predigten glichen eher gut vorbereiteten aufregenden Veranstaltungen als den Predigten, an die die Leute gewöhnt waren. Weil er hüpfte und schrie, weinte und lachte, sich auf die Brust schlug und sich unter die Zuschauer mischte, um sie zu umarmen, mit ihnen zu ringen oder zu diskutieren. Die Zahl seiner Zuhörer wuchs täglich, die Zahl seiner Anhänger weit langsamer und ungleichmäßig, aber dafür waren ihm die Anhänger ergebener als Kinder ihren Eltern.

Er verkündete die Gleichgültigkeit Gottes gegenüber den Menschen und der Welt. Was denn das für ein Gott sei, der beobachtet, ob sich die Leute nach dem Essen den Mund ausspülen und nur das sagen, was Er hören will, pflegte Hamdan Karmat seine Zuhörer zu fragen. Und dann ging er auf einen von ihnen zu, einerlei ob Mann oder Frau, und fragte, wieso es Gott stören sollte, wenn sie beide jetzt anfingen, sich zu lieben. Ich verstehe, wenn es meine Frau, deine Frau oder deinen Mann stört, aber warum sollte es Gott stören? Er ist doch weder mit dir noch mit mir verheiratet, und Ihn würde es, behaupten unsere Glaubenslehrer, mehr stören als unsere Frauen und Männer. Was ist das für ein Gott, liebe Leute?! Er wacht über die Menschen und beaufsichtigt sie wie ein Schäfer seine Schafe, nur dass ich den Schäfer verstehen kann, weil er von den Schafen lebt. Aber Gott?! Er lebt nicht von uns, ist nicht abhängig von uns, also kann Er sich auch nicht um uns kümmern, uns nicht beaufsichtigen, Er kann weder trauern, wenn wir hässliche Wörter aussprechen, noch wütend werden, wenn wir unsere Hände vor dem Essen nicht waschen. Der Gott, von dem uns die Glaubenslehrer erzählen, wäre abhängig von den Menschen und ihnen ganz zugewandt, aber das stellt die Beziehung von Schöpfer und Geschöpf auf den Kopf, denn der Schöpfer ist nicht abhängig von seinem Geschöpf, das Geschöpf von seinem Schöpfer aber sehr wohl. Für Ihn hängt nichts vom Geschöpf ab, deshalb ist es Ihm einerlei, was es denkt, tut und fühlt. Er ist gleichgültig, Er muss es sein, wenn er der Schöpfer ist.

In den folgenden Jahren verbreiteten und vertieften seine Schüler und Anhänger diese Grundlehre. Die einen führten den Beweis, dass diese Welt zufällig entstanden sei, vielleicht durch einen Irrtum, vielleicht durch das Spiel eines verzückten Gottes, aber auf jeden Fall ohne Plan und Absicht, wie wir Menschen gerne glauben. Die anderen behaupteten, die Welt sei ewig, sie sei nicht entstanden und nicht erschaffen worden, sondern schon immer da – unveränderlich, unerträglich und fehlerhaft. Eine Gruppe behauptete, die Welt sei zwar entstanden, aber nicht durch die Entscheidung des allmächtigen und lieben Gottes, sondern durch das blinde Zusammenprallen, Verbinden und Spalten von Materieteilchen in unermesslich langen Zeitintervallen. Aber alle behaupteten wie ihr Lehrer Karmat, dass Gott, wenn es Ihn gebe und Er etwas mit dieser Welt zu tun habe, gleichgültig sei gegenüber der Welt und gegenüber allem, was nicht Er selbst ist. Diese Gleichgültigkeit besagt, dass die Menschen tun dürfen und sollen, was sie wollen, weil es nicht einen einzigen Grund gibt, dass es anders ist. Alles, was existiert, steht den Menschen zur Verfügung, so wie die Menschen anderen Geschöpfen zur Verfügung stehen, wenn diese fähig sind, sich der Menschen zu bedienen – alles ist da zu meinem oder deinem Nutzen, zu meinem oder deinem Genuss. Genuss ist der einzig vorstellbare Zweck des menschlichen Lebens und irgendwelchen Seins, weil am Ende des Lebens der Tod kommt und am Ende des Seins das Verderben und das Nichtsein, das überall ringsum ist. Deshalb genießt ein kluger Mensch alles, was er erlangen kann. Wer nicht genießt, ist schon zu Lebzeiten tot und außerdem ein großer Sünder, wenn es Sünde und Gott gibt, weil er die Segnungen verachtet hat, mit denen ihn die Welt und der liebe Gott beschenkt haben. Ein vernünftiger Mensch wird sich nur an das lehnen, was fest steht, und sich nur auf das verlassen, was sicher ist. Wir haben sicher einen Körper, er ist das einzig Feste in unserem Leben, und wir sind in ihm, solange wir leben. Alles andere ist unsicher und unvernünftig. Die Glaubenslehrer sagen, dass wir uns mit unserem Leben hier einen guten Platz im Jenseits verdienen müssen. Wir müssen also handeln wie jener Mann, der alles, was er besaß, an die Leute verteilte, um sich in aller Ruhe auf die Suche nach einem verborgenen Schatz, vergraben irgendwo in der Wüste, begeben zu können. Diesen Mann hat sicher niemand weise genannt.

Lange, mindestens dreißig, vielleicht aber auch vierzig Jahre nach dem Tod von Hamdan Karmat, erschien ein Buch, in dem seine Lehre und die seiner Schüler dargelegt war. Ein gewisser Ahmad Halaf und sein Freund Ghiyas hatten unter dem Titel »Buch der Erleuchtung« alles gesammelt und zu einem Ganzen geordnet, was ihr Lehrer und seine Schüler gesagt hatten, es angereichert mit Gedichten, Legenden, Geschichten und Sprichwörtern aus der Überlieferung des Glaubens und des Gesandten und so einen allumfassenden Überblick über die karmatische Lehre erhalten. Im Mittelpunkt des Buches stand die Lehre vom Menschen und seinem Aufenthalt in der Welt. Die Menschen sind ihrer Natur nach gut, frei und gerecht, hieß es im »Buch der Erleuchtung«, so kommen sie auf die Welt und so würden sie bleiben, wenn sie ihr Leben außerhalb der verdorbenen menschlichen Gesellschaft verbringen könnten. Verdorben und ihrer Natur entwunden werden die Menschen durch die Verdorbenheit und Ungerechtigkeit, die in den Menschen und unter ihnen vor allem des Besitzes wegen zutage getreten sind und ständig zugenommen haben. Als durch die Angst und Selbstsucht des Menschen das Privateigentum aufkam, verlor er seine Freiheit und das Gute in sich. Ein reicher Mensch dient seinem Besitz, sorgt und ängstigt sich um ihn, misstrauisch schaut er auf die anderen, voller Angst, sie wollten ihm das, was er besitzt, wegnehmen oder stehlen. Er verliert das Vertrauen in die Menschen und die Fähigkeit, Freunde zu haben, er verliert die Fähigkeit zu lieben und zu genießen, er verliert seine Freiheit und seine Freude. Wer nichts oder wenig hat, kämpft um das nackte Überleben und schaut voller Neid auf den Reichen, so dass auch er seine Freiheit, Freude, Liebe, seine ursprüngliche menschliche Natur verliert. Nur wegen des Besitzes entstehen Ungerechtigkeit und Neid, Misstrauen und Leid, Angst und Hass, die mit der Zeit zur neuen Natur des Menschen werden. Zu einer falschen Natur, muss man betonen, weil der Mensch seiner ursprünglichen, wahren Natur nach ein Wesen der Freude und des Genusses, des Vertrauens und der Gerechtigkeit ist. All das wird sich bessern und der Mensch wieder zu seiner wahren Natur zurückfinden, wenn er auf Besitz verzichtet und sich von all dem Unseligen befreit, das damit einhergeht. Nichts sollte leichter sein als das, weil jeder von uns am Ende stirbt und seinen Besitz zurücklässt. Warum ist es dann so schwer, die Menschen dazu zu bewegen, dies schon zu Lebzeiten zu tun und sich die verlorene Freiheit zurückzuholen? Wenn der Besitz ein ursprüngliches Recht des Menschen wäre, würde er ihn, wenn er stirbt, mit sich nehmen, oder der Besitz würde mit dem Tod des Eigentümers verschwinden, aber auf jeden Fall würde er damit herkommen. Die Menschen kommen doch ausgerüstet mit allem, was sie brauchen und worauf sie ein Recht haben, zur Welt – mit Augen und Ohren, Beinen und Armen, mit dem Wissen von Hunger und Essen, Sehnsucht und Liebe, warm und kalt. Besitz zählt nicht dazu, weil der Mensch, wie wir wissen, nackt und alleine kommt und geht. Das besagt, dass wir alles, was wir auf dieser Welt besitzen, mit Gewalt und ohne Recht an uns gerafft haben. Das aber ist unvernünftig und böse. Wir kommen mit allem, was wir brauchen zur Welt, und die Welt empfängt uns mit allem, was wir im Laufe des Lebens hier brauchen könnten – mit Wasser und Nahrung, Luft und Sonne. Das Wasser, das du nicht auf einmal trinken kannst, brauchst du nicht, deshalb nimm es nicht weg und reiß es nicht an dich, auf der Welt gibt es bestimmt genug Wasser für alle Durstigen. Wenn sie das begreifen, werden die Menschen dem Besitz entsagen und dadurch zu ihrer wahren Natur zurückfinden und sich damit auch die Freiheit, Freude, Gerechtigkeit zurückholen.

Vernünftig ist nur jene Gesellschaft, in der es keinen Besitz gibt und alles gemeinsam ist, weil die Leute nur in dieser Gesellschaft frei und froh, fähig zu Vertrauen und Genuss sind.

Mit dem Erscheinen des »Buches der Erleuchtung« wurde das Anwachsen der karmatischen Bewegung verlangsamt, fast aufgehalten. Ob deshalb, weil diese Lehre hauptsächlich Sklaven und Arme, Verbannte und Vagabunden angezogen hatte, also Menschen, die nicht lesen mögen oder es nicht können? Ob deshalb, weil nicht Argumente und Gründe, sondern Gefühl und persönliche Ausstrahlung die Menschen überzeugen, so dass nicht Bücher eine Bewegung vergrößern und zum Erfolg führen, sondern Predigt und Gespräch? Ob aus einem Grund, der verborgen geblieben ist, oder aus vielen Gründen, die die Leute nicht erwähnt haben, auf jeden Fall wurde das Anwachsen der karmatischen Bewegung gebremst, und dann begann die Bewegung Anhänger zu verlieren, als das Buch erschien und Predigt und lebendiges Gespräch in den Hintergrund drängte. Aber dafür traten ihr allmählich Leute bei, wie sie früher nicht dabei gewesen waren, Leute mit Ansehen und Vermögen, Bildung und einer herausragenden Position in der Gesellschaft, ohne die nicht eine einzige Idee, Lehre, politische oder religiöse Bewegung Aussicht auf Erfolg hätte. Etwa zwanzig Jahre nach dem Erscheinen des »Buches der Erleuchtung« begann auch die Zahl der Armen, die den Karmaten beitraten, wieder zu wachsen.

Damals nämlich tauchte Babek Hurremi auf, eine richtige Frohnatur und ein Prediger der Freude. Seine Predigten endeten fast regelmäßig mit einem gemeinsamen Lied und einem Tanz, der sich zu einer kollektiven Ekstase steigerte, in der er und Dutzende von Zuhörern eins wurden. Er nannte Leute, die behaupteten, es gebe keinen Gott, und Ihn aufgefordert hatten, sie mit dem Blitz zu erschlagen, wenn es ihn gebe, Narren. Nicht nur Narren, sondern auch Verbrecher, sagte er, seien jene, die in Moscheen einfielen und mit ihrem Geschrei das Gebet störten. Er rief auf zur Freude, versicherte den Zuhörern, Lachen sei das Gebet, das der liebe Gott am liebsten und am besten höre, weil es bezeuge, dass die Menschen Seine Segnungen dankbar annähmen. »Denn was ist Lachen?«, fragte er, und gleich danach bot er die Antwort an. »Das ist ein Dank an den lieben Gott. Wenn er lacht, bedankt sich der Mensch bei Ihm für die Güter, welche die Welt im Überfluss bietet. Was ist Freude? Das ist das, wodurch die Leute anerkennen, dass der liebe Gott sie erschaffen hat. Kannst du in dir selbst Freude erzeugen? Nein. Könnt ihr euch jetzt verabreden, euch zu freuen? Ja, Narren können sich zu allem verabreden, aber ihr werdet euch nicht freuen, weil die Freude nur von außen in den Menschen kommen kann, sie ist eine Gabe Gottes wie das Augenlicht oder gutes Wasser.« Er sagte, Trauer und Kummer seien die schwersten Sünden, weil sie den Menschen von der Welt und von Gott trennten. »Eure Frauen, Brüder, sind eure besten Gebetsteppiche«, pflegte er in einer Euphorie zu rufen, die vielleicht sogar echt war. »Es gibt kein Gebet, das bei Gott so hoch in Gnaden steht, wie das Gebet auf euren Frauen.«

Menschen, die in Aufständen und Kriegen Siege errungen haben, kommen in der Regel nicht in den Genuss der Früchte ihrer Siege, weil ihre Natur dem Frieden und seinen Erfordernissen nicht entspricht. Die Belastungen von Aufstand und Krieg können Menschen, fähig zu Begeisterung und Selbstvergessenheit, auf ihren Schultern tragen, während der Aufbau von Staat und Macht nüchterne, etwas zu nüchterne Menschen erfordert, fähig in der Deckung zu warten und sich bis zum geeigneten Augenblick zu gedulden. Und auch wenn der für ihre Aktion günstige Augenblick kommt, bringt er Einvernehmen oder Intrige mit sich, weil der Staat und das Alltagsleben auf Gesetzen, Ordnung und Regeln aufgebaut sind, die Begeisterung ausschließen oder sie an den Rand drängen. So war es auch mit dem fröhlichen Babek Hurremi. Er holte die Leute zu den Karmaten zurück, die ihre ursprünglichen Anhänger waren – Vagabunden und Verbannte, geflohene und freigelassene Sklaven, Arme und Unzufriedene jeder Art, jene Gesellschaftsschicht, deren Angehörige zum Aufstand bereit sind, weil sie nichts zu verlieren haben als ihr unerträgliches Leben und durch jede Veränderung nur gewinnen können. Er führte auch den Aufstand, der ausbrach, als die Zahl der Anhänger genügend angewachsen war, er führte die karmatische Armee in den Schlachten, die die Entstehung ihres kommunistischen Staates auf der arabischen Seite des Golfs von Persien zur Folge hatten. Danach waren es jene geduldigen und vernünftigen Führer der Bewegung, die Babek zum Tode verurteilten und begannen, einen Staat einzurichten, der sich ohne Babek allerdings schnell auf die Insel Bahrain und die nächste Küste reduzierte. Eine wichtige Säule beim Aufbau des Staates war die Bewahrung des Gedenkens an Babek und seinen Heldentod. Gefragt nach seinem letzten Wunsch, nachdem man ihm Hände und Füße abgehackt hatte, verlangte er Wein und lud die Anwesenden ein, mit ihm zu trinken und sich zu freuen. Sie gossen ihm den Wein in die Kehle, und in den Atempausen lachte und sang er laut bis zum letzten Säbelhieb gegen seinen Hals.

Seit der Entstehung ihres Staates überfielen die Karmaten Karawanen und Siedlungen, drangen tief in Nachbarstaaten ein und raubten, verbreiteten Angst und suchten Konflikte, als hätten sie ein ernstzunehmendes Reich dazu zwingen wollen, sie zu überfallen und zu erobern. Das größte Verbrechen begingen sie in Mekka während der Hadsch, als ihr Heerführer Bu Tahir unbewaffnete Pilger bei der Kaaba überfiel, einige Tausend ermordete, und dann den schwarzen Stein entweihte und fortschleifte. Nachdem ihre Heere einige schwere Niederlagen erlitten hatten, gaben sie den Stein zurück und beruhigten sich, so dass der Überfall von neulich auf die Karawane persischer Muslime, die das Ende des Ramadans in Mekka feiern wollten, eine unerwartete Provokation war, die man nicht vernachlässigen konnte.

Aber wie vorgehen und was tun, fragte der Großwesir. Es wäre falsch, einen Krieg gegen sie zu beginnen, als wären sie ein ernstzunehmender Staat, das würde ihre Anerkennung als ebenbürtiger, wenn auch feindlicher Partner bedeuten. Man darf ihnen einen solchen Gefallen nicht tun, sie haben ihn nicht verdient. Ihnen zu erlauben, die Wege unsicher zu machen, den Glauben und das Reich zu schmähen, wegzuschauen, als gäbe es ihre Untaten nicht, ist nach diesem Verbrechen nicht möglich.

Der Großwesir stand neben dem Kohlenbecken, um das seine Mitarbeiter saßen, die Hände tief in die Ärmel geschoben, so tief, dass er mit einer Hand den Ellenbogen des anderen Arms massieren konnte, und hörte sich die Vorschläge seiner Berater aufmerksam an. Man könnte sich mit dem Kalifen verständigen, dass dieser sie angreift, die Sache betrifft vor allem den Glauben und ist demzufolge sein Problem. Es ist klar, dass er nicht die Kraft hat, sich selbst zu verteidigen oder anzugreifen, aber man kann ihm, wenn man sich darauf verständigt, eine Armee zur Verfügung stellen. Unsere Armee würde gegen die Karmaten kämpfen, aber den Feldzug würde der Kalif führen, und alles würde in seinem Namen geschehen. Wir würden die Karmaten und ihren Staat nicht anerkennen, befänden uns mit ihnen weder im Kriegs- noch im Friedenszustand, weil wir offiziell nicht von ihnen wissen, und würden dieses Übel vom Erdboden hinwegfegen. Man könnte sie auch als reine Kriminelle angreifen, sie haben ja im Übrigen oft und gern Karawanen ausgeraubt, auch wenn sie das Wegegeld genannt haben, aber das Reich kann keine Armee schicken, um mit Räubern abzurechnen, das wäre eine Beleidigung für das Reich wie für seine Armee. Aber wenn das Reich dem Kalifen hilft, den Glauben vor denen zu verteidigen, die ihn schmähen, bekräftigt es nur seine Ernsthaftigkeit und sein Ansehen.

Vielleicht wäre es noch besser, lautete ein anderer Vorschlag, ein Bündnis verschiedener Staaten um den Kalifen herum zu schließen. Wenn sich der Kalif, als Hüter von Glauben und Tradition, an den Hof der Seldschuken, an den der Ghaznawiden und einen weiteren ernstzunehmenden Hof, egal welchen, mit dem Aufruf, den Glauben zu verteidigen, wenden würde, der nicht wie eine Bitte um Hilfe klingen muss, könnte man die halbe bekannte Welt in einem Bündnis zusammenbringen. Mit dieser Idee ist, ehrlich gesagt, das große Problem verbunden, dass kein einziger vernünftiger Herrscher seine Armee den Heerführern des Kalifen unterstellen würde, die als Krieger allesamt unerfahren und untauglich sind, genauso wenig würde einer der angesehenen Herrscher seine Armee einem anderen Herrscher unterstellen, selbst dann nicht, wenn dieser Freundschaft schwört.

Sollte man die Karmaten nicht doch als das ansehen, was sie sind? Können sie den Glauben denn wirklich angreifen und bedrohen? Können sie nichtswürdig, wie sie sind, ihn auch nur schmähen? Nur wer dir ebenbürtig ist, kann dich beleidigen, aber keiner, den du nicht einmal anspucken würdest. Wir erweisen ihnen allzu viel Ehre, wenn wir Bündnisse gegen sie schließen und zugeben, dass sie den Glauben bedroht haben, sagte Kamal, der junge Befehlshaber der Hofwache, glühend. Sie sind doch jämmerliches Vieh, man darf ihnen nicht so viel Bedeutung zugestehen, dass man die Armee des Sultans gegen sie in Marsch setzt.

Der ehemalige Krieger und erfahrene Polizist Fuzail erklärte ihm, die Wirklichkeit sei leider starrköpfig und zumeist dumm. Wenn du ein vernünftiger Mensch bist, fragst du dich, wie viele Soldaten und feste Städte sie haben, dich interessiert nicht, wie viel Ehre sie verdienen. Aber die Karmaten sind leider stark, haben viele erfahrene Befehlshaber und einen unerschöpflichen Vorrat an fanatischen Kämpfern. Nur ein Heer hat Erfolgsaussichten gegen sie, und zwar ein gut ausgerüstetes, geübtes und geführtes Heer.

Kamal war der Meinung, das Reich dürfe gegen die Karmaten auf keinen Fall das Heer einsetzen und sie damit als ebenbürtig anerkennen. Er schlug vor, stattdessen eine Freiwilligenarmee aufzustellen. Warum sollte man nicht allen Gefangenen die Freiheit anbieten, wenn sie sich dieser Armee freiwillig anschließen? Fast alle würden sich anschließen, die meisten von ihnen sitzen doch im Gefängnis, weil sie mehr Freiheit brauchen, als die Gesetze erlauben. Und wo findest du mehr Freiheit als in einem guten Krieg?! Dank ihrer Erfahrung als Räuber und Vagabunden wären sie sicher gleichberechtigte Gegner der fanatischen karmatischen Kämpfer, Erfahrung ist im Kampf immer nützlicher als Fanatismus. Die Gefangenen würden zusammen mit den Freiwilligen, die sich dann in einigen größeren Städten auf den Aufruf hin melden, eine richtige starke Armee bilden. Mit ein- oder zweitausend erfahrenen Befehlshabern, die der Sultan zur Verfügung stellen würde, bekäme man eine Armee, der sich die Karmaten sicher nicht entgegenstellen könnten. Und wir haben ihnen keine unverdiente Ehre erwiesen, es wäre nicht unsere Armee, sondern Freiwillige, die sich zusammengetan haben, um die Raubüberfälle auf den Straßen auszurotten oder wenigstens zurückzudrängen.

Kamals Überlegung löste eine scharfe Kontroverse aus, bei der man von Anfang an zwei Gruppen unterscheiden konnte. Den glühenden Kamal unterstützte der junge Bürgermeister Abu Ali al-Husaini, und beiden traten Fuzail und der militärische Befehlshaber der Stadt Isfahan, Firdus, entgegen. Die einen bemühten sich zu erklären, wie wichtig es sei zu zeigen, wer die Karmaten sind und wo sie hingehören, die klare Grenze zwischen uns und ihnen zu wahren, während sich die anderen beiden anstrengten zu beweisen, dass im Krieg dumme Blindwütigkeit gefährlicher sei als der Feind. Man brauche mindestens ein Jahr und einen Haufen Geld, um aus Hals über Kopf zusammengezogenen Freiwilligen eine Armee zu machen, und kluge Leute wüssten gut, dass man in den Krieg nur eine Armee, eine richtige und gute Armee schicken dürfe. Wer eine schlecht ausgerüstete und ungeübte Horde in den Krieg schicke, stärke nur den Feind. Die jungen Männer antworteten scharf, von Idee und Glaube geleitete Leute seien keine Horde, und die beiden erfahrenen Krieger entgegneten, ein kluger Mann bestelle seine Stiefel selbst, bei einem Meister, und überlasse seine Füße nicht irgendwelchen von Idee und Glaube gelenkten Leuten. Dabei sei der Krieg eine viel ernstere und schwierigere Arbeit als das Stiefelmachen. So drohte die immer hitziger werdende Auseinandersetzung in einen Konflikt auszuarten, hätten sich der Wesir und Suhrab nicht eingemischt, die den Disput über die Karmaten schweigend verfolgt hatten, der Wesir neben dem Kohlenbecken stehend, Suhrab auf seinem Platz, hin und wieder Notizen machend.

Die Auseinandersetzung unterbrach der Wesir, indem er sich von seinem Kohlenbecken löste und einmal quer durchs Zimmer ging, dann wieder umkehrte, kurz bei seinen Mitarbeitern stehenblieb, um schweigend weiterzugehen, von einem Ende ans andere. Irgendwann sagte er etwas, offensichtlich mehr zu sich als zu den anderen, denn er sprach im Gehen, so leise, dass nur Satzfetzen zu seinen Gesprächspartnern gelangten. Schließlich kehrte er zu ihnen zurück, setzte sich an seinen Platz und äußerte sich über das, was er gehört hatte.

Die Idee mit dem Bündnis ist sicher gut, begann der Wesir, es lohnt sich, darüber nachzudenken, wie man sie verwirklichen könnte. Doch ein großes Problem steht einer Lösung im Weg: der fatimidische Kalif in al-Kaheri. Er würde der Bildung eines großen Bündnisses um das abbasidische Kalifat in Bagdad sicher nicht ruhig zusehen, diese Abtrünnigen betrachten sich als legitimes Kalifat und würden glauben, das Bündnis um Bagdad bedrohe sie. Da ist Rum: Wie kann man ihren Kaiser überzeugen, dass es kein Bündnis gegen ihn ist? Und da sind dann auch die kleineren Probleme, die die Leute hier bereits erwähnt haben, zum Beispiel die Befehlsgewalt über die Heere. Es muss ein Heer sein, andernfalls haben wir den Krieg schon im Vorhinein verloren und die karmatischen Abtrünnigen gestärkt. Man kann aber kein einheitliches Heer schaffen, wenn jeder Hof die Befehlsgewalt über seinen Teil des Heeres behält und dort seine Befehlshaber hat. Die anderen vorgeschlagenen Lösungen entfallen, weil wir selbst nicht in den Krieg ziehen können. Allein die Aufstellung eines Heeres und sein Unterhalt an einem Ort, ohne Bewegungen und Konflikte, würde uns das Geld kosten, das wir für andere Zwecke dringend brauchen. Wir dürfen nicht auf Schulen verzichten, wie sehr sich manche wichtigen Leute auch dagegenstemmen, denn nur in den Schulen lassen sich all unsere Völker, Religionen und Sprachen zu der Ganzheit verschmelzen, auf der wir ein Reich aufbauen können. Die Aufstellung eines Heers würde wahrscheinlich das Geld für die Schulen oder die Krankenhäuser auffressen, und ich weiß nicht, was für uns wichtiger und notwendiger ist.

Man muss auch die außerordentlichen Kosten berücksichtigen, die dann unvermeidlich auf das Reich zukommen. Reisende aus dem Norden erzählen Wunderdinge über die Tataren und Mongolen. Wie sich mehrere Stämme zu einer Gemeinschaft zusammenschließen, verstärken, vereinigen. Ein paar waren auf ihren Festen und haben sich die Kriegsspiele im Rahmen der Feste angesehen. Diese Völker neigten, soviel ich weiß, schon immer zu Kriegsspielen, die Steppenbewohner bekommen Säbel und Pfeil in die Hände, sobald sie entwöhnt sind, aber das, was die Reisenden erzählen, die vor kurzem zurückgekehrt sind, ist etwas ganz Neues. Neue und bessere Waffen, eine neue Kampfweise, neue Sitten und viel mehr Kriegsspiele auf den Festen. Das muss man verfolgen, wir müssen unsere Leute dort haben, die uns über alles, was bei ihnen vorgeht, informieren. Wenn sie sich wirklich vereinigen, wenn sich einige große Stämme zusammentun, müssen wir damit rechnen, dass auch sie morgen plötzlich ein Reich haben. Und sie sind viele, sie sind beweglich, schnell und kämpferisch, ihr Reich würde uns bedrohen, bevor wir erfahren hätten, dass es entstanden ist. Deshalb müssen wir einen Dienst gründen, der das im Blick hat. Aus den fränkischen Ländern kommen alle möglichen Nachrichten, weniger allerdings als aus den nördlichen Gegenden, vielleicht nur deshalb, weil weniger Leute in die fränkischen Länder reisen als in die nördlichen Gegenden, wo sich immer etwas zu tun findet. Wenn nur die Hälfte der Geschichten über diese Länder, die mich erreichen, stimmt, dann müssten wir auch dort unsere Leute haben.

Dann sah der Wesir seinen Postchef Suhrab an, so dass es schien, als wären die laut ausgesprochenen Überlegungen des Wesirs an Suhrab persönlich gerichtet. Man muss Leute auswählen und ausbilden, die in der Lage sind, sich sogar in den fernsten Gegenden zurechtzufinden, sich unter die Einheimischen zu mischen, um zu erkennen, was dort geschieht, und es sich zu merken, um es uns getreu zu übermitteln. Das müssen Leute sein, die nicht auffallen, die imstande sind, sich überall einzugliedern und Vertrauen zu gewinnen, Sympathie zu wecken, aufmerksam zu schauen, ohne gesehen zu werden. Sie müssen mit Geld ausgestattet werden, damit sie dort ein Geschäft betreiben und in der Lage sind, ihre Bekannten zu bewirten und mit Geschenken zu erfreuen, dort, wo es notwendig ist, zu bestechen, und das, was notwendig ist, zu bezahlen. Diese Leute müssen reich genug belohnt werden, damit der dortige Herrscher oder jemand anderes sie nicht mit einer Handvoll Dukaten für sich gewinnen kann. All das kostet Unsummen. Deshalb kommt ein Krieg gegen die karmatischen Abtrünnigen nicht in Frage, schon gar nicht ein Krieg, in dem wir allein wären, nach Möglichkeit auch kein Krieg im Bündnis mit anderen Höfen. Wir müssen etwas tun, um dieses Übel aus der Welt zu schaffen, aber ohne große Kosten, ohne gefallene und verletzte Soldaten ... Wir müssen uns etwas ausdenken.

»Lustige Leute sind das, Herr«, erklärte Suhrab, der offensichtlich geschlossen hatte, dass er es war, der sich etwas ausdenken müsse, weil der Wesir beharrlich ihn angesehen und zu ihm gesprochen hatte. »Sie werden selbst alles gegen sich unternehmen, was nötig ist, wenn man ihnen nur die Gelegenheit gibt. Ein lustiger Kerl ist imstande, im Handumdrehen den Schatz von Ad dem Älteren zu verprassen, ohne dass er weiß, wie und wofür er ihn verprasst hat. Und was wird dann erst ein ganzer Haufen von lustigen Kerlen tun, Hunderte von ihnen, Tausende?!«

Er vertrat die Überzeugung, dass die Karmaten von der Angst, der Ausschweifung und den wenigen soliden Leuten zusammengehalten würden, die sich nicht aus dem Staub machen konnten und mit ihrer Arbeit und ihrem Vermögen den Staat am Leben erhielten. Was muss man jetzt tun? Man muss in unmittelbarer Nähe, wenn möglich direkt an der Grenze, eine Stadt errichten, in die sich die soliden Leute flüchten können, die jetzt in ihrem Staat eingekerkert und gezwungen sind, für die Lustigen und Liederlichen zu arbeiten. Es wird sicher nicht lange dauern, bis die Zurückgebliebenen alles ausgegeben haben, was zu verprassen ihnen bis dahin nicht gelungen ist, und anfangen, miteinander abzurechnen. Wenn man dann noch ein Dutzend, nicht mehr, geschickte Leute mit etwas Geld hinschicken würde, damit sie intrigieren und Misstrauen säen, die Führer in immer neuen Bündnissen gegeneinander aufhetzen und von den Schönheiten erzählen, die sie in der nächsten Nachbarschaft erwarten ... Ihr Staat würde den nächsten Bayram nicht erleben, und die jetzigen Herren wären weder an der Macht noch am Leben.

»Überlassen wir ihnen das Vergnügen, Herr«, schlug Suhrab vor. »Warum sollten wir mit ihnen abrechnen, wenn sie das selbst viel besser können?«

Kurze Zeit herrschte Schweigen. Aller Augen richteten sich auf den Wesir, dessen bleiches Gesicht ein Anflug von Röte überzog. Er nickte und lächelte Suhrab zu, was ein deutliches Zeichen war, dass ihm der Vorschlag gefiel. »Ja, so machen wir es«, fügte er hinzu und stand auf, wodurch er zu verstehen gab, dass das Treffen beendet war.

## *Vom rechten Weg ab*

Sie können irgendwann und irgendwo auftauchen«, erklärt Nizam al-Mulk, »es hat sie zu allen Zeiten und in allen Religionen gegeben, sie erscheinen wie Unkraut oder eine Krankheit immer dort, wo die Vorsicht zurückgegangen ist oder die Aufmerksamkeit nachgelassen hat. Von Adams Zeiten bis heute bringt der Glaube in allen Gegenden und Gemeinschaften Abtrünnige hervor, wie die Kopfhaut Schuppen hervorbringt und die Sonne Hitze. Aber bei den normalen Dingen ist das Wesentliche vielfältig und reich und der Abfall nur von einer Sorte, während es beim Glauben umgekehrt ist. Schuppen sind immer gleich, egal ob sie von einem klugen oder einfältigen, einem großen oder kleinen, einem männlichen oder weiblichen Kopf stammen, während die Kopfhaut fett oder trocken, glatt oder rau, glatt oder faltig ist. Von jedem Glauben gibt es jedoch fünfzig oder hundert Arten von Abtrünnigen.

Die schlimmsten unter den Abtrünnigen sind jene, die in glücklichen Zeiten auftreten, wenn der Glaube zu erlahmen und vor der Selbstliebe von Menschen, die das Gute satthaben, zurückzuweichen beginnt. Wie Euer Gnaden sicher weiß, obwohl du jung und mit anderen Dingen beschäftigt bist, verlangt jeder Glaube von den Menschen, dass sie sich bessern, immer mehr von sich verlangen, sich nicht mit dem zufriedengeben, was sie mit der Geburt auf die Welt gebracht haben. Leider treten immer, wenn der Glaube in den Menschen infolge des Wohlstands schwächer wird, Lügner und Verfluchte ans Licht, die den Leuten das Gegenteil von dem sagen, was ihnen der Glaube sagt, die ihnen vorlügen, sie seien vollkommen geboren und handelten recht, wenn sie sich ohne Furcht ihrer Natur überließen. Der Glaube sagt den

Menschen, dass sie mit Geist begabt sind, weil er ihnen ermöglicht, ihre Natur zu lenken und sich zu bessern: Ihr seid die einzigen Tiere, die essen, auch wenn sie satt sind, weil sie Angst um ihre Existenz haben. Ihr seid die einzigen Geschöpfe, die Besitz anhäufen und alles Mögliche, was sie nicht brauchen, mit sich durchs Leben schleppen. Aber ihr habt den Geist erhalten, damit er euch von diesen Ängsten befreit, er kann euch helfen, mit dem Essen aufzuhören, wenn ihr satt seid, und das zu lassen, was ihr nicht braucht, weil euch der Geist aus der Angst in die Freiheit führt. So sagt uns der Glaube. Aber diese Abtrünnigen sagen uns, dass wir essen sollen, solange es in uns hineingeht, und Besitz anhäufen sollen, bis er uns nicht erdrückt, sie sagen uns, dass alles, was existiert, für sich kämpft und dass deshalb nur die am Leben bleiben, die am meisten und schnellsten essen. Alles um dich herum ist gegen dich, jeder Mensch und jede Pflanze, jeder Stein und jede Biene, all das will dich fressen oder besitzen – wenn sie es nicht getan haben, dann nur deshalb, weil sie es nicht konnten. Pass auf, dass du ihnen nicht die Gelegenheit dazu bietest, deshalb iss du sie auf oder unterwirf sie dir. Das Leben ist der höchste Wert, und wertvoll machen es die Genüsse, die es bringt. Ihr seid niemandem und nichts etwas schuldig, deshalb handelt ihr nur dann gerecht und richtig, wenn ihr alles tut, was ihr wollt – wenn ihr dazu imstande seid. Verboten ist euch, was ihr nicht könnt, was euch schadet und was ihr nicht wollt, alles andere ist euch erlaubt.

Der Erste, der auf persischem Boden eine häretische Lehre dieses Typs gründete, war Mazdak, Bamdads Sohn. Er lebte in der Zeit von Schah Kubad und dessen Sohn Anuschirvan dem Gerechten. Mazdak folgte seinem Vater im Amt des ersten oder großen Priesters der Zoroaster-Anhänger nach, den diese Mobadan nennen, wie dir gewiss bekannt ist. Das ist ein angesehenes Amt, er ist der zweite Mann im

Reich, gleich nach dem Schah, wenn er ihm hinsichtlich seiner wirklichen Macht und seines Ansehens nicht sogar ebenbürtig ist. Was ihn bewogen hat, vom Glauben seiner Ahnen abzufallen und häretische Lehren zu verbreiten, wird der menschliche Verstand sicher nicht ergründen. Macht und Stellung sicher nicht, über dem ersten Priester des größten Weltreichs steht nur der große Gott. Auch nicht Reichtum, weil ihm alle Schätze dieser Welt zur Verfügung standen. Warum hat er begonnen, mit seiner häretischen Lehre alles, was sein Glaube und seine Tradition sagten, anzufechten, und so getan, wenigstens am Anfang, als korrigierte er nur die falschen Deutungen des Zend-Awesta, ihres heiligen Buches, die seine uneingeweihten und böswilligen Vorgänger im Amt des Mobadan verbreitet hatten? Hat ihn eine Krankheit dazu bewogen? Haben ihn böse Geister verführt? Hat ihn der Wunsch geblendet, mehr als ein Mensch zu sein?«

»Hör jetzt auf!«, schrie Sultan Malik Schah, seinen Arm mit erhobener Handfläche vorstreckend, als wollte er etwas abwehren. »Ist er mit mir verwandt? Hat er mich angegriffen? Warum um alles in der Welt erzählst du mir das?! Und warum meinst du, soll ich dir zuhören!?«

»Damit du besser verstehst, was heute um uns herum geschieht, damit du leichter erkennst, wovor ich dich warne«, antwortete sein Großwesir Nizam al-Mulk und nutzte die Pause, um seine Kehle zu befeuchten, die durch das lange Erzählen, bei dem es an Ausrufen und Leidenschaft nicht gefehlt hatte, ausgetrocknet war.

»Warum zeigst du nicht mit dem Finger auf das, was mich jetzt und wirklich bedroht, wenn es das gibt, und lässt mich dann meine Arbeit machen«, fragte der Sultan, ohne seine Unzufriedenheit zu verbergen. »Und erzählst mir nicht wie einem Kind von alten Helden und Bösewichtern.«

»Du machst ja gerade deine Arbeit, die ganze Zeit sage ich dir, was dich jetzt und wirklich bedroht«, entgegnete der Wesir ruhig.

»Mich bedroht ein Mann von vor fünfhundert Jahren? Er soll meine Arbeit und mein Problem sein? Du bist mir lieb und nützlich, Wesir, aus Ehrerbietung nenne ich dich Onkel, wenn ich gut gelaunt bin und dich gut haben kann, aber ich sage dir ganz ehrlich, solche Augenblicke werden immer seltener.«

»Wir müssen verstehen …«, öffnete der Wesir den Mund, um etwas zu erklären, aber der Sultan hinderte ihn mit einem wütenden Schrei daran, bei dem er aufstand und zum Fenster ging, seinem Wesir den Rücken zukehrend. Lange stand er dort und sah hinaus, seufzte und murmelte etwas, von dem nur »im Käfig« zu verstehen war, dann ging er beruhigt an seinen Platz zurück.

»Wir müssen nicht, nichts müssen wir«, antwortete er auf das, was ihm der Wesir zu sagen versuchte. »Wir sollten nur unsere Arbeit tun, jeder von uns seine. Du sollst mich vor dem warnen, was mich bedroht, ich muss mich dagegen wehren, aber Verständnis … Finde einen, dessen Arbeit das ist. Von mir aus kannst auch du verstehen, wenn dir danach ist, aber mich verschone. Lass mich jetzt hören, was du zu sagen hast.«

Nizam al-Mulk informierte den Sultan so knapp wie möglich über den Angriff der Karmaten auf die Karawane der Gläubigen, die nach Mekka unterwegs gewesen war, aber auch diesen kurzen Bericht musste er zweimal unterbrechen, weil der Sultan laut aufschrie und wütend mit der Hand auf das Kissen einschlug.

»Kein Kind in der Blase werde ich am Leben lassen, kein Huhn oder Küken, keine gerade Wand werde ich zurücklassen«, stieß Sultan Malik Schah hervor, als er etwas zu sich gekommen war.

»Der liebe Gott meint es sicher gut mit deiner Herrschaft, sonst hätte er nicht alles so günstig für uns gefügt«, erklärte der Wesir nach längerem Schweigen, während dessen er wahrscheinlich gewartet hatte, dass sich der Sultan vollständig beruhigte.

Der Wesir erklärte, das Verbrechen der Karmaten zwinge ihn, gleich an die Verwirklichung einer Idee zu gehen, die er schon ziemlich lange habe, bestimmt zwei, drei Jahre, wenn nicht noch länger, aber er habe sie noch nicht in die Tat umgesetzt, weil ihn dringende Angelegenheiten immer davon abgehalten hätten. Die Idee sei gut und werde großen Nutzen bringen, jetzt könnte er sich selbst bestrafen, weil er bis jetzt mit ihrer Verwirklichung gewartet habe. Deshalb habe er ja auch gesagt, dass dies vielleicht ein Zeichen des lieben Gottes sei – diese Unseligen hätten ein Verbrechen verübt, aber uns in die Hände gearbeitet.

An den Ufern des Persischen Golfs ist die Bucht in der Nähe des Städtchens Bandar-e Taheri einer der günstigsten Plätze für einen Hafen, darin stimmen alle Sachverständigen überein, mit denen er gesprochen hat. Deshalb hat er sich entschlossen, in dieser Bucht einen Hafen zu bauen und den Hafen, die Stadt und die Umgebung dann zu einem offenen Gebiet zu erklären, in dem sich alle Leute ansiedeln können, die vorhaben, ein Geschäft aufzunehmen. Freie Menschen und freigelassene Sklaven, Verbannte und Fremde, Einheimische und Zuwanderer, Perser, Türken und Araber, Muslime, Christen, Juden und Anhänger von Zoroaster, alle, buchstäblich jeder, der sagt, welches Geschäft er betreiben würde, und beweist, dass er es aufnehmen könnte, bekäme die Erlaubnis, sich dort anzusiedeln, zu bauen, was er braucht, und unter günstigen Bedingungen sein Geschäft zu betreiben. Die Sachverständigen sind sich nicht darin einig, wie die Steuer in diesem Gebiet festgelegt werden sollte. Die einen sind der Meinung, man solle hier eine niedrigere Steuer als im übrigen Reich ansetzen, andere meinen, man müsse hier die Steuer festlegen, die im übrigen Reich gelte, aber man solle sie seltener eintreiben, sagen wir, alle drei Jahre statt jedes Jahr, wie es sonst der Fall sei. Manche wiederum meinen, man solle auch hier die Steuer festlegen, die andere bezahlen, und sie jedes Jahr erheben wie anderswo, aber in den ersten fünf Jahren solle jeder Zuwanderer von allen Abgaben an den Staat befreit werden, bis er das, was er in den Bau investiert habe, wieder hereinbekommen habe und bis sein Geschäft gehe. Aber diese Kleinigkeit können sie in einer halben Stunde lösen, letztlich ist es dem Reich und diesen Leuten fast einerlei, für welche Möglichkeit sie sich entscheiden.

Viele schlaflose Nächte hat er sich mit der Vorstellung an Tausende Arbeiter verschönt, die Ziegel herstellen, und an Tausende Arbeiter, die diese Ziegel zu Plätzen, Mauern und Basaren der entstehenden Stadt verbauen; Hunderte Karawanen, die den Arbeitern und Zuwanderern Nahrung, Kleidung, Werkzeug und alles andere, was sie brauchen, liefern; Tausende Menschen, die Nahrung, Kleidung und alles andere herstellen, was von diesen Karawanen herangeschafft wird … Ganze Regionen werden aufblühen, sobald man an die Verwirklichung dieser Absicht geht. Und wo sind erst die Segnungen der Arbeit, die sich hier entwickeln wird?! Wie viele Taue und Stricke, Öl und Farbe wird man hier produzieren, wie viel Land muss man besäen, um all das herzustellen?! Kleider und Schuhe für die Hafenarbeiter, Seeleute und Fischer, Hunderte junger Männer, die tauchen und aus dem Wasser Perlmuscheln, Korallen und Leckerbissen für die Tische in den reichen Häusern an die Sonne holen. Weil sich dort innerhalb eines Jahres viele reiche Leute einfinden werden, und diese werden zusammen mit der reichen Ausbeute an Perlen Goldschmiede und Juweliere, Erzeuger und Lieferanten von Luxuswaren jeder Art, angefangen von Kleidern und Schuhen bis hin zu Nahrungsmitteln, Kutschen, Pferden, Schmuckstücken, Gürteln und Kopfbedeckungen, anlocken.

»Gleich morgen muss man mit der Arbeit anfangen, diese

Unseligen haben uns mit ihrem Verbrechen gewarnt, dass es keine Verzögerung mehr geben darf«, beendete der Wesir seinen begeisterten Vortrag. »Und damit haben sie gleichzeitig ihr Verderben besiegelt.«

»Welche Unseligen?«, fragte der Sultan verwirrt.

»Die Karmaten, ihr Überfall auf unsere Karawane«, erklärte der Wesir.

»Was haben sie mit deinem Hafen, der Steuer und dem Ganzen zu tun?«

»Bandar-e Taheri, das Städtchen, um das herum ein offenes Gebiet entstehen soll, liegt gegenüber Bahrain, dem Mittelpunkt ihres Staates. All ihre Leute, die ein paar Ersparnisse und Fähigkeiten zu irgendeiner Arbeit haben, werden von dort fliehen und zu uns überlaufen, sobald sie merken, was ihnen angeboten wird. Sie werden das, was sie haben, und das, was sie wissen, mitbringen. Auch die soliden Leute unter den Armen werden zu uns überlaufen, wenn sie erfahren, dass es ganz in ihrer Nähe Arbeit und Verdienst gibt, und erfahren werden sie es, sobald die ersten Arbeiten beginnen. So wird sich ihr Staat entvölkern, wird er die ehrlichen Leute, Reichtümer und Wissen verlieren, und das wird ihn so schwächen, dass er in kürzester Zeit ganz von selbst zusammenbrechen wird. Innerhalb eines Monats, spätestens innerhalb zweier, dreier Monate, wird der karmatische Staat in sich zusammenfallen und verschwinden, als hätte es ihn nie gegeben. So würden wir alle Probleme lösen, die wir mit den Karmaten haben, oder zumindest den größten Teil«, endete Nizam al-Mulk mit glänzenden Augen.

»Alles mithilfe von deinem Hafen und all dem?«, fragte der Sultan, ohne zu versuchen, seine Verwirrung zu verbergen.

»Ja.«

Sultan Malik Schah stand erneut auf und begann mit langen Schritten im Zimmer umherzugehen, zuerst im Kreis, dann hin und her zwischen zwei Punkten an den gegenüberliegenden Enden des großen Raums. Er schwieg und wälzte irgendwelche Gedanken, als kämpfte er mit einem schwierigen Problem. Schließlich blieb er ein paar Schritte vor dem Wesir stehen, starrte ihn mit seinen großen Glotzaugen an und schüttelte den Kopf.

»Weh dem, der auf Wasser baut, das ist schlimmer als Sand«, verkündete er, wahrscheinlich als Schlussfolgerung seiner Überlegung.

»Wie meinst du das?«, fragte der Wesir.

»Bau auf Sand, wenn du willst, dass dich dein Bau am Ende verschüttet, manchen Leuten ist das auch passiert, weil sie auf Salz gebaut haben. Aber Wasser ist noch schlimmer«, folgerte der Sultan, winkte ab und rannte weiter mit Riesenschritten durch das Zimmer. Offensichtlich konnte er das Ende der Beratung mit seinem Großwesir kaum erwarten. Er warf ihm nur noch nebenbei, mitten im Lauf vom einen Ende seines Empfangszimmers zum anderen erneut mit der Hand abwinkend, zu: »Aus deinem Plan wird nichts.«

»Nicht auf Wasser, der Hafen wird nicht auf Wasser gebaut«, versuchte Nizam al-Mulk ihn umzustimmen.

»Sondern? Auf Luft? Das ist nichts für anständige Leute, nichts von dem, was du dir ausgedacht hast. Wasser? Nur schon bei dem Gedanken wird mir übel.«

Der Wesir legte seinen ganzen Plan erneut dar, dieses Mal weniger ausführlich und etwas klarer. Das Reich würde direkt an der Grenze eine große und mächtige Stadt erhalten, die für die Sicherheit der Grenze nützlicher wäre als jede Festung, vom übrigen Nutzen gar nicht zu reden. Am Anfang würde man etwas Geld und ein wenig Arbeit investieren, aber schon im ersten Jahr bekäme man das Investierte bereits mehrfach zurück. Hunderte und Tausende Menschen fänden Arbeit und Verdienst, lebten also nicht von staatlicher Hilfe und der Armenküche, das ungenutzte Land würde bearbeitet und Frucht tragen. Den gesamten Nutzen kann man gar nicht aufzählen, es ist eine klare Rechnung.

»Das ist mir einerlei, es ist nicht am Sultan, zu rechnen«, winkte Malik Schah ab. »Schon gar nicht mit Wasser oder auf dem Wasser, das ist nichts für mich, für keinen anständigen Menschen.«

Der Wesir griff dann zu seinem zweiten Argument, das er, nach allem zu urteilen, für wichtiger hielt. Mit der Verwirklichung dieses Plans bekäme man einen unangenehmen und immer gefährlichen Feind von der Grenze weg, und zwar ohne Krieg, ohne einen Dirhem Kosten, ohne einen gefallenen oder verletzten Soldaten.

»Wieso ohne Krieg? Sie haben ihn doch schon mit mir angefangen, haben unsere Reisenden überfallen, du glaubst doch wohl nicht, dass ich ihnen das durchgehen lasse?!«, regte sich der Sultan auf.

»Nein, natürlich nicht, wieso solltest du ihnen das durchgehen lassen, wieso sollte der Löwe der Hyäne, die ihn reizt, verzeihen? Aber ich frage mich, ob es nicht zu viel der Ehre für sie ist? Hat die Hyäne das Recht zu erwarten, dass der Löwe mit ihr kämpft? Oder sie, dass du einen Krieg gegen sie beginnst? Mein Plan verweigert ihnen diese Ehre, du hättest sie vernichtet, ohne Krieg mit ihnen geführt zu haben. Nicht besiegt, sondern vernichtet, aus dem Licht der Welt gefegt.«

»Ich bin nicht sicher, ob ich dich verstehe, aber ich bin sicher, dass ich nicht mache, was du mir vorschlägst«, begann der Sultan besorgt laut nachzudenken. »Sie ermorden meine Leute, und ich widme mich daraufhin dem Handel und Verdienst, anstatt sie auszurotten. Das geht nicht, das ist nicht in Ordnung. Soll es eine zu große Ehre sein, ich werde sie so schlagen, dass ihnen diese Ehre noch in den nächsten zehn Generationen in den Knochen steckt.«

Wieder antwortete der Wesir ruhig und vernünftig, aber jetzt war ihm die mächtige Anstrengung anzusehen, die er aufbringen musste, um so zu sprechen. Er wies den Sultan auf die Länge ihrer Grenzen hin und die Pflicht, diese endlose Grenze zu bewachen und zu bewahren, erinnerte daran, dass es überall um ihr Reich herum brodle und bröckle, so dass man oft denke, die ganze Welt breche zusammen. Dass die Unruhen und Kriege nicht hierher übergeschwappt seien, verdanke man nur ihrer unbestrittenen Stärke und der Tatsache, dass niemand diese Stärke in Frage stelle. Er bemerkte, ihre Stärke werde so unbestritten bleiben, solange das Militär des Reichs vollständig und bereit sei. Überall ringsum verschwänden alte und bekannte Staaten, und es entstünden neue, oft mehrere aus einem. Jedes Jahr erlösche eine alte angesehene Dynastie, und jeden Tag stelle sich irgendein Kesselschmied oder Flickschneider an die Spitze aufständischer armer Leute und rufe sich zum Sultan aus. Es sind Narren, jeder von ihnen hofft wahrhaft, die Welt oder wenigstens den größten Teil davon zu bezwingen, und jeder von ihnen wird unsere Grenzen angreifen, sobald er den ersten Grund findet, an unserer Stärke zu zweifeln. Und diesen Grund wird ihm ein unnötiger Krieg liefern oder eine Ermattung unserer Truppen oder die erste winzige Niederlage des Militärs, das jetzt als unbesiegbar gilt, oder irgendetwas Ähnliches. Wir müssen unser Militär schonen und weiterhin stärken, es in Bereitschaft halten und weiter befähigen und nicht gegen eine Handvoll verzweifelter Nichtsnutze losschicken. Warum? Zuviel Ehre für sie, zu viel Schaden für uns, weil es schade wäre um jeden Soldaten, den wir in einem solchen Krieg verlieren würden. Erst recht, wenn wir sie ohne eine Schlacht und ohne einen Tropfen Blut aus der Sonne räumen können.

Der Wesir schloss mit der Bemerkung, das Heldentum eines klugen Mannes bestehe zu sieben Teilen aus Vorsicht, zu zwei Teilen aus Vernunft und zu einem Teil aus Kühnheit, wie überliefert sei.

»Reiten wir ein wenig aus, ich kann nicht mehr«, schlug der Sultan vor und ging zum Ausgang. Er klatschte, und im selben Moment erschien zwischen den zwei Vorhangflügeln ein Kopf, dem der Sultan »die Pferde!« zurief.

Unterwegs zerbrach sich der Sultan erneut über ein paar Fragen den Kopf, so dass er die kaum verborgene Wut des Wesirs nicht bemerkte. Sie waren bereits im Hof, als ihm die Antwort einfiel, die ihn befriedigte und mit der er sich an den Wesir wandte.

»Du hast recht, so wird ihr Heldentum aussehen: Vorsicht, Vernunft und vielleicht ein wenig Kühnheit, wirklich genau das Heldentum von Händlern.«

»Unsere Ahnen haben gesagt, das sei jedes kluge Heldentum«, stieß Nizam al-Mulk hervor.

»Nicht das des Sultans, meines ist sieben Teile Ehrenhaftigkeit und drei Teile Kühnheit. Jenes, von dem du gesprochen hast, ist das von Händlern, Steuereintreibern, Lehrern, und solltest du weiter so reden, so glaube ich auch noch das von Großwesiren, wenn du mich weiter überreden willst, mit Handel gegen die zu kämpfen, die meine Leute umbringen.«

Der Sultan ließ den Hundeknechten ausrichten, ihnen einen Teil seiner Hunde hinterherlaufen zu lassen, dann stiegen sie auf und fielen gleich in Galopp, weil sich offensichtlich sowohl der Sultan als auch die Pferde ein wenig austoben mussten. Auch der Wesir hatte nichts gegen einen wilden Ritt, er musste sich wenigstens etwas von seiner Wut befreien, die sich kaum zügeln ließ. Und beruhigen musste er sich, es galt einen Weg zu finden, sich heute mit dem Sultan in irgendeiner Sache zu verständigen und zu einigen.

Der Wind schlug ihnen ins Gesicht, die Pferde rannten, zeitweise vor lauter Freude die Köpfe zurückwerfend, überall hallte das ausgelassene Gebell der Hunde, die ihren Herrn eingeholt hatten und nun mit seinem Pferd um die Wette liefen, spielten und lärmten. Alles war weit und offen, voller

Bewegung und Kraft, man öffnete ohne Absicht oder sogar gegen seinen Willen den Mund und schrie, dass es durch den unendlichen Raum schallte. Der Sultan richtete sich im Sattel auf, eine Zeitlang stand er aufrecht in den Steigbügeln, dann brüllte er und warf seinen Streitkolben, scheint es, ins Endlose, weil er seine Freude herauslassen musste, die in ihm angeschwollen war. Die Hunde bellten und heulten, wälzten und drehten sich auf dem Boden, sprangen aufeinander und taten, als kämpften sie, während die Hundeknechte hinter ihnen her und zwischen ihnen durch jagten, selber ausgelassen und berauscht von ihrer Kraft, fingen sie sie oder fielen über sie, mit lautem Lachen und Geschrei. Als hätten die ungestümen Hunde und Hundeknechte sie durch ihr Dahinjagen übertragen, ergoss sich die Freude in immer größeren Wellen durch die Ebene und ergriff die Burschen aus der Begleitung des Sultans, die sich an die Nacken ihrer Pferde schmiegten und sie mit ihrem Geschrei oder Geflüster zum Rasen antrieben. Die einen richteten sich auf und brüllten, in den Steigbügeln stehend, in den Himmel, die anderen kletterten auf den Sattel, standen auf dem Rücken der galoppierenden Pferde, und manche warfen eine Lanze oder einen Pfeil und jammerten, weil sie nicht schnell genug rennen konnten, um sie einzuholen.

»Du bist doch gut, ein richtiger neuer Held«, warf Nizam al-Mulk mit unverhohlener Sympathie seinem Sultan zu, als dieser lachend und schwitzend zum Hof umkehrte. Sogar das ewig blasse Gesicht des Wesirs war nun gerötet und strahlte. Der Sultan lachte auf diese Bemerkung hin laut auf und schlug sich zwei Mal mit der Hand auf die Brust, wahrscheinlich um dadurch zu zeigen, wie lieb ihm das war, was er gehört hatte.

Eine Weile ritten sie schweigend dahin und seufzten genüsslich, dann, als sie sich ausgekeucht hatten und zum normalen Atemrhythmus zurückgekehrt waren, begann der

Wesir von den besorgniserregenden Geschichten der Reisenden zu erzählen, die aus dem Norden zurückgekommen waren. Nach deren Aussagen sind die Tataren und Mongolen dabei, sich zu vereinigen, es ist schon nicht mehr eine Frage, ob, sondern wann sie sich zu einer großen Gemeinschaft zusammenschließen werden. Fast täglich verbindet sich ein Stamm mit einem anderen, größeren, oder einer Gruppe von Stämmen, die sich bereits, freiwillig oder gewaltsam, vereint haben. Man braucht nicht viel Verstand, um zu begreifen, wie gefährlich das für Malik Schahs Reich ist, sie werden aus der Steppe herauskommen, sobald sie sich stark fühlen, ein Nomade muss stets neue Territorien erobern, weil diese ihn rufen wie die Mutter das Kind. Und wenn durch dieses Zusammengehen wirklich große Gemeinschaften entstehen, werden sie für das Reich nicht gefährlich, sondern vernichtend sein. Sie sind gute Krieger, die besten, die seit den Türken auf der Bildfläche erschienen sind, schnell und gut bewaffnet, gewandt und tapfer, wie man es nur sein kann. Vor nichts haben sie Angst, an nichts ist ihnen gelegen außer an Raub und Wirren, sie sind wie Iblis und seine Diener – sie lügen und leugnen nur. Es ist schwer, vielleicht sogar unmöglich, sich dem erfolgreich entgegenzustellen.

Mit etwa zwanzig fähigen Leuten und etwas Geld könnte man den Vereinigungsprozess der nördlichen Völker verlangsamen, vielleicht auch völlig verhindern. Den einen Führer beschenkt man reich und überzeugt ihn, dass ihm der, mit dem er jetzt befreundet ist, nach dem Leben trachtet, zwei andere überredet man dazu, ein Bündnis zu schließen, das nicht halten kann, diejenigen, die schon ein Bündnis geschlossen haben, weist man darauf hin, wie ungerecht und verhängnisvoll es für sie sei. Wenn wir unter ihnen zuverlässige Leute hätten, die uns regelmäßig über alles informieren würden, was dort geschieht, und zehn bis zwanzig von unseren Leuten, die mit ihren Führern Bekanntschaften, Freundschaften, Geschäftsbeziehungen aufnähmen, könnten wir rechtzeitig handeln und die Entstehung jedes Bündnisses verhindern, das groß genug wäre, um uns zu bedrohen. Deshalb müssen wir genug Geld abzweigen, um einen guten großen Nachrichtendienst zu gründen. Es gibt kein großes und dauerhaftes Reich ohne das.

»Was nützt uns das?«

»Ich habe dir doch gesagt, so wüssten wir rechtzeitig alles, was sie tun«, erklärte der Wesir.

»Wieso soll ich etwas über sie wissen, sie sind nicht mit mir verwandt, auch nicht befreundet. Ich bin groß, sollen doch sie sich über mich erkundigen und etwas über mich in Erfahrung bringen.«

»Nur wundere dich nicht, wenn sie eines Tages vor der Tür stehen«, bemühte sich der Wesir, auch mit einem drohenden Tonfall zu zeigen, was er dachte.

»Sollen sie doch kommen, ich werde sie empfangen, wie sie es verdienen. Ich weiß, wie man Freunde empfängt, und weiß auch, wie man mit Feinden fertig wird.«

So endete das Gespräch über Nizam al-Mulks Plan, einen großen Nachrichtendienst zu gründen, und sein letzter Versuch an diesem Tag, sich mit seinem Sultan zu verständigen und zu einigen.

## *Wasser fließt, nicht der Fluss*

Es hatte noch nicht wirklich gedämmert, als Sukaynas Mutter Hind erschien und ihr frühes Kommen mit der glühenden Hitze erklärte, die jede Bewegung außerhalb des Hauses unmöglich mache, sobald die Sonne aufgegangen sei. Auf Sukaynas vorsichtige Bemerkung, sie hätten ihren Besuch nicht erwartet und wüssten nicht so recht, was ihnen diese Freude verschafft habe, winkte Hind nur ab und bemerkte, sie dürfe das Ansehen ihrer Familie nicht den verrückten Kindern überlassen. Ob irgendeins von ihnen wisse, wie man Gäste empfange, vom Rest gar nicht zu reden. Chayyam versuchte zu erklären, es handele sich hier nicht um eine richtige Feier, vielmehr wollten sie beide ihre Freude über Leylas ersten Zahn mit lieben Menschen teilen, es seien keine richtigen Gäste, es seien …

»Du halt den Mund«, unterbrach ihn Hind gereizt.

»Wieso soll er den Mund halten, er ist in seinem eigenen Haus?«, fragte Sukayna sehr laut, laut genug, dass niemand auf die Idee gekommen wäre, es handele sich um eine Frage.

»Der wird doch nie etwas Wichtiges aussprechen, schon gar nicht das Entscheidende«, winkte Hind ab, stand schwerfällig auf und ging hinaus, um der Dienerschaft Anweisungen zu erteilen. So war es mit ihr, so war es immer gewesen. Sie kam selten zu ihnen, aber sobald sie kam, führte sie ihre Ordnung im Haus ein. In Hinds Haus herrschte die Ordnung, die sie eingeführt hatte, als sie und ihr Mann, Mirchond, jung gewesen waren. Diese Ordnung bewahrte sie bis heute, lange nach der Heirat ihres Sohnes Feridun. Kurz nach Mirchonds Tod war sie ganz still geworden, es schien, als würde sie bald hinscheiden, doch nach einigen Monaten kehrte sie ins Leben zurück, und alles um sie herum kam wieder in die

Ordnung, die sie einst aufgestellt hatte. Das geschah nicht unbedingt zur Freude aller Hausbewohner, dank ihrer Rückkehr ins Leben war Feridun noch immer nicht wirklich das Oberhaupt in seinem Haus, wie auch seine Frau bis heute nur »die schöne junge Frau« oder »die glückliche junge Frau« blieb, die sie war, wenn Hind sie wegen etwas loben wollte. Alle in diesem Haus konnten es sich gut gehen lassen, sie bekamen regelmäßig alles, worauf sie nach Hinds Meinung ein Recht hatten, mussten sich aber der Ordnung der fürsorglichen Frau fügen, die sich im Hintergrund abmühte und über alle wachte. Sukayna vermied die Besuche ihrer Mutter ziemlich erfolgreich, gerade erst lernte sie, das Haus zu führen, und duldete es nicht, dass die Ordnung, die ihr im eigenen Haus vorschwebte, gestört wurde, schon gar nicht, dass ihre Mutter, so souverän, stark und unangefochten in allem, was sie wollte und was sie sagte, diese Ordnung störte.

Hind kam zurück und erklärte zufrieden, alles werde rechtzeitig fertig, so dass sie nach Hause könne, sobald die Sonne ein wenig gesunken sei, ohne Angst, dass auf ihrer Feier etwas Unpassendes passieren werde. Sie dachte, eine richtige Feier verlange nicht so viel Sorge wie diese, weil auf einer richtigen Feier der Grund des Zusammenkommens jedes Versäumnis der Gastgeber verdecke oder unwichtig erscheinen lasse, während das kleinste Versäumnis besonders sichtbar werde, wenn den Leuten nicht klar sei, was sie zusammengeführt hat, und wenn der Grund für das Beisammensein nicht als solches schon eine Quelle der Freude sei, wie der Bayram, eine Geburt oder eine Hochzeit.

»Und euer … Hör mal, das erste Zähnchen, so etwas! Als würden andere Kinder keine Zähne bekommen. Zwei von euch habe ich großgezogen, wenn es nach mir gegangen wäre, wärt ihr zehn gewesen, und ich habe weder um große Dinge noch um kleine viel Lärm gemacht, schon gar nicht um die Zähne. Aber nach mir ist es ja nicht gegangen, mich hat man ja gar nicht gefragt«, seufzte Hind und sah Sukayna an, ihr zweites und letztes Kind, das sie beinahe das Leben gekostet hätte. Sukayna fuhr auf diese Bemerkung hin hoch, errötete und blitzte mit den Augen, als würde sie gleich weiß Gott was tun, aber es gelang ihr, sich zu beherrschen. Hind bemerkte, die Idee, den ersten Zahn zu feiern, komme doch bestimmt von ihm, so etwas sehe ihm ähnlich, und wies dabei mit dem Kopf auf Chayyam, den auch Sukayna schon eine Weile wütend anschaute.

Chayyam begriff, dass er nichts zu suchen hatte bei den beiden Frauen, die zu ähnlich waren, um sich nicht gut zu verstehen, und durch zu viele Fäden miteinander verbunden waren, als dass sie sich nur hätten mögen können. Deshalb murmelte er bloß undeutlich, er wolle in der Weißen Moschee sein Morgengebet verrichten, und ging aus dem Haus. Er hoffte, Abu Said zu treffen, seinen zerzausten Freund, für den die menschlichen Seelen und Beziehungen kein Geheimnis zu bergen schienen, doch gleichzeitig hoffte er, ihn nicht zu treffen, sondern den größten Teil des Tages allein verbringen zu können, um die Probleme, die er von Anfang an mit der Mutter seiner Frau gehabt hatte, zu durchdenken und vielleicht zu klären.

Ganz am Anfang ihrer Bekanntschaft hatte Hind ihm gegenüber eine ausgesprochene Sympathie erkennen lassen, aber das hatte sich durch Chayyams Ermittlungen um Mirchonds Tod geändert. Diese Ermittlungen hatten Hind an den Rand des Grabes gebracht und Chayyam in die tiefste Wirrnis gestoßen, die er im Leben kennengelernt hatte, weil er die grundlegenden Fragen bis zum heutigen Tag nicht mit sich geklärt hatte, zum Beispiel die Frage, ob er jemandem sagen solle, was er durch die Ermittlungen entdeckt hatte, und wenn ja, wem. Im Übrigen erlaubte er sich selbst nicht, alles, was er während der Ermittlungen festgestellt, gedacht, geahnt und geglaubt hatte, konsequent zu erörtern und auszusprechen. Als sie wieder ins Leben zurückgekehrt war, hatte Hind nicht einmal versucht, ihre Abneigung gegen ihn zu verbergen. Oft zeigte sie, dass sie etwas von ihm erwartete, oder wenigstens schien es ihm so, als erwartete sie etwas, einige Male war er sicher, dass sie sich entschlossen und bereits den Mund aufgemacht hatte, um auszusprechen, was sie wollte, aber Hinds Erwartungen und Forderungen waren ihm bis heute unbekannt geblieben, weil sie sich jedes Mal gebremst hatte, wenn sie darüber reden wollte. War sie nur wütend, weil er so beharrlich die Umstände von Mirchonds Tod erforscht hatte und dadurch das Ansehen und die Ehre ihrer Familie in Frage gestellt hatte? Kein Zweifel, sie verbarg nicht, dass ihr das Ansehen der Familie über alles ging, aber noch weniger Zweifel gab es daran, dass ihre Wut über die Ermittlungen nicht das Einzige waren, was sie gegen Chayyam hatte.

Aber was war das andere? Vielleicht wusste sie es selbst nicht, wünschte sich aber, dass er vor Zeugen aussprach, was als Ahnung, Verdacht, sogar Hypothese am Ende seiner Ermittlungen zwischen ihnen stand, als er entdeckt hatte, dass Mirchond an der Hasenpastete gestorben war, die sie ihm zubereitet hatte. Ein Blick von ihr hatte ihm damals gesagt, dass sie genau gewusst hatte, was für eine Pastete sie ihrem Mann zubereitete, er, Chayyam, hatte begriffen, was ihr Blick ihm sagte, und sie hatte begriffen, dass er das begriff. Aber nie hatten sie das ausgesprochen. War es möglich, dass Hind, so stolz und direkt, wie sie war, von ihm erwartete und es innerlich schon eine Weile geradezu verlangte, dass er endlich aussprach, was sie damals bei ihrem Gespräch unter vier Augen begriffen hatten? Auch wenn es zu nichts Gutem führte, es würde die Qual des Verschweigens und Verbergens beenden. Er verwarf den Gedanken als unmöglich und verrückt, aber er kehrte beharrlich zu ihm zurück und blieb immer länger in seinem Kopf. Es war wahnsinnig, was er dachte, der Wunsch, den er der Mutter seiner Frau zuschrieb, war geradezu selbstmörderisch, aber er wusste genau, wie die geradlinige und stolze Hind Geheimnisse verabscheute, wie unfähig sie war, Dinge zu verschweigen, vor allem, wenn sie dachte, es werde etwas verschwiegen, was man ihr hätte vorwerfen können.

Die Grundregel ihres Lebens und Verhaltens in der Familie und gegenüber Freunden war, einem lieben oder wichtigen Menschen sogleich und offen zu sagen, was man ihm vorwerfen wollte, so handelte sie stets und erwartete, dass nahestehende Menschen im Umgang mit ihr auch so handelten. Auf jeden Fall schien Chayyam, dass es so sei und dass Direktheit und Offenheit ihre ausgeprägtesten Eigenschaften waren. Aber wie konnte man in diesem Fall direkt und offen sein, wer hätte ihr Geheimnis laut aussprechen können? War es möglich, dass sie es von ihm erwartete? Wenn sie es nicht tun konnte, eine schwache Frau, die zudem noch schuldig war, dann konnte doch wohl er es tun, der nicht schuldig und zudem noch ein Mann war! War das wirklich ihre Erwartung und ihr Vorwurf gegen ihn, war es überhaupt möglich, dass sie so etwas wünschte, wenn auch gegen ihren Willen? Er konnte und durfte es natürlich nicht aussprechen, das würde seine Liebesbeziehung zu Sukayna ziemlich sicher zerstören. Abu Said, der einzige Mensch, der alles wusste, wollte nichts davon hören, wie schwer es für ihn war, mit einer Frau zu leben, vor der er ein solches Geheimnis hatte. Das konnte nur einer verstehen, der selbst eine solche Erfahrung gemacht hatte. Aber was würde geschehen, wenn sie sprechen würde? Dann wäre die Katastrophe nicht geringer. Wenn sie glaubte, er denke, sie habe Angst vor ihm, wenn sie nur einmal auf die Idee käme, er glaube, ihr Geheimnis verschaffe ihm einen Vorteil oder Macht über sie, sie würde sicherlich sprechen. Verstand und Vernunft hatten keine Macht über den Stolz dieser hochmütigen Frau, deshalb war sie zu allem fähig, wenn sie dachte, etwas verletze ihren Stolz und stelle ihr Ansehen in Frage. Aber wie sollte er sich zu alldem verhalten und darüber denken? Davon konnten nur zerzauste Typen wie Abu Said etwas wissen, nicht Leute, die sich bemühten, mit dem Kopf zu denken.

Er bemerkte, dass er schon lange in eine bestimmte Richtung ging, wie absichtlich oder von etwas geleitet. Gleichzeitig fiel ihm auf, dass die Straßen ungewöhnlich leer waren, kaum zehn Leute kamen ihm entgegen, und das in der Stadt, in der man sonst nicht ohne Gedränge durch die Straßen kam. Er begriff, dass ihn eine Musik lenkte, die gewaltigen rhythmischen Schläge einer fernen Trommel. Sie hatten ihn dirigiert, seit er aus dem Haus getreten war, hatten ihn geführt, bevor er wusste, dass er sie hörte, weil er sie bis gerade eben mehr mit den Eingeweiden als mit dem Gehör wahrgenommen hatte. Tiefe ferne Schläge, die nicht ans Ohr drangen, sondern sich im Bauch, in den Knochen und Muskeln ausbreiteten, die Glieder beherrschten und lenkten, zuverlässiger als das Bewusstsein des Menschen sie lenkte, den sie beherrschten, weil er sie gehört hatte. Es schien, als übertrüge der Boden oder etwas Darunterliegendes diese Schläge, wahrscheinlich weil sie so ungewöhnlich tief waren, dass sie einem durch die Füße drangen, die Beine hochstiegen und den Körper Stück für Stück in Besitz nahmen. Er war auf die Quelle dieses rhythmischen Wirbels zugegangen, geführt von dessen Kraft, bevor er überhaupt begriffen hatte, dass sie, der Wirbel und sein Rhythmus, existierten. So gelangte er gegen seinen Willen auf einen großen Platz, einen ehemaligen Park, den At Meydan, den er in letzter Zeit mied, weil er ganz mit aufdringlichem Luxus ausgestaltet war, der eher den Machtdemonstrationen als dem Leben und den Menschen diente.

Auf den Platz ritt gerade vom Hofe her eine prächtige Kolonne mit Sultan Malik Schah an der Spitze. In prunkvoller Rüstung, eine hohe Mütze aus Zobelfell auf dem Kopf, wirkte der Sultan noch höher gewachsen als sonst, so dass der Betrachter mit seinem Blick unwillkürlich das Tier suchte, das fähig war, diesen riesigen, fast unmenschlich großen Körper zu tragen. Dieses Mal trug ihn das Lieblingspferd des Sultans, Div, ganz weiß mit einem schwarzen Stern auf der Stirn, ausstaffiert mit gold- und edelsteinbesetztem Zaumzeug und Sattel. Auf drei Seiten um ihn herum formierten sich die Angehörigen seiner Leibwache, genannt »die Furchtlosen«, in schimmernd weißen Turbanen, mit hoch erhobenen Fahnen und Bannern, auf denen mit goldenem Garn der Name des Sultans eingestickt war. »Die Furchtlosen« waren wohlgebaute, prächtig ausgestattete und sorgfältig ausgewählte Burschen, fast so hochgewachsen wie der Sultan, aber schön anzusehen, bis auf Haaresbreite gleich groß und so stark, dass sie stundenlang ohne Probleme eine erhobene Fahne in der ausgestreckten Hand halten konnten. Sie waren in der Regel Nachfahren angesehener und zuverlässiger Familien, je hundert aus Chorasan und Dailam, luxuriös gekleidet und bewaffnet, auf edlen Rossen aus den Ställen des Hofes. Hinter ihnen ritten die Eunuchen, die die Sänften mit dem Harem umgaben, und um sie herum, wieder auf drei Seiten hufeisenförmig angeordnet, tausend Angehörige der Hofgarde. Chayyam wusste, dass vor der Stadt weitere tausend Angehörige der Hofgarde und viertausend in Isfahan und Umgebung stationierte Fußsoldaten warteten und dass auf den Sultan und die Hofgarde weniger als einen halben Tagesritt von der Hauptstadt entfernt die Hauptarmee wartete, die dort bereits ihr Lager aufgeschlagen hatte. Und er wusste, dass da Sultan Malik Schah gegen die Karmaten zog.

Deshalb hatte Chayyam seinen Freund und Gönner Nizam al-Mulk in den letzten zehn Tagen gemieden, er wollte und konnte nicht mit ansehen, wie schwer dieser vornehme Mann mit der Wut und Verbitterung in seinem Innern kämpfte. Es war die erste für alle sichtbare Niederlage des allmächtigen Großwesirs, der das Reich tatsächlich schon seit der Zeit von Alp Arslan, dem Vater von Malik Schah, lenkte. Bei einem vorausgegangenen Treffen hatte der Wesir Chayyam versichert, ihn quäle nicht verletzte Eitelkeit oder die Undankbarkeit seines Schülers Malik Schah, sondern die Angst um die Zukunft des Reichs und der islamischen Welt, in der dieses Reich die Quelle von Kraft und Stabilität bilde. Jahrzehnte des Wohlstands, des inneren Friedens und Fortschritts in diesem Staat seien untrennbar mit dem Namen und der Arbeit des Großwesirs verbunden, das zweifelten selbst seine Feinde nicht an, nicht einmal die Strömung um Turkan Chatun und Tadsch al-Mulk, doch jetzt werde die ganze Anstrengung in Frage gestellt, weil Intriganten und Frauen die Führung des Reichs übernommen hätten. Eine Spur auf dem Wasser halte sich länger als eine, die man in den Menschen hinterlasse, sagte ihm da der Großwesir verbittert, vor allem wenn man eine Spur in ihnen hinterlassen wolle, indem man sie belehre, zum Guten hinführe, von ihnen verlange, ein wenig besser und ein wenig nützlicher zu werden. Schon immer hätten sich Städte, Reiche und Herrscherhäuser an einen Mann gebunden, daher habe er, Nizam al-Mulk, sich jahrelang bemüht, Malik Schah zu einem wahren, weisen und des Throns würdigen Herrscher zu erziehen, in der Hoffnung, das Schicksal des Reichs von sich und seinem eigenen Schicksal zu trennen und ihm ein Bestehen zu sichern, das ein Menschenleben oder ihrer mehrere überdauern werde. »Es hat sich wohl nicht so gefügt, oder?!«, folgerte der Wesir am Ende des Gesprächs. Weder seine Mühe noch die Mühe und das Abraten der angesehensten militärischen Befehlshaber hätten den Sultan vom Feldzug gegen die Karmaten abhalten können. Der Feldzug werde nichts als Elend und Verluste bringen, selbst wenn das Militär erfolgreich sein sollte, weil er Geld verschlinge, das dringend notwendig sei für die Gründung eines guten Nachrichtendienstes und den Beginn der Arbeiten in Bandar-e Taheri.

Chayyam mochte Nizam al-Mulk, er war für ihn etwas zwischen einem Vater, an den er sich nicht erinnern konnte, und einem älteren Bruder, den er nicht hatte, und aus vielen guten Gründen glaubte er ihm jedes Wort. Daher erstickte er einige aufkeimende Gedanken, die ihm während des Gesprächs in den Kopf kamen, bevor sie sich weiterentwickeln konnten. Als ihm der Wesir, sagen wir, zum zweiten oder dritten Mal versicherte, er leide nicht im Geringsten an verletzter Eitelkeit, fiel ihm ein, dass das nicht ganz logisch war, weil man in der Regel nicht über das spricht, was nicht ist. Wenn mit seiner Eitelkeit alles in Ordnung gewesen wäre, hätte er darüber geschwiegen, wie man über die Galle oder den Magen schweigt, solange damit alles in Ordnung ist. Wenn seine Eitelkeit wirklich nicht verletzt war, würde er sie, logisch gesehen, gar nicht spüren und sie daher auch nicht erwähnen. Aber er erlaubte sich nicht, diesen Gedanken weiterzuentwickeln, auch dem Gedanken erlaubte er nicht, sich klar und vollständig auszuformen, weil er nicht glauben wollte, wie die Dinge mit der Eitelkeit seines Freundes und Gönners standen. Nizam al-Mulk würde weder der Eitelkeit noch einer Beleidigung gestatten, sein Urteil und sein Vorgehen zu bestimmen, soviel wusste Chayyam sicher, und das bedeutete praktisch, dass er dachte und handelte, als ob seine Eitelkeit nicht verletzt wäre, also die Wahrheit sagte, wenn er das behauptete. Der andere Gedanke, den er nicht zulassen wollte, kam ihm in einem Winkel seines Gehirns, als der Wesir über die Angst sprach, dass das Reich, das er geschaffen hatte, womöglich schon im Auseinanderfallen begriffen sei. In diesem Augenblick bemerkte Chayyam mit Trauer, dass sich das, was früher die aufrechte Art und vornehme Langsamkeit seines Freundes gewesen war, in die Starrheit eines Greises verwandelt hatte, und so fragte sich etwas am Rande seines Bewusstseins, ob die Befürchtung des Wesirs, die Welt zerfalle, nicht aus einem Körper kam, der angefangen hatte, den Dienst zu versagen. Der Mensch sieht und erkennt in der Welt nur das, was er in sich trägt, einem Menschen, dessen Körper zerfällt, kommt der Sonnenaufgang immer wie die Dämmerung vor. »Vielleicht ist das nicht das Ende der Welt, vielleicht ist nur deine Verdauung schlechter geworden«, blitzte es irgendwo in seinem Gehirn auf, aber er wehrte auch diesen Gedanken ab. Es gab keinen Grund und war nicht anständig, den Freund und Gönner zu verspotten, Nizam al-Mulk war sicher nicht so, wie er sein wollte, aber genauso sicher war er einer der wenigen Menschen, die sich ehrlich bemühten, so zu sein, wie sie sich darstellten. Schon gar nicht wollte er die Äußerungen des Wesirs, die sich in gewisser Weise gegen den Sultan richteten, in Frage stellen, weil Chayyam diesen keineswegs mochte. »Für ihn ist alles so einfach, dass die ganze Welt auf der Schneide seines Säbels Platz haben könnte«, hatte er einmal zu Sukayna gesagt. Man hätte nicht sagen können, dass er etwas gegen den Sultan gehabt hätte, zumal es nicht die Spur von Wut oder Hass gab, aber er konnte sich beim bloßen Gedanken an so viel Einfachheit im Geiste nicht von seinem Unbehagen befreien.

Er hatte keine Lust zuzusehen, wie der Sultan feierlich über den Platz ritt, der bis vor kurzem einer der beliebten städtischen Parks war, ein Treffpunkt der hohen Isfahaner Gesellschaft oder derjenigen, die sich dafür hielt, und so ging er ohne Ziel und irgendeine Absicht Richtung Zentrum. Er rechnete damit, unterwegs oder bei Basurmedschid, im populären Kaffeehaus, einen Bekannten zu treffen, von dem er erfahren könnte, wie man in der Stadt über Malik Schahs Feldzug gegen die Karmaten sprach. Den Wesir würde es sicher freuen, wenn man schlecht darüber sprach, vielleicht würde ihm das auch die Möglichkeit eröffnen, die Niederlage in seinen großen Sieg zu verwandeln, wie so viele Male zuvor.

Auf dem Platz waren viel weniger Leute, als man erwartet hätte, das musste er dem Wesir gegenüber erwähnen, wenn er ihn sah, aber so, dass es nicht wie ein Versuch wirkte, ihn zu trösten.

Als er in der Nähe der Brücke war, die zum Kaffeehaus von Basurmedschid führte, hörte er entzückte Ausrufe und lautes begeistertes Lachen. Im Fluss stand, einige Schritte vom Ufer entfernt, den Kaftan hochgehoben, der Recke Salm, ein Isfahaner Sonderling, ehemaliger Krieger und großer Held, der hier vor etwa zwei Jahren aufgetaucht war, bis über die Knie im Wasser. Lange Jahre war Salm Soldat gewesen, hatte es zu einem hohen Rang und Ruhm gebracht, hatte einen soliden Besitz und die Bekanntschaft der angesehensten Leute erworben, aber dann war es in ihm zu einem plötzlichen Bruch gekommen, und er kehrte der Familie, dem Besitz, dem Ansehen und dem Krieg den Rücken und ging auf Wanderschaft. Das Umherstreunen führte ihn nach Isfahan, und da blieb er auch. Er war harmlos und angenehm und wurde schnell zu einem der beliebtesten Sonderlinge der Stadt, zu einem von denen, die die Sympathie der Bewohner genossen. Sie boten ihm Arbeit und Geschenke an, die Wohlhabenderen sogar, ohne Gegenleistung bei ihnen zu wohnen, viele wollten ihm ein Almosen geben, aber er lehnte all das beharrlich ab, stets heiter und ruhig, ohne grobe Worte und ohne sich die Mühe zu machen, seine Ablehnung zu erklären. Er arbeitete nicht und erlaubte nicht, gute Werke an ihm zu tun, so dass niemand sagen konnte, wovon und wie er lebte, aber er lebte unbeirrt und hatte für den Vorübergehenden, der bei ihm stehen blieb, immer ein gutes Wort, eine interessante Geschichte oder wenigstens ein breites heiteres Lächeln übrig. In den letzten Jahren war er auf den Isfahaner Friedhöfen unersetzlich geworden, so dass man sich eine Beerdigung ohne ihn nicht vorstellen konnte. In diesen Jahren wurde auf keinem einzigen Friedhof ein Grab ohne ihn ausgehoben, und wenn er nicht die Hauptperson war und das Graben leitete, war er sicherlich daran beteiligt oder half zumindest ein wenig mit, ungeachtet dessen, wer gestorben war und bei welchem Wetter die Beerdigung stattfand.

Salm winkte Chayyam, seinem »Landsmann aus Nischapur«, wie er manchmal erwähnte, fröhlich zu, breitete die Arme aus und lachte herzlich. Chayyam ging hinunter zum Fluss und blieb direkt am Ufer stehen, ein paar Schritte von Salm entfernt.

»Schau, diese Schönheit, Hakim, mein Bruder, schau nur diese Wonne und Schönheit«, rief er strahlend, wobei er mit der Hand auf das Wasser und seine darin eingetauchten Beine zeigte.

»Es kühlt wohltuend, nicht wahr?«, entgegnete Chayyam freundlich.

»Es anerkennt, es anerkennt! Es stört nicht, dass es kühlt und wohl tut, das ist gut so, ich danke ihm dafür, aber es anerkennt, wichtig ist, dass es anerkennt.«

»Was anerkennt es denn?«

»Mich, mich anerkennt es! Schau nur diese Wonne, mein Bruder: Ich stehe hier, und es fließt, kommt zu mir und berührt mich, vergewissert sich, dass es mich gibt und dass ich da stehe, anerkennt mich und umgeht mich. Es sagt mir, dass ich da bin, und ich freue mich und anerkenne, dass es da ist. Wie schön!«

Recke Salm breitete erneut die Arme aus, als wollte er mit ihnen etwas Gigantisches umarmen, und vor lauter Vergnügen entfuhren seiner Brust alle Augenblicke Jauchzer. »Oh-oh-oh!« und »Ah-ah-ah!« schrie die Freude aus seiner Brust, während er die Arme schwang wie Flügel, um den Druck der Freude auf den Brustkorb und die Rippen zu verringern. Irgendwann kam er doch aus dem Wasser und ging auf Chayyam zu, umarmte ihn und schlug vor, sich ein wenig an den guten Fluss zu setzen.

Der Tag war schon vorgerückt, der Mittag näherte sich, oder es war schon Mittag, so dass sie keinen Schatten finden konnten und sich in die Sonne setzten. Recke Salm atmete tief ein, voller Genuss behielt er den Atem lange in der Lunge und blies ihn dann geräuschvoll aus, auch das sichtlich genießend. Sie schwiegen und vergingen unter den heißen Sonnenstrahlen, die unbarmherzig brannten.

»Siehst du, Hakim mein Bruder, wie sie uns freundschaftlich wärmt«, seufzte Salm nach langem Schweigen. »Sie anerkennt uns, sogar Schatten schenkt sie uns, der auch uns zeigt, dass es uns gibt. Ihr habt, sagt er, Arme, ihr habt euer Gewicht, eure Gestalt. Eine große Sache ist das, wirklich, sein Gewicht zu haben und Anerkennung dafür zu bekommen.«

Wieder schwiegen sie und atmeten immer kürzer, in der starken Sonne brauchte der Körper wohl keine tiefen Atemzüge.

»Ich bin, siehst du, riesig«, brach Salm erneut das Schweigen, jedoch ohne seine überschwengliche Freude. »Manchmal ist ein großer Körper die Hölle, die reinste Qual. Du musst ihn ernähren, du musst ihn bewegen. Stell dir vor, wie viel Anstrengung es mich allein kostet, einem so großen Mann genügend Schlaf zu verschaffen!«

Chayyam schlug vor, ins Kaffeehaus von Basurmedschid zu gehen, was sie auch taten. Dort trafen sie auf eine große Gesellschaft in einer lebhaften Diskussion über den Krieg, in den der Sultan gezogen war. Bald bemerkten sie, dass die Auseinandersetzung zwar durchaus lebendig war, aber ohne wirkliches Interesse und leise genug geführt wurde, dass man in dieser Gesellschaft angenehm sitzen konnte. Abu Said war nicht da, und Chayyam hatte keinen Grund zu reden. Er genoss es, unter den Leuten zu schweigen, ihre Stimmen zu hören, ohne zu verstehen, was sie sagten, und den Blick über ihre Gesichter schweifen zu lassen, ohne das Interesse und den Wunsch, sie zu erkennen. Irgendwann brach er nach

Hause auf und sah an den Schatten in der Straße, dass der Nachmittag weit vorgerückt war.

Zu Hause erwartete ihn neben seinen Freunden und Sukaynas Verwandten, die gekommen waren, um mit ihnen Leylas ersten Zahn zu feiern, ein unbekannter Mann, der sich als al-Hassan Ibn Muhammad al-Sabbah vorstellte. Stämmig, groß und zur Fettleibigkeit neigend, eigentlich schon ein wenig zu dick für sein Alter, mit heller Haut und einem gesunden roten Gesicht, ungewöhnlich hellen, fast gelben, so spärlichen Haaren, dass die Stirn bis zum halben Scheitel zu reichen schien, stand der Unbekannte auf, als Chayyam hereinkam, und blieb mit einem breiten Lächeln und unbeweglich in seiner Ecke stehen, solange Chayyam seine Gäste begrüßte. Als er die Gelegenheit bekam, sich Chayyam vorzustellen, wurde er vor Freude, Erregung oder Schüchternheit ganz rot. Chayyam dachte einen Augenblick nach, weil er mit dem Namen, den er gehört hatte, nichts verbinden konnte, aber der Unbekannte, der das bemerkte, sprang ihm bei, indem er »al-Zamahschari, unser Lehrer« sagte.

»Ja richtig, der neue Bedienstete des Wesirs«, erinnerte sich Chayyam, und der neue Bedienstete verneigte sich.

»Wo du schon den Wesir erwähnst«, warf Sukayna ein, rannte durch die Tür an der rechten Seite und kam kurz darauf mit einem schön gearbeiteten, perlmuttbesetzten Kästchen zurück. »Schau mal. Das hat der Wesir als Schmuckschatulle für Leyla geschickt.«

Daraufhin öffnete sie das Kästchen und nahm einen Dukaten heraus mit der Bemerkung, er sei im Kästchen gewesen.

»Wie ist der Wesir sonst?«, fragte sein neuer Bediensteter, die Gelegenheit, die sich ihm bot, nutzend.

»Schön. Ein Herr. Der aufrechteste Mann, den ich im Leben gesehen habe«, antwortete Sukayna schnell.

»Ach ja«, rief Chayyam aus, als hätte er sich an etwas erinnert. »Herzlich willkommen, Hassan. Du kannst mit uns essen und hier übernachten, wir feiern … Nein, eigentlich ist das keine richtige Feier, nur so, ein freudiger Anlass. Freunde, wir haben sie eingeladen, das Haus ist neu.«

Der Gast legte die Hände auf die Brust, verneigte sich und lehnte die Einladung höflich ab, sich mit der Müdigkeit von der Reise rechtfertigend. Vorerst habe er eine Unterkunft im Haus der Hofangestellten, dort könne er bleiben, bis er eine Wohnung gefunden habe, es gebe keinen Grund, jemandem zur Last zu fallen. Er sei müde, gern wäre er schon nach dem Abendgebet ins Bett gegangen, aber er habe auf Chayyam warten müssen, um ihm zu danken.

»Mir liegt daran, dass Euer Gnaden der erste Mensch ist, mit dem ich in Isfahan Grüße wechsle, ich glaube an Zeichen und denke, genau das wäre ein gutes Zeichen.« Daraufhin verneigte er sich und ging hinaus, ohne abzuwarten, bis der verdutzte Chayyam zu sich kam und den Gruß erwiderte. Sobald sich die Tür hinter Hassan geschlossen hatte, fragte Sukayna Chayyam, ob seine Gnade nun geruhe, mit der Familie und den Gästen zu speisen, dann brach sie in lautes Lachen aus.

Gut gelaunt, scherzte Sukayna nach dem Essen weiter. Sie erzählte den Gästen, dass Chayyam nach einer Rechtfertigung für die Feier gesucht habe, dass er gekämpft habe, um zwei gegensätzliche, aber gleich starke Gefühle in seinem Innern zu versöhnen, und am Ende auf die Idee gekommen sei, heute gleichzeitig den Einzug ins neue Haus und Leylas ersten Zahn zu feiern. »Er ist völlig verrückt nach der Kleinen, am liebsten würde er jeden Atemzug von ihr feiern«, kicherte Sukayna. »Seine Gnade wollte vergehen, während wir auf das Durchbrechen des Zahns warteten, ihr könnt euch denken, was für ein Festtag das für ihn ist. Aber wie willst du ein Fest rechtfertigen, das du dir persönlich ausgedacht hast!?«

»Was, mein guter Omar hat noch nicht begriffen, dass er

ein wichtiger Mann ist, der recht hat und sich vor niemandem außer dem Sultan zu rechtfertigen braucht?«, fragte Sukaynas Bruder Feridun.

»Nein, er rechtfertigt sich nicht vor anderen Leuten, er rechtfertigt sich vor sich selbst. Seine Gnade ist jedes Mal, wenn ihm eine Freude widerfährt, besorgt und verlegen, er rechtfertigt sich, wann immer ihm etwas Schönes passiert, das hier ist das erste Mal, dass er etwas feiert, und zwar auf eigenen Wunsch«, neckte Sukayna ihren Mann lachend und unterhielt die Gäste in ihrem neuen Haus.

Irgendwann, ziemlich spät kam ein Bursche und verständigte Chayyam, dass der Wesir ihn zu einem Spaziergang einlud. Das war ein Zeichen, dass es ihm nicht gut ging, mit dem Schmuckkästchen für Leyla hatte er die Nachricht geschickt, er werde nicht zum Abendessen kommen, weil dringende Angelegenheiten es ihm nicht erlaubten.

Als sie auf den großen Garten des Wesirs zugingen, kam Chayyam auf die Zurückhaltung der wenigen Stadtbewohner zu sprechen, die den Sultan in den Krieg verabschiedet hatten, in der Hoffnung, seinen Freund damit zu trösten und ihm zu helfen, die Niederlage zu überwinden, aber Nizam al-Mulk schnitt ihm das Wort ab und fuhr ihn an: »Lass das!« Dann schwieg er wie zuvor. Sie gingen auf den Wegen, die den Garten wie ein Netz durchzogen, aber viel zu schnell, als dass man es einen Spaziergang hätte nennen können. Nach langem Schweigen und Laufen, nachdem sie einen Kreis um den Garten beschrieben hatten und zurückgelangt waren vor den Eingang zum Haus des Wesirs, blieb Nizam al-Mulk stehen, als wollte er sich verabschieden, aber anstelle eines Grußes sprach er aus, womit er sich in Gedanken wohl die ganze Zeit beschäftigt hatte: »Du kannst kein Weltreich errichten, wenn du von der Welt nur das in Betracht ziehst, was dir eine Frau offenbart, wenn sie die Beine breitmacht. Und die Frau obendrein eine Zwergin ist … Tja.«

## *Ein glücklicher Abgang*

Die Männer, die sie trugen, stellten die Leichenbahre auf dem großen Totenstein vor dem Friedhofstor ab und schöpften tief Atem. Auch diejenigen, die den Toten nur ein oder zwei Schritte oder überhaupt nicht getragen hatten, holten Atem und wischten sich den Schweiß von Gesicht und Stirn, ebenso wie die Verwandten und Freunde des Toten, die ihn lange getragen hatten, einerlei ob aus eigenem Wunsch oder weil der Brauch es von ihnen verlangte. Der stetige Südwind, trocken und salzig, der ihnen ununterbrochen ins Gesicht schlug, brachte sie zum Keuchen und erstickte sie fast, er erschwerte ihnen das Atmen so sehr, dass er es nahezu unmöglich machte und dadurch jede Bewegung in eine gewaltige Anstrengung verwandelte. Der Imam wandte dem Wind den Rücken und sein Gesicht den Menschen zu, die gekommen waren, um Husni Mussa auf seine letzte Reise zu begleiten; er verschnaufte kurz und sammelte sich, dann fragte er, wie der Glaube und der Brauch es vorschrieben, ob jeder Anwesende dem Verstorbenen jede, aber auch wirklich jede Schuld verzeihe. Es ist nämlich nicht erlaubt, einen Toten in den geheiligten Raum des Friedhofs, den Grenzbereich zwischen dieser und jener Welt, dieser und einer anderen Existenzform, zu bringen, solange ihn eine nicht wieder gutgemachte Schuld an diese Welt bindet, einerlei ob es sich um eine materielle Schuld, eine Beleidigung, die man ihm nicht verziehen hat, eine nicht bereute Ungerechtigkeit gegenüber einem Schwächeren oder etwas Viertes handelt. Mit einer Sünde auf dem Gewissen darf man in den Friedhof, weil von Sünden allein der liebe Gott freisprechen kann, aber eine Schuld, von der die Menschen befreien, verwehrt dem, der seine Schuld nicht mehr wiedergutmachen kann, den

Einlass. Alle Anwesenden sprachen gleich einem gut eingeübten Chor ihr »Halal« aus und befreiten Husni Mussa so von jeder Schuld gegenüber den Lebenden, woraufhin der Imam bemerkte, über die Schuld des Toten, wenn es sie gegeben habe, müsse man von nun an auch vor sich selbst schweigen. Der Imam gab dann ein Zeichen, und vier junge Männer hoben die Bahre auf ihre Schultern und trugen sie zum Grab, an dem der große Salm mit zwei Kameraden stand, mit denen er offensichtlich das Grab ausgehoben hatte.

Alle, die konnten und wollten, begaben sich vom Friedhof in das Trauerhaus, eines der größeren und reicheren Häuser in der Sultansstadt. Als einer der Ersten kam der Großwesir Nizam al-Mulk, der auch auf dem Friedhof immer unter den Ersten gewesen war, so dass er in der ersten Reihe gestanden hatte, während die Bahre auf dem Totenstein lag, als Erster das »Halal« ausgerufen hatte, einer der Ersten gewesen war, die mit der Schaufel Erde aufgenommen und in das Grab geworfen hatten. Er saß an einem Platz an der hinteren Breitseite des Zimmers, der ihm seiner Stellung und seinem Alter nach gebührte, begrüßte jene, die nach ihm kamen, als wäre er der Hausherr, nahm Beileidsbekundungen von ihnen entgegen, verfolgte mit dem Blick, als führte er Aufsicht, wie das Hauspersonal den Tee ausschenkte und die Schälchen mit Körnern und gedörrtem Obst verteilte. Als das alles erledigt war, trat eine völlige Stille ein, weil sich in dem riesigen Zimmer zu viele Leute mit verschiedenen Interessen und gesellschaftlichen Positionen versammelt hatten. Alle waren angesehene Leute, Husni Mussa war der Nachfahre einer der ersten Familien im Reich, alle kannten sich und mussten sich dulden, wenn auch nicht mögen, aber vielleicht war gerade das ein Problem: Wer war hier nun der Erste? Sollte der Großwesir den Vorrang haben und als Erster reden oder der Imam, der die Beerdigung durchgeführt hatte, oder der nächste Verwandte des Verstorbenen? In solchen Häusern kannte und achtete man die Ordnung und das Protokoll, und wenn sich einmal eine solche Gesellschaft versammelte, wurden die Ordnung und das Protokoll zu einer heiligen Vorschrift, die nicht verletzt werden durfte. Aber welche Ordnung und welche der Vorschriften waren nun, im Schatten des Todes, zu achten?

Nach langem Schweigen, als die Stille, die das beinahe ununterbrochene Umrühren des Tees, das Knabbern der Kerne und manch lauter Seufzer nur noch tiefer und schwerer gemacht hatten, schon unerträglich geworden war, ergriff der Großwesir das Wort und verkündete, der Abgang Husni Mussas sei ein schwerer Schlag und großer Verlust. Für das Reich, für seine Familie, aber auch für ihn, den Großwesir, der einen seiner besten Minister verloren habe, der eines der wichtigsten Ressorts tadellos geführt habe. Er sprach über ihre Zusammenarbeit, die gut und erfolgreich gewesen sei, gerade weil es nicht an Konflikten und Auseinandersetzungen gefehlt habe, über die Leidenschaft und über die Sorge, mit denen Husni das staatliche Geld zusammengebracht und zusammengehalten habe, während er mit seinem eigenen freigebig umgegangen sei, es gern den Armen gespendet oder ausgegeben habe, um seine Freunde reichlich zu beschenken und zu bewirten, was fast jeder der hier Anwesenden bezeugen könne. Dann sprach er über die menschlichen Werte von Husni, und aus seiner Stimme war echtes Gefühl herauszuhören. Je länger die Rede des Wesirs zum Gedenken an den edlen Menschen Husni Mussa dauerte, desto stärker kam das Gefühl in seiner Stimme und auf den Gesichtern aller Anwesenden zum Ausdruck. Er endete, indem er an die alte Wahrheit erinnerte, dass die Lebenden weiterleben müssten, wie sehr sie auch um jene trauerten, die nun in einer besseren Welt weilten, dann gestand er, sein Leben bereite ihm nun weniger Freude als vor zehn Tagen, weil diese Welt ohne Husni Mussa sicherlich einen weniger guten Ort für das Leben darstelle, als sie es mit ihm gewesen sei. Am Ende der langen Rede war in der Stimme des Wesirs fast deutlich ein Schluchzer zu hören, und in vielen Augen konnte man Tränen sehen, wiewohl seine Zuhörer erfahrene und harte Leute waren, ganz und gar nicht anfällig für Tränen und geizig im Zeigen von Gefühlen.

Wer sich erinnert hätte, wie der Wesir noch vor weniger als einem Monat gegen denselben Husni Mussa, über den er jetzt so schön sprach, gewettert hatte, den hätte die tiefe Trauer des Wesirs vielleicht noch mehr gerührt. Auf einer Sitzung des großen Diwan hatte Nizam al-Mulk seine Absicht kundgetan, den Staat bei einigen reichen vertrauenswürdigen Leuten zu verschulden und so Geld zu beschaffen für den Anfang der Arbeiten in Bandar-e Taheri und die Vorbereitungen für die Gründung eines ernsthaften Nachrichtendienstes, ohne den man offensichtlich nicht auskam. Wenn sie die Salzsteuer nur um einen Danedsch je zehn Okka erhöhten, triebe man genug Geld auf, um die Schulden innerhalb von sechs Jahren zu begleichen. Er habe schon Leute gefunden, die bereit seien, dem Staat unter den erwähnten Bedingungen Geld zu leihen, und wenn sich herausstellen sollte, dass es nicht ganz reiche, könnte er beisteuern, so viel nötig sei. Bevor einer der Wesire dazu kam, sich zu dem Plan zu äußern, lobte Husni Mussa die Absicht des Großwesirs, betonte, wie edel es sei, dass er dem Staat Geld leihen und warten wolle, bis man ihm als Letztem die Schuld zurückzahle. Aber es bestehe kein Grund zur Eile, betonte er, was jetzt gut sei, sei auch in einem Jahr gut, so auch dieser ausgezeichnete Plan. Es sei nicht in Ordnung, derart große Dinge in die Wege zu leiten, solange der Sultan im Krieg sei, er könne auf die Idee kommen, man habe hinter seinem Rücken gehandelt. All das könne man auch angehen, wenn der Sultan, so Gott wolle, siegreich aus dem Krieg zurückgekehrt sei, dann sei es ein guter Moment wie heute, vielleicht sogar besser als heute, weil er, Husni Mussa, einen sichereren Einblick in den Zustand der Staatsfinanzen haben werde. Ob der glückliche Sultan mit dem Sieg auch reiche Beute mitbringen werde. Wenn er eine mitbringe, das heißt, wenn die Beute wirklich reich sei, bestehe womöglich gar kein Bedarf an geliehenem Geld. Aber wenn es keine gute Beute gebe, fürchte er, dass man ein Darlehen aufnehmen müsse, um das Heer zu bezahlen, so dass es keinen Sinn habe, über andere große Ausgaben überhaupt zu sprechen. Außerdem müsse man wissen, ob und in welchem Maß der Sultan mit diesen Unterfangen einverstanden sei, man dürfe derart große Unternehmungen nicht ohne Absprache mit ihm und seiner deutlichen Billigung in Angriff nehmen.

Nizam al-Mulk bemerkte, man solle jeden seine Arbeit tun lassen, und Absprachen mit dem Sultan seien, wie man wisse, die Arbeit des Großwesirs. Wenn man den Sultan nach seiner Meinung zu etwas fragen müsse, sei bekannt, wer das zu tun habe. Die beiden Dinge dürften sie nicht lange aufschieben, aber das müssten sie tun, wenn sie warteten, bis der Sultan aus dem Krieg zurückgekehrt sei und sich von ihm erholt habe. Besonders dringend sei der Nachrichtendienst, das dürfe man keinen einzigen Tag hinauszögern, er habe im Übrigen bereits mit dem Sultan darüber gesprochen.

Die Sache mit den Nachrichtendiensten sei nicht so einfach, entgegnete Husni Mussa, in einem schlimmen Fall könnten sie den Interessen des Reichs und des Sultans zuwiderlaufen, und das täten sie auch oft, weil die Wirklichkeit häufig ein schlimmer Fall sei. Wenn ein Herrscher und sein Staat gut dächten und handelten, könne ihnen ein Nachrichtendienst eher schaden als nützen. Wer mein aufrichtiger Freund ist und von sich aus ein anständiger und offener Mann, wird sich nicht bemühen, meinem Agenten zu gefallen, um ihn wird sich ernsthaft nur ein Lügner bemühen, der weder mir noch meinem Thron und Volk etwas Gutes wünscht.

Mein Agent meldet mir dann, dieser Lügner sei ein ehrlicher und echter Freund, weil er ihm gefallen hat, er hat ihn überzeugt, dass er das wirklich sei, während jener ehrliche Freund böse Absichten habe, weil er sich nicht um meinen Agenten bemüht, aber auch über mich spricht er schlecht, wenn er mir manchmal etwas vorzuwerfen hat. Deshalb denke ich, dass Nachrichtendienste keine harmlose Sache sind, und deshalb denke ich, wir sollten die Meinung des Sultans dazu abwarten, wie dringend es uns auch scheint.

Diese Erklärung ließ den Großwesir buchstäblich versteinern. Hier geschah gerade etwas, was überhaupt nicht sein konnte, weil sein Finanzminister fast Wort für Wort die Begründung wiederholte, mit der der Sultan seinen Widerstand gegen die Geheimdienste und ähnliche Dinge gerechtfertigt hatte. Vor anderthalb, vielleicht auch zwei Jahren hatte er die gute Laune des Sultans genutzt und zum wer weiß wievielten Mal seine Absicht angesprochen, Leute auszubilden, die er, gut vorbereitet, in die benachbarten und dann auch in fernere Länder senden wolle, wo sie für die Interessen des Seldschukenhofes arbeiten und regelmäßig über alles berichten sollten, was dort vorgehe und für den Hof von Interesse sei. Der Sultan hatte das mit den Worten abgelehnt, die Husni Mussa jetzt fast wortwörtlich wiederholte. Jenes Gespräch hatte im Haus des Großwesirs unter vier Augen stattgefunden und zwar vor etwa zwei Jahren. Damals konnte man von der Feindschaft Turkan Chatuns ihm gegenüber nichts ahnen, der klebrige Tadsch al-Mulk war noch nicht am Hof und Husni Mussa gar nicht in seiner Nähe, die Welt war in Ordnung, und es bestand keine Notwendigkeit, dass jemand gelauscht oder spioniert hätte. Wer hatte damals die Ohren in seinem Haus gehabt und warum?! Wer hatte sich ihre vertraulichen Gespräche gemerkt oder gar notiert?! Wie war ihm das gelungen? Wer alles belauschte jetzt seine Gespräche oder erzählte sie weiter? Wer hatte ihnen was hinzugefügt, welche Gespräche aus seinem Haus wurden jetzt alle weitererzählt?

Er spürte, wie sich seine Kleidung von ihm löste und ihn nackt und elend zurückließ, den feindlichen oder gleichgültigen Blicken ausgesetzt. Er spürte, wie ihm ein Schauder über den Rücken lief, und erbebte, was womöglich auch die Männer um ihn herum wahrnehmen mussten. Er spürte Kälte im Bauch. Er dachte, so würde er sich fühlen, wenn er sich, nach der Fügung Gottes, in ein Stück Eis verwandelte.

Der Großwesir hob den Diwan unvermittelt, mit einem kurzen Satz, auf, und am Abend sprach er auf einem langen Spaziergang mit Chayyam und Hassan, dem es bereits gelungen war, so etwas wie der Mann seines Vertrauens zu werden, leidenschaftlich und überzeugend darüber, warum ein guter Nachrichtendienst für ein richtiges Imperium unumgänglich sei. Als sie auf eine Lichtung kamen, ziemlich weit weg von jedem Busch, Baum oder größeren Stein, gestand er, dass er nicht traurig wäre, wenn ihm das Schicksal verweigern würde, das liebe Gesicht von Husni Mussa noch einmal zu sehen.

»Sag das bitte nicht, Herr«, warnte ihn Hassan mit einem leisen Ausruf. »Sprich das nicht dreimal aus, das ist am wichtigsten.«

»Warum dreimal?«

»Der liebe Gott erfüllt manchen Auserwählten unter seinen Sklaven gern einen Wunsch, und du müsstest nach allem zu ihnen gehören. Und wenn der Sklave Gottes etwas dreimal laut und deutlich ausspricht, ist klar, dass er es zweifelsfrei wünscht«, erklärte Hassan. »Deshalb muss er dreimal deutlich aussprechen, dass er sich von seiner Frau trennen oder sie wieder aufnehmen will, oder eine andere bedeutende Angelegenheit, für die Herz und Verstand gleich wichtig sind.«

»Du hast Angst, Husni Mussa könnte ein Unglück zustoßen, wenn ich …«

»Ja, ich habe Angst, ihm könnte ein Unglück zustoßen, wenn das zweifelsfrei dein Wunsch ist.«

»Im Zusammenhang mit ihm habe ich keine Wünsche«, entgegnete der Wesir, »gar keine, nicht einmal den Wunsch, jemals wieder sein Gesicht zu sehen.«

»Pass auf, Herr, das ist schon das zweite Mal, dass du das gesagt hast«, warnte Hassan, ohne dass es ihm gelang, die Anspannung in seiner Stimme zu verbergen.

»Und wenn es tatsächlich das dritte Mal wäre, würde ich nichts zurücknehmen. Was ich gesagt habe, habe ich gesagt.«

So hatte der Großwesir vor nicht ganz einem Monat über Husni Mussa gesprochen, und nun, nach seiner Beerdigung, hätte er erfahrene Männer mit hartem Herzen beinahe zum Weinen gebracht, indem er mit viel aufrichtigem Gefühl an ihn erinnerte. Als er den Schluss zog, dass die Welt ohne Husni Mussa einen weniger guten Ort für das Leben darstelle, als sie es mit ihm gewesen sei, entfuhr seiner Kehle fast ein richtiger Schluchzer, und er verstummte, wahrscheinlich aus Angst, losweinen zu müssen, weil er einige Male hintereinander seine Spucke und seine Schluchzer geschluckt hatte. Daraufhin erhob sich im Zimmer ein Raunen der Zustimmung und des Lobes, das dem Wesir ebenso galt wie dem verstorbenen Husni.

»Es tröstet mich, wenn ich sehe, wie viel Schmerz der unerklärliche Tod meines armen Verwandten unter den großen Männern ausgelöst hat«, äußerte Tadsch al-Mulk, der ebenfalls an der hinteren Breitseite des Zimmers, nicht weit vom Wesir entfernt saß. »Wenn ich sehe, wie sehr unser Wesir trauert, und wenn ich höre, wie sehr ihr alle hier den verstorbenen Husni lobt, wird mir klar, wie viel Liebe und Achtung er zu Lebzeiten genossen hat, er hat es gut.«

»Er hat es gut«, sagten mehrere Leute auf einmal, wie im Gebet.

»Ja wirklich, er hat es gut«, ertönte eine Stimme aus der

Zimmerecke. »Zu Lebzeiten geliebt und geachtet, ist er im richtigen Augenblick in die bessere Welt übergesiedelt, bevor er Krankheit, Alter, Schwäche kennengelernt hat. Ein kluger Mensch würde nichts anderes wünschen.«

»Der Glückliche. Es ist nicht an mir zu urteilen, aber er hat es verdient«, tat ein anderer Mann aus derselben Ecke kund. »Er war rechtschaffen wie nur wenige.«

»So ist es. Bewahre uns, Gott, vor Sünde, wir dürfen nicht über die menschlichen Seelen und Schicksale urteilen, aber ich meine, dass Husni rechtschaffen und gerecht, treu und zuverlässig wie nur wenige war.«

»Das wissen ich und unser Großwesir am besten, er hat mit ihm gearbeitet, und ich war mit dem verstorbenen Husni verwandt«, meldete sich Tadsch al-Mulk wieder. »Ich bezeuge hier, dass er denen treu gedient hat, denen er es schuldig war, aber ich weiß nicht, wie der Wesir darüber denkt.«

»Ja sicher, natürlich«, stimmte Nizam al-Mulk nach einer kurzen Pause zu, kurz genug, dass viele sie nicht bemerkten, aber lang genug, dass sie jedem aufmerksamen Zuhörer auffiel. »Ich meine, der verstorbene Husni war in vielem einzigartig.«

»Nur Gott ist einzigartig, Großwesir, sprich nicht so«, empörte sich der Imam, der die Beerdigung durchgeführt hatte und jetzt neben ihm saß.

»Natürlich, ja sicher«, stimmte Nizam al-Mulk sogleich zu. »Ich habe gedacht, er war auf menschliche Art einzigartig, in dem Maß, wie ein Mensch es sein kann, deshalb habe ich ja auch gesagt in vielem.«

»Trotzdem wirst du ihn schnell ersetzen, du musst einen neuen Finanzminister suchen, so sehr du dem alten auch nachtrauerst. Und zwar sofort, fast heute noch«, meldete sich Tadsch al-Mulk erneut, der sonst an mehreren Tagen nicht so viele Wörter aussprach.

»Gott der Erbarmer ist diesem Reich wirklich gnädig, ich

weiß nicht, ob wir Ihm genug danken können: Er hat uns den besten Sultan geschenkt, den die Welt gesehen hat, diesem hat er weise und treue Untertanen geschenkt, wie Tadsch al-Mulk einer ist, der keinen Unterschied zwischen dem Staatlichen und dem Eigenen macht, und er hat uns auch eine Menge fähiger und guter Leute geschenkt, bereit, alle notwendigen Arbeiten zu verrichten.«

»Das heißt, du hast schon einen Ersatz gefunden?«, fragte Tadsch al-Mulk schnell.

»Nein, Husni ist unersetzbar«, antwortete der Großwesir, den gepressten Tonfall von Tadsch al-Mulk nachahmend. »Aber ich habe einen guten Mann im Auge, der diese Arbeit gut machen könnte. Auf seine Art, nicht wie Husni, aber ganz gut«.

»Sicher denkst du da an unseren guten Zarif Zardari?«, fragte oder vielmehr folgerte Tadsch al-Mulk.

»Zarif ist gut, wirklich gut. Jung, klug, fähig und vielfach bewährt. Zu großen Dingen geboren, wenn du mich fragst. Aber in diesem Fall habe ich nicht ihn im Sinn, sondern einen anderen, einen genauso guten. Hassan Ibn Muhammad as-Sabbah heißt er.«

»Wer ist denn das?«, wunderte sich Tadsch al-Mulk. »Wer hat ihn empfohlen?«

»Ich«, antwortete der Großwesir.

»Zarif verwaltet seit fast fünf Jahren den Privatbesitz des Sultans, er hat bewiesen, dass er das kann wie kein anderer«, beharrte Tadsch al-Mulk.

»Seit fünf Jahren schon!?«, wunderte sich der Großwesir. »Wie die Zeit verfliegt!«

Er gab einem Mann, der auf der linken Seite des Zimmers saß und seinen Blick nicht von ihm abwandte, ein Zeichen, worauf dieser davon zu reden begann, dass diese Zeit, wie kaum eine andere, glücklich und unglücklich zugleich sei: Unglücklich ist sie wie vielleicht keine vor uns, weil überall ringsum Kriege und Wirren, Krankheiten und Nöte, Hunger und jedes andere Elend wüten, glücklich wiederum wie keine zuvor, wenigstens hier bei uns, weil Frieden und Wohlstand herrschen, wie es das früher nirgends gegeben hat. Die weise Staatsverwaltung hat erreicht, dass es bei uns keine Hungernden gibt, keine Kranken, die sich selbst überlassen sind, keine Wissensdurstigen, denen man die Schule vorenthält, und keine, die auf der Straße schlafen müssen. Wann hat man das je auf der Welt gesehen? Hat es seit Adams Zeiten einen Staat gegeben, in dem jedem bedürftigen Menschen Schulen und Krankenhäuser zur Verfügung standen, ohne dass es ihn einen Danedsch oder Dirhem gekostet hat?

Diese Überlegung rief eine Reihe begeisterter Äußerungen hervor, die sie bestätigten, guthießen und ergänzten. Nicht nur Schulen und Krankenhäuser, auch die Armenküchen seien ein Wunder dieser Zeit und dieser Verwaltung, wann habe es auf der Welt einen Ort ohne Hunger gegeben wie heute diesen hier?! Ein anderer lobte die Sicherheit. Nie sei man so viel gereist wie jetzt hier, und nie habe es irgendwo weniger Überfälle auf Reisende gegeben und mehr Vergünstigungen, die ihnen zur Verfügung gestanden hätten.

So ging das Gespräch in ein eigentümliches Lob der Staatsverwaltung und der Zeit im glücklichen Seldschukenreich über und entfernte sich von der Auseinandersetzung über Husni und seinen Nachfolger, die gedroht hatte, in einen Konflikt auszuarten. Das ermöglichte dem Großwesir, beinahe unbemerkt das Zimmer und Trauerhaus zu verlassen.

Er war noch keine zehn Schritte gegangen, als sich ihm Hassan-i Sabbah anschloss, der junge Mann, über den er sich kurz vorher so lobend geäußert hatte. Er glich seinen Schritt dem des Wesirs an, so dass er neben ihm gehen konnte, und schwieg. Nach längerer Zeit fragte er, wie für alle Fälle, »störe ich?«, worauf der Wesir verneinend den Kopf schüttelte, dann gingen sie in völliger Stille weiter.

»Warst du drinnen?«, fragte Nizam al-Mulk irgendwann.

»Ja.«

»Hast du das gesehen?«, fragte der Wesir weiter. »Er ist noch nicht kalt, und die suchen schon einen Nachfolger! Ist das denn nicht meine Aufgabe, wer setzt denn den Großen Diwan zusammen?!«

»Mir hat es vor Freude und Stolz den Atem verschlagen, als du mich erwähnt hast.«

»Ich weiß nicht, ob es etwas nützt. Zu Recht ist ihnen Zarif Zardari eingefallen – er ist fähig, mit dem Sultan vertraut, hat sich bewährt und hält sich fern von allen Tratschereien, Intrigen und Winkelzügen. Ich glaube nicht, dass ich dich gegen ihn durchsetzen kann, wenn sie ihn aufstellen.«

»Mir ist es mehr wert, dass du mich auf diesem Posten sehen wolltest, als ihn ohne deinen Wunsch zehn Mal innezuhaben. Sollen sie jetzt diesen Zardari ernennen, ich werde weder seufzen noch es einen Augenblick lang bedauern. Ernsthaft. Das Herz lacht mir im Leib, weil du mich in deinem Diwan haben wolltest.«

»Denk aber nicht, sie hätten etwas gegen dich, alles, was sie mauscheln, bezieht sich nur auf mich.«

»Mich kennen sie ja gar nicht, wie könnten sie da etwas gegen mich haben. Aber auch gegen dich können sie nichts ausrichten, soviel sie auch mauscheln, du bist ein zu großer Kopf für sie«, rief Hassan erregt, am Rand der Euphorie.

»Umso schlimmer«, lachte der Wesir. »Je größer der Kopf, desto leichter triffst du ihn.«

»Sie sind dir nicht gewachsen«, behauptete Hassan glühend. »Da, ich habe mir jetzt Tadsch al-Mulk angesehen, der das Hirn ihrer Gruppierung sein soll. Auf mich wirkt er nicht wie ein großer Geist.«

»Muss er ein großer Geist sein, um gefährlich zu sein?«, lachte der Wesir wieder. »Abu Ali al-Husaini hat unlängst eine gute Bemerkung im Zusammenhang mit ihm gemacht.

›Wie schafft es dieser Mann, vor Turkan Chatun bescheiden und schmeichlerisch zu schweigen und vor mir derart drohend?!‹. Das stimmt genau, Tadsch al-Mulk gelingt es, schmeichlerisch und drohend, mit Verachtung und demütig zu schweigen, je nach Bedarf und Gelegenheit. Das Schweigen ist seine Haupteigenschaft und ein Mittel, um Menschen zu erobern, er schweigt lauter und deutlicher als viele andere sprechen. Er ist ein Spinnenmann, ich denke, er steht hinter allen Intrigen bei Hofe, nicht nur hinter denen gegen mich, ich denke, auch Turkan Chatun ist nur einer von den zahlreichen Menschen, die er benutzt, wie er es braucht.

»Ich meine, am Ende wirst doch du hier als Sieger dastehen und immer wieder aufs Neue, solange du es willst.«

»Das hast du gut gesagt: Wie lange werde ich wirklich wollen? Das ist eine Frage, die in vielem über alles entscheidet. Warum sollte ich all das noch lange machen wollen? Ich bin reich, angesehen und müde, ich habe nicht unbedingt mehr einen Grund. Du siehst, ich bin wie ein Adler, meine Söhne sind über die ganze Welt zerstreut, weil ich bis unlängst keinen Sohn gebraucht habe, sondern jemanden, der mein Werk bewahrt und weiterführt. Hätte ich mich nicht in den Staat eingemauert, würde ich mich über meine Söhne freuen, auf Enkel warten, um meine schwangeren Schwiegertöchter bangen, ich würde ein menschliches Leben führen. Aber so? Ich habe kein Leben und muss mich doch auf den Tod vorbereiten und einen Nachfolger suchen.«

»Rede nicht so, du hast Großes geleistet, das können nur wenige«, rief Hassan lauter als notwendig, als könnte er nicht einschätzen, wie ernst es der Wesir meinte.

»Wenn du anfängst, alt zu werden, brauchst du das Leben, das unmittelbare nackte Leben, stumm und blind, ohne Ziel und Grund, ohne Form und Grenze. Allein dieses vage und dumme Leben interessiert dich wirklich, es allein kann dich einen Augenblick lang trösten, weil du weißt, dass du es verlierst. Ich spüre, dass mein Atem schwindet, nicht die Ordnung und der Friede, deshalb würde jetzt vielleicht helfen, wenn ich im Schoß ein Menschenkind halten würde, das zu atmen beginnt. Aber das vermag und kann ich nicht, weil ich es nie getan habe, bis vor kurzem habe ich es auch gar nicht gewünscht.«

»Dafür atmen Tausende glücklich und ruhig, dank dir.«

»Lass das, daran ist nichts mehr zu ändern, wie es auch sein mag«, antwortete der Großwesir grob, ohne sich zu bemühen, die Gereiztheit in seiner Stimme zu verbergen. »Ich kann mich um das bemühen, was man vielleicht noch tun könnte. Komm, wir wollen uns damit befassen.«

»Sprich«, forderte Hassan, stellte sich vor den Wesir und breitete die Arme aus mit den Handflächen nach oben, als wollte er seine Bereitschaft zeigen.

»Ich muss einen Nachfolger suchen, jemanden, der weiß, dass der Staat nur dann glücklich ist, wenn Harmonie in ihm herrscht. Harmonie zwischen Glauben und Macht, Harmonie zwischen dem Dienst am Heiligen und dem Genuss des Leiblichen. Harmonie zwischen den Armen und Reichen. Die Staatsverwaltung darf die Armen den Reichen nicht auf Gedeih und Verderb ausliefern, aber sie muss auch die Reichen vor der Wut und dem Neid der Armen schützen. Harmonie zwischen Alten und Jungen, zwischen der Suche nach Neuem und der Achtung der Tradition. Harmonie zwischen den Kampfbereiten und den Friedliebenden, den Gelehrten und Unwissenden, jenen, die gern reisen, und jenen, die lieber rasten. Harmonie zwischen öffentlichem Platz und privatem Hof, Herberge und Salon, Gasthaus am Weg und Moschee. Ohne Harmonie ist der Staat entweder unglücklich oder kurzlebig oder beides. Schon seit Jahren suche ich einen Mann, der weiß, wie notwendig Harmonie ist, und der die Kraft hat, sie im Staat zu verwirklichen, ich suche ihn, seit ich begriffen habe, dass Sultan Malik Schah nicht dieser Mann ist.«

»Der Sultan ist nicht der Einzige auf der Welt, hast du es mit noch jemandem versucht?«

»Mit Omar. Ich habe den alten Muwaffak, unseren gemeinsamen Lehrer gefragt, ob er mir jemanden empfehlen kann. Ich habe ihm deutlich gesagt, was ich brauche, habe meinen Misserfolg mit dem Sultan eingestanden, alle Befürchtungen und Erwartungen erklärt. Sofort ist ihm Omar eingefallen, und er hat mir stundenlang begeistert von ihm erzählt. Auch mich hat er begeistert, als ich ihn kennenlernte, so dass ich ihn hierhergeholt habe. Aber in weniger als einem Jahr ist er ganz in den Anblick des Nachthimmels versunken, als hätte er es kaum erwarten können, sich vor mir, meinen Problemen und Bedürfnissen in etwas zu flüchten.«

»Dazu taugt er bestimmt nicht«, winkte Hassan ab, »aber du solltest es ihm nicht zu sehr verübeln, wir suchen es uns nicht aus, was für Menschen wir werden.«

»Nichts nehme ich ihm übel, ich liebe ihn, wie ein Mann einen Freund lieben kann. Aber ich werde das Gefühl nicht los, dass er mich verraten hat. Enttäuscht hat er mich, ich bin enttäuscht«, verbesserte sich der Großwesir, »und das kann ich ihm nicht verzeihen.«

»Du wirst schwerlich jemanden finden …

»Ich möchte glauben, doch schon einen gefunden zu haben«, erklärte der Wesir, direkt vor sich hinschauend, dann wandte er das Gesicht seinem Gesprächspartner zu und sah ihm direkt ins Gesicht. »Lass es uns versuchen.«

## *Der alchemistische Hahn*

Parviz hatte seine Arbeit im Garten beendet und rief dann, im Innenhof stehend, lange nach Chayyam. Als dieser endlich am Fenster erschien, zeigte Parviz zum Himmel, wohl um ihn darauf hinzuweisen, wie weit die Sonne schon vorgerückt war, fuchtelte mit den Händen und sprach am Ende mit unsicherer Stimme aus, was seine Geste gefragt hatte.

»Gehen wir, hast du es dir anders überlegt?«

»Nein, natürlich gehen wir«, entgegnete Chayyam und verschwand vom Fenster, um kurz darauf im Hof zu erscheinen.

»Weißt du, ich hab gesagt, wir kommen. Das hab ich gesagt«, erklärte Parviz, als wollte er damit seine Ungeduld rechtfertigen oder wenigstens begründen.

»Wir gehen, keine Sorge, ich will nur meinen alchemistischen Hahn holen«, beruhigte ihn Chayyam, ohne eine gewisse Fröhlichkeit, die er ausstrahlte, zu verbergen.

Chayyam ging zu einem umfriedeten Platz am anderen Ende des Gartens, wohin ihm Parviz dicht auf den Fersen folgte, als befürchtete er, sein Gefährte könne ihm entwischen. Dort nahm Chayyam einen kleinen Beutel und hängte ihn an seinen Gürtel, packte einen Hahn, der hinter der Einfriedung einherstolzierte, und nahm ihn unter den Arm, dann forderte er Parviz zum Gehen auf.

Parviz war ein Anhänger von Zoroaster und ein bekannter Gärtner, der für eine Reihe angesehener Isfahaner Häuser die Gärten herrichtete. Er hatte auch bei Sukaynas Eltern als Gärtner gearbeitet, bis ihn Mirchond entlassen hatte, um einen Verwandten seiner jungen Frau Schirin einzustellen. Als Hind nach Mirchonds Tod von neuem die Herrschaft im

Haus ergriff und alle Aufgaben in die eigenen Hände nahm, holte sie Parviz auf seine Stelle zurück und schickte ihn auch den Kindern, wie sie Sukayna und Chayyam nannte, wenn der Garten an ihrem neuen Haus in Ordnung gebracht werden musste. Bei dieser, nun dritten mehrtägigen Beschäftigung mit ihrem Garten setzte Parviz Herbst- und Winterpflanzen, so dass der Garten nach bald einem Jahr Arbeit und Warten schließlich sein endgültiges Aussehen erhielt.

Beide waren begeistert. Sie luden Parviz zum Mittagessen ein, das sie neben dem Springbrunnen genossen, damit sich ihre Augen an den Schönheiten des Gartens weiden konnten. Vor allem Sukayna war aufgeregt und froh. Alle Augenblicke stand sie auf und ging in einen anderen Teil des Gartens, um ihn aus einer neuen Perspektive zu betrachten, durch die, behauptete sie, das Aussehen und Erleben völlig verändert werde. Ein-, zweimal forderte sie auch Chayyam auf, sie zu begleiten, und verlangte, dass auch er den Blick von der ausgewählten Stelle zumindest ein wenig mehr bewunderte. Sie kam sich in ihrer ungehemmten Begeisterung wohl ein wenig lächerlich vor, und so erklärte sie ihrem Mann, während sie zum Springbrunnen zurückgingen: »Ich bin jetzt eine Frau mit Garten, du musst ein wenig Geduld haben.« Als sie wieder bei Parviz saßen und mit ihm schmausten, behauptete Sukayna, ihr Garten sei viel schöner als der ihrer Mutter, und fragte Parviz, ob er ihr zustimme.

»Er ist neu, weißt du. Da ist es gleich leichter«, antwortete Parviz nach reichlicher Überlegung. Dann erinnerte er daran, dass wahrscheinlich auch sein Vater den Garten, den ihre Eltern in der wer weiß wievielten Generation geerbt hatten, nur verschönert und verändert habe.

»Du solltest in den besten Häusern arbeiten«, begeisterte sich Sukayna, »an dich kommt keiner heran. Ich finde, du solltest auch für den Hof arbeiten.«

Nach einer kurzen Pause, in der sie, nach allem zu urteilen, eine Idee von sich geprüft hatte, fragte Sukayna Parviz, warum er denn nicht den Glauben annehmen wolle. Dann stehe ihm auf dem Weg zu einer Anstellung als Hofgärtner, die ihm seinen Fähigkeiten nach gebühre, nichts mehr im Weg, wenn es gerecht zugehe auf der Welt. Da sie keine Antwort erhielt, wiederholte sie ihren Vorschlag.

»Willst du, dass ich das mache?«, fragte Sukayna. »Omar hat einen guten Freund, er würde es gern für uns tun.«

»Was denn?«, fragte Parviz.

»Dass du den Glauben annimmst, mit allem Drum und Dran.«

»Ich denke, das ist nicht nötig«, schloss Parviz. »Das denke ich.«

»Es ist nicht nötig, Omars Freund zu fragen, oder willst du den Glauben nicht annehmen?«, wollte sich Sukayna vergewissern, was ihr Gesprächspartner dachte.

»So ist es«, stimmte Parviz zu.

»Aber warum denn?«

»Darum.«

Da mischte sich auch Chayyam in das Gespräch ein, indem er laut fragte, warum Parviz denn nicht in einigen besseren Häusern arbeiten wolle, denen er, Chayyam, ihn empfehlen könne.

»Du brauchst den Glauben nicht anzunehmen, du brauchst nichts in deinem Leben zu ändern«, betonte Chayyam. »Und wärst mir nichts schuldig, ich würde dich gerne Freunden empfehlen, um ihnen einen Gefallen zu tun, natürlich nur, wenn du für sie arbeiten möchtest.«

»Ich möchte nicht«, antwortete Parviz nach erneuter reiflicher Überlegung.

»Das würde dir einen guten Verdienst bringen. Und würde dir, was viel wichtiger ist als der Verdienst, die Möglichkeit bieten, die Gärten zu gestalten, von denen du seit deiner Jugend träumst«, redete ihm Chayyam zu. »Stell dir einen fünf- oder zehnmal größeren Garten als diesen vor, stell dir vor, du hättest so viel Raum und zehnmal mehr Geld, als du bei uns gehabt hast. Das könnten sie dir geben, bei uns musst du dich allzu beschränkten Möglichkeiten anpassen. Wenn ich dich empfehlen würde …«

»So ist es, mach das auf jeden Fall«, begeisterte sich Sukayna.

»Nein«, entschied Parviz.

»Aber warum denn nicht?!«

»Darum«, erklärte Parviz erneut.

»Wenn du meinst«, stimmte Chayyam zu.

»Ich meine.«

»Ich würde dich gern verstehen«, gestand Chayyam.

Daraufhin erklärte Parviz mit seinen kurzen, wie abgehackten Sätzen, ihm sei schon ziemlich lange klar, dass es für ihn und die Seinen kein langes Bestehen und keine Zukunft gebe. Zwar werden, seit sich die jetzige Macht gefestigt hat, die Feuertempel erhalten, aber sie werden selbst während des Ritus immer weniger besucht, zwar tastet heute niemand mehr die Türme der Stille an, aber es gibt immer weniger Menschen, deren Leichen oben auf diese Türme gelangen können, damit sie dort zerfallen und den Geiern zum Fraß dienen. Aber auch Leuten wie er, die am Leben und bei ihrem Glauben geblieben sind, scheint das Gefühl abhandengekommen zu sein, dass es ihr Heiliges sei, als hätten die heiligen Orte, als hätte die ewige Flamme die Kraft und Fähigkeit verloren, die Menschen innerlich zu erleuchten. So ist er, Parviz, vor etwa einem Jahr nach Naksch-i-Rustam gegangen, hat dort die erneuerten Flammenaltäre besucht, sich vor jeden hingestellt und sich davor niedergekniet, ist dann aber wie von einem Ausflug nach Hause zurückgekehrt oder wie von einem geselligen Beisammensein mit Freunden. Das heilige Gefühl hat sich ihm nicht offenbart und ihn nicht erfüllt, darum geht es! Ob sich alles Heilige aus der Welt zurückgezogen hat oder ob nur ihre heilige Flamme, die von Zoroaster, erloschen ist, kann er nicht wissen, und es ist ihm auch nicht übermäßig wichtig. Aber er weiß, dass er eine unaussprechliche Erleichterung verspürt hat, als sich ihm all das offenbart hat und er begriffen hat, dass die Geschichte mit ihm und seinem Volk ihrem Ende zugeht. Nein, vielmehr als er gespürt hat, dass sich alles in ihm mit diesem Ende abgefunden hat. Es ist eine große Erleichterung, sich dem zu überlassen, was sein muss, es ist schön zu wissen, dass etwas sein muss und du damit einverstanden bist. Wenn sich jetzt die Möglichkeit bieten würde, Dauerhaftigkeit oder sogar Ewigkeit für sich und sein Volk zu erkämpfen, wäre sich Parviz nicht sicher, ob er sie nutzen würde, er würde es sicherlich nicht tun, wenn er dabei die Erleichterung verlieren würde, die ihn schon eine Weile trägt. Das Leben ist für den, der eine solche Erleichterung erfahren hat, eine zu große Last, Entsagung ist eine zu große Freude, als dass man danach gewillt wäre, weiter zu leiden.

Das Bekenntnis seines Gärtners verstand Chayyam als interessante Überlegung zum Verhältnis von Notwendigkeit und Freiheit, wenn er sie denn richtig verstanden hatte, und er begann auf Stellen in der Erklärung von Parviz hinzuweisen, die logisch gesehen nicht ganz unanfechtbar waren. Parviz war allerdings nicht zu einer solchen Diskussion aufgelegt, und so hatte das Gespräch damit sein Bewenden.

Das war vor drei Tagen gewesen. Am nächsten Tag vermied Parviz, der noch ein paar Arbeitstage brauchte, um den Garten winterfest zu machen, sogar den Augenkontakt mit seinen Auftraggebern, erst recht das Gespräch oder etwas Ähnliches. Als schämte er sich für etwas oder fühlte sich an etwas schuldig. Aber vorgestern, am zweiten Tag nach jenem Gespräch, nahm er Chayyams Einladung zum Tee gern an und unterhielt sich zweimal nett mit ihm.

Den Gärtner interessierte, wie viel Wahres an den Geschichten dran sei, in denen es hieß, Chayyam sei ein gelehrter Kopf und großer Geist, das heißt, ihn interessierte, womit er sich eigentlich beschäftigte und was er konnte, dem widmete er das erste Gespräch bei einer Tasse Tee. Im zweiten Gespräch, während einer neuen Atempause und bei einer neuen Tasse Tee, fragte er vorsichtig nach, ob die Gelehrtheit Chayyams auch im menschlichen Leben von Nutzen sein könnte, und dann erklärte er auch, warum er das gefragt hatte, ermutigt durch das von Chayyam gezeigte Interesse.

Parviz pflegte und hielt den Garten des reichen armenischen Uhrmachers und Juweliers Artabedian instand. Vor etwa zehn Tagen, er war zu der Zeit ständig dort gewesen, weil er den Garten von Artabedian winterfest machte, verschwand eine Halskette von Artabedians Frau. Weder die Hausbewohner noch die Nachbarn hatten in letzter Zeit unbekannte und verdächtige Personen um das Haus streichen sehen, weder an den Türen noch an den Fenstern gab es Spuren eines Einbruchs, alles wies demnach darauf hin, dass einer der Hausbewohner die Kette gestohlen hatte. Da es völlig unvorstellbar war, dass Artabedian selbst, seine Frau oder eins ihrer noch kleinen Kinder den Schmuck gestohlen hatten, fiel der Verdacht zwangsläufig auf das Hauspersonal und auf Parviz, der sich unglücklicherweise ausgerechnet an dem Tag, als die Kette verschwunden war, dort aufgehalten hatte. Eine flüchtige Durchsuchung der Dienerschaft und des Gärtners, ihrer Arbeitsräume und der Zimmer, in denen diejenigen wohnten, die dauerhaft im Haus waren, brachte kein Ergebnis, und so rief Artabedian sie zusammen und forderte sie auf, die Kette zurückzugeben. Er versprach, nicht weiter nachzuforschen und alles zu vergessen, wenn die Kette zum Beispiel auf dem Speisezimmertisch aufgefunden würde. Wenn der Dieb nicht bereit wäre, die Kette von sich aus zurückzugeben, würde er alle Bediensteten auffordern, ihn zu suchen und zu entlarven, ihnen fiele es leichter als ihm oder irgendeinem Ermittler, der von draußen käme. Würden sie den Dieb entlarven, ihn verraten und die Kette zurückbringen, würde der Dieb entlassen und der Polizei übergeben, und die anderen würden belohnt. Aber wenn in den nächsten vierzehn Tagen weder der Dieb noch die Kette gefunden würden, müsste Artabedian zu dem Schluss kommen, dass alle in den Diebstahl verwickelt seien, und würde sie alle zusammen entlassen, und zwar ohne Empfehlung, das heißt mit der Notiz, dass sie wegen Diebstahls entlassen worden seien, so dass in Isfahan gewiss keiner mehr von ihnen in Lohn und Brot käme.

Für Parviz stellt es kein Problem dar, dass ihm bei Artabedian gekündigt werden könnte, auf den anderen Stellen verdient er gut genug für ein anständiges Leben, nicht einmal die Bekanntgabe, dass ihm wegen Diebstahls gekündigt worden sei, ist ein Problem für ihn, weil ihn die Leute, bei denen er seit zwanzig Jahren arbeitet, gut genug kennen und nicht verdächtigen werden, aber ein großes Problem ist und brennt ihn wie eine offene Wunde, dass er in seinem fortgeschrittenen Alter des Diebstahls verdächtigt und durchsucht worden ist. Er versteht, dass ihn niemand direkt beschuldigt hat, vielmehr ein Zusammentreffen unglücklicher Umstände verfügt hat, dass die Kette während seines Aufenthalts bei Artabedian verschwunden ist, aber dieses Verständnis hilft ihm nicht zu ertragen, was geschehen ist. Dass sie ihn wie den letzten Taschendieb durchsucht haben, hat seine Toten noch mehr beunruhigt als ihn, doch diese, fürchtet er, können die Umstände, die das erklären, nicht kennen. Er kennt diese Umstände und kann sie in Betracht ziehen, aber was, wenn diese sie nicht kennen können? Ihnen zuliebe, das heißt, um seine Toten zu beruhigen, würde er alles tun, um den Diebstahl der Halskette aufzuklären. Das gibt es nicht, was er nicht geben würde, wenn er Artabedian den Schuldigen zuführen oder die Kette bringen könnte oder beides, um ihm dann die weitere Arbeit aufzukündigen und erhobenen Hauptes fortzugehen. Deshalb interessiert ihn, ob Chayyams Gelehrtheit in diesem Fall helfen könnte.

Chayyam seufzte tief und verlangte etwas Zeit zum Nachdenken. Er bekannte, dass die Gelehrtheit sonst mehr über Bücher als über das wirkliche Leben entdecke, aber er denke, seine Gelehrtheit habe auch mit dem Leben zu tun, diese Sache sei allerdings ausgesprochen schwierig. Als sich Parviz gegen Abend auf den Nachhauseweg machte, fing ihn Chayyam ab und teilte ihm mit, dass er sein Problem vielleicht lösen könnte, auf jeden Fall werde er es versuchen. So ging Parviz zuerst zu Artabedian, kündigte für den nächsten Tag einen Ermittler an, den er engagiert habe, und ging erst dann nach Hause, wobei er sich wahrscheinlich fragte, ob das Lächeln, mit dem ihm Chayyam zu helfen versprochen hatte, etwas Besonderes zu bedeuten hatte.

Bei Artabedian bat Chayyam, ihm einen kleinen Raum zur Verfügung zu stellen, je kleiner desto besser, ohne Fenster oder irgendeine andere Lichtquelle, und so führten ihn die Gastgeber in den Keller und zeigten ihm ein Zimmerchen neben dem Vorratsraum für gedörrtes Obst. Chayyam war zufrieden und verlangte, ihm einen Tisch in das Zimmerchen zu bringen oder etwas anderes in entsprechender Höhe, und als er bekommen hatte, was er brauchte, zog er sich, die Tür hinter sich schließend, in das Zimmerchen zurück und blieb kurze Zeit dort. Irgendwann trat er ans Tageslicht, den Hahn in den Händen haltend, nicht unter dem linken Arm wie bisher, und bat alle Hausbewohner, sich im Innenhof zu versammeln, damit sie besprechen könnten, was er mit ihnen vorhatte.

Für die Ermittlung sei der Hahn viel wichtiger als er, erklärte er den Hausbewohnern, als sie sich versammelt hatten, sein einziges Verdienst sei, dass er diesen wundersamen Hahn erkannt, aufgezogen und gelehrt habe, seine Zeichen zu verstehen. Es handele sich um einen alchemistischen Hahn, einen Vogel mit besonderen Fähigkeiten, der die Unterschiede zwischen dem sichtbaren und verborgenen, dem öffentlichen und geheimen Gesicht eines Menschen unfehlbar erkenne. Deshalb müsse er jeden der Anwesenden bitten, dem Hahn hier, am Tageslicht und vor Zeugen, das Gesicht zu zeigen und ihm kurze Zeit in die Augen zu schauen, ihn dann einen Augenblick in die Hände zu nehmen, lange genug, um dem Hahn alles zu enthüllen, was man ihm enthüllen müsse. Anschließend werde er den Hahn in den Keller mitnehmen, in das Zimmerchen ohne Licht und Zeugen, wo sich ihm enthüllen könne, was jeder der hier Anwesenden in seinem Inneren verberge und verdecke. Jeder von ihnen werde hineingehen, die Tür hinter sich schließen, den Hahn vom Tisch nehmen und ihn ungefähr so lange in den Händen halten, wie er ihm hier in die Augen geschaut habe, nur so lange, dass der Hahn erkenne, was der betreffende Mensch in seinem Innern verberge, vielleicht sogar vor sich selbst. Dann müsse jeder den Hahn auf den Tisch zurückstellen und ans Tageslicht und unter die Menschen zurückkehren. All ihre Geheimnisse blieben natürlich verborgen, betonte Chayyam, wenn er ihn herausbringe, werde ihm der Hahn lediglich zeigen, wer von ihnen in seinem Innern den Diebstahl verberge. Daraufhin ging Chayyam vom einen zum andern, hielt jedem den Hahn direkt vor das Gesicht, damit der Mensch und der wundersame Hahn sich in die Augen schauen konnten, gab ihn ihm kurz in die Hände und nahm ihn dann wieder an sich, betastete ihn aufmerksam mit den Handflächen und lauschte, nickte, als nähme er etwas zur Kenntnis, und ging zum nächsten Mitglied von Artabedians Haushalt.

»Und jetzt gehen wir in den Keller«, verkündete er, als er seinen Hahn mit allen bekannt gemacht hatte, »in die Finsternis und Einsamkeit, wo sich dem weisen Vogel enthüllen wird, was ihr in eurem Innern verbergt«. Er bat sie, kurz zu warten, setzte dem Hahn eine Kappe, wie sie Jagdfalken haben, auf den Kopf und ging mit dem Hahn, der ganz erstarrt war, weg. Er blieb ziemlich lange, und als er in den Hof zurückkam, erklärte er, der Hahn erwarte sie im Zimmerchen auf dem Tisch, und wiederholte für alle Fälle, was sie tun sollten. In den Keller hinuntergehen und das Zimmerchen betreten. Die Tür hinter sich schließen, den Hahn vom Tisch nehmen, ihn reiben, schütteln oder nur eine Weile in den Händen halten, ihn auf den Tisch zurückstellen, die Tür öffnen und in den Hof zurückkehren. Das Kommen des einen sei das Zeichen für den Nächsten, in den Keller zu gehen. Als er sich überzeugt hatte, dass alles klar war, ging Chayyam auch selbst in den Keller, stellte sich links von der Eingangstür hin, so dass er die Tür des Zimmerchens mit dem Hahn im Auge behielt, und bereitete sich darauf vor, den Gang der Ermittlung zu verfolgen.

Mit dem Blick verfolgte er den letzten von Artabedians Hausbewohnern, dann ging er in das Zimmerchen, nahm seinen Hahn und kehrte mit ihm in den Hof zurück, wo ihn schon alle erwarteten. Er bat sie, sich in einer Reihe aufzustellen, die Handflächen nach oben zu drehen und sie bis auf Taillenhöhe anzuheben. Er nahm dem Hahn die Kappe vom Kopf und ging von einem Verdächtigen zum anderen, wobei er den Kopf des Hahns demjenigen, den er prüfte, beinahe ins Gesicht hielt und ihn direkt vor dem Gesicht des Betreffenden hin und her bewegte, während seine, Chayyams, Augen die ganze Zeit niedergeschlagen blieben. Als er zu dem Mädchen kam, das für die Kleidung von Frau Artabedian und die Bettwäsche im Haus zuständig war, wurde der Hahn zuerst unruhig und begann dann laut zu krähen.

»Komm, gib die Kette zurück«, sagte Chayyam und entfernte sich ein paar Schritte, woraufhin das Mädchen in Tränen ausbrach und zu erklären begann, es habe nicht die Absicht gehabt zu stehlen und das eigentlich auch gar nicht getan.

Soweit man zwischen den Schluchzern verstehen konnte, die ihren ganzen Körper erschütterten, hatte sie eines Tages die Kette ihrer Herrin ohne auch nur die geringste böse Absicht angelegt, nur um sich leichter vorstellen zu können, wie sie, wunderschön, durch den Basar geht und alle Blicke und Seufzer auf sich zieht. Sie hatte es an diesem Tag gebraucht, sich so zu fühlen, sie hatte sich so gefühlt, weil sie von der Wonne und der Kraft, die ihre Brust aufgebläht und ihren ganzen Körper durchströmt hatten, schwer atmete, und so hatte sie nur die Halskette hinzugefügt, um sich leichter vorstellen zu können, wie sie durch den Basar geht und Seufzer auf allen Seiten hervorruft. Zu ihrem Pech kam die Herrin nach Hause, bevor sie auf ihrem phantasierten Weg durch den Basar zu den Stoffläden gelangt war, sie hörte die Stimme der Herrin vor der Tür zum Zimmer, in dem sie sich befand, und musste aus dem Fenster springen, damit die Herrin sie nicht mit der Kette am Hals erwischte. Sie schlüpfte in den Keller, versteckte die Kette hinter der Kiste mit den Walnüssen und kehrte dann ins Haus zurück, als wäre nichts geschehen. Die Kette wollte sie in das Schmuckkästchen zurücklegen, sobald sich eine günstige Gelegenheit bot, aber das Pech wollte es, dass die Herrin am Abend ausgerechnet diese Kette wünschte und am nächsten Tag die Geschichte von der Kette und dem Diebstahl in Umlauf kam. Die Angst lähmte sie, seit sie in Bedrängnis geraten war, sie konnte keinen klaren Gedanken fassen und atmete nicht richtig, geschweige denn, dass sie eine günstige Gelegenheit ergriffen hätte, um die unselige Kette an ihren Platz zurückzulegen. All diese Tage gelang es ihr nicht, ihren Mut zusammenzunehmen und in die Obstkammer zu gehen, und als die Herrin vorgestern gedörrte Pfirsiche essen wollte, musste sie den Koch bitten, sie ihr aus der Vorratskammer zu holen. Als wäre die unselige Kette hinter der Kiste mit den Nüssen hervorgesprungen und hätte sie ins Bein, ins Herz gebissen oder ihr etwas noch Schlimmeres zugefügt.

»Das tut mir leid, ich wollte deine Qual nicht noch vergrößern«, seufzte Chayyam ohne jede Spur der guten Laune, die ihn begleitet hatte, seit sie sein Haus verlassen hatten.

»Ach wo, wenn du nur wüsstest, was für eine Erleichterung es ist«, atmete das Mädchen auf, dessen starke Schluchzer den ganzen Körper erschütterten. »Sollen sie mich jetzt entlassen, sollen sie mich aufhängen, nur dass das vorbei ist.«

Das arme Mädchen seiner Herrschaft und dem Schicksal überlassend, machte sich Chayyam mit seinem Hahn unter dem Arm auf den Weg nach Hause. Auf den Fersen folgte ihm der strahlende und überglückliche Parviz, der Chayyam dankbar, doch den Hahn geradezu andächtig anschaute. Er wollte unbedingt jetzt, gleich jetzt, eine Belohnung für den Hahn und seinen Herrn, die ihn von jedem Diebstahlsverdacht befreit hatten, vereinbaren. Er dachte, es verstehe sich von selbst, dass er Chayyams Garten im nächsten Jahr kostenlos pflegen und instand halten werde, aber er meinte, man müsse sich eine weitere Belohnung sowohl für ihn als auch für den Hahn ausdenken. Chayyam antwortete nicht und hob den Blick überhaupt nicht auf seinen Begleiter oder auf irgendetwas, was ihm unterwegs begegnete, er eilte nur nach Hause, als würde er gejagt, den Blick auf den Weg vor seinen Füßen geheftet, so dass Parviz, ein Mann in den besten Jahren, wiewohl in gutem Zustand und bei guter Gesundheit, kaum mit ihm Schritt halten konnte.

Sukayna hörte sich mit Interesse Parviz' aufgeregten Bericht über die Großtat ihres Mannes und seines Hahns an, erkundigte sich sogar nach manchen Einzelheiten, richtete aber ihren Blick dauernd auf ihren Mann, weil seine gedrückte Haltung nach einem offensichtlich guten und gelungenen Scherz sie verwirrte. Sie versicherte Parviz, sie verstehe seine Erleichterung und vor allem seine Wut über die Durchsuchung vollkommen, aber sie wollte Näheres über eine Sache erfahren, die ihr Gesprächspartner nebenbei erwähnt hatte. Es handelte sich um das Verhältnis der toten Vorfahren zu den lebenden Nachkommen und dem, was ihnen widerfuhr. Sie fragte Parviz, ob ihr Glaube bestimme, das heißt, ob in ihrem heiligen Buch geschrieben stehe, dass die toten Ahnen eines Menschen unruhig würden, wenn ihr lebender Verwandter ungerechterweise einer unehrenhaften Sache beschuldigt werde, aber sie erhielt keine Antwort, weil Parviz, nach allem zu urteilen, nicht verstand, was sie gefragt hatte. Er wiederholte lediglich, sie seien nun ruhig, beruhigt, ruhig. Wie er, und mehr noch. Und besser. Damit, das heißt mit dem Tonfall, in dem er es wiederholt hatte, schloss er jedes weitere Gespräch über dieses Thema aus. Sukayna wiederum wollte über seinen Vorschlag, ihren Garten kostenlos instand zu halten, weil ihm Chayyam »den Frieden wiedergegeben hat, und man das nicht bezahlen kann«, nicht einmal reden. »Da, du hast doch selbst alles erklärt«, folgerte Sukayna, »das kann man nicht bezahlen. Schon gar nicht mit kostenloser Arbeit, weil man damit nichts bezahlen kann.« Daraufhin bat sie Chayyam, dem Mann sein Geld zu geben und ihn hinauszubegleiten.

»Und jetzt sag mir, was du da aufgeführt hast«, verlangte Sukayna, als sie sich zum Essen hinsetzten.

»Du hast es doch gehört«, antwortete Chayyam, verwundert über die Gleichgültigkeit, mit der er es ausgesprochen hatte.

»Gehört schon, aber nicht verstanden.«

»Ganz einfach. Ich habe in einem kleinen Beutel Asche mitgenommen. Als ich mich zum zweiten Mal mit dem Hahn in dem kleinen Zimmer einschloss, habe ich sein ganzes Gefieder mit der Asche eingerieben, er konnte sich nicht wehren und kein Geschrei erheben, weil er wegen der Kappe, die ich ihm über den Kopf gezogen hatte, völlig verstört war. Ich habe angeordnet, dass alle ihn in die Hände nehmen, und am Ende verlangt, dass sie die Handflächen nach oben drehen. Während ich ihre Aufmerksamkeit ablenkte, indem ich den Hahn direkt vor jedem Gesicht hin und her bewegte, habe ich auf ihre Handflächen hinuntergeschaut und Aschespuren auf ihnen gesucht. Ich war sicher, dass der Schuldige keine Spuren haben würde, weil er im Zimmerchen den Hahn nicht in die Hände genommen haben dürfte. Denn ich habe ihnen deutlich gesagt, dass der Hahn den Dieb erkennen wird, wenn dieser ihn zum zweiten Mal in die Hände nimmt, im Dunkeln und ohne Zeugen – der Schuldige zog daraus den klaren Schluss, dass ihn der Hahn nicht erkennen wird, wenn er ihn nicht in die Hände nimmt. Da braucht es keinen Verstand und kein Nachdenken, dieser Schluss drängt sich dem Körper auf. So war es dann auch, die Kleine hatte keine Asche an den Händen, weil sie den wundersamen Hahn nicht darin gehalten hatte.«

Sukayna lachte und wiederholte mehrmals genüsslich, dass ihr jetzt klar sei, warum er und Leyla sich so gut verstünden und so oft einig seien. »Ihr seid beide albern und denkt euch gern etwas aus«, versicherte sie ihm. »Aber dieses Mal hast du dich selbst übertroffen, ich weiß nicht, wer sich sonst so etwas ausgedacht hätte.«

»Ich habe es nicht ausgedacht, ich habe es bei einem indischen Schriftsteller gelesen, aber ich weiß nicht mehr, bei wem. Auch nicht, was es genau war, ob ein Teil von einem logischen Rätsel, ob ein Beispiel für unbewusstes logisches Denken oder ein Teil einer Geschichte. Bald denke ich, es stammt aus den ›Sieben weisen Meistern‹, bald könnte ich schwören, es stammt aus einem logischen Traktat.«

Die junge Frau betrachtete ihren Mann aufmerksam. Sie hätte erwartet, dass er gekichert, sich wichtig gemacht, sich selbst und sie zum Lachen gebracht hätte, wie er es manchmal tat, doch stattdessen rief er sich ins Gedächtnis, wo und warum er etwas gelesen hatte, ohne zu versuchen, das Unbehagen und die Beklemmung in seinem Innern zu verbergen. Die ganze Zeit sprach er gleichgültig und sogar mit Unmut über eine Unternehmung, für die er sich doch hatte anstrengen müssen.

»Bist du traurig wegen der Kleinen«, fiel ihr eine mögliche Erklärung ein. »Du hast ihr nichts getan, glaub mir, ihr ginge es schlechter ohne dich.«

»Das hat sie mir auch gesagt, aber das ist trotzdem alles traurig.«

»Jetzt sage ich es auch, und du weißt, dass du mir glauben kannst. Du hast ihr geholfen, Omar, ohne dich würde sie verrecken oder verrückt werden. Freu dich ruhig, du hast das Recht, dich zu freuen, Aber wenn du das nicht willst oder kannst, dann sei wenigstens nicht traurig, dazu hast du bestimmt keinen Grund. Fühle dich vor allem nicht schuldig, du hast nichts Unrechtes getan, du hast niemandem etwas Schlechtes gebracht.«

»Das ist nicht sie, nicht nur sie«, grübelte Chayyam abwesend nach. »Mich bedrücken unsere menschlichen Tröstungen, sie sind so jämmerlich. Ich frage mich, ob sie der einzige Weg sind, ob uns sonst noch etwas zur Verfügung steht.«

»Ach, mein Omar«, lächelte ihn Sukayna an, Trauer in den Augen und in der Stimme.

## *Wo gehöre ich hin?!*

Al-Mussawi ist zurückgekehrt! Der Nachkomme einer reicheren und angeseheneren Isfahaner Familie, Händler und beliebter Gesprächspartner der Menschen, die ihn kannten, war vor etwa zehn Jahren auf den Hadsch gegangen und verschollen. Die Leute, mit denen er sich auf den Weg gemacht hatte, konnten nur erzählen, dass er sich schon in Mekka von ihnen getrennt hatte, nicht aber sagen, ob absichtlich oder gegen seinen Willen, woraus die Angehörigen lediglich schließen konnten, dass er den Hadsch durchgeführt hatte. Als er auf der Rückreise war, bot sich ihm während einer Ruhepause in Basra die Gelegenheit, günstig und bequem mit einem Schiff nach Indien zu reisen, auf dem auch die Gesellschaft mitfuhr, mit der er von Mekka hierhergekommen war. Da die Pilgerfahrt kürzer und billiger ausgefallen war als erwartet, hatte er genug Zeit und Geld für diese Reise übrig, von der er sich einen guten Verdienst versprach. Die Indienreise lohnte sich in jeder Hinsicht, sie brachte einen größeren Gewinn als al-Mussawi angenommen hatte, und zwar mit wenig Anstrengung und ohne Unannehmlichkeiten, so dass er sich bei der Rückkehr ein paar Tage lang gut in Basra ausruhte und dann frohen Herzens mit einer Karawane nach Hause aufbrach. Allerdings stellte sich heraus, dass in dieser Karawane keine persischen Händler und Pilger aus Kerbela waren, wie man ihm gesagt hatte, sondern Karmaten, die ihn ausraubten und verschleppten, so dass er nahezu zehn Jahre als der letzte Diener oder sogar Sklave unter ihnen zubrachte.

Von all dem wusste man in Isfahan nichts, weil nach der Rückkehr seiner Reisebegleiter aus Mekka jede Spur von ihm fehlte, bis vor etwa einem Monat, als er plötzlich in seinem

Haus auftauchte. Er ging einfach durch die Tür hinein, als wäre er vor kurzem hinausgegangen und käme nun zurück, nur zehn Jahre älter. Er traf die Familie beim Abendessen an, demnach vollzählig. An seinem Tisch saßen seine Frau und sein Sohn und seine jüngere Tochter und eine unbekannte junge Frau und ein Junge von vier Jahren auf einem hohen Sitz links von seiner Frau, und an seinem Platz am Tisch saß Bakir, ein geschickter und fleißiger Bursche aus dem Basar, der für reichere Händler die verschiedensten Arbeiten erledigte, von gefährlichen und anstrengenden Reisen, wie sie viele Händler gern vermieden, bis hin zur Aushändigung bestellter Ware an die Kunden. Dank dieser Arbeiten und seiner Sparsamkeit hatte er ein schönes Vermögen erworben und kurz vor al-Mussawis Abreise verkündet, er wolle einen eigenen Laden im Basar eröffnen. Aber er war damit einverstanden, bis zur Rückkehr von al-Mussawi zu warten, weil dieser ihn gebeten hatte, ihn bis dahin in seinem Laden zu vertreten. Auf den ersten Blick war klar, dass Bakir ihn auch jetzt und hier vertrat, der Kleine neben seiner Frau musste ihr Sohn sein. Und die unbekannte junge Frau war allem Anschein nach seine Schwiegertochter.

Sofort erkannten sie ihn, weil er sich in den zehn Jahren nicht verändert hatte, außer dass er wenigstens um das Doppelte gealtert war. Sie sprangen vom Tisch auf und starrten ihn an wie ein Gespenst, so wie sie bei seinem Hereinkommen angetroffen worden waren – der eine beim halben Bissen, der andere mit einem Stück Brot in der Hand oder einem Stückchen Käse auf der Gabel, wieder ein anderer mit einem Bissen im Hals, der da vielleicht sogar steckengeblieben war. Die Angst war nicht so groß, aber die Verlegenheit und das Unbehagen derart, dass sie unter die Haut gingen. Am schlimmsten war es, als er die Tür hinter sich schloss und sie so, auf ihn starrend, um den Tisch gereiht standen, weil keiner wusste, was nun und wie. Sogar seine Tochter, die vier

Jahre alt oder etwas weniger gewesen sein mochte, als er gegangen war, so dass sie sich nicht an ihn erinnern und jetzt nicht wissen konnte, wer er war, sogar sie stand wie versteinert da mit einem Klumpen Reis in der Hand, auf halbem Weg zum Mund, und wartete darauf, dass etwas geschah, um ihren Reis in den Mund zu stecken oder in die Schüssel auf dem Tisch zurückzulegen. Gott weiß, wie lange der Zustand dauerte, den Gesichtern sah man an, dass die Qual für alle unerträglich war und dass im nächsten Augenblick jemand aufschreien oder in Weinen ausbrechen oder der Heimgekehrte sich umdrehen und fliehen würde, und sei es zurück zu den Karmaten, aber zum Glück fasste sich seine Frau und löste sich aus ihrer Erstarrung. Sie machte ihm Platz am oberen Tischende, neben Bakir, wo er einst gesessen hatte, und sie aßen gemeinsam in aller Stille zu Abend.

Alles ist gleich wie damals. Gleich ist die Tischordnung, und gleich sind die Gesichter, gleich ist der Geschmack der Lebensmittel, und auch diese sind gleich, gleich sind die Messer und gleich die Schüsseln, nur an seinem Platz sitzen zwei. Sobald das Abendessen beendet war, flohen alle buchstäblich in ihre Zimmer, so dass im großen Zimmer al-Mussawi, Bakir und Ferha, beider Frau, zurückblieben. Auch sie wären sicherlich auseinandergerannt, hätten sie nur gewusst, wie und wohin. Sie saßen beisammen, weil sie nicht wussten, wie sie sich zum Schlafen aufteilen sollten. Hatte al-Mussawi noch immer das Recht auf seinen Platz in Ferhas Bett? Hatte sie das Recht, ihn zu bitten, auf diesen Platz zu verzichten und ihn Bakir zu überlassen? Hatte Bakir das Recht, bei alldem etwas zu sagen, vorzuschlagen, zu fordern? Sie saßen da und schwiegen, schauten einander verlegen an oder sahen vor sich hin, und das Unbehagen wuchs. Ferha erhob sich, als wollte sie irgendwohin gehen, vielleicht den Tisch abräumen, aber in der Stille setzte sie sich von neuem an ihren Platz. Irgendwann meldete sich zum Glück durch Weinen der kleine Sohn, der am Tisch links von Ferha gesessen hatte, Bakir sprang auf und stürzte hinaus, um ihn zu beruhigen und wieder einzuschläfern. Gleich war klar, dass er nicht zurückkommen würde. Als er hinausging, wurde bereits im ersten Augenblick offenbar, dass sich das Unbehagen oder die Beklemmung oder was es auch war, was sie drückte, längst schon verteilt hatte. Was sie wie eine gemeinsame Beklemmung oder Pein empfunden hatten, war bei Bakir schon lange Wut, bei al-Mussawi Scham und bei Ferha Schmerz.

Als sie allein waren, erzählte ihm seine Frau in kurzen unzusammenhängenden Sätzen, welche die Stille zeitweilig und ganz unerwartet unterbrachen, dass sie die ältere Tochter vor längerer Zeit gut und bisher glücklich verheiratet hätten und vor etwa zwei Monaten auch der Sohn geheiratet habe, dass sich der Haushalt und der Handel gut entwickelten. Dann stand sie auf, verließ das große Zimmer unerwartet und ohne Ankündigung, so wie sie zuvor zu erzählen begonnen hatte, kehrte aber bald mit Bettwäsche zurück, richtete ihm ein Lager neben dem Ofen her und ging zu ihrem Mann ins Schlafzimmer. So hatte sie der kleine Sohn aus einer unerträglichen Situation gerettet.

In den folgenden Tagen ging al-Mussawi auf dem Basar umher, betrachtete die ausgestellte Ware, einmal nachdenklich, ein anderes Mal besorgt, und wartete darauf, von den alten Bekannten erkannt und angesprochen zu werden. Nie wandte er sich von sich aus an jemanden, und nie lehnte er ein Gespräch mit jemandem ab, der sich an ihn gewandt hatte. Und die Leute erkannten ihn, luden ihn in ihre Läden ein und boten ihm an, was sie bei der Hand hatten. Er nahm die Einladungen zum Tee gerne an und erzählte von seinen Reisen, aber noch lieber hörte er den Gesprächen der anderen zu. Über seinen Aufenthalt bei den Karmaten und seinen jetzigen Zustand schwieg er beharrlich, wie er auch beharrlich seinen Laden mied, in dem jetzt sein Sohn und Bakir saßen, die schon voll darauf hinarbeiteten, dass sich der junge Mann selbständig machte. Wenn einer seiner Gesprächspartner darauf bestand, mit ihm über seine jetzige Lage zu reden, sprach al-Mussawi von seiner Verwunderung über das, was sich ihm nun, nach seiner Rückkehr nach Hause und zu sich, enthüllt hatte: Alles ist hier seins, alles ist so, wie er es zehn Jahre lang im Gedächtnis getragen und bewahrt hat, auch die Leute haben sich nicht verändert, er würde sagen, sie sind nicht einmal gealtert, wenigstens die, die ihm wichtig sind und an die er sich erinnert, und doch ist es, als wüsste nichts, nicht einmal die Leute, dass er volle zehn Jahre nicht hier gewesen ist. Aber auch das sagte er ausgesprochen zurückhaltend und mühevoll, ohne dass es ihm gelang, seine Scham zu verbergen.

Dieser Ablauf änderte sich etwas, als der Sufi Abu Said, der gerne Prinz Seydo genannt werden wollte, weil er sich selbst oft so nannte und sich vielleicht auch so fühlte, einmal bei einem solchen Gespräch dabei war. Al-Mussawi drückte seine Verwunderung über seine Entdeckungen aus, und der Händler, bei dem sie saßen, erklärte ihm, er würde seine Situation und seinen Zustand gerne mit den Verhältnissen vergleichen, in denen sich einer befände, der von den Toten zurückgekehrt sei, worin al-Mussawi, ohne lang zu überlegen, mit ihm übereinstimmte. »Nur dass die Toten nicht wissen, dass alles sie vergessen hat und es hier keine Spuren von ihnen gibt«, seufzte al-Mussawi nicht ohne jenes Selbstmitleid, das sich selbst gefällt und sich gern äußert.

»Ich mag die Menschen, immer habe ich die Menschen gemocht, weil sie viel, aber dafür dumm daherreden«, ergriff daraufhin Abu Said das Wort, der die ganze Zeit wie ein Stein geschwiegen hatte, »deshalb kann ich meine Arbeit tun. Denn was würde ich machen, wenn die Menschen keine Narren wären? Und was wiederum wäre das für eine Welt – ohne mich?!«

Alle Blicke wandten sich ihm zu, weil ihn die Anwesenden, außer al-Mussawi, kannten und aus Erfahrung mit ihm wussten, dass nun ein interessanter Vortrag folgte, den die meisten nicht verstehen, aber dennoch genießen würden. Abu Said wies den Rückkehrer zuerst darauf hin, dass er die ganze Zeit seine Spuren aufzähle und gleichzeitig behaupte, es gebe sie nirgendwo, und so bat er ihn, sich für eine der beiden Behauptungen zu entscheiden, weil wegen ihrer Widersprüchlichkeit nur eine stimmen könne. So entstehe Unsinn, doch anständigen Menschen bereite Unsinn Kopfschmerzen und jage ihnen Angst ein. Er rede von seinem Haus und Tisch, seinen Kindern und Messern, seinem Laden und seinem Garten und erkläre ihnen dann, hier, wo er sein ganzes Leben verbracht hat, fänden sich keine Spuren von ihm.

»Das sind doch deine Spuren, Gott möge deinen Verstand erleuchten, alles, was du erwähnt hast, ist eine Spur von dir, all das zeugt von deinem Aufenthalt hier, all das gäbe es nicht ohne dich«, legte Abu Said mit seiner tiefen heiseren Stimme dar, während sich die Leute ansahen und einander zustimmend zunickten, als hätte man ihnen gerade bestätigt, was sie schon immer geahnt oder sogar gedacht hatten.

»Eine andere Sache ist es mit dem Gedächtnis«, fuhr Abu Said in seinen Überlegungen fort. »Warum hat der liebe Gott den Menschen in die Welt gesetzt? Sicher nicht, damit er seine Welt schmückt, Er hat viel schönere Dinge erschaffen als den Menschen. Wohl auch nicht seines Nutzens wegen, die Welt ist voll nützlicher Dinge, aber wir gehören, fürchte ich, nicht dazu. Damit wir sie säubern? Sicher auch nicht deswegen, eher werden wir wohl die Welt verschmutzen, und andere Geschöpfe müssen sie säubern und reparieren, was wir kaputt gemacht haben. Warum also hat Er uns Menschen erschaffen?« Irgendeinen Zweck hat es, Er macht keinen Unsinn und schöpft nicht aus Müßigkeit. Prinz Seydo denkt, der Mensch wurde um des Gedächtnisses willen erschaffen, damit er das Gedächtnis der Welt sei, rief Abu Said nach einer längeren erwartungsvollen Pause triumphierend aus. Kein vernünftiger Mensch sollte sich beklagen, dass ihn der Fluss oder der Tisch nicht im Gedächtnis behalten haben, weil der Mensch da ist, um etwas im Gedächtnis zu behalten, nicht sie. Könnte ein Quittenbaum dieses Jahr Frucht bringen, wenn er die letztjährige im Gedächtnis hätte? Könnte er Blätter treiben, wenn er jedem Blatt vom letzten Jahr seinen Platz bewahren wollte?

»Ich weiß nicht. Seht ihr, es ist euch gelungen, selbst Prinz Seydo in Verlegenheit zu bringen!«, rief Abu Said in anklagendem Tonfall. »Uns scheint, die Quitte hat kein Gedächtnis, aber vielleicht hat sie doch eins, nur auf ihre Art, ihre Quittenart, vielleicht trägt sie neue Früchte und treibt immer neue Blätter, gerade weil sie sich die vorjährigen und vorvorjährigen gemerkt hat? Nur tut sie es auf ihre Quittenart, und uns scheint, dass sie kein Gedächtnis hat. Oder kommt es uns so vor, weil sie nicht uns im Gedächtnis hat? Ich würde an ihr loben, dass sie ihre Früchte vergisst, alle Blätter und alle Bienen und Hummeln vergisst, nur mich soll sie sich merken! Aber warum, um Gottes willen, Bruder, soll sie dich im Gedächtnis bewahren?! Bist du mit ihr verwandt? Hast du ihr etwas genützt? Aber lassen wir die Quitte, ich vermag ihr nicht zuzuhören und weiß nichts über sie. Aber das Wasser, es hat bestimmt kein Gedächtnis. Der Fluss schon. Er ist Form, Bett, ein sicherer Ort. Aber ein leerer und toter Ort. Das Wasser fließt und hat deshalb kein Gedächtnis, es ist voll und spendet Leben, wieso sollte es ein Gedächtnis haben?!«

Am Ende wandte er sich an al-Mussawi und empfahl ihm, mit den Spuren, dem Gedächtnis und ähnlichen Dingen aufzuhören, es wäre dumm für ihn, sich damit zu befassen, selbst wenn er etwas davon wüsste oder verstünde. Stattdessen solle er mit seinen Angehörigen sprechen, sie würden ihm bestimmt helfen, zu einem Haus zu kommen, vielleicht auch ein Frauchen und Arbeit zu finden. So könnte er sein Leben aufs Neue in Fluss bringen. Es sei wichtig, dass das Leben fließe, es dürfe nicht stehenbleiben, wo das Blut stocke, entstehe Eiter, und wo das Wasser stehe, bilde sich Schlamm.

In der ganzen Stadt stieß die Rückkehr von al-Mussawi auf lebhaftes Interesse. Auf den Plätzen und in den ersten Häusern der Stadt, in den vornehmen Teestuben in Hof- und Basarnähe, ebenso wie auf der Straße, in den Spelunken der Vorstadt, in denen nur einkehrte, wer unbedingt musste, im Park und an den gepflegten Stränden der Isfahaner Flüsse, buchstäblich überall, wo sich Leute versammelten, waren Gespräche über die wunderliche Rückkehr zu hören. Diese Gespräche sagten, wie alle anderen auch, mehr über die Redner aus als über den Gegenstand ihrer Rede, so dass man durch ihr Belauschen viel über die Isfahaner Menschen erfahren konnte, doch kaum etwas über al-Mussawi und seine Rückkehr. So entfernte sich ein Gespräch, bei dem viel gelacht wurde, nicht von der Frage, wie wohl die Nächte in einem Haus aussahen, in dem eine Frau mit ihrem alten und ihrem neuen Mann zusammen war, während man sich in einem anderen Gespräch, geführt an einem anderen, entlegeneren Ort, besorgt fragte, ob al-Mussawi einen Mann für Zehra, seine jüngere Tochter, suchen werde oder Bakir, der ihre ältere Schwester verheiratet und schöner und besser ausstaffiert hatte, als viele Väter es getan hätten. Abhängig davon, wer sich versammelt hatte, und von der Natur der Versammelten diskutierten die Leute, die sich über die wundersame Rückkehr »wie von den Toten« unterhielten, über die Heiligkeit der Familie und wie sie bewahren, und sei es auch gegen diese schändliche Zeit (»eine Frau mit zwei Männern«), über Arbeit und Besitz (»wem gehört, was Bakir verdient hat, indem er mit dem Geld von al-Mussawi arbeitete«), über die Gültigkeit einer ohne väterlichen Segen geschlossenen Ehe (»Bakir hat zwei fremde Kinder verheiratet, und das während ihr Vater am Leben war«), über das Verhältnis des männlichen und weiblichen Prinzips zur Welt und Wirklichkeit (»warum ist die Ehe eines Mannes mit zwei Frauen normal, während die Ehe einer Frau mit zwei Männern offensichtlich und gewiss zum Ende der Ehe, der Familie, vielleicht auch der Welt führen würde«), über Anstand und guten Geschmack (»inwieweit ist es unanständig oder wenigstens geschmacklos, lebendig und gesund bei den Menschen aufzutauchen, die dich schon seit Jahren für tot halten«).

Die Nachricht von diesem Fall gelangte natürlich auch zum Großwesir Nizam al-Mulk und weckte sein lebhaftes Interesse, unter anderem weil sie seinen Aufgabenbereich direkt betraf. In seiner Stadt waren anständige Menschen ohne eigenes Verschulden in eine unhaltbare Situation geraten und konnten aus eigenen Kräften keinen Ausweg finden, deshalb musste sich hier die Macht einmischen und eine gerechte Lösung vorschlagen, die im Einklang mit der Tradition, den guten Sitten und der menschlichen Ehre stand. Er rief die angesehensten und weisesten Männer der Stadt zusammen, darunter alle Kadis und Richter, von denen zu erwarten war, dass ihr Blick durch das Netz von Gesetzen und Regeln zum Leben durchdringen würde. Er wies sie auf alle Seiten des Problems hin, forderte sie auf, seine Ausführungen zu ergänzen und auf die Dimensionen hinzuweisen, die ihm entgangen waren, und am Ende rief er sie dazu auf, dass sich jeder für sich mit dem Fall beschäftige und die gerechteste Lösung vorschlage. Schon davor hatte er Kuriere mit Briefen, in denen der Fall erschöpfend dargestellt wurde, nach Bagdad und Nischapur gesandt, zu den beiden höchsten Autoritäten der Zeit und Welt, an die Imame al-Ghazali und al-Muwaffak. Bereits seit Tagen studierte der Wesir die Vorschläge, die er in der Zwischenzeit von den Imamen und Kadis, Richtern und Weisen, Geschäftsleuten und Stammesältesten, mit einem Wort von allen angesehen Leuten erhalten hatte, von denen er Hilfe und Rat erhoffen konnte. Auf einem extra Papier notierte er alle Vorschläge und die Namen der Vorschlagenden, suchte nach Übereinstimmungen zwischen den verschiedenen Vorschlägen, und dann schrieb er die Dinge, die mehrere Leute vorschlugen, an einer anderen Stelle auf, beriet sich über jeden guten Vorschlag mit Hassan-i Sabbah, der in der Zwischenzeit sein engster Berater und der Mann seines besonderen Vertrauens geworden war. Sie waren guter Dinge und Hoffnung, alles deutete darauf hin, dass man eine Lösung finden konnte, die den Betroffenen gegenüber gerecht wäre und mit der gleichzeitig alle Leute von Ansehen und Gesetz einverstanden wären.

Vier Tage zuvor war die Antwort von al-Ghazali gekommen, ein kurzer Entscheidungsvorschlag in wenigen Sätzen und eine lange Erläuterung, die sein ganzes grandioses Wissen, sein großes Herz und seinen Geist unter Beweis stellte, fähig jeden zu verstehen und fast mit ihm gleich zu werden. Und vorgestern war auch ein Kurier aus Nischapur gekommen, er hatte einen Entscheidungsvorschlag mitgebracht, ohne Erläuterung, und einen zweifach versiegelten Brief für den Großwesir persönlich. Der Brief lautete:

»An Abul-Hassan, den Großwesir,
zu Recht Nizam al-Mulk genannt, in Isfahan,
Selam.

Ich höre, dass du dich nicht von meinem verhinderten Schüler al-Hassan Ibn Muhammad as-Sabbah trennst, dass du ihn sogar zu deinem ersten Berater und zu deinem Vertrauten erkoren hast.
Hüte dich vor ihm! Er ist imstande, ein Ei unter einem wachen Wolf wegzustehlen. Wie? Ich weiß es nicht, auch der Wolf weiß es nicht. Aber Hassan weiß es. Wie kommt das Ei unter den Wolf? Ich weiß es nicht, das

wissen weder der Wolf noch das Ei, aber Hassan weiß es und wird es stehlen, wenn er es braucht.
Achte darauf.
Imam Hibat Allah al-Muwaffak, Nischapur«

Der Brief bestürzte den Großwesir im ersten Moment, denn weder den Tonfall noch die Schärfe des Urteils, noch die verrückte Geschichte vom Wolf und dem Ei, nichts von dem konnte er auch unter größter Anstrengung mit seinem Lehrer und dem großen Weisen al-Muwaffak verbinden. Aber er beruhigte sich ziemlich schnell, weil sich die Erklärung für all das ganz von allein offenbarte. Schon in jungen Jahren pflegte der Lehrer so heftig und unkontrolliert zu sprechen, wenn ihn die Verbitterung über eine Ungerechtigkeit oder eine unwürdige Handlung ergriffen hatte, aber auch damals konnte man nicht sicher wissen, was für ihn eine unwürdige Handlung war. Unsere Schwächen und unsere Gereiztheit verstärken sich mit den Jahren, im Alter bleiben uns von allen Eigenschaften meist nur diese, und der Lehrer war jetzt schon so alt, dass er sich schon seit Jahren nicht mehr in eine Sänfte setzte, geschweige denn auf ein Pferd oder ein Kamel. Diese Erklärung beruhigte den Wesir und brachte ihn dann auch zum Lachen, weil sie ihn dazu veranlasste, sich den alten Lehrer vorzustellen, wie er wegen einer List oder jugendlichen Dummheit von Hassan tobte. Bereits damals hatten die Leute, die den Lehrer kannten, ihn den »gerechten Hibat« genannt, nicht ohne Spott, weil die Leute in Nischapur in allem gut sind, doch im Spott konkurrenzlos die besten. Allerdings steht auch ihre Neigung zur Bequemlichkeit nicht zurück, sie alle gingen dem alten Lehrer und ihm ähnlichen Leuten wegen der scharfen Zunge erfolgreich aus dem Weg. War al-Muwaffak im Übrigen nicht gerade deshalb sein ganzes Leben in Nischapur geblieben, allem Wissen, Ansehen und Ruhm zum Trotz?

So konnte sich der Wesir al-Muwaffaks Entscheidungsvorschlag zum unglücklichen al-Mussawi und seiner Familie widmen. Vor Freude machte er einen Luftsprung, als er ihn las, weil er mit dem von al-Ghazali nahezu übereinstimmte, und beide dem, was er selbst für gerecht und richtig in diesem Fall hielt, sehr nahe kamen. Dann schickte er einen Boten in das betreffende Haus, um für heute den Besuch des Wesirs anzukündigen. Ihm war wichtig, dass alles, was er hier tat, wie ein freundschaftlicher Umgang mit vertrauten Menschen und ihren Schicksalen wirkte oder wenigstens so ähnlich, weil gerade dann klar und offensichtlich würde, wie weise und bedacht die Obrigkeit ein schweres und verworrenes Problem löste. Würde er al-Mussawi, Bakir und ihre Frau an den Hof bestellen, und ihnen von der Höhe der Macht herab die weisestmögliche Entscheidung als Vorschlag für die Lösung ihres Problems mitteilen, würden in der Stadt und bei Hofe alle unzufrieden murren, weil er sich nun auch noch in die Familienangelegenheiten angesehener Leute einmische. Doch schlüge er eine kaum erträgliche Lösung vor, aber so, dass alles aussähe wie freundschaftliche Fürsorge ohne alles Offizielle und Staatliche, würden ihn alle loben und betonen, er sei geradezu wie ein weiser Staatsmann vorgegangen, der wache. Daher beschloss er, die betroffene Familie mit ein paar vertrauten Leuten zu besuchen und ihnen die Lösung vorzuschlagen, für die sich die weisesten Männer der Zeit ausgesprochen hatten.

Nun waren sie in dem großen Zimmer versammelt, in dem al-Mussawi seit seiner wundersamen Rückkehr schlief. Neben den Hausbewohnern waren da der Großwesir und sein anderes Ich, Hassan-i Sabbah, Omar Chayyam und der fröhliche Sufi Abu Said, der Bürgermeister Abu Ali al-Husaini und der angesehene Händler Muwekit, sicher der einflussreichste Händler der Stadt, der zudem keine Funktionen in der städtischen Handelsgilde innehatte, was dem Wesir gut zupasskam.

Sie verteilten die mitgebrachten Geschenke, der Wesir lehnte jede Bewirtung außer Tee und einigen Kernen ab, so setzten sie sich und überließen sich einem unbehaglichen Schweigen. Als Erster fand sich al-Husaini zurecht, der al-Mussawi zu seiner glücklichen Rückkehr und seinem guten Schicksal gratulierte, das ihn aus »den Händen jener Unseligen« befreit hatte. Das sei eine seltene und große Sache, es gebe wenige, denen das Glück so diene und sie so treu begleite. »Bei Gott, als wärst du von den Toten auferstanden, so ist das mit dir.«

»Ja, so ist das mit mir, nur dass ich nicht weiß, ob das immer noch mit mir ist, weil ich nicht weiß, ob ich das auch weiterhin bin«, stimmte al-Mussawi zerfahren zu.

»Ach, hast du es verloren?! Was bist du glücklich, du hast es gut! Was ein glücklicher Mann, liebe Leute«, regte sich Abu Said auf, sich bald an al-Mussawi, bald an die anderen wendend. »Ein großes Glück ist es, das Ich zu verlieren, es ist ein schwerer Fluch und eine gewaltige Qual. Zu ihm hat uns Gott unserer Eitelkeit wegen verdammt und uns dadurch vom Meer des Lebens abgesondert. Solange du ein Ich bist, egal was für eins und welches, bist du von jedem Menschen und Tier, von jeder Pflanze und jedem Fisch, von der guten Erde und dem Wurm in ihr getrennt. Eingekerkert in dein Ich, kannst du diese Schönheiten nur anschauen und dich danach sehnen, manches von ihnen vielleicht auch für dich gewinnen, wenn es dir gelingt, dich ihnen zu öffnen, aber öffnen kannst du dich nur, wenn du wenigstens für einen Augenblick dein Ich ablegst, das dich ständig vom Leben abgrenzt und von allem, was dich lebendig machen könnte, abriegelt.«

Abwechselnd lobten die Anwesenden Abu Said, indem sie seine ausgeprägtesten Eigenschaften hervorhoben – der eine seinen Scharfsinn, der ihm ermöglicht, versteckte Wahrheiten mit anderen Augen zu sehen, der andere seinen unerschütterlichen Glauben, der ihm das Gute auch in den Dingen offenbart, vor denen wir sonst fliehen, wie etwa der Tod oder der Verlust des Ichs, und wieder ein anderer seinen Mut, Dinge, die wir sonst gar nicht denken, geschweige denn hören wollen, deutlich auszusprechen. Dann stellte sich wieder das Unbehagen ein.

»Alles Mögliche geschieht, Gutes und Schlechtes, Trauriges und Lustiges«, ergriff der Großwesir irgendwann das Wort. »Wir haben auf das, was geschieht, keinen Einfluss, gewöhnlich können wir nicht erreichen, dass passiert, was wir wünschen, und fast nie können wir verhindern, dass passiert, was wir nicht wünschen. Aber wir können uns bemühen, das Gute und Schlechte, das uns die Ereignisse bringen, gleichmäßig und wenigstens halbwegs gerecht unter uns aufzuteilen. Das Schlechte werden wir leichter ertragen, wenn wir es auf viele Schultern verteilen, und sicher bringt uns das Gute mehr Freude, wenn wir es mit vielen teilen, das weiß ich aus eigener Erfahrung. Deswegen sind wir jetzt auch hier: um in Freundschaft ein Maß und einen Weg zu finden, das Gute und Schlechte, das euch getroffen hat, gleichmäßig und gerecht unter euch zu verteilen.«

»Das hast du gut gesagt, Herr«, lobte Hassan seinen Chef, »man muss es gleichmäßig verteilen, selbst wenn es nicht gerecht ist, um es leichter zu ertragen. Man muss allen auch vom Guten geben, auch denen, die es womöglich nicht verdient haben.«

Alle sahen den Großwesir an und fragten sich, was er nun tun werde, weil Hassan seine Worte unmittelbar an die des Wesirs angeschlossen hatte, so dass es auf die Zuhörer wirkte, als hätte er ihn unterbrochen. Keiner der hier versammelten Leute war gewohnt, dass man so miteinander sprach, diese Leute ließen die Worte ihrer Gesprächspartner verklingen, damit die Luft, durch die sie gingen, sich völlig beruhigte und damit die Leute, die sie hörten, zumindest ein wenig darüber nachdachten. Aber Hassan hielt sich nicht an ihre Anstandsregeln. Im Gegenteil, als erprobte er, wie weit er gehen konnte, wandte er sich Bakir zu und widerlegte im Grunde die weisen versöhnlichen Worte des Wesirs.

»Ich zum Beispiel finde, du hast eher eine Strafe als eine Belohnung verdient. Nimm keine fremde Frau, wenn du keinen rechtsgültigen Scheidungsbescheid hast, außer wenn du sicher bist, dass der ehemalige Mann unter der Erde liegt«, belehrte Hassan Bakir, der erbleichte und mit den Augen blitzte. »Du würdest beispielhaft bestraft, wenn man mich fragen würde, weil ein Mann, der eine nicht geschiedene Frau zu Lebzeiten ihres Gatten nimmt, zu allem bereit ist, und zu allem bereite Leute soll man im Vorhinein bestrafen, man soll sie jetzt bestrafen für das, was sie in fünf Jahren tun werden. Und sie werden es tun, so sind sie. Aber unser weiser Herr möchte eben auch dich belohnen und hat einen Weg gefunden, das zu tun. Weil ihm an Harmonie gelegen ist und es keine harmonische Welt gibt, wenn Gutes und Böses, Belohnung und Strafe nicht gleichmäßig verteilt sind. Darum ist er auch unser Herr und ich ein Narr, der die Stimmung verdirbt.«

Auf diese Schlussfolgerung hin lachten alle Anwesenden, und alles wandte sich wieder zum Guten. Der Wesir verkündete, sie seien in freundschaftlicher Absicht hierhergekommen und er habe sich bei den größten Geistern des Reichs und der Welt erkundigt, wie man gerecht und ohne Schaden für irgendjemanden aus dieser Situation herauskomme. Die ersten Imame, Kadis und Richter, alle seien sich einig, dass es hier am gerechtesten wäre, Bakir mit dieser Frau in diesem Haus zu lassen und al-Mussawi zu helfen, ein neues Haus zu bauen und eine neue Frau zu suchen. Ebenso mit dem Laden und dem Platz im Basar: Bakir solle bleiben, wo er sei, aber alle müssten al-Mussawi helfen, einen neuen Laden und Arbeit zu bekommen. Lange begründete er seinen Vorschlag.

Er wies darauf hin, dass dieses Haus und alles darin al-Mussawi gehöre, man aber nicht sagen könne, wenn man mit dem Herzen und gut überlege, dass es nicht auch Bakir gehöre. Zwar habe Bakir al-Mussawis Besitz genutzt, aber ihn vergrößert und vermehrt, so dass es jetzt auch Bakirs Besitz sei. Ferha sei sicher al-Mussawis Frau, aber sie habe Bakir, ganz im Einklang mit dem Gesetz und den Sitten ein Kind geboren. Daher sei sie gewiss auch Bakirs Frau. Al-Mussawi sei, Gott sei Dank, zurückgekommen, obwohl alle geglaubt hätten, er sei schon lange tot, aber dieser hier sei nicht unbedingt ganz der al-Mussawi, der fortgegangen sei. Er zählte Gründe und Gegengründe auf, ruhig, gerecht und unbestreitbar die Übereinstimmung seines Vorschlags mit dem Gesetz und der Tradition beweisend. Alle spürten, dass er ihnen aus dem Herzen sprach, als er darauf hinwies, dass es grausam und unmenschlich wäre, jetzt Bakirs Familie zu zerstören, al-Mussawi an seinen Platz zurückzuschicken, der nicht mehr ganz seiner und gewiss nicht nur seiner sei. Die Familie habe den Verlust von al-Mussawi bereits verschmerzt und sich von ihm verabschiedet, wer würde Bakir jetzt aus ihrer Mitte reißen, es wäre, als brächte er den Vater der Familie ein zweites Mal um. Deshalb ist unsere Meinung, dass Bakir bleiben und al-Mussawi von neuem dort anfangen sollte, wo er stehengeblieben ist. Auch das ist kein Anfang, keine Angst, vom Anfang bist du weit entfernt«, ermutigte der Wesir den ehemaligen Hausherrn.

»So ist das: da kommst du von irgendwoher nach Hause und triffst dich an, wie du schon dasitzt«, sagte al-Mussawi nach langem Schweigen und Nachdenken in die heitere entspannte Stille hinein, die nach der langen Erörterung des Wesirs eingetreten war. »Da bleib dann mal vernünftig!«

Alle bemerkten zufrieden, dass al-Mussawi nun, vielleicht zum ersten Mal seit seiner Rückkehr, nicht aus der Abwesenheit, sondern aus sich heraus gesprochen hatte. Das war das

Zeichen, dass er endgültig zurückgekommen war und ihm der Vorschlag des Wesirs ermöglichte, hier zu bleiben. Alle waren froh und dem Wesir dankbar.

»Alles geht gut für dich aus, besser kann es nicht sein«, konnte es sich Hassan nicht verkneifen, noch einmal gegen Bakir zu sticheln, als hätte er etwas gegen ihn.

»Es ist gut!«, fuhr ihn Bakir an, hob den Arm und richtete seine Handfläche auf Hassan, als wollte er sich gleichzeitig verteidigen und ihn warnen. Aber vergebens, es war zu spät, die schöne Glückseligkeit, das Gefühl, dass etwas wirklich Gutes geschehen war, war bereits dahin, und es herrschte wieder Unbehagen. In dieses Unbehagen hinein begann Abu Said, ruhig und nachdenklich zu reden.

»Ich weiß nicht, ob sich jemand von euch an den Winter vor sieben, acht Jahren erinnert, wo allein in Balh über hundert Menschen gestorben sind. Ich erinnere mich gut daran, so etwas vergisst man nicht. Auch ich habe damals in Balh gelebt. Habe den ganzen Winter gut gefroren, in einem uralten Haus gewohnt, dessen Löcher ich gar nicht zählen, geschweige denn zustopfen konnte. Gegenüber von meinem Haus war eine kleine Herberge, hauptsächlich für Leute aus der Umgebung, ich glaube, die Reisenden von weither kannten sie gar nicht, auch hatten sie keinen Grund, mitten ins Zentrum zu gehen, um dort abzusteigen.

Einmal habe ich, eingehüllt in alles, was ich bei der Hand hatte, einen Spatz unter dem Vordach der Herberge beim Erfrieren beobachtet. Als ich ihn bemerkte, war der Spatz noch lebhaft, alle Augenblicke flog er unter dem Vordach hervor, flog um die Straße und die benachbarten Höfe herum, wahrscheinlich auf der Suche nach etwas Essbarem, und kehrte dann wieder unter sein Vordach zurück. Er schien keine Nahrung zu finden, weil seine Lebhaftigkeit immer mehr nachließ, seine Flüge kürzer und die Ruhepausen unter dem Vordach immer länger wurden. Dann flog er eine Weile immer nur kurz auf und kehrte gleich danach unter das Vordach zurück, um sich auszuruhen, die Kälte und der Hunger sogen alle Kraft aus ihm, und der Arme überließ sich immer der Ruhe, die ihn in den sicheren Tod führte. Als er nicht einmal mehr mit den Flügeln schlagen konnte, hüpfte er nur auf der Stelle, als wehrte er sich mit dem Hüpfen vor dem Erfrieren und fragte sich dabei, warum er das tue. Am Ende beruhigte er sich und stand da, stand da, stand da … Dann fiel er hinunter.

Etwa zu der Zeit hielt ein Mann mit seinem Wagen neben der Herberge, genau an der Stelle, wo der Spatz lag. Während er auf seinen Mann wartete, schiss der Bulle auf den erfrierenden Spatz, ohne den Wunsch, ihn zu beleidigen, und ohne die Absicht, ihm etwas Gutes zu tun.

Der Mann kam bald zurück, und der Wagen fuhr ab, doch der Spatz begann sich kurz danach zu regen, wahrscheinlich durch den warmen Mist gewärmt und wiedererweckt. Er regte sich, regte sich, und dann wurde er ganz lebendig und stand auf. Er schien in dem Mist auch irgendein Korn gefunden zu haben, begann zu hüpfen und zu zwitschern. So zog er die Aufmerksamkeit eines Katers auf sich, der auf ihn zuging und ihn aus dem Mist befreite, ein wenig mit ihm spielte, indem er ihn durch den Schnee rollte und zog, als wollte er ihn reinigen. Dann fraß er ihn.

Ich habe das alles beobachtet, verwirrt, empört und ein wenig angewidert, ohne dass es mir gelungen wäre zu begreifen, warum das alles geschehen ist. Erst am späten Abend dieses Tages, ich war bereits im Bett und stöhnte wegen Schlaflosigkeit, ging mir auf, dass es mir zur Lehre geschehen war: Urteile nicht über Menschen, mit denen du arbeitest, solange du nicht alle Ergebnisse eurer Arbeit abgewartet hast. Weil jener, der dich beschissen hat, dir nicht immer etwas Böses angetan hat. Und dein Wohltäter ist auch nicht unbedingt jeder, der dich aus der Scheiße zieht. Das hatte mich, begriff ich, der arme Spatz gelehrt, der wegen dieser Belehrung und meinetwegen gestorben war. Aber mir war das irgendwie zu wenig, sein Tod war ein zu hoher Preis für zwei Lehren, die mir nicht ganz neu waren. Doch dann offenbarte sich mir Monate später, dass der Arme nicht wegen dieser Lehren gestorben war, sondern wegen einer anderen, einer verborgenen, die ich sicher brauche, die ich mir aber durchaus nicht zu eigen mache und zu Herzen nehme. Sie lautet: Schweig, solange du in der Scheiße sitzt!«

## *Aus der Haut*

Die Ausrufer schwärmten vor Tagesanbruch in die Stadt aus, um die frohe Nachricht vom Sieg zu verkünden. Der ruhmreiche Sultan Malik Schah, Sieger in Schlachten und Kriegen, hat die Waffen erneut glücklich gelenkt und einen Sieg errungen, den Karmaten aber den Untergang gebracht. Heute nach dem Nachmittagsgebet wird der siegreiche Sultan, so Gott will, mit seinem Gefolge, Kriegsgefangenen und Beute durch das Südtor in die Stadt einziehen. Wer sich über den Ruhm seiner glücklichen Waffen und die Siege des Sultans freut, wer reinen Herzens und guten Willens ist, möge sich zu dieser Zeit draußen einfinden, um den triumphalen Zug zu begrüßen.

Omar Chayyam hörte die Ausrufer, als er schon auf der Straße war, er hatte sich vor Tagesanbruch ins Seifensiederviertel aufgemacht, weil er in der kleinen Moschee dort zusammen mit Abu Said das Morgengebet verrichten wollte. Er musste mit ihm reden, vertraulich und dringend. Gestern hatten nämlich er und Sukayna ihren ersten ernsten Streit gehabt, so heftig und hässlich, dass Sukayna am Ende nur noch mit den Füßen auf den Boden gestampft und geschrien hatte, als erstickte sie. Das heißt, sie hatte geschrien, um nicht an der Wut zu ersticken, die in ihr kochte und hinausmusste, wenn nicht durch den Mund, dann durch die Haut oder ein Gelenk.

Hassan-i Sabbah war gleich nach Mittag zu ihnen auf Besuch gekommen, sie beabsichtigten, einen größeren Teil des Tages zusammen zu verbringen, weil der Großwesir dem Sultan entgegengeritten war und so Hassan für diesen Tag von allen Verpflichtungen befreit hatte. Es fing schön an. Während sie den ersten Tee tranken, erzählte Hassan lachend über das hohe Ansehen, das Omar dank seines alchemistischen Hahns und des Kettendiebstahls bei dem Armenier Artabedian in der Stadt erworben hatte. Diese Geschichte hatte sich unbegreiflich schnell verbreitet, mit all den Einzelheiten, die sie in Wirklichkeit schmückten, und vielen Einzelheiten, die verschiedene Erzähler hinzugefügt hatten, und Omar viel mehr Ansehen eingebracht als sein Kalender und all seine Bücher, sogar noch mehr als die genauen Wettervorhersagen, durch die er mehrmals Ruhm geerntet hatte. Aber da mit dem Ansehen fast immer auch Angst oder wenigstens Widerwillen einhergehen, hatte Omar das Ansehen bald satt und begann sich mit Abu Said und anderen Freunden, von denen er sich diese Art Hilfe erhoffen konnte, zu beraten, wie er sich von diesem hohen Ansehen befreien und unter die Leute zurückkehren könne als einer von ihnen. Es stimmt, dass ihn die Leute in der Stadt achten und er es vielleicht auch genießen könnte, wenn in dieser Achtung nicht weit mehr Angst vor seinem alchemistischen Hahn wäre als Freude an seiner Gesellschaft oder seiner Arbeit. Was kann man mit der Ehrerbietung von Leuten anfangen, die nicht wissen, was man tut, und das Wenige, was sie wissen, nicht verstehen? Außerdem ist er nicht Ibn Sina, man kann sich ihm gegenüber doch nicht verhalten, als hätte ihn die Zeit bestätigt, gewiss hat auch Ibn Sina es nicht geduldet, dass man ihm mit steifer Achtung gegenübertrat, solange er lebte. Und nun fragt ihn keiner. Statt dass sie ihm geholfen hätten, machten seine Freunde Scherze mit seiner Verlegenheit, während die steife Ehrerbietung der Mitbürger wuchs und den armen Omar immer mehr störte.

So musste er sich einmal bei Basurmedschid ohne Ende Lobreden über seinen Fleiß und seine Bereitschaft anhören, jedes Opfer zu bringen, um seinen Verstand und sein Wissen zu vergrößern. Drei gute Männer, die im Kaffeehaus von Basurmedschid schon mehr zum Inventar gehörten als die

Tische und die ewig brennende Flamme, auf der sein Bursche den berühmten Kaffee zubereitete, beschlossen, sich über die Mühe und die Opfer zu unterhalten, die man durchstehen muss, wenn man ein großer Weiser und Kenner werden will. Es ist schwer zu sagen, ob sie darüber reden wollten, weil sie zufällig mit Omar Chayyam am Tisch saßen oder weil ihnen schon lange die Themen ausgegangen waren, wenigstens für ihr Gespräch, mit dem sie nur die Zeit totschlugen, auf jeden Fall widmeten sie sich der Mühsal, der jeder gelehrte und weise Mann begegnen muss. Besorgt erinnerten sie sich daran, dass ja ihr Mitbürger und beinahe Freund Omar Chayyam oft die ganze Nacht in seinem Observatorium verbringt und in den dunklen Nachthimmel starrt, während die normalen Leute schlafen, aber am nächsten Tag normal leben und arbeiten muss, als hätte auch er geschlafen. Außer dass er nicht schlafen kann, muss jemand, der sich dem Studium hingegeben hat, lesen, aber viel Lesen ermüdet bekanntlich Seele und Körper, zudem greift es das Augenlicht an. Schnell kehrten sie zu den im Observatorium verbrachten Nächten zurück, vielleicht weil es über das Lesen nicht mehr zu sagen gab, aber vielleicht auch weil es als Gesprächsthema nicht so reizvoll war, und so fragten sie einander immer wieder aufs Neue, wie man die ganze Nacht in den Himmel starren kann, ohne einzuschlafen. Diese Frage führte sie zur nächsten: Kann das allnächtliche Starren in den Himmel seine Schlauheit und seine Fähigkeit erklären, Tod und Teufel zu tun und zu deuten, zum Beispiel das Wetter vorherzusagen, einen Hahn zu dressieren und die Sterne am Himmel und im Kalender einzuteilen? Was kommt einem nicht alles in den Sinn, wenn man nächtelang in den leeren Himmel schaut?! Es ist ja noch gut, wenn alles bei den dressierten Hähnen und den Kalendern bleibt. Aber wozu das alles?! Sosehr er sich auch bemüht, es zu begreifen und sich zu erklären, einem normalen Menschen bleibt verschlossen, warum jemand solche

Dinge treibt, wo er doch schön und normal leben könnte. Begibt man sich dahinein, weil man geistesgestört ist, oder wird man geistesgestört, wenn man sich da hineinstürzt?

Omars Blick schweifte über die Gesichter um ihn herum, immer länger sah er den riesigen Basurmedschid an, in der Hoffnung, er könnte ihm beispringen, wenn er seinen verlorenen Blick und traurigen Gesichtsausdruck auffinge, während die Neugier, Angst und Bewunderung der guten Männer an seinem Tisch wuchsen und sich verdichteten. Er muss sich von ihrer Bewunderung befreien, muss ihnen eine Erklärung anbieten, die ihnen einleuchtet. Ganz von selbst sprudelte eine Überlegung aus ihm heraus, wozu ein Mann bereit sei, um sich vor den Vorwürfen und dem Gemecker einer mürrischen Frau zu retten, vor allem wenn ihre Vorhaltungen im Großen und Ganzen berechtigt sind. So ein Mann gebe sich dem Angeln hin oder suche Gesellschaft, gehe in die Teestube oder ins Observatorium, widme sich dem Studium oder fange an, Sättel von nie gesehener Schönheit anzufertigen. Diese Überlegung, die sich wie ein Lauffeuer in der Stadt verbreitete und als Eingeständnis seiner häuslichen Situation verstanden wurde, verschonte ihn in Zukunft von der Bewunderung seiner Mitbürger und gab ihm in ihrer Gesellschaft den Platz zurück, den er vor der Großtat mit dem alchemistischen Hahn eingenommen hatte.

Hassan lachte laut über seine Geschichte, Chayyam murmelte halbverständlich, wie unerträglich er menschliche Bewunderung finde, weil sie auf Unverständnis beruhe, während Sukaynas Blick ihren Mann wie mit einem Pfeil durchbohrte und ihn fragte, ob er sie denn wirklich wie ein mürrisches Weibsbild erlebe.

»Aber nein, wie denn!«, versicherte ihr Chayyam, »das habe ich nur gesagt, um mein Ansehen zu schmälern. Du weißt doch ganz genau, dass du etwas anderes bist. Aber es ist nicht gegangen, es ist traurig mit unserer Bewunderung, sie verliert sich, sobald wir verstanden haben. Doch was fängst du mit einer Bewunderung an, die von dir keine Ahnung hat!«

Sukayna blitzte ihn zwar noch weiter an, lachte aber wohlwollend, weil die ganze alberne Geschichte ihrem Omar gleichsah und ihr deshalb lieb war.

Nach dem Tee zeigten sie ihrem Gast den Garten und erzählten nebenbei von Parviz, der ihn gestaltet hatte. Das veranlasste Hassan zu einem schwammigen Sermon über die Perser, den Chayyam mehr oder weniger nicht verstand, so dass er ihn Abu Said nur bruchstückhaft und äußerst vage wiederholen konnte.

Hassan behauptete, er habe bei den Persern eine Wut auf sich selbst bemerkt, verwirrend auf den ersten Blick, aber auf den zweiten völlig verständlich. Wer als Perser geboren ist, dem sind viele Probleme in die Wiege gelegt, die andere Menschen überhaupt nicht haben oder nicht einmal kennen. Der Perser hat einst ein Weltreich besessen, das ihm zu verlieren gelungen ist, ohne dass ihm eine überlegene Macht eine entscheidende Niederlage beigebracht hätte, und nun schmerzt ihn dieser Verlust, wie einen Invaliden das Bein oder der Arm schmerzt, den er schon lange nicht mehr hat. Er erinnert sich, dass sein Ahne in einer überlegenen Position, der Erste war, und kann sich daher nicht damit abfinden, Diener zu sein, aber er sieht und weiß gut, dass er heute im besten Fall und wenn er viel Glück hat, ein angesehener und reicher Diener sein kann. Den Besten unter uns, wie dem Barmakiden Dschafar und unserem Wesir Nizam al-Mulk, gelingt es, in die Position des Zweiten aufzusteigen und Wesir des Kalifen Harun-al-Raschid oder des Sultans Malik Schah zu werden. Aber auch sie, fähig wie niemand sonst in ihrer Zeit, können nicht Erste werden. Dem Perser von heute ist der Fluch in die Wiege gelegt, dass er nicht der Erste sein und werden kann, er muss mit diesem Fluch aufwachsen und mit ihm auf der Stirn ins Leben gehen, immer im Hinterkopf behaltend, dass er, wenn er der Beste seiner Zeit ist und viel Glück hat, vielleicht Zweiter werden kann, hinter einem Araber oder Türken. Das wäre vielleicht gar kein Problem, wenn er sich nicht daran erinnern würde, dass er einmal der Erste war, und er nicht mit dem Bedürfnis geboren wäre, es wieder zu werden. Es ist keine Schande, ein guter Diener zu sein, wir sind alle jemandes Diener, wenn wir bereit sind, irgendetwas zu arbeiten, das fällt dem, der niemals Herr gewesen ist, auch nicht schwer, aber für den Herrn von gestern ist es unerträglich, heute Diener zu sein. Das ist unser Schicksal: Wir wachsen auf mit Schmerzen um unseren Verlust, den wir nicht verschuldet haben, und lehnen im Vorhinein das Leben ab, dem wir nicht entgehen können. Daher können wir uns nicht lieben und schaffen es nicht, die Welt zu bejahen, in der wir uns aufzuhalten gezwungen sind. Es ist auch unser Schicksal, dass wir nicht darüber trauern, sondern wütend sind. Menschen anderer Völker trauern, wenn sie von Geburt an mit dem Fluch beladen sind, dass sie weder Erster noch groß werden können, über ihr Schicksal oder hassen es; so jemand hasst, sagen wir, seine Zugehörigkeit, die ihn dazu verurteilt hat, ein ganzes Leben Dritter oder Fünfter zu sein, aber sich selbst liebt er und schätzt er hoch. Der Perser trauert und hasst nicht, er ist wütend: Wütend auf die Perser, jeden einzelnen und alle zusammen, weil sie ohne richtige große Niederlage ein Weltreich verloren haben, aber die Erinnerung daran, das Bedürfnis danach und den Traum von seiner Erneuerung, von dem er weiß, dass er nur ein Traum bleiben wird, bewahrt und ihm aufgebürdet haben. Wütend ist er auch auf sich, weil er sich darauf einlässt, weiterhin die Erinnerung zu bewahren und an dem Verlust zu leiden, an dem er nicht schuld ist. Wütend ist er auch auf die Welt, die gewiss nicht in Ordnung ist, aber seine Wut auf die Welt ist kleiner als die auf sich, das Schicksal und die Perser überhaupt. Bei alldem möchte er wirklich nur die Welt verändern, die er nicht gutheißen kann, solange sie so ist. Alles, worauf er wütend ist und was ihm das Leben vergällt, hat er akzeptiert und sich damit abgefunden, er bleibt wütend und leidet weiter, ohne zu murren und auf die Idee zu kommen, dass sich da etwas ändern ließe.

»Stimmst du dem zu?«, fragte Sukayna Chayyam, noch bevor Hassan seine lange Darlegung zu Ende gebracht hatte.

»Nicht unbedingt«, antwortete Chayyam. »Es ist auch nicht wahr, wie sollte ich da zustimmen, ein Perser kann durchaus Erster werden, wenn er sich darum bemüht und Glück gehabt hat. War Ibn Sina etwa nicht der Erste in seiner Zeit, so sehr der Erste, dass es keiner in Abrede gestellt hat?«

»Gut, auch du bist der erste Mathematiker deiner Zeit«, bemerkte Hassan, »aber das widerlegt meine Behauptung nicht. Du und Ibn Sina, das sind spezielle Bereiche, einzelne Tätigkeiten, bei denen alles hauptsächlich vom Einzelnen abhängt. Aber ich spreche vom Staat, der alle Kräfte und alle in einer Gemeinschaft verwirklichten Leistungen in sich zusammenbringt, ich rede von der Gemeinschaft, die sich im Staat verwirklicht oder sich nicht als Gemeinschaft verwirklicht. Schon sehr lange hindert uns die Wut, einen großen Staat zu schaffen, in dem wir eine unseren Individuen würdige Gemeinschaft bilden, einen Sultan oder Kalifen haben, uns zum ersten Volk entwickeln. Aber die Wut, die uns hemmt, wächst nur ständig und wird immer schlimmer, weil jeder von uns, jeder Perser, der etwas Großes vollbringen könnte und fühlt, dass er dazu geboren ist, etwas Großes zu leisten, sich schon in der Jugend damit abfinden muss, dass er nicht Erster wird, weil er Perser ist. Er verfällt schon in der Jugend in unsere persische Wut, die ihn zerfrisst und uns als Gemeinschaft von der Welt und der Möglichkeit entfernt, in dieser Welt irgendetwas Großes zu vollbringen. Du kannst keine große Kraft freisetzen und nichts Großes leisten, wenn die Last einer solchen Wut auf dir liegt.«

»Vielleicht ist das ja der Grund, warum du ständig wie im Fieber redest«, fragte Sukayna, ohne ihren Spott zu verbergen. »Du hast begriffen, dass du zu großen Dingen geboren bist, weißt aber, dass du im besten Fall nur Zweiter sein wirst.«

»Meinst du, etwas stimmt nicht mit dem, was ich sage? Oder wie ich es sage?«

»Nein, wenn du es wirklich hören willst, weder mit dem einen noch mit dem anderen«, antwortete Sukayna und redete weiter, ohne eine Äußerung von Hassan abzuwarten, ob er es wirklich hören wollte. »Sag mir zum Beispiel, wer jetzt zu uns gesprochen hat: ein Mann, der im Diwan des Seldschukensultans dient, oder ein alter Dehkan, der träumt und in seinen Träumen das lang verlorene Reich auferstehen lässt? Ich weiß nicht, wie sehr sich dein Wesir gefreut hätte, wenn er dich gehört hätte, aber ich weiß, dass ich an ihm nicht die Spur des persischen Hasses entdeckt habe, von dem du gesprochen hast.«

»Hast du hingeschaut? Hast du etwas sehen können, falls du hingeschaut hast?«

»Ich wage es nicht zu beschwören, aber ich habe sicher Gelegenheiten gehabt, ihn zu sehen und zu hören. Ich habe wirklich keine Wut an ihm bemerkt, und ich habe ihn ausgiebig angeschaut und ihn mir angehört, seine Worte und seine Taten. Er hätte auch, denke ich, nicht so laut reden können.«

»Meinst du, so wie ich?« fragte Hassan.

»Ja, so wie du, so laut und so wütend. Bei ihm sind die Dinge klar und geordnet, er spricht sie aus oder redet ruhig und vornehm über sie, dass es eine wahre Wonne ist, ihm zuzuhören und ihn anzusehen. Er weiß, sagen wir, dass er der Großwesir des Seldschukensultans ist und was ihm das bringt und wozu es ihn verpflichtet, all das berücksichtigt er. Deinen Lärm, deine Wut, diesen Wirrwarr gibt es da nicht.«

Selbst wenn sie es versucht haben sollte, Sukayna gelang

es nicht, die Abneigung, die sie von der ersten Begegnung an gegen Hassan empfunden hatte, zu verbergen, und genau das konnte Hassan, der ein Meister darin war, Menschen zu überreden und zu gewinnen, nicht ertragen. Ihn störte es nicht, wenn man ihm widersprach, das pflegte ihn im Gegenteil zu begeistern und zu entflammen, doch Gleichgültigkeit und Unduldsamkeit von Menschen, die er schon eine Weile kannte, konnten ihn richtig in den Wahnsinn treiben. Denn er war ein Eroberer, ein Meister im Gewinnen und Überzeugen von Menschen, er brauchte es wie die Luft und das Wasser, dass ihn die Leute akzeptierten und liebgewannen; ein Zeichen der Ablehnung oder Gleichgültigkeit seitens einer Person, um die er sich bemüht hatte, traf ihn deshalb schwerer als jede Beleidigung. Dann verwandelten sich Liebenswürdigkeit und Freundlichkeit, Vernunft und Zurückhaltung, alles, womit er die Leute gewöhnlich gewann oder bezauberte, all das verwandelte sich beim ersten Zeichen der Ablehnung in blinde Wut, die sich weder kontrollieren noch beherrschen ließ.

So war es auch gestern. Sie waren schon bei Tisch, als Sukayna erkennen ließ, dass sie Hassans ganze Mühe um sie nur abstieß und dass sein Geist, sein gut gemeintes Lob, das ihr oder Chayyam galt, sein umfangreiches Wissen und wie genau er Menschen und Dingen beobachtete, bei ihr nur Nervosität hervorrief und keinerlei Sympathie. Als hätten ein paar ihrer abweisenden Sätze in Hassan einen Dämon geweckt. Sein helles, rosiges Gesicht, rund wie der Vollmond – alles verzerrte und verdüsterte sich völlig, und seine Stimme wurde noch lauter und durchdringender als sonst, hoch und unangenehm dünn.

»Das würde dir gefallen, nicht wahr, wenn die Dinge fein säuberlich geordnet, einfach und rein wären«, schrie, ja kreischte Hassan beinahe, »dann müsstest du deinen Verstand nicht anstrengen und dich nicht quälen, alles wäre klar und sicher. Man wüsste, was links und was rechts, was gut und was schlecht, erlaubt und verboten, sauber und schmutzig ist. Die Welt würde der Erziehung, die du in deinem Elternhaus genossen hast, voll und ganz entsprechen. Aber so laufen die Dinge nicht, gutes Mädchen! Die Welt ist ein Wirrwarr und das Leben ist ein Wirrwarr, schlimmer als der, welcher im Kopf einer normalen Frau herrscht.«

Gerade habe ihr Mann ihm, Hassan, erklärt, dass jeder lebendige Körper vier Substanzen enthalten müsse, von denen jede, für sich genommen, ein starkes Gift sei. Wie ungerecht ist das doch, und wie verwirrt es den armen menschlichen Verstand, nicht wahr?! Es wäre sehr bequem, die guten und schlechten Substanzen, die Gifte und die Nahrung, das, was gibt oder erhält, und das, was tötet, klar einzuteilen und streng voneinander zu trennen, aber das Leben erlaubt uns das nicht, weil, stell dir vor, ein lebendiger Körper entsteht, wenn sich die Gifte auf eine bestimmte, sagen wir, die richtige Weise mischen. Glaub mir, auch mir würde es gefallen, wenn ich glauben könnte, dass männlich und weiblich, hell und dunkel, Gut und Böse, Leben und Tod klar geschieden und einander entgegengesetzt seien. Aber weder meine Vernunft noch das, was ich sehe und weiß, erlauben mir, das zu glauben. Wieso sollte ich glauben, dass das Leben schön und gut, aber der Tod das glatte Gegenteil davon ist? Werden wir etwa nicht in Blut und Schweiß geboren, unter entsetzlichen Schmerzen für die Gebärende und zum großen Unglück für den Geborenen? Weinen wir etwa nicht, sobald wir aus dem Unterleib herauskommen? Sind der Schrei und das Weinen nicht die ersten Töne, die wir von uns geben? Erkennen die Älteren etwa nicht, dass wir leben, wenn sie uns weinen hören? Seit wir zu laufen angefangen haben, prügelt alles auf uns ein, was wir sehen, und bereitet uns Schmerzen, aber wir nennen es Erwachsenwerden und Eintritt ins Leben. Das ist leider tatsächlich so, genau so treten wir ins Leben und halten uns in ihm auf.

Und dieses Leben … Es ist uns gegeben, damit sich die Zeit bewegt, die sich von unseren Tränen, unserem Blut und unserem Schmerz nährt, und sie bewegt sich, angetrieben von unserem Leben, unserem Strampeln und Straucheln. Einmal in Gang gesetzt, muss sie sich weiterbewegen, damit diese Welt, wie sie ist, weiterexistiert; und wir mit unserem Leben, unseren Körpern, die sie frisst, mit den Qualen, unter denen wir das Leben verbringen, und dem Leid, das wir erdulden, wir halten sie in Gang, lassen sie nicht stehenbleiben. Wer hat die Zeit wann und warum in Bewegung gesetzt? Sie ist, nach dem zu urteilen, was wir wissen können, gute schöne Ewigkeit gewesen, die im Einklang mit ihrer Natur ruhte, aber einstmals ist etwas geschehen, was einen Fluss aus dem Meer der Ewigkeit abgeleitet und in Bewegung gesetzt hat, das ist der Fluss der Zeit, in den diese Welt getaucht ist mit allem, was auf ihr existiert. Aber was ist geschehen und wann? Wer hat den Fluss der Zeit angestoßen, dass er fließt? Und warum? Der liebe Gott, wirst du sagen? Aber warum hätte Er das tun sollen? Warum gerade damals, als die Zeit zu fließen begann, und nicht ein wenig früher oder viel später? Haben wir überhaupt das Recht zu glauben, dass Er das getan haben könnte? Denn woher kommt in Ihm, woher kommt in Seiner Ewigkeit das Ereignis?

Man muss die Offenbarung lesen, um darauf antworten zu können, aber das Innere, man muss die inneren, verborgenen Schichten und Inhalte der Offenbarung lesen und verstehen. Wenn du so liest und wenn du deinem Verstand vertraust, und du musst ihm vertrauen, weil du verrückt bist, wenn du etwas anderem vertraust, ist klar, dass der Fall des Iblis das erste Ereignis überhaupt war und er, der Verdammte, mit seinem Fall die Zeit in Gang gesetzt hat. Dann ist in der Zeit, aus den Tränen und dem Leiden des Iblis, die Welt entstanden, die dank seiner und unserer Pein und Verzweiflung existiert, dank der Sehnsucht nach Rückkehr und Verzeihung, dank der verhaltenen Schreie und Schluchzer, die besagen, dass der Unselige weiß, dass es keine Rückkehr und Verzeihung für ihn gibt. Und wir, die Menschen, halten mit unserem Leben und unserer Verzweiflung die Zeit in Bewegung und mit ihr diese Welt.

Deshalb verlange von mir keine Lügen über eine zuverlässige Ordnung und klare Einteilungen«, jammerte Hassan am Ende buchstäblich. »Gerne werde ich deinem weiblichen Verstand und dem Frieden im Haus meines Freundes zuliebe manche Wahrheit verschweigen, aber süße Lügen werde ich dir nicht erzählen, weder mir noch dir, noch ihm zuliebe.«

»Mein weiblicher Verstand ist mir wirklich lieb, wenn er diese Wahrheit vor mir verbirgt«, erwiderte Sukayna wütend. »Wohl den Narren, die vor dir und deiner Wahrheit verschont bleiben.«

»Das ist nicht meine Wahrheit, lass mich aus dem Spiel, das ist die Wahrheit schlechthin.«

»Ich will sie aber nicht!!!«

»Fragt sie dich?!«

»Ich soll meine Leyla geboren haben, damit sie deine Zeit nährt?! Du bist doch nicht ganz bei dir, bester Hassan, du magst ja was wissen, aber klar ist dir nichts.«

»Hast du sie in Blut und Schmerz geboren, wie Menschen geboren werden? War der Schrei der erste Laut, den sie von sich gegeben hat? Warum? Damit sie sich über diese Welt und das Leben freut?«

»Wenn du wüsstest, wie viel Freude und Liebe in dem Schmerz war! Wenn du dir vorstellen könntest, wie dankbar ich für all diese Qualen und Ängste bin, die ich um sie ausgestanden habe! Aber was kann ein Narr schon über die Liebe und das Herz einer Mutter wissen?!«

»Dieser Narr kann wissen und dir sagen, was deine Leyla erwartet. Und es erwarten sie, wie auch dich, Schmerz und Pein, Elend und ein schöner Tod.«

»Und du bist in mein Haus gekommen, um mir das zu sagen? Du sitzt an meinem Tisch, beim Essen, mit dem ich dich bewirte, und erklärst mir, dass mich und mein Kind der Tod erwartet, der dich, ist es so, nicht erwartet, weil du ja alles begriffen hast? Gott, was bist du jämmerlich!«

»Ich werde weder an deinem Tisch noch in deinem Haus sitzen, wenn ich das mit süßen Lügen bezahlen muss!« Mitten im Essen stand Hassan wütend auf und ging, ohne sich zu verabschieden, wie es sich gehört hätte.

Das bedeutete auch für seine Gastgeber das Ende der Mahlzeit, weil Sukayna sicher an dem Bissen erstickt wäre, den sie zu schlucken versucht hätte, und Chayyam, derart verwirrt von allem, was passiert war, keinen Appetit mehr hatte. Sukayna warf ihrem Mann wütend vor, dass er im Streit mit Hassan nicht ihre Partei ergriffen hatte, sie schrie, allein ein Narr könne zulassen, dass jemand seine Frau beleidige, im eigenen Haus, für Augenblicke stockte ihr der Atem, und sie erstickte buchstäblich an den Worten und Gefühlen, die aus ihr hervorquollen. Immer aufs Neue kam sie darauf zurück, dass Chayyam sie nicht vor der Beleidigung geschützt habe, es aber hätte tun müssen, »weil du mein Mann bist, und Männer ihre Frauen schützen«. Jeder Versuch von Chayyam, sich mit ihr auszusprechen, führte zu neuen Missverständnissen und noch stärkeren Wutausbrüchen, so dass Sukayna irgendwann nur noch mit den Füßen stampfte und schrie, wahrscheinlich um nicht zu ersticken.

»Aber es ist nicht nur Wut«, beendete Chayyam seine lange sorgenvolle Beichte. »Mitten in der Nacht bin ich aufgewacht und habe sie bitterlich und untröstlich wie ein Kind weinen hören. Sie weinte und bemühte sich, ihre Schluchzer zu dämpfen, wahrscheinlich um mich nicht aufzuwecken, ihr ganzer Körper bebte von den hinuntergeschluckten Schluchzern wie im Fieber. So weint man nicht aus Wut, ich fürchte, der Keim eines Giftes hat sie befallen und ihr nächtliches Weinen kommt davon.«

Wie jedes Mal, wenn etwas Schmerzliches und Wichtiges zu diskutieren war, gingen sie am Zayandeh Rud entlang, Chayyam mit schnellen Schritten, als jagte er hinter etwas her, und Abu Said langsam und unwillig, ständig stehenbleibend. Sie schwiegen und bemühten sich, ihren Schritt aufeinander abzustimmen.

»Da siehst du es«, ließ sich Chayyam nach langem Schweigen vernehmen.

»Du auch«, entgegnete Abu Said.

»Und was sagst du?«

»Nichts, was gibt es da zu sagen.«

»Was soll ich denn tun?«

»Umarme sie, das ist alles, was man da machen kann, umarme sie oft und fest«, antwortete Abu Said nachdenklich. »Aber sie hat recht, dein Freund ist wirklich ein großer Narr. Er tut mir nicht leid, bewahre, aber immer wenn ich an ihn denke, sagt etwas in mir: Weh ihm.«

»Was fallt ihr denn alle über Hassan her!? Schon vor langem ist mir aufgefallen, dass du ihn nicht ausstehen kannst, auch Sukayna kann ihn nicht leiden, aber mir ist nicht klar, warum.«

»Mir auch nicht, aber seit ich ihn zum ersten Mal gesehen habe, kann ich ihn nicht ausstehen. Mit diesem guten Sklaven Gottes stimmt etwas nicht.«

»Was denn?«

»Ich weiß es nicht, etwas Grundlegendes. Er ist nicht imstande, die Liebe in der Welt zu sehen und zu erkennen, du hast doch gehört, wie er redet. Dieses Menschenkind ist zwar nicht blind in den Augen, aber im Geiste schon, blind wie ein Maulwurf. Und gleichzeitig geschickt wie des Teufels Geselle. Hast du gesehen, wie schnell er dich vom Wesir weggedrängt hat?! Ich habe ihn schon drei Mal in Gesellschaft von Tadsch al-Mulk gesehen, der über den Wesir nur etwas Schlechtes mit Freuden hört.«

»Das beweist nichts.«

»Ich wollte gar nichts beweisen«, lachte Abu Said, »schon gar nicht dir. Aber wo kommt er überhaupt her, ich habe gehört, dass du es warst, der ihn beim Wesir eingeschleust hat.«

»Unser gemeinsamer Lehrer al-Zamahschari hat ihn mir empfohlen, er hat mich darum gebeten. Beide haben wir bei ihm gelernt, und beim alten al-Muwaffak hat außer uns beiden auch der Wesir Abul-Hassan, unser Nizam al-Mulk, gelernt, deshalb sagt Hassan ja auch, dass wir drei Schulfreunde sind.«

»Er hat ihn dir empfohlen und du gleich dem Wesir.«

»Was soll ich denn tun, ich muss mich doch für einen lebendigen Menschen einsetzen.«

»Nein, bitte nicht, wenigstens du nicht. Schau die Sterne an, Hakim, immer wenn du dich ins Leben eingemischt hast, hat es dir Unglück gebracht. Deshalb schau bitte die Sterne an.«

Chayyam antwortete nicht, vielleicht weil er nichts zu sagen hatte, vielleicht aber auch weil sich ihnen die Musik, die sie schon vor einer guten halben Stunde aus der Ferne gehört hatten, näherte und überlaut wurde. Zuerst hörten sie Pauken und Zurnas, den volltönenden aggressiven Klang eines Dutzend, vielleicht von hundert Pauken und den hohen, schrillen, wie ein Aufschrei durchdringenden Ton zahlreicher Zurnas, die auch den vernünftigsten Menschen aus der Haut fahren lassen können. Und wenn dieser Vernünftige kurz davor ist, aus der Haut zu fahren, wechseln sich Pauke und Zurna mit den Trommeln und Nays ab. Der tiefe Klang der Trommel, mächtig und ruhig, der im ersten Augenblick aus der Erde zu kommen scheint, aber dann meint man, er komme von überallher, aus der Erde, aber auch aus allen Himmelsrichtungen, um am Ende zu glauben, er komme aus einem selbst, und dazu der Ton der Nay, beinahe identisch mit der menschlichen Stimme, nur rein und stark. Immer lauter, immer mächtiger und immer stärker, von überall kommen rhythmische Schläge, die einen irgendwann zu beherrschen und zu lenken beginnen, und man überlässt sich ihnen ohne Widerstand, fast froh, und geht, zwar ohne eigenen Willen, aber auch ohne Widerstand dorthin, wohin sie einen führen. Durch die Stadt marschierte der triumphale Zug des Sultans Malik Schah.

Die Kolonne bewegte sich langsam, im Paradeschritt. An der Spitze ritt der Sultan, umgeben von seinen »Furchtlosen«, die er um mehr als einen halben Kopf überragte, und auf beiden Seiten der Kolonne, weit vor dem Sultan und in ziemlicher Entfernung hinter ihm, die Musikanten, welche die Kolonne ankündigten und mit ihrem Spiel einhüllten wie mit einem unsichtbaren Schleier. Auf dem Gesicht des Sultans, das auch so schon etwas furchterregend wirkte, war eine frische Narbe von einer nicht verheilten Wunde zu sehen, die gewiss bis zu seinem Tod als Mal auf seinem Antlitz sichtbar bleiben würde. In einem ersten Kreis um den Sultan ritten zwanzig »Furchtlose« mit prächtig gravierten Schilden und reich mit Gold verzierten Brustpanzern, mit Waffen in den Händen, die ganz mit Edelsteinen besetzt waren, und in einem zweiten Kreis ritten die übrigen hundertachtzig »Furchtlosen« mit einer Ausrüstung, bei der man statt Gold Silber verwendet hatte. Daraus wurde deutlich, dass dem Sultan vom Hof aus schon vor drei, vier Tagen Kamele entgegengegangen waren, beladen mit festlichen Waffen und Uniformen für die »Furchtlosen«, die sonst in der Waffenkammer bei Hofe lagerten.

Hinter den »Furchtlosen« zog ein Ochse einen Wagen mit einem Käfig, in dem Amrul Mussa eingesperrt war, der berüchtigte Befehlshaber der karmatischen Armee. Er war wild, aber winzig klein, so dass man lachen musste, wenn man ihn sah und dabei an all das dachte, was man über ihn gehört hatte. Sein Gesicht war zu einer Grimasse verzerrt und gezeichnet von etwa gleich vielen Narben und Falten. Welche Wut hatte diesen alten Mann dazu getrieben, von Schlacht zu Schlacht, von Abrechnung zu Abrechnung, von einem verrückten Unternehmen zum anderen zu jagen? Er war an Händen und Füßen gefesselt, wahrscheinlich um ihn zu zeichnen und zu erniedrigen, weil er das Stahlgitter seines Käfigs nicht hätte aufbrechen und sich nicht hätte befreien können, wie stark und gefährlich er auch war. Hinter dem Wagen gingen die Gefangenen und Sklaven, die man offensichtlich erst beim Eingang in die Stadt dazu gezwungen hatte, zu Fuß zu gehen, weil sie sich ziemlich kraftvoll bewegten, und hinter ihnen kam eine endlose Kolonne von Wagen und Kamelen, beladen mit Beute. Alles kündete davon, dass der glückliche Sultan Malik Schah einen weiteren großartigen Sieg errungen hatte, lediglich die Leute, die nicht zur Begeisterung neigten oder ganz unfähig dazu waren, bemerkten, dass am Ende der Kolonne, hinter den Wagen und Kamelen mit der Beute, die militärischen Einheiten fehlten, die den Krieg gegen die Karmaten gewonnen hatten. Ihre Abwesenheit konnte nur bedeuten, dass der Preis für den Sieg hoch war, so hoch, dass es nicht klug gewesen wäre, ihn öffentlich zu zeigen oder den Bürgern auch nur zu erlauben, ihn zu ahnen.

»Die Narbe wird seine Schönheit beileibe nicht beeinträchtigen«, wandte sich Chayyam an Abu Said, als der Triumphzug weit genug weg war, dass ein Gespräch ohne Schreien und Anstrengung möglich war.

»Wundere dich nicht, wenn er meint, sie bringt sie ihm«, antwortete Abu Said, der gleich begriffen hatte, dass sein Gesprächspartner an den Sultan dachte. »Hast du gesehen, wie stolz er sie zeigt? Wie sein Genosse im Käfig seine.«

## *In einer fremden Haut*

Handwerker hatten auf dem Großen Platz eine geräumige Plattform gebaut, ungefähr bis zur halben Brusthöhe eines durchschnittlich gewachsenen Mannes über dem Erdboden, so dass man von allen Seiten des Platzes und von allen Stellen aus sehen konnte, was auf der Plattform geschah. Auf der Seite zur Weißen Moschee hin hatte man auf dieser großen eine kleine Plattform errichtet, eine oder anderthalb Ellen hoch, Diener hatten den Thronstuhl des Sultans darauf gestellt, der hinausgetragen wurde, wenn sich der Sultan auf dem Platz oder auf freiem Feld die Beschwerden, Bitten und Wünsche seiner Untertanen anhören wollte. Auf der anderen Seite der Plattform, gegenüber dem Stuhl des Sultans, stand ein Galgen, der gleichzeitig mit der Plattform aufgestellt worden war.

Der Sultan ließ sich nicht tragen, sondern ritt auf den Platz, sprang sportlich vom Pferd und stieg mit zwei, drei langen Schritten zu seinem Stuhl hinauf, nachdem er diese Entscheidung damit erklärt hatte, dass er »vor allem Held und Krieger und erst dann alles andere« sei. Sobald der Sultan, auf seinem Lieblingspferd reitend, auf dem Platz erschien, begann die Menge, ihm zuzujubeln, ihn zu segnen, ihm eine gute Gesundheit, ein langes Leben und eine starke Hand zu wünschen. Die begeisterten Zurufe der Menge, harmonisch wie von einem eingeübten Chor, wechselten sich ab mit einzelnen Stimmen und mit den Ausrufen kleinerer Gruppen, die auf dem Platz und in den angrenzenden Straßen verteilt waren. Der Sultan setzte sich und blickte finster, wie Helden und Krieger blicken müssen, aber zeitweilig zeigte sich ein Lächeln auf seinem Gesicht, das deutlich zum Ausdruck brachte, wie angenehm es ihm war, dass ihn das

Volk so begeistert feierte und liebte. Nach einer Weile ebbte die Begeisterung ab – auf ein Zeichen des Sultans an jemanden, der neben der Plattform stand, und vom Hof her kamen die Mitglieder des Großen Diwan und des Rats des Sultans auf den Platz. Sie kamen zu Fuß, den Blick auf den Boden vor sich gerichtet, und als sie auf die große Plattform gestiegen waren, verneigten sie sich tief vor dem Sultan und stellten sich hinter seinem Rücken ihrer jeweiligen Position entsprechend auf.

Als sie die Plätze eingenommen hatten, gab der Sultan jenen unsichtbaren Leuten neben der Plattform abermals ein Zeichen, und aus dem Färberviertel setzte sich eine Kolonne von sieben Wagen voll abgeschlagener Köpfe in Bewegung und traf kurz darauf auf dem Platz ein. Dort, am Rande des Färberviertels, war heute früh ein Teil der gefangenen karmatischen Soldaten hingerichtet worden, und nun zeigte man ihre Köpfe den Stadtbewohnern, die heute morgen aus irgendwelchen Gründen die Hinrichtung versäumt hatten.

Wegen der gefangenen karmatischen Kämpfer hatten sich der Sultan und der Großwesir Nizam al-Mulk vor einigen Tagen heftig gestritten. Malik Schah wollte alle Kriegsgefangenen, die er mitgebracht hatte, hinrichten lassen, und zwar hier, auf dem Großen Platz, weil er meinte, damit mehrere Fliegen mit einer Klappe zu schlagen: Er würde die Wahnwitzigen bestrafen, die ihn angegriffen hatten, und der ganzen Welt zeigen, wie es denen erging, die das taten; mit diesem Massaker würde er seine Wut und seine Rachgier wenigstens halbwegs besänftigen; zugleich würde er die Leute in der Stadt gut unterhalten und belehren, eine weise Macht bemüht sich schließlich, ihren Untertanen möglichst viel gute Unterhaltung zu bieten. Dagegen versuchte der Wesir, ihn zu überzeugen, nur die hohen Offiziere hinzurichten, alle anderen aber zu verschonen und Untertanen aus ihnen zu machen. Die Männer mit Familien solle man in den nördlichen Teil von Chorasan und nach Mazandaran schicken, weil sich die beiden Provinzen noch nicht richtig vom Einfall des verrückten Goldschmieds Jakub erholt hätten, und sie ansiedeln, wann und wie man könne. Natürlich müsse man die Karmaten weise verteilen, so dass sie in keiner Gemeinschaft, in die sie kämen, die Mehrheit bildeten, und dabei darauf achten, dass die Entfernung zwischen den einzelnen Karmatengruppen groß genug sei, so dass sie sich nicht unbemerkt vereinen könnten. Die Gefangenen, die alleinstehend seien, solle man, wiederum weise und vorsichtig, in die Armee eingliedern, die beim Feldzug gegen die Karmaten große Verluste erlitten habe und dringend neue Leute, eine Pause, Ausrüstung und Erholung jeder Art brauche. In die großen Einheiten mit guten und zuverlässigen Befehlshabern solle man jeweils zwei, drei Gefangene schicken. Sie würden sich ohne Probleme in die Einheit, in die sie gekommen seien, einfügen und ein Teil von ihr werden, hätten aber weder die Gelegenheit noch die Möglichkeit, die Soldaten, unter die sie gekommen seien, zu verderben oder zu verführen. Das Sprichwort erinnere zwar daran, dass ein fauler Apfel den ganzen Korb verderbe, aber auch den Sprichwörtern brauche man nicht unbedingt immer zu glauben.

»Du denkst doch wohl nicht, dass ich sie am Leben lasse?!«, fragte der Sultan seinen Wesir bestürzt. »Sie waren es doch, welche die Waffen gegen mich erhoben haben.«

Daraufhin begann der Wesir erneut, wie ein Wasserfall zu reden. Er sagte, Vergebung sei ein Privileg der Großen, erinnerte an den Gesandten und seine Bereitschaft zu verzeihen, sogar denen, die ihm nach dem Leben getrachtet hätten, wies den Sultan darauf hin, dass seine Macht und Stärke ihn zu Großherzigkeit und Vergebung verpflichteten. Und am Ende versicherte er ihm, die meisten Leute, die er gefangengenommen habe, seien keine Bösewichter, die mit Absicht die Waffen gegen ihn erhoben hätten, sondern verwirrte

Pechvögel, denen nicht unbedingt klar sei, wohin sie mit sich sollten.

Nur in einer stabilen Welt können sich die Menschen durch eigene Erfahrung überzeugen, dass es gut für sie ist, wenn sie die Gesetze, die Ordnung, die Sitten und Regeln achten. In einem gut geordneten Staat, in dem sich das Antlitz und das Fundament der Macht nicht ändern, bringt ihnen diese Achtung Nutzen und Ansehen, das Lob anderer Leute und das Gefühl, an ihrem Platz zu sein, rechtschaffen und gut oder wenigstens im Dienste des Guten. Diese Menschen meiden, was ihre Alten gemieden haben, und loben, was man in ihrer Welt seit jeher lobt, sie wissen, was gut und was böse ist, sie sind sich ihrer selbst und ihrer Wahlen sicher, welche die Welt, in der sie leben, immer aufs Neue als richtig bestätigt. Sie wissen deshalb, wie sie sich wann verhalten müssen und sind sich ihres Wissens sicher. Aber was können Menschen in der heutigen Welt wissen?! Dein Reich ist heute die einzige Oase der Ordnung und des Friedens in der bekannten Welt, hier allein weiß man noch, was links und was rechts, was gut und was böse, wer ein ernsthafter Mensch ist und wie man einer werden kann, und wer ein Gauner ist und bleiben wird, wenn er sich nicht ändert. Doch überall um uns herum herrschen Unordnung, Chaos und Zerfall. Alle zehn Jahre taucht in irgendeiner Provinz um uns herum ein Schneider oder Goldschmied auf, der sich eines Tages als Sultan, Kalif oder gar als Gesandter Gottes gefühlt hat. In kurzer Zeit versammelt er ein Heer von verlorenen Seelen, wie er selbst eine ist, von ihm ähnlichen Schneidern und Goldschmieden, Abenteurern und Beutelschneidern um sich und bricht mit diesem Heer zur Eroberung der Welt auf. Mit ein wenig Glück erobert er auch ein Stück Land, auf dem er sich zum Sultan ausrufen lassen kann, und zwingt die Leute, ihn zu rühmen, sich ihn zum Vorbild zu nehmen, ihm zu folgen, in ihm ein Beispiel und Maß des Guten zu sehen.

Nach zehn, fünfzehn Jahren Herrschaft verliert er das alles natürlich, weil ein neuer Goldschmied auftaucht, der gerne Sultan werden will, während die Horde, die er damals um sich versammelt und als sein Heer bezeichnet hat, längst die Begeisterung verloren und sich in eine ängstliche Rotte verwandelt hat. Sie sind, um die Wahrheit zu sagen, schon immer eine Rotte gewesen, aber seinerzeit hat die Begeisterung sie von Sieg zu Sieg getragen, so dass es den Anschein haben konnte, als wären sie eine richtige unbesiegbare Armee geworden. Eine richtige Armee tut jedoch ihre Arbeit und rennt in ihrer Begeisterung nicht einfach drauflos, sie sind keine Armee gewesen und können keine werden, sie sind am Anfang begeisterte Schwärmer und am Ende eine Rotte, und daher verlieren sie schnell, was sie in der Begeisterung erobert haben. Denke nur an Missetäter wie Sinbad, Jusuf und Hamza al-Atrak, denke an den Verdammten Haschim ibn Hakim, der sich, nicht weniger und nicht mehr, zum Gesandten Gottes ausgerufen hat, und dir wird klar, wovon ich rede und in was für einer Zeit wir leben. Denk daran, dass ich noch Dutzende ähnliche oder noch schlimmere Übeltäter und Usurpatoren erwähnen könnte, wie den Nichtsnutz Papak und seinen Bruder Abdullah, Afschin und Jakub ibn Lait, den Schneider Ismail und Jusuf ibn Sadi, Jusufs Bruder Subuk und Katir ibn Achmad. Denke daran, dass ein etwas älterer Zeitgenosse, sagen wir, einer in meinem Alter, den Aufstieg und Fall eines Dutzends von Dynastien, Reichen, Rettern der Welt und des Glaubens, neuen Gesandten und was nicht alles mit eigenen Augen gesehen hat. Und jedes Mal musste er auch mit ansehen, wie die neuen Usurpatoren jene, die es mit ihren Vorgängern ebenso gemacht hatten, missachteten, quälten und beleidigten. Die Leute sehen, wie das in den Dreck gezogen wird, wovor sie gestern gekniet haben, hören, wie das verflucht wird, worauf sie gestern geschworen haben, beobachten, wie jene, die gestern weiß waren, schwarz werden.

Was für eine Sicherheit und wie viel Vertrauen in ihr Wissen können Menschen haben, die zusehen, wie man ihren Sultan bespuckt und missachtet? Sind sie etwas älter, erinnern sie sich, dass er seinen Vorgänger, einen anderen, ihm ähnlichen Sultan, genauso bespuckt und missachtet hat. Sie sind gleich oder ähnlich wie Zwillingsbrüder, warum und wie widerfährt ihnen das, warum fügen sie das einander und sich selbst zu? Was führt sie an die Macht und schaltet sie aus, warum steigen sie auf und fallen, wenn derjenige, der fällt, sich nicht im Geringsten von demjenigen, der aufsteigt, unterscheidet? Warum fällt er heute, wenn er haargenau so geblieben ist, wie er es war, als er aufgestiegen ist? Hat das alles denn wirklich nicht das Geringste mit der Wahrheit, dem Guten, der Vernunft, dem Geist, den Fähigkeiten zu tun? Was können Menschen, die das sehen, über das Gute und die Gerechtigkeit wissen, wie viel Vertrauen können sie in die Ordnung und das Gesetz haben? Wie ausgeprägt können ihre Vorstellungen von Ehre, Ordnung und Sitten sein? Inwieweit kann so ein Mensch bereit sein, für seine Ehre zu kämpfen, wie stark kann er eine moralische Pflicht empfinden? Gibt es etwas Leichteres, als so einen Bedauernswerten zu verführen und in die eine oder andere Richtung zu drehen?

Biete dieser Horde ein Leben in deinem Reich, in dem man Ordnung kennt und die Tradition achtet, die Ehre über den Nutzen und den Glauben über den billigen Genuss stellt, lasse sie, sage ich, nur ein paar Jahre in der Welt leben, die du regierst, und du wirst sehen, was für Leute aus ihnen werden. Ich sage nicht, dass es deine besten Untertanen sein werden, es braucht Generationen, bis aus Gesindel ernsthafte Menschen werden, aber ich behaupte, schon sie werden dir wohlgesinnt und dankbar sein. Warum solltest du nicht Dankbarkeit genießen, statt Angst zu verbreiten, warum solltest du diese Bedauernswerten nicht das Gute und das wahre menschliche Leben lehren? Dieser Ruhm ist besser als der Ruhm dessen, der streng bestraft, und deiner Größe würdiger, mich wundert, dass dir das nicht klar ist. Sei jemand, der bessert, und nicht jemand, der bestraft, rufe in den Menschen Dankbarkeit und nicht Angst hervor, überlasse es den Schwachen, durch Angst zu herrschen, denn die Großen, Mächtigen und Starken herrschen durch ihre Kraft und Güte.

Sultan Malik Schah gefiel die Überlegung seines Wesirs, ihm schien viel Wahrheit und Weisheit in ihr zu sein, und so entschied er, mit den gefangenen Karmaten so zu verfahren, wie der Wesir vorgeschlagen hatte. Aber nicht mit allen, einen Teil von ihnen musste er hinrichten, weil er seiner lieben Frau Turkan Chatun versprochen hatte, dass die Gefangenen ein schreckliches Schicksal ereilen und ihr Beispiel der Welt zeigen werde, wie es denen ergehe, die die Waffen gegen den Sultan Malik Schah erhoben. Und es war viel besser, einen Teil der Kriegsgefangenen dranzugeben, als sich tagelang das Gekeife von Turkan Chatun und ihre Vorwürfe anzuhören, er habe sich seinem alten Wesir voll und ganz gebeugt. Die Köpfe der Gefangenen, mit denen der Sultan das Gekeife seiner Lieblingsfrau hatte verhindern und ihre Vorhaltungen hatte besänftigen wollen, kamen nun in den Wagen über den Großen Platz und kündeten der Welt von der gerechten Strenge des Sultans.

Als sich der letzte Wagen mit abgeschlagenen Köpfen entfernt hatte, wurde Amrul Mussa auf den Platz geführt, der Befehlshaber der karmatischen Armee, den der glückliche Malik Schah in der letzten, entscheidenden Schlacht gegen die Karmaten gefangengenommen hatte. Es war ein ziemlich kleiner, fast zwergenhafter Mann, ganz hager und sehnig, als bestünde er nur aus Knochen und Muskeln, er hatte ein schmales, von Narben durchfurchtes Gesicht und große, leicht hervortretende Augen. Die Fußfesseln erlaubten ihm nicht, normal zu gehen, und so bewegte er sich ungewöhnlich schwerfällig und langsam. Bei jedem Schritt musste er den gesamten Körper bewegen. Wenn er einen Schritt mit dem rechten Bein machen musste, drehte er zuerst den Oberkörper zur Hälfte nach links, hob den rechten Ellenbogen und Oberarm, als bräuchte er ihren Schwung, und dann hob er das rechte Bein aus der Hüfte und bewegte es vorwärts und nach links. Zuerst hob er also die Schulter, durch sie bewegte er die Brust, nach der sich wiederum der Bauch und der Kopf regten, dann hob er den Arm und drehte mit seinem Schwung alles ein wenig nach links, um diesen Schwung am Ende zu nutzen und das gefesselte und schon taube Bein zu bewegen und es einen winzigen Schritt, halb so groß wie der eines Kindes, vorwärtszuschieben. All das wiederholte sich natürlich, wenn er einen Schritt mit dem linken Bein machen musste. Die komplizierte Bewegungsfolge, die sich langsam und mühevoll in einem regelmäßigen Rhythmus wiederholte, zuerst auf der rechten, dann auf der linken Körperseite, in einem regelmäßigen Wechsel von links und rechts, die konzentrierte Ergebenheit, mit der Amrul Mussa seine Bewegungen ausführte, die Langsamkeit und der ruhige Ernst der unverhohlenen Anstrengung sowie die völlige Stille, die eingetreten war, als er auf dem Platz erschienen war, all das verlieh dem qualvollen Gang des Gefangenen zur Plattform etwas von der Würde eines religiösen oder gesellschaftlichen Rituals.

Gefesselt konnte er nicht auf die Plattform steigen, daher trugen sie ihn hinauf und stellten ihn dem Sultan gegenüber, dorthin, wo eine hohe Bretterkonstruktion stand, die unschwer als Galgen zu erkennen war, nur dass am Ende des Stricks statt einer Schlinge ein großer Haken hing. Er wollte sich nicht vor dem Sultan verneigen, blieb taub für alle Warnungen, alles Zureden und alle Versuche, ihm mit Gewalt den Rücken zu beugen, so dass ihn die Wächter am Ende heben und dann mit dem Gesicht zum Boden hinlegen mussten, wobei sie seinen Kopf und seine Schultern mit den Händen auf die Erde drückten. So hielten sie ihn, bis der Sultan das Zeichen gab, ihn zu befreien, das taten sie dann und setzten ihn unter den Strick mit dem Haken am Ende. Eine Zeitlang sahen sich er und der Sultan schweigend an, dann bleckte Amrul Mussa die Zähne, ob deswegen, weil er die stumme Abrechnung mit den Blicken nicht aushalten konnte, oder um seinen Gegner zu verspotten. Daraufhin hob der Sultan, als hätte er ein verabredetes Zeichen erhalten, die linke Hand bis zur Brusthöhe, und auf die Plattform sprangen, wie durch diese Bewegung herbeigerufen, drei starke Burschen. Einer trug einen flachen breiten Trog in den Händen, der zweite einen großen Säbel, größer als jene, die man mit in den Kampf nimmt. Der dritte ergriff Amrul Mussas rechten Arm und hob ihn hoch, jener mit dem Trog legte seine Last neben dem Gefangenen auf dem Boden, unter dessen Schulter ab, und der mit dem Säbel, offensichtlich ein Henker, schlug den Arm mit einem Schlag an der Schulter ab. Das Blut sprudelte heraus und bespritzte den Dritten, der den abgeschlagenen Arm in den Händen hielt, während jener, der den Trog neben Amrul Mussa gestellt hatte, eine Schüssel ergriff, die ihm ein Mann neben der Plattform reichte, und die Wunde mit heißem Öl begoss, um die Blutung zum Stillstand zu bringen. Es gelang ihm, aber der Trog war schon halbvoll mit Blut, in das der dritte Bursche auch den abgeschlagenen Arm legte, den er ohnehin schon zu lange wie eine Kostbarkeit gehalten hatte.

Amrul Mussa schöpfte mit einer raschen Bewegung der linken Hand Blut aus dem Trog und schmierte sich damit das Gesicht ein, bevor die Männer um ihn herum begreifen konnten, was geschah. Der Sultan unterbrach die Henker mit einer kurzen Bewegung und fragte den Gefangenen, warum er das getan habe.

»Die Menschen erblassen vom Blutverlust, auch ich werde

erblassen«, antwortete Amrul Mussa und bleckte die Zähne wie kurz zuvor, »und du könntest in deiner Dummheit denken, es sei aus Angst vor dir.«

Auf den ersten Blick war klar, dass sein dunkelrotes Gesicht, gegerbt von Sonne und Wind, nicht sichtbar erblassen konnte, und er seinen Peiniger nur verspottete, wenn er behauptete, er habe sich mit Blut eingeschmiert, um die Blässe zu verbergen. Auch dem Sultan war es sofort klar, ihm war auch klar, dass ihn sein Gefangener verspottete, aber auch, dass er sich vor diesem Spott nicht schützen konnte. Wenn jemand den Tod anerkennt, haben andere Menschen die Macht über ihn verloren, das enthüllte sich dem Sultan und brachte ihn in Verlegenheit. Wohl um seine Verlegenheit zu verbergen oder um seine Erkenntnis abzuschütteln, sprang der Sultan auf, befahl den Henkern mit einem Schrei, die angefangene Arbeit zu beenden, dann stürzte er mit großen Schritten buchstäblich Richtung Hof davon, mit dem Kopf nickend, als wunderte er sich über etwas oder als kämpfte er mit einem Aufschrei, der hinauswollte. Er fragte sich nicht, ob die anderen verstanden hatten, dass er vor Amrul Mussas Spott floh, aber es betraf ihn auch gar nicht, es reichte ihm völlig, dass er es wusste.

Die Henker wiederholten mit dem linken Arm, was sie mit dem rechten getan hatten, so dass der ehemalige Heerführer der Karmaten im Nu ohne Arme dasaß, unter dem Galgen mit einem Haken anstelle einer Schlinge. Sie brachten eine frisch abgezogene Ochsenhaut, streuten Salz darauf und rieben es gut ein, damit sie sich nicht zu zersetzen begänne, und dann legten sie den Körper von Amrul Mussa auf ihr eines Ende. Sie bogen die Haut hoch, schmiegten sie an den Körper des Gefangenen und begannen ihn ans andere Ende der ausgebreiteten Haut zu rollen, die ihn umhüllte. So wurde um Amrul Mussa eine dreischichtige Hülle aus Ochsenhaut gewickelt, aus der nur der Kopf hervorsah, weil der

Sultan das Gesicht seines Gefangenen unbedingt hatte sehen wollen. An einigen Stellen nähten sie die Kante provisorisch an, damit sich die Lederhülle um den Körper nicht löste und lockerte, und dann richteten sie den eingehüllten Gefangenen auf, der jetzt eher einer Puppe als einem lebendigen Menschen glich. Diese Puppe, die immerhin noch die Empfindungsfähigkeit eines menschlichen Wesens hatte, überzogen sie mit einem Netz von Stricken, schnürten es zusammen, hängten die Puppe dann an den Haken am Galgen und zogen sie in die Luft. Spätestens in diesem Augenblick wurde jedem Zuschauer klar, worum es hier ging und was den ehemaligen Heerführer der Karmaten erwartete.

Beim Trocknen verliert die Haut zusammen mit dem Wasser auch an Umfang, so dass sie um ein Drittel oder sogar noch etwas mehr schrumpft. Wenn man einen menschlichen Körper in eine eben erst abgezogene Haut wickelt, wird diese schon nach sieben, acht Stunden Druck auf jede Körperstelle ausüben, auf alle Körperstellen, und zwar gleichzeitig und gleich stark. Im ersten Moment ist es nicht besonders schmerzhaft, es kann sich sogar anfühlen wie eine eigenartige süße Pein. So warf Amrul Mussa den Leuten, die ihn nach dem Abendgebet anschauen kamen, zu, ihr Sultan habe ihm einen großen Liebesdienst erwiesen, als er ihn so in einen Ochsen gekleidet und hier aufgehängt habe, weil er sich noch nie im Leben so gut gefühlt und erlebt habe. Er sagte, schon eine Stunde oder länger erlebe er sich, wie er die Frauen erlebt habe, mit denen er zusammen gewesen sei, nur tiefer und stärker, unvergleichlich tiefer und stärker, weil er die Frauen nur mit jenem einen Teil erlebt habe, sich selbst jetzt aber mit dem ganzen Körper, seinem inneren und äußeren. Er schrie, dass er schon lange, unerträglich lange Liebe mit sich selbst mache, mit seinem Fleisch und den Knochen, seinem Unterleib und der Seele und es das Süßeste, Tiefste und Schmerzhafteste sei, was er bisher ausgekostet habe.

Indes, in dem Maße, wie die Haut, in die der Sträfling eingehüllt ist, an Feuchtigkeit verliert und schrumpft, wächst ihr Druck auf den Körper und wird immer schmerzhafter. Sie drückt zum Beispiel die Muskeln immer stärker gegen die Knochen, so dass der Knochen irgendwann, wenn der Druck eine bestimmte Stufe erreicht hat, anfängt, die Muskeln, von denen er bedeckt ist, zu zerreißen oder zu durchstoßen, beziehungsweise die Muskeln beginnen durch den Druck zu platzen, dem sie von zwei Seiten ausgesetzt sind, nämlich von innen durch den Knochen des eigenen Körpers und von außen durch die schrumpfende und gegen diesen Knochen drückende Haut. Dort, wo keine Knochen sind, zum Beispiel im Bauch, drückt die Haut auf die Eingeweide und presst zuerst ihren Inhalt und am Ende auch die Organe selbst in den Mund hinauf, wenn der Druck so weit wächst. So wurde dem Sultan schon am Nachmittag des folgenden Tages klar, warum die Ärzte, von denen er verlangt hatte, die Vollziehung der Strafe zu beaufsichtigen und den Sträfling möglichst lange am Leben zu halten, geraten hatten, dem Gefangenen jede Nahrung zu verweigern, und ihm Senna verschrieben hatten, die den Magen und die Därme innerhalb von drei Tagen gut gereinigt hatte. Denn schon am zweiten Tag vor dem Abend trat aus dem Mund des Unseligen irgendein Schaum aus und dann eine Säure, deren Geruch an jungen Käse erinnerte, und schon während der Nacht begann sich in den Schaum, der aus seinem Mund herauskam, Blut zu mischen, wahrscheinlich von den gequetschten Organen. Es war schrecklich, sich auch nur vorzustellen, wie das, was aus seinem Mund herausgekommen wäre, ausgesehen hätte, wenn man ihm all die Tage ordentlich zu essen gegeben hätte und die Senna seine Eingeweide nicht gründlich gereinigt hätte.

Am dritten Tag war Amrul Mussa bereits ohne Verstand, aber noch immer bei Bewusstsein und fähig zu fühlen. Anscheinend redete, rief, sang er etwas, aber das war schwerer anzuhören als das Gebrüll, mit dem er an diesem Morgen die Leute empfangen hatte, als sie gekommen waren, um ihre Läden im Basar zu öffnen, manche hatte er vertrieben, weil es ihnen lieber war, einen Tag auf Verdienst zu verzichten, als die Schreie zu hören, die nicht aus einem menschlichen Körper kommen konnten oder es wenigstens nicht sollten. Aber dieses Vor-sich-hin-Singen und Gebrabbel, bisweilen unterbrochen von einem Ton, der einem Kichern glich, das am späten Nachmittag, nach den Schreien, einsetzte, war noch schwerer zu ertragen als das Gebrüll, darin waren sich alle einig, die sich ihm weit genug genähert hatten, um den Singsang und das Kichern zu hören, die aus seinem von den Schreien zerrissenen Hals voller Blut und saurem Schaum herauskamen. Die Leute des Sultans, die ihn sich an diesem Nachmittag anschauen kamen, glaubten in seinem Singsang Teile von Koranversen erkannt zu haben, was Sultan Malik Schah beinahe um den Verstand brachte. »Woher nimmt dieser Hund nach allem, was er getan hat, das Recht, Koranverse auszusprechen, und das jetzt, wo er den Verstand verloren hat und eigentlich gar kein Mensch mehr ist?!«, fragte sich der Sultan laut und tat, als schrie er seine Abgesandten an. »Soll man ihn lassen? Soll man ihn hindern? Und wie, wenn man soll? Soll die Offenbarung auch Bösewichter trösten, die gegen den Glauben gekämpft haben? Ist die Offenbarung auch an jene gerichtet, die den Verstand und die menschliche Natur verloren haben, gehört ihr Wort auch ihnen?« Er, der Sultan, schob es jedenfalls auch weiterhin auf, zum Galgen zu gehen und die Qualen seines Feindes mit anzusehen, obwohl ihm Turkan Chatun vorhielt, er sei verweichlicht und erinnere bereits an seinen altersschwachen Wesir. Sollte sie denken und sagen, was sie wollte, aber was sollte er tun, wenn ihn dieser Hund, sagen wir, anspucken würde? Ihn umbringen und so seine Qualen verkürzen? Oder sich das Gesicht abwischen und so tun, als wäre nichts geschehen? Das konnte er sicher nicht, ein Gesicht kann nicht das Gesicht des Sultans bleiben, wenn jemand es angespuckt hat. Aber was konnte er tun, was konnte er diesem Unseligen überhaupt noch anhaben?!

Am fünften Tag verstummte Amrul Mussa. Nach allem schien er in jenen Zustand gekommen zu sein, in dem das Bewusstsein verloren gegangen ist, der Körper aber noch immer empfindet und leidet. Denn der Körper leidet, solange Leben in ihm ist, er leidet auch dann, wenn er nicht mehr weiß, wer er ist, und dann, wenn er nichts weiß, und dann, wenn er wahrscheinlich niemand mehr ist. Die Leute, die sich um Mussas Galgen versammelt hatten, waren einhellig der Überzeugung, dass sein Körper noch immer empfand und litt, und in dieser Überzeugung bestätigte sie etwas, was sie viele Male mit eigenen Augen gesehen hatten.

Der aufgehängte Amrul Mussa war von Anfang an sehr interessant für die Kinder gewesen. Schon am ersten Tag drängten sich in der Menge um seinen Galgen mit den Erwachsenen Dutzende Jungen, die ihren Mut bewiesen, indem sie den aufgehängten Körper berührten oder mit einer Stange hin und her bewegten. Mit der Zeit fassten viele von ihnen so viel Mut, dass sie ihn mit bloßen Händen ergriffen und drehten, indem sie den Strick, an dem er hing, drillten, ihn hin und her schaukelten und ihm Gemeinheiten ins Gesicht schrien, das sie womöglich anschaute und sah. Gegen Ende des fünften Tages war dieses Gesicht für jeden schrecklich anzusehen. Die Augen waren, sicherlich weil etwas von innen gegen sie drückte, unnatürlich weit aufgerissen und so weit aus den Höhlen hervorgetreten, dass sich die Lider nicht mehr schließen konnten. An allem war deutlich, dass diese Augen in einigen Stunden, spätestens in einem Tag über das Gesicht rinnen würden. Durch den weit aufgesperrten Mund war schon die ganze Zunge herausgefallen, so dass man sehen konnte, wie in dieser kleinen Höhle Stückchen der zerrissenen Lunge und wahrscheinlich anderer Organe zusammengepresst waren, die der Druck der getrockneten Haut nach oben gedrängt hatte, indem er die Rippen zerbröselt und die Verdauungsorgane gequetscht hatte. Wegen seines furchterregenden Aussehens wagten nicht einmal mehr die mutigsten Jungen, den aufgehängten Körper anzufassen und mit den Händen zu drehen, statt dessen bewiesen sie ihre Kühnheit, indem sie ihn mit Stangen stießen, während jene, deren Mut an Raserei grenzte, mit ihren Stangen oder Lanzen in das Gesicht des Aufgehängten stachen. Die Anwesenden waren sich darin einig, dass der aufgehängte Körper bei jedem Stoß zuckte und das Gesicht auswich oder zumindest zuckte. Sie waren sich darin einig, aber dennoch fand sich immer wieder aufs Neue jemand, der das in Frage stellte und behauptete, es komme ihnen nur so vor, als hätten sie es gesehen, weil sie es zu sehen erwartet hätten. Zuckte der Körper wirklich, und wich das Gesicht den Stößen aus? Weder der Körper noch das Gesicht, um die es hier geht, wussten es, wie hätten es dann die Leute wissen können, die alles von außen beobachteten und keine Möglichkeit hatten, ihre Schlüsse zu überprüfen?

Vor dem Abendgebet erschien schließlich auch Sultan Malik Schah vor dem Galgen. Die Väter der mutigsten Jungen forderten ihre Söhne dazu auf, dem Sultan zu zeigen, wie sie sich mit seinem Feind vergnügten, und so begannen die Jungen den aufgehängten Körper zu stoßen und hin und her zu schieben. Der Sultan sah sich dieses Vergnügen stumm, ohne Begeisterung, aber auch ohne sichtbare Abscheu oder Wut an, dann seufzte er schwer und winkte mit der Hand ab.

»Ach, eitel ist der Mensch«, sagte er, mehr zu sich als zu jemandem anderen. Dann warf er einem aus seinem Gefolge zu: »Macht dem ein Ende«.

## *Die Wahrheit über die Äpfel*

Auf dem Rückweg aus dem Irak, den er ohne große Probleme erobert hatte, beschloss Sultan Mahmud, in Erfahrung zu bringen, wie die Armen in diesem Land dachten und lebten. Er gab kund, alle, die ihm etwas sagen, alle, die sich über etwas beschweren oder mit einer Bitte an sein leuchtendes Antlitz herantreten wollten, könnten zu ihm kommen und ihm persönlich sagen, was sie auf dem Herzen hätten, ohne Vermittlung der Hofbeamten, die oft und ohne Absicht das, was sie von den Armen und Bedürftigen gehört hatten, verzerrten. Weil »Wölfe Fleisch nicht auf Bestellung fressen«, wie eine alte arabische Weisheit sagt. Bei einer kleinen Stadt im Grenzgebiet schlug er sein Lager auf und nahm sich volle zehn Tage für Gespräche mit den Armen, die mit ihm reden wollten. Vom Morgen bis zur Dunkelheit saß er vor seinem Zelt und hörte sich die Gedanken, Beschwerden, Wünsche und Bitten der Armen aus der gesamten unruhigen Region an. Die Bediensteten und Wächter hatten den strengen Befehl erhalten, jeden, aber auch wirklich jeden, der es wünschte, zum Sultan zu lassen, vor allem jene, denen die Armut und das Elend anzusehen war, weil er wusste, dass die Hofbediensteten solche Menschen meist vor den Augen des Herrschers versteckten. Damit wollte er verhindern, was sonst geschah, dass nämlich die Stärkeren, Reicheren und Geschickteren den Armen und Ohnmächtigen auf dem Weg zum Herrscher zuvorkamen oder sie beiseitedrängten, so dass er wieder nur von ihnen hörte, was die Armen und Ohnmächtigen dachten, wünschten und brauchten.

Am achten Gesprächstag sah er eine alte Frau wieder, die ihm schon lange aufgefallen war, weil sie jeden Tag kam und am Ende der Schlange blieb, ob deshalb, weil die Jüngeren und Stärkeren sie dorthin zurückdrängten, oder weil ihre eigenen Zweifel und ihre Unsicherheit sie dort festhielten. Er ließ sie holen und fragte sie, als sie vor ihm stand, warum sie beharrlich komme und dann am Ende der Schlange bleibe, wo sie doch keine Möglichkeit habe, ihm die Gründe ihres Kommens darzulegen. Weil sie schwanke, antwortete sie, ihre Not erscheine ihr gegenüber den Nöten der anderen Leute so klein, dass es ihr beinahe unanständig vorkomme, den Sultan damit zu belasten. So lasse sie einen nach dem anderen vor, all jene, die große Nöte und Bedrängnisse hergeführt hätten, und am Ende komme sie nicht an die Reihe. Aber warum sie dann hartnäckig komme, fragte der Sultan. Weil sie müsse, antwortete sie, es täte ihr leid, wenn ihre Not und Mühe umsonst gewesen wären. Auf das Verlangen des Sultans, ihm zu sagen, worum es sich handele, erzählte sie, dass Räuber sie unlängst bei der Poststation und Karawanserei Dair Gatschin überfallen hätten, als sie in die nahe Stadt gegangen sei.

»Warum bist du denn in die Stadt gegangen?«, fragte der Sultan weiter, weil sie schwieg, nachdem sie ihm mitgeteilt hatte, dass sie überfallen worden war, wahrscheinlich dachte sie, der Sultan werde sich aus dem, was sie gesagt hatte, alles zusammenreimen, was zusammenzureimen war.

»Was soll ich mit ihm, wo's doch ein Männchen ist, bei Gott?!«, antwortete die Alte mit einer Frage. »Wenn's ein Mädchen gewesen wär', wär's bei mir geblieben, keine Sorge, es hätte mir gut gepasst, wenn ich drei Geißlein und einen Bock gehabt hätte. Aber was soll ich mit ihm, wo ich schon einen Bock hab? Drum bin ich in die Stadt gegangen, was soll ich mit ihm außer in die Stadt bringen?«

»Du hast ein Böcklein in die Stadt mitgenommen, um es zu verkaufen?«, fragte der Sultan geduldig.

»Ja, aber ich hab auch eine Ziegendecke und Käse dabei gehabt, einen großen runden.«

»Und dann haben dich bei der Poststation Räuber überfallen und ausgeraubt?«

»So war's.«

»Warum hat dir niemand geholfen, dort ist doch immer irgendein Wächter?«

»Wer traut sich schon, sich gegen die zu wehren?«

»Weißt du, wer die Räuber waren und woher sie kamen?«

»Du bist doch die Macht, du müsstest es besser wissen. So wie sie geredet haben, sind sie aus den Gebieten Gudsch und Baludsch, so denkt man auch sonst von denen.«

Sultan Mahmud befahl, der Alten den Schaden, den ihr die Räuber zugefügt hatten, zu ersetzen, und hörte sich weitere Bitten, Beschwerden und Überlegungen von Ohnmächtigen und Bedürftigen an. Aber die Alte ging ihm nicht aus dem Kopf, und so unterhielt er sich beim Abendessen mit Leuten aus der Gegend über sie und das, was er von ihr gehört hatte. Er erfuhr, dass Gudsch und Baludsch an Kerman grenzten, ein Emirat, dessen Grenze keine zwei Stunden Ritt von hier liege. Gudsch und Baludsch seien eine arme, bergige und unzugängliche Gegend ohne Reichtümer und ohne gut zu bestellendes Land, so dass sich alle, die es könnten, dem Räuberhandwerk verschrieben hätten, dem einzigen, das ihnen einen anständigen Verdienst und ein erträgliches Leben bringen könne.

»Aber keins der Gebiete fällt unter die Zuständigkeit meiner Krone«, wunderte sich der Sultan. »Warum hat sie sich an mich gewandt?«

»Weil die Not nicht nach Grenzen und Zuständigkeiten fragt«, lachte sein Wesir. »Nur zu dir konnte sie kommen, und nur du bist mächtig genug, ihr zu helfen.«

Auch am nächsten Tag beschäftigte sich der Sultan in Gedanken mit der Alten, verwundert über sich selbst, und am übernächsten Tag schickte er einen Brief an Ilyas Abu Ali, den Emir von Kerman. Er erinnerte ihn daran, dass er, Sultan Mahmud, seinen Wunsch nach territorialen Eroberungen und Ruhm der Waffen in Hindustan, wo er auch weiterhin Kriege zu führen und Eroberungen zu machen gedenke, mehr als befriedigt habe. Warum er dann sein Heer in den Irak gelenkt habe, wo doch klar sei, dass ihn dieser Feldzug viel kosten, ihm aber nur wenig einbringen werde? Weil er sich die Klagen der Menschen über Ungerechtigkeiten, Gewaltakte und Missetaten nicht mehr ruhig habe anhören können, mit denen verschiedenartige Glaubensabtrünnige und Räuber das Volk unterdrückten. Als er begriffen habe, dass es eine Sünde wäre, sich weiterhin Nachrichten über die Tyrannei anzuhören und nichts dagegen zu unternehmen, habe er das Heer dorthin geführt. Vor einigen Tagen habe er erfahren, dass die Armen und Ohnmächtigen bei ihm, dem Emir Ilyas, in Kerman, von ähnlichen Problemen geplagt würden. Es gebe zwar keine Glaubensabtrünnigen, welche die Macht und Reichtümer an sich gerissen hätten, aber es gebe viele Räuber, die den Leuten nach ihrem Besitz und Leben trachteten und die Wege unsicher machten. Die Räuber schreckten nicht einmal davor zurück, alleinstehenden alten Frauen das Letzte, was sie hätten, wegzunehmen, und dem Emir müsse bekannt sein, dass die Herrscher der Welt, wenn sie bei diesen Untaten ruhig zusähen, sich diese Sünden ebenso auf das Gewissen lüden wie die Räuber. Deshalb erwarte er, Sultan Mahmud, dass der Emir Ilyas Abu Ali mit einer Armee nach Gudsch und Baludsch ziehe und die Räuberei ausrotte, denn nach allem zu urteilen, was der Sultan habe in Erfahrung bringen können, kämen die Räuber, die das Volk in Kerman misshandelten, von dort. Sollte das nicht geschehen, sähe sich Sultan Mahmud gezwungen, es mit seinem Heer zu tun, weil er die Untaten Fremder nicht auf dem Gewissen haben wolle.

Die Antwort mit reichen Geschenken traf schon nach zwei Tagen ein. Emir Ilyas Abu Ali bedankte sich für den

Brief und das Vertrauen, mit dem ihn der große Sultan beehrt habe, bekannte, aus dem Brief von Sultan Mahmud viel gelernt zu haben, und schwor, dass er lieber als irgendein anderer tun würde, was der Sultan von ihm erwarte, es aber nicht könne. Gudsch und Baludsch seien, erklärte der Emir, selbständige Gebiete, durch Wasser und Berge von Kerman getrennt. Sie hätten mehr Soldaten und seien besser gerüstet als Kerman, sie hätten viel mehr Einwohner und Krieger mit mehr Kampferfahrung, weil nahezu alle gesunden Männer wenigstens eine Zeitlang Räuber gewesen seien. Selbst eine große Armee hätte Probleme, in den unzugänglichen Tälern und felsigen Bergen, in die sie sich zurückziehen könnten, mit ihnen fertig zu werden, und die paar Tausend Männer, die der Emir von Kerman zusammenbringen und gegen sie schicken könnte, kämen nicht einmal bis zu den Bergen, weil sie in der ersten Schlacht zerstückelt würden. Der Emir Ilyas Abu Ali dulde die ständigen Plünderungen und die Gewalt der Räuber in seinem Emirat, nicht weil es ihm gleichgültig wäre, sondern weil ihm nichts anderes übrig bleibe als zu dulden und abermals zu dulden. Würde er versuchen, das zu verhindern, und sich den Räuber entgegenstellen, würden weder er noch sein Volk, noch das Emirat Kerman lange weiterbestehen. Er versicherte dem großen Sultan, dass er ihm unermesslich dankbar wäre, wenn er ihn und seine Untertanen vom Räuberterror befreien würde. Für einen militärischen Einmarsch des Sultans in Kerman gebe es keinen Grund, noch werde es einen geben, solange Ilyas Abu Ali in dem kleinen und unwichtigen Emirat herrsche.

Der Sultan empfing die Geschenke und den Brief sowie den Boten, der sie gebracht hatte, mit Wohlwollen. Nach einigen Tagen schickte er den Boten mit einem Brief los, in dem er von Ilyas Abu Ali verlangte, am Ende des dritten Monats mit seinem Heer abmarschbereit zu sein. In dieser Zeit werde ein Bote mit dem Siegel des Sultans kommen und ihn dorthin führen, wo er sich mit dem Heer des Sultans vereinigen solle, damit sie Gudsch und Baludsch gemeinsam angriffen. Der Sultan verlangte ausdrücklich, unbarmherzig vorzugehen, damit die Welt wenigstens in den nächsten fünfzig Jahren vor den dortigen Räubern sicher wäre. »Selbst wenn wir zur Verwirklichung dieses Zieles Frauen und Kinder umbringen müssen – der Tod wartet auf jedes Geschöpf, das einmal ins Leben gerufen worden ist.«

Als er den Boten des Emirs losgeschickt hatte, befahl Sultan Mahmud seinen Ausrufern, in die Städte der ganzen Region zu gehen und den baldigen Aufbruch einer sicheren Karawane nach Yazd und Kerman zu verkünden. »Mögen sich alle Leute, die in diese Gebiete reisen wollen, bereitmachen und sich bis zum zehnten des dritten Monats in der Stadt Ray einfinden«, verkündeten die Ausrufer, wobei sie betonten, die Armee des Sultans werde die Karawane begleiten und der Sultan persönlich für ihre Sicherheit garantieren und für alle Schäden aufkommen, die die Leute durch räuberische Überfälle erlitten. Während die Ausrufer das verkündeten, sprach der Sultan mit einem Mann seines Vertrauens. Er sagte ihm, er solle die Soldaten befehligen, welche die Karawane begleiteten, und die Begleitung bestehe aus hundertfünfzig Reitern, worauf der Mann laut zu lachen begann, weil er wohl dachte, man erwarte es von ihm. Aber der Sultan blieb ernst und reichte ihm eine Flasche, nachdem er betont hatte, er müsse gut auf sie aufpassen, weil darin das stärkste Gift sei, das die Welt kenne. Danach folgten die Anweisungen. Wenn er in Isfahan sei, solle er zehn Ladungen der besten Äpfel kaufen, die er finde, und mitnehmen. Und wenn ihm die Späher meldeten, dass ihnen die Räuber einen Hinterhalt in einer Entfernung von etwa einem halben Tag Fußmarsch gelegt hätten, solle er mit der Karawane sein Lager aufschlagen, die Äpfel in sein Zelt mitnehmen und sie am Abend unbemerkt von den Reisegefährten und sogar von seinen Soldaten präparieren. Und zwar indem er in jeden einzelnen Apfel mit einer etwas dickeren Nadel ein Löchlein bohre und dann mit einem gut angespitzten Stückchen Holz ein Tröpfchen von dem Gift hineingebe. Das Loch im Apfel müsse groß genug sein, um das Gift hineintun zu können, aber klein genug, dass ein Auge, das nicht besonders aufmerksam hinschaue, es nicht sehe. Die Äpfel dürfe er nicht früher präparieren, weil das Gift den Apfel schon am nächsten Tag so stark angreifen würde, dass er zu faulen begänne, aber auch nicht später, weil die Säfte, die noch immer im Apfel zirkulierten, Zeit bräuchten, um das Gift in der ganzen Frucht zu verteilen. Die derart präparierten Äpfel solle er wieder schön verpacken und am Morgen, vor dem Abmarsch, auf Kamele laden und die Kamele dann so verteilen, dass sich in jedem Teil der Karawane eine Apfelladung befinde, sagen wir, eine auf jedem fünfzehnten Lasttier. Er solle sich nicht auf einen Kampf mit den Räubern einlassen, sobald er sie erblicke, solle er mit der ganzen bewaffneten Begleitung die Flucht ergreifen, aber zuvor sollten seine Leute die Stricke und Netze um wenigstens zwei Apfelladungen zerschneiden. In einer sicheren Entfernung von der Karawane sollten sie etwa ein bis zwei Stunden warten und dann zurückkehren und entsprechend der Situation, die sie dort vorfänden, verfahren.

Die Räuber überfielen sie am elften Reisetag. Alle Reisenden und die komplette bewaffnete Begleitung verzichteten auf Gegenwehr und zogen sich im Einklang mit der Anweisung des Sultans zurück. Im Einklang mit dieser Anweisung stand auch, dass sie zwei Apfelladungen und eine Stoffladung aufbanden und auf der Erde verstreuten, als wäre es durch die Ungeschicklichkeit der in Panik fliehenden Menschen geschehen. Sie zogen sich etwa eine halbe Stunde Fußmarsch von der Karawane zurück, schöpften Atem, und dann kehrte der Mann des Sultans zu einem Berg zurück, von dem aus er die Karawane und die Räuber sehen konnte. Soweit sein Auge reichte, erblickte er unbewegliche Räuberkörper, von der furchterregenden Armee, die sie angegriffen hatte, waren ein paar Gruppen übriggeblieben, keine hundert Leute, wahrscheinlich die, die keinen einzigen Apfel abbekommen hatten. Er gab ein Zeichen und seine Leute sprangen zusammen mit den bewaffneten Reisenden auf die Pferde und stürmten zum Hinterhalt zurück. Unterwegs teilte er sie sorgfältig in Gruppen ein und bestimmte für jede Gruppe die Angriffsrichtung, weil es wichtig war, dass niemand entkam und die Nachricht über das, was geschehen war, in Gudsch und Balutsch verbreitete. Ohne großen Widerstand überwältigten sie die verbliebenen Räuber und begleiteten die Karawane zum nächsten Quartier, von wo aus sie mit kleiner Begleitung ihre Reise nach Yazd sicher fortsetzen konnte. Vom selben Quartier aus brach ein Bote mit dem Siegel des Sultans und der Anweisung auf, wohin er den Emir und dessen Armee zu führen habe.

Sie fielen in das Gebiet Gudsch und Baludsch ein, um die Untaten, die jahrelang von dort ausgegangen waren, zu rächen und zu bestrafen. Es gab ein Hauen und Stechen, ein Schlagen und Morden ohne Ende. Über zehntausend Räuber hauchten ihre Seele aus, eine unbekannte Zahl von Frauen und Kindern wurde in die Sklaverei verschleppt, und in den Häusern und Schlupfwinkeln wurden hunderttausende Golddinar, Unmengen von Kostbarkeiten und Berge verschiedener anderer Güter gefunden und erbeutet. Sultan Mahmud gab bekannt, dass sich an einem bestimmten Ort alle melden sollten, die seit dem Beginn seines Feldzugs in den Irak durch die Räuber Schaden erlitten hätten, dort würden sie aus der Staatskasse entschädigt, falls sie unter den erbeuteten Gegenständen nicht fänden, was ihnen die Räuber weggenommen hätten.

Nach diesen Geschehnissen befahl Sultan Mahmud, auch

einen inneren Nachrichtendienst zu gründen, der seine Leute in jedem Teil des Reichs hätte, in jeder Stadt, auch in jedem Dorf, wenn nötig. »Der Sultan muss seine Augen und Ohren in jedem Haus, in jeder Stadt und in jedem öden Tal seines Reichs haben, er muss erfahren, wenn einem seiner Untertanen ein Huhn gestohlen oder eine ungerechtfertigte Ohrfeige versetzt worden ist, vor allem, wenn es einem Schwachen und Ohnmächtigen angetan worden ist«, erklärte der Sultan seinen Entschluss. Seinen engsten Vertrauten erklärte er, die Begegnung mit jener Alten habe ihm die Augen geöffnet und ihn zu der Erkenntnis gebracht, dass ein Herrscher jede Träne einer Witwe und jeden Seufzer einer Waise auf dem Gewissen habe, wenn sie durch Gewalt hervorgerufen worden seien, vor der er sie nicht beschützt habe. Denn wenn du regierst, trägst du auch Verantwortung, das eine geht nicht ohne das andere.

Der Schreiber beendete das Vorlesen und trank durstig den Krug mit Rosenwasser aus, der vor ihm stand.

»Das ist es?«, fragte Sultan Malik Schah, und als der Schreiber bejahte, entließ er ihn mit einer kurzen Handbewegung und blieb allein mit dem Wesir Nizam al-Mulk. »Haben sie deine Geschichte richtig abgeschrieben? Ohne etwas auszulassen oder hinzuzufügen?«

»Das ist keine Geschichte, Padischah, sondern ein Lehrbeispiel«, empörte sich der Großwesir. »Sultan Mahmud ist einer der wenigen, die sich hinsichtlich ihrer Verdienste, ihrer Größe und ihres Ruhms mit dir messen können, aber gleichzeitig auch einer von den paar Leuten, von denen auch du lernen könntest.«

»Was sollte ich aus dieser Geschichte lernen?«, fragte der Sultan, dann verbesserte er sich auf eine ungeduldige Geste des Wesirs hin: »Gut, aus dem Lehrbeispiel.«

Einen Großteil seiner Eroberungen und seines unsterblichen Ruhms verdankt Mahmud seinem äußeren Nachrichtendienst, dem vielleicht besten, den die Welt bis jetzt gesehen hat, erklärte der Großwesir. Er hatte seine Augen und Ohren in allen Ländern und Gegenden, in die er gelangen konnte, so dass er schnell von jedem Zeichen der Schwäche oder Unzufriedenheit in jedem beliebigen nahen oder fernen Land erfuhr. Und er konnte auch in jedem dieser Länder Zeichen der Schwäche und Unzufriedenheit hervorrufen, wenn er es brauchte. Wann immer der Sultan entschied, ein Land sei reif für die Eroberung, sorgten seine Leute, die seine Augen und Ohren waren, dafür, dass die Zeichen der Schwäche und Unzufriedenheit zunahmen und stärker wurden, so dass sie die Eroberung erleichterten. Dort, wo sich keine Schwäche und Unzufriedenheit zeigen wollte, obwohl der Sultan sie gebraucht hätte – fähige Leute können ja mit etwas Geld und gut verteilten Geschenken Wunder wirken. Eins hatte Sultan Mahmud gut gelernt und mehrmals vor Vertrauten ausgesprochen: Für deine Vormacht in der Welt ist nicht entscheidend, dass du stark bist, sondern dass alle anderen schwächer sind als du. Du brauchst gar nicht stark zu sein, wenn alle anderen schwach genug sind.

»Er scheint ja nicht gerade ein rechtschaffener Mann und Held alten Stils gewesen zu sein«, bemerkte der Sultan. »Hör mal: Sollen sie schwach sein, auch wenn du nicht stark bist. Das hat weder etwas mit Heldentum noch mit Rechtschaffenheit zu tun, ich würde nicht von ihm lernen, falls du gedacht hast, man könne das lernen. Wieso sollte ich lernen, wie ich anderen Unheil aufhalse, wir bekommen ohnehin alle genug Unheil ab.«

»Ich wollte zeigen, dass er die Wichtigkeit der Nachrichtendienste verstanden und sie genutzt hat, um seine Macht zu festigen und auszudehnen.«

»Ich habe mich redlich bemüht, es dir zu verschweigen, mein Lieber«, erklärte der Sultan nach längerem Nachdenken voller Unbehagen, »aber deine Hartnäckigkeit zwingt mich, es zu sagen. Du bist gewiss ein weiser Mann, und ich habe den größten Teil meines Wissens von dir. Aber, Bruder, du hast nicht den höchsten Verstand, den wirklich hohen wichtigen Verstand, der weitsichtig ist. Ich fürchte, du wirst ihn auch nicht erlangen. Deshalb fehlt es dir an Heldentum, Güte, Ehrbarkeit, woran auch immer.«

»Und was wäre das für ein Verstand?«

»Der, welcher wirklich weit sieht, der hinter die zehn Berge sieht und weiß, was in dreißig Jahren sein wird. Du hast sicher gut über deine Nachrichtendienste nachgedacht, bevor du zu mir gekommen bist, um mich damit zu belästigen, sicher hast du dich erkundigt, hast in Erfahrung gebracht, was große Herrscher in der Vergangenheit darüber gesagt und wie sie damit gearbeitet haben. Und sicher denkst und weißt du über sie so viel, wie der normale Menschenverstand darüber wissen kann. Du siehst und weißt zum Beispiel, dass sie mir jetzt und in den nächsten zehn Jahren großen Nutzen bringen könnten, aber du bist nicht imstande zu sehen und zu wissen, dass sie mich in dreißig Jahren beherrschen werden. Das wird selbst dann geschehen, wenn die anständigsten Menschen in ihnen sitzen, weil in Wirklichkeit sie bestimmen werden, was ich über wen denken muss, wer mein Freund und wer mein Feind ist, wo ich zuschlagen müsste und wo ich es nicht sollte, weil sie sich zwischen mich und die Leute stellen, sie werden meine Gedanken bestimmen, wenn sie meine Augen und Ohren sind. Du nennst sie ja auch so. Das passiert zwangsläufig, Bruderherz, wenn diese Leute ihre Arbeit gut machen, aber es wäre noch schlimmer, wenn sie sie schlecht machen würden. Nein, das lasse ich nicht zu! Lieber bin ich nur in meinem Haus der Herr, und sei es auch nur in einem Zimmer, als der Herrscher der Welt, wenn ich dabei der Sklave meiner Spitzel bin.«

»Etwas würde ich dich gerne fragen, wenn es dich nicht

verärgert«, ergriff der Wesir nach einer längeren Pause das Wort, der sich schon eine Weile über die Art wunderte, wie der Sultan heute sprach. Sonst waren nicht mehr als zwei Sätze aus ihm herauszubekommen, und auch die zwei wirkten, als wären sie mit einem Beil abgehackt worden oder als stammten sie aus einem alten Heldenlied, während er heute lange sprach, sich bemühte zu erklären und zu überzeugen, nach Gründen und Beweisen suchte. Als spräche ein anderer aus ihm oder als wiederholte er fremde Worte.

»Frag.«

»Hast du in letzter Zeit mit jemandem über diese Dinge gesprochen?«

»Was, wenn ich es habe?«

»Nichts, es ist an dir, dich mit vielen zu beraten«, beeilte sich der Wesir mit einer Antwort, die seinen Gesprächspartner zufriedenstellen sollte. Gleichzeitig schloss er, dass Tadsch al-Mulk nicht unbedingt immer so schweigsam war, wie es schien, weil der Sultan mit Sicherheit dessen Worte wiederholte; ebendas hatte der große Schweigende unlängst dem Wesir gesagt, fast Wort für Wort. »Du bist der Herrscher, du musst alle Meinungen kennen, die es zu einer Sache gibt, bevor du dir deine eigene bildest und dich in der betreffenden Sache entscheidest.«

»So ist es, das hast du gut gesagt«, stimmte der Sultan zu.

»Ich behaupte, niemand ist schlau genug, dich durstig über das Wasser zu fahren, auch wenn er zehnmal ein Spitzel oder verdorben ist, niemand kann dich betrügen, solange du dich so verhältst, wie du dich jetzt verhältst«, dachte der Wesir laut nach. »Was für ein geschickter Lügner oder Lump ein Spitzel auch immer sein mag, du wirst imstande sein, bei dem, was er dir meldet, den Weizen von der Spreu zu trennen, weil du die Meinung vieler Menschen kennst und berücksichtigst. Ich sehe, jemand, mit dem du gesprochen hast, denkt anders als ich, er fürchtet, du wirst unter den Einfluss deiner Spitzel geraten und so zu einem Mittel werden, das ihnen dient, statt dass sie dir dienen. Es ist schön und anständig von deinem Gesprächspartner, dass er seine Angst geäußert und dich vor dieser Gefahr gewarnt hat. Ich habe diese Angst nicht, und deshalb rede ich dir zu, Nachrichtendienste zu gründen. Wer von uns beiden hat recht? Du wirst es entscheiden, sicher ist, dass wir dir beide ergeben sind und dir Gutes wünschen. Ich weiß, dass sich Nachrichtendienste in den Händen großer Herrscher häufig als glänzendes Mittel zur Festigung und Ausdehnung ihrer Macht erwiesen haben, ich sehe keinen Grund, warum sie sich nicht auch in deinen Händen so erweisen sollten. Aber die Entscheidung liegt natürlich bei dir.«

Der Wesir verabschiedete sich daraufhin, aber ein paar Tage später sprachen sie wieder darüber, und der Sultan gab zu, dass ein guter Nachrichtendienst viele Vorteile bringen könnte, dennoch wollte er mit seiner Gründung auf bessere Zeiten warten. Der Feldzug gegen die Karmaten habe viel mehr gekostet als eingebracht, ein paar aufeinanderfolgende kalte Jahre zur Unzeit hätten den Ertrag durch das Land verringert, der Handel sei durch die Unordnung und allgemeine Unsicherheit geschwächt, alles in allem sei – die Staatskasse fast leer. Woher solle man das Geld für ein derart großes Unterfangen nehmen? Der Wesir schlug vor, dass sie beide dem Staat Geld leihen sollten oder ein paar ihrer gemeinsamen Freunde, die es gern leihen und warten würden, bis man ihnen die Schuld zurückzahlte, wenn einer von ihnen beiden sich mit dieser Bitte an sie wenden würde. Und für den Anfang brauche man im Übrigen gar nicht viel Geld. Vorerst müsse man vor allem Leute finden, die vielleicht für diese Arbeit in Frage kämen, und welche, die es ihnen beibringen würden, anschließend komme die Ausbildung, die auch wieder nicht viel koste. Keine dieser Aufgaben könne schnell erledigt werden, und man brauche sich auch mit keiner zu beeilen, dringend sei allein, dass man in den Norden gelange, zu den Tataren und Mongolen, um in Erfahrung zu bringen, was bei ihnen vorgehe. Alle Nachrichten, die zum Wesir gedrungen seien, besagten, dass sich die Stämme jenseits der türkischen Gebiete vereinten und immer stärkere Gemeinschaften bildeten, das müsse man auf jeden Fall verhindern, weil sie sich morgen, wenn sie eine oder zwei mächtige große Gemeinschaften geschaffen hätten, in den Süden aufmachen und hierherkommen könnten, ja sogar müssten. Deshalb sei es dringend, eine erste Gruppe fähiger Leute zu finden, sie auszubilden, mit allem Erforderlichen auszurüsten und in den Norden zu schicken, das alles koste eine Kleinigkeit. Alles andere könne auf bessere Zeiten warten oder zur Not durch Schulden finanziert werden.

Das ewig bleiche Gesicht des Wesirs erstrahlte und errötete sanft, als er aufzuzählen begann, was zu tun sei und wie, daran konnte man sehen, wie sehr ihm die Gründung des Nachrichtendienstes am Herzen lag, über den er schon lange mit dem Sultan verhandelte und der, wie er immer aufs Neue behauptete, die aus dem Norden drohende Gefahr bannen oder wenigstens verringern könnte. Er dachte, für den Anfang müsse man an die Schulen gehen und mindestens dreißig rechte Leute auswählen. Es müssten junge angenehme Männer sein, gewandt im Umgang und fähig, das Vertrauen anderer Leute zu gewinnen, sie für sich einzunehmen und von ihrer Harmlosigkeit zu überzeugen. Ein wenig Geld, nur so viel, dass sie dort, im Norden, ein Geschäft beginnen und bisweilen einen auserwählten Freund mit einem Geschenk erfreuen könnten, um ihn so fester an sich zu binden, sei alles, was sie vorerst bräuchten. Wenn es einmal in Gang gekommen sei, wachse und verbreite es sich von selbst, weil die vorige Generation die jetzige ausbilde, welche morgen wiederum die künftige ausbilden werde. Wenn morgen weder in der Nähe unserer Grenzen noch weit davon entfernt Gemeinschaften sind, die sich ihrer Größe und Stärke nach mit uns messen können, wenn wir nur von kleinen Staaten und Stämmen umgeben sind, die sich an uns anlehnen müssen, um aufrecht stehenzubleiben und zu überleben – dann werden wir ein wahres Weltreich sein, das sicher und lange bestehen wird, sagte der Wesir mit glänzenden Augen. Das Reich darf nicht mit uns untergehen, wir hätten es gar nicht zu errichten brauchen, wenn es uns nicht überleben würde.

Als hätte ihn der Wesir mit seiner Euphorie angesteckt, schlug sich der Sultan mit der Hand aufs Knie und rief ganz strahlend: »Tu das! Ich glaube dir, dass es sein muss, jetzt glaube ich es!«

Vielleicht angespornt von der Begeisterung des Sultans, spann Nizam al-Mulk seine Pläne für eine sichere und ruhige Zukunft des Reichs, voller Glanz, Macht und weltumspannender Größe aus. Er verriet, dass er bereits einen Mann im Auge habe, der den Anforderungen voll und ganz entspreche und grundsätzlich bereit sei, die Gründung des Nachrichtendienstes in Angriff zu nehmen. Er sei jung, belesen und hochgebildet, versehen mit den Empfehlungen der ersten Lehrer des Reichs und unter den Leuten ausgesprochen beliebt. Fast das ganze Reich habe er bereist, so dass er ausgezeichnet mit den Menschen verbunden sei und Bekannte, wenn nicht gar Freunde in jedem, auch dem fernsten Winkel habe. Und er sei fähig zu begeistern, jeden Menschen an sich zu binden und zu gewinnen, weil in ihm unaufhörlich eine verborgene Flamme brenne, der sich der Zuhörer nicht entziehen könne, wie weise und stark er auch sei. Wenn du ihn etwas besser kennenlernst, denkst du, er strebt gar kein Ziel an, sondern gewinnt und begeistert die Leute, weil er es braucht, als wäre er in die Welt gerufen worden, um Menschen für irgendein Ziel oder sogar für zwei gegensätzliche Ziele gleichzeitig zu begeistern. Und alle glauben ihm! Er sieht mit seinem runden rosigen Gesicht und den großen hellen Augen aus wie ein etwas gewandterer und klügerer Nasreddin Hodscha, so dass man ihm auf den ersten Blick alles glaubt, sicher, dass dieser naive gutmütige Mann nicht lügen und betrügen könnte, selbst wenn er es wollte. In Wirklichkeit ist er findig, schnell und tüchtig, einer der gescheitesten und geschicktesten Leute, die ich getroffen habe. Wenn er dir jetzt versichern würde, dass überall um uns herum Winter sei, würdest du es ihm nach einer Stunde glauben, so stark ist seine Überzeugungskraft und Geistesstärke. Er hat schon an die hundert junge Leute im Auge, alle hat er sie in den Schulen kennengelernt, die er in den letzten Jahren aufgesucht hat, sie alle könnten in einem Monat, anderthalb Monaten hier sein oder dort, wo wir gleich vereinbaren könnten, wenn er sie jetzt rufen würde.

Je länger der Wesir über seinen Schützling sprach, desto mehr erlosch die Begeisterung im Gesicht des Sultans, bis ihm am Ende das Misstrauen buchstäblich aus den Augen schrie.

»Das wird doch nicht der sein, den du in den Diwan aufnehmen wolltest! Damals, als Husni Mussa von uns gegangen ist?«, fragte der Sultan argwöhnisch und mit unverhohlener Gereiztheit.

»Doch, das ist er, Hassan-i Sabbah heißt er.«

»Glaubst du, dass ich von niemandem außer dir ein gutes Wort über ihn gehört habe?«

»Sein Lehrer hat ihn empfohlen, der große al-Zamahschari. Oder ist eine Empfehlung kein gutes Wort mehr?«

»Tadsch al-Mulk hat einen Brief von eurem gemeinsamen Lehrer al-Muwaffak, er hat ihn eigens nach seiner Meinung gefragt. Glaubst du, dass auch in diesem Brief kein gutes Wort über deinen Liebling steht?«

»Der alte Muwaffak war schon altersschwach, als Omar Chayyam bei ihm lernte, bereits damals konnte er ohne ersichtlichen Grund jemanden von sich stoßen wie den schlimmsten Feind oder ans Herz drücken wie sein eigenes Kind, beides gleichermaßen unbegründet und gleichermaßen leidenschaftlich. Du weißt, wie viel mir al-Muwaffak bedeutet und dass ich noch heute die Hand aufs Herz lege, wenn ich seinen Namen erwähne, aber schon lange lasse ich mich bei meinem Urteil über Menschen nicht mehr von seiner Meinung leiten. Ich darf es nicht, es wäre nicht redlich und auch nicht nützlich. Aber wenn sein Schüler, Nachfolger und Freund al-Zamahschari jemanden empfiehlt, bemühe ich mich, den Mann wenigstens zu prüfen, auch wenn al-Muwaffak ihn tadelt. Ich habe ihn geprüft und bin froh darüber.«

»Aber auch du weißt, was euer Lehrer über ihn denkt?«, fragte der Sultan.

»Im Alter werden die Menschen übertrieben vorsichtig und misstrauisch, und ich bin in den Jahren, wo das beginnt«, lachte der Großwesir. »Meinen wichtigsten und liebsten Lehrer habe ich in jeder wichtigen Angelegenheit nach seiner Meinung gefragt, auch als ich jung war, wie hätte ich es versäumen können, ihn in dieser Angelegenheit zu fragen?!«

Er ließ den Brief holen, den er mit der Meinung al-Muwaffaks zum Fall al-Mussawis, seines Nachfolgers Bakir und ihrer Frau erhalten hatte. Als sie ihm den Brief brachten, rollte er ihn auf, streckte ihn dem Sultan hin, dann rollte er ihn wieder zusammen und erklärte: »Ich folge deinem Beispiel, ich bemühe mich, alle Meinungen zu erfahren, bevor ich etwas entscheide.«

»Aber du hast darauf verzichtet, ihn in den Diwan aufzunehmen«, bemerkte der Sultan. »Vergiss übrigens nicht, dass du das vorhattest, sobald er hier auftauchte, als du noch nichts über ihn wusstest und kein eigenes Urteil haben konntest.«

»Ich habe überlegt, ihm die Stelle anzubieten«, korrigierte der Wesir, »dafür hatte ich mindestens zwei Gründe. Ich habe gesehen, dass er ein fähiger junger Mann ist, der in vielen Dingen nützlich sein kann, und so wollte ich ihn hier halten und binden. Der zweite Grund ist dir verborgen geblieben, weil du nicht hier warst und nicht weißt, wie die Dinge wirklich ausgesehen haben. Husni war plötzlich verschwunden, und eine der wichtigeren Stellen im Großen Diwan war verwaist, es musste dringend jemand gefunden werden, wenigstens vorübergehend. Noch während ich über Hassan nachgedacht habe, den mir viele vertrauenswürdige Menschen empfohlen haben, erinnerten mich kluge Leute an Zarif Zardari, der auf dieser Stelle gewiss besser ist. Tadsch al-Mulk hat Zarif vorgeschlagen, und nun bin ich ihm dankbar dafür.«

»Er ist nicht der Einzige, der deinen Dingsda nicht leiden kann.«

»Ich würde nicht sagen, dass Tadsch al-Mulk jemanden nicht leiden kann, er ist nur ein wenig zu vorsichtig, das wirkt manchmal wie Ängstlichkeit oder Gereiztheit«, dachte der Großwesir laut nach. »Ich bin sicher, Hassan würde auch ihn gewinnen, wenn sie sich ein wenig besser kennenlernen würden.«

»Ist er nicht Ismailit?«

»Wer?«

»Dein Dingsda, wer sonst?!«

»Ich weiß nicht, ich habe nicht …«

»Bist du etwa nicht in dem Alter, wo übertriebene Vorsicht beginnt?«, spottete der Sultan. »Du hast alles um ihn herum so gründlich geprüft, dass du nicht einmal weißt, ob er rechtgläubig ist oder nicht. Gratuliere!!«

»Ich finde das nicht besonders wichtig«, empörte sich der Wesir. »Was, wenn er Ismailit ist? Er ist trotzdem Muslim, frag doch den großen Lehrer al-Ghazali, wie die Dinge da stehen, wenn du mir nicht glaubst.«

»Natürlich ist er Ismailit, wenn du nicht weißt, ob er es ist, für alle Fälle verteidigst du ihn und sagst, er sei auf jeden Fall

Muslim«, fuhr ihn der Sultan an. »Von mir aus kann er Muslim sein, wie es ihm beliebt, ich will ihn nicht. Auch al-Ghazali kann bestätigen, dass er ein guter Muslim ist, auch der Gesandte kann ihn und ihre Lehre gutheißen – ich will ihn trotzdem nicht. Ich würde ihm das schwächste meiner Pferde nicht anvertrauen, würde ihn nicht als Sklaven geschenkt haben wollen, würde ihn nicht unter meinen Hunden dulden. Denk darüber nach, mein Lieber«, endete der Sultan und brach das Gespräch ab.

Auf dem Heimweg zog der Großwesir Nizam al-Mulk traurig den Schluss, dass die Strömung um Turkan Chatun und Tadsch al-Mulk so stark geworden war, dass sie schon ganz offen den Konflikt mit ihm suchte, und zwar überall, wo sie sich überhaupt in die Quere kommen und aneinandergeraten konnten. Schon seiner Lehrer bedienten sie sich, um seine Position zu untergraben. Jetzt musste er verbergen, dass sie einen Konflikt hatten, vor ein, zwei Jahren hatten sie alles getan, um den Konflikt zu verbergen und zu leugnen. Sie waren ihrer viele und gut verteilt, während er allein und ausgeliefert war, immer müder und immer einsamer. An seiner Seite waren nicht einmal mehr die Menschen, die ihn sicher mochten und die er mochte, wie Omar Chayyam und der Polizeichef Fuzail, für dessen einfachen Soldatenverstand das, was er heute von ihm erwartete, zu kompliziert geworden war. Niemand ließ ihn im Stich, und doch war er allein, weil ihn die Leute, die er in glücklichen Zeiten um sich geschart hatte, nicht dorthin begleiten konnten, wohin ihn die Verpflichtungen und seine Position heute führten. Und seine Gegner griffen ihn an und hintertrieben seine Pläne, hatten keine formale Macht und Verantwortung, aber dafür alle Möglichkeiten. Mit wem sollte er sich ihnen entgegenstellen? Genauer gesagt, wem und was sollte er sich entgegenstellen? Was sie taten, war wie ein Netz, wie ein Spinnengewebe, nur unsichtbar.

Schon eine Zeitlang hatte er das unangenehme Gefühl, dass jemand im Gleichschritt hinter ihm herging, obwohl nichts zu hören war, aber er wollte sich nicht umdrehen und vergewissern, schon zu tief hatte sich in ihm das Gefühl eingenistet, dass sie ihn ausspionierten und beschatteten, jeden Schritt verfolgten und jedes ausgesprochene Wort, sogar jeden etwas klareren Gedanken hörten. Er musste dagegen ankämpfen, er durfte seinen Ängsten nicht nachgeben, auf dem Grund jeder echten Angst lauerte der Wahnsinn, und seine Angst war durchaus echt. Als das Unbehagen zu stark wurde, drehte er sich doch um und erblickte Hassan-i Sabbah, der einen halben Schritt hinter ihm ging. Sein Gesicht war blass, beinahe grau, die Lippen verkrampft und zusammengepresst, verschmolzen zu einer Linie, und seine Augen waren feucht, als würden sie jeden Moment zu tränen beginnen.

»Seit wann gehst du mir nach?!«, fragte der Wesir, wütend über das Unbehagen und die Angst und gleichzeitig verwirrt, als sähe er ein Gespenst vor sich.

»Vom Hof aus«, lautete die Antwort.

»Wie? Du hast doch nicht etwa gelauscht?!«

»Doch.«

»Wie denn, Mann?«

»Ich habe meine Wege«, antwortete Hassan unbestimmt.

Sie glichen ihre Schritte an und gingen schweigend nebeneinander her.

»Was soll ich dir sagen, wenn du alles gehört hast?!«, ließ sich der Wesir nach längerem Schweigen noch immer gereizt vernehmen.

»Was soll man auch einem sagen, den man nicht unter seinen Hunden dulden würde?«

»Du hast das doch wohl nicht ernst genommen?! Nimm dir das nicht zu Herzen, wenn du ihn kennen würdest wie ich, würden dich diese Worte nicht verärgern.«

»Lass mich darüber hinwegkommen«, verlangte Hassan, »und danach werde ich mich über nichts ärgern, was von ihnen kommt.«

»Ich bin nicht sicher, ob ich dich verstehe.«

»Jetzt ist uns allen klar, wo wessen Platz ist und wie wer zu wem steht. Sie wollen nicht, dass ich für sie arbeite, sie würden mich ja nicht einmal unter den Hunden dulden, sie zwingen mich also, mir einen Platz unter der Sonne zu suchen. Gut, ich werde einen suchen und vielleicht auch finden, aber sie sollten sich nicht ärgern, wenn ihnen dieser Platz nicht gefällt.«

»Übertreib nicht, Mann, ich hab dir doch gesagt. Wenn du ihn kennen würdest, würdest du dich nicht über seine Worte aufregen. Worte sind nicht sein Mittel.«

»Sie werden dich noch bitten, einen Nachrichtendienst für sie zu gründen, sie werden es noch bereuen, dass sie dich deine Arbeit nicht haben machen lassen«, sagte Hassan aufgeregt. »Ich werde ihnen Gründe liefern, viele Gründe, damit sie bedauern, dass sie nicht auf dich gehört haben.«

»Wie meinst du das?«

»Ich weiß nicht, ich meine noch nicht, es ist immer noch eher eine Ahnung. Aber in den nächsten Tagen werde ich dir einen Plan darlegen, sobald ich fähig bin zu denken.«

## *Im weiten Feld*

Seit er vom Freitagsgebet zurückgekehrt war, schrieb und rechnete Chayyam fieberhaft, zeitweilig die Arbeit unterbrechend, um durchs Zimmer zu gehen oder sich etwas klarer zu vergegenwärtigen, indem er sich direkt vor die Wand in der Zimmerecke stellte, als suchte er etwas Verborgenes in der Ecke oder eine Geheimschrift an der Wand. Er war sicher, auf dem richtigen Weg zu sein; ohne die geringsten Schwierigkeiten stellte er Gleichungen mit drei Unbekannten auf und löste sie, und das bedeutete, dass er bald auch die Probleme lösen würde, die vor ein paar Jahren seine Arbeit an der »Algebra« ins Stocken gebracht und ihn bis vor einigen Monaten blockiert hatten. Er war aufgeregt, für Momente war er fast sicher, dass er früher oder später beweisen werde, dass die Zahl der Unbekannten in einer Gleichung proportional zur Zahl der möglichen Bekannten ist, so dass die Zahl der Unbekannten wachsen kann, bis sie dreimal so groß ist wie die Zahl der Bekannten. Wenn man ein Verhältnis erreicht oder übertrifft, in dem dreimal mehr Unbekannte sind als Bekannte, muss die vollkommene Sicherheit der Ergebnisse und die zuverlässige, unveränderliche, vorab bestimmte Reihenfolge der Operationen verlorengehen. Die Ahnung, dass die Dinge so stehen könnten und es ihm womöglich gelingen könnte, dies auch zu beweisen, ließ ihn nicht ruhig sitzen, so dass er alle Augenblicke die Arbeit unterbrach, aufstand und umherging, in die ewig selbe Ecke starrte. Er lachte innerlich und dachte, dass eins zu drei ein ganz gutes Verhältnis sei, wenn es ihm gelänge, es zu beweisen, würde dieses Verhältnis zeigen, dass der Raum des sicheren Wissens, das die Menschen erwerben können, wirklich riesig ist. Allein der Gedanke an dieses gewaltige Feld unbestrittenen Wissens erfüllte ihn mit freudiger Ungeduld, die nicht zuließ, dass er ruhig sitzen blieb und seine Arbeit machte. Gleichzeitig begriff er jedoch, dass man dieses zuverlässige Wissen nur im Rahmen eines konstruierten Systems haben kann, so dass es weder ihm noch sonst irgendwem dabei helfen würde, sich im Leben und in der Welt zurechtzufinden. Aber diese traurige Erkenntnis störte ihn nicht allzu sehr, er war bereits daran gewöhnt, dass die Freude sich ihm gegenüber so verhielt. Jede freudige Entdeckung, die ihm bis heute geglückt war, hatte ihm gleichzeitig zwei Gründe offenbart, seine Freude oder Entdeckung oder beides, was vielleicht am besten und vernünftigsten wäre, in Frage zu stellen. Das mit den Grenzen des sicheren Wissens war zwar unangenehm, es war schade, dass sich ihm das jetzt offenbarte, aber er freute sich trotzdem.

Wer würde sich denn nicht freuen, an seiner »Algebra« arbeiten zu können, und im selben Zimmer erzählt Sukayna Leyla Geschichten von den Buchstaben und zeigt ihr, wie man welchen schreibt?! Solange ein solches Glück und so viel Gutes möglich war, hatte man sicher einen Grund und das Recht, sich zu freuen.

Ohne Ankündigung stürzte etwa ein, zwei Stunden nach dem Nachmittagsgebet Hassan-i Sabbah ins Zimmer und bat Chayyam keuchend und nach Atem ringend, ihn zu verstecken.

»Sie sind mir auf den Fersen, schnell, bitte! Irgendwo, aber wo sie mich bestimmt nicht suchen«, schrie Hassan und zog den verwirrten Chayyam am Ärmel. Ohne auf den Hausherrn zu warten, das heißt, ihn mit sich ziehend, ging er in den Frauenteil des Hauses, schlüpfte in die Aussteuertruhe von Sukayna und gab Chayyam mit der Hand ein Zeichen, den Deckel zu schließen.

Sobald Chayyam ins Zimmer zurückkam, noch bevor er sich wieder an seinen Platz setzen konnte, stürmten zwei

Wächter herein. Sie wollten wissen, ob hier gerade eben so und so ein Mann aufgetaucht sei, und waren nicht bereit zu glauben, dass nicht, weil sie mit eigenen Augen, wenn auch von etwas weiter weg, gesehen hätten, dass er in dieses Haus gegangen sei. Sukayna erklärte, ihr Platz sei nicht unter Wachleuten, und ging mit Leyla an der Hand in ihr Zimmer, aber einer der Wächter kam ihr zuvor und betrat vor ihr das Zimmer, um es zu durchsuchen. Er war offensichtlich ein höflicher Mann, der sich in den Frauengemächern eines fremden Hauses nicht wohlfühlen konnte, daher überflog er das Zimmer nur mit dem Blick, lugte in die Ecken und öffnete den Wandschrank, sah hinein und fuhr mit der Hand über die Stellen, wo die Sachen hineingestopft waren, dann schloss er ihn. Er sah sich noch einmal im Zimmer um, schloss, dass der Flüchtling nicht da sei, und ging hinaus. Chayyam stand an der Stelle, wo ihn die Wächter angetroffen hatten, unfähig, etwas zu begreifen, und genauso unfähig, sich zu rühren. Vielleicht wäre er im Stehen versteinert, sagte er später im Scherz, wenn ihn die Wächter nicht aufgefordert hätten, sie zu begleiten, und sich aufgemacht hätten, das Haus Raum für Raum zu kontrollieren. Am Ende der Durchsuchung sahen sich die Wächter erstaunt an, fragten sich, wie sie das Tor hatten verwechseln können, weil die Entfernung, die sie vom Flüchtling getrennt hatte, doch nicht so groß war, und dann folgerten sie, dass einem lebendigen Menschen ständig unerklärliche Dinge widerfahren. Danach gingen sie die Nachbarhäuser durchsuchen, obwohl sie nicht glaubten, dass ihnen das etwas bringen werde, weil der Gesuchte sicher schon längst entkommen war, während sie sich ohne Notwendigkeit in diesem Haus aufgehalten hatten. Dennoch gingen sie, weil ihr Beruf es von ihnen verlangte.

Sobald sie die Tür hinter sich geschlossen hatten, erschien Sukayna ohne Leyla und durchbohrte ihren Mann mit Blicken.

»Was führt dein Liebling denn jetzt auf, ich bitte dich«, fragte sie zitternd vor Wut, »was will er?«

»Ich weiß nicht, du hast doch gesehen, dass dieser Überfall mich noch mehr verwirrt hat als dich.«

»Du musst etwas wissen, er ist dein Freund.«

»Nein«, zuckte Chayyam mit den Schultern. »Er war schon seltsam in letzter Zeit, irgendwie außer sich, lauter große Worte und Pläne, Drohungen und Träume ...«

»Ach, nur in letzter Zeit?«, spottete Sukayna. »Ich finde, er wälzt schon von Geburt an Worte, die größer sind als er.«

»Ich fürchte, es ist jetzt ernst«, überlegte Chayyam. »Schon eine Weile ist er sichtlich unruhig, manchmal grob, wie er es sicher nie war. In den letzten zehn Tagen hat er mindestens dreimal vor mir gesagt, dass man die Welt umstürzen müsse, weil sie jetzt auf dem Kopf stehe statt auf den Füßen.«

»So ist's recht!«, rief Sukayna aus, klatschte in die Hände und lachte. »Wenn der aus meiner Truhe steigt und die Damenwäsche von sich abschüttelt, wie wird er sich da in die Höhe schwingen und die Welt auf den Kopf stellen, mein lieber Schwan!«

Hassan hatte in der Tür gestanden, als Sukayna so grob über ihn spottete, Chayyam sah deutlich, wie jede Röte aus seinem Gesicht wich und es sich zu einer grauen Maske verkrampfte.

»Er wird sie sehr wohl umstürzen, dass du es nur weißt«, sagte er leise und trat so nahe an Sukayna heran, dass sie seinen Atem im Gesicht spürte. Dann ging er ohne Gruß und ohne jede Erklärung, als wäre er nicht ungeladen in ein Haus eingedrungen, aber an der Tür drehte er sich um und wiederholte leise: »Nur fünf zuverlässige Leute, nur fünf, und er wird die Welt umstürzen. Das hat die Welt auch verdient, du würdest dich freuen, wenn du keine Ziege wärst.«

Kurz nachdem er gegangen war, schreckte Chayyam auf,

inspizierte das Haus und überprüfte, ob alles in Ordnung war, sowohl mit dem Haus als auch mit Leyla, kam dann ins große Zimmer zurück und setzte sich neben Sukayna. Aber er konnte nicht sitzen bleiben, die Unruhe, die sich seit Hassans Eindringen in ihm angestaut hatte, zwang ihn, sich zu bewegen und etwas zu tun.

»Wird bei dir auch alles in Ordnung sein?«, fragte er.

»Ist es das etwa nicht?«

»Doch, natürlich.«

»Warum fragst du dann?«

»Ich habe gedacht, wenn ich jetzt gehe«, erklärte Chayyam. »Ich muss etwas versuchen, nicht wahr.«

»Geh du nur! Rette!«

Er stand auf und ging schnell hinaus, ohne sich zu vergewissern, ob seine Frau nur gescherzt oder ihn verspottet hatte, als sie ihn dazu aufforderte, retten zu gehen, sicher war nur, dass sie es nicht ernst gemeint hatte und ihm nicht daran gelegen war, es herauszubekommen. Er lief eiligst zum Großwesir Nizam al-Mulk. Wenn einer Hassan helfen konnte und wenn es einer von denen, die es konnten, wollte, dann war sicher er es. »Dass er bloß zu Hause ist«, dachte er unterwegs, »hier muss schnell gehandelt werden. Hoffen wir, dass es rechtzeitig und im richtigen Moment geschieht.«

In den langen Jahren der Zusammenarbeit und Freundschaft mit ihm hatte er Nizam al-Mulk nie so angetroffen. Äußerlich normal, konzentriert und aufmerksam, aber für ein wachsameres Auge sichtlich unruhig, gespannt, über etwas besorgt oder zumindest mit etwas beschäftigt, was er für sich behalten wollte. Er freute sich über den Gast, aber eher unspezifisch, wie er sich wahrscheinlich über jeden gefreut hätte, der ihn einen Augenblick von den geheimen Sorgen, die ihn drückten, abgelenkt hätte. Heute hätte er sicher jeden so empfangen, aber wirklich jeden, ohne wirklich wahrzunehmen, wer ihn da besuchte. Chayyam erzählte, was am

Nachmittag bei ihm geschehen war, und begann den Großwesir zu drängen, schnell etwas mit ihm zusammen zu unternehmen, um Hassan aus seiner Notlage herauszuholen. Er gab zu, dass Hassan schon eine Weile merkwürdig gewesen sei und er das bemerkt, aber geschwiegen habe, weil er den Wesir nicht mit derartigen Dingen habe belasten wollen. Erst heute habe er begriffen, was für ein Narr er gewesen sei, als er sich entschlossen habe zu schweigen, Hassan sei ein Mann, der nichts im Kleinen mache, auch keine Dummheiten, wenn er sich auf etwas einlasse – dann sei es etwas Großes und Gefährliches.

Der Wesir sah keinen Grund, sich einzumischen oder überhaupt zu beunruhigen, Hassan sei ein erwachsener Mann, der sicher wisse, was er tue, und auf sich achte. Aber auch das, was er sagte, das heißt sein Tonfall und die Art, war merkwürdig, dem wahren Nizam al-Mulk nicht einmal ähnlich. Er bemühte sich, vernünftig zu klingen, war aber weder vernünftig noch kalt, sondern verlogen. Er dachte nicht, was er sagte, und fühlte auch nicht so, weil seine Gedanken und Gefühle ganz woanders waren. Als hätte vor Chayyam nicht sein Freund und Gönner gesessen, sondern ein fremder Mann, der so tat, als wäre er es, und den echten Nizam al-Mulk hätten währenddessen irgendwo weit weg Sorgen gepeinigt, von denen Chayyam keine Ahnung hatte und nichts wissen sollte.

»Erwachsen ist er, aber naiv«, versicherte Chayyam. »Und er denkt gut von sich. Er ist geboren, um sich ins Unglück zu stürzen, das Unglück begleitet solche Leute wie ihr eigener Rücken – er sieht es nicht, aber es ist ständig da.«

»Umso eher musst du davon absehen, ihn schützen zu wollen«, versuchte der Wesir zu lachen, aber es klang ganz unfroh und wieder seltsam verlogen, wie alles, was er heute sagte und tat.

»Er ist vor den Wächtern geflohen, das macht man nicht,

wenn man nicht in einer Notlage ist«, beharrte Chayyam. »Bestimmt braucht er Hilfe, aber wer soll ihm helfen, wenn nicht wir, er hat doch nur uns hier, womöglich sind wir seine einzigen Freunde überhaupt.«

»Wie soll ich ihm helfen, wenn ich nicht weiß, wo er ist?!«, flammte der Wesir auf, aber ohne Feuer, das spürte Chayyam genau. »Und warum sollte ich ihm helfen, woher habe ich das Recht dazu, wenn er mit den Gesetzen in Konflikt gerät, die ich erlassen habe und verteidigen muss?«

»Weil er dein Freund ist, Menschen stehen über den Gesetzen.«

»Falsch!«, schrie der Wesir und zum ersten Mal heute hörte Chayyam die Stimme seines Freundes. »Nur Verbrecher und Narren glauben von sich, sie stünden über den Gesetzen, während anständige Menschen sich ihnen auch dann unterwerfen, wenn sie sie ungestraft brechen könnten. Weil anständige Menschen wissen, dass uns die Gesetze über die Tiere erheben und unsere Gesellschaft über das Rudel. Darum ist es falsch, darüber zu diskutieren, ob die Gesetze über oder unter uns sind, sie sind, wenn dir daran liegt, um uns, sie umhüllen uns wie ein Umhang und schützen uns vor dem Tier in uns und in anderen Menschen. Das Verhältnis zum Gesetz ist der grundlegende Unterschied zwischen den anständigen Menschen und den anderen, alle übrigen Unterschiede gehen aus diesem Hauptunterschied hervor: ein Narr bricht das Gesetz, auch wenn es zu seinem Schaden ist, er bricht es, weil er es muss, und er muss es, weil er ein Narr ist; ein Verbrecher bricht es, weil er denkt, er könne es ungestraft tun, sonst würde er es achten, aber ein anständiger Mensch achtet das Gesetz, auch wenn er mit Sicherheit weiß, dass er ungestraft davonkäme, wenn er es bräche.«

»Das heißt, du willst deinem Freund nicht helfen?«, fragte Chayyam und dachte, dass es womöglich schlimmer war, dass der Wesir endlich ehrlich und mit seiner eigenen Stimme gesprochen hatte.

»Das heißt, ich weiß nicht, wo er ist, weiß nicht, wieso ich ihm helfen sollte, und weiß nicht, warum du Panik machst. Vielleicht ist ihm noch gar nichts passiert, vielleicht hat er sich irgendwo gut versteckt und wartet auf eine Gelegenheit, mich oder dich aufzusuchen, vielleicht ist alles schon wieder in Ordnung.«

»Ich mache Panik, weil er mein Freund ist, und Freunde sind mir wichtig, wenn ich das vor dir zugeben darf«, erwiderte Chayyam, ohne seine Verbitterung zu verbergen. »Ich würde sie auch deinetwegen machen, wie sehr dich das auch stören mag. Ich dachte, wir seien uns darin ähnlich oder könnten uns wenigstens verstehen.«

Nizam al-Mulk war für Chayyam mehr als ein Gönner und Arbeitgeber, mehr auch als ein Freund, er war ein Ersatz für seinen Vater, an den er sich nicht erinnerte. Wohl deshalb erwartete er, dass er jedes Mal, wenn etwas Unklares und Gefährliches drohte, seine Hand ausstreckte, sich um alles kümmerte, was unlösbar schien, und ihn vor großem Kummer schützte. Wahrscheinlich deshalb war er vom heutigen Verhalten des Wesirs enttäuscht. Konnte ein Vater gleichgültig sein, besonders wenn einem seiner Angehörigen oder einem, den er unter seine Obhut genommen hatte, Ungemach drohte? Womöglich hätte er sich auch so verhalten, wenn Chayyam, Gott bewahre, das Unglück getroffen hätte? Er spürte, wie sich ihm schmerzhaft die Kehle zuschnürte, fürchtete, in Tränen auszubrechen, weil sein ganzer Körper von dem Gefühl überflutet war, einen Verlust erlitten zu haben, der sich nicht ersetzen ließ. Hätte es so ausgesehen, wenn er dabei gewesen wäre, als er seinen Vater verloren hatte? Das konnte er nicht wissen, aber er wusste, dass er gerade den Vater in Nizam al-Mulk verlor und wie sehr das schmerzte. Früher hatte er es doch verstanden, dem Gesetz und der Staatsräson etwas Menschliches, Persönliches, Eigenes zu verleihen, das war es, was ihn einzigartig gemacht hatte.

Wenn er über die Notwendigkeit gesprochen hatte, die Steuern nur einmal jährlich einzuziehen, war es den Zuhörern so vorgekommen, als redete er über eine Herzensangelegenheit und als sagte er es zu ihnen, nur zu ihnen, um ihretwillen. Und nun? Alle dachten, Hassan sei ihm ans Herz gewachsen und stehe ihm inzwischen näher als Chayyam, doch er sprach über ihn wie über einen unbekannten Bauern aus einer fernen Provinz.

»Gut, es ist Zeit zu gehen«, stand Chayyam auf.

»Nein, setz dich«, hielt ihn der Wesir ohne wirkliches Interesse zurück. Wenn er tatsächlich wollte, dass Chayyam blieb, dann nur, weil es ihm wohltat, jemanden bei sich zu haben, der seine Gedanken von dem, was ihn beunruhigte, ablenkte. Ganz gleich, wer es war, ganz gleich, warum er da war, nur dass jemand da war, der seine Aufmerksamkeit zumindest ein wenig auf sich ziehen konnte. Es war traurig, einen Mann, der immer gewusst hatte, was er mit sich und mit anderen anfangen sollte, in diesem Zustand zu sehen.

»Hätte es einen Sinn, wenn ich zu Suhrab ginge?«, fragte Chayyam beim Gehen.

»Es hat immer Sinn, zu diesem klugen Mann zu gehen«, lachte der Wesir, wieder unfroh und gezwungen. »Wenn auch sonst nicht viel, so kann man immer etwas Lehrreiches und Kluges hören.«

Chayyam verabschiedete sich betont kalt, bemüht, seine Verbitterung und Enttäuschung möglichst deutlich zu zeigen, dann ging er hinaus und schloss die Tür hinter sich allzu achtsam, wahrscheinlich weil er dachte, auch das zeige, wie schwer ihm zumute war.

Er hatte sich noch keine drei Schritte von der Tür entfernt, als sie sich öffnete und der Kopf des Wesirs herausschaute.

»Omar«, rief er und bedeutete ihm mit einer Kopfbewegung zurückzukommen. »Suhrab wird bestimmt helfen, er mag dich noch heute und ist auch ein Freund von deinem Freund Hassan. Gehe ruhig zu ihm und bitte um Hilfe, aber sorg dich nicht zu sehr, wenn du ihn nicht antriffst. Ich übernehme es, ihn über alles zu informieren und ihn in deinem Namen um Hilfe zu bitten. Bis zum Abendgebet wird er alles wissen, einerlei ob du ihn angetroffen hast oder nicht.«

Suhrab empfing ihn nicht. Vielleicht war der Mann wirklich nicht zu Hause, auch nicht im Büro, aber die Tatsache, dass er nicht zu Suhrab konnte, verband sich im Hirn des enttäuschten Chayyam mit der zweifach geäußerten Annahme des Wesirs, dass er ihn nicht antreffen werde. Daher ging er heim, bemüht, sich mit den letzten Worten des Wesirs und seinem Versprechen, Suhrab zu benachrichtigen, zu trösten. Das hatte er gesagt, das war der wahre Nizam al-Mulk gewesen, der Omar vor Sorgen und Ängsten schützen wollte und konnte. Aber wer hatte das davor gesagt? Was geschah mit dem Wesir? War er dabei, den Kampf mit der feindlichen Strömung, die ihn schon lange angriff, zu verlieren, hatte er sie schon verloren und sich damit abgefunden? Nur wer sich mit seiner Niederlage abgefunden hatte, sagte sich so bereitwillig von nahestehenden Menschen, Mitarbeitern und vielleicht sogar Freunden los, das wäre eine Erklärung für das Verhalten des Wesirs. Aber woher dann die Unruhe? Er war die ganze Zeit unruhig und gespannt gewesen, in einer Erwartung, die zu verbergen ihm nicht gelungen war. Menschen, die sich mit ihrer Niederlage abgefunden hatten, waren nicht so unruhig und gespannt.

»Bei euch beiden blickt man nicht durch«, empfing ihn Sukayna heiter und spöttisch zugleich, »das sage ich ja schon, seit er hier aufgetaucht ist.«

»Wer?«

»Dein Freund aus der Aussteuertruhe natürlich. Ich habe gedacht, nur mit ihm stimmt etwas nicht, dass er zum Beispiel verliebt in dich ist, aber heute …«

»Ach!!!«

»Ernsthaft«, lachte und spottete Sukayna weiter. »So viel heiße Feuchte in den Augen, wie der Mann hat, wenn er dich anschaut, kann man ohne Hintergedanken und geheime Wünsche nicht haben. Aber heute, dein Benehmen seit seinem Eindringen ...«

»Welches Benehmen denn?! Findest du es nicht in Ordnung, dass ich einen Mann versteckt habe, hinter dem sie her waren?! Ist es seltsam, dass ich einem Freund helfen möchte?!«

»Was du sagst, ist falsch, mein Lieber. Erstens hat dieser Mann sich selbst versteckt, er hat gar nicht darauf gewartet, dass du ihn versteckst. Und er hat sich in der Wäsche deiner Frau versteckt, wenn du das normal findest oder sogar angenehm ... Ich weiß nicht, was das für Zeiten sind.« Sukayna redete beharrlich, als ob sie scherzte und provozierte, aber plötzlich hörte sie abrupt damit auf. »Ernsthaft, Omar, er ist nicht in Ordnung und kein Umgang für dich, geh ihm aus dem Weg oder pass wenigstens auf.«

»Du bist auch nicht in Ordnung, du hast ihn ohne jeden Grund beleidigt«, entgegnete Chayyam, ohne selbst genau zu wissen, ob er scherzte oder stritt oder nur redete, um das Gespräch fortzusetzen, das ihm half, seine Trauer zu verdrängen und zu beherrschen.

»Meinst du das mit dem Umsturz der Welt aus meiner Aussteuertruhe?«, brach Sukayna in Lachen aus.

»Ja, das meine ich, ich fürchte, du hast ihn dir zum erbitterten Feind gemacht, er ist nicht in der Lage, seine Eitelkeit zu zügeln. Und ohne Grund, aus Dummheit.«

»Auweia, er wird mir doch wohl keinen Gürtel oder gar ein Hemd stehlen, wenn er wieder in die Aussteuertruhe schlüpft?!«

»Spotte, soviel du willst, das war nicht klug«, bestand Chayyam auf seiner Meinung.

»Ich habe ihn doch nicht absichtlich beleidigt, Mann! Du hast gesehen, dass ich die Kleine hinausgebracht habe, damit sie sich nicht verplappert, und zwar in mein Zimmer, damit sie es nicht so gründlich durchsuchen können. Was hätte ich mehr tun können?«

»Das hast du großartig gemacht, alle Achtung! Erst später habe ich begriffen, was du getan hast und warum, das hätte ich nicht von dir erwartet.«

»Ach, du hättest auch nicht erwartet, dass ich deinen Freund beleidige, und ich habe es getan«, lachte Sukayna wieder.

»Nein, auch das hätte ich nicht erwartet.«

»Habe etwa ich ihn gezwungen, sich gerade dann in die Tür zu stellen, als ich das ausgesprochen habe?! Ist es komisch, dass er, in meine Kleider und Hemden gehüllt, mit dem Umsturz der Welt droht? Kann ich nicht darüber lachen? Ich habe deinem Freund geholfen, so gut ich konnte, aber ich werde seinetwegen nicht zur Heuchlerin.«

»Nur deinetwegen, du bist mir wichtig, will ich nicht, dass dich die Leute hassen. Er weiß selbst, dass du ihn nicht beleidigen wolltest, aber wird das seiner Selbstliebe genügen?«

»Er ist mir ganz egal, nur dass er von dir fernbleibt«, winkte Sukayna ab und forderte ihn auf, mit ihr zu Abend essen zu gehen.

Sukayna ging nach dem Abendessen mit Leyla in die Frauengemächer, während Chayyam versuchte, an der »Algebra« zu arbeiten und wenigstens etwas von jener frohen Stimmung am Nachmittag wiederzugewinnen. Ihm gelang weder das eine noch das andere. Zum Glück kamen Abu Said und Recke Salm zu Besuch, so dass er nicht mit sich allein bleiben musste.

Sie setzten sich, Salm holte tief Atem und streckte mit Vergnügen seine Beine aus.

»Ach wie schön ist es doch, dass der Mensch so lange Beine hat«, sagte Salm zufrieden und rieb sich mit den Händen die Oberschenkel. »Wenn du ein wenig länger gehst, wie ich jetzt, und sie so ausstreckst und an ihnen hinunterschaust, erfüllt dich die reine Seligkeit.«

»Der Mensch ist ein mit Weisheit gemachtes Ding«, stimmte Abu Said zu. »Aber ständig verbirgt er die Tatsache vor sich, dass er lebt und existiert, und zwar verbirgt er sie erfolgreich. Nur befassen wir uns nicht damit, nur widmen wir dem keine Aufmerksamkeit, doch das ist das Wichtigste. Nicht wahr?«

»Natürlich, es ist eine große Sache, dass es dich gibt, ich kann mich gar nicht genug verwundern, dass es zum Beispiel mich gibt«, ging der Recke mit ihm einig. »Warum ist das so? Warum gibt es mich, aber, sagen wir, deine Schwester nicht? Ich kenne meinen Vater nicht, wenn ich auch einen gehabt habe, aber sie hätte alles, wenn es sie gäbe. Sie bekäme auch eine Mitgift, und man würde ihr einen Mann suchen. Aber wie sollst du suchen, und was fängt sie mit einer Mitgift an, wenn es sie nicht gibt? Von meinem fünfzehnten Lebensjahr an war ich ständig in Kämpfen, dreihundert Mal hätte ich fallen können, aber nichts. Kommt das von meinem Vater? Ich weiß nicht, vom großen Gott kommt es gewiss, und Ihm sei Dank. Dank auch meinen Vater, wenn es von ihm kommt.«

Tee wurde serviert, und für einen Moment brach das Gespräch ab. Als es fortgesetzt wurde, erfuhren die Freunde, dass sich Recke Salm gerne zwei, drei große Ameisen auf die Innenseite seines Oberarms setzt, wo die Haut am weichsten ist, weil ihm der sanfte Schmerz ihrer Bisse hilft, seinen Arm wirklich zu spüren und sich so zu vergewissern, dass er ihn wirklich hat. Sie erfuhren auch etwas über sein Leben, über das man sich die verschiedensten Geschichten und Legenden erzählte. Seine Mutter war gestorben, als er vier oder fünf Jahre alt war, manchmal glaubte er, sich an sie zu erinnern, aber es war zu befürchten, dass es der Wahrheit näherkam, dass er sich nicht an sie erinnerte, sondern sie sich nur vorstellte. Die Nachbarn nahmen ihn zu sich und ernährten ihn zusammen mit ihren Kindern, gemäß der Volksweisheit, dass sich dort, wo es Brot für fünf Mäuler gibt, auch etwas für ein sechstes Maul findet. So gut ihn die Leute, die ihn aufgenommen hatten, auch behandelten, so sehr lehnten ihn ihre Kinder ab oder hassten ihn sogar, so dass seine Kindheit am stärksten von Streit um Dinge und Schlägereien mit diesen Jungen, gleichsam seinen Brüdern, geprägt war. Sein riesiger Körper und seine gewaltige Kraft halfen ihm, das ohne Probleme und schmerzhafte Erinnerungen zu überstehen, weil er sogar mit Jungen, die fünf oder sechs Jahre älter waren, gleichberechtigt kämpfen konnte. Mit fünfzehn ging er zum Militär und stieg schnell zum Befehlshaber kleinerer Einheiten auf, weiter als das konnten ihn Heldentum und Kraft nicht bringen. Ziemlich schnell kam er auch zu genug Geld, um heiraten, ein Haus bauen und Kinder in die Welt setzen zu können. Wie es in der Regel bei Waisenkindern ist, fühlte er, dass man gar nicht genug Kinder haben kann, und setzte alle ein, zwei Jahre eins in die Welt, aber über jedes neue freute er sich, als ob es das erste wäre.

Während eines Feldzugs fiel er in ein Haus ein, in dem ein Mann seine Töchter und seine Frau umgebracht hatte, damit die Soldaten sie nicht schändeten, und davon brach in ihm etwas zusammen. Er hatte viel schlimmere Dinge gesehen und erlebt, aber sie waren doch an ihm vorbeigegangen, während ihn dies direkt in sein Inneres traf, wie ein gut gezielter Pfeil. Anfangs war es eher eine Störung der Welt als seine persönliche, der Zusammenbruch offenbarte ihm lediglich, dass die Welt nicht war, wie sie sein sollte. Aber mit der Zeit verwandelte sich der Zusammenbruch in eine Störung seiner selbst, weil die Welt blieb, wie sie immer gewesen war, während er sich fast von einem Monat zum anderen veränderte.

Anfangs schämte er sich, weil er ein Mensch war, er schämte sich sowohl für sich als auch für jenen Vater und für seine Mitkämpfer, er schämte sich für alles, was er getan, und für alles, was er nicht getan hatte, er schämte sich für das, was er tun konnte, und für das, was er nicht tun konnte. Anschließend versank er in Gleichgültigkeit und entdeckte beinahe täglich, was er alles nicht brauchte, bis er herausfand, dass er weder Nischapur noch sein Haus, noch seine Familie brauchte … Nach all dem kamen die Freude und die Verwunderung, die ihn noch immer aufrecht hielten. Dann begab er sich in die Welt, um sich über das, was existierte, zu wundern und sich daran zu erfreuen.

Chayyam hatte, seit die Freunde gekommen waren, keinen Laut von sich gegeben, außer der einen oder anderen Frage, zu der ihn seine Rolle als Gastgeber verpflichtete, zum Beispiel, ob sie diese oder jene Kerne wünschten oder ob sie den Tee süßer oder weniger süß trinken wollten. Ob es Abu Said störte oder ob er es müde war, sich mit Recke Salm zu unterhalten, eigentlich ihn dazu zu veranlassen, über sich zu reden, indem er dies oder das fragte, jedenfalls unterbrach er Salms Erinnerungen und Überlegungen mit der Bemerkung, ein ernster Mann könne sich nicht einmal mit klugen Leuten so lange unterhalten. Salm schwieg daraufhin und starrte Abu Said verwundert an.

»Was staunst du?«, schnauzte ihn dieser an. »Gib zu, dass dir im Leben noch niemand so lange zugehört hat. Prinz Seydo hört dir zu, Mann, weißt du, was das heißt?! Vor den gescheitesten Köpfen spricht Prinz Seydo, und die anderen hören zu und verschlingen jedes Wort. Aber was ist mit dir?«, wandte sich Abu Said an Chayyam. »Du schweigst wie ein Stein, tust, als wärst du hier, wüsstest aber selbst nicht, warum, und wo du überhaupt bist.«

Als hätte er die Gelegenheit kaum erwarten können, sich alles von der Seele zu reden, erzählte Chayyam, was ihm an diesem Tag widerfahren war. Am Ende drückte er die Überzeugung aus, die Strömung um Turkan Chatun und Tadsch al-Mulk habe beschlossen, den Wesir zu schwächen, indem sie seine Vertrauten einen nach dem anderen beseitige, natürlich hätten sie mit Hassan angefangen, dem schwächsten, weil er der jüngste sei und ziemlich exponiert. Er schloss mit der Frage, warum sich Nizam al-Mulk ohne Widerstand von Hassan losgesagt habe, weil doch alles dafür gesprochen habe, dass Hassan in diesen paar Jahren, seit er hier wirke, sein engster Mitarbeiter geworden sei. Ist das ein Zeichen für die Schwäche des Wesirs, oder verbirgt sich dahinter seine Schläue (er ist ja nicht von gestern, mit den Intrigen und Abrechnungen bei Hofe kommt er zurecht)? Hat der Wesir ihnen Hassan ausgeliefert, weil zwischen den beiden etwas vorgefallen ist? Hat er seinen engsten Mitarbeiter geopfert, um Zeit zu gewinnen, in der er sich auf die Verteidigung vorbereiten will? Gute Schachspieler opfern eine starke und wichtige Figur, um ihre Position auf dem Brett zu verbessern, nicht wahr? Sind sie so stark, ist er wirklich so schwach und müde, wie es mir heute vorkam?«

»Wie lauten deine Antworten?«, fragte Abu Said.

»Ich weiß nicht«, gestand Chayyam.

»Bei deiner Seele?!«, staunte sein Freund. »Nicht einmal du weißt es?! Wer soll es dann wissen, guter Mann?!«

»Du machst dich über mich lustig.«

»Meinst du?«

»Ich weiß es«, schloss Chayyam.

»Wie kommt es, dass du meine Absichten und Gedanken erkennst, aber nicht erkennst, was deine Aufgabe ist und was nicht, Hakim Bruder?!«

»Was zum Beispiel ist nicht meine Aufgabe?«

»Zum Beispiel das, womit du dich den ganzen Tag beschäftigst. Es ist nicht deine Aufgabe, mit diesem weißärschigen Intriganten Hassan Freundschaft zu pflegen. Es ist nicht deine Aufgabe, dem Großwesir Mitarbeiter zu empfehlen und dich in Fragen der Macht einzumischen. Und schon gar nicht ist es deine Aufgabe, dich zwischen zwei Gruppen zu schieben, die sich mit Hofintrigen bekämpfen.«

»Alles ist heutzutage die Aufgabe eines anständigen Mannes, weil auf der Welt alles mit allem zusammenhängt«, empörte sich Chayyam.

»Nur ein Narr denkt, dass alles seine Aufgabe ist, und macht sich heute an die Viehzucht, und morgen führt er Krieg. Jeder Mensch hat seinen Garten, Hakim, und über jedem Garten verlaufen Seile, die den Menschen und seinen Garten mit der Welt verbinden. Das streitet keiner ab, lieber Hakim. Aber nur ein Narr zieht sowohl an seinen als auch an fremden Seilen, immer zeigt sich, dass er an den fremden etwas mehr zieht. Ein kluger und anständiger Mann greift nur nach den Seilen, die über seinem Garten verlaufen, und bleibt so in dem Bereich, über den er etwas weiß. Bleib in deinem Garten, Omar, befasse dich mit dem, was du weißt!«

»Ich fürchte einfach, dass Nizam al-Mulk recht hat, er sagt, man muss sich heutzutage in alles einmischen, weil allein die Mühe und Kraft der guten Menschen den allgemeinen Zerfall der Welt verlangsamen kann. Und die Welt zerfällt, das wirst wohl auch du nicht bestreiten.«

»Und du hast beschlossen, sie zusammenzuhalten und zu retten«, brüllte Abu Said. »Krähen hacken einander die Augen aus, aber sie verstehen sich, wehe der Taube, die sich bei ihnen einmischt, mein Hakim! Beide werden sich gegen sie wenden und sie erledigen und dann wieder aufeinander losgehen. Aber der Taube werden sie weder verzeihen, dass sie eine Taube ist, noch, dass sie sich eingemischt hat.«

»Aber was ist mit unserer Verpflichtung gegenüber der Welt?«, gab sich Omar nicht geschlagen. »Wie können wir dem Zerfall unserer Welt ruhig zusehen, wie ihn zulassen?«

»Indem du dich zum Beispiel daran erinnerst, dass auch

du selbst angefangen hast zu zerfallen und dass du sicher mindestens zwei Tage vor der Welt zerfällst.«

»Aber wenn es um einen Freund geht?!«, holte Chayyam sein letztes Argument hervor.

»Ich beweise den Leuten ungern, was für Narren sie sind, aber manchmal muss man auch das, vor allem, wenn es zu ihrem Besten ist«, seufzte Abu Said. »Was hat dein Freund Hassan, ansonsten ein Opfer der Strömung von Tadsch al-Mulk, nicht wahr, am vergangenen Donnerstag mit ebendiesem Tadsch al-Mulk gemacht? Mit eigenen Augen habe ich gesehen, dass sie am Zayandeh Rud spazieren gegangen sind und sich vertraulich miteinander unterhalten haben, gut zwei Stunden lang.«

»Ich weiß es nicht, wie kann ich das wissen«, erwiderte Chayyam mit Unbehagen in der Stimme, »aber ich glaube nicht, dass es etwas Schlechtes war. Wahrscheinlich hat er versucht, ein Missverständnis auszuräumen, sich bemüht, einen größeren Konflikt zu verhindern … Sicher so etwas.«

»Und weil der Arme das Missverständnis nicht ausräumen konnte, haben sie ihn heute zur Strafe gänzlich aus dem Weg geschafft?«, lachte Abu Said. »Nein, nein, Leute, ein solcher Narr ist nicht einmal mein lieber Hakim. Natürlich wissen weder du noch ich, was sie tun und miteinander reden, noch wissen wir, was sie in ihren Köpfen ausbrüten, weil Tauben nicht wissen können, was Krähen unter vier Augen flüstern. Aber beide wissen wir, dass es weder harmlos noch gut ist, sonst würden sie nicht flüstern.«

»Aber es muss auch nichts Schlechtes sein«, gab Chayyam nicht nach.

»Er hat heute auf dem Großen Platz gesprochen und das Volk zum Aufstand aufgerufen, er hat einen unglücklichen und dummen Fall ausgenutzt, um nach dem Freitagsgebet eine Predigt zu halten. Ein Wächter stellte einen Mann, der auf dem Basar etwas gestohlen hatte, und versuchte, ihn festzuhalten. Weil sich der Flüchtling wehrte, kam es zu einem Kampf, bei dem der Flüchtling hinfiel, mit dem Kopf gegen den Boden schlug und auf der Stelle starb. Der Dieb war ein Perser, der Wächter ein Türke. Dein Freund Hassan hat das mehrmals in seiner Predigt auf dem Großen Platz betont und nicht versäumt, darauf hinzuweisen, dass der Polizeipräfekt Fuzail ebenfalls Türke ist. Dein Freund schrie, die Türken haben unser Land besetzt, rauben uns aus und ermorden uns, klagen uns dabei aller vorstellbaren Verbrechen an und zwingen uns, uns ohne Unterlass zu rechtfertigen. Wir haben die Welt beherrscht, schrie dein Freund, und jetzt sind wir auf dem Weg, vollkommene Sklaven zu werden. Wisst ihr, meine Brüder, wer ein vollkommener Sklave ist? Das ist der, welcher dem Herrn die Peitsche aus den Händen nimmt und sich selbst schlägt, dabei aber nicht stöhnt, um den Herrn mit seiner Stimme nicht zu behelligen. Er peitscht sich gnadenlos und entschuldigt sich gleichzeitig bei seinem Herrn, weil er nicht stark genug zuschlägt, aber am schlimmsten ist, dass er sich die ganze Zeit wirklich schuldig fühlt, weil er sich nicht so bestraft, wie er es verdient. So oder ähnlich hat dein Freund auf dem Großen Platz herumgeschrien, bis die Wächter erschienen und er dann die Flucht ergriff.«

»Gott allein weiß, was mit ihm los ist«, seufzte Chayyam. »Er hat schon immer ein wenig phantasiert, aber das …«

»Das würde zwei Strafen verdienen – eine Strafe wegen Volksverhetzung und eine Strafe wegen Dummheit, die nicht geringer ausfallen dürfte als Erstere. Aber das ist nicht, was es zu sein scheint, es ist ein Spiel, das wir nicht verstehen. Deshalb distanziere dich, Omar, gib Ruhe und schau den Nachthimmel an, mit ihm verstehst du dich.«

## *Alles über die Liebe*

Huriyet war ein Mädchen von drei, vier Jahren, als ihr Vater bei dem reichen und angesehenen Dehkan Buzurgumid in den Dienst trat und mit seiner Familie nach Balh zog. Kurz nach ihrer Ankunft in der Stadt begann eine seltsame ungleiche Freundschaft zwischen Huriyet und Aziz, dem ältesten Sohn von Buzurgumid. Er war gut zehn Jahre älter und mindestens doppelt so groß wie sie, so dass sie geradezu komisch anzusehen waren. Huriyet war außerdem zwar ein schweigsames, aber offenes, kühnes und beharrliches Mädchen, das wusste, was es wollte, und das auch zu erreichen wusste, während Aziz ein früh ausgewachsener nachdenklicher junger Mann war, ganz in sich gekehrt und allem Anschein nach ewig traurig, als wüsste er nicht so recht, was er mit sich und dem Leben anfangen sollte. Vielleicht gerade deshalb rief das ungleiche Paar, wo immer es auftauchte, gleichzeitig Gelächter und Sympathie hervor und bot in der Regel Anlass für viele Scherze, manchmal auch üble, bei fast allen Leuten in seiner Umgebung.

Huriyet kümmerte sich nicht um das Gelächter und die spöttischen Kommentare, sondern heftete sich an die Fersen ihres großen Freundes, wann immer er zu Hause oder ihr irgendwo nah war. Sie pflegte schweigend auf ihn zuzugehen, sich dann zu setzen und ihren Freund entzückt anzusehen, froh, dass er in ihrer Nähe war. Wenn keine Leute da waren, mit denen er hätte reden können und wollen, redete sie, über alles, was ihr einfiel, bemüht, ihn zu unterhalten und in ihrer Nähe zu behalten. Still und nachdenklich, wie er war, schwieg er meist und hörte ruhig zu, ganz gleich ob Huriyet oder einem anderen, ohne je zu erkennen zu geben, ob er wirklich wahrnahm und verstand, was er sich scheinbar aufmerksam anhörte. Niemanden überraschte es, dass sie zehn Jahre nach ihrer Ankunft in Balh heirateten, obwohl es eine Ehe zwischen Ungleichen war.

Vielleicht mit der Absicht, über die Ratschläge und Kommentare guter Menschen zu spotten, erzählte Aziz um die Zeit ihrer Heirat, diese Ehe bedeute für Huriyet zugleich einen Übergang aus der offenen Welt in die Stadt, aus der Steppe in den Garten, aus dem Zelt in ein gemauertes Haus, und er sei glücklich und stolz, seine zauberhafte Wilde aus jener Welt in diese geführt zu haben. Huriyet sah ihn mit ihren pechschwarzen Iriden im unnatürlichen Weiß ihrer großen Augen verstohlen an und lächelte froh, wie sie es in seiner Nähe immer tat. Bald stellte sich heraus, dass nicht er sie geführt hatte, sondern sie ihn, denn kurz nach der Heirat entdeckte er die Jagd und verbrachte Tage, manchmal sogar Monate in der Steppe oder in den Bergen. Huriyet begleitete ihn. Sie trennte sich auch später nicht von ihm, auch nicht in den Schlachten, die nicht zu vermeiden waren, als in diesen Gegenden blutige Unruhen ausbrachen. So kam es, dass sie den weitaus größten Teil der zehn gemeinsamen Lebensjahre in der Steppe und im Zelt verbrachten anstatt in der Stadt und in einem festen gemauerten Haus.

Vor nicht ganz einem Jahr fiel er in einer der zahlreichen Schlachten, die ihnen das Schicksal beschied. Huriyet hatte sich den Mann, der ihn umbrachte, merken können, weil sie sich nie, schon gar nicht in den Kämpfen, von ihrem Aziz entfernte, und suchte für den Rest der Schlacht nur nach dem Mörder ihres Mannes. Sie drang tief in die Reihen der feindlichen Kämpfer vor, schlug sich zu ihm durch und brachte ihn um, dann stieg sie ab, befreite ihn von seinem Panzer, öffnete ihm mit ihrem Säbel die Brust, nahm das Herz heraus und aß es. Danach wurde sie ohnmächtig und fiel neben ihm hin. Ihre Soldaten, ermuntert durch ihren Vorstoß in die feindlichen Reihen, drängten die Feinde zurück, rieben sie dann völlig auf und kamen zu ihrem unbeweglichen Körper. Sie legten ihre Heldin auf eine Sänfte und brachten sie ins Lager und schon am nächsten Tag auf ihr Anwesen. Die ganze Zeit über kam sie nicht zum Bewusstsein noch gab sie Lebenszeichen von sich; nur weil sie atmete und zeitweise phantasierte, wusste man, dass sie nicht tot war. Zwei Tage später kam sie zu sich, konnte sich aber auch dann noch nicht bewegen oder normal reden.

Über einen Monat lang verbrachte sie an der Grenze zwischen dem Leben, das sie nicht mehr wollte, und dem Tod, der sie noch immer nicht wollte. Sie konnte sich weder bewegen noch sprechen, konnte weder essen noch allein hinaus, um ihre verborgenen Bedürfnisse zu verrichten. Wie um ein Kind kümmerten sich in dieser Zeit zwei alte Dienerinnen um sie, die sie schon lange liebgewonnen hatten, als wäre sie ihr Kind. Sie bereiteten ihr kräftige Suppen und flößten sie ihr dann mit unendlicher Geduld Tropfen für Tropfen ein, trugen sie und hielten sie, wenn sie hinausmusste, wischten sie mit feuchten Tüchern ab und rieben sie mit duftenden Ölen ein, zogen sie um und unterhielten sie, soweit es in ihrer Macht stand. Nach etwa anderthalb Monaten trug das Leben, wenn auch gegen ihren Willen, den Sieg davon, und sie begann sich selbständig zu bewegen, zu essen und sogar ein wenig zu arbeiten.

Bald wurde klar, dass sie ohne ihren Aziz nicht auf ihrem Besitz leben konnte, der untrennbar mit ihm verbunden war, und so überließ sie Haus und Garten samt den damit verbundenen Arbeiten der Sorge eines alten Verwalters und machte sich auf den Weg, um einen Ort zu suchen, an dem sie das Leben ertragen konnte. So gelangte sie vor etwa vier Monaten nach Isfahan und blieb dort.

Die schöne, junge und reiche Witwe mit dem Nimbus einer Heldin und Kriegerin ohnegleichen zog schnell die Aufmerksamkeit auf sich und wurde zum Gesprächsthema in einer Stadt voller Müßiggänger, die ewig auf etwas Neues und Ungewöhnliches erpicht waren. Jüngere, aber auch ältere Männer, die etwas auf sich hielten, überschütteten sie mit Komplimenten und Geschenken, Seufzern und Heiratsanträgen, während sie so tat, als bemerkte sie nichts davon, oder wenigstens, als verstünde sie es nicht. Als das nicht mehr ging, weil die verliebten oder verletzten Männer ihre Anträge offen vorbrachten und irgendeine Antwort verlangten, verkündete sie, dass sie den Tod ihres Mannes nicht verschmerzt habe, weil das bei einer solchen Liebe unmöglich sei, aber sie sei bereit, sich dem Schicksal und den Sitten zu fügen und zu heiraten, wie es die Gebräuche und Gesetze verlangten. Doch sie werde nur den heiraten, der sie im Schießen mit Pfeil und Bogen, zumindest auf unbewegliche Ziele, besiege. Es stellte sich heraus, dass sie genauso gut hätte verkünden können, dass sie nie wieder heiraten würde, weil es unmöglich schien, sie im Schießen zu besiegen, kein einziger ihrer Verehrer, und es waren erfahrene Kämpfer und gefeierte Schützen, kam auch nur annähernd an ihre Ergebnisse heran. Die Nachricht von der im Schießen unübertrefflichen und im Kampf unerschrockenen Schönheit musste auch zum Sultan gelangen und sein Interesse für diese Frau wecken. Immer häufiger sprach er über sie oder brachte das Gespräch auf sie, immer eingehender erkundigte er sich nach ihr und schickte Leute, damit sie sie kennenlernten und ihm über sie berichteten. Schmeichler sagten ihm, sie sei in allem sein weibliches Gegenstück, woraufhin er entsetzt tat und schwor, er wolle sie nicht einmal ansehen, denn wer könnte eine so hässliche Frau heiraten wollen. Dann korrigierten sich die Schmeichler und sagten, sie sei ihm in vielem ähnlich, aber nach der Schönheit, Gott sei Dank, das glatte Gegenteil von ihm, alle lachten, und der Sultan hörte sich wieder Geschichten über sie an. So wuchs das Interesse des Sultans, und er hatte schon einige Male gesagt, dass er sie besuchen müsse, um mit ihr im Schießen, aber auch in allem anderen zu wetteifern, was bei Turkan Chatun Besorgnis und Wut hervorrief.

Huriyet mochte es, wenn sich in ihrem Haus kluge Leute trafen, daher lud sie gerne welche ein und empfing sie, bewirtete sie und hörte sich ihre Gespräche an, wie sie sich als fünfjähriges Mädchen die Gespräche von Aziz' Freunden angehört hatte, und mit Abu Said war sie fast so vertraut wie mit einem Bruder. So saßen bei ihr eines Abends Chayyam, sein Kollege und Freund Musaffer Samarkandi, Abu Said, ein junger Grammatiker aus al-Kaheri, der dort Hassan-i Sabbah kennengelernt hatte und behauptete, Hassan werde es dort noch weit bringen, weil er schon jetzt beim fatimidischen Kalifen so hoch in Gnaden stehe, dass er ohne Einladung Zutritt zum Hof habe. Außer ihnen war ein vornehmer Mann in seinen Vierzigern da, der sich als Ben Tahir vorstellte, von angenehmem Äußeren, offensichtlich wohlhabend, wenn nicht sogar reich, der unlängst vom Hadsch zurückgekehrt war und noch immer gern darüber sprach. Nach allem zu urteilen, hatte er die Absicht, ernsthaft mit Huriyet zu sprechen, und so hatte er ein paar Freunde mitgebracht, die klug und mit Geschmack, aber ganz offen ein Loblied auf ihren Freund Ben Tahir sangen, auf seine Vernunft und sein vorbildliches Leben, seine Fähigkeit, Geld zu verdienen, und die Bereitschaft, es auszugeben, sein Ansehen unter den Leuten und seinen Mut, mit dem eigenen Kopf zu denken und frei zu sagen, was er denke, und dennoch sein Ansehen und seine herausragende Stellung bei den Leuten zu bewahren.

Die systematischen Lobreden über den frisch gebackenen Hadschi und das ständige Hervorheben seiner Tugenden machten das Gespräch unter den Freunden praktisch zunichte, und auch sie mussten erfahren, dass sich Ben Tahir an der weiblichen Schönheit erfreute, wo immer er sie fand und wann immer sich ihm die Gelegenheit bot, doch stets vernünftig und mit Maß. Aus diesem Grund ist er heute ein erfahrener Mann, der sich an einer Frau zu erfreuen weiß und ihr viel zu geben vermag, aber auch ein Mensch, von dem man zu Recht sagen kann, er sei nie nach einer Frau verrückt gewesen, er ist kein Lüstling gewesen und hat keiner Frau wegen, wie schön sie auch war, eine Dummheit oder Schandtat begangen. Niemand zweifelt daran, dass er ein frommer Mann ist, aber alle, die ihn kennen, wissen, dass er bestimmt keinen einzigen Teppich in der Moschee abgewetzt hat, ebenso weiß man, dass Ben Tahir ein ernster Mann ist, mit dem man über vieles vernünftig reden kann, aber er kann sich genauso schön vergnügen und von Herzen lachen. Er hat Wein probiert, sich aber nicht betrunken, er ist gereist, aber nicht zu weit, und hat immer gewusst, wo sein Haus ist und wie er zurückkommt, er kann, wenn es sein muss, spielen wie ein Kind, bewahrt dabei aber immer seine Würde und einen angemessenen Ernst. Er ist ein guter und ergebener Freund wie nur wenige, aber selbst dem engsten Freund erlaubt er nicht, ihn anzuführen und zum Narren zu halten, seine Hände sind offen und freigebig, aber seine maßvolle Neigung zum Sparen hält seine Verschwendung und Freigebigkeit in vernünftigen Grenzen.

»Ich werde auf seiner Beerdigung reden«, ließ sich Abu Said halblaut vernehmen, in dem Moment, als Ben Tahir seine schwachen Versuche aufgab, die Loblieder seiner Freunde in Frage zu stellen, und seine Freunde schauten sich an und verständigten sich stumm, wer nun reden solle. »Ich kenne mein Schicksal, bestimmt wird es mir zufallen, auf seiner Beerdigung zu reden, mir fallen wirklich immer solche Typen zu. Alle winden sich heraus und überlassen solche Leute mir, sie rechnen wohl damit, dass Prinz Seydo sogar über derartige Glückspilze etwas Interessantes sagen kann, ohne dass es eine Lüge oder Unsinn ist.«

»Vielleicht wird er auf deiner reden, wie kannst du so sicher sein, dass er vor dir geht?«, fasste sich einer von Ben Tahirs Freunden.

»Das ist doch klar. Eine solche Vollkommenheit ist nicht für diese Welt gemacht, sie kann nicht lange währen.«

»Und was wirst du auf meiner Beerdigung sagen?«, versuchte Ben Tahir zu scherzen, sein Gesicht angestrengt zu einem Lächeln verziehend.

»Ich weiß nicht, deshalb sage ich es ja auch, man muss sich vorbereiten und etwas finden, aber was, mein Bruder?!«, beklagte sich Abu Said. »Was soll man da sagen? ›Er ist ordnungsgemäß und vernünftig gestorben, aber ob er gelebt hat – weiß man nicht.‹ Das da ist alles, was ich vorerst sagen kann, aber mir ist es irgendwie zu wenig, der Arme.«

Ben Tahir stand auf und begann sich, offensichtlich beleidigt, zu verabschieden, wahrscheinlich in der Meinung, dass er nicht dort hingehöre, wo es Leute gab, die zu solchen Ausfällen bereit waren. Doch obwohl er beleidigt war, verstand er es, vornehm und würdevoll zu bleiben, wie auch jetzt, als er sich von der Gastgeberin und ihren Gästen verabschiedete, während er seine Freunde aufforderte zu bleiben und nicht auf ihn und das Unrecht, das man ihm angetan hatte, Rücksicht zu nehmen. Er redete und verabschiedete sich schneller und kühler, als man von ihm erwartet hätte, aber sicher noch geradeso, wie es die Höflichkeit verlangte.

»Es gibt Menschen, die etwas mehr über mich sagen könnten und viel besser«, warf Ben Tahir Abu Said schon von der Tür aus zu.

»Dann sollen die auf deiner Beerdigung reden«, entgegnete Abu Said fröhlich.

»Glaub mir, es gibt sie, und nicht wenige«.

»Nimm es mir nicht übel, lieber Bruder, ich habe nur aufgegriffen, was deine Freunde über dich gesagt haben«, rechtfertigte sich Abu Said, bemüht, das Missverständnis auszuräumen, aber wie viel von dem, was er sagte, noch zu Ben Tahir gelangte, der gleich nach seiner letzten Behauptung hinausgegangen war und die Tür ein wenig zu laut hinter sich geschlossen hatte, blieb unklar.

»Meinst du, wir sind schuld an deiner Unverschämtheit?«, fragte einer von Ben Tahirs Freunden.

»Wenn es denn eine Unverschämtheit ist«, erwiderte Abu Said.

»Und was soll es bitteschön sein, wenn keine Unverschämtheit?«

»Belehrung, Aufklärung, etwas in der Art«, erklärte Abu Said. »Ihr habt seine Vernunft gelobt, ständig und nur seine Vernunft, als hätte der Arme gar nichts anderes. Aber das Leben, meine Brüder, ist eine unvernünftige Erscheinung, es wird aus der Verzückung und dem Krampf geboren, es erscheint und entsteht, wenn der Mensch oder ein anderes Rindvieh Gottes aus sich herausgeht, durch Verzückung, Schmerz, Freude oder was auch immer. Welcher vernünftige Mensch würde ein Kind in die Welt setzen, wenn er auch nur ein Fünkchen Gewissen und Anstand hat? Deshalb habe ich ja gefragt, ob er gelebt hat, bei so viel Vernunft, wie ihr ihm zugeschrieben habt, hat das Leben keinen Platz.«

»Spar dir deine Geschichte für dein Derwischkloster und die Narren auf, die dich anhören«, unterbrach ihn Ben Tahirs Freund, »wir reden jetzt über etwas ganz anderes.«

»Wir reden über das Ewiggleiche, mein Lieber, wir reden über die Vernunft und über das Leben«, erinnerte ihn Abu Said. »Ich erkläre, warum ich denke, dass es dort, wo die Vernunft uneingeschränkt herrscht, kein Leben gibt. Und ihr habt euren Freund genau so beschrieben, als einen voll und ganz von der Vernunft unterjochten armen Teufel. Er liebt die Frauen, aber vernünftig. Trinkt Wein, aber vernünftig. Spielt, aber vernünftig. Das heißt doch, dass er nichts davon tut, liebe Leute! Weder liebt er noch trinkt er, noch spielt er, weil nichts davon vernünftig ist. Wisst ihr, was wäre, wenn das Leben aus der Vernunft hervorginge? Meinem Freund Omar würden scharenweise Kinder aus dem Kopf springen, wie Mäuse aus einem Keller, in den Wasser eingedrungen ist, so viel Vernunft und Verstand hat er. Aber nichts springt heraus, da gibt es nichts außer Vernunft und Wissen, ich kenne ihn schon seit Jahren, und nichts ist dort herausgesprungen. Wieso sollte ein Apfelbaum jedes Jahr Früchte tragen, wenn er sich nach der Vernunft richtet? Um sein Ansehen unter anderen Apfelbäumen zu bewahren und sich klug zu verheiraten? Ich bitte dich!«

»Auf was du alles kommst«, entfuhr es dem jungen Grammatiker aus al-Kaheri.

»Ich habe mir nichts ausgedacht, Mann, du siehst doch selbst, dass es so ist. Die Vernunft dient der Klassifizierung, das ist ihre Aufgabe, ihre Haupteigenschaft. Alles, was lebt, ist in einen einzigen Lebensfluss getaucht oder sein Teil, eine Strömung dieses Flusses – die Pflanzen und die Tiere und die Vögel und die Menschen und die Wasserwesen. Ich weiß nicht, ob die Engel und Dschinne dazugehören, ich denke, nicht, und so zähle ich sie nicht auf. Wir alle sind in diesem Fluss, aber alle sind wir mit Vernunft begabt, die uns voneinander trennt. Die Pflanzen offenbaren mit ihrer Vernunft, dass sie weder Tiere noch Menschen sind, wir mit unserer wissen, dass wir Menschen sind, der Apfelbaum mit seiner Vernunft weiß, dass er keine Quitten trägt, und ich mit meiner weiß, dass ich nicht Omar Chayyam bin.«

Das Gespräch wurde durch das Kommen eines Gastes unterbrochen, den, nach allem zu urteilen, niemand außer Huriyet erwartet hatte. Es war Tadsch al-Mulk, der erstens alle überraschte, weil er überhaupt kam, und zweitens und vielleicht noch mehr, zu so später Stunde, wo man allein in die Häuser von ausgesprochen vertrauten Menschen geht. Als er eintrat, verstummten alle und starrten ihn an, als erwarteten sie eine Erklärung, nur die Gastgeberin war nicht überrascht, sondern erfreut. Ein Lächeln erhellte ihr Gesicht, als sie den Neuankömmling erblickte, und ihr ganzer Körper geriet in Bewegung, als hätte sie aufstehen und ihm entgegengehen wollen. Diese Bewegung legte sich allerdings, bevor sie sich erhoben hätte, und Huriyet nahm ihre frühere Haltung wieder ein, aber man sah ihr die körperliche Anspannung an, auch jetzt, wo sie ruhig war. Tadsch al-Mulk begrüßte mit einer Verneigung jeden Anwesenden einzeln, dann begab er sich ans obere Zimmerende und setzte sich, ohne abzuwarten, dass man es ihm anbot. Das musste alle überraschen, die ihn zumindest vom Hörensagen kannten, denn er war auch für seine überbetonte Höflichkeit bekannt. Aber es klärte sich auf, als ihm ein Mädchen etwas später Tee, gedörrtes Obst und Kekse brachte, die vor ihm keinem serviert worden waren, ohne dass die Gastgeberin zuvor Anweisungen gegeben oder den Gast gefragt hätte, was er wünsche. Es war klar, dass Tadsch al-Mulk bereits ein ständiger Gast in diesem Haus war.

Es entstand eine unangenehme Situation, wie sie fast zwangsläufig eintritt, wenn in einer Gesellschaft höfliche Menschen beisammen sind, die einander nicht kennen. Die Freunde von Ben Tahir mussten sitzen bleiben, weil es zum Gehen zu früh war und der angesehene Gast hätte denken können, sie gingen, um seine Gesellschaft zu meiden. Der Grammatiker aus al-Kaheri blieb sitzen, wahrscheinlich weil er keinen Grund zum Gehen hatte und auch nicht wusste, wohin. Chayyam blieb sitzen, weil er den Mann, der die Stellung seines Freundes Nizam al-Mulk ernsthaft bedrohte und von dem er alles Mögliche gehört hatte, aus der Nähe beobachten wollte. Bei Hofe hatte er ihn nicht richtig gesehen, weil er nichts mit ihm zu tun hatte, und außerhalb des Hofes konnte man Tadsch al-Mulk kaum treffen, also wollte er die unerwartete Gelegenheit nicht versäumen. Abu Said blieb aus Gründen sitzen, die nur ihm klar sein konnten, und Tadsch al-Mulk aus Gründen, die allen bereits klar waren, so dass sich in einem Zimmer ziemlich viele Leute gleichzeitig befanden, die einander nicht oder kaum kannten und sich hätten unterhalten müssen, aber nicht wussten, worüber sie überhaupt hätten reden können. Schwätzer oder unhöfliche Menschen haben solche Probleme meist nicht, sie reden ohnehin um ihrer selbst willen, aber höfliche Personen, die sich bemühen, über das zu reden, was auch die Gesprächspartner interessieren könnte, verstummen in solchen Situationen in der Regel, weil sie nicht wissen, was die anderen überhaupt interessiert. Einzig ihre Gastgeberin saß ohne jede Spur des Unbehagens, sanft strahlend, da und betrachtete die Gäste abwechselnd mit ihrem charakteristischen Blick von unten, wie mit niedergeschlagenen, weit geöffneten Augen, um den Blick zum Gesicht desjenigen heben zu können, dem er galt. Drang das Unbehagen, das sich unter den Gästen breitmachte, überhaupt zu ihr?

Die Freunde von Ben Tahir fanden sich zum Glück schnell zurecht und begannen zuerst, sich miteinander über die Unbilden des Windes zu unterhalten, der einfach nicht aufhören oder wenigstens schwächer werden wollte. Das lud auch die anderen ein, und so kam das Gespräch kurz nach der Ankunft von Tadsch al-Mulk wieder in Gang, unpersönlich und ohne wirkliches Interesse, aber die Wörter und Sätze wanderten vom einen zum anderen. Einzig Chayyam schwieg und beobachtete Tadsch al-Mulk aufmerksam, bemüht, sich auch nicht die kleinste Regung im Gesicht oder eine Veränderung in der Stimme entgehen zu lassen.

Tadsch al-Mulk war ein großer, zur Beleibtheit neigender Mann, aber noch immer von ausgesprochen angenehmem Äußeren. Das einzig Ungewöhnliche, vielleicht sogar Unangenehme in seinem regelmäßigen ovalen Gesicht waren die großen saftigen Lippen, so groß und saftig, dass sie selbst im Gesicht einer Frau nicht anziehend gewirkt hätten, weil sie übertrieben waren. Alles andere in diesem Gesicht und an dem ganzen Mann war angenehm und anziehend, angefangen von den großen Augen, die den Gesprächspartner immer ruhig, offen und aufmerksam ansahen, über sein dichtes gut gepflegtes Haar, seine feine teure Kleidung, bis hin zu den schönen Händen mit ungewöhnlich langen schlanken Fingern. Alles war angenehm, gepflegt und anziehend, alles verriet herrschaftliches Nichtstun und Luxus und war dabei gerade so, wie es sein musste, um zu gefallen und einen guten Eindruck zu hinterlassen.

Umso unverständlicher war für Chayyam der unübersehbare Ausdruck von Trauer in Tadsch al-Mulks Gesicht. Als trauerte er um etwas, was er schon lange unwiederbringlich verloren hatte, womöglich sogar vor der Geburt, worauf er aber nicht verzichten und was er nicht vergessen konnte, oder als schmerzte ihn sein Aufenthalt in der Welt. Dieser Ausdruck lag auch in den Augen, in den stets weit offenen Augen, die aufmerksam auf den Menschen vor ihm gerichtet waren und in denen dem Gesprächspartner zwei, drei Tränen nicht entgehen konnten, die Gott weiß wann aus der Tiefe hervorgekommen waren, dann aber angehalten und sich über die Augen verteilt und ihnen den Ausdruck einer feuchten unüberwindbaren Traurigkeit verliehen hatten. Vielleicht konnte das Übermaß an Feuchte, das in den Augen und auf den Lippen deutlich zu sehen war, in Kombination mit dem schlanken, aber schönen, fast ein wenig zu stark gerundeten Körper den Betrachter veranlassen, Tadsch al-Mulk etwas Weibliches zuzuschreiben.

Hauptsächlich schwieg er. Aufmerksam hörte er seinem Gesprächspartner zu, mit den Augen, dem Gesichtsausdruck oder kaum sichtbaren Kopfbewegungen reagierte er auf das, was er vernahm, gerne stimmte er kopfnickend zu und bekräftigte so, was der Gesprächspartner gerade gesagt hatte, aber er machte selten den Mund auf und noch seltener sagte er etwas. Wenn es dennoch geschah, hörten die Leute eine Äußerung, die allen gefiel und niemanden zu irgendetwas verpflichtete, wie zum Beispiel »Ja, ja«, oder »So also«. Das hatten Chayyam über Tadsch al-Mulk schon vor langer Zeit Leute erzählt, welche die Gelegenheit gehabt hatten, ihn kennenzulernen und etwas mehr Zeit mit ihm zu verbringen. »Er schweigt«, hatten sie gesagt, »er schweigt und hört zu. Oder er tut nur, als ob er zuhörte. Anfangs gefällt einem das, schließlich hat man die Gelegenheit zu reden und ohne Hast alles zu sagen, was man denkt und zu sagen hat, aber irgendwann empfindet man es als unangenehm und dann geradezu als grauenhaft, um am Ende zu fühlen, wie man in seinem Schweigen wie im Treibsand versinkt. Aber vielleicht noch schlimmer ist, wenn er etwas sagt, denn wenn er spricht – ist das nur ein Laut, ein Schweigen, das man hört. Er gibt ein paar Töne von sich, doch diese Töne sagen dem Gesprächspartner nichts, und er muss sie erleben wie Töne, die von irgendwem oder von nirgendwo kommen, so dass sie keine menschliche Rede sein können.«

Zwei Fragen drängten sich Chayyam schon in der ersten halben Stunde, die er der Beobachtung Tadsch al-Mulks widmete, auf. Die erste bildete sich, als er in der Erinnerung die Bemerkungen über Tadsch al-Mulks Schweigsamkeit Revue passieren ließ und überlegte, wie es möglich war, dass viele Menschen diesen Mann dennoch als besonders unangenehm erlebten. Vielleicht hatten Chayyam ein Dutzend Leute von ihm erzählt, und mit Sicherheit hatte mehr als die Hälfte von ihnen die Begegnung mit Tadsch al-Mulk als besonders unangenehm erlebt. Und die zweite Frage, die sich ihm aufdrängte, hatte vor langer Zeit der Großwesir Nizam al-Mulk ausgesprochen, als er sich wunderte, dass ein Mann wie Tadsch al-Mulk ein Intrigant sein konnte, bei dem kein lebendiger Mensch durchblickte und der am Ende wahrscheinlich auch gegen sich selbst intrigieren würde.

Als es die Höflichkeit zuließ, standen die Gäste auf, um zu gehen, also verabschiedeten sich auch Chayyam und Abu Said und gingen.

»Hast du das gesehen?«, fragte Abu Said, sobald sie sich auf der Straße befanden. »Sie sind verliebt, wie die Täubchen.«

»Das hättest du zumindest ahnen können, du gehst doch bei ihr ein und aus.«

»Sieh an, ich hatte keine Ahnung. Wahrscheinlich schämt sie sich ein bisschen, findet sich in der großen Stadt nicht zurecht, nicht wahr, und hat es geschafft, es auch vor mir zu verbergen.«

»Ich habe gesehen, dass du überrascht warst«, bemerkte Chayyam.

»Nicht unbedingt überrascht, eher habe ich mich gewundert, dass sie es vor mir geheim gehalten hat. Ich wusste, dass er zwei, drei Mal bei ihr war, und das reicht, um sein Ziel zu erreichen, solche Leute erreichen bei den Frauen immer, was sie brauchen. Die Frauen, weißt du, fühlen sich verpflichtet, die Welt von der Trauer zu heilen, deshalb zieht jeder Kerl mit einem traurigen Gesicht die schönste und klügste Frau an, wichtig ist nur, dass kein Kerl mit einer noch traurigeren Schnauze in der Nähe ist.«

»Er ist wirklich anziehend, das muss man zugeben«, stimmte Chayyam zu.

»Nicht die Anziehung, die Trauer ist hier ausschlaggebend«, behauptete Abu Said und wunderte sich nach langem Schweigen laut: »Was will er damit, das ist mir schleierhaft.«

Die Erklärung erhielt er nach knapp einem Monat. Ein Bursche suchte ihn am Morgen auf und bat ihn, mit ihm zu Huriyet zu gehen, es scheine etwas nicht zu stimmen mit ihr. Er ging zu ihrem Haus, betrat das Schlafzimmer, weil sie sich nicht meldete, und sah, dass sie tot war. Abu Said schickte unverzüglich nach Chayyam, und führte ihn, sobald er aufgetaucht war, in ihr Schlafzimmer. Sie lag so da, wie er sie am Morgen vorgefunden hatte, ganz weiß mit Spuren von Erbrochenem auf dem Kissen.

»Sie ist vergiftet worden«, stellte Chayyam bestürzt fest, nachdem er an den Spuren gerochen hatte.

»Das habe ich auch gedacht, deshalb habe ich dich ja gerufen, um mich zu vergewissern. Eine kerngesunde Frau, gestern das blühende Leben und heute so etwas. Das kann nicht mit rechten Dingen zugegangen sein.«

Sie kamen nicht einmal dazu, sich richtig zu fragen, was sie nun tun sollten, weil vom Hof eine Gruppe von Leuten mit glaubenskundigen Frauen und dem Großen Imam eintraf, die das Begräbnis vorbereiten sollte. Die beiden begriffen schnell, dass sie hier überflüssig waren, und begaben sich wieder auf die Straße.

»Habe ich dir nicht unlängst gesagt, dass die Trauer entscheidend ist?«, ließ sich Abu Said vernehmen, als sie sich auf der Straße befanden. »Ich habe sie gefragt, er hat sie, sagt sie, an ihren Aziz erinnert, seine Trauer hat sie dazu gebracht, sich ihm zu öffnen und auf ihn zuzubewegen. Auch Aziz, sagt sie, hatte Trauer im Gesicht, eine beharrliche schöne Trauer.«

## *Bis ans Ende des Tages*

Aus den unvorstellbaren Tiefen der Steppe tauchten sie auf, Menschen vielleicht, ohne Haare auf dem Kopf, aber mit Hörnern auf dem Scheitel, und griffen uns an, alles, was aufrecht stand. Menschen, Bäume, Mauern, Türme, all das zerhieben, zerstörten, zerschlugen, zertraten sie, bis nur noch Staub übrig war und flaches Land, so weit das Auge reicht. Häuser, Türme und Mauern verwandelten sie in Staub und Mensch und Vieh in traurige Bilder der Verwüstung und des Todes. Vom Getrappel ihrer Pferde bebte der Boden und stöhnte das Land, und der Himmel antwortete. Von ihrem Kriegsgeheul fielen die Adler tot auf die Erde, und das Vieh blieb wie versteinert stehen und harrte unbeweglich seines Schicksals. Stolze Städte verschwanden im Nu und verwandelten sich in Staub, reiche Dörfer und wunderschöne Güter wurden zu einem schmerzlichen Zeugnis und einer schrecklichen Warnung.

Wie ein wahnsinnig gewordenes Meer, das in schäumenden Wellen gegen das Ufer schlägt, bis es dieses zerstört, wie die Zeit oder das Schicksal, die allem ein Ende bereiten, so fielen die Steppenkrieger in Wellen über die Welt her und machten allem, was sie erreichen konnten, ein Ende. Keine Winde, keine Wasser, keine Berge, keine Mauern, nichts konnte sie aufhalten, nur der Wille Gottes und unsere heldenhaften Heere. Wie eine Mauer, von den Dschinnen selbst errichtet, wie ein unüberwindbares Gebirge ohne Ende, stellten sich unsere Einheiten vor ihnen auf und stießen mit ihnen zusammen. Als wären zwei Meere gegeneinander geschlagen, als wären Himmel und Erde zusammengeprallt, als hätte sich der Jüngste Tag angekündigt. Unsere Helden hielten sie auf, wehrten ihren Ansturm ab. Ihre Geschwindigkeit half ihnen nicht, ihr Schwung durchbrach nicht unsere Reihen. Ihre Reihen kamen zum Stehen und zauderten. Aufgehalten, abgewehrt hatten unsere Helden sie. Die Unseren hätten sie zurückgeworfen und gejagt, verfolgt und niedergeschlagen, hätte es im rechten Flügel nicht einen verfluchten Verrat gegeben. Als unser Sieg in greifbarer Nähe war, als sich ihr Untergang schon abzeichnete und sie ihrem Tod in die Augen sahen, kehrte der Befehlshaber des rechten Flügels Abdulwahab Sisi dem Feind den Rücken und ergriff die Flucht. Der Verräter Abdulwahab Sisi, möge sein Name nicht vergessen werden, rettete die Feinde. Abdulwahab Sisi, möge sein Name unter den Menschen nicht erwähnt werden, hielt ihren Untergang auf und hätte fast unseren heraufbeschworen …«

»Gut, das ist genug, danke, Omar«, unterbrach der Großwesir die Verlesung des Berichts über die kriegerischen Auseinandersetzungen, die in Nordchorasan gewütet hatten, und wandte sich dann an den Chorasaner Befehlshaber, den Amir Ajaz. »War das wirklich alles so, wie es hier steht?«

»Ja, Herr, genau so«, antwortete der Amir, ohne nachzudenken. »Vielleicht hat sich der Kleine hier und da ein wenig hinreißen lassen und etwas ausgeschmückt oder übertrieben, aber ungefähr so war es, genauso. Es war so – sicher war es so, das muss man zugeben.«

»Und volle sieben Monate?«

»Wieso sieben?«, wunderte sich Amir Ajaz.

»Haben sie denn nicht gut sieben Monate in Oberchorasan gewütet und es verheert? Oder sind falsche Nachrichten zu mir gelangt?«

»Es gibt sie nicht mehr, wir haben sie besiegt und verjagt.«

»Nach sieben Monaten erbitterter Kämpfe und schrecklicher Opfer?!«

»Es waren heftige Kämpfe, das ist wahr. Aber jetzt ist es vorbei.«

»Zu mir sind Nachrichten gelangt, dass sich dein Heer schon in den ersten Kämpfen fast aufgelöst hat und jetzt kaum noch etwas davon da ist. Stimmt das?«, forschte der Wesir hartnäckig.

»Na ja, da ist was Wahres dran, halbwegs ist das so, aber ich habe ja mit den Einheiten um mich herum Erfolg gehabt, sie sind doch das Herz meines Heeres, die besten …«

»Denkst du an die Einheiten aus Balh, die dir direkt unterstellt sind?«

»Ja.«

»Mit ihnen, sagst du, hast du die Angreifer besiegt?«, vergewisserte sich der Wesir weiter.

»Ja, von ihnen gibt es weit und breit keine Spur.«

»O doch, du armer Tropf, nach dem zu urteilen, was ich erfahren habe, sind da oben nur noch ihre Spuren zu sehen, was anderes gibt es nicht mehr«, widersprach der Wesir.

»Na gut, ich wollte sagen, dass es sie hier nicht mehr gibt«, erklärte der Amir Ajaz.

»Ich schicke dir schon seit zehn Jahren 25 000 Golddinar jährlich für die Ausrüstung und Erhaltung der Armee, der Sultan hat dir riesige Güter zur Verfügung gestellt und Vollmachten erteilt, alles, damit wir in Chorasan eine gerüstete Armee haben, die fähig ist, das Land und die Untertanen zu verteidigen. Aber was haben wir bekommen? Ein Heer, das von ein paar kleineren Stämmen aus der Steppe beim ersten Angriff zersprengt wurde, und einen läppischen Bericht, den dein Schreiber nicht einmal schön zu schreiben verstanden hat. Wenn es wenigstens richtige Stämme gewesen wären, aber Räuberbanden!«

»Ganz so ist es nicht«, versuchte sich der Amir Ajaz zu verteidigen, »ich denke, nicht unbedingt alles.«

»Nein, du hast recht«, stimmte der Wesir zu. »Wir haben außerdem einen steinreichen Amir bekommen, der nicht weiß, wo es was gibt.«

Der Wesir gab Fuzail mit einer fast unsichtbaren Bewegung der linken Hand, den ausgestreckten kleinen Finger nach unten gerichtet, ein Zeichen, und einen Augenblick später stieß sein riesiger Begleiter Mersed einen Dolch in die Brust des Amirs Ajaz. »Zwischen die dritte und vierte Rippe«, schoss es Omar Chayyam durch den Kopf, ein Gedanke, in dem eigentümliche Bewunderung und unbestimmter Neid sich mischten. Mersed hatte hinter ihnen gestanden, zwei, drei Schritte vom Tisch entfernt, an dem sie saßen, hinter dem Rücken seines Chefs Fuzail und demnach zwei Plätze links vom Amir Ajaz. Auf Fuzails Zeichen hin hatte er also in einem Augenblick die zwei, drei Schritte zum Tisch, dann die anderen zwei, drei Schritte nach rechts zurückgelegt, um hinter den Rücken des Amirs zu gelangen, und ihm dann von hinten den Dolch in die Brust gestoßen, genau ins Herz, ohne auch nur eine Rippe oder den Brustkorb zu ritzen, so dass der Amir tot war, bevor er begriffen hatte, was geschah.

»Oder meinst du, Omar, der Bericht ist gut geschrieben? Meinst du nicht, dass es eine Frechheit ist, heute so zu schreiben?«, fragte der Wesir, aber Chayyam antwortete stumm, mit einer verneinenden Kopfbewegung und einem kurzen Abwinken, verwirrt durch das, was gerade geschehen war, noch verwirrter durch seine Gedanken und Reaktionen darauf, völlig verwirrt durch die Frage, was er mit sich anfangen sollte, während die Dienerschaft die Blutspuren und die Wächter den ehemaligen Amir beseitigten.

Sie saßen im Gebäude der Stadtverwaltung von Buzgan, einer Stadt am Rand des verwüsteten Gebietes. Rais Bahram, der Bürgermeister von Buzgan hatte dem Wesir und seinem engsten Gefolge Unterkunft in seinem Haus angeboten, aber der Wesir hatte abgelehnt, weil er während dieser Reise unerkannt und unbemerkt bleiben wollte. Er wollte hier, an der Grenze Nordchorasans, möglichst viel über die Kämpfe erfahren, die in dieser Provinz letztens über ein halbes Jahr lang geführt worden waren, und danach durch das verheerte Gebiet reisen und mit eigenen Augen sehen, wie der momentane Stand war, um nach der Rückkehr nach Isfahan zu wissen, was zu tun war, damit sich die verheerten Gegenden möglichst bald erholten.

Alles, was er in den zwölf Tagen, die sie bis jetzt hier verbracht hatten, erfuhr, wies darauf hin, dass das Unglück, das dem nordöstlichen Teil Chorasans zugestoßen war, vor allem wegen einer unglücklichen Verquickung der Umstände so entsetzliche Ausmaße angenommen hatte. Amir Ajaz, der militärische Befehlshaber der ganzen Provinz, war ein vernünftiger und praktischer Mann, der genau wusste, dass seiner Provinz keine ernsthafte Gefahr drohte, solange die Ghaznawiden und der Schah von Choresmien dem Seldschukenreich gegenüber freundschaftlich gesinnt waren, und sicher würden sie freundschaftlich gesinnt bleiben, solange sie die Schwächeren blieben. Weder würden sie selber angreifen, noch andere Angreifer durch ihre Territorien lassen, wenn sie sich ihnen widersetzen könnten. Und selbst wenn ein Angreifer auftauchte, der sie bezwänge, hätte Chorasan genug Zeit, sich auf die Verteidigung vorzubereiten. Deshalb nahm sich Amir Ajaz den größten Teil des Geldes, das er für die Erhaltung der Armee bekam, und versetzte sie damit in einen Zustand, der vielleicht katastrophal, aber nicht gefährlich war, wie er meinte. Am Ende erwies sich, dass er recht gehabt hatte, denn was vom Norden in Chorasan einfiel, war keine richtige Armee, es waren nicht einmal ernstzunehmende Stämme, sondern ziemlich große Räuberbanden, die sich zu einem gewaltigen Feldzug zusammengeschlossen hatten. Gerade weil sie so klein und unbedeutend waren, gelang es ihnen, unbemerkt zwischen Choresmien und den ghaznawidischen Territorien durchzuschlüpfen. So geschah es unglücklicherweise, dass die verbündeten Räuberbanden gegen eine in Auflösung befindliche Armee losschlugen und so zwei schwache feindliche Kräfte immer wieder aufs Neue zusammenstießen, miteinander abrechneten und sich niedermetzelten, ohne Hoffnung, dass eine schließlich die Oberhand gewinnen und die Zerstörung, das Gemetzel und die Verwüstung beenden würde. Das war für die Leute und das Leben in den vom Krieg heimgesuchten Gebieten das Schlimmste überhaupt, viel schlimmer als eine schnelle und endgültige Niederlage der Armee, die sie hätte verteidigen sollen, weil das Heer auf Kosten der Zivilbevölkerung lebt, sowohl wenn es verteidigt als auch wenn es angreift. So zwangen die Räuber und Soldaten abwechselnd auch hier das Volk, ihnen zu helfen, nahmen ihm das Letzte weg, mordeten und straften, weil es der feindlichen Seite half. Und wie es meistens ist, weiß man nicht, wer größeren Zwang ausgeübt und grausamer gestraft hat.

Schon vor seinem Aufbruch hatte der Wesir zu allen wichtigeren Bediensteten der Provinz Kuriere geschickt, mit dem Befehl, ihm über alles, was geschehen war, und über den jetzigen Zustand Berichte zu senden, sich bereitzuhalten und sich zu ihm aufzumachen, wenn er sie rufe. In Buzgan erwarteten ihn alle Berichte außer dem wichtigsten – dem des Amirs. Auch er selbst war nicht da, obwohl der Wesir ihm über einen Kurier hatte ausrichten lassen, dass er ihn erwarte.

Als die Dienerschaft das Blut und den Körper des ehemaligen Amirs Ajaz beseitigt hatte und die Gäste aus Isfahan wieder ungestört arbeiten und reden konnten, reichte der Wesir Nizam al-Mulk Fuzail eine versiegelte Rolle und ein Siegel.

»Vielleicht kannst du schon morgen oder übermorgen aufbrechen«, sagte er zu ihm. »Ich hoffe, ich brauche dich hier nicht mehr.«

»Wenn du mir das erklären würdest, Sahib …«, Fuzail geriet in Verlegenheit.

»Du bist der neue Befehlshaber von Chorasan, du musst

nach Balh gehen, um die Armee auf Vordermann zu bringen. Das hier ist deine Ernennungsurkunde«, erklärte der Wesir. »Ich habe dich vor meiner Abreise vorgeschlagen und muss sagen, der Sipahsalar, der militärische Berater des Sultans, hat keinen Augenblick darüber nachgedacht, ob er meinen Vorschlag annehmen soll. Auch der Sultan nicht, ich denke, das ist eine große Sache.«

»Eine große Sache, natürlich ist das eine große Sache, Sahib«, quälte sich Fuzail, »aber ich bin nicht sicher, ob ich das kann, ich bin schon lange nicht mehr beim Militär und inzwischen auch schon etwas älter.«

»Ich habe keine andere Wahl«, entgegnete der Wesir. »Du bist nicht der Beste, du bist der Einzige. Es muss ein zuverlässiger und anständiger Mann sein, hier muss von neuem eine Armee aufgebaut werden. Ein Mann, der Erfahrung mit dem Krieg und mit dem Militär hat, ein Mann, den die Soldaten achten und akzeptieren können. Ich bin bereit nachzudenken, wenn du mir außer dir einen nennst, der all das hat.«

»Aber meine Familie, Sahib, ich bin nicht mehr der Jüngste und ein Familienmensch.«

»Mach dir um sie keine Sorgen, sie bleiben in Isfahan. Wenn etwas mit dir wäre, würde sich die Staatskasse um sie kümmern«, beruhigte ihn der Wesir. »Aber es gibt nichts, was mit dir sein könnte, du musst nur die Armee auf Vordermann bringen, einen Nachfolger heranziehen und nach Isfahan zurückkehren. Weil wir dich auch dort brauchen. Glaub ja nicht, dass es mir einerlei wäre, wenn die Polizei nicht mehr in deinen Händen ist.«

Fuzail zog sich etwas später zurück, um Briefe zu schreiben und Pläne für die Arbeiten, die ihn erwarteten, auszuarbeiten, während der Wesir und Chayyam hinausgingen, um sich vor dem Schlafengehen die Beine zu vertreten. Es herrschte eine angenehme Kälte, die den Blutkreislauf beschleunigte und Freude an der Bewegung weckte. Gleichzeitig wurde jeder Duft abgemildert oder sogar abgetötet, was den Spaziergang um einen wichtigen Genuss ärmer machte.

»Hassan hat doch recht, völlig recht«, ließ sich nach langem Schweigen der Wesir vernehmen, der mit seiner Aussage offensichtlich eine lange stumme Erwägung und Auseinandersetzung mit sich selbst beendete. »Nichts von dem wäre passiert, wenn wir einen guten Nachrichtendienst gehabt hätten. Wenn uns jemand den wahren Stand der Dinge hier gemeldet hätte, wäre Ajaz spätestens vor sieben Jahren einen Kopf kürzer gemacht oder wenigstens seiner Funktion entledigt worden, und die Armee wäre in einem guten Zustand gewesen, als die Räuber wie jetzt einfielen, weil sie die Abrechnung mit ihnen gar nicht gespürt hätte.«

»Was hat Hassan damit zu tun?«, wunderte sich Chayyam.

»Direkt nichts, aber ...«, hob der Wesir zu einer Erklärung an, unterbrach sich aber mitten im Wort. »Das ist nicht für jedermanns Ohren bestimmt, aber dir kann ich es sagen.«

»Das kannst du«, stimmte Chayyam zu.

»Kurz bevor er verschwand, legte mir Hassan einen Plan dar, der auf den ersten Blick fürchterlich wirkt. Wie den Sultan davon überzeugen, dass wir einen Nachrichtendienst brauchen? Indem wir Bedingungen schaffen, unter denen er bedauert, dass er keinen hat. Hat er nicht selbst gesagt, dass er die Ismailiten schlimmer findet als die Ungläubigen? Hat er uns damit nicht schon im Vorhinein die Rechtfertigung für jede mögliche Tat geliefert? Darum lass uns eine Gruppe von Ismailiten zusammenbringen, hat mir Hassan gesagt, und fangen wir an, sein Reich mit Worten und Taten zu untergraben. Mit Worten, indem wir einen verborgenen Staat predigen, von dem die Ismailiten träumen, und mit Taten, indem wir hier und da ein paar Leute umbringen, den einen oder anderen Teil seines Territoriums erobern und halten, bis er uns nicht mit Gewalt vertreibt, unter den einen Angst verbreiten und andere für uns gewinnen. So hat Hassan damals zu mir gesprochen. Im ersten Moment habe ich gedacht, er scherzt oder spricht aus Wut, weil ihn der Sultan mit seinen Bemerkungen über die Ismailiten beleidigt hat, aber er hat mich schnell davon überzeugt, dass er es ernst meint und ohne jede Wut spricht. ›Ich werde doch wohl keine Bewegung gründen, die gegen meinen Staat arbeitet!?‹, habe ich ihn gefragt. ›Warum denn nicht‹, hat er geantwortet. ›Diese Bewegung wird nie stark genug sein, um deinen Staat zu bedrohen, aber ihr Druck wird die Prozesse im Staat genau in die Richtung lenken, die dir entspricht. Der Staat ist ein Körper. Lohnt es sich etwa nicht, den Menschen manchmal zur Ader zu lassen, tun das die Ärzte denn nicht alle Augenblicke mit ihren Patienten? Es ist besser, einem die Hand abzuhacken und etwas Blut auslaufen zu lassen, als die Hand heil zu lassen und zu riskieren, dass sich sein Blut ins Gehirn ergießt.‹ Das war in Kürze unser Gespräch. Und er scheint recht gehabt zu haben. Hätten wir rechtzeitig hier zehn, dort zwanzig Leute ermordet, die eine oder andere Festung zerstört und hier und da ein wenig Angst gesät, wir hätten längst einen Nachrichtendienst und dank seiner das viel größere Unglück verhindert, das uns jetzt getroffen hat. Gute Schachspieler opfern schon einmal eine wichtige Figur, um die Partie zu gewinnen.«

Chayyam hatte nichts zu dem zu sagen, was er gerade gehört hatte, und so beschleunigte er seinen Schritt. Die Kälte gab ihm das Recht dazu, es tat richtig gut, sich etwas schneller zu bewegen, um warm zu werden. Das beschleunigte auch den Atem, verkürzte ihn und rechtfertigte das Schweigen.

»Weißt du, dass Hassan in al-Kaheri beim fatimidischen Kalifen ist?«, fragte er nach einer Weile. »Er soll hoch in seiner Gunst stehen.«

»Ja? Das habe ich nicht gewusst«, antwortete der Wesir. Seinem Tonfall und Gesichtsausdruck war deutlich zu entnehmen, dass er es wusste. »Gehen wir noch ein wenig arbeiten und dann schlafen.«

Der Wesir wollte unangemeldet und unerkannt durch die verwüsteten Gegenden reisen, um in Ruhe alles sehen und anschauen, untersuchen und unmittelbar von den Betroffenen erfahren zu können, deshalb hatte er entschieden, nur mit Chayyam zu reisen und von den Einheimischen nur den Amil Ibrahim, den Zivilverwalter von Chorasan, als Wegbegleiter mitzunehmen. Damit die Reise dennoch sicher und einigermaßen bequem verliefe, teilte Fuzail die Wächter, die ihm zur Verfügung standen, in drei Gruppen ein, von denen zwei jeweils vor und hinter dem Wesir ritten, weit genug entfernt, dass nicht auf den ersten Blick klar war, dass es sich um sein Gefolge handelte, aber nahe genug, um ihn ihm Notfall zu schützen, während die dritte, kleinste Gruppe weit vorausritt und aufmerksam das Terrain erkundete, durch das der Wesir bald kommen würde. In dieser Anordnung wirkte die Dienerschaft des Wesirs, die auf die beiden Wächtergruppen aufgeteilt war, wie der Tross dieser militärischen Einheiten.

Als sie in Buzgan aufbrachen, war es schon ziemlich spät, man hätte aber nicht sagen können, dass es wirklich tagte. Es war zwar nicht mehr wie früh in der Dämmerung, es gab etwas mehr Licht, aber den ganzen Tag blieb das Licht grau und fahl, als dämmerte es. Der Wind schlug ihnen ins Gesicht, wovon die Augen tränten, so dass sie nur verschwommene Umrisse sahen. All das tötete den Wunsch nach einem Gespräch ab, und so ritten sie in einer Totenstille, die durch das gleichmäßige Getrappel der Hufe nur verstärkt wurde. Die gleiche Totenstille herrschte überall um sie her, als bewegten sie sich durch eine tote Welt, in der es keine Bewegung und kein Leben mehr geben würde. Nach einer Weile lag diese Stille wie ein schwerer Umhang über ihnen, angenehm und unerträglich zugleich, lieb und Last. Sie rettet einen zwar im Moment, wo man nichts zu sagen hat, vor einem

Gespräch, tötet aber den Wunsch und die Fähigkeit ab, zu denken, zu fühlen, zu sehen und die Landschaft, durch die man kommt, wahrzunehmen.

Dennoch kamen sie nicht umhin, die ungewöhnlich zahlreichen, fetten oder wenigstens gut genährten Hunde zu bemerken, die am späten Vormittag auftauchten und sie beharrlich begleiteten. Sie waren hartnäckig und still. Das Knallen oder sogar Schläge mit der Peitsche, das Lenken der Pferde auf sie und ähnliche Dinge, vor denen Hunde in der Regel flüchten, halfen nur zeitweilig, schon nach etwa dreißig Schritten waren die Hunde, die sie eben erst verscheucht hatten, wieder um sie. Und sie schwiegen, das war am schlimmsten. Wenn einen die Peitsche traf, winselte er und flüchtete, aber weder er bellte noch die anderen. Er winselte nur kurz und entfernte sich in der Stille, blieb aber in der Nähe und kehrte bald zurück, schweigend.

»Das kommt von den unbeerdigten Leichen«, erklärte Amil Ibrahim. »Rechts von hier waren ein paar große schöne Dörfer, die jetzt spurlos verschwunden sind, es gibt nicht einmal jemanden, der die Toten beerdigt. Die Hunde sind, siehst du, nicht mehr an Menschen gewöhnt, entweder haben sie sie nicht kennengelernt oder sie völlig vergessen. Es müssen ihre Hunde sein, nur dass sie überlebt haben, keiner hat sie angerührt. Jetzt leben sie für sich, sie lieben die Menschen nicht und hassen sie nicht, sie fürchten sie nicht und freuen sich nicht über sie, sie wundern sich nur über uns.«

»Aber warum sind sie still?«, fragte Chayyam. »Hunde sind doch sonst laut, das ist sicher ihre schlechteste Eigenschaft, aber diese hier scheinen nicht mal bellen zu können.«

»Ich weiß nicht«, gab Amil Ibrahim zu. »Vielleicht haben auch sie sich an die Stille gewöhnt und sich ihr angepasst. Nirgendwo Menschen, nirgendwo Vieh, nirgendwo wilde Tiere oder auch nur ein Laut. Die ganze Welt schweigt, so schweigen auch sie«, überlegte Ibrahim laut und versank selbst in Schweigen, um nach einer Weile zu folgern: »An alles gewöhnt sich der Mensch, wirklich an alles, das ist es.«

»Das hier sind doch Hunde, Gott steh dir bei«, ermahnte ihn der Großwesir.

»Verzeih«, schreckte Ibrahim auf. »Ja, Hunde. Vielleicht gewöhnen auch sie sich daran, sie sind lange genug mit den Menschen zusammen, um ihre Eigenschaften zu übernehmen.«

Am Nachmittag besuchten sie ein Städtchen, vielmehr das, was davon übriggeblieben war, um zu essen und sich auszuruhen, vielleicht auch zu übernachten. Direkt im Zentrum fanden sie eine gut erhaltene und scheinbar bequeme Herberge und beschlossen, hier zu übernachten. Amil Ibrahim ging zu Freunden, während sich der Wesir und Chayyam in ihre Zimmer zurückzogen, um auszuruhen, bis die Dienerschaft eintraf und das Essen zubereitete, das gleichzeitig Mittag- und Abendessen sein sollte. Der Saal im Erdgeschoss der Herberge leerte sich, sobald die Dienerschaft nach dem Essen alles abgeräumt hatte, da sie die einzigen Gäste waren, und der Wesir und sein Begleiter Chayyam saßen weiterhin in völligem Schweigen da. Die Stille, die sich heute morgen wie ein Umhang herabgesenkt hatte, lag immer noch auf ihnen und raubte ihnen jede Lust zu einem Gespräch, überhaupt den Wunsch zu sprechen. Langsam und ohne Genuss tranken sie ihren Joghurt, ohne dass ihnen bewusst war, dass sie es taten, und blieben in die Stille versunken. Irgendwann, als die Nacht schon fortgeschritten war, kam ein Mann, wohl der Eigentümer der Herberge, von hinten auf den Wesir zu, beugte sich diskret zu seinem rechten Ohr hinab und bot ihm flüsternd »etwas Stärkeres« an.

»Meinst du Wein?«, fragte der Wesir.

»Wein, aber auch alles andere«, entgegnete der Eigentümer flüsternd, schloss bedeutungsvoll die Augen und verneigte sich.

Da weiterhin Stille herrschte und der Eigentümer zusammen mit seinem Angebot in der Luft hing, bog er sich erneut und flüsterte, nun an beide Gäste gewandt:

»Ich habe auch Mädchen, wie Milch. Zehn Dirhem.«

Und da das Schweigen weiterging, während er um jeden Preis eine klare Antwort haben wollte, beugte er sich noch einmal zu ihnen hinab und hauchte sie mit seinem feuchten Atem an.

»Ich verstehe«, flüsterte er, lächelte und schloss die Augen, »wahre Herren möchten etwas Besonderes. Ich habe Jungen, wie der Neumond. Nur acht Dirhem die Nacht.«

»Verschwinde«, stieß der Wesir hervor, sich weiterhin weigernd, ihn anzusehen.

Der Mann verschwand rasch, während sie schweigend sitzen blieben.

»Hätte man ihn nicht verhaften sollen?«, fragte Chayyam.

»Was hätte man davon gehabt?«

»Wegen der Kinder.«

»Es sind entweder Waisen oder Kinder, die ihm die Eltern zuführen. Du hast doch Ibrahim gehört, in das, was von dem Städtchen übriggeblieben ist, sind alle Dörfer aus der Umgebung geströmt. Das, was von diesen Dörfern überlebt hat. Wovon leben all die Leute? Sie müssen überleben, bis zur nächsten Ernte oder bis sie irgendwo neues Vieh aufgetrieben haben. Wann wird das sein? Wie sollen sie sich bis dahin durchschlagen?«, fragte der Wesir sie beide oder einen Dritten, Abwesenden.

»Ich gehe schlafen«, log Chayyam.

Er wusste, dass er nicht einschlafen würde, aber er hatte das Bedürfnis, allein zu sein. Er hatte nichts mit sich abzumachen, ihn quälten keine übertrieben starken Gefühle, er konnte nur das Leben nicht mehr ertragen, auch keine Gespräche darüber. Wahrscheinlich hoffte er, das Schweigen werde ihn einhüllen und vor beidem schützen. Deshalb flüchtete er ins Bett und bemühte sich beharrlich, an einen Nachthimmel voller Sterne zu denken, an dem sich alles unendlich langsam und gleichmäßig bewegt, ohne Ausfälligkeiten, verborgene Gedanken und Betrug. Der Nachthimmel lügt und betrügt nicht, er verdient mit Sicherheit das Vertrauen, das ihm alle, die ihn kennengelernt haben, erweisen. Aber in dieser Nacht gelang ihm auch das nicht. Anschließend fragte er sich, ob Gleichungen mit mehr als drei Unbekannten möglich und im Rahmen der Algebra, wie er sie kannte, immer noch lösbar seien, aber auch in diese Überlegungen mischten sich ständig die Worte des Wesirs, die Bilder des vergangenen Tages, das Gesicht und der Atem des unbekannten Mannes aus der Herberge, aus irgendeinem Grund auch Recke Salm, der sicher nicht hierhergehörte. Irgendwann versank er in einen widerwärtigen Albtraum ohne Bilder, der ihn die ganze Nacht drückte und quälte.

Am nächsten Tag war es noch kalt, aber hell. Ein angenehmes gelbes Licht kam von der Sonne, die hartnäckig am Horizont blieb und am Rand des Himmels entlangrollte, dort, wo er den Boden berührt, statt dass sie aufgestiegen und über ihn gewandert wäre. Das hätte sie verwirren müssen, weil sich die Sonne nur im Winter so verhält, in einer kurzen Periode von zehn Tagen, wenn die Taghelle am kürzesten ist, doch jetzt war noch immer Herbst, und zwar jener gute, reife Herbst mit ziemlich langer Taghelle. Es schien sie dennoch nicht zu verwirren, falls sie das seltsame Verhalten der Sonne überhaupt bemerkt hatten.

Sie ritten ziemlich schnell, um den Tag zu nutzen und heute noch bis Sarachs zu kommen, was auch für einen langen Sommertag ein ziemlich weiter Weg war.

Am frühen Nachmittag sahen sie dichte große Schwärme, richtige Wolken großer dunkelbrauner Schmetterlinge, wüster und trister Schmetterlinge, die man kein zweites Mal sehen mag, und kurz danach verwesende Leichen. Sie hielten es für ein Glück, dass es so stark abgekühlt war, es erschwerte zwar den Weg, aber der Gestank so vieler Leichen hätte bei warmem Wetter unvorstellbar weit gereicht und wäre unerträglich gewesen. Etwas weiter weg begannen sich in die Schmetterlingswolken Fliegen zu mischen, wieder dichte Schwärme großer, geradezu riesiger Fliegen, die laut summten. War dieses Summen der Fliegen der erste Laut, den sie seit ihrem Aufbruch in Buzgan gehört hatten, die von ihnen produzierten Geräusche nicht eingerechnet?

Auf beiden Seiten der Straße erstreckte sich ein Wäldchen mit auseinandergerissenen Körpern auf den Bäumen. Sie hielten an und stiegen ab, um herauszufinden, worum es sich handelte und was die Teile menschlicher Körper auf den Bäumen zu suchen hatten. Warum gab es übrigens keine Geier, keine Adler, nicht einen großen Vogel? Wo waren sie?

Sobald sie abgestiegen waren, fielen die Schmetterlinge und Fliegen über sie her, gegen die man sich nicht wehren konnte. Es war nicht schwer zu erraten, was sich hier abgespielt hatte. Man hatte die Wipfel von zwei, drei oder vier Bäumen zueinander hingebogen und mit einem Seil verbunden, damit sie nebeneinander oder wenigstens möglichst nah beieinanderblieben. Dann hatte man den Körper des Opfers in die Krone hinaufgeschafft und die Beine und Arme an den Wipfeln der verschiedenen Bäume festgebunden. Wenn man das Seil durchschneidet, das die Wipfel zusammenhält, richten sich die Bäume jäh auf und zerreißen nebenbei den Körper des Opfers. Aber es war nicht klar, wer das getan hatte und warum. Wer war bereit, so viel Mühe darauf zu verwenden, unbekannte Menschen kurz zu quälen? Amil Ibrahim zeigte ihnen die Überreste eines reichen Dorfes, das in den Kämpfen zwischen den Räubern und der Armee vernichtet und dem Erdboden gleichgemacht worden war, aber er wusste nicht, wer es vernichtet hatte und warum. Demnach konnte er nicht wissen, wer die Menschen an die Baumwipfel gebunden hatte, auch nicht, wer noch immer auf den Bäumen hing, ob die Bewohner des zerstörten Dorfes oder irgendwelche anderen Leute.

Sie stiegen auf und ritten weiter, in der Hoffnung, sich so von den Schmetterlingen und Fliegen befreien zu können. Um die Trümmer am Fuß der einen oder anderen stehengebliebenen Mauer, mitten in den Gassen oder neben den wenigen verbliebenen Obstbäumen, überall, wo der Blick hinfiel, lagen Leichen, dieses Mal mit ziemlicher Sicherheit die ehemaligen Bewohner des Dorfes. Aber alle Leichen waren verstümmelt, ohne Kopf oder ohne Arm, in Stücke geschnitten oder gehackt, die dann umhergeworfen worden waren. Die Verstümmelung hatte offensichtlich stattgefunden, als die Menschen schon tot gewesen waren, weil aus den einzelnen Körperteilen, als sie abgeschnitten wurden, kein Tropfen Blut geflossen war, auch dort nicht, wohin man sie geworfen hatte. Es war klar, dass sie nicht beerdigt worden waren, wenn es niemanden gab, der das hätte tun können, nur lebendige Menschen können die Toten beerdigen, und hier gab es keine lebendigen Menschen mehr. Aber warum waren sie verstümmelt und geschändet worden? Wer hatte das nötig gehabt und warum?

Sie entfernten sich rasch vom Dorf. Dadurch entkamen sie gleichzeitig den Fliegen- und Schmetterlingswolken, so dass sie wieder frei atmen konnten. Die Entdeckung, dass die Welt stiller gewesen war, solange die Fliegen in ihr gesummt hatten, verwirrte sie, jetzt hörte man nichts, auch nicht das Summen, so dass sie diese Stille weniger wahrnahmen, als sie die summende wahrgenommen hatten. Sie holten Atem, atmeten ausgiebig ein und aus und verlangsamten ihr Tempo, um die Pferde nicht zu übermüden. Die niedrige Sonne verzerrte die Formen, machte sie schmäler und länger, so dass sie nicht einmal ungefähr wissen konnten, welche Tageszeit es war.

Chayyam entfuhr die Frage, die ihn schon seit gestern quälte, und sprach halblaut vor sich hin:

*Wie? Er zerschlüg den Krug, von Wut bethört,*
*Den er gemacht? – Wer hat das je gehört?*
*Die schönen Köpfe, Arme, zarte Händchen –*
*Wes' Liebe schuf? Wes' Hass hat sie zerstört?*

»Omar«, schrie der Wesir in ermahnendem Ton. »Du bist nicht der Einzige, dem schwer zumute ist, aber der Einzige, der dummes Zeug redet. Warum sollte dir das Erleichterung verschaffen?«

»Vergib.«

»Von mir aus gern, aber es ist nicht an mir, zu vergeben.«

Chayyam schwieg auf die Bemerkung des Wesirs, es hätte keinen Sinn gehabt, ihm jetzt zu erklären, dass die Bitte um Vergebung nicht an ihn gerichtet war. Und in seinem Geist formte sich gegen seinen Willen die Fortsetzung der Verse, die er kurz zuvor unabsichtlich ausgesprochen hatte. »Herr, erlaube mir bitte, Dich zu verstehen. Nein, vergib, ich weiß, dass ich Dich nicht verstehen noch begreifen kann, aber lass mich wenigstens glauben, dass gut ist, was Du uns beschieden hast. Ich weiß, Deine Welt ist gut, denn sie ist von Dir, aber es gelingt mir nicht zu glauben, und mein Herz ist unsagbar schwer. Ich schäme mich und fühle mich schuldig, kann weder verhindern noch rechtfertigen, noch verstehen … Und man muss leiden, Herr, schrecklich leiden. Warum?«

Man konnte noch gut sehen, als sie an den Stadtrand gelangten. Aus den Kellern zerstörter Häuser, aus Ruinen ohne Dach und eine ganze Wand, aus Erdlöchern und aus unbekannten Zufluchtsorten kamen Frauen unterschiedlicher Altersgruppen zum Vorschein und begannen allerhand zum Verkauf anzubieten. Eine bot eine Handvoll Kerne an, die sie weiß Gott wo aufgetrieben hatte, eine andere einen alten Kaftan. Eine bot ein ganzes und einwandfreies Fenster zum Verkauf an, eine andere einen gut erhaltenen Eimer, sie hielten auch eine Schaufel und einen zerrissenen Sattel und Rohwolle feil. All das und vieles mehr boten diese geschundenen, verängstigten und wahnsinnigen Frauen an. Das Gesicht des Wesirs erhellte sich, als er sie sah, aber er hielt nicht bei ihnen an und kaufte nichts. Während sie sich entfernten, stimmte eine Frau ein Lied an, und ein paar andere fielen ein, wohl darauf zählend, dass ihnen das Lied Erleichterung verschaffen würde. Chayyam war sicher, aus ihren Stimmen Hunger herauszuhören, und wunderte sich, wie sehr Hunger die menschliche Stimme veränderte.

»All das werden sie wiederaufbauen, wir müssen nur ein paar Hundert Männer finden und hierherschicken«, sagte der Wesir, noch immer strahlend, zu Chayyam. »Notiere, dass wir uns die Gefängnisse ansehen und die Leute, die sich um die Suppen- und Armenküchen scharen. All die kleinen Diebe, jungen Beutelschneider, jene, die ein bisschen betrügen, alle muss man hierherschicken, besser, ihre Frauen passen auf sie auf als der Staat.«

»Hast du die Absicht, sie diesen Frauen als Ehemänner zu schicken?!«, fragte Chayyam, und auf die bejahende Antwort des Wesirs fügte er, ohne seine Verwunderung zu verbergen, hinzu: »Da wirst du sie aber glücklich machen. Zu dem einen Unglück, das sie unlängst getroffen hat, schickst du ihnen ein neues, ein womöglich schlimmeres, weil es ein ganzes Leben lang dauern wird.«

»Der liebe Gott hat den Frauen das Leben zum Vermächtnis gegeben«, erwiderte der Wesir. »Das Menschengeschlecht existiert, solange die Frauen die Flamme des Lebens darin am Brennen halten. Verhüte Gott, dass sie ermüden oder davon ablassen! Deshalb will eine normale Frau lieber mit einem Dieb und Faulenzer ein Kind haben und sich quälen, als allein in Saus und Braus leben. Sie trägt eine schwere Last, oft muss sie auch ihren Mann schleppen, wie sie ihr Kind schleppt, aber dass sie das Vermächtnis erfüllt hat, erleuchtet und erfreut sie im Innern.«

Durch die zertrümmerten Wände eines ehemals großen und schönen Hauses, an dem sie vorbeikamen, sah man auch das Innere, einige Zimmer, zum Teil noch möbliert, und im Hintergrund konnte man auch einen Garten erkennen. Das launische Spiel von Vernichtung und Fortbestand, das dieses Haus zerstört und dabei zahlreiche Teile von ihm in einer Form bewahrt hatte, die das Leben in ihm offenbarte und im Gedächtnis behielt, fesselte Chayyams Blick. Er dachte, dass Häuser wie dieses, in denen große Teile unangetastet blieben, besonders zerstört waren, mehr als jene, die in Schutt und Asche lagen, weil das, was erhalten geblieben war, die Zerstörung viel deutlicher zeigte. Wer ein solches Haus betrachtet, sieht die Zerstörung mit den Augen und fühlt sie mit der Haut, während er bei einem völligen Trümmerhaufen nur schließt, dass da nichts mehr ist. Dann drang sein Blick ganz hinein, bis zum Garten, und er sah neben einem Strauch eine Leiche in einer völlig ungewöhnlichen Stellung. Er stieg ab und ging in den Garten durch ein Tor, das noch heil und ganz dastand, als verspottete es das eigene Haus.

Neben einem Jasmin lag eine Männerleiche, in einer auch für Leichen unnatürlichen Stellung, wie man schon von der Straße aus gesehen hatte – auf der rechten Seite, den Körper um etwas gebogen und gekrampft. Erst als er ganz nah herantrat, sah er, dass es sich um einen Mann handelte, der von hinten durchbohrt worden war, während er sich bemüht hatte, mit seinem Körper ein Mädchen zu schützen, das sich an seine Brust geschmiegt und ihn mit den Armen umhalst hatte. Er setzte sich neben sie, eigentlich sank er nieder, und spürte, wie die Kälte in seine Knochen kroch und die Dunkelheit sich auf seine Augen legte. Er wusste, wie es sich anfühlt, wenn ein kleines Mädchen sich an die Brust eines Mannes schmiegt und ihn mit den Armen umhalst, schon seit einigen Jahren brachte ihm das Freuden, wie er sie auf dieser Welt nicht einmal hatte erahnen können. Er wusste auch, wie sich das kleine Mädchen gefühlt hatte, ihm war das unermessliche, absolute Vertrauen, das so ein Mädchen zu seinem großen Vater hat, gut bekannt. Und er wusste, dass sich dem Vater in solchen Augenblicken Dinge offenbaren, die er nur so kennenlernen kann, er wusste, dass er nie zuvor, eigentlich niemals außer in solchen Augenblicken, so klar und deutlich wusste, dass das Leben gut ist.

Und dann hatte er seine kleine Tochter mit seinem Körper erstickt und vor dem Säbel geschützt. Hatte sie sich gewundert? Oder wenigstens daran gedacht, die Arme von seinem Hals zu nehmen und unter dem Körper, der sie schützte, herauszuschlüpfen?

Seiner Brust entfuhr ein Schrei, dann legte er sich auf die Erde und krampfte sich zusammen wie ein Fötus. Schreckliche Schmerzen zerrissen ihm buchstäblich den Bauch und den Rachen, Schluchzer drückten die Kehle und die Zunge stark nach oben, und die schmerzhafte Kälte verwandelte seine Eingeweide in Eis. Wenn er sich jetzt bewegt hätte, schien ihm, wäre er wie ein Eiszapfen gebrochen. Aber er musste sich auf die Knie aufrichten, damit ihn die Schluchzer nicht mit seiner eigenen Zunge erstickten.

»Mein Herr, warum hast Du mir gegeben, Vater zu sein, wenn ich nichts vermag? Warum hast Du ihr das blinde Vertrauen in mich gegeben? Warum hast Du mir diese Freude gegeben? Warum hast Du gegeben, dass ich mich für meine menschliche Natur, für meine Leute und Deine Welt schäme, mir aber nicht die Kraft gegeben, irgendetwas zu tun. Wenigstens aufzuhalten, wenigstens zu verstehen. Gib mir wenigstens, dass ich nichts weiß und nichts sehe, wenn Du mir schon nicht den Glauben gibst, dass es gut ist. Warum gibst

Du ihn mir nicht?« Gott weiß, wie viele solche Gedanken ihm durch den Kopf schossen, schmerzhaft, als schnitten sie ihm das Gehirn durch. Waren das überhaupt Gedanken oder Schreie? War irgendetwas davon in Worte gefasst oder fasste er seine Schreie später wie Gebete in Worte?

War das schon das Ende des Tages, oder hatte ihn nur die Dunkelheit überflutet?

»Was ist los mit dir, dein Gesicht ist ja ganz geschwollen«, fragte ihn Nizam al-Mulk verwundert, als sich Chayyam zum Abendessen zu ihm gesellte.

»In dem Haus, wo ich geblieben bin, im Garten, ein toter Mann mit einem kleinen Mädchen in den Armen, so groß«, stotterte Chayyam. Wobei er fürchtete und zugleich hoffte, in Tränen auszubrechen, denn er wusste gut, dass ihm ein paar Tränen jetzt Erleichterung verschaffen würden.

»Ja, das Unheil ereilt einen fast immer durch die Neugier«, folgerte der Wesir. »Man soll nicht einmal dorthin spähen, wohin du gerufen worden bist, geschweige denn dorthin, wo dich keiner gerufen hat.«

Der Abend rückte vor, aber Chayyam rührte das Essen nicht an (es hätte ihn umgebracht, schien ihm, wenn er nur einen Bissen in den Mund gesteckt hätte), und es gelang ihm nicht, sich in das Gespräch einzuschalten. Bald fiel er dem Gesprächspartner wie ein Mondsüchtiger ins Wort, bald überhörte er eine dreimal wiederholte Frage, und dann vergaß er mitten im Satz, worüber er sprach, und verlor sich.

»Geh ins Zimmer, Omar«, sagte der Wesir irgendwann. »Stelle den Befehl aus, dass man euch an jeder Station schnelle Postpferde gibt. Nimm drei zuverlässige, gute Männer und mach dich morgen, sobald du aufgestanden bist, nach Isfahan auf. Küsse sie auch von mir, wenn du nach Hause kommst, so Gott will.«

»Und du? Das haben wir …«

»Ich komme auch ohne dich zurecht. Geh.«

## *Geschichte des Verrats*

Chayyam kam wütend und zugleich traurig nach Hause. Er beklagte sich bei Sukayna, dass seine Freundschaft mit Abu Said wahrscheinlich beendet sei, weil er seinen Freund in einem Wutanfall wie ein Stiefkind beschimpft und ihm nebenbei ein paar unangenehme Dinge an den Kopf geworfen hatte, von der Art, wie sie niemand gerne hört. Und das auch noch vor Zeugen.

»Er hält mich entweder für minderbemittelt oder für minderjährig oder für beides«, beendete Chayyam bitter sein Bekenntnis. »So konnte das nicht weitergehen.«

»Versündige dich nicht, Omar, ich kenne keinen, der dich für minderbemittelt hält, und keinen, der dich so versteht und liebt wie Abu Said«, wandte Sukayna ein, dann schlug sie ihm vor, den ganzen Fall zu erzählen.

Sie hatten bei Basurmedschid gesessen und sich über alles und nichts unterhalten, wie man sich eben unterhält, wenn sich an einem Ort ein paar unterschiedliche Leute treffen, die miteinander verkehren und oft zusammen sein wollen, ohne einander zu etwas zu verpflichten. Das Gespräch kam auf Hassan-i Sabbah, der laut Gerüchten angeblich wieder im Land war, und da begannen sich, als Hassans Name zum ersten Mal fiel, zwei Männer vom Nebentisch im Erzählen von Unsinn über Hassan zu überbieten (wenn nicht gerade sie es gewesen waren, die das Gespräch auf ihn gebracht hatten). Hassan hatte ihren Geschichten zufolge in al-Kaheri hohe Funktionen erlangt, weil er beim fatimidischen Kalifen, von Beginn an, kaum dass er dort war, großes Ansehen genossen und in hohen Gnaden gestanden hatte. Aber er war uneins und zerstritt sich dann auch mit dem Kalifen, als dieser seinen jüngeren Sohn zu seinem Nachfolger bestimmte, obwohl

Gesetz und Tradition verlangen, dass der älteste Sohn dem Vater nachfolgt. Hassans Konflikt mit dem Kalifen spitzte sich so zu, dass er aus den hohen Gnaden und höchsten Funktionen in Ungnade fiel und am Ende ins Gefängnis geworfen wurde, zusammen mit dem Sohn des Kalifen, für den er sich eingesetzt hatte. Da die Anhänger des betrogenen Sohnes ständig an Zahl zunahmen, denn Hassan verstand es, auch aus dem Gefängnis heraus Propaganda zu machen, beschloss der Kalif, beide umzubringen. Aber auch das glückte ihm nicht, weil ein paar Tage vor der geplanten Hinrichtung der Turm, in dem sie eingekerkert waren, ganz von selbst einstürzte und die Eingekerkerten befreite. Hassan begab sich von dort aus sofort nach Al Iskandariya, ohne sich zu vergewissern, ob die Neigung seines ehemaligen Gönners zu ihm zurückgekehrt war und ob der Kalif zur Vernunft gekommen und bereit war, die Gesetze und die Tradition zu achten.

Ein noch größeres Wunder geschah einige Monate später. Hassan befand sich auf einem Schiff, fuhr von Al Iskandariya nach Said, und am dritten Tag der Reise suchte sie ein schreckliches Unwetter heim. Der Wind spielte mit dem Schiff wie ein Kind mit seiner Rassel, die Wellen übertrafen an Höhe jeden Berg, den menschliche Augen gesehen hatten, und warfen das Schiff umher wie eine Katze ein Knäuel Garn oder eine Nussschale, mit der sie zu spielen angefangen hat, so dass der Kapitän und der Steuermann irgendwann den Versuch aufgaben, das Schiff zu steuern und etwas zu ihrer eigenen und der Rettung ihrer Passagiere zu tun. Die Passagiere erbrachen sich, weinten und suchten etwas zum Festhalten, weil das tobende Schiff sie auf dem Boden hin und her warf und wälzte, so wie die Wellen dieses hin und her warfen und wälzten, als rächte es sich an den armen Passagieren für sein Schicksal. Das Schiff prallte zurück, als bräche es in diesem Augenblick auseinander, schoss in die Höhe und stürzte hinab, hüpfte und tauchte unter, so dass jeder Passagier am eigenen Leib erfahren konnte, wie es der Spreu im Wind ergeht. Einzig Hassan stand ruhig am Bug, an die Reling gelehnt, und betete. Als der Kapitän ihn sah, schrie er ihn an und wollte ihn in den Schiffsbauch jagen, weil ihn sonst ein Windstoß mitnehmen oder eine etwas größere Welle mitreißen und mit ihm die Fische füttern werde. Hassan winkte mit der Hand ab und entgegnete, dieses Mal werde weder ihm noch dem Schiff etwas Schlimmes zustoßen, dann hob er sein Gesicht wieder zum Himmel und betete weiter. »Wie kannst du so sicher sein?!«, fragte der Kapitän, gleichzeitig wütend und hoffnungsvoll, und Hassan antwortete, sein Gebet habe es ihm gesagt, denn er habe gefühlt, dass es erhört worden sei. Und wirklich, der Sturm entfernte sich rasch, und das Wetter beruhigte sich, so dass das Schiff seine Fahrt fortsetzte. Beim Kontrollgang stellte der Kapitän zu seiner großen Überraschung fest, dass das Schiff nicht einmal ernstere Schäden davongetragen hatte. Zwei Tage später legten sie in Said an, und Hassan verabschiedete sich von der Besatzung und den Mitreisenden, die in ihm fast einen Heiligen sahen.

Chayyams Gesicht strahlte, und er brach in fröhliches Lachen aus.

»Das ist gut«, sagte er zu den Leuten um sich herum, »ich wusste, dass er gut ist, aber das übertrifft meine Erwartungen.«

»Was redest du da, worum geht es?«, fragte einer der Leute vom Nachbartisch, vielleicht gerade der, welcher von der Reise erzählt hatte.

»Ich weiß nicht, worum es geht, ich hab's vergessen«, quälte sich Chayyyam mit dem Versuch, sich zu erinnern. »Es hat einen Namen in der Logik, aber wie zum Trotz fällt es mir jetzt nicht ein. Weißt du, es geht darum, dass du das Recht hast zu behaupten, was du willst, wenn es keinen Weg gibt, deine Behauptungen zu bestätigen oder zu widerlegen.

Verstehst du? Wenn man nicht beweisen kann, dass du unrecht hast, hast du das Recht, dich zu verhalten, als hättest du recht. Das ist ein ausgezeichneter logischer Trick, aber nur wenige probieren ihn aus, das ist nicht einfach. Und man braucht auch eine entsprechende Situation.«

»Wovon redest du, verdammt noch mal?!«

»Von Hassan! Ist er nicht wunderbar?«, sagte Chayyam stolz. »Aber auch die Situation ist ihm sehr gelegen gekommen. Alles deutet auf den unvermeidlichen Untergang hin, doch er behauptet, alles werde gut. Alle denken, er ist verrückt, doch er ist lediglich ein guter Logiker, weil er weiß, dass man ihn nicht widerlegen kann. Wenn sie tatsächlich gerettet werden, hat er recht gehabt, und wenn sich erweist, dass er unrecht gehabt hat, wird es niemanden geben, ihm das zu sagen, es wird auch keine Zeugen geben, dass er etwas Falsches behauptet hat.«

»Was redet der Mann da?«, wunderte sich einer der beiden.

»Dummes Zeug«, antwortete ihm der andere.

»Beruhige dich, Hakim, das ist kein Gespräch für uns«, mischte sich Abu Said ein und begann ihn wie ein Kind zu beschwichtigen, indem er ihm mit den Fingerspitzen auf den rechten Arm trommelte.

»Ich bin ruhig, ich hab mich nur wegen Hassan gefreut, falls diese Geschichte überhaupt wahr ist«, erwiderte Chayyam.

»Du denkst, ich habe sie erfunden?!«

»Ich denke nicht, dass du sie erfunden hast, hundertmal habe ich sie gelesen, wieso hättest du erfinden sollen, was allgemein bekannt ist?«

»Willst du sagen, dass ich ein Lügner bin?!«

»Nein, Mann, ich sage nur, dass jemand die Geschichte irgendwo gelesen haben kann und du sie dann von ihm als Bericht über das Ereignis gehört hast. Vielleicht war es auch nicht so, das interessiert mich nicht, ist mir egal«, erklärte Chayyam unbeirrt. »Mir gefällt sie, ich finde sie gut. Wenn es passiert ist, freut es mich, dass Hassan sich gerettet hat, wenn es nicht passiert ist, sondern er es erfunden hat, freut es mich, dass er solche Fortschritte in der Logik gemacht hat, wenn nicht er sie als Erster erzählt hat, sondern ein anderer, freut es mich wiederum, weil es nie genug gute Geschichten geben kann. Es ist mir egal, sage ich dir!«

»Da gibt's kein ›Es ist mir egal‹. Wenn du behauptest, dass hier jemand Geschichten erfindet, musst du sagen, wer sie erfindet und warum«, schrie der Mann vom Nachbartisch.

»Ich hab nicht einmal von der Geschichte mit dem Schiff gesagt, dass sie erfunden ist«, bemühte sich Chayyam geduldig, die Dinge zu klären, »vielleicht ist das wirklich passiert. Ich behaupte nicht einmal, dass die erste, die mit dem Turm, erfunden ist, obwohl sicher nicht das passiert ist, was darin erzählt wird.«

»Denk mit dem Kopf und nicht mit der Zunge, Hakim, ich bitte dich«, schrie Abu Said.

»Was heißt da, es ist nicht passiert?! Wie kannst du das wissen?! Warst du dabei?«

»Das brauche ich nicht, um es zu wissen. Es gibt drei logisch annehmbare Gründe, dass ein Turm einstürzt«, begann Chayyam zu erklären, immer noch bemüht, sich mit den erregten Leuten vom Nachbartisch zu verständigen. »Einer ist ein Erdbeben, aber dieser Grund kommt in diesem Fall nicht in Betracht, weil es in Ägypten keine Erdbeben gibt, dort stehen noch tausendundein Jahr vor der Offenbarung des Glaubens errichtete Bauwerke unversehrt da. Der zweite mögliche Grund ist das Alter des Bauwerks, aber auch der kommt in diesem Fall nicht in Betracht, weil ganz al-Kaheri neu ist, errichtet haben es sozusagen gestern die fatimidischen Kalifen. Der dritte mögliche Grund ist Pfusch am Bau, wenn die Handwerker weniger einbauen als notwendig ist, oder schlechteres Material verwenden, welches das Gewicht des Bauwerks nicht tragen kann. Aber auch das kommt kaum in Betracht, es gibt keine Macht, die beim Bau von Gefängnissen und Kerkern sparen oder betrügen würde, da gibt man acht und vergewissert sich und macht den Beutel auf. Deshalb ist es unmöglich oder kaum möglich, dass sich das, wovon eure Geschichte erzählt, zugetragen hat. Aber ich behaupte nicht, dass ihr sie erfunden habt, ich behaupte nicht einmal, dass sie überhaupt erfunden ist, schon gar nicht, dass sie erlogen ist, ich sage nur, dass sich das nicht … Und natürlich stört es mich nicht, wenn ihr sie erzählt, welcher normale Mensch würde eine Geschichte von einer wundersamen Befreiung nicht verbreiten, die Leute mögen solche Sachen, sie brauchen sie. Ist euch jetzt klar, was ich sage? Ich weiß wirklich nicht, wie ich euch anders erklären …«

»Ein solcher Narr bei so viel Wissen!, du bist ein einzigartiger Fall, Omar«, rief Abu Said besorgt aus, der mit den Augen auf die zwei grün gewordenen Gesichter am Nebentisch wies, seinen Freund am Ärmel ziehend aufforderte, mit ihm wegzugehen.

Das alles war etwas zu viel für Chayyam. Er hatte einfach keine Lust mehr, Leuten, die offensichtlich nicht verstehen wollten, etwas zu erklären, sich für Dinge zu rechtfertigen, die er weder gesagt noch getan hatte, und so schrie er seinen Freund an, bemüht, ihm nun alles zu sagen, was er in den Jahren ihrer Freundschaft verschwiegen hatte. Und da hatte sich so einiges angesammelt.

Sukayna hörte sich das Bekenntnis ihres Mannes an, blieb aber stumm, was nicht eben oft geschah. Daher hob Chayyam seinen Blick zu ihr und ihrem bestürzten Gesicht.

»Ist das denn die Möglichkeit?!«, stöhnte Sukayna schließlich auf. »Das hat man bei Basurmedschid erzählt?«

»Ja«, bestätigte Chayyam zunächst, um sich dann doch zu vergewissern. »Was? Woran denkst du?«

»An das mit dem Turm und dem Schiff. Das hast du heute gehört?«

»Ja sicher, aber glaub mir, das ist dummes Zeug, die Leute brauchen Wunder und erzählen darum solche Sachen, das ist bestimmt kein Grund, eine ernste Freundschaft abzubrechen.«

»Als ich dir zuhörte, kamen mir die beiden Geschichten von irgendwoher bekannt vor. Aber gerade eben habe ich mich erinnert, wann und wo ich sie zum ersten Mal gehört habe, und kann mich einfach nicht fassen«, wunderte sich Sukayna noch immer und versetzte dann auch ihren Mann in großes Erstaunen.

Im letzten Winter war sie bei Zeyneba, der Frau des Großwesirs Nizam al-Mulk, zu Besuch gewesen. Plötzlich war im Zimmer ohne Ankündigung der Wesir mit einem Mann aufgetaucht, worauf sich die beiden Frauen hinter eine chinesische Wand zurückgezogen und ihr Gespräch fortgesetzt hatten. Der Wesir und der Unbekannte unterhielten sich lange, machten Pläne und trafen Absprachen, aber als der Name von Chayyams Freund Hassan-i Sabbah fiel, fing sie an zu lauschen und hörte unter anderem die beiden Geschichten von Hassans Heldentaten. Der Unbekannte sagte, das sei gut und er werde sich darum kümmern, und sie wunderte sich, dass der Wesir so vertraulich von den Heldentaten eines Mannes erzählte, den er verfolgte und verhaften sollte, und zwar so von ihm erzählte, während er im Ausland war und gegen seine Herrschaft arbeitete. Bald darauf gingen die beiden weg, aber sie und Zeyneba blieben hinter der chinesischen Wand, wo sie es richtig schön hatten. Da erzählte ihr Zeyneba, der Wesir, der Arme, bespreche in letzter Zeit wichtige Angelegenheiten oft und allzu oft in ihrem Zimmer, eigentlich immer, wenn er es wegen schlechten Wetters nicht im Garten tun könne, weil er überzeugt sei, dass man ihn im ganzen Haus, außer hier, bespitzle und belausche. Das hier sei sicher etwas Wichtiges gewesen, weil er mit Suhrab gesprochen habe, dem Leiter der Post und aller möglichen anderen Institutionen.

Sukayna und ihr Mann unterhielten sich ziemlich lange über das seltsame Zusammentreffen, ohne dass sie dahinterkamen, worum es sich handelte. Wie waren die Geschichten, die sich der Großwesir und Suhrab letzten Winter im Vertrauen erzählt hatten, zu Basurmedschid gelangt? Wieso waren sie dorthin gelangt, und wo waren sie bis dahin gewesen? Klar war auf jeden Fall, dass die Dinge hier nicht einfach waren. Klar war auch, dass Abu Said das geahnt und deshalb versucht hatte, seinen Freund Chayyam zum Schweigen zu bringen, bevor er etwas Schlimmes anrichtete, weil er sich in das Gespräch gestürzt hatte, als hätte er seit langem Unheil gesucht und sich geradezu danach gesehnt. Und sicher hätte er schreckliches Unheil erlitten, wenn Abu Said ihn nicht verärgert und dadurch gerettet hätte, indem er ihn aus dem Kaffeehaus jagte, mächtige Männer erfinden keine Geschichten, um jemanden mit ihnen zu unterhalten. Wer waren übrigens die zwei zufälligen Reisenden, welche die Geschichten von Hassans Heldentaten mitgebracht hatten?

»Ganz gleich, wie es war, du hast dich herausgewunden«, seufzte Sukayna und lächelte dann, »eigentlich hat dir Prinz Seydo herausgeholfen, wie schon mehrere Male. Im Ernst, ich hoffe, dein Hassan taucht nicht mehr in unserem Leben auf, darum bete ich aufrichtig zu Gott.«

Die Besorgnis in ihrer Stimme war nicht zu überhören.

Geschichten über Hassan und seine Heldentaten machten weiterhin die Runde. Etwa einen Monat nach dem schrecklichen Streit zwischen Chayyam und Abu Said wurde die Geschichte verbreitet, Hassan habe eine Gruppe besonders mutiger und gewandter Burschen, hauptsächlich Ismailiten, um sich geschart, die er zu vollkommenen Mördern auszubilden gedenke. Er habe bereits Derwische und indische Lehrer gefunden, die seinen Burschen beibringen würden, ihren inneren Körper und seine Organe zu beherrschen. So wüssten sie bereits oder würden bald lernen, wie man die Atmung kontrolliere, das Schmerzgefühl blockiere, seinen Körper und Willen so beherrsche, dass sie einschlafen und aufwachen, in Ohnmacht fallen und wieder zu Bewusstsein kommen könnten, wenn sie es selbst entschieden. Überall meldeten sich Zeugen, die gesehen hatten, wie Hassans Burschen ohne Spuren des Schmerzes auf dem Gesicht barfuß über glühende Kohlen gingen, sich mit Dolchen stachen, ohne Schmerz zu zeigen, und die Blutung auf das geringste Maß reduzierten, ihren Atem anhielten, bis sie in Ohnmacht fielen, und sich einen halben Meter über den Boden erhoben. Was für eine vollkommene Waffe würden sie sein, wenn die Ausbildung beendet wäre! Wer würde sie aufhalten und wie?! Einem dieser Zeugen hatte Hassan zwei Grundsätze seiner Schule anvertraut. Der erste war, dass die Welt aus dem Geist geboren sei, deshalb könne ein Mensch, der seinen Geist entwickelt und kennengelernt habe, seinen Körper, der dem Geist untergeordnet sei, weil er jünger und aus ihm hervorgegangen sei, völlig beherrschen und in ein einwandfreies Instrument des Willens verwandeln. Der zweite Grundsatz war, dass sich der Geist allein dem freien Menschen öffne, man könne ihn nur in Freiheit kennenlernen und entwickeln, doch der Mensch könne nicht frei sein, solange er die Angst vor dem Tod nicht überwunden habe. Deshalb überzeuge er, Hassan, seine Burschen zuerst davon, dass sie nichts zu fürchten hätten, weil der sogenannte Tod lediglich die eingekerkerte Seele aus dem Gefängnis des Körpers befreie. Und wenn sie es glaubten, wenn sie begriffen, dass es wirklich so sei, würden sie zu freien Menschen, denen niemand mehr etwas anhaben könne.

Besonders beliebt war die Geschichte, wie Hassan einen Exerzierplatz für seine Burschen gesichert hatte. Weil auch ein freier Mensch, ganz gleich wie gut er seinen Körper beherrscht, dem Körper beibringen muss, das auszuführen, was er beschlossen hat, traten nach den Derwischen und indischen Lehrern, die den Geist befreit hatten, Ringer und Fechter, Schützen und Messerkämpfer, Speer- und Netzwerfer auf den Plan. Und diesen genügte ein abgeschiedenes Zimmer in einem Haus oder einer Herberge nicht. Daher beschloss Hassan, die Festung Alamut im Elburs-Gebirge einzunehmen, ein wahres Adlernest, in dem seine Burschen alle Kampfformen lernen konnten, aber auch, wie man eine Felswand hinauf- und hinunterklettert, einen Gebirgsbach bezwingt und seine Kraft nutzt, um die eigene zu schonen, den Vogelflug liest und ihm entnimmt, wie das Wetter wird, was in der Ferne geschieht und andere Dinge, die man aus ihm erkennen kann. Aber wie hatte der weise Hassan die Festung erobert!?

In einem unverbindlichen Gespräch hatte er dem Befehlshaber wie nebenbei 3000 Golddinar für so viel Land angeboten, wie er mit einer Ochsenhaut kennzeichnen könne. Dem Befehlshaber gefiel die Möglichkeit, viel Geld für nichts zu verdienen, und drängte darauf, einen Vertrag abzuschließen, worauf Hassan zu zögern, zu zaudern und sich herauszureden begann, als hätte er erst da begriffen, was für eine Dummheit er begangen hatte. Schließlich sah er ein, dass er sich nicht mehr herauswinden konnte, ohne sein Wort zu brechen, und so riefen sie Zeugen und schlossen einen Vertrag ab. Dann nahm Hassan eine Ochsenhaut, zerschnitt sie in dünne Streifen, die er aneinanderband, befestigte das Band an einer Stelle der Festungsmauer und begann es abzuwickeln, indem er an der Mauer entlangging. Er kehrte an die Stelle zurück, von der er aufgebrochen war und an der er das Band befestigt hatte, nachdem er also die ganze Festung umfasst hatte. Dem bestürzten Befehlshaber, der sich nicht damit abfinden konnte, dass das, was versprochen hatte das Geschäft seines Lebens zu werden, ihm einen totalen Verlust und Schande einbrachte, der sich empörte und weigerte, die

Festung und Stellung zu übergeben, zeigte Hassan, dass im Vertrag »kennzeichnen« und nicht »bedecken« stand. Er hatte mit der Ochsenhaut die ganze Festung umfasst, demnach auch gekennzeichnet, und sie war nun sein.

Obwohl er die Geschichte von der Einnahme der Festung Alamut mehrmals in verschiedenen Gesellschaften hörte, versuchte Chayyam, wohl belehrt durch jene Erfahrung bei Basurmedschid, erst gar nicht, irgendjemanden darauf hinzuweisen, dass es sich hier um eine uralte und volkstümliche Geschichte handelte, die nichts mit einem wirklichen Ereignis zu tun haben musste. Und er tat gut daran, weil er sich bald persönlich davon überzeugen konnte, dass das, wovon die Geschichte erzählte, tatsächlich passiert war, wenn auch nicht buchstäblich wie in der Geschichte. Chayyam war beim Großwesir, der wissen wollte, was für ein Wetter in den kommenden paar Tagen zu erwarten war, weil der Sultan auf die Jagd gehen wollte. Chayyam erklärte seinem Freund gerade, wie und warum man durch die Beobachtung der Sterne das Wetter in der nächsten Zeit vorhersehen kann, als ein Diener eintrat und meldete, dass Ali Mahdi bitte, empfangen zu werden. Der Wesir zögerte, sah Chayyam an, ließ Ali Mahdi aber hereinbitten.

Herein kam ein großer, sehniger, ganz abgezehrter Mann mit dunkler Haut, der sich ungelenk verneigte und dann reglos stehenblieb.

»Sprich, Mahdi«, ermutigte ihn der Wesir, weil jener offensichtlich nicht beabsichtigte, als Erster das Schweigen zu brechen.

»Es gibt nichts, Sahib.«

»Was heißt da, es gibt nichts? Ist alles in Ordnung? Wahrscheinlich bist du gekommen, um zu sagen, dass du die Aufgabe erledigt hast oder dass du es nicht getan hast, weil etwas Unvorhergesehenes dazwischengekommen ist.«

»Ich habe alles gemacht, wie du gesagt hast. Da waren ein

paar Hitzköpfe in der Mannschaft, ihnen habe ich Aufgaben außerhalb der Festung zugeteilt, ich hatte Angst, dass sie Probleme machen könnten. Als er kam und alles gesagt hat, was notwendig war, um ihn zu erkennen, habe ich ihm die Festung übergeben. Aber trotzdem weiß ich nicht, ob alles in Ordnung ist, darum stehe ich ja wie ein Verurteilter da, Gott bewahre.«

»Wie das?«, wurde der Wesir schon nervös.

»Als ich aufgebrochen bin, hat er mir das hier gegeben, mit der Bemerkung, dass ich Familie habe und mir ein bisschen Geld willkommen sein kann«, antwortete Mahdi und reichte dem Wesir ein kleines und nicht gerade sorgfältig gefaltetes Blatt Papier.

»An Zarif Zardari, in Isfahan,
Selam.

An Ali Mahdi, der dieses hier überbringt, sind 3000
Golddinar für gute Dienste auszuzahlen.
Ich bezeuge, dass es keinen Gott gibt außer Gott und
dass Muhammed Sein Gesandter ist.

Hassan-i Sabbah«

Was der Wesir zuerst leise, dann laut las, als wollte er sich vergewissern, dass er es wirklich las, war auf ein Stück Papier geschrieben, das offensichtlich nachlässig von einem größeren Stück abgerissen worden war, und zwar in der Handschrift von Hassan, das hatte der Wesir auf den ersten Blick erkannt.

»Was ist denn das?«, fragte der Wesir bestürzt.

»Wie soll ich das wissen?! Er hat mir nur gesagt, dass dieser Zardari am Hof ist und ich ihn ohne Angst um mein Leben aufsuchen kann.«

»Geh zu ihm, und komm dann zurück, das ist der einzige

Weg zu erfahren, worum es hier geht«, entschied der Wesir nach kurzem Nachdenken.

Sein Diener brachte den verwirrten Gast zu Zarif Zardari und kurz danach zurück zum Wesir, um 3000 Golddinar reicher, die ihm Zardari wortlos ausgezahlt hatte, als hätte er einen Erlass des Sultans erhalten und nicht das Gekritzel eines Flüchtlings. Der Wesir konnte nicht verbergen, wie verwirrt und besorgt er war, er wollte auch Chayyams Meinung hören und weihte ihn kurz in die Angelegenheit ein. Ali Mahdi war der Befehlshaber der Festung Alamut, die er einer Vereinbarung entsprechend an Hassan übergab. Hassans Todfeinde, die ihn auch vom Hof verjagt hatten, waren die Anführer der Strömung, der Zarif Zardari angehörte. Wie kam es, dass Hassan Zardari jetzt solche Anordnungen erteilte und dieser sie ausführte wie eine heilige Pflicht?

Chayyam meinte, Hassan habe dem Wesir mit dem ganzen Spiel etwas mitteilen wollen und der Wesir werde vielleicht alles verstehen, wenn er herausbekomme, was ihm Hassan mitteile. Aber dann nutzte er die Gelegenheit, Mahdi zu fragen, wie viel Wahres an der Geschichte von der Ochsenhaut sei.

»Ich bin Soldat, du Sklave Gottes, Spiele und Nichtstuerei sind nichts für mich«, antwortete Mahdi, ihn bestürzt ansehend, und wies auf sich, als müsste es einem Menschen, der ihn nur einmal anschaute, klar sein, dass er nichts, aber rein gar nichts mit Dingen wie Spielen und Nichtstuerei zu tun haben konnte.

»Du bist mir von großem Nutzen!«, hielt der Wesir Chayyam vor, entließ Mahdi und schickte nach Suhrab mit der Botschaft, sich dringend mit ihm in seinem Garten zu treffen.

»Hast du den Verstand verloren, dich bei einem alten Soldaten nach Geschichten zu erkundigen!?«, warf er Chayyam vor, während sie zum Springbrunnen in seinem Garten gingen.

»Man erzählt …«

»Soll man erzählen, das hat mit dir nichts zu tun!«, schnitt ihm der Wesir das Wort ab, aber an allem war deutlich zu erkennen, dass nicht er es war, der tobte, sondern seine Sorgen und seine Verwirrung. »Du hast recht, er teilt mir etwas mit, aber was und warum?«

Sich mit dem Wesir im Garten zu treffen, war das, was Suhrab sicherlich am wenigsten mochte, weil er dann umhergehen musste, daraus hatte er nie einen Hehl gemacht und sich die Treffen erleichtert, indem er wenigstens laut darüber geklagt hatte. Dieses Mal ließ ihn der Wesir nicht aussprechen, was er alles über die Gefahren des Gehens für die körperliche und vor allem geistige Gesundheit eines anständigen Menschen wusste, sondern erzählte ihm ohne Umschweife, was gerade vorgefallen war. Er erinnerte ihn an Hassans Beziehung zu Zardari und die ganze Strömung um Turkan Chatun, informierte ihn über Chayyams Vermutung, dass Hassan damit gerechnet habe, dass Mahdi den Wesir aufsuchen werde, dass er also mit jenem Brieflein an Zardari dem Wesir etwas habe mitteilen wollen, und am Ende stampfte er mit dem Fuß auf und stieß hervor, er könne nicht vernünftig bleiben, müsse es aber.

»Eins ist sicher, Herr«, seufzte Suhrab. »3000 Golddinar – das ist ein Haufen Geld für einen armen Soldaten, dieses Geschäft hat sich für Mahdi gelohnt.«

»Ich brauche deine Scherze nicht!«, fuhr ihn der Wesir an.

»Ich scherze nicht, das ist ernst. Gelangt die Nachricht, wie sich Hassan um ihn gekümmert hat, zu den Leuten, kommt auch die Botschaft zu ihnen, dass Hassan ihr Mann ist. So viel ist sicher. Den Rest müssen wir raten, solange wir das Rätsel nicht gelöst haben.«

Sie gingen langsam genug, dass Suhrab nicht außer Atem kam, wobei es dem Wesir kaum gelang, seine Ungeduld zu verbergen.

»Dein Günstling hat so viele Wunder vollbracht, dass wir uns nicht wundern sollten, wenn er auch das Wunder des Verrats vollbracht hätte«, ließ sich Suhrab nach langem Schweigen wie nebenbei vernehmen und erwog in Gedanken weiterhin verschiedene Möglichkeiten. »Wir sind Menschen, Herr, zu allem sind wir fähig, und er ist ein wenig menschlicher, das wissen wir schon lange.«

»Aber warum?! Sie haben ihm doch nach dem Leben getrachtet!«

»Zum Beispiel darum«, erwiderte Suhrab ruhig. »Warum sollte er dich für sich gewinnen, wo ihr sowieso miteinander verbunden und fast Freunde seid? Vielleicht hat er dir den armen Soldaten auch geschickt, um dir mitzuteilen, dass ihr für ihn jetzt alle gleich seid, weil er angefangen hat, für sich zu arbeiten?«

Wieder schritten sie in völliger Stille.

»Trotzdem so ein Betrug ... Es geht mir nicht in den Kopf«, dachte der Wesir laut nach. »Er könnte sich auch selbst betrogen haben, so viel müsste er wissen.«

Sie blieben bei einem Gebüsch stehen und schauten es genau an.

»Warum fällt es mir so schwer zu glauben, was du sagst«, fragte sich der Wesir noch immer.

»Die Menschen sind nach allen Seiten offen, Sahib, deshalb haben sie grenzenlose Möglichkeiten und deshalb verraten sie immer etwas, ganz gleich, was sie tun. Wenn ich rechts abbiege, habe ich die linke Seite verraten, wenn ich mich mit Weibervolk befasse, habe ich das männliche Geschlecht verraten. Menschen sind Kinder und Eltern des Verrats, vergiss das nicht. Dein Günstling glaubt ernsthaft, dass wir den Geist und das Licht verraten haben, als wir ins Leben gefallen sind. Und unser Hakim verrät dem Wissen zuliebe auf Schritt und Tritt das Leben. Das ist wohl unser menschliches Schicksal.«

## *Ein schweres Jahr*

Auf einen warmen und feuchten Winter folgte ein kalter Frühling mit zeitweiligen Frösten, die den schon weitgehend entfalteten Pflanzen gefährlich wurden. Der eisige Wind hörte nicht auf, häufig fiel Regen, der rasch in Schnee oder Graupel überging, und an schattigen Stellen bildete sich Eis, das sich tagelang hielt, bedrohlich für die Knochen von Mensch und Tier.

Sukayna und Chayyam besuchten mit Leyla Parviz und seine Familie, damit Leyla reiten und mit Pferden umgehen lernte, weil sie verrückt nach ihnen war, seit sie zum ersten Mal ein kleines Pferd gesehen hatte. Parviz, der jüngere Sohn des Händlers Sufyan, war der Bruder von Sukaynas Schwägerin, der Frau Feriduns; durch Heirat war er in den Besitz eines großen, wunderschönen Anwesens in unmittelbarer Nähe von Isfahan gekommen. Er hatte auch Pferde, große und kleine, so dass es schon bald ein Jahr lang der größte und ständige Wunsch der begeisterten Leyla war, »zu Onkel Parviz« zu gehen. Und auch die beiden empfanden diese Besuche als angenehm, weil sie mit Parviz und seiner Frau befreundet waren und sich gut mit ihnen verstanden.

Am zweiten Tag ihres Aufenthalts auf dem Gut von Parviz wollte Leyla, falls nötig mit der Hilfe des Pferdeknechts, selbst ein kleines Pferd satteln und ausreiten, um zu prüfen, inwieweit sie ein Pferd selbständig fertig machen und reiten konnte. Als sie draußen war, kam überraschend einer der kalten Regengüsse, wie sie in diesem Frühjahr ungewöhnlich häufig waren, er ging schnell in Schnee über und vereiste alles, was im Freien stand. Sobald der Regen anfing, sattelte der Pferdeknecht ein anderes Pferd und jagte hinter Leyla her, er fand sie und bedeckte sie mit einem wollenen Hirtenumhang, der gut vor Regen und vor Kälte schützt. Trotzdem kam sie zähneklappernd zu Hause an, durchnässt bis auf die Haut, und, wie sie klagte, vom eisigen Wind bis ins Knochenmark durchblasen.

Sukayna zog die Kleine sogleich um und wickelte sie in eine warme Decke, dann drängte sie sie, warmen mit Honig gesüßten Hagebuttentee zu trinken, und ließ nicht zu, dass sie vor dem Baden einschlief. Als das Wasser erwärmt war, brachte sie sie ins Bad und badete sie lange in dem heißen Wasser, um die Kälte aus dem Körper zu vertreiben, wickelte sie danach wieder in die warme Wolldecke und gab ihr weiter reichlich Hagebuttentee zu trinken. Dennoch wurden sie mitten in der Nacht von Leyla geweckt, weil sie laut phantasierte. Sie atmete schwer und glühte am ganzen Körper, und so gingen die beiden, so leise sie konnten, um ihre Gastgeber nicht zu stören, Sesamöl, Essig und Leintücher suchen. Lange massierten sie Leyla mit Essig, in den sie etwas Sesamöl gemischt hatten, und wickelten sie in die leinenen Laken und die Wolldecke. Sukayna gab ihr aufs Neue Hagebuttentee, so heiß, wie ihn die Kleine vertragen konnte, und bald darauf brach ihr der Schweiß aus, das Fieber ging zurück, sie hörte auf zu phantasieren und begann, normal zu atmen. Sie zogen sie um und bedeckten sie erneut, dieses Mal leichter, nur so, dass ihr nicht kalt würde, kurz danach beruhigte sie sich völlig und schlief ein.

Am nächsten Tag nahmen sie einen geschlossenen Wagen von Parviz und brachten Leyla nach Hause. Es ging ihr besser, die kaum erhöhte Temperatur sah man nur ihrem sanft glühenden Gesicht an oder spürte sie, wenn man sie berührte, sie atmete frei und hustete nicht, aber sie war sichtlich erschöpft von der vergangenen Nacht, so dass sie fast die ganze Zeit schlummerte. Chayyam eilte auf den Basar und kaufte Kirschzweige, Kümmel, Ziegentalg und Milch, Marmelade von weißen Rosen, alles, was sie von der Erkältung heilen und ihre Atemorgane schützen und kurieren konnte. Es zeigte sich, dass er gut daran getan hatte, weil die Erkältung am Nachmittag auf den Bauch schlug. In weniger als einer halben Stunde schwoll ihr Bauch, offensichtlich von der Erkältung, zum Platzen an, und so gaben sie ihr Kümmeltee zu trinken, während sie ihren Bauch mit Alkohol massierten, dem sie Kampfer und Öl beigemischt hatten, dann wickelten sie sie in Leinen- und Wolltücher ein. Der Bauch beruhigte sich bald, und Leyla sah wieder fast normal aus, nur bleich und schwächer als sonst. Zuerst aß sie eine heiße Hühnersuppe, und nach einer etwas längeren Erholungspause verspeiste sie zur Freude ihrer Eltern ganz normal Reis mit Huhn. Irgendwann schlief sie ein, tief und ruhig, ohne Husten oder Temperatur, ohne Röcheln in der Brust oder Unruhe in den Gliedern. Sukayna und Chayyam saßen neben ihrem Bett und sahen zuerst die eingeschlafene Leyla, dann einander an. Nie waren sie sich so nahe, buchstäblich miteinander verflochten gewesen. Als hätten die Sorge und Angst sie einander so angenähert, dass sie sich vermischten, sozusagen miteinander verschmolzen und durch diese Verschmelzung ein drittes Wesen schufen, das sie beide enthielt, aber nicht ihre Summe war. Durch die so vollkommene Verquickung empfanden sie Freude und gleichzeitig sanfte Scham, weil es nicht in Ordnung ist, wenn die Grenzen zwischen zwei Menschen verschwinden. Ein anständiger Mensch empfindet Scham, wann immer er eine Grenze überschreitet, er muss sie auch empfinden, wenn seine Grenze spurlos verschwindet, und sei es die zur Frau oder zum Mann.

Beide erfüllte es mit Glück, Leyla anzusehen. Sie war beinahe genesen, hatte schön gegessen und schlief nun gesund und tief. Und sie war schön, sogar mit dieser leichten Blässe, beinahe schöner, als wenn sie gesund war. Nein, nicht schöner, aber zarter, lieblicher.

Sie flüsterten, um sie nicht zu wecken, und das Flüstern

verstärkte und vertiefte ihre Nähe noch. Solange sie bei ihr waren, mussten sie flüstern, aber sie wären nie auf die Idee gekommen, von ihrer Seite zu weichen und sich normal zu unterhalten oder schlafen zu gehen, es war ihnen ein Bedürfnis, an Leylas Bett zu sitzen. Das Gespräch entfernte sich natürlich mit der Zeit von Leyla und ging über zu den Sorgen und Hoffnungen des Alltags und danach auch zu den Menschen und Problemen, von denen sie umgeben waren. So kamen sie auch auf das Thema zu sprechen, das damals in Isfahan unvermeidlich war, nämlich Hassans Rückkehr ins Land, für die es keine Beweise gab, weshalb bei jeder sich bietenden Gelegenheit darüber gesprochen wurde. Sukayna drückte die Hoffnung aus, dass keiner von ihnen ihn je wieder treffen müsse, dass in ihrem Leben weder Hassan noch sein Name je wieder auftauchen werde.

»Ich habe Angst, Omar, schreckliche Angst«, flüsterte Sukayna, weil sie nun, wo sie einander so nahe waren, auch das sagen konnte, was sie sonst auf keinen Fall gesagt hätte, im Glauben, durch das Schweigen sich oder ihn zu schützen, das Bild, das er von ihr hatte und an dem ihr gelegen war, zu bewahren oder aus einem dritten Grund.

»Ich denke, du übertreibst, glaub mir, er hat mindestens so viel Angst vor dir wie du vor ihm«, versuchte Chayyam sie zu beruhigen.

»Ich habe nicht vor ihm persönlich Angst, keineswegs. Was kann er mir schon anhaben?! Aber ich habe Angst vor seiner Nähe, sein Platz ist nicht bei uns. Gut, vielleicht ist Angst das falsche Wort, vielleicht ist es etwas anderes, jedenfalls möchte ich ihn nicht in unserer Nähe haben.«

»Er ist nicht schlecht, nicht einmal böswillig, so viel darf ich behaupten, zumindest so weit reicht meine Menschenkenntnis«, bemühte sich Chayyam, Sukayna zu beruhigen und das Gesprächsthema zu wechseln, weil Hassan trotz allem sein Freund war.

»Ich sage nicht, dass er schlecht oder böse ist, aber ich sage, dass er nicht zu uns gehört«, entgegnete Sukayna. »Es gibt Menschen, die nicht fähig sind, auf andere Menschen Rücksicht zu nehmen, und Hassan gehört zu ihnen. Ob es übertriebene Selbstsucht oder Mangel an Phantasie, an Empfindsamkeit ist oder ob ihnen vielleicht ein Organ fehlt, das normale Menschen haben, jedenfalls sind sie nicht fähig, andere Menschen wirklich wahrzunehmen und ihren Bedürfnissen, Interessen, Gründen Rechnung zu tragen. Wie Blinde unfähig sind, Dinge zu sehen, so sind sie unfähig, die anderen wirklich zu verstehen und Rücksicht auf sie zu nehmen. Denke an meinen verstorbenen Vater, du hast ihn kennengelernt.«

»Ich habe auch dich kennengelernt, dank ihm«, unterbrach Chayyam sie und berührte ihre Hand, und sie erwiderte die Berührung. »Dafür bin ich noch heute dankbar.«

»Erinnerst du dich an ihn?«, sagte Sukayna nach einer kurzen Pause. »Ein angenehmer Mann, angesehen und beliebt, aus gutem Grund, denn er war wirklich in Ordnung. Aber er dachte an keinen von uns, seine Familie, als in ihm der Wunsch nach einer jungen Frau erwachte. Es kam ihm gar nicht in den Sinn, sich zu fragen, wie es aussehen würde, wenn er eine neue Frau ins Haus brächte, in der schon zwei Frauen und zwei Kinder waren, beide älter als die neue Frau. Wie es uns allen zusammen und jedem Einzelnen von uns ergehen würde. Wie es der neuen Frau ergehen würde, ohne die er nicht mehr auszukommen schien. Wie es irgendjemand anderem ergehen würde. Nein, für ihn gab es nur ihn. Tausend Mal habe ich darüber nachgedacht, und ich bin sicher, dass er sich das nicht hat fragen können, genauso wenig wie ein Tauber fragen kann, warum jemand falsch singt. Er ist wirklich kein schlechter Mensch, du hast ihn kennengelernt, aber er kann nicht nach den anderen fragen, weil er kein Organ hat, mit dem er sie sehen würde. Seine Welt stimmte mit ihm überein, und all seine Organe, all sein Wissen, alles, was er dachte und denken konnte, diente nur dazu, ihm zu sagen, was diese Welt brauchte. Er hätte uns damals ruhigen Gewissens in die Sklaverei verkauft, wenn ihm das Genuss oder Nutzen hätte bringen können, er hätte das Haus oder die Welt angesteckt, wenn ihn das für einen Augenblick erfreut hätte, und all das mit reinem Gewissen, weil das, was er tat, niemanden verletzen oder schmerzen konnte, da es in Wirklichkeit niemanden außer ihm gab, alle um ihn herum waren nur seine Schatten.«

»So hast du nie über ihn gesprochen«, bemerkte Chayyam, und dann begriff er, dass sie bis dahin überhaupt noch nicht über ihren Vater gesprochen hatte.

»Ich konnte nicht. Ich würde es auch jetzt nicht tun, wenn nicht all das andere wäre.«

»Was du sagst, ist interessant, ich habe nie so darüber nachgedacht.«

»Es ist wahr, leider, da bin ich mir sicher. Am schlimmsten ist, dass solche Leute keine Seltenheit sind. Auch dein Hassan ist so. Er ist noch schlimmer, weil er das Leben nicht liebt. Mein verstorbener Papa konnte wenigstens genießen und hat seinen Körper geliebt, als Einziges auf der Welt, aber das ist wenigstens etwas. Doch bei Hassan nichts dergleichen, er genießt nicht und liebt nicht, er freut sich nicht und weiß nicht, was er mit sich, mit den anderen, mit der Welt anfangen soll, außer sie seinen Vorstellungen entsprechend zu verbessern und anzupassen. Das sind gefährliche Leute, ich glaube nicht, dass von ihnen etwas Gutes ausgehen kann.«

Chayyam konnte nicht wissen, was vor sich gegangen war, aber die Art, wie er seine Frau erlebte, hatte sich während dieses Gesprächs unbezweifelbar verändert. Als hätten sich die letzten Grenzen, die sie von ihm trennten, aufgelöst, als hätten sich ihre Seelen vermischt, wie sich zwei klare Wasser vermischen. Er wusste auch nicht, warum das geschehen war; dem, was sie über ihren Vater gesagt hatte, schrieb er keine große Wichtigkeit zu, aber er war sich sicher, dass wenn jemand, dem die Familie so viel bedeutete wie Sukayna, so über ihren Vater sprach, sie vor ihm, Chayyam, keine Geheimnisse und verborgenen Seelenräume mehr hatte. Über das Schmerzlichste, was sie in ihrer Familie überhaupt erlebt hatte, dachte sie in seiner Gegenwart laut nach! Er mochte nicht darüber sprechen, er mochte überhaupt nicht sprechen, und so saß er nur da und genoss das Gefühl des Vertrauens, das sie verband, seit sie an Leylas Bett flüsterten. Er wollte auch nicht darüber nachdenken, was dieses Gespräch Neues brachte, er wollte überhaupt nicht nachdenken. Und so schlief er im Sitzen ein, niemals hat er erfahren, ob vor oder nach Sukayna.

In den nächsten Tagen hüpfte Leylas Zustand äußerst launisch auf und ab, wie ein Spielzeug. Am einen Tag hatte er sich so weit gebessert, dass sie beinahe gesund aussah, sie erwachte schon in einem Zustand, der Besserung versprach, aber tags darauf ging es ihr ohne ersichtlichen Grund schlechter denn je, und die Krankheit befiel einen weiteren Körperteil, der bis dahin verschont geblieben war. Dementsprechend war natürlich auch der Zustand ihrer Eltern völlig von Leyla abhängig. Einmal glaubten sie, mit all ihrer Anstrengung und ihrem Wissen hätten sie den Zustand ihrer Tochter gebessert. Brust und Rücken hatten sie ihr mit Ziegentalg eingerieben, dem Pfeffer und Kampfer beigemischt war, und den Oberkörper in Leinen-, dann Seidentücher gehüllt. Sie hatten sie überredet, eine volle Schüssel Hühnersuppe zu essen und eine Tasse Ziegenmilch, gesüßt mit Honig, zu trinken. Nach all dem wirkte sie gestärkt, fast gesund. Wirklich, seit jenem unseligen Tag, als sie nass und krank geworden war, hatte sie sicher nicht so gut ausgesehen. Das richtete die beiden auf, hob ihre Stimmung, erfüllte sie mit Hoffnung, überzeugte sie, dass die bisherigen Enttäuschungen, die sie erlebt hatten, wenn sich Leylas Zustand nach kurzfristigen Besserungen verschlimmerte, doch nur Krisen waren, die nichts zu bedeuten hatten. Doch am nächsten Tag trat wieder eine Verschlechterung ein. Sie hatte zwar keine Probleme mit der Atmung, aber sie wurde von Gliederschmerzen gequält, und der Bauch war schlimmer denn je, weil er aufgebläht war und es nur so aus ihm herausfloss.

Irgendwann wurde klar, dass jener Eisregen Leylas Tod geweckt hatte, denn sie wurde sichtlich schwächer und kleiner, als saugte ihr Tod sie in sich ein oder fräße ihren Körper und ihr Leben auf. Auch an den Tagen, an denen sie gut aussah, und auch wenn sie normal aß und schlief, ohne Probleme atmete und lächelte, wurde sie schwächer und kleiner. Das ließ sich nicht mehr verbergen. Sukayna und Chayyam waren nicht gewillt, daran zu denken, geschweige denn es auszusprechen, sie taten natürlich auch weiterhin alles Erdenkliche, um sie zu heilen, unbeirrt sprachen sie von Zeichen der Besserung und versicherten einander, es bestehe durchaus die Aussicht auf eine dauerhafte Genesung, aber auch ihnen war klar, dass in diesem krampfhaften Bemühen mehr Gewohnheit war als Glauben, mehr Betätigung, durch die man sich vor der Begegnung mit sich selbst schützte, als wirkliche Hoffnung. Zu ebenjener Zeit erschien Abu Said in ihrem Haus. Er trat schlicht ein und setzte sich neben sie. Er fragte nichts und erklärte nichts, verlangte nicht, dass man ihm irgendetwas erklärte oder ihn etwas fragte, er saß nur neben ihnen, anwesend und nah, und schwieg. Zwischendurch stand er auf, um der Kleinen das Gesicht abzuwischen oder ihre Lippen mit ein paar Tropfen Tee zu benetzen, dann setzte er sich wieder, schweigsam wie sie. Als er schließlich zu sprechen begann, redete er ihnen zu, ins Bett zu gehen und ein wenig zu schlafen. Natürlich konnte er sie nicht dazu überreden, aber er breitete eine Decke über sie, und sie schliefen, neben Leylas Bett sitzend, ein. Während sie schliefen, hauchte ihre Tochter ihre Seele aus.

Abu Said kümmerte sich ebenso ruhig und ohne Erklärungen um alles, was mit der Beerdigung zusammenhing, nach der Beerdigung empfing er sogar die Leute, die kamen, um ihr Beileid auszusprechen, weil Sukayna und Chayyam nur dastanden und dumpf vor sich hinstarrten, wie zwei verängstigte Tiere oder zwei Stück Holz, unfähig, etwas zu denken oder zu begreifen, zu tun oder zu sagen. Das große Zimmer war brechend voll, weil Leylas Tod die ganze Stadt aufgewühlt und getroffen hatte, und die Menschen, die kamen, ließen wahrhaft freundschaftliches Mitgefühl erkennen. Sie saßen hauptsächlich schweigend da, bisweilen schlürfte jemand einen Schluck Tee oder nahm einen Kern, ein Gespräch wollte nicht in Gang kommen. Draußen war es feucht und kalt, das Kohlenbecken voll Glut half aber Chayyam auch nicht, er stand neben dem Kohlenbecken und zitterte zwischendurch am ganzen Körper, bestimmt nicht von der Kälte im Zimmer, sondern vor Kälte, die aus ihm kam. Wieder versuchte jemand, ein Gespräch in Gang zu bringen, und begann laut nachzudenken, dass dies gewiss ein schweres Jahr werde. Es habe doch kaum angefangen, das Halwa vom Nouruz-Fest sei sozusagen noch nicht abgekühlt, und schon sei er auf der siebten Beerdigung in diesem Jahr. Auch die Ernte werde bestimmt elend ausfallen, wenn es überhaupt eine gebe, weil die Kälte die Knospen, die während des warmen Winters draußen aufgebrochen seien, abgetötet habe. Und falls doch etwas gedeihe, werde es vor der Ernte bestimmt wurmig, weil es spät keimen und ohne genügend Sonne wachsen werde … Vergebens, keiner stimmte in das Gespräch ein. Aber es ging auch keiner weg.

In der Stille, die nach diesem Versuch, ein Gespräch anzufangen, eingetreten war, streckte Chayyam die Hand aus, nahm ein glühendes Stück Holzkohle und drückte es. Der süßliche Geruch von verbranntem Fleisch erfüllte das Zimmer.

»Pfui Teufel!«, seufzte Abu Said, dann ging er auf seinen Freund zu, legte ihm den Arm um die Schulter und führte ihn in ein anderes Zimmer.

Da kam das Gespräch schließlich in Gang, als wäre die Scham, welche die Leute empfanden und welche ihnen nicht erlaubte, in Chayyams Gegenwart zu sprechen, von ihnen gewichen oder hätte sich zumindest abgeschwächt. Und da es schon einmal in Gang gekommen war, widmete es sich natürlich der Frage, um die sich alle Gespräche in der Stadt in den letzten paar Tagen drehten. Der Leiter der Post, Suhrab, hatte sich einige Male öffentlich ausgesprochen negativ über Hassan Sabbah geäußert und ihn einen Meister des Verrats genannt, der am Ende auch den Verrat selbst verraten werde, wenn das irgend möglich sei. Seitdem das Gerücht umging, er habe die Festung Alamut erobert, war Hassan nämlich das Lieblingsthema in den müßigen Isfahaner Kreisen, eine Art negativer Held oder noch eher ein heldischer Verlierer, in dem jeder seine geheimen Wünsche wiedererkannte und dem er all die Eigenschaften zuschrieb, die er selbst gerne hätte, ohne sich das einzugestehen. In diesen Gesprächen und in den Augen der Leute, die diese Gespräche führten, war Hassan ein Flüchtling vor dem Gesetz und ein Mann, der auf die Meinung der Gesellschaft so viel gab wie auf den Schnee von gestern, ein Mann, dem es gelang, sich nicht zu binden und sich niemandem gegenüber verpflichtet zu fühlen, nicht einmal gegenüber sich selbst. Er hatte am rivalisierenden fatimidischen Hof höchste Gnade und die höchsten Positionen erlangt und dann alles verloren, auf all das hatte er verzichtet wegen seines Gerechtigkeitsgefühls. Auch zu glücklicheren Zeiten und in jüngeren, vitaleren Gesellschaften reden die Leute gerne über Helden, die für die Gerechtigkeit viel aufgeben und erleiden, und immer schwärmen sie von ihnen. Hassan wurde in den Isfahaner Gesprächen zu so einem Helden, dem genau dies ständig, immer aufs Neue widerfuhr, weil er es auch hier zu hohen Positionen und großer Gnade gebracht hatte, dann aber unerwartet wegen Vergehen, die nie publik gemacht wurden, geflohen war. Warum ist er damals geflohen? Weshalb und vor wem? Warum ist er jetzt zurückgekehrt? Wovon träumt er da oben in Alamut? Vielleicht sinnt er auf Rache? Wer alles schläft schlecht in Isfahan, seit Hassan in Alamut sitzt?

Wann immer er sich in Kreisen befand, die Hassan zu einem Rächer und Helden verklärten, welcher der Gerechtigkeit zuliebe litt, immer alles verlor und immer wieder aufs Neue auf die Beine kam, unbeugsam und stolz, schwieg Suhrab beharrlich, womit er demonstrativ zum Ausdruck brachte, dass ihn solche Gespräche und die ganze Sache nicht berührten. Am Ende verlor er aber jedes Mal die Nerven und sagte, was seiner Meinung nach über Hassan gesagt werden musste. So verlor er in kurzer Zeit viel von der Sympathie, die er seit seiner Ankunft in Isfahan in der Stadt genossen hatte.

Zu Beginn seiner Tiraden, mit denen er in der Regel solche Gespräche verdarb, die die Leute genossen und, indem sie ihre geheimen Wünsche, Jugendträume und ähnliche Kostbarkeiten hineinlegten, gern bis ins Unendliche weitergeführt hätten, erinnerte Suhrab sie daran, dass ihr Held auch am Seldschukenhof in hohen Gnaden gestanden hatte. Seit seiner Ankunft in Isfahan habe er hohe Positionen bekleidet, vielleicht allzu hohe für seine Jugend, aber all das verloren, weil er mehr, das heißt alles gewollt und angefangen habe, die Leute zum Aufstand aufzuwiegeln und ihnen einzureden, sie lebten schlecht, weil sie Perser seien. Er habe auf alles gespuckt, was er hier bekommen und genossen habe, sei an den rivalisierenden Hof gegangen und habe dort hohe Positionen erlangt, dann auch dort Verrat geübt. Jetzt sei er endlich sein eigener Herr unter den Adlern, oben in Alamut, und wem etwas an ihm liege, frage sich besorgt, wen er jetzt verraten werde – sich oder die Adler. Oder den Verrat? Etwas Drittes gehe nämlich nicht, weil er niemanden um sich habe.

Seine Gesprächspartner widersprachen und protestierten kurz, erinnerten Suhrab daran, dass Hassan trotz allem ein guter Mensch sei, dem die Armen am Herzen lägen, und schon von daher eine seltene Ausnahme heute (die Geschichte von den 3000 Golddinar, die er dem ehemaligen Befehlshaber der Festung gegeben hatte, weil er wusste, dass er eine große Familie hatte, spielte jedes Mal eine wichtige Rolle), danach betonten sie stets, dass er nach allem, was man wisse, ein kluger, vielleicht sogar großer Mann sei, worauf Suhrab auf seine gereizte Art mit einer Mahnung antwortete, »je besser der Mensch ist, desto besser sind auch seine Schurkereien« oder »je größer der Mensch, ein desto größerer Schurke ist er, kleine Leute sind nie so große Schurken, dass es sich lohnen würde, über sie zu reden«.

Es war bekannt, dass Hassan Suhrab gewarnt hatte, einmal mündlich und einmal schriftlich, aber dieser wollte oder konnte seine Zunge nicht im Zaum halten. Und vor einigen Tagen, als er am Abend nach Hause gekommen war, hatte er einen in seine Matratze gestoßenen Dolch vorgefunden. Der Dolch durchbohrte ein Blatt Papier. »Das hätten wir auch tun können, während du auf der Matratze liegst«, stand darauf. Man brauchte nicht zu rätseln, von wem die Botschaft stammte, man brauchte auch nicht viel Verstand, um zu begreifen, wie sie in Suhrabs Haus und zu seinem Bett gelangen konnten, wann immer sie wollten.

Sobald Abu Said mit Chayyam hinausgegangen war, fragte ein älterer Mann Suhrab, ob es stimme, dass er einen Dolch und eine solche Botschaft in seinem Bett vorgefunden habe. Nachdem Suhrab dies bestätigt hatte, fragte ein anderer ungeduldig, was er über all das denke.

»Ich denke, es ist ein ganz bestechendes Argument«, antwortete Suhrab. »Und ich denke, du stimmst mir zu, mein Süßer. Oder vielleicht nicht?«

Die Leute sahen sich an, manche wiesen mit den Augen auf Suhrab, manche mussten die Hand vor den Mund halten, um ein Lachen zu unterdrücken. Derjenige, der Suhrab nach seiner Meinung gefragt hatte, fühlte sich beleidigt oder zumindest falsch verstanden, wurde unsicher und zuckte mehrmals mit den Schultern, fand aber wohl, dass es nicht genüge, und so entschied er, sich auch mit Worten zu erklären.

»Reg dich nicht auf«, begann er, aber Suhrab unterbrach ihn.

»Was bist du feinfühlig, Süßer! Wieso sollte ich mich aufregen? Wieso überhaupt und wieso vor allem über dich?«

»Ich hab nur gedacht, gefragt, was du jetzt machen wirst. Die scherzen nicht und haben dir gezeigt, wozu sie imstande sind. Das hab ich gedacht: Was wirst du jetzt machen.«

»Wir müssen arbeiten, Süßer, das werde ich jetzt machen. Ich muss mich mit ihnen befassen, weil sie in meinen Arbeitsbereich fallen, sie müssen sich mit mir befassen, weil ich ihnen im Weg bin. Es gäbe vernünftigere Dinge, mit denen man sich beschäftigen könnte, es gibt Schöneres und Besseres auf der Welt als sie, aber sie sind mir nun einmal zugefallen.«

»Und du hast keine Angst?«

»Natürlich habe ich Angst, bei Gott! Ich bin ein vernünftiger Mensch. Die Vernunft ist die Schwester der Angst, ein vernünftiger Mensch hat Angst, auch wenn ihn niemand bedroht, weil er weiß, dass alles, was existiert, eine Bedrohung ist. Auf ihn lauern das Wasser und das Feuer, auf ihn lauert jeder Baum, um auf ihn zu fallen, auf ihn lauert die Schlange, um ihn zu vergiften, und jeder Hund, um ihn zu beißen. Nur ein Narr hat keine Angst, weil er nicht weiß, dass ihm alles, was der gute Gott erschaffen hat, Unglück bringen kann, vielleicht hat er es ja gerade seinetwegen und seines Unglücks wegen erschaffen.

»Man sieht sie dir nicht an.«

»Anständige Leute verstecken ihre Angst, wie sie ihren Hintern verstecken und lassen beide hinter sich.«

Nach knapp einem Monat stellte sich heraus, dass Suhrab aus gutem Grund Angst gehabt hatte. Und er hätte wahrscheinlich noch mehr Angst gehabt, wenn ihm das Schicksal seiner Äußerung, dass der Dolch »ein bestechendes Argument« sei, bekannt gewesen wäre. In verschiedenen Versionen und mit verschiedenen Zusätzen, unter denen die häufigste die Behauptung war, Suhrab habe hinzugefügt, »der Dolch ist das einzige Argument, das die Burschen von Hassan haben«, wurde diese Äußerung in der ganzen Stadt wiederholt, weitererzählt und kommentiert, so dass sie bereits allgemein bekannt war wie ein neuer Witz, mit dem sich Suhrab auch über Hassans Ismailiten lustig machte. Als er einmal von der Arbeit nach Hause kam, kaum dass er den Platz vor dem Gebäude, in dem er wohnte, betreten hatte, warf sich ein weiß gekleideter Bursche mit Stiefeln, Gürtel und Brustgurten, gefertigt aus rotem Leder, auf ihn und stieß ihm einen Dolch in die Brust. Die Wächter zerstückelten den Burschen, doch Suhrab konnten sie nicht mehr helfen. Auch sich selbst nicht, weil sie nach diesem Tag der glückliche Gesichtsausdruck des gemetzelten Mörders lange wie ein Fluch verfolgte.

## *Es riecht nach Angst*

Eines Morgens tauchten auf dem Großen Platz plötzlich Vertriebene aus Mazandaran auf. Die Leute, die zum Morgengebet gingen, trafen vor der Weißen Moschee eine Gruppe von etwa fünfzig Menschen an mit einer dicken Staubschicht auf Kleidern, Gesichtern, Köpfen. Einige saßen auf dem Platz, ein paar lagen sogar herum und schliefen, aber die meisten standen da, mit dem Rücken an die Mauer des zur Moschee gehörenden Friedhofs gelehnt. Aber alle waren, ungeachtet der Stellung, in der sie den Tagesanbruch erwarteten, sichtlich erschöpft und am Ende ihrer Kräfte.

Sie erzählten, Hassan-i Sabbah beziehungsweise seine Leute hätten sie vertrieben. Diese hätten praktisch die Macht in Mazandaran übernommen, vorerst eigentlich nur in der Gegend um Alamut, aber das Gebiet, das sie beherrschten, dehne sich täglich aus. Vor ungefähr einem Monat, vielleicht etwas mehr, hätten sie verkündet, in den Moscheen sei in der Predigt nach dem Freitagsgebet von nun an als Erstes Hassans Name zu erwähnen. Die Namen des Sultans und des Kalifen von Bagdad könnten die Imame der einzelnen Moscheen nennen, das verbiete ihnen niemand, aber sie müssten es nicht, vielleicht sei es sogar besser, sie nicht zu erwähnen, um die Leute nicht zu verwirren. Aber nach jedem Freitagsgebet müsse man um den Segen und das Glück von Hassan-i Sabbah beten. Diejenigen, die sich aufgelehnt hätten, seien gleich an Ort und Stelle von weiß gekleideten Burschen in Stiefeln und mit Brustgurten, gefertigt aus rotem Leder, niedergemetzelt worden. Doch diejenigen, die bereit seien, diese Verfügung zu achten, könnten ruhig in ihren Häusern bleiben, als wäre nichts geschehen. Von nun an würden sie ihre Steuern an die in Alamut residierende Macht zahlen und wenigstens jeweils einen Sohn zur Ausbildung in die Festung geben, alles andere bleibe, wie es gewesen sei. Alle, die sich diesen Verordnungen nicht beugen wollten, könnten gerne gehen und von ihrem Besitz mitnehmen, was in eine Tasche passe.

Fast keiner ging im ersten Moment weg, weil die Leute hofften, sie würden sich irgendwie durchschlängeln und einen Mittelweg finden, um die neue Macht zu überlisten. Kein normaler Mensch gibt gern sein Zuhause auf, keiner lässt freiwillig sein von gutem Klima und Fruchtbarkeit gesegnetes Land zurück, wie in den Tälern um Alamut, und seit Gott und die Welt bestehen, sind die Menschen, die ihr Land bestellen, gezwungen, die Macht zu überlisten und einen Weg zu finden, mit ihr zurande zu kommen. Und immer haben sie sich herausgewunden. Sie bestechen ein wenig, wen man muss, und stellen sich ein wenig dumm, tun, als hätten sie etwas nicht verstanden, wo es ihrer Einschätzung nach helfen könnte, die Macht zeigt sich andererseits ein wenig nachgiebig und entspannt, sobald sie sich gefestigt hat, und ist bereit, ein Auge zuzudrücken. So findet man jenen Mittelweg, den die Menschen vom Land seit eh und je suchen und in der Überlistung der Macht finden, den Weg, der ihnen zu überleben ermöglicht und der Macht, ihre Pläne auszuführen. Sie hatten damit gerechnet, dass es auch dieses Mal, mit der neuen Macht, so sein würde, fast alle waren zu Hause geblieben und hatten darüber nachgedacht, wie sie sich arrangieren könnten. Bis sich die neue Macht zurechtgefunden hätte, bis sie die Haushalte und Besitzungen aufgelistet, die Kontrolle über die Dörfer und Städte erlangt hätte, würden die Leute schon einen Weg finden, ihre Söhne in Sicherheit zu bringen und sich mit den Vertretern der Macht über einen Ersatz, eine Strafe oder worüber auch immer zu verständigen. Aber es war nicht so, nicht einmal annähernd. Sie hatten genaue Listen der Haushalte und Besitztümer, die sie offensichtlich von jemandem aus der vorherigen Regierung bekommen hatten, so dass sie in jedes Haus mit dem genauen Wissen gingen, was und wen sie haben wollten. Und es gab keine Anzeichen, dass sie nachgiebiger werden und ihre Forderungen mäßigen würden, im Gegenteil, von Tag zu Tag verschärften sie ihren Ton und ihr Verhältnis zu den Untertanen. Die Abgesandten der neuen Macht kamen ins Haus, den Namen dessen kennend, den sie zur Ausbildung hinauf in die Festung mitnehmen wollten, wie sie auch auf den Dirhem genau wussten, was und wie viele Steuern sie vom betreffenden Haus eintreiben konnten. War der junge Mann, den sie zur Ausbildung mitnehmen wollten, nicht daheim, und hatten die Hausbewohner keine Ahnung, wo er sich befand und wann er zurückkommen könnte, ermordeten die Burschen in Weiß der Reihe nach alle Hausbewohner, weil sie ihr Verhalten als Auflehnung deuteten. Die Macht verkündete jeden Freitag nach dem Gebet, wen sie alles wegen Auflehnung oder Verrats umgebracht hatte, wobei sie wiederholte, dass jeder, der nicht hier leben wolle, gerne wegziehen könne.

In dem Maße, wie die Zahl der ermordeten Familien wuchs, wuchs auch die Zahl derer, die bereit waren wegzugehen, und sei es unter den schrecklichen Bedingungen, welche die neue Macht diktierte. Aber wohin? Und wie? Am Ende war die Angst so groß, dass sich die Menschen auch das nicht mehr fragten, sondern in die Tasche stopften, was hineinpasste, und sich auf eine Reise ohne Ziel und Rückkehr machten. Ihre Gruppe zum Beispiel, die hier in Isfahan aufgetaucht war, bestand aus etwa hundert Familien. Die Kinder und Älteren hatten sie bei Verwandten, Freunden, Bekannten gelassen, überall, wo es überhaupt möglich war, während die Männer und erwachsenen Frauen, die noch bei Kräften waren, ja hierher kamen, um die Hilfe und den Schutz des Sultans zu suchen.

Der Großwesir Nizam al-Mulk wählte unter den Vertriebenen ein paar ernste Männer aus, die er zum Gespräch zu sich einlud, die anderen überließ er der Sorge des Isfahaner Bürgermeisters Rais al-Husaini.

Drei, vier Tage später rief der Wesir Omar Chayyam zu sich. Chayyam gelang es nicht, die Verwunderung und eine gewisse Besorgnis zu verbergen, die er bei dem Treffen mit dem Wesir empfand. Dieser war sichtlich müde und blass, wahrscheinlich von den auszehrenden Gesprächen mit den Vertriebenen und der Sorge um sie, so dass er sich offenbar sehr anstrengen musste, um einen einzigen Satz zu bilden und auszusprechen. Aber darum ging es nicht, Chayyam hatte ihn schon erschöpfter gesehen, ohne dieses Unbehagen und diese Besorgnis zu empfinden, jetzt handelte es sich um etwas anderes und Tieferes als Ermüdung und Erschöpfung durch Arbeit. War es der gelbliche Ton im Gesicht des Wesirs, den er nie zuvor gehabt hatte, auch nicht in Augenblicken größter Müdigkeit, oder der Eindruck von Zerbrechlichkeit, den sein ganzer Körper vermittelte, der seit ihrer letzten Begegnung kleiner geworden zu sein schien, oder die Stimme, in der etwas Hohles mitschwang? Handelte es sich um all das zusammen oder um etwas Unsichtbares? Sogleich machten sie sich in den Garten auf, und die Schwierigkeiten, die der Wesir beim Aufstehen hatte und die Steifheit seiner Bewegungen bestärkten Chayyams Gefühl, dass mit seinem Freund etwas nicht in Ordnung war.

»Der Narr dort übt richtigen Terror aus«, begann der Wesir mit seiner neuen zittrigen und hohlen Stimme zu sprechen, »er mordet, vertreibt, eignet sich Güter an, die seit Generationen im Besitz einer Familie waren.«

»Welcher Narr?«, fragte Chayyam und schämte sich im selben Augenblick, weil er genau wusste, an welchen Narren sein Freund, der Großwesir, dachte.

»Alles deutet darauf hin, dass er die wahnsinnigsten Dinge, die er je vor mir ausgesprochen hat, ernst gemeint hat und nun in die Tat umsetzt«, fuhr der Wesir fort, der Chayyams Frage geflissentlich überhörte und damit zeigte, dass er noch immer besser mit Menschen umgehen konnte als sein Schützling.

»Was zum Beispiel?«

»Zum Beispiel einen verborgenen Staat oder einen Netz-Staat, wie er gesagt hat. Er hat behauptet, er braucht hunderttausend richtige Männer (nicht mehr!), um einen unbesiegbaren Staat zu schaffen, den er nach dem Vorbild eines Spinnennetzes gestalten würde. An einer Stelle, dort wo die Spinne sitzt, würde er eine Stadt errichten, sagen wir eine uneinnehmbare Festung wie Alamut, von der aus er den Staat lenken würde. Da hätte die Regierung ein paar Tausend Leute, die für die Verteidigung und Spezialaufgaben gebraucht würden, und alle anderen würde sie in die Welt schicken, damit sie dort Reichtümer erwerben und reiche Leute rekrutieren, sie für ihre Bewegung und ihren unsichtbaren Staat gewinnen könnten. Diese Abgesandten würden mit den gewonnenen Leuten in verschiedenen Städten auf der ganzen Welt Gruppen bilden und mit der Zeit Kolonien mit Anhängern und Untertanen des unsichtbaren Staates schaffen. Diese Kolonien wären die Knoten des Spinnennetzes, hat Hassan gesagt, wenn er von seinem Staat geträumt und mir eine zentrale Stelle darin angeboten hat. In den Kolonien, in diesen Knoten des Spinnennetzes, wären die Mitglieder hauptsächlich reiche Leute, große Händler, Bankiers und Goldschmiede, die gute Beziehungen, nach Möglichkeit auch Freundschaften, zur lokalen Macht knüpfen und sich bemühen würden, ihnen Geld zu leihen. Nach kurzer Zeit würde die lokale Macht in all diesen Städten in direkte Abhängigkeit von Hassans Anhängergruppen geraten, die niemals und nirgendwo die Macht übernehmen würden. Aber sie würden immer und überall die Abhängigkeit der Macht verstärken, indem sie ihnen ständig immer mehr Geld und Gold zu immer schwierigeren und ungünstigeren Bedingungen leihen würden. Es gibt keinen Weg, sich einem solchen Staat zu widersetzen, hat Hassan behauptet, und schon gar keinen Weg, ihn zu vernichten, weil er kein Territorium und keine Armee hat, keine Festungsmauern, die man stürmen, und keine Städte, die man vernichten könnte. Dieser Staat wäre überall, in jeder Stadt und in jedem Reich und gleichzeitig nirgendwo, weil er nirgendwo sein Territorium und einen monolithischen Körper hätte, gegen den man losschlagen könnte. Es wäre ein verborgener, unsichtbarer Staat, unzerstörbar wie ein Spinnennetz. Niemand könnte ihm ernsthaft schaden, solange seine geistigen Führer lebten und dächten, weil sein wirkliches Fundament im Geist läge, so wie niemand ein Spinngewebe in Frage stellen kann, solange die Spinne lebt, in welcher sich der Ursprung und das Fundament des Spinngewebes befindet. Dieser Staat käme der wahrhaften Staatsform möglichst nahe, weil er das Verhältnis von Gott und Welt nachbilden oder wenigstens so getreu wie möglich widerspiegeln würde. Denn Gott verhält sich zur Welt, die Er erschaffen hat, wie eine Spinne zum Spinngewebe – gleichzeitig ist sie drinnen und draußen, ein unveräußerlicher Teil des Netzes und doch etwas ganz anderes, zweifellos der Schöpfer des Netzes, aber gleichzeitig unzertrennlich mit ihm verbunden. Die Spinne ist technisch gesehen sicher kein Teil des Netzes, aber undenkbar und unerkennbar ohne es. Sie muss ein Netz spinnen, um zu existieren, sie erschafft es zwar, aber das Netz beweist und erhält ihre Existenz. So irgendwie, hat Hassan behauptet, verhalten sich Gott und die Welt zueinander.«

»Das mit dem Staat stimmt, logisch betrachtet, vollkommen«, ließ sich Chayyam nach langem Schweigen vernehmen. »Ich habe alles, was du mir gesagt hast, gründlich in Gedanken erwogen und keine berechtigten Einwände gefunden. Natürlich weiß ich nicht, wie es in der Wirklichkeit aussehen würde, aber so, in Gedanken, ist es logisch und überzeugend.«

»Hoffen wir, dass wir gar nicht sehen werden, wie es in der Wirklichkeit ist, beten wir zu Gott, dass es ihm nicht gelingt, seinen Staat aufzubauen«, entgegnete der Wesir. »Und falls er ihn, Gott bewahre, dennoch aufbaut, werde ich wohl nicht mehr darin leben müssen. Das Alter hat seine guten Seiten.«

Wieder schwiegen sie und gingen nebeneinander her, viel langsamer als sonst, weil der Wesir wie ein Mensch wirkte, der sich bei jedem einzelnen Schritt mit Mühe ins Gedächtnis zurückrufen muss, was zu tun ist, um einen Fuß vor den anderen zu setzen.

»Aber soll er meinetwegen dort sein, soll er seinen Staat errichten, wenn es der Wille Gottes ist«, seufzte der Wesir. »Ich habe dich wegen einer anderen Sache zu mir gerufen.«

Wieder Schweigen und langsames beschwerliches Gehen.

»Du hast das sicherlich auch so schon bemerkt, in diesen Dingen bist du unübertrefflich«, dachte der Wesir weiter nach. »Wenn er recht hätte, das heißt sie, weil Hassan behauptet hat, es gebe viele, die so dächten wie er, wenn sie recht hätten und wenn sich die Welt und ihr Schöpfer wie die Spinne und ihr Netz verhielten, hieße das, dass der liebe Gott gegenüber seiner Welt und allem, was auf ihr existiert, gleichgültig wäre. Aber das kann nicht sein, alles sagt dir, dass es nicht sein kann. Vielleicht ist es auch der Spinne nicht einerlei, ich kann es nicht wissen, weil ich keine Spinne gewesen bin. Aber sagen wir, es sei ihr einerlei, für sie kann es unwichtig sein, zerreiße ihr ein Netz – und sie spinnt ein neues, wann immer sie will. Deshalb sind alle ihre Netze gleich und deshalb sind sie von kurzer Dauer. Doch die einzelnen Welten des Großen Gottes unterscheiden sich so stark voneinander, dass man sie gar nicht vergleichen kann. Und sie sind von Dauer, würde er sie denn erhalten, wenn sie ihm gleichgültig wären?! Er ist barmherzig, Er ist unendlich barmherzig!«

Wieder schwiegen sie, aber der Wesir atmete schwer und aufgeregt, so dass jeder Atemzug zu hören war.

»Warum hast du mich zu dir gerufen?«, fragte Chayyam, als sein Freund sich beruhigt zu haben schien.

»Eben darum, das muss man widerlegen. Er schreibt jetzt oben, in Alamut, seine Gedanken auf, legt sie ausführlich dar und untermauert seine Lehre, die seine Abgesandten später verbreiten werden und die ihm Untertanen für seinen unsichtbaren Staat gewinnen wird. Der Gedanke, dass der Schöpfer gleichgültig sei, darf nicht in der Welt verbreitet werden, ich wage gar nicht daran zu denken, ich kann mir gar nicht vorstellen, was aus den Menschen werden würde, wie sie sein müssten, um das Leben in einer Welt zu ertragen, die ihrem Schöpfer gleichgültig ist. Und Gott sei Dank kann ich es mir nicht vorstellen! Nur du kannst solche Lehren vernünftig widerlegen, ich fürchte, nicht einmal al-Ghazali könnte das so vernünftig, dass es wirklich überzeugend und bewiesen wäre.«

Ein langes spannungsvolles Schweigen trat ein. Der Wesir hatte eine Bitte ausgesprochen, es war ihm ein persönliches Bedürfnis, dass sein junger allwissender Freund ihm bewies, dass seine Ängste unbegründet waren. Ganz ohne Zweifel war Hassan sein Problem, aber der Tonfall, in dem er von Chayyam verlangt hatte, die Lehre von Hassan zu widerlegen, machte deutlich, dass seine eigene Angst ein noch größeres Problem für ihn war. Er versuchte erst gar nicht zu verbergen, dass er selbst auf die schreckliche Frage nach der Gleichgültigkeit des Schöpfers gekommen war, vielleicht als er über Hassans Träume und Lehren nachgedacht hatte, und nun bat er den Freund, ihm zu beweisen, dass seine Fragen ungerechtfertigt, die Ängste, die ihn überkamen, unbegründet, die Schlüsse, die sich andeuteten, unrichtig waren. Chayyam war das klar, und er verspürte ein Unbehagen, das dem des Wesirs mindestens gleichkam. Es war schwer für ihn, zuzusehen, wie ein Mann ihn um etwas bat, der niemals um etwas gebeten hatte und wohl deshalb eigentlich gar nicht zu bitten wusste, und noch schwerer war es für ihn, weil dieser Mann sein stolzer aufrichtiger Freund war (»der aufrichtigste Mann, den ich je gesehen habe«, pflegte Sukayna zu sagen). Vielleicht am schlimmsten aber war, dass er der Bitte seines Freundes nicht nachkommen konnte, er konnte nicht einmal so tun, als würde er ihr nachzukommen versuchen.

»Sogar Ibn Sina hatte Probleme mit dieser Frage, wie sollte sie der arme Hassan nicht haben.«

»Dass er arm ist, würde ich nicht gerade sagen«, wunderte sich der Wesir.

»Wie denn nicht!«, rief Chayyam überzeugt aus. »Ihm ist nicht an der Wahrheit gelegen, ihm ist daran gelegen zu begeistern und zu gefallen, Menschen zu führen und wichtig zu sein. Falls er sich einmal auch etwas gefragt hat, dann nicht, weil ihn die Wahrheit wirklich interessiert hätte.«

»Und was willst du damit beweisen?«, fragte der Wesir nervös. »Ich verstehe dich nicht.«

»Ibn Sina war nur die Wahrheit wichtig, bei allem, was er tat, suchte er sie und berücksichtigte nur sie. Er wollte nicht, wie Hassan, den Menschen gefallen, sein Ziel war nicht, dass sie ihn für weise und groß hielten, er strebte nicht nach Reichtum und wollte nicht den Mächtigen gefallen, er wollte nur wissen, was die Wahrheit ist, und das aufschreiben. Sogar er geriet in einen Zwiespalt und sogar in einen Widerspruch, als er das Verhältnis von Gott und Welt bestimmen wollte. Erinnerst du dich, an einer Stelle äußert er die Vermutung, dass die Welt ewig und demzufolge nicht erschaffen sei. Wie, ich bitte dich!? Wie soll ewig sein, was eine Form besitzt und demnach endlich ist?! Das geht nicht, es versteht sich von selbst, dass das, was eine Form besitzt, erschaffen oder gemacht sein muss. Ein Ibn Sina hat das für einen Augenblick übersehen, und nun kommt Hassan, um alles zu klären!«

»Du hast mich verstanden, Omar«, entgegnete der Wesir müde. »Ich möchte auf gar keinen Fall, dass dir zustößt, was dem armen Suhrab zugestoßen ist, ich würde nicht verlangen und verlange nicht, dass du dich mit ihm anlegst, du brauchst ihn oder sie gar nicht zu erwähnen, wenn du Angst hast. Ich würde dir seine Schriften besorgen, und du mögest beweisen, dass die Offenbarung die Wahrheit sagt und Er, wie die Offenbarung ja auch sagt, der allgemeine barmherzige Wohltäter ist. Du musst weder Hassan widerlegen noch seinen Namen erwähnen.«

»Ich habe keine Angst, nicht im Geringsten«, erwiderte Chayyam beschämt, wohl wissend, dass er seinen Wohltäter und Freund nicht einmal anlügen konnte, den Mann, der ihm alles ersetzt hatte, was ihm wegen des frühen Todes seines Vaters vorenthalten blieb. Über das Verhältnis Gottes zur Welt kann allein der sprechen, der etwas Zuverlässiges über Gott weiß, aber wir können über Ihn nichts Zuverlässiges wissen. Und wie erst beweisen, dass Er gut und barmherzig oder gleichgültig und streng ist oder … Nein, er kann nicht einmal versprechen, darüber nachzudenken, weil man nicht darüber nachdenken kann, allein ein Narr, der sich nicht um das Denken und die Wahrheit kümmert, kann behaupten, er denke über Gott nach und wisse etwas über Ihn.

»Kann ich irgendetwas für dich tun?!«, fragte Chayyam ungestüm nach einem langen Schweigen, in das sie beide versunken waren und in dem sie sich aufzulösen schienen wie Fett in der Lauge.

»Begleite mich nach Hause«, sagte der Wesir und lehnte sich an Chayyams Schulter. Verlegen bot ihm Chayyam einen Arm, damit er sich auf ihn stützte, und mit dem anderen umarmte er ihn und brachte ihn liebevoll, zutiefst dankbar nach Hause.

Vor dem Haus trennten sie sich, weil Nizam al-Mulk ihn nicht hineinbat.

Auf dem Heimweg setzte sich Chayyam heftig mit dem auseinander, was er gerade getan hatte. Klar war, dass er sich an seinem Freund schwer versündigt hatte, damit brauchte er sich gar nicht auseinanderzusetzen, auseinandersetzen hätte er sich allein damit können, ob die Sünde, die er begangen hatte, schlimmer war oder jene, die er begangen hätte, wenn er gesagt hätte, er werde über Gott und Sein Verhältnis zum Erschaffenen nachdenken. Das wäre eine schwerwiegende Sünde gewesen, eine, die den Unterschied zwischen dem Schöpfer und dem Geschöpf geleugnet hätte; wer diese Sünde beging, hatte das Denken und die Suche nach der Wahrheit aufgegeben. Aber einen Freund, einen solchen Freund im Stich zu lassen! Er musste in den nächsten Tagen Abu Said aufsuchen, allein mit ihm konnte er ernsthaft darüber reden. Das heißt, allein Abu Said konnte ihm helfen, sich mit seinem Dilemma logisch auseinanderzusetzen.

Er war schon in der Nähe seines Hauses, als er eine klangvolle Kinderstimme »Hakim! Hakim!« rufen hörte. Er drehte sich um.

»Bist du der Hakim?«, fragte ein Junge von fünf, sechs Jahren, der bemerkt hatte, dass er sich umgesehen hatte, und ging auf ihn zu.

»Manche nennen mich so«, antwortete Chayyam.

»Der mit den Sternen? Omar?«, fragte der Junge weiter.

»Ja, der.«

»Komm mit, du wirst erwartet.«

Der Junge drehte sich um, ohne eine Antwort abzuwarten, und stürzte fast davon, Chayyam folgte ihm und konnte ihn kaum einholen. Die Geschwindigkeit, mit der sie sich fortbewegten, erlaubte kein Gespräch, der Kleine eilte, als würde er gejagt, und Chayyam hastete hinter ihm her, wobei er für Momente außer Atem kam und sich die ganze Zeit fragte, warum er das tat, sich sogar vorwarf, ein Narr zu sein, wenn er so folgsam hinter einem unbekannten Jungen herging, der ihm weder einen Grund noch eine Erklärung geliefert hatte, die seinen, Chayyams, Gehorsam gerechtfertigt hätte. Sie kamen zur Altstadt, dann schlüpften sie durch das dichte Netz enger Gassen, zwischen Häusern aus Lehmziegeln durch, die nach Feuchtigkeit rochen, vorbei an Toren, denen anzusehen waren, dass sie vermoderten und bald zusammenfallen würden. Schließlich blieb der Junge vor einem Tor stehen, schlug dreimal mit einem Türklopfer dagegen und verschwand ohne Erklärung und Gruß. Das Tor öffnete sich, und ein magerer, besorgter Mann bat Chayyam mit einer Handbewegung herein.

Im Haus erwartete ihn Hassan, gut gelaunt und ehrlich erfreut, ihn zu sehen. Sogleich erklärte er, der magere besorgte Mann, der ihn ins Haus gelassen hatte, sei sein Gastgeber Reis Abul-Fazl, ein guter Kürschner und noch besserer Mensch.

»Vor allem ist er ein guter Gastgeber, wenn er sich um die seelische Gesundheit seines Gastes ängstigt, dann verhätschelt er ihn, wie ihn die eigene Mutter nicht verhätscheln würde«, fügte Hassan mit lautem Lachen hinzu.

Danach erzählte er, sich alle Augenblicke mit einem Lachen unterbrechend und den Hausherrn neckend, bei diesem Mann habe er Zuflucht gefunden, nachdem er aus Chayyams Haus geflohen sei. Der besorgte Abul-Fazl sei vor Angst vergangen, als er zwei Tage später erfahren habe, dass der Sultan und der Großwesir seinem Gast auf den Fersen seien. Hassan hatte ihm dann, um ihm Mut zuzusprechen, gesagt, er könne sowohl den Sultan als auch den Großwesir einen Kopf kürzer machen, wenn er nur zwei wahre und zuverlässige Freunde hätte. Von diesem Tag an bis zu seinem Verlassen Isfahans habe Hassan Unmengen teuersten Safrans und aromatischer Getränke auf dem Tisch gehabt, vor allem Ingwersaft und -tee, weil das Volk glaubt, eine solche Ernährung sei gut für das Gehirn.

»Hast du gedacht, ich bin geistesschwach?«, kicherte Hassan und neckte seinen Gastgeber weiter. »Gib zu, dass du das gedacht hast.«

Reis Abul-Fazl lachte nicht, wehrte sich nicht gegen Hassans Hände und Finger, die er ihm in die Brust und in die Rippen stieß, veränderte nicht seinen besorgten Gesichtsausdruck und ließ nicht erkennen, ob er die Leute um sich herum wahrnahm. Vielleicht half sein Verhalten Hassan, sich zu beruhigen und ernst zu werden.

»Jetzt denkt er nicht mehr so«, endete Hassan, »jetzt weiß er, dass ich den Sultan und den Wesir und jeden anderen, wann immer ich will, beseitigen kann.«

»Das vermittelt dir ein gutes Gefühl?«, fragte Chayyam, ohne seine Neugier zu verbergen, worauf Hassan wieder laut lachte.

»Ich weiß, dir bedeutet das nicht viel, aber erlaube, dass es Leute gibt, denen das Gefühl, ein wenig Macht zu haben, Freude macht, vor allem, wenn das Gefühl begründet ist.«

»Heute habe ich von dem Staat gehört, den du zu errichten gedenkst«, bemerkte Chayyam.

»Ist es nicht genau das Richtige?«, strahlte Hassan. »Ein verborgener Staat, unsichtbar und daher uneinnehmbar, unzerstörbar und im Grunde unzugänglich für jeden Feind. Mein Staat sind die Menschen und das Gold, er ist in Damaskus und Samarkand, in al-Kaheri und Bagdad, in Hindustan und den fränkischen Gebieten. Er ist überall, wo wir unsere Leute und unser Gold haben. Sollte sich irgendwo ein Herrscher finden, der in einer Stadt gegen uns losschlägt, fliehen wir mit unserem Vermögen und den Überlebenden in eine andere und verstecken uns bei einem anderen Herrscher. Und ein wenig später schicken wir dem Herrscher, der uns angegriffen und aus seiner Stadt vertrieben hat, drei Burschen mit scharfen und bestechenden Grüßen, wie dein Freund Suhrab richtig gesagt hat, bis ihn unsere Grüße heimgesucht haben. Glaub mir, alle werden uns geneigt sein, wenn wir auf diese Weise, sagen wir, zehn gegrüßt haben. Und grüßen können wir, wen immer wir wollen, jetzt habe ich dreihundert zu allem bereite und fähige Burschen, in zehn Jahren werde ich dreißigtausend haben.«

»Denkst du, das geht so einfach?«, fragte Chayyam, der sich bemühte, alles zu begreifen, was ihm der begeisterte Hassan sagte.

»Es muss, mein Lieber«, behauptete Hassan. »Hast du bemerkt, dass die Angst einen ganz einzigartigen, unverwechselbaren Geruch hat? Alle Menschen riechen ähnlich, wenn sie Angst haben, sie riechen nach Angst, einerlei, wie sie zuvor gerochen haben, und einerlei, wo, wie und wie viele sie sind. Auch Herrscher sind Menschen. Wenn sie die Krone oder den Turban, den mit Gold verzierten Seidenumhang und goldgewirkten Kaftan, das Hemd aus rotem Atlas und die goldenen Ringe, wenn sie all das, sage ich, abnehmen, bleibt ein nackter, schwacher menschlicher Körper zurück. Ein Körper, der sich vor Bienen und Schlangen, Mücken und sogar Dolchen fürchtet, weil er sich vor allem fürchtet, was ihn stechen und ihm Schmerz zufügen kann. Unter dem Gold und der Seide riecht er nach Angst, wenn er weiß, dass ihn mein Dolch zu jeder Zeit erreichen kann. Und er kann ihn erreichen, meine Dolche reisen durch die Welt und gelangen in die entferntesten Gegenden. Wenn sich an allen Höfen der Geruch der Angst ausbreitet, werden wir die Herren sein. Verstehst du jetzt, was ich dir sage?«

An allem war zu sehen, wie sehr sich Chayyam bemühte, seinen Freund und dessen Begeisterung zu verstehen, aber genauso gut sah man, dass ihm das nicht gelang. Als dies auch Hassan klar wurde, ging er auf Chayyam zu und umarmte ihn freudig.

»Du bist der Richtige, ich habe gehofft, dass es so sein würde«, sagte Hassan und tätschelte Chayyam entzückt die Seiten. »Nur das brauche ich noch, so jemanden, deswegen bin ich auch gekommen.«

»Wie meinst du das?«

»Wie ich es gesagt habe«, lachte Hassan zufrieden. »Ich bin hierhergekommen, um mich zu vergewissern, dass du genau so ein Mensch bist, wie ich gedacht habe, nur darum. Und um dich zu rufen, wenn du es bist.«

»Zu rufen?«

»Komm mit mir. Oder komm später, komm nach Alamut. Alle Bücher auf der Welt, das beste Observatorium, Vogelmilch und Ameisenhonig, alles wirst du haben, und alles wird dir zur Verfügung stehen, nur bleib so und komm mit mir, versteh aber weiterhin nicht, was ich sage, wenn von diesen Dingen die Rede ist. Sei einfach an meiner Seite.«

»Ich habe verstanden, was du gesagt hast, nur dich habe ich nicht verstanden. Was hast du davon, dass alle Angst vor dir haben? Du bist der Herr, na und? Was begeistert dich an all dem und warum halst du dir so viel auf?«

»Genau das brauche ich, darum komm mit mir.«

»Blödsinn, du weißt, dass es nicht geht«, entgegnete Chayyam kurz.

»Wieso denn nicht?«

»Du weißt, wie sehr dich Sukayna mag, es ginge also nicht einmal, wenn ich es wollte.«

»Kannst du deiner Frau so etwas denn nicht befehlen, mein Bruder?!«, rief Hassan verblüfft aus.

»Ich weiß nicht, ich habe es nicht probiert«, entgegnete Chayyam. »Ich will es gar nicht, um die Wahrheit zu sagen, weder probieren noch befehlen.«

»Ist das dein letztes Wort?«, fragte Hassan.

»Wie meinst du das – das letzte?«

»Du kommst nicht mit mir?«

»Bestimmt nicht, so viel hätte dir längst klar sein müssen«, antwortete Chayyam ruhig. »Wie könnte ich irgendwo hingehen, wo sich Sukayna nicht wohlfühlt, selbst wenn ich dazu bereit wäre?«

»Gut«, stand Hassan auf. »Sag deiner Frau, dass ich mich gerade aus ihrer Wäsche herausgeschafft habe und der Umsturz auf der Welt bald beginnen wird. Ihr werdet noch an mich denken.«

Hassan widmete sich nach diesen Worten seiner Arbeit, und Reis Abul-Fazl begleitete seinen Freund bis auf die Straße.

## *Die graue Zeit*

Prinzessin Muhmalak ist zurückgekehrt. Eines Tages Anfang Redscheb zog ihr Zug, gepeitscht von einem kalten und feuchten Wind, vom Südwesten in die Stadt ein, so dass er zum Hof nur einen kleinen Wegabschnitt durch die Stadt zurücklegen musste. Auf der Straße waren kaum Leute, niemand hatte Lust, bei einem derart widerwärtigen Wetter hinauszugehen, und das an einem Tag, der gar nicht angebrochen zu sein schien, weil er am Mittag so grau war wie in der Morgendämmerung, und doch wusste schon am nächsten Tag die ganze Stadt, dass sie zurückgekommen war, und sprach fast nur darüber. Zwei, drei Tage später wusste die ganze Stadt, dass sie ihrem Mann, dem Kalifen Muktadi von Bagdad, erklärt hatte, er sei so dumm und langweilig, dass sie ihn nicht mehr ertragen könne und daher zu ihren Eltern zurückkehre. Manche sagten, sie habe bei dieser Gelegenheit, sozusagen nebenbei, ihren Mann verprügelt, andere wiesen solche Geschichten wütend als Gerüchte und böswillige Erfindungen zurück, aber der liebe Gott wird am besten wissen, wie es gewesen und was die Wahrheit ist.

Am dritten Tag nach ihrer Rückkehr ins Elternhaus erhielt Prinzessin Muhmalak die Gelegenheit, ihren Vater, Sultan Malik Schah, zu sehen und ihm zu erklären, wie es dazu gekommen war, dass sie Mann und Sohn verlassen hatte. Bitter beklagte sie sich, Kalif Muktadi habe der Jagd und seinen Jagdhunden mehr Zeit und Aufmerksamkeit gewidmet als ihr. Wenn er einmal in all diesen Jahren ein Fünkchen Freude und Begeisterung gezeigt habe, dann bei der Jagd oder manchmal, in schlaflosen Nächten, sagen wir dann, wenn der Junge, der ihm den Wein eingoss, ein Lied, das ihn berührte, besonders schön sang. Aber auch das sei selten vorgekommen, so selten, dass sie sich eigentlich gar nicht erinnere, das Gesicht ihres Mannes vor Freude oder Verzückung strahlen gesehen zu haben. Ihr ganzes Leben in Bagdad sei ein graues, langweiliges und untätiges Einerlei ohne Ereignisse und Lichtblicke gewesen.

»Hat er dich durch irgendetwas beleidigt«, wollte der Sultan wissen.

Er habe kein hässliches Wort an sie gerichtet und die Hand nicht gegen sie erhoben, ihr nichts vorenthalten, was sie verlangt habe, und nicht versucht, sie zu etwas zu zwingen. Eine andere Frau hätte ihr Leben in Bagdad vielleicht gut und wünschenswert gefunden, aber für sie sei es unerträglich gewesen.

»Was ist denn unerträglich für dich, was kann der Grund dafür sein, dass du dein Kind und deinen Mann sitzenlässt?«, bemühte sich der Sultan noch immer zu verstehen.

Ob es eine Beleidigung für eine Frau sei, wenn ihr Mann keinerlei Interesse an ihr zeige? Wenn ihn die Jagdhunde mehr erfreuten als sie? Gut, vielleicht sei es keine Beleidigung, aber sicher kein Grund, weiter an der Seite dieses Mannes zu bleiben.

»Aber was ist mit dem Kind, warum hast du nicht wenigstens das Kind mitgebracht?«

»Was soll ich mit seinem Kind? Er wollte es auf jeden Fall behalten, und so habe ich es ihm gelassen, soll er es haben, ich bringe ein neues auf die Welt, wenn ich wieder heirate«, war die Antwort, die den Sultan keineswegs befriedigte, und so entließ er die Prinzessin und rief den Großwesir zu sich, um sich mit ihm zu beraten. In Kürze wiederholte er das Gespräch mit seiner Tochter und endete mit der fassungslosen Frage, fast einem Hilferuf: »Was soll ich machen, lieber Onkel?«

Der Wesir erzitterte unverhofft, weil ihn der Sultan schon jahrelang nicht mehr Onkel genannt hatte, so wie er ihn seit früher Kindheit und noch in den ersten Jahren seiner Herrschaft regelmäßig angesprochen hatte.

»Was schlägt deine Frau vor?«, fragte der Wesir vorsichtig. »Sie ist immerhin die Mutter, man muss sie anhören.«

»Turkan?«

»Ja.«

»Sie hat so viel Verstand und Ehre wie ein ziemlich kleiner Vogel, das sage ich dir«, antwortete der Sultan barsch.

Er erzählte dem Wesir, Turkan Chatun sei schon am Tag, als die Prinzessin zurückgekehrt war, bei ihm eingefallen und habe verlangt, gleich morgen das Heer gegen den Kalifen Muktadi aufzustellen. Sie sei wütend und zugleich entzückt gewesen, habe den Mann ihrer Tochter bestrafen und die Tochter rächen wollen, aber gleichzeitig gejubelt, weil sich eine bessere Gelegenheit und ein besserer Vorwand für die Eroberung Bagdads und die Übernahme des Kalifentitels nicht bieten werde. So habe sie gefaucht und gejauchzt, bis er sie hinausgeworfen und ihr verboten habe, ihm unter die Augen zu treten, wenn er sie nicht rufe.

»Ich kann nicht mit einem Mann Krieg führen, weil meine Tochter das Ehegelöbnis nicht geachtet hat«, erklärte der Sultan dem Wesir, was er schon seiner Frau erklärt hatte. »Ich kann das Kind nicht verlangen, wenn sie es nicht will. Ich kann sie nicht rechtfertigen, weil mir an ihrem Verhalten nichts klar ist. Aber was kann ich machen? Was soll ich tun, weil ich es ja auch nicht dabei belassen kann?«

Der Wesir dachte kurz über alles, was er gehört hatte, nach und schloss, dass die Dinge kaum besser stehen könnten. Das erklärte er auch dem Sultan. Ein Angriff auf Bagdad komme nicht in Frage, wie der Sultan richtig bemerkt habe, weil es dafür weder einen Grund noch eine Rechtfertigung gebe. Das Kind müsse beim Kalifen bleiben, weil es seins sei und weil die Mutter das Haus verlassen habe, es also keinerlei Grundlage gebe, es dem Vater wegzunehmen und hierherzubringen. Und es bestehe auch gar keine Veranlassung, das zu tun, man könne sich schwerlich etwas Besseres vorstellen, als dass der Enkel des Sultans am Kalifenthron aufwachse. Schon morgen würden sich, wie die Dinge jetzt stünden, Malik Schahs Sohn und sein Enkel die Macht über die Welt teilen, weil der eine auf dem Sultansthron und der andere auf dem Kalifenthron sitzen werde. Das Einzige, was man jetzt tun solle, damit die Dinge sich noch besser entwickelten, wäre ein Freundschaftsbesuch beim Kalifen. Die Ehe von ihm und der Prinzessin sei verlaufen, wie sie verlaufen sei, da lasse sich nichts mehr machen, aber das sei kein Grund, die Freundschaft und gemeinsamen Interessen zweier Herrschersitze in Frage zu stellen. In diesem freundschaftlichen Ton könne man ohne Probleme vereinbaren, dass der Kleine ein paar Monate im Jahr am Hof in Isfahan verbringe, so biete sich die Gelegenheit, schon jetzt in frühen Jahren damit anzufangen, Nähe und brüderliche Beziehungen zwischen ihm und der Sultansfamilie, also auch dem künftigen Sultan, herzustellen.

Der Sultan war begeistert von dem, was er gehört hatte. Er lobte den Wesir und gab zu, dass er von ihm immer einen guten Rat bekommen hatte, und dann machte er sich daran, den Plan des Wesirs in die Tat umzusetzen. Schon zwei Tage später brachen Boten nach Bagdad auf, um den Besuch des Sultans anzukündigen, und die Vorbereitungen für die große Reise konnten beginnen.

Omar Chayyam musste seinen Gönner und Freund Nizam al-Mulk von Anfang an unterstützen, er half schon beim Verfassen der Briefe, welche die Boten für den Kalifen nach Bagdad mitnahmen, weil der Wesir seit einiger Zeit eine seltsame Unsicherheit an den Tag legte, wie er sie früher nicht einmal ansatzweise gehabt hatte. In solchen Augenblicken, wenn ihn seine Unsicherheit befiel, brauchte er Chayyam neben sich, als hätte dieser am besten gewusst, was der Wesir dachte, wünschte und entscheiden musste, und als könnte er am besten dabei helfen, die passende Formulierung zu finden und die richtige Entscheidung zu treffen. Aber die außerordentlichen Anstrengungen warfen den geschwächten und gealterten Wesir nach zwanzig Tagen ins Bett, so dass Chayyam ihn behandeln musste und überlegte, wie er ihn stärkte, statt ihm bei den Vorbereitungen für den wichtigen Besuch zu helfen.

Sultan Malik Schah sorgte sich ernsthaft um die Gesundheit des Wesirs, er glaubte, Nizam al-Mulk wäre in Bagdad wertvoll für ihn. Deshalb verlangte er von den Ärzten und von Chayyam, alles zu tun, damit der Wesir gesundete und mit ihm auf die Reise ginge, aber jedes Mal betonte er, dass er die Entscheidung seinem Wesir überlasse. »Im Übrigen liegt alles in Gottes Hand«, fügte er am Ende jedes Gesprächs mit den Ärzten hinzu.

Mitte Schaban hatte sich der Zustand des Wesirs spürbar gebessert, so dass alle, er eingeschlossen, fest davon überzeugt waren, dass er auf die Reise gehen könnte. Die frohe Nachricht verbreitete sich am Hof, und alle atmeten auf, klatschten in die Hände, dankten dem lieben Gott. Doch kurz danach, vielleicht fünf, sechs Tage später, etwa zwanzig Tage vor der Abreise verschlechterte er sich wieder etwas, und so beschlossen sie, dass Nizam al-Mulk in Isfahan bleiben müsse, weil er sicher nicht die Kraft habe, die Anstrengungen einer so langen Reise zu dieser Jahreszeit auszuhalten. In seinem Zimmer, neben dem Krankenbett, in dem der Wesir aus Ehrerbietung dem Sultan gegenüber saß, hielten der Sultan, er selbst, Chayyam und drei Hofärzte Rat. Einstimmig kamen sie zu dem Schluss, dass es einem Mord gleichkäme, wenn der Wesir auf Reisen ginge, und entschieden, dass er zu Hause bleiben solle, bei guter Pflege, in der Hoffnung, dass ihn der Sultan in einem besseren Zustand antreffen werde, wenn er, so Gott wolle, zurückkehre.

Am selben Tag bekam Nizam al-Mulk am späten Nachmittag Besuch von seinem Freund, dem Isfahaner Reis al-Husaini. Im Vertrauen teilte er dem Wesir mit, dass zwei Tage zuvor ein Mann aus Tadsch al-Mulks Büro mit 7000 Golddinar, die er aus der Hand von Turkan Chatun erhalten habe, Richtung Alamut aufgebrochen sei. Lange redeten, grübelten und rätselten die beiden, bemüht herauszufinden, warum Turkan Chatun Hassan-i Sabbah wohl so viel Geld schickte. Am Ende waren sie sich einig, dass mit diesem Geld jemandes Leben bezahlt werde. Oder sein Tod, die Summe war zu hoch für etwas Geringeres als das. Und zwar das Leben beziehungsweise der Tod eines bedeutenden Mannes, weder bezahlte man für kleine Leute so viel Geld, noch wären die aus Alamut bereit, sich mit einem Unbedeutenden abzugeben. Aber auf wen hatten sie es abgesehen?

Nach einer langen Diskussion fragte al-Husaini den Wesir, wie es denn mit ihm stehe.

»Schlecht, wie du siehst«, antwortete der Wesir, bemüht, scherzhaft zu klingen.

»Ich meine es ernst«, regte sich al-Husaini auf. »Du stehst ihnen ernsthaft im Weg, seit langem haben sie viele Gründe, dich zu beseitigen, aber sie hatten keine günstige Gelegenheit. Nun haben sie auch eine Gelegenheit. Du reist bald ab, verlässt den gut bewachten Hof und lieferst dich aus. Ein Lager in der Wüste lässt sich nicht so sichern, dass sich nicht zwei, drei Burschen unbemerkt an ein beliebiges Zelt heranschleichen könnten.«

»Aber ich gehe doch gar nicht nach Bagdad.«

»Sie konnten das nicht wissen, das ist heute entschieden worden«, erklärte al-Husaini, immer noch ungewöhnlich aufgeregt. »Vor zwei Tagen, als der Bursche mit dem Geld losgegangen ist, hat man geglaubt, du gehst.«

Drei Tage nach dieser Unterredung rief der Großwesir Chayyam zu einem vertraulichen Gespräch zu sich. Er teilte ihm mit, er werde doch nach Bagdad gehen, er habe über alles gut nachgedacht, alles gründlich bedacht, mit sich und den Seinen überprüft und am Ende beschlossen zu gehen.

»Aber das ist doch Mord!«, schrie Chayyam.

»Auch das ist ein Ausweg, ein guter übrigens«, antwortete der Wesir. »So ist es am besten, glaube mir«, fügte er in einem Ton hinzu, der jedes Gespräch im Vorhinein abblockte.

Anschließend empfahl er Chayyam, Isfahan zu verlassen, weil das bald kein Ort mehr für Leute wie ihn sein werde. Es sei klar, dass er, Nizam al-Mulk, von der Reise, die er in Kürze antrete, nicht zurückkehren werde, und das bedeute, dass Chayyam hier bald keinen Beschützer mehr habe. In der Nähe des Hofs und in allzu großer Nähe von Leuten, welche die Macht erobert hätten, aber nicht mit ihr umgehen könnten, lasse es sich nicht gut leben. Deshalb habe er angeordnet, dass man ihm aus der Staatskasse 30 000 Golddinar auszahle, er solle sehen, wohin er und Sukayna gehen könnten, und das Geld in den nächsten Tagen abholen.

»Wartet nicht zu lange, die Frage ist, wie lange meine Anordnungen noch gelten«, riet der Wesir. »Ich schlage euch vor, möglichst weit weg zu gehen, vielleicht sogar in ein Grenzgebiet. Sie sind bereit, auch gescheite Leute zu dulden, wenn sie nur weit genug weg sind. Vor allem auf deine Art gescheit, duldet man auch in guten Zeiten nicht gern.«

Es wurde beschlossen, am 10. Ramadan nach Bagdad aufzubrechen, um dort in Frieden und Freundschaft den Bayram zu erwarten und zu feiern. In den Tagen bis zur Abreise braute Chayyam zusammen mit den Hofärzten Elixiere, die den Wesir halbwegs wieder zu Kräften bringen und reisefähig machen sollten.

Am 9. Ramadan erwartete ihn vor dem Haus ein Mann in einem Wollumhang und mit einer Wollmütze auf dem Kopf, wie sie manche Derwische tragen. Er sagte, er komme von Hassan, und fragte, ob er eintreten könne. Sukayna war nicht erfreut, sie hatte gehofft, dass sie zwei allein sein würden, seit Leylas Tod war sie am liebsten allein mit Omar, um schweigen zu können, und als sie hörte, von wem er kam, sträubten sich ihr die Haare, und sie war sichtlich erschrocken, so dass sie ihm nicht einmal ein Essen anbot, wie es die Höflichkeit und guten Sitten verlangten. Der Unbekannte machte Chayyam darauf aufmerksam, dass morgen der halbe Hof auf Reisen gehe, nichts sei einfacher, als sich im Gewühl, das in den nächsten Tagen herrschen werde, fertig zu machen und unbemerkt zu verschwinden. Er hatte Briefe mitgebracht, in denen man Chayyam einlud und ihm versicherte, er werde unterwegs geschützt und mit allem, was er brauche, versorgt. Sukayna stürzte jäh aus dem Zimmer, während Chayyam ihm nur mit der Hand bedeutete, dass er nicht die Absicht hatte, darüber zu sprechen, worauf der Unbekannte bemerkte, man habe eine solche Antwort erwartet. Man habe ihm aufgetragen, im Fall einer solchen Antwort zu erwähnen, dass er eine Einladung nach Alamut nur noch einmal bekommen werde. Wenn er sie nicht annehme, sei es Chayyam, der es bedauern werde. Dann verkündete der Unbekannte, er habe ein wertvolles Geschenk dabei. »Unser Großmeister Hassan schickt dir al-Farabis Buch über die Buchstaben und lässt dir ausrichten, dass dich oben bei uns viele solche und noch seltenere Bücher erwarten.« Daraufhin holte er unter seinem Hemd etwas sorgfältig in Stoff Gewickeltes hervor und reichte es Chayyam.

Er bat um die Erlaubnis, an einen stillen Ort gehen zu dürfen und Wasser zu trinken, und als er zurückkam, verabschiedete er sich mit einer Verneigung und verschwand wortlos.

Am nächsten Tag, den 10. Ramadan 485, setzte sich vom Hof in Isfahan ein prachtvoller Zug Richtung Bagdad in Bewegung. Chayyam ging zum Hof, um sich zu verabschieden, besonders von seinem Freund und Gönner Nizam al-Mulk.

Der Abschied fiel ihm schwer, er wusste, dass er ihn nicht wiedersehen würde.

Als er nach Hause kam, fand er Sukayna auf dem Fußboden vor. Tot. An ihrem Körper waren keine sichtbaren Wunden, nirgendwo auf dem Boden gab es Spuren von Erbrochenem, die darauf hingewiesen hätten, dass sie vergiftet worden wäre. Aber sie war tot, und er glaubte fest, dass sie ermordet worden war.

Ein paar Tage später traf in der Stadt die Nachricht ein, dass der Großwesir Nizam al-Mulk beim zweiten Nachtlager nach der Abreise aus Isfahan umgebracht worden war. Ermordet hatten ihn drei weiß gekleidete Burschen mit Stiefeln und Gurten über der Brust, gefertigt aus rotem Leder. Aber diese Nachricht konnte noch nicht ins Bewusstsein seines Freundes Omar Chayyam dringen.

# TEIL 3

## *Bekenntnisse aus der Asche*

~

# 1

Er brauchte Stunden, um wach zu werden. Schon eine ganze kleine Ewigkeit verbrachte er in der Grenzwelt zwischen seliger Selbstvergessenheit, die man im Schlaf genießt, und dem Wachzustand, mit dem unweigerlich Erinnerungen, Körpergefühl und das Bewusstsein einhergehen, dass einen ein weiterer Tag ereilt hat, aber auch die Gewissheit, dass es keinen Ausweg gibt und daher auch dieser Tag für ihn weder Sinn noch Grund haben kann. Er konnte nicht einschätzen, wann es begonnen hatte, weil er sich weigerte, die Augen aufzumachen, er hatte ja keinen Grund, sie aufzumachen, während er hoffte, der Schlaf werde ihn wieder umfangen, der glückliche kleine Tod, in dem wir körper- und erinnerungslos sind. Aber er hätte schwören können, dass es lange vor der Morgendämmerung angefangen hatte. Hartnäckig kniff er die Augen zu, in der verrückten Hoffnung, er werde um den anbrechenden Tag herumkommen, und verdrängte die Erinnerungen und das Bewusstsein von seinem Körper, der sich nicht leugnen ließ, das Bewusstsein von sich und vom Tag, er strengte sich an, sie zu verdrängen, aber von allem, was er tun wollte, gelang ihm nur, die Augen zuzukneifen. »Es wäre recht, wenn sich der Tag, der gewiss nicht für dich angebrochen ist, von dir fernhielte oder wenigstens zuließe, dass du ihn meidest«, dachte Chayyam vage, aber mit ganzem Wesen fühlte er es, die Augen noch immer zugedrückt und wohl wissend, dass ihm auch dieses Mal vorenthalten würde, was er für das Richtige hielt. Für ihn würde auch an diesem Tag, der sicherlich nicht ihm zuliebe angebrochen war, die Sonne nicht aufgehen, weil schon seit der Dämmerung damals in Isfahan, vor etwa vierzig Jahren, als er seine Frau Sukayna mit dem Gesicht zum Boden in ihrem gemeinsamen Haus gefunden hatte, nichts auf der Welt ihm zuliebe geschah. Seit jenem Tag hatte er kein einziges Mal gespürt, dass etwas, was auch immer es sei, für ihn oder ihm zuliebe passiert wäre – weder war für ihn oder ihm zuliebe die Sonne aufgegangen, noch war eine Frucht am Baum ihm zuliebe gereift, noch hatte jemand ihm zuliebe und für ihn etwas gekocht, noch war ein Wort ihm zuliebe ausgesprochen worden und wirklich an ihn gerichtet gewesen …

Als er sich mit dem Unvermeidlichen abgefunden hatte, öffnete er die Augen und empfand starke Schmerzen, als wären sie von den Sonnenstrahlen buchstäblich durchbohrt worden. Er zwinkerte, aber die Schmerzen blieben, verstärkten sich vielleicht sogar. Als hätten an den Innenseiten der Lider Stacheln gesessen, die seine Augäpfel zerstachen. Er schloss die Augen wieder und dachte, er sei ein Narr. Warum sollte er sich zwingen, die Augen aufzumachen, wenn ihm das Schmerzen bereitete, dazu hatte er keinen Grund, nirgendwo wartete jemand auf ihn. Aber das Unbehagen blieb, das unangenehme Gefühl, wie man es von zu wenig Schlaf oder Übermüdung in den Augen hat, das Gefühl, das er immer empfand, wenn er die Nacht bei schwachem Kerzenlicht über seinen oder fremden Schriften durchwacht hatte. Nach einer derart verbrachten Nacht hatte er den ganzen Morgen diesen schmerzhaften Druck in den Augen gespürt. Aber wovon und warum kam dieses Gefühl jetzt? Letzte Nacht hatte er nicht einmal besonders lange in den Nachthimmel geschaut, obwohl ihm schon seit sehr langer Zeit nur noch das manchmal ein wenig Trost schenkte. Eine unerfreuliche Situation, in die er geraten war, dachte er: Entweder litt er an Schmerzen, wenn er die Augen öffnete, oder an einem unangenehmen und schmerzhaften Druck, wenn er sie schloss. Zwischen den Augen und den Lidern hatte er ein stark gefärbtes Häutchen, das feuerrot war, wenn er die Augen schloss, und sich dann zu beruhigen schien und orange wurde. Jetzt war es noch immer orange, aber es flimmerte, wie wenn es rot war.

Einen kleinen Spalt weit öffnete er die Lider, so klein, dass die Wimpern nach wie vor übereinander lagen oder miteinander verflochten waren, und das Häutchen färbte sich grellgelb, wie die Sonne in der Erinnerung eines Kindes. Er spürte keine Schmerzen mehr, nur ein unangenehmes Kratzen seiner unausgeschlafenen oder übermüdeten, vielleicht erkälteten Augen. Wieder öffnete er sie und vergewisserte sich, dass er sehen konnte, dann setzte er sich auf.

Das Laken und die Decke, mit denen er sich zugedeckt hatte, als er sich hinlegte, lagen verklumpt in einer Ecke, er musste sie während der Nacht weggestrampelt haben. Zerknittert war auch das Laken auf der Matratze, so dass man einen guten Teil der Matratze mit zwei, drei gelben Flecken sah, wahrscheinlich von der Wolle, die irgendwann feucht geworden und nicht rechtzeitig richtig getrocknet war, vielleicht von seinem Schweiß. Obwohl sein Schlafhemd beim Aufsetzen etwas heruntergerutscht war, blieben seine Knie und Unterschenkel unbedeckt. Überall auf der Haut nahm er große dunkelgelbe Flecken wahr, die vielleicht nicht unbedingt schmutzig, aber gewiss abstoßend aussahen und es auch waren. Das könnte man mit Schafgarbenöl lindern, wenn Zeit wäre, es zuzubereiten und in die Haut zu reiben. Die Knöchel waren an beiden Füßen stark geschwollen, ein Zeichen, dass sich im Körper Wasser einlagerte. Man sollte Brennnessel- und Löwenzahntee trinken, das verbessert das Wasserlassen. Aber man sollte darüber hinaus das Herz zumindest ein wenig beschleunigen, nur besseres Wasserlassen war in seinem Alter nicht genug. Er könnte zum Beispiel mehr Safran und Ingwer essen, dann würden auch die Tees zum Wasserlassen besser wirken, und er würde nicht so schnell müde. Wenn er dazu noch Orangenblüten- und Zichorienwasser tränke, würde er das Herz beschleunigen und stärken und auch die Haut besser reinigen, so dass ihn sein eigener Anblick weniger anwidern würde. Safran und besonders Ingwer dürften auch seine Verdauung verbessern, die schon ziemlich lang etwas schlechter als schlecht war. Wenn er dann für die Knöchel oder besser für die Beine noch Wegerichbäder bereitete und Umschläge von Apfelessig mit Wegerich machte, würde er sich viel besser von den Giften reinigen, und der Körper brauchte nicht so viel Wasser einzulagern, mit dem er sich vor den eigenen Giften schützte. Für jedes Problem hatten ihm die großen Lehrer ein Heilmittel hinterlassen, aber auch sie hatten ihm keinen Grund hinterlassen, es einzunehmen.

Voller Anstrengung hockte er sich auf alle viere, dann richtete er sich mühsam auf, sich an der Mauer abstützend, von der das Dach umgeben war. Erst jetzt konnte er an den Schatten sehen, dass draußen der Tag weit vorangeschritten war. Er spürte, wie sein Hemd am Rücken klebte, ein Zeichen, dass er im Schlaf geschwitzt hatte oder erst vorhin, als er mit geschlossenen Augen dagelegen und sich bemüht hatte, den Schlaf zu überreden, ihn wieder zu umfangen. Er zog das Hemd aus und breitete es über das Bett, damit es trocknete. Heute Abend, wenn er sich schlafen legte, würde ihn der Schweißgeruch, der sich im Stoff festgesetzt hatte, bestimmt stören, am Ende wahrscheinlich verrückt machen, aber das war leichter zu ertragen, als es jetzt zu waschen oder ein anderes Schlafhemd zu suchen. Es war im Übrigen nichts Schlimmes an einer durchwachten Nacht, wenn man dabei den großen Frieden des Nachthimmels betrachten konnte. Eine stille Freude überflutete ihn. »Dank sei Dir, mein Herr, dass Du den Nachthimmel erschaffen und mich unterwiesen hast, ihn zu entdecken«, dachte etwas in ihm, als er mit Mühe vom Dach ins Haus hinunterstieg. Es ist schwer für einen alten Mann, Treppen hinaufzusteigen, aber hinunterzusteigen ist ungleich schwerer. Das Gesicht zur Wand, hielt er sich am Geländer fest und ruhte alle Augenblicke aus, mit dem Rücken an die Wand gelehnt oder mit der Vorderseite des Körpers, wenn er nicht die Kraft hatte, sich umzudrehen. Während er sich so mit dem rechten Fuß auf einer höheren und dem linken auf einer tieferen Stufe ausruhte, bemerkte er unten am Bauch, schon am Übergang zur Leiste, eine Narbe, die er nie zuvor gesehen hatte.

Das überraschte ihn nicht, schon eine Weile tauchten an seinem Körper Narben auf, die vorher nicht da gewesen waren, und zwar an Stellen, an denen er mit Sicherheit niemals eine Schnittwunde oder eine andere Verletzung gehabt hatte. War das die Erinnerung des Körpers an Verletzungen und Beleidigungen, die er in der Kindheit erlitten hatte? War es die Ankündigung kommenden Verfalls? Waren es Botschaften eines Lebens, das er hätte leben können, vielleicht leben sollen, es aber nicht getan hatte? Diese Narben verschwanden nach einiger Zeit, so dass er keinen Grund hatte, sich zu sehr mit ihnen zu beschäftigen.

Unten an der Treppe musste er etwas länger ausruhen. Nicht dass er richtig ermüdet gewesen wäre, aber er musste Atem holen, weil es seinem steifen Körper schwerfiel, sich zu bewegen, und er gegen jede Bewegung rebellierte. Jetzt wäre es am vernünftigsten, eine Waschung vorzunehmen und nachträglich das Morgengebet zu verrichten, das würde ihn wärmen und lockern, und er würde das Leben viel leichter ertragen. Er müsste sich auch anziehen, es machte ihm nicht die geringste Freude, sich selbst anzusehen, so nackt und mit dunkelgelben Flecken bedeckt, mit leeren Hautsäcken, die wie Stoff ohne Festigkeit herabhingen. Es waren einmal Muskeln gewesen, voll und lebendig, aber sie waren mit der Zeit erschlafft, und nun hing die Haut, die sie ausgefüllt und gestrafft hatten, herab. Dagegen gab es kein Heilmittel, ebenso wenig wie gegen den Tod, aber man konnte es zumindest vor den Blicken verbergen, indem man sich zum Beispiel anzog. Selbst als jüngerer und unversehrter Mann hatte er sich auch den eigenen Blicken nicht gern derart entblößt ausgesetzt. Aber vor dem Anziehen würde er sich waschen müssen, und das war schon ein echtes Unterfangen.

Zwei, drei getrocknete Feigen, etwas Brot, kaum drei Bissen, hart wie Stein, und kleine Stückchen Käse, der bereits weich geworden war, lagen auf dem Tisch. Von gestern Abend, vom Nachtessen? Nein, er hatte nicht zu Nacht gegessen, gestern Abend war er spät gekommen und hatte sich sofort auf das Dach zum Schlafen geschleppt. Vom gestrigen Frühstück? Wer weiß, von wann, jedenfalls war es nicht mehr essbar. Aber er hatte auch keine Lust, etwas Essbares in dem Haus zu suchen, in dem er ohnehin nichts gefunden hätte.

Sein Blick fiel auf eine Galabia, die an der Tür des Wandschranks hing, aufgehängt an dem kleinen Hebel, mit dem man die Tür schloss. Er ging hin, roch an der Galabia und überzeugte sich, dass sie sauber war. Sicher hatte Tayida, die Nachbarin, die sich ein wenig um ihn kümmerte, irgendwo im Haus die schmutzige Galabia gefunden, sie gewaschen und hierher zurückgebracht, damit sie ihm in die Augen fiele, wenn er etwas zum Anziehen suchte. Er freute sich über die saubere Galabia wie über ein unerwartetes Geschenk. Ging in den Keller hinunter, wusch sich, dann kehrte er ins Haus zurück, zog die Galabia über und verließ, ohne sich aufzuhalten und nachzudenken, das Haus.

Ein paar Schritte von seinem Tor entfernt fiel ihm ein, dass er das Morgengebet nicht verrichtet hatte, und kurz darauf ärgerte er sich über sich und fluchte, weil er begriffen hatte, dass ihm das Morgengebet nur deshalb eingefallen war, weil ihn die Steifheit seines Körpers und die Ungelenkigkeit seiner Bewegungen daran erinnerten, dass er sich durch das Gebet hatte wärmen und die Muskeln weich machen wollen. War es möglich, dass ihn auch das Gebet verlassen hatte?

Oder hatte er die Fähigkeit zu beten verloren? Wütend spuckte er aus, nannte sich einen Narren und setzte seinen Weg fort.

Am Fuß des Berges, auf dem sein Haus stand, trafen sich zwei Wege, von denen einer in die Altstadt führte und der andere bergauf in ein Dorf, das etwa eine halbe Stunde Fußweg entfernt war. Ungefähr hundert Schritt von dieser Kreuzung, irgendwo auf halbem Berg, stand das Haus seiner Nachbarn, um das sich jetzt eine große Menschenschar versammelt hatte und offensichtlich lebhaft über etwas diskutierte. Er ging hinauf, um zu sehen, ob den Nachbarn etwas zugestoßen war.

Ihnen nicht, aber ihrem Hund. Jemand hatte ihm den Kopf abgeschnitten und ans Tor genagelt und den enthaupteten Körper neben der Hofmauer liegen gelassen. Das Tor war weit geöffnet, im Hof saß die Nachbarin auf dem Boden und schlug sich geistesabwesend mit der Hand auf die Brust, ohne sich dessen, was sie tat, bewusst zu sein, während ihr Mann verloren im Hof umherging, als suchte er etwas. Einer der Versammelten erklärte Chayyam, gestern Nachmittag seien drei Burschen um das Haus gestrichen und hätten etwas angeschaut. Sie seien weiß gekleidet gewesen, mit roten Gurten über der Brust und roten Stiefeln an den Füßen. Daraus zogen alle Versammelten den Schluss, es sei ein großes Glück, dass sie nur den Hund umgebracht und fünf Schafe mitgenommen hatten, weil die Leute in den weißen Uniformen und mit den roten Gurten sonst nämlich die Hausbewohner oder mindestens ein Familienmitglied, meist den Vater, ermordeten. Es sei ein seltenes Glück, dass sie sich damit zufriedengegeben hätten, etwas Vieh mitzunehmen, aber alle Hausbewohner und den größten Teil des Viehs in Ruhe gelassen hätten.

Chayyam winkte ab und spuckte aus, drehte sich um und ging den Berg hinunter zur Altstadt. Er geriet außer Atem, für Augenblicke spürte er, wie ihm das, was in ihm aufgewühlt worden war, die Kehle zuschnürte und dass ihm schwarz vor Augen wurde. Er hatte begriffen, was hier geschehen war, sobald man die Burschen in Weiß mit den roten Gurten über der Brust erwähnt hatte, der Mann, der es ausgesprochen hatte, hatte seinen Satz nicht einmal beendet, und schon war aus Chayyams Magen das aufgestiegen, was ihm nun die Gelenke versteifte und den Hals eng machte. Da hatten sich ein paar kleine Diebe ausstaffiert, wie die Leute seines ehemaligen Freundes Hassan-i Sabbah ausstaffiert waren, und den unglücklichen Menschen fünf Schafe gestohlen. Sie wussten, keiner würde auch nur daran denken, die Leute von Hassan-i Sabbah zu verfolgen, deshalb hatten sie sich angezogen wie diese und sich bemüht, wie diese zu wirken.

Sobald er an Hassan dachte, kochte in Chayyam alles hoch, womit er schon über vierzig Jahre kämpfte – Schmerz, Wut und Verzweiflung, die Ahnung, dass Hassan den Mord an Sukayna befohlen hatte, und der Wunsch, diese Ahnung möge sich niemals bewahrheiten. Aber dieses Mal war da noch etwas, schon lange hatte ihn die Erinnerung an Hassan nicht mehr in diesen fast rasenden Zustand gebracht. Er kam aus dem Schritt und stolperte vor Wut, als ihm aufging, was das Neue heute war: Ihn beleidigte, dass Hassan und seine Leute derart heruntergekommen waren, dass sie zu Mitteln griffen, mit denen kleine Diebe den Armen in den Dörfern und Vorstädten Angst machten. »Ist aus mir wirklich so ein Narr geworden!?«, dachte er. »Wäre es etwa leichter für mich, diese Öde von Leben zu ertragen, wenn sie nach wie vor schrecklich und finster wären!?« Noch eine Zeitlang tat er so, als setzte er sich mit sich auseinander, und suchte Beweise, dass sich in seinem Leben nichts ändern würde, schon gar nicht zum Besseren, was auch immer mit Hassan und seinen Leuten geschah. Dabei wusste er, dass es sich hier um Eitelkeit handelte, um das traurige Bedürfnis unglücklicher Menschen, dass es eine große Macht sei, die ihnen Verderben gebracht hat. Es war nicht leichter, das Unglück zu tragen, wenn es eine große weltbedeutende Macht gebracht hatte, aber sie fanden sich dann wohl leichter damit ab.

Er war am Fuß des Berges, als in seiner Erinnerung Hassans Stimme erklang, die er mit Sicherheit nicht hatte hören wollen. Sie sprach von der Angst, von der sie oft, gern und ausführlich sprach, wann immer Chayyam gewillt war, ihr zuzuhören. »Der Mensch ist ein Wesen der Angst«, philosophierte die Stimme in seiner Erinnerung, »es gibt keine bessere Art, den Menschen zu formen, als durch die Lenkung seiner Angst. Du kannst einen Helden oder einen Weisen, einen frommen Sklaven Gottes oder ein Tier, das nichts gelten lässt, aus ihm machen, du kannst aus ihm machen, was du willst und was du brauchst – wenn du nur seine Angst zu lenken weißt. Manche alten Weisen lehren, der Mensch sei ein Tier ohne Fell und Federn, andere, er sei ein sprechendes Tier, und das sei sein wichtigstes Merkmal. Die Offenbarung lehrt uns, dass der Mensch das einzige Geschöpf ist, das sich bemüht, seinen Schöpfer zu erkennen, und viele unserer Lehrer glauben, unser wichtigstes Merkmal bestehe darin, dass wir um unseren Tod wissen und dieses Wissen von Kindesbeinen an in uns tragen. All das ist sicherlich wahr, nicht einmal ein Narr würde daran zweifeln, aber ich behaupte, die wichtigste Eigenheit des Menschen ist – seine Angst. Dir ist bestimmt aufgefallen, dass jedes normale Tier vor dem flieht, wovor es sich fürchtet, die Angst ist der Grund, sich so schnell wie möglich zu entfernen. Nur den Menschen zieht mit unwiderstehlicher Kraft an, was Angst in ihm weckt, der verängstigte Mensch schaukelt wie ein Ast im Wind und schwankt zwischen dem Wunsch, vor dem, wovor er sich fürchtet, zu fliehen, und dem Bedürfnis, sich ihm zu nähern und sich womöglich mit ihm zu vereinigen. Warum ist das so? Weil der Mensch seine Angst in sich trägt, während sie beim Tier von außen kommt und verschwindet, wenn sich das Tier von dem entfernt, was sie hervorgerufen hat. Der Mensch ist das einzige Geschöpf, das die Angst von Geburt an in sich trägt, er bringt seine Angst mit auf die Welt, wie er sein Herz oder das Bedürfnis zu atmen mitbringt. Die Angst bestimmt alle Gedanken und Gefühle, das Verhalten und Benehmen ihres Menschen. Von deiner Angst hängt ab, wie du zu Gott betest und wie du isst, wie du in den Kampf gehst und wie du dich nach Frauen sehnst. Deine Angst bestimmt, was dir im Leben wichtig ist und mit wem du Umgang pflegst, was du lernst und worüber du nichts erfährst. Sag mir, was für eine Angst du hast, und ich sage dir, was für ein Schicksal du hast.

Deshalb sage ich dir, Macht über die Menschen hat, wer ihre Ängste lenkt. Ich würde nicht sagen, dass heute so jemand existiert, viele Ängste gibt es heute und viele, die sie hervorrufen, aber mir scheint, niemand lenkt sie bewusst und mit einer klaren Absicht. Ich sage dir, morgen werde ich es sein, weil ich als Erster begriffen habe, wie wichtig die Angst ist. Morgen werden Sultane und Wesire vor mir Angst haben, weil sie wissen, dass mein Dolch sie an ihrem Hof, unter Wasser und auf dem Gipfel eines Berges, in der Umarmung einer Frau, bei Tisch und auf dem Gebetsteppich ereilen kann. Vor mir werden sie sich nicht verstecken können, so wenig wie vor ihren hässlichen Gedanken und ihrer Angst, aber was das Schlimmste ist – sie werden es auch wissen. Vor mir werden auch die Armen Angst haben, weil sie nicht verstehen, was ich tue, und denken, ich sei grausam und womöglich verrückt. Auch meine Leute werden Angst vor mir haben, weil sie denken, dass ich mich vor nichts fürchte und deshalb zu allem bereit und fähig bin. Ich werde, wie du siehst, bestimmen, wie sich wer fürchten wird, und daher die Welt beherrschen. Ich werde die Ängste der Menschen lenken, dadurch werde ich sie formen und zur wahren Erkenntnis führen.

Sicher hast du bemerkt, dass die Angst einen unverkennbaren, nur ihr eigenen Geruch hat. Stell dir eine Welt vor, über der dieser Geruch wie eine Wolke schwebt oder, noch besser, der sie erfüllt, eine Welt, in der er gleichzeitig aus jedem lebendigen Menschen strömt und ihn umgibt. Das wird eine Welt weiser Ernsthaftigkeit und der Mühe um die letzten Dinge sein und nicht dieser muntere Zirkus oberflächlichen Jauchzens und falscher Freude. Glaub mir, das wird eine gute Welt, ich werde sie formen, ich weiß schon, wie.«

Zu formen begann er sie kein Jahr, nachdem er diese Ideen seinem Freund Chayyam anvertraut hatte, durch den Mord am Großwesir Nizam al-Mulk und vielleicht auch durch den an Chayyams Frau Sukayna. Sie hatten sich mit der Absicht ans Werk gemacht, alles umzustürzen und eine neue Welt zu erschaffen, mit der Behauptung, erst dann werde die Welt auf den Füßen stehen und nicht auf dem Kopf, also so, wie es richtig sei. Und so weit hatten sie es nun gebracht. War das wirklich die wichtigste Veränderung der Welt, die seinem ehemaligen Freund gelungen war? War das seine neue Welt? Dass sich hinter der Angst, die er in der Welt ausgesät hatte, Hühner- und Taschendiebe verbargen? Einen schönen Ruhm hatte er erlangt!

Hatte es sich dafür gelohnt, all das zu unternehmen, was Hassan und seine Leute unternommen hatten? So viele Menschen umzubringen, so viel Verwüstung in der Welt anzurichten, auch das Leben seines Freundes Chayyam zu verwüsten? Ja, die Welt roch nach Angst, wie er es seinerzeit gewollt hatte, jeder Mensch, mit dem er jetzt sprach, roch stärker und deutlicher nach Angst als nach Schweiß, aber was war dadurch gewonnen?! Was hatte Hassan gewonnen, was die Welt, was seine Anhänger? Er hatte sich oben im Adlernest verschanzt, sich abgekapselt und vor den Menschen versteckt, wie man hörte, beide Söhne ermordet und seine Frau und seine Töchter fortgeschafft … Der liebe Gott straft die

Narren am härtesten, indem er ihre Wünsche erfüllt. All das zu tun, damit kleine Diebe, getarnt als seine Leute, ungestraft jemandem die Hühner wegnahmen! Und damit sich sein Freund Chayyam hier, in Nischapur, verschanzte, verborgen vor den Menschen und vor der Welt, aber leider nicht vor sich selbst.

Wieder winkte er ab, spuckte aus und beschleunigte seinen Schritt. Er konnte und wollte es nicht wissen, er hatte nach Sukaynas Tod hier, in Nischapur, Zuflucht gesucht, in der Hoffnung, vor der Welt, aber auch vor den eigenen Erinnerungen und Fragen zu fliehen. Er hatte auch hier erfahren, dass Staaten verschwanden und neue entstanden, und zwar in einer Geschwindigkeit, mit der früher einmal Häuser errichtet und zerstört worden waren, aber es war ihm gelungen, möglichst wenig davon zur Kenntnis zu nehmen, so dass für ihn alles nebelhaft und fern blieb. Zu ihm waren Nachrichten über pausenlose Kriege gelangt, die innerhalb weniger Monate ganze uralte Städte auszulöschen vermochten, er hatte davon erfahren, weil es sich nicht hatte vermeiden lassen, aber er hatte es im selben Moment vergessen oder an den Rand des Bewusstseins gedrängt. Aber wie sollte er sich vor sich selbst verbergen, wie sich an den Rand des Bewusstseins verdrängen oder völlig aus sich herauspressen?! Man kann sich nicht vor sich selbst verstecken und von sich selbst kurieren, man kann die Erinnerungen nicht abschütteln, genauso wenig wie man sich von seiner Haut befreien kann. Vielleicht weil sich die Haut, die Knochen, die inneren Organe mindestens so viel merken wie das Bewusstsein und die Seele? Schon seit Jahren war er nicht mehr als eine Reihe von Erinnerungen, Seufzern und Bildern, alles außerhalb davon war reines Wissen. »Was in mir ist, was das einzige wirkliche Ich ist, braucht nicht um Erlaubnis zu bitten, mich an sich zu erinnern«, dachte er verbittert.

Neben Nischapur erstreckte sich wie bei den meisten persischen Städten eine in vorislamischer Zeit errichtete Altstadt. Nach der arabischen Eroberung Persiens waren am Rand der vorgefundenen Städte Siedlungen aus dem Boden gesprossen, die rasch wuchsen, weil sich die neue Elite in ihnen niederließ, die durch die Eroberungen, die neuen Gewerbe, den Handel zu Gut und Geld kam, während in den Altstädten die Armen und die Anhänger Zoroasters lebten, die in ihren Häusern und auf ihrem Besitz geblieben waren. Mit der Zeit verfielen diese Städte, die Einkünfte und Vermögen eingebüßt hatten, verwahrlosten, alterten allzu schnell und wurden hässlich. Gewiss wuchs auch in ihnen die Zahl der Häuser und ihrer Bewohner, aber in allem anderen wurden sie kleiner, als saugten die neuen Stadtteile ihnen Kraft und Leben aus. Die einzigen lebhaften Plätze und Versammlungsorte der Leute in den Altstädten waren die Herbergen für ärmere Reisende, die sich den Aufenthalt in den besseren und renommierten Herbergen der neuen Siedlungen nicht leisten konnten, und die Kneipen, in denen die Alteingesessenen eine gute und sichere Verdienstquelle entdeckt hatten. Sie erzeugten und verkauften nämlich weiterhin Wein und andere berauschende Getränke, die herzustellen oder mit denen zu handeln den Muslimen verboten war, und wenn sie wenigstens einen Teil ihrer Erzeugnisse in der eigenen Kneipe verkaufen konnten, war ihnen ein erkleckliches Einkommen fast sicher. In den Kneipen kamen Nicht-Muslime zusammen, die in den Städten lebten, ärmere Reisende, die sich einfanden, dem Alkohol zugeneigte Muslime, sogenannte Freidenker, Nichtstuer und Spitzel, Taugenichtse, die Geld verdienten, indem sie den Muslimen in den neuen Stadtteilen heimlich hier besorgten Alkohol verkauften, aber es kehrten auch viele andere ein. In die Kneipen gingen zum Beispiel regelmäßig Leute, die sich gern frei und ungezwungen unterhielten, da man hier laut sagen konnte, was man an einem anderen Ort nicht einmal zu flüstern wagte, weil es gegen die

Obrigkeit gerichtet und somit lebensgefährlich war oder gegen die Gebräuche verstieß, anstößig und unanständig war und somit die Ehre verletzte, oder wahnsinnig war und somit die Erlösung der Seele in Frage stellte oder ihr zumindest den Weg ins Jenseits erschwerte. Es kamen auch Leute, die gern grobe Scherze trieben oder dabei zusahen, weil es hier für sie immer Kurzweil und Vergnügungen gab, und die gab es, weil sich hier auch unglückliche Menschen versammelten, die bereit waren, jede Beleidigung, Grobheit und Erniedrigung für ein Glas Wein hinzunehmen oder sogar ohne diese Gegenleistung, für den bitteren Genuss, vor Zeugen beleidigt zu werden. Regelmäßig kamen natürlich auch Männer, begierig auf die Gesellschaft von Frauen, welche zu nichts verpflichtet, weil sie weder Spuren noch Erinnerungen hinterlässt, aber doch jedem, der bereit ist, sich darauf einzulassen und sich damit zu begnügen, einen schmerzlichen Genuss verschafft. Schon seit Jahren schlug Chayyam seine Zeit an solchen Orten tot, meistens in der immer vollen Kneipe von Buzurgomid, einem angesehenen und reichen Anhänger Zoroasters, der dank seines Reichtums, wenn er wollte, Zugang zur Crème der Stadt hatte.

Die Kneipe nahm im großen Haus von Buzurgomid das gesamte Erdgeschoss wie auch den ganzen Innenhof ein. Drinnen waren alle Trennwände beseitigt, so dass man einen riesigen Raum bekam, in dem man für gut hundert Leute Platz gefunden hätte. Dieser Raum war durch tragende Wände in drei Bereiche geteilt, und dann war jeder dieser Bereiche durch die geschickte Anordnung von niedrigen Sitzbänken, die um einen oder zwei Tische beinahe einen ganzen oder halben Kreis schlossen, in zwei, drei Abteilungen aufgeteilt, in denen die Leute sitzen und ihre Gesellschaft, den Alkohol und die Gespräche genießen konnten, ziemlich gut abgeschirmt und auf jeden Fall ungestört durch andere vergleichbare Gesellschaften. Ähnlich war auch der

Garten der Kneipe aufgeteilt, in dem jeder Tisch durch Jasmin- und Rosensträucher, den einen oder anderen Baum weitgehend vor Blicken verborgen war. So bot jeder Tisch Platz für ungefähr zehn Leute, die, ungestört und fast ganz verborgen, im Schatten eines Baumes und umgeben von angenehmen Düften, ihren Lastern oder der Suche nach Vergessen frönen konnten.

# 2

Zweimal ging Chayyam durch die ganze Kneipe, durch den geschlossenen Teil sowie durch den Garten, ohne sich für einen Platz zu entscheiden. Ein paarmal blieb er stehen und überlegte, weil an zwei, drei Tischen Grüppchen saßen, darunter Bekannte von ihm, zu denen er sich eine Weile hätte gesellen können, aber nach kurzem Nachdenken suchte er weiter, weil er keinen Grund sah, sich diesen Leuten anzuschließen. Dabei wusste er, dass er sich doch an einen der Tische setzen würde, weil er genauso wenig Grund hatte, sich umzudrehen und nach Hause zu gehen, an einem anderen Ort zu suchen, Atem zu holen oder um sich zu schauen. Am Ende war es so, er setzte sich an einen Tisch in einer Ecke im ersten Saal, weil da der sympathische Sonderling Bayazid genannt Beidenbrüder saß, mit dem es, wie es schien, gar nicht unangenehm sein konnte.

Bayazid hatte den Spitznamen Beidenbrüder wohl deshalb bekommen, weil ihn bestimmt niemand in der Stadt je hatte »ich« sagen hören, und sicher alle, die ihn überhaupt hatten reden hören, mindestens zehn Mal »wir beiden Brüder« hatten hören müssen. Manche in der Stadt wussten noch, dass sein richtiger Name Bayazid war, aber wahrscheinlich wusste niemand den richtigen Namen seines jüngeren Bruders, den alle Recke Duldul nannten. Die beiden waren Waisen geworden, als Bayazid vierzehn Jahre alt war, so dass er in der Familie, die aus ihnen beiden bestand, gleichzeitig Vater, Mutter und älterer Bruder sein musste. Durch gelegentliche Verdienste und die Hilfe guter Menschen, die sich zum Glück immer und überall finden, gelang es ihm, sich und seinen Bruder am Leben zu erhalten. Mit achtzehn bekam er eine Stelle an einer Schule für arme Kinder, so dass er nicht mehr um das Brot zu fürchten brauchte. Er wechselte die Schulen und das, was er unterrichtete, aber nie gelang es ihm, an eine der Schulen zu kommen, an denen man anständig verdiente. Dennoch schaffte er es, von seinem schmalen Lehrergehalt genug anzusparen, um für den »Kleinen«, wie er seinen jüngeren Bruder nannte, eine gute Kriegerausrüstung zu beschaffen und einen Lehrer zu finden, der ihn für die einträgliche Arbeit eines Kriegers befähigte. Das erwies sich als ausgesprochen gewinnbringende Entscheidung, weil der junge Mann in den ständigen Kriegen, die ununterbrochen aufeinander folgten, Ruhm und Ansehen erlangte, wovon hinreichend sprach, dass ihn seine Mitkämpfer Duldul nannten, wahrscheinlich nach der weißen Mauleselstute, die der Gesandte dem Ali geschenkt hatte. Aber der »Kleine« erwarb neben Ruhm und Ansehen auch ein großes Vermögen, so dass die Brüder bereits fünfzehn Jahre lang in wahrem Wohlstand lebten. Schon seit zehn Jahren ging Recke Duldul nicht in den Krieg, sie zogen in ein neues großes Haus um, aber lebten weiterhin allein, ohne Frauen und Diener, Bayazid unterrichtete nach wie vor an Schulen für Arme und kümmerte sich um den »Kleinen«, wie er es getan hatte, als sie Kinder waren. Wann immer sich die Gelegenheit bot, sprach er mit Sorge und Stolz von »uns beiden Brüdern« und erinnerte an die Nöte, die einem ehrbaren Mann heute drohen.

Rechts von Bayazid Beidenbrüder saß Ibn Maschisch genannt Köhler, Bauunternehmer, Sohn eines angesehenen Maurers, der, seit auf der Welt ständige und große Wirren herrschten, ein unschätzbares Vermögen angehäuft hatte. Die Wirren und pausenlosen Konflikte, die vielleicht gar keine richtigen Kriege waren, aber für das Leben der Einzelnen und der Gemeinschaft in vielem noch schlimmer als ein richtiger Krieg, in dem sich zwei erkennbare und reguläre Armeen gegenüberstanden, schienen weder seine Arbeit noch sein

Leben zu beeinträchtigen. Er pflegte in den von Konflikten betroffenen Gegenden aufzutauchen, sobald sich bei einer oder bei beiden Konfliktparteien Zeichen der Erschöpfung zeigten, und begann Ruinen oder Land zu kaufen, noch bevor die Kämpfe aufgehört hatten, dann rief er Leute zusammen oder holte seine eigenen aus Nischapur und fing an, Ziegel, Lehmziegel, Wand- und Dachplatten herzustellen. Hörten die Kämpfe auf, begann Köhler mit dem Bauen, und in weniger als einem Jahr verkaufte er teuer die Moscheen und Schulen, Hamams und Krankenhäuser, die er auf den zu einem Spottpreis gekauften Ruinen errichtet hatte. Er verkaufte zu einem von ihm selbst festgelegten Preis auch Privathäuser an Familien, die aus diesen kleinen Kriegen reicher herausgekommen als hineingegangen waren und ein Domizil suchten, das auf den ersten Blick ihr Recht auf einen neuen Platz in der Gesellschaft deutlich machte. Auch denen, die alles oder fast alles verloren hatten, konnte Köhler helfen, zum Beispiel indem er ihnen Häuser im Austausch für ihr Land gab. Dank solcher Geschäfte wuchs sein Vermögen mit jedem neuen Konflikt, und er erklärte, Baumeister und Krieger seien Brüder oder zumindest Partner, weil Ersterer schnell seine Arbeit verlöre, wenn der andere nicht zerstören und ihm dadurch Arbeit beschaffen würde. Wahrscheinlich deshalb rissen die Gerüchte nicht ab, in denen behauptet wurde, er versuche oft mit viel Geld, einen der neu proklamierten Sultane, Khane und Schahs zu überreden, einen Krieg anzuzetteln, und pflege auch dem Sultan kostbare Geschenke nach Isfahan zu schicken und ihn dann über seine Leute bei Hof dazu zu bringen, einen kleinen Krieg anzufangen, den ein Sultan mit seiner Macht nicht verlieren könne. Köhler bemühte sich im Übrigen gar nicht, solche Geschichten zu leugnen oder zu bekämpfen, vielleicht wurden sie deshalb hartnäckig verbreitet und vervielfacht.

Links von Bayazid Beidenbrüder saß Ali Rizah, ein Sonderling, den die halbe Stadt sympathisch fand und über den grünen Klee lobte, während ihn die andere Hälfte wütend verleumdete und nur Schlechtes und Schlimmeres als das über ihn erzählte. Dienstags besuchte Ali Rizah Waisenhäuser und verteilte kleine Geschenke an die Kinder, unterhielt sich und spielte mit ihnen, und freitags ging er regelmäßig ins Krankenhaus und sprach mit den Patienten, die niemand besuchte. Er pflegte eine Stunde und länger im Gespräch mit solch einem Unglücklichen zu verweilen. Interessierte sich für ihn, wollte erfahren, woher er stammte und warum keiner zu ihm kam, woran er litt und wie sehr er auf Gesundung hoffe, was er brauche und was er am nächsten Freitag haben wolle, wenn Ali Rizah wieder zu ihm zu Besuch käme. Dann erschien er am folgenden Freitag mit dem, was sich der Patient am vergangenen Freitag gewünscht hatte, und unterhielt sich wieder mit ihm, lange, besorgt und freundschaftlich. Diejenigen, die ihn nicht mochten, behaupteten, Ali Rizah liebe die Menschen nicht und tue solche Dinge nicht etwa, weil er gut wäre, sondern weil er sich mit guten Werken von den Sünden reinwaschen wolle, mit denen er sich beschmutzt habe, indem er Muslimen berauschende Getränke verkauft und mit Diebesgut, mit auf den Schlachtfeldern aufgesammelten Kriegerausrüstungen gehandelt und noch schändlichere Geschäfte gemacht habe. Warum er denn gegenüber den normalen Armen keine Güte erkennen lasse, von denen die Stadt voll sei, fragten die, denen Ali Rizah auf die Nerven ging, jedem unserer Armen und auch jedem Vertriebenen und Unglücklichen aus der Umgebung, wie es Hunderte in der Stadt gibt, wäre sogar ein gutes Wort willkommen. Aber nein, er sehe sie überhaupt nicht, sondern unterhalte sich liebevoll mit den Fremden im Krankenhaus, besuche und tröste sie wie seine Allernächsten, und dienstags bringe er den Bastarden Geschenke ins Waisenhaus, als wären sie alle seine eigenen. Sie waren sicher, dass Ali Rizah das tat, weil man solche guten Werke sah und anerkannte, über sie sprach und sie ihm Lob einbrachten. Auch Ali Rizah selbst gab denen, die so redeten, in gewisser Weise recht, indem er erwähnte, dass »unseren Armen« alle hülfen und kein Grund bestehe, dass auch er das tue. »Aber wer wird an meine Unglücklichen denken, wenn auch ich mich von ihnen abwende!?«, fragte er jene, die ihn fragten, warum er denn »unseren Armen« nicht helfe. Außerdem stellte er die Überzeugung, die ihm die Verleumder zuschrieben, nie in Frage, nämlich die Meinung, dass auch Gott die guten Werke besser sehe und höher schätze, die der Mensch denen tut, welche alle anderen vergessen haben.

Links von ihm saß ein junger Mann, fast noch ein Junge, mit ausgesprochen heller, eigentlich weißer Haut, als hätte er keinen Tropfen Blut im Gesicht oder trüge eine Maske aus weißem Mehl. Diesen hatte Ali Rizah in letzter Zeit im Krankenhaus besucht, und der junge Mann hatte dann, nachdem man ihn »aus dem Krankenhaus vertrieben« hatte, wie er sagte, seinen Wohltäter gesucht und gefunden. Das war das Einzige, was er in seiner Situation hatte tun können, oder zumindest das Einzige, was ihm in den Sinn gekommen war, weil er hier und vielleicht auf der ganzen Welt niemanden und nichts hatte. Er wusste, dass er nicht bei dem guten Alten bleiben konnte, aber er war nach der Entlassung aus dem Krankenhaus zu ihm gekommen, um herauszufinden, was er mit sich anfangen könnte. Denn der Mensch kann nicht aufbrechen, wenn ihm alle Wege, die es auf der Welt gibt, offenstehen; der Mensch braucht zwei, drei Wege, die sich ihm anbieten und seine sind, um sich aufzumachen und einen von ihnen zu gehen. So erklärte er, warum er zu Ali Rizah gegangen war, der ihn besorgt gefragt hatte, ob er vorhabe, mit in sein Haus zu kommen, sagen wir, um bei ihm zu leben und alles andere.

Neben dem unbekannten jungen Mann saß der bekannteste Säufer von Nischapur, Abu Lula, der letzte lebende Spross einer alten Adelsfamilie, die in den letzten dreißig Jahren der Wirren alles verloren hatte, was sie besaß, und dabei auch ausgestorben war, weil ihre Mitglieder in Kämpfen gefallen oder im Frieden hingeschieden waren. Wiewohl bettelarm, wirkte Abu Lula noch immer vornehm und war ein willkommener Freund bei Tisch. Denn er war ein belesener und angenehmer Gesprächspartner, konnte zuhören wie niemand sonst auf der Welt und mit einer gut abgewogenen Bemerkung am Ende zeigen, dass er tatsächlich zugehört und auch verstanden hatte. Er genoss jeden Schluck und jeden Bissen, von ihm konnte man wirklich lernen, wie man aß und trank, was die Klügsten unter den Neureichen auch taten, indem sie ihn zu Tisch baten, wann immer sie konnten. Nie verlangte er etwas, er ließ nur zu, dass man ihn bewirtete oder ihm da und dort etwas schenkte. Vor allem in jüngeren Jahren war er selten betrunken gewesen, nun aber, da er auf das Alter zuging, geschah es doch immer häufiger. Dann und nur dann, wenn er ganz betrunken war, redete er über sich. Aber das tat er unnatürlich laut, so dass er die Aufmerksamkeit der ganzen Kneipe auf sich zog und nicht nur die der Leute, mit denen er den Tisch teilte. Wahrscheinlich deshalb wurde in der Stadt viel über seine Ausfälle unter Alkohol gesprochen, jedenfalls viel mehr, als es die Ausfälle verdienten. Es waren im Übrigen keine richtigen Ausfälle, er schlug oder beleidigte nie jemanden, warf nie den Tisch um, übergoss auch niemanden mit Alkohol, er ließ lediglich seinen Gefühlen freien Lauf, die ihn überfluteten, befreit und verstärkt durch den Alkohol. Wenn das Trinken die Hemmungen beseitigte, die jedes Nachdenken und Reden über sich selbst und das eigene Schicksal kontrollierten, stand Abu Lula auf und verkündete donnernd, er habe sein Leben versoffen – alle Fähigkeiten, Wünsche, Bedürfnisse und alles andere, was zum Leben gehöre. Sobald er ausrief, er habe das ganze Leben versoffen, verstummten alle Gespräche in der Kneipe, und alle Augen richteten sich auf ihn, weil die Leute wussten, dass nun interessante Dinge folgten, über die man in der Stadt tagelang reden würde. Dann begann er, wahrscheinlich weil er meinte, die allgemeine Aufmerksamkeit gebe ihm das Recht dazu, laut nachzudenken, zum Beispiel darüber, dass man eigentlich sagen müsse, er habe sein Leben versoffen und ausgepisst. Weil das Leben fließe und wie Wasser und Milch sei und wir das Wasser und die Milch, die wir getrunken hätten, ja auspissen müssten. Tja, so müsse man auch sein Leben auspissen, wenn man es getrunken habe, genauso wie man den Wein auspissen müsse, den man in sich hineingeschüttet hat. Fast immer sagte er ungefähr das oder etwas Ähnliches, aber seine lauten und überlauten Überlegungen fanden stets dankbare Zuhörer und wurden tagelang weitererzählt. Und während er sprach, gestikulierte er oder schlug mit der rechten Hand auf die linke, schluchzte, und die starken Gefühle, die in seinen Hals quollen, schnürten ihm die Kehle zu und raubten ihm den Atem, dabei hatte er Tränen in den Augen oder übers Gesicht laufen. Es kam vor, dass er mitten in seinen Überlegungen zusammenbrach, aber ein oder zwei Tage danach saß er gewöhnlich wieder in einer Kneipe, als der angenehme und willkommene Tischgenosse, der er immer gewesen war.

Am Tisch waren noch drei Leute, die Chayyam nicht kannte, und so drängte er sich zwischen den unbekannten jungen Mann und Ali Rizah, damit er sich nicht mit ihnen bekanntmachen musste, was er auf jeden Fall hätte tun müssen, wenn er sich auf ihre Seite des Tisches gesetzt hätte.

Köhler erzählte, er habe unweit von hier, in einer herrlichen Gegend, etwa einen Tagesritt Richtung Balh, ein großes verlassenes Dorf im Austausch gegen Häuser erhalten, die er am Rand von Nischapur gebaut hatte. Die ehemaligen Dorfbewohner seien ihm dankbar gewesen, als er ihnen diese

Häuser im Austausch gegen ihre Ruinen und ihr Land, das sie nicht mehr bearbeiten konnten, anbot, weil die Häuser praktisch in der Stadt stünden und die Stadt heutzutage weit mehr Sicherheit biete, als sie auf dem Dorf haben könnten, und sei es auch doppelt so groß wie ihres. Und wenn man schon einmal in die Stadt gelangt sei, finde man mit der Zeit auch einen Verdienst, weil die Leute dort, wohin das Leben sie verschlagen habe, immer überlebten. Köhler habe an der Stelle ihres Dorfs, wo er Wasser und fruchtbares Land gehabt habe, in weniger als einem Jahr zwei große Karawansereien, etwa dreißig große, geradezu prachtvolle Häuser sowie Moscheen, Schulen und alles andere errichtet, was eine anständige Siedlung braucht. Nun habe sich die Siedlung zu einem Städtchen entwickelt, das ihm bereits über hundertfünfzigtausend Golddinar reinen Verdienst eingebracht habe, und fast jeden Tag noch so manches einbringe. Fast alle Leute, die früher dort gewohnt hätten, arbeiteten jetzt für ihn, hier in Nischapur, und brächten ihm mit ihrer Arbeit Verdienst und mit ihren Geschichten das Ansehen und den Ruf eines Wohltäters … Aber all das nur, weil er zum richtigen Zeitpunkt die richtige Idee gehabt habe. Ein guter Plan sei das Wertvollste auf der Welt, versicherte Köhler den Hörern am Tisch und belegte das mit seinem Beispiel, denn er sitze ja da und vertreibe sich die Zeit mit ihnen, während sich sein Vermögen von selbst vermehre, nur weil ihm in einem glücklichen Augenblick die richtige Idee gekommen sei.

»Du Glücklicher«, lobte ihn Bayazid Beidenbrüder, »jetzt kannst du eine offene Hand haben. Ich denke, am bedürftigsten ist die Bistami-Moschee in der Neustadt, dort sind in einem Jahr über tausend unglückliche Menschen zusammengeströmt, die von wer weiß wo geflohen sind. Wenn du mich fragst, da solltest du unbedingt eine offene Hand haben.«

»Wovon redest du da?«, fragte Köhler nach einer kürzeren Pause.

»Von Spenden, wovon sonst. Es hat keinen Sinn, dort zu spenden, wo die Leute schon haben, was sie brauchen«, erklärte Beidenbrüder.

»Was für Spenden denn?«, Köhler begriff nicht.

»Du spendest doch wohl einen Teil deines Verdienstes, wieso würdest du sonst Geld verdienen?!«

Darauf erklärte Köhler, er spende nicht und könne, wenn er recht überlege, sagen, dass er die Armen von Herzen hasse oder zumindest verachte. Niemand wäre arm, wenn er denken und arbeiten würde, versicherte ihnen Köhler, es sei eine Schande, heutzutage arm zu sein, wo es so viel Arbeit und Verdienst auf der Welt gebe.

Beidenbrüder erwiderte diese Überlegung mit einem regelrechten Vortrag, als hätte ihn Köhler daran erinnert, dass er sein ganzes Leben lang sein Brot als Lehrer verdiente und sich verpflichtet fühlte, den Leuten zu erklären, was ihnen unklar war. Er erinnerte daran, dass wir das Leben geschenkt bekommen hätten und die Glücklichen unter uns auch all das geschenkt bekämen, dessentwegen es sich lohne, das Leben zu ertragen, wie etwa Liebe, Freundschaft, Freude. Nichts davon kann man verdienen, erwerben oder kaufen, das schenkt uns Gott aus Seinem Überfluss und verpflichtet uns damit, dass auch wir den Bedürftigen von dem geben, was wir haben. Er verlangt von uns, die Armen zu lieben, wie Er uns liebt.

»Aber warum liebt er sie dann nicht gleich, warum macht er alles ohne Not kompliziert?« Köhler verstand nicht oder tat nur so, als verstünde er nicht.

»Er liebt sie, Er liebt alles, was Er erschaffen hat, die Armen vielleicht mehr als dich und mich, sie vielleicht am meisten, wir können das nicht wissen.«

»Aber warum verwickelt Er mich da hinein?! Er setzt sie in die Welt, weil Er sie liebt, und dann verlangt Er von mir, dass ich sie ertrage. Wo bleibt da die Logik?«

»Da gibt's keine Logik, die hilft nicht«, erklärte Beidenbrüder. »Weder das Leben noch das, wofür es sich zu leben lohnt, lässt sich mit Logik begreifen.«

»Aber ich würde gern bei dem bleiben, was man mit Logik begreifen kann, selbst wenn es sich für mich nicht lohnen würde zu leben«, schloss Köhler.

Abu Lula verkündete, er schätze Arbeit und Verdienst hoch, schon seit Jahren lebe er von der Güte der Menschen, die arbeiteten und verdienten. Aber nie habe er jemanden getroffen, dem das gereicht hätte. Es sei schön zu arbeiten und zu verdienen, niemand stelle das in Frage, aber es könne einem ganzheitlichen Menschen nicht genügen, du musst entweder ein ungehobelter Klotz sein oder einen ganz flachen Verstand haben, um dich damit zufriedenzugeben.

»Hakim, ich denke, du solltest dich hier einmischen«, wandte sich Köhler an Chayyam, der ihn nur maß und mit den Schultern zuckte.

Chayyam musste weder sagen noch zeigen, wie wenig Lust er verspürte, sich an dem Gespräch zu beteiligen, weil Ali Rizah erklärte, das sei wahrscheinlich der Grund, weshalb man Kindern bis zu fünf Jahren und vielleicht auch darüber hinaus nicht erlauben dürfe, etwas Nützliches zu arbeiten. Auch lernen dürften sie nur durch das Spiel, und auch in die Schule schicken darfst du sie nicht vor dem sechsten Lebensjahr. »Und was sagt uns das?«, fragte Köhler, der seine Wut schon nicht mehr verbergen konnte, obwohl er sich bemühte, heiter zu reden, die Mitte zu halten zwischen einem ernsthaften und scherzhaften Gespräch, mit dem man die Zeit angenehm totschlägt.

»Sagt es uns nicht, wie wichtig das Spiel ist?«, entgegnete Ali Rizah mit einer Frage. »Du hast gelernt zu gehen und zu essen, zu weinen und die Eltern zu lieben, zu lachen und die Nacht vom Tag zu unterschieden, alles im Spiel. Aber du kannst nicht spielen, wenn du nur auf Nutzen aus bist.«

»Was regt ihr euch heute alle über Nutzen und Reichtum auf!?«, wunderte sich Köhler. »Als gäbe es nichts Schlimmeres als Reichtum!«

»Gibt es schon, aber wenig«, entgegnete Beidenbrüder.

Daraufhin lachten alle, Köhler vielleicht am lautesten, aber es gelang ihm nicht, vielleicht versuchte er es auch gar nicht, zu verbergen, dass er sich in dieser Gesellschaft nicht wohl fühlte und das Gespräch seinem Willen und seinen Erwartungen zuwiderlief. Vielleicht fuhr er Beidenbrüder deshalb an, sobald das Lachen verklungen war.

»Ihr macht euch nichts aus Reichtum, stimmt's?«, fragte Köhler, bemüht, spöttisch zu klingen. »Und genau darum geht es euch auch so, wie es euch geht: Ihr lebt von heute auf morgen, fristet ein kümmerliches Dasein, schlagt euch durchs Leben, als würdet ihr zwischen Regentropfen durchschlüpfen. Aber die Reichen leben und bauen, genießen alles, und wenn sie es satthaben, denken sie sich neue Genüsse aus. Macht es wie sie, meine Leute! Man muss seine Träume leben und nicht sein Leben träumen.«

»Gott bewahre!«, entfuhr es Chayyam.

»Was hast du denn?«, wunderte sich Abu Lula.

»Stell dir vor, jemand müsste die Alpträume leben, die ich oft habe!«, antwortete Chayyam mit echter Angst in der Stimme. »Mensch, was wäre das für eine Strafe! Und unser Ibn Maschisch wünscht sich genau das, und zwar für sich selbst. Gut, für den Feind, aber für sich!«

»Du weißt genau, was ich gedacht habe und was ich will«, schnauzte ihn Köhler an, ohne zu verbergen, dass er vor Wut geradezu kochte.

»Ich würde mich fragen, warum ich Alpträume habe, statt öffentlich darüber zu reden«, warf einer der Unbekannten ein, aber Chayyam würdigte ihn keines Blickes und auch keiner Antwort.

»Ich, mein Lieber, ich kenne all deine Gedanken«, wandte sich Chayyam gereizt an Ibn Maschisch genannt Köhler. »Deshalb bin ich ja auch entsetzt, nur weil ich deine Gedanken und alles von dir kenne.«

»Wie denn auch nicht!«, spottete Köhler. »Ein Mann von solchem Ansehen!«

»Dafür braucht man kein Ansehen, sondern Verstand«, belehrte ihn Chayyam, immer noch gereizt.

»Und du, maschallah, hast beides, ich weiß bloß nicht, ob mehr Ansehen oder Verstand.«

»Denk dir eine Zahl«, schlug Chayyam nach kurzem Nachdenken vor. »Nach deiner Wahl, irgendeine beliebige.«

»Hab ich«, antwortete Köhler.

»Multipliziere sie mit fünf. Hast du's?«

»Warte, ich brauche ein bisschen Papier«, forderte Köhler, dann erklärte er kurz danach, er habe die von Chayyam verlangte Operation durchgeführt.

»Jetzt zieh von der Zahl, die du bekommen hast, ein Drittel ab«, verlangte Chayyam weiter. »Hast du's? Jetzt teile die Zahl, die du erhalten hast, durch zehn. Hast du? Überprüfe alle bisherigen Schritte, es darf keine Fehler geben.«

Beidenbrüder beugte sich zu seinem Tischnachbarn, gemeinsam wiederholten sie alle Operationen, die Köhler bis dahin durchgeführt hatte. Sie verkündeten, alles sei in Ordnung.

»Jetzt fügt ihr eurem Ergebnis nacheinander ein Drittel, die Hälfte, dann ein Viertel der Zahl, die sich Ibn Maschisch gedacht hat, hinzu. Fertig? Was habt ihr herausbekommen?«

»Achtundsechzig«, verkündeten Köhler und Beidenbrüder einstimmig.

»Du hast dir achtundvierzig gedacht, stimmt's«, schloss Chayyam nach kurzem Nachdenken, woraufhin sich Beidenbrüder und Köhler verblüfft ansahen, schweigend nickten und die Hände auf den Tisch legten.

Eine unangenehm drückende Stille trat ein. Abu Lula

versuchte zu lachen, aber er röchelte nur. Ali Rizah hob den Blick, den er bis dahin auf das Papier geheftet hatte, und wandte, an Chayyam gerichtet, ein, dass es nicht mit rechten Dingen zugehe. Der Unbekannte stimmte ihm zu und erinnerte daran, er habe dem Narren ja bereits geraten, nicht auf etwas stolz zu sein, was Kluge verbergen, »aber was nützt es, auch ich kann keinem Blinden zuzwinkern«.

»Gut, er hat es erraten«, sagte Köhler in die Gruppe, an alle und niemanden speziell gewandt, bestellte eine neue Runde, als wollte er die Sache möglichst schnell vom Tisch wischen. »Zufall.«

»Zufall?«, fragte Chayyan gereizt, als triebe ihn eine Wut dazu, immer neue Dummheiten zu begehen. »Denk dir eine Zahl zwischen eins und zehn. Multipliziere sie mit siebenundzwanzig. Jetzt multipliziere die Zahl, die du erhalten hast, mit siebenunddreißig. Hast du's? Und jetzt sag mir bloß die letzte Ziffer, die du bekommen hast.«

»Fünf«, verkündeten Beidenbrüder und Köhler, als sie mit dem Rechnen fertig waren.

Daraufhin überlegte Chayyam kurz, als rechnete er im Kopf, und verkündete, Köhler habe sich fünf gedacht, was dieser durch Nicken bestätigte.

Wieder herrschte Stille, schwer und dumpf. Alle Blicke waren auf Chayyam gerichtet und überschütteten ihn mit einer dichten Mischung aus Angst, Wut und Misstrauen.

»Ach, Unsinn!«, winkte Chayyam angewidert ab und versuchte mit Mühe, vom Tisch aufzustehen. »So einen Narren wie mich hat's noch nicht gegeben.«

»Du bist kein Narr, du bist nicht nur ein Narr«, belehrte ihn der Unbekannte.

»Der Mann hat recht, das ist schlimmer als das, was ein Narr macht, tu das nicht«, riet ihm Abu Lula wohlwollend.

»Was tue ich denn!«, winkte Chayyam ab, und sein Gesicht verzog sich vor Abscheu. Schließlich gelang es ihm aufzustehen, und er ging zur Tür, ohne sich von der Gesellschaft zu verabschieden.

Er war keine zehn Schritte von der Kneipe entfernt, als er Rufe hinter sich hörte.

»Scheich-Baba, Scheich-Baba, stehen bleiben bitte«, rief eine helle und hohe, vermutlich junge Stimme.

Er drehte sich um und sah, dass der weiße junge Mann, der neben Ali Rizah gesessen hatte, bevor er sich zwischen sie gedrängt hatte, hinter ihm herlief und jetzt, mit der ausgestreckten Hand winkend, nach ihm rief.

»Ich bin stehen geblieben, Junge, sprich«, presste Chayyam durch die Zähne, und der junge Mann rannte auf ihn zu, ergriff seine rechte Hand und schüttelte sie, dann küsste er sie und schüttelte sie noch einmal.

»Ich wollte«, begann der junge Mann und stockte, verneigte sich, dann seufzte er tief und redete weiter: »Sag bitte, mein Mutter noch lebt?«

»Beruhige dich doch ein bisschen«, schlug Chayyam vor, »und dann sag mir, was du von mir willst.«

»Ich will«, krümmte sich der junge Mann und verneigte sich abermals. »Sag bitte, mein Mutter noch lebt?«

»Hilf mir, dich zu verstehen«, versuchte Chayyam ihn weiter zu beruhigen, weil alles verriet, dass den jungen Mann eine große Qual umtrieb. »Wer bist du, woher kommst du, was brauchst du von mir?«

»Vukac, das bin ich. Aus Bileševo unter Visoko, Land Bosnien«, erklärte der junge Mann bereitwillig. »Und von dir brauch ich, sag mir, meine Mutter noch lebt? Ich brauche Richtung, weißt du selbst, Mensch aus Fleisch und Blut muss Ort haben, auf den sein Gedanken und Schritt richtet. Wenn sie noch lebt, ich gehen zurück, nach Hause.«

»Woher soll ich das wissen?!«, fragte ihn Chayyam bestürzt.

»Woher du wissen, was der Dicke denkt?«, fragte der

junge Mann, ohne seine Besorgnis in der Stimme zu verbergen.

»Ich habe es nicht gewusst« antworte Chayyam überlaut und winkte ab, wie jemand abwinkt, der etwas ablehnt, was man ihm aufdrängen will.

»Doch, jedes Mal.«

»Das sind Scherze, das ist das Erste, was man lernt, wenn man sich etwas ernster mit Arithmetik befasst.«

»Na dann scherze auch mit mir, sag mir, meine Mutter noch lebt? Bileševo unter Visoko, Land Bosnien.«

»Ich weiß es nicht, Junge, ich kann's nicht wissen, glaub mir«, antwortete Chayyam in einem Ton, der zeigte, wie leid ihm der junge Mann tat.

»Pass auf Scheich-Baba, ich habe einen Plan«, schlug der junge Mann nach kurzem Überlegen vor. »Wenn ich tiefer denke, ich stehe nicht ohne alles da, ich habe zehn Golddinar. Sie sind dein, sag es mir.«

»Wie soll ich dir sagen, was ich nicht wissen kann, guter Mann?!«

»Pass auf, wenn ich noch tiefer denke, habe ich sogar zwölf Golddinar. Sie sind dein, wenn du mir es sagst, und dich kostet es nichts, du zahlst für dein Wissen, so oder so.«

Chayyam breitete die Arme aus, wie jemand, der in eine echte Verlegenheit geraten ist, dann blickte er nach oben, als erwartete er Hilfe vom Himmel.

»Auch du bist doch ein Mensch, Scheich-Baba«, erinnerte ihn der junge Mann, »du weißt, ein Mensch aus Fleisch und Blut muss irgendwo hingehen. Aber ich kann das nicht, für mich sind alle Himmelsrichtungen gleich leer.«

»Dann komm mit mir«, lachte Chayyam nach weiß Gott wie viel Zeit. »Für mich auch, wir könnten uns gut verstehen.«

# 3

Als ihm einfiel, wie die Dinge in seinem Haus standen, drehte sich Chayyam um und führte den weißen jungen Mann ins Stadtzentrum, um etwas zum Essen zu kaufen. Eine Weile gingen sie in völliger Stille, dann begann Vukac zu hüsteln und tief zu atmen, laut einzuatmen und die Luft noch lauter auszustoßen, wodurch er zum Ausdruck brachte, dass er etwas zu sagen hatte.

»Ich bin nicht naiv, Scheich-Baba«, sagte er nach langem Zögern, »ich weiß gut, was einem alles droht, wenn man sich mit solchen einlässt.«

»Mit welchen?«, fragte Chayyam.

»Mit solchen wie du, die sich dem Wissen verschrieben haben, alles Wissen haben möchten.«

»Was droht einem von ihnen?«

»Alles Verderben, der Seele auch«, antwortete der junge Mann.

»Warum lässt du dich dann mit mir ein?«, fragte Chayyam.

»Was soll ich machen, jemand muss sich auch kümmern um dich.«

»Ach, du kleiner Dummkopf«, lachte Chayyam mit einer Heiterkeit, wie er sie schon seit Jahrzehnten, sicher seit dem Tod seiner Tochter Leyla, weder in sich noch in der Welt bemerkt hatte. »Beruhige dich, von mir drohen dir nur zwei Dinge: Das erste ist Langeweile, weil alte Leute meistens langweilig sind, und das zweite, dass du zuschaust, wie ein alter Körper, der sich selbst zur Last geworden ist, verfällt. Und dennoch nicht loslässt, der Körper lässt das Leben leider nicht los, solange er nicht dazu gezwungen wird.«

Kurz danach forderte Chayyam den jungen Mann auf, ihm etwas über sich zu erzählen, woraufhin dieser entgegnete »Gut, Scheich-Baba«, und weiter schweigend neben ihm herging.

»Nenn mich nicht Scheich-Baba«

»Das ist Ehrerbietung«, erwiderte Vukac.

»Das ist Dummheit, und Dummheit kann keine Ehrerbietung sein«, erklärte Chayyam.

»Was dann? Wie soll ich dich nennen?«

»Früher haben mich manche Leute, vielleicht zu Recht, Hakim genannt. Aber am besten ist Omar, am besten ist jetzt sicher nur Omar.«

»Gut, Hakim Omar.«

Chayyam lachte wieder, wahrscheinlich fand er die Neigung seines jungen Begleiters, ihn mit zwei Namen anzusprechen, komisch. Danach schwiegen sie wieder eine Weile, Chayyam fragte den jungen Mann, warum er schweige, und forderte ihn noch einmal auf, ihm etwas über sich zu erzählen. Vukac rechtfertigte sein Schweigen damit, dass er herausfinden müsse, was sich für eine Geschichte eigne, dann begann er von sich zu erzählen.

Er war zwölf, dreizehn Jahre alt, als in seiner Heimat ein zerlumpter Mann auftauchte, Glut in den Augen und in der Stimme. Er hielt die Jungen an oder suchte sie bei ihren Herden, auf den Äckern, am Wasser auf, versammelte sie um sich, wann immer er konnte, und sagte ihnen glühend, sie allein könnten das Heilige Grab vor den Ungläubigen verteidigen und die christlichen Besitztümer im Heiligen Land sogar erweitern. Er erklärte, sie könnten es, weil sie rein seien, ohne Sünde, und deshalb keine Angst hätten, denn die Angst komme aus der Sünde. Voller Verzückung sprach er über das Heilige Land und die Kraft des Glaubens, über alles sprach er so verzückt und überzeugend, wie es möglich war, erzählte ihnen aufregende Geschichten über die Kreuzzüge und versicherte ihnen, bis zum Ende des Jahres würden Kinderheere, die aus allen christlichen Gegenden aufgebrochen seien, um die Wahrheit zu verteidigen und zu verbreiten, das Heilige Land überschwemmen. Aus seiner Gegend entschlossen sich ihrer zehn, mit dem zerlumpten Fremden zu gehen, der seine Begleiter bis zur Save führen sollte, wo sie sich einem großen Heer, das aus dem Norden kam, anschließen und mit diesem zusammen die Reise ins Heilige Land fortsetzen würden.

Vukac ging natürlich mit ihnen, weil er von allem genug hatte. Seitdem sein Vater gestorben war, wies ihn seine Mutter dauernd darauf hin, dass er der Älteste unter seinen Geschwistern war, und lud ihm alle Arbeiten und alles andere auf, was man einem armen Menschen aufladen kann. Er stand mit den Hühnern auf und legte sich hin, wenn es keine Arbeit mehr gab oder wenigstens nicht genug Licht, um die Arbeiten zu sehen, und dabei musste er sie auch noch trösten, weil sie ständig um ihren Mann weinte, als gäbe es auf der Welt nichts anderes zu tun.

Durch ein Wunder gelangte das Heer, dem sie sich angeschlossen hatten und das nicht nur aus Jungen bestand, wie jener Fremde gesagt hatte, und schon gar nicht unendlich groß, unbesiegbar und glänzend war, wie er angekündigt hatte, nach langem Reisen und Umherirren vor etwa zwei Jahren in die Nähe von Jerusalem. Dort überfiel sie, bevor sie ihr erstes Lager aufgeschlagen hatten, ein muslimisches Heer, das viele Leute gefangen nahm, darunter auch Chayyams jungen Begleiter, den es obendrein verletzte. So kam er in ein Krankenhaus in einer nahegelegenen Siedlung, wo er es sich richtig gut gehen ließ und wo er schnell lernte, sich mit den Menschen in seiner Umgebung zu verständigen. Aber christliche Truppen überfielen und verwüsteten die Siedlung, etwa sieben, acht Monate, nachdem Vukac die Schönheiten des Krankseins entdeckt hatte. Beim Angriff wurde auch das Krankenhaus in Mitleidenschaft gezogen, aus dem einige verletzte Gefangene befreit und mitgenommen wurden, zusammen mit muslimischen Patienten, von denen man sich versprach, dass sie losgekauft würden, während andere Gefangene noch schwerer verletzt und in der Gefangenschaft gelassen wurden. Unter diesen anderen war Vukac, der beim Angriff auf das Krankenhaus eine Wunde an der Schulter abbekommen hatte, eine schlimmere als die, welche ihn ins Krankenhaus gebracht hatte, und einen schweren Schlag auf den Kopf, der ihn in einen Zustand zwischen Leben und Tod versetzte, der ungewöhnlich lange anhielt. Gott allein weiß, warum ihn Walid, sein Arzt, auf einen Wagen geladen und mit den Leuten, denen man ansah, dass sie lebten, abtransportiert hatte, wahrscheinlich wusste es Walid selbst nicht, weil es wider jede Vernunft ist, einen jungen Mann mitzunehmen, der kein Lebenszeichen mehr von sich gibt.

Einmal von seinem Ort fortgezogen, ließ sich Walid scheinbar nicht mehr aufhalten, denn alle zwei, drei Monate lud er das, was er hatte, auf einen Wagen und wanderte weiter nach Osten, egal, wie es ihm in dem Krankenhaus, in dem er sich niedergelassen hatte, ergangen war und ob er einen Grund hatte, es so schnell zu verlassen. Vielleicht wusste er ja auch, warum er das tat, aber auch wenn er es nicht wusste, hat der Mann, der von ihm erzählt, Vukac, das gute Recht, seiner ununterbrochenen Flucht nach Osten irgendwelche Gründe zuzuschreiben. Vielleicht hatte er die Konflikte in seiner alten Gegend satt, die sich nicht legten, und es gab auch keine Anzeichen, dass sie sich jemals legen würden, so dass er möglichst weit von ihnen fortwollte? Vielleicht flüchtete er vor einer Erinnerung oder Angst, vielleicht vor etwas in sich selbst, das er nicht unter Kontrolle hat? Aber warum er jedes Mal auch seinen Patienten Vukac, der kein Lebenszeichen von sich gab, dabei aber weder starb noch ins Leben zurückkehrte, auf den Wagen lud – das hätte Walid vielleicht erklären können, doch der Mann, der von ihm erzählte, konnte es jedenfalls nicht. Nach einem langen Aufenthalt in einer Welt zwischen Leben und Tod erwachte Vukac erst vor fünf, sechs Monaten in Yazd – so weiß und müde, als hätte er die ganze Zeit seiner Bewusstlosigkeit Steine gegraben oder gebrochen. Vor einem knappen Monat kamen Walid und er hierher und ließen sich im Krankenhaus nieder. Vor zehn Tagen starb Walid. Heute Morgen hatte man ihn, Vukac, aus dem Krankenhaus vertrieben, ihm Kleidung und zwölf Golddinar gegeben, damit er fürs Erste etwas hätte und ihn ohne Gruß entlassen.

Vukac beendete seine Geschichte und blieb stehen, doch Chayyam ging weiter, als hätte er es nicht bemerkt, so dass der junge Mann ihm nacheilte, seinen Schritt dem seinen anglich und ihn fragte, was er zu dieser Geschichte zu sagen habe.

»Nichts«, antwortete Chayyam, »was soll ich sagen.«

»Du wolltest, dass ich es dir erzähle.«

»Um etwas über dich zu erfahren, darum wollte ich es«, erklärte Chayyam.

Danach konnten sie sich eine Zeitlang nicht unterhalten, weil sie auf den Basar gekommen waren, und da galt es zu überlegen, was sie kaufen wollten, es auszuwählen, mit den Verkäufern zu feilschen und zu bezahlen, das Gekaufte dann zusammenzubinden und einzupacken, um es mit nach Hause zu nehmen. Chayyam hatte schon vor der Ankunft auf dem Basar Zeichen von Ermüdung erkennen lassen, aber die Heiterkeit, die aus dem Nichts aufgetaucht war, als er seinen jungen Freund angehört und angesehen hatte, begleitete ihn auch beim Einkauf, für den er kaum Kraft fand. So erledigte er ihn hauptsächlich schweigend, ohne richtig auszuwählen und mit den Verkäufern zu handeln, zeitweise lehnte er sich an die Schulter von Vukac, um zu verschnaufen und seinen Atem etwas zu beruhigen. Wahrscheinlich halfen ihm das Schweigen und die kurzen Atempausen, ein wenig Kraft zu sammeln, weil er auf dem Heimweg plötzlich wieder zu sprechen begann.

»Wenn anderthalb Fische anderthalb Dirhem kosten, wie viel kosten dann fünf Fische?«, fragte er.

»Kommt darauf an«, antwortete Vukac,

»Was heißt das, ›kommt darauf an‹?«

»Es kommt auf viele Dinge an«, antwortete sein junger Gesprächspartner. »Wie groß die Fische sind, welche Sorte, wie frisch, darauf kommt es an und auf vieles andere. Kein Narr würde für einen Fisch von gestern so viel bezahlen wie für einen, der gerade aus dem Wasser kommt.«

»Aber sagen wir, sie seien alle gleich groß, gleich frisch und von derselben Sorte.«

»Das kann nicht sein«, winkte Vukac nach kurzem Überlegen besorgt ab. »Immer ist einer mindestens ein klein wenig größer oder fetter oder dicker.«

»Ich weiß, dass es nicht sein kann, aber sagen wir, es wäre so«, ließ Chayyam nicht locker.

«Wieso sollte ich sagen, was nicht sein kann?«

»Damit wir eine Regel aufstellen. Oder um des Spieles willen«, redete ihm Chayyam hartnäckig zu.

»Ich bin doch kein Kind, dass ich wie ein Narr spiele.«

Sie aßen in Stille, Chayyam langsam und ohne Begeisterung und Vukac schnell und gierig, wie junge ausgehungerte Leute essen. Als er schließlich satt war, atmete Vukac tief ein und begann seinen Bauch mit kreisenden Handbewegungen zu reiben, als massierte er ihn.

»Oh, was ist das gut«, stöhnte er, »das gibt einem wieder Kraft.«

Dabei rieb er sich weiter mit kreisenden Bewegungen den Bauch, und in dieser Geste lag so viel Zufriedenheit, dass Chayyam unwillkürlich lächelte. Er ahnte ja nicht, dass er noch vielfach Gelegenheit haben würde, sich an dieser Handlung sattzusehen.

Schon kündigte sich die Dunkelheit an, gemeinsam richteten sie für Vukac im großen Zimmer ein Bett her, und

Chayyam ging aufs Dach. Zuvor nahm er eine Lampe und ein Bündel Briefe, das er in einem Geheimfach im Wandschrank aufbewahrt hatte.

Chayyam war verwirrt. Schon lange hatte er das vergessen, was sich nun in seinem Innern abspielte, während er den kleinen Fremden anhörte und ansah, so lange, dass er gar nicht wusste, worum es sich handelte und wie man es nennen sollte. War es Freude, war es Vertrauen in das Leben und die Existenz? Er hatte es nur mit Sukayna erfahren, vor und nach ihr hatte er nicht gespürt, dass der Anblick einer Person seinen Körper zum Lachen gebracht hätte. Nur von ihr hatte ihm nichts gedroht, und sein ganzes Wesen hatte gut gewusst, dass ihm nichts von ihr drohte, wohl deshalb hatte er sich ihr öffnen und sich freuen können. Sie war der Beweis, dass die Welt gut war und dass das Leben gut war und dass er selbst gut war oder es zumindest hätte sein können. Was heute in seinem Innern geschehen war, als er sich mit dem Kleinen unterhalten hatte, erinnerte ihn an Sukayna, und so kam er auf die Idee, er könnte vielleicht wieder ihre Briefe lesen, die er vor langer Zeit in einem Fach vor sich selbst versteckt hatte, weil er es nicht ertragen konnte, sie zu lesen.

Briefe waren eins der Spiele gewesen, mit denen sie ihr gemeinsames Leben verschönerte und komplizierte. Als sie anfing, welche zu schreiben, wohnten sie bei ihren Verwandten, weil sich ihr eigenes Haus noch im Bau befand, daher waren sie weniger miteinander allein, als sie es sich gewünscht hätten, und so begann Sukayna, ihm Briefe zu schreiben, in denen sie ihm sagte, was die anderen nicht zu hören brauchten. Daran muss sie Gefallen gefunden haben, jedenfalls schrieb sie ihr ganzes Leben lang weiter, bis zu Leylas Tod. Manchmal waren es wunderschöne Briefe, in denen sie über ihr Verlangen nach ihm sprach, oder aufregende Einladungen zu heimlichen Liebesspielen und dann wieder irgendwelche Scherze, mit denen sie ihn herausforderte, wie es Kinder tun, wenn es ihnen wirklich gut geht. Besonders häufig waren Briefe, in denen sie eine Antwort auf eine jener Fragen verlangte, auf die es nun mal keine Antwort geben kann: Wenn er wirklich ein Hakim sei, schrieb sie, so müsse er das doch wissen. »Stimmt es, dass Gott mit Adam nabatäisch gesprochen hat?«, fragte sie zum Beispiel in einem Brief. Auf seine Antwort »Gott braucht die menschliche Sprache nicht, um von Seinem Geschöpf verstanden zu werden«, folgte eine neue Frage: »Vielleicht hat Adam sich so mit Eva unterhalten?« »Stimmt es, dass dein Euklid geschrieben hat, die Handschrift sei geistige Geometrie, die sich durch ein körperliches Mittel ausdrückt?«, hieß es in einem anderen Brief, und in einem dritten wiederum erkundigte sie sich, in welcher Sprache die Botschaft geschrieben sei, die die Kuraisch in den Fundamenten der Kaaba gefunden hatten. Solche Briefe steckte sie ihm beim Essen, im Vorübergehen oder während sie mit den anderen Tee tranken zu, in Gestalt zerknüllter Papierstückchen, die klein genug waren, um sie heimlich in der Hand auseinanderzufalten zu können. Andere fand er im Bett oder in der Kleidung, und bisweilen entdeckte er welche unter dem Kissen. Doch manche, vielleicht die schönsten, gab sie ihm von Hand zu Hand, sagen wir, wenn sie schlafen gingen, und in einen solchen Brief war meist eine Quitte eingewickelt, die von Anfang an ihre Frucht gewesen war.

Sukaynas Briefe bewahrte er so auf, dass er sie auch vor ihr selbst verbarg, und als sie in ihr eigenes Haus zogen, fand er einen geheimen Platz dafür, an dem er sie schön stapeln und auf dem Stapel ständig eine Quitte liegen haben konnte. Die Briefe gehörten zu den wenigen Dingen, die er mitnahm, als er nach Sukaynas Tod aus Isfahan fortging, von ihnen trennte er sich all die Jahre nicht (nur hatte er jetzt keine Quitte mehr auf ihnen liegen), aber er nahm nur selten den einen oder anderen zur Hand, um zu lesen. Er konnte es nicht, es ließ sich nicht ertragen, was beim Lesen mit ihm geschah, wenn die Seele aus dem Körper herauswollte, sich aber nicht losreißen konnte, weil der Körper sie nicht hergab.

Als er sich das zweite oder dritte Mal auf der Treppe ausruhte, die aufs Dach führte, nahm er Quittenduft wahr. War der Duft in die Briefe gezogen und hatte sich bis heute gehalten? Oder duftete es aus seiner Erinnerung, womöglich aus einem Verlangen heraus? Oder rief ihn ihre Seele? Gib Gott, dass es so ist und es mir heute gelingt, ihrem Ruf zu folgen, seufzte er voller Hoffnung und Sehnsucht, aber im selben Augenblick fiel ihm der junge Bosnier ein, für den es schlimm wäre, wenn er Sukaynas Ruf heute folgen würde.

Er musste sich erneut ausruhen, als er aufs Dach gestiegen war, dann zog er sich zum Schlafen um und streckte sich auf seinem Lager aus. Die Sonne ging schon unter, noch eine Weile wäre es hell, aber dann würde graues Halblicht herrschen. Wenn sich das Halblicht verdichtete und auf die Dunkelheit zutriebe, würde er eine Lampe anzünden, den ersten Brief nehmen und zu lesen beginnen. Doch bis dahin würde er liegen und seinen Körper zum ersten Mal nach Gott weiß wie langer Zeit als Gefäß angenehmer Müdigkeit empfinden. Er schloss die Augen und atmete dankbar den Quittengeruch ein, der versprach, dass er heute wenigstens einen Brief zu Ende lesen würde. Dann langte seine Hand nach den Briefen und nahm einen, der ganz oben lag. Er richtete seinen Oberkörper auf, lehnte sich an die Wand und öffnete die Augen. Was er sah, war kein Brief von Sukayna.

»Meinem Bruder Omar in Nischapur,
Selam.

Vor langer Zeit habe ich erfahren, was dir zugestoßen ist, lieber Omar, aber ich konnte und ich wollte dir nicht früher schreiben. Ich konnte nicht vor lauter Arbeit, was

ich damals in Isfahan vor deinen Augen aufzubauen begonnen hatte, galt es ins Werk zu setzen und auf diese Stufe zu bringen. Aber ich wollte auch nicht, weil ich keine alten Wunden aufreißen mochte. Ich hätte all unsere Gespräche verschweigen können, allein die Tatsache, dass ich dir schreibe, hätte dich daran erinnert, dass ich euch vor dem, was euch erwartet, was uns alle erwartet, gewarnt habe, woraufhin ihr zwei mich aus eurem Haus geworfen habt. Wer konnte und durfte euch zu jener Zeit, verliebt und glücklich, wie ihr wart, überzeugt, dass euch die Welt gehört, wer konnte und durfte euch damals warnen, dass das Leben letzten Endes nur Unglück bringen kann?!
Ich habe euch gesagt, dass die Welt aus der Verzweiflung des Iblis geboren ist und sich von seinen und unseren Tränen und Schmerzen nährt. Er, der Verdammte, ist in die Zeit gefallen, vor diesem Fall gab es nur die Ewigkeit, in der alles verweilte, was war, weil alles ewig war. Sein Fall hat die Zeit in Bewegung gesetzt, die sich bis heute bewegt, angetrieben von unserem Blut, unseren Qualen, unserem Unglück. Alles spricht dafür, dass es so ist. Mit einem Schrei melden wir uns, wenn wir auf die Welt kommen, Tränen sind das Erste, was wir von uns geben, noch bevor wir die Muttermilch kosten – worauf wartet und hofft ihr denn?! Auf ein weiteres Kind vielleicht?
Dir ist das Sprichwort bekannt, welches sagt, dass der Mensch dem Teufel zuzwinkert, wenn er in den Spiegel schaut, ungeachtet dessen, was er vor dem Spiegel tut. Er kann tun, was ihm beliebt, mit Sicherheit zwinkert er dem Teufel zu, weil der Spiegel ein Teufelszeug ist. Und das auch bleiben wird, solange er die Menschen verdoppelt und ihre Zahl vergrößert. All das hast du gewiss inzwischen verstanden, nach dem zu urteilen,

dass du nicht wieder geheiratet und Kinder bekommen hast.
Die Dinge entwickeln sich gut für uns, die ganze Welt riecht bereits nach Angst, und es gibt immer mehr Leute, die wissen, dass das Leben, dass jede Existenz schwere Verdammnis ist. Unsere Brüder aus Syrien haben Gleichgesinnte unter den Franken gefunden, die in Palästina eingefallen sind, haben sich mit ihnen verbündet und ihnen geholfen, sich ähnlich wie wir zu organisieren. Für sie ist es vielleicht noch leichter als für uns, ihre Gesellschaft zu ordnen, wie es sich gehört, weil ihnen das Mönchssein nicht verboten ist, im Gegenteil, es ist erwünscht. Ihr Imam wird »Großmeister« genannt, und der Name des jetzigen ist Hugo de Payens. Er versteht sich gut mit den Unsrigen dort, sie schließen Freundschaften und arbeiten zusammen, die Unsrigen melden mir, dass sie sogar die gemeinsame Eroberung von Damaskus vorbereiten.
Wir haben dir auf einem der höchsten Gipfel der bekannten Welt ein wunderbares Observatorium gebaut, aus allen Himmelsrichtungen die wertvollsten Handschriften und Bücher zusammengetragen und dir die beste Bibliothek eingerichtet, welche die Welt bis heute gesehen hat, wir haben für dich Arbeit und Belohnungen, die deiner würdig sind. Komm und sei mein Gesprächspartner, mein Bruder und meine rechte Hand. Die Wahrheit ist mit uns, befreie dich vom Schein, in dem du gelebt hast, und komm.

Hassan«

Er las den Brief zu Ende, legte ihn neben sein Lager und versank in den Anblick des noch immer hellen Himmels. Wie war Hassans Brief unter die von Sukayna geraten? Wie war es ihm, Chayyam, gelungen, ihn vollständig zu vergessen?

Wie war es ihm geglückt, nicht nur den Inhalt zu vergessen, sondern auch, dass er ihn überhaupt bekommen hatte?

Er brauchte lange, um sich alles ins Gedächtnis zurückzurufen. Der Brief war vor fünf, sechs Jahren gekommen, gebracht hatten ihn drei Burschen am helllichten Tag, weiß gekleidet, mit roten Gurten über der Brust und roten Stiefeln an den Füßen. Sie kamen, übergaben den Brief, teilten ihm mit, der Sidna, ihr Hauptbefehlshaber, schicke seine Grüße. Chayyam solle überlegen, ob er allein oder in Begleitung reisen wolle, die Antwort könne er über den und den Mann in der Stadt schicken, und wenn keine Antwort komme – sei auch das eine Antwort. Sie gingen, Chayyam in schrecklicher Aufregung und der Gewissheit zurücklassend, dass dieser Besuch, von dem schon morgen die ganze Stadt wissen würde, die Abneigung und Angst, aber auch die Achtung, die er in der Stadt schon seit seiner Ankunft genoss, vergrößern würde.

Hassan war untrennbar mit Sukaynas Tod verbunden, selbst wenn er den Mord an ihr nicht befohlen haben sollte, deshalb musste sein Brief Schmerz, Wut und Verzweiflung, all jene Alpträume und Qualen hervorrufen, in die ihn ihr Tod gestürzt hatte. Aber dieses Mal dauerte der schmerzliche Alptraum seltsamerweise nur kurz, zwei, drei Tage vielleicht. Sobald er sich ein wenig beruhigt hatte, legte Chayyam den Brief in das Geheimfach, in dem er die Briefe von Sukayna aufbewahrte. Er konnte die Briefe seiner Frau nicht mehr lesen, die Begegnung mit ihnen überlebte er kaum, aber leider überlebte er sie doch immer – nur schwächer und trauriger, tiefer in Elend und Verzweiflung geworfen. Nur kurze Zeit, nachdem er ihn in dem Fach versteckt hatte, beschäftigte sich Chayyam in Gedanken mit Hassans Brief, das heißt mit einer Frage, die sich ihm im Zusammenhang mit ihm aufdrängte: Wie kam es, dass Menschen wie Hassan geschickt und unerschütterlich die Macht eroberten und alles dransetzten, um die Welt zu beherrschen? Sie hielten das Leben und jede Existenz für Sünde und Verdammnis, er wusste, dass Hassan das ehrlich sagte und fest glaubte, und dennoch eroberten sie diese Welt, wollten sie beherrschen und in einen Kampfplatz verwandeln, auf dem sich die menschlichen Bestien gegenseitig zerreißen sollten. Wie war das zu begreifen? Wie war dieser Widerspruch zu erklären, der nicht nur logisch unhaltbar war? Was hatten sie von der Macht in dieser Welt, die sie ohnehin so schnell wie möglich verlassen wollten, weil sie eine Scheinwelt und voller Sünde war? In Wahrheit schuf die Macht Leere um den, der sie besaß, einen leeren Raum, der ihn von allen anderen Menschen trennte und einsam machte und ihre Überzeugung bestätigte, dass die Seele hier verloren und eingekerkert war, aber das war keineswegs eine ausreichende Antwort auf die Frage nach ihrem Bedürfnis, Macht zu erobern und zu herrschen. Allerdings beschäftigte ihn auch das nicht lange. Keinen Monat, nachdem er Hassans Brief bekommen hatte, vergaß er ihn, genau wie alle damit verbundenen Fragen, als wäre nichts gewesen.

Er wunderte sich, dass ihn die Entdeckung des Briefs und seine neuerliche Lektüre nicht stärker beunruhigten. Er las ihn nur, fast gleichgültig, legte ihn auf den Boden neben die Liege. Schade, dass er Sukaynas Briefe nicht lesen konnte, müde und schwach, wie er war, hätte er das Lesen nicht ausgehalten. Aber bestimmt hätte er wenigstens einen mit Vergnügen gelesen, wenn sich die Dummheiten von Hassan nicht zwischen ihn und sie gedrängt hätten. Woher diese Ruhe? Woher auf einmal der Wunsch, Sukaynas Briefe wieder zu lesen? Hatte sich in seinem Leben tatsächlich etwas geändert, und hing es mit dem kleinen Bosnier zusammen, den er heute getroffen hatte?

Sukaynas Tod hatte ihm etwas genommen, was ihn vor der Welt geschützt und ihm geholfen hatte, sie zu ertragen, vielleicht eine Aura, die ihrer beider Liebe um ihn herum gebildet hatte, vielleicht nur das Vertrauen ins Leben, vielleicht etwas Drittes. Auf jeden Fall hatte er nackt und ungeschützt dagestanden, als er sie und den Schutz verloren hatte, den ihm ihre Gegenwart bot. Das Einzige, was ihn jetzt noch wehrhaft machte, war die Verbitterung, eine schmerzliche bittere Wut auf die Welt und, schrecklich, es auch nur zu denken, auf ihren Schöpfer.

All die Jahre in Nischapur hatte er auch nicht richtig arbeiten können, seinen Lebensunterhalt bestritt er, indem er Horoskope für besserstehende Leute erstellte, wenn sie Kinder bekamen oder heiraten wollten; indem er vorhersah, das heißt ausrechnete, wie das Wetter in den kommenden Tagen würde, damit die Neureichen wussten, wann sie eine Hochzeitsfeier oder ein anderes großes Fest anberaumen sollten; indem er Juweliere beriet, die wissen wollten, welcher Stein welcher Jahreszeit entsprach. Das nahezu einzig Ernsthafte, das er in dieser Zeit gemacht hatte, waren ein paar Dutzend Gedichte, eigentlich Repliken in seinen ununterbrochenen Gesprächen mit dem Schöpfer, den einzigen Gesprächen, die ihm, nachdem er Leyla und Sukayna, Nizam al-Mulk und Abu Said verloren hatte, etwas bedeuteten. Wenn es denn überhaupt Gespräche waren und nicht eher Klagelieder, mit denen er sich vor sich selbst schützte. All die Verluste, die ihn in kurzer Zeit heimgesucht hatten, konnte er nicht mehr ertragen, geschweige denn still hinnehmen, wie es seine Pflicht gewesen wäre, und so begann er, zum Schöpfer zu sprechen, ihn um einen Grund, eine Erklärung, um irgendetwas zu bitten, was ihm geholfen hätte, sie auszuhalten. Oft dachte er, es wäre leichter für ihn, wenn er sich wenigstens von seinem Wissen befreien könnte, wenn er, sagen wir, glauben könnte, die Sterne, die er Nacht für Nacht betrachtete und mit deren Anblick er sich tröstete, seien Sukaynas Augen oder das Licht ihrer Seele, die beim Warten auf die seine brenne. So hatte man es ihm gesagt, so hatte er es auch geglaubt, solange er

Kind gewesen war. Sogar Sukayna hatte geglaubt oder wenigstens glauben wollen, dass die Sterne Seelen seien, die brennten, während sie auf die geliebte Seele warteten, mit der sie in die Unsichtbarkeit zurückkehren würden, wenn sie sich wieder vereinten. Er konnte das nicht mehr glauben, konnte sich auch nicht zureden, es zu glauben, konnte nicht so tun, als könnte er es glauben, weil er wusste. Deshalb war ihm klar, wie viel die Sterne mit unseren Lieben und Seelen zu tun hatten. War es möglich, dass sich auch das Wissen gegen ihn wenden würde, fragte er sich verunsichert. Er hatte sein ganzes Leben lang geglaubt, der Schöpfer verpflichte ihn dazu, sich unermüdlich Wissen anzueignen, allein das Wissen könne sich Ihm vielleicht ein wenig nähern. Wie kann zur Verdammnis werden, was ich Ihm schulde und wozu Er mich verpflichtet?!, fragte er sich manchmal verunsichert oder verzweifelt. Und nun stellte sich heraus, dass es Verdammnis war, weil es viel leichter für ihn gewesen wäre, wenn er hätte glauben können, dass ihn Leyla und Sukayna als die Sterne erwarteten, die er jede Nacht voller Sehnsucht betrachtete.

Weder auf eine seiner Fragen noch auf ein Gebet oder eine Bitte bekam er Antwort, keine einzige seiner Ängste bestätigte sich, und noch weniger meldete sich die Hoffnung, er könnte eine von ihnen loswerden. Alles schwieg und ging seiner Wege. Tagsüber bemühte er sich um die Gedichte oder etwas anderes, nachts starrte er in den Himmel und verfolgte die Bewegungen an ihm, und all das tat er, um seiner Verzweiflung und seinen Fragen Gestalt zu verleihen, wohl in der Hoffnung, dass sie so auch für andere verständlich würden. Vergebens. Niemand kümmerte sich um ihn, und nichts antwortete ihm. Aber die Welt schwieg dabei nicht, wie es ihm manchmal schien, er hörte ihre Geräusche durchaus, aber wahrscheinlich hatte er, Chayyam, in die Stille versunken, die Fähigkeit und Möglichkeit verloren, sich mitzuteilen. Daher sprach alles, doch nichts und niemand hörte ihn. So herrschte am Himmel weiterhin die große gute Ordnung und auf der Erde blutige Unordnung, und er war in beide versunken und unfähig, ihnen seine Pein kundzutun.

Vor ungefähr zehn Jahren verstummte er ganz; er hörte auch auf, Gedichte zu schreiben, überhaupt zu arbeiten. So begann er, täglich in Kneipen, Teestuben und an anderen Orten einzukehren, wo sich Menschen versammeln, weil man an solchen Orten die Zeit mit der geringsten Mühe totschlagen kann. Das brachte ihm übrigens auch einen schönen Nutzen ein.

Einmal leugnete in einem Teehaus beim Basar ein Händler laut und beredt, so, wie es die neue Mode verlangte, alles, woran die Menschen glauben. Er lachte über Liebe und Freundschaft, führte unwiderlegbare Beweise an, dass die Menschen Bestien seien, die nur die Angst dazu zwinge, manchmal anständig zu sein und zu tun, als wären sie gut, versicherte, ein ernsthafter Mann mit Geschmack schlafe nur deshalb nicht mit seiner Mutter, weil sie für ihn zu alt und hässlich sei. Er war ein gewandter Redner, konnte denken, und es gelang ihm, alle, die versuchten, ihm entgegenzutreten, zu widerlegen oder zumindest zu verunsichern. Einen, der angefangen hatte, vom Jenseits zu sprechen, fragte er spöttisch, wann er denn zuletzt dort gewesen und wann er von dort zurückgekommen sei; einen anderen, der von Gott und seinen Gesetzen gesprochen hatte, erinnerte er daran, dass Gott die Gesetze, die er der Welt selbst aufgezwungen habe, offensichtlich einhalten müsse, denn Wasser fließe ja immer bergab, nie bergauf, nicht einmal nach Gottes Fügung, Gott sei demnach eher Hüter der Gesetze als Gesetzgeber. »Wenn es ihn gäbe, wäre er Polizist und nicht Sultan, soviel musst auch du einsehen, wenn du mit deinem eigenen Kopf denkst«, schloss der Händler und erntete ungeteilte Bewunderung. Daraufhin fragte jener weinerlich, wer denn die

Welt erschaffen habe, und der Händler antwortete streng, schon Ibn Sina habe gewusst, dass niemand die Welt erschaffen habe, weil sie seit jeher bestehe.

»Stell dir ein großes Transportunternehmen vor«, wandte sich Chayyam an ihn, der nicht mit dem Händler reden, ihn schon gar nicht widerlegen oder von etwas überzeugen wollte, es aber nicht ertragen konnte, dass Ibn Sina in Gesprächen dieser Art als Trumpf benutzt wurde, »tausende Wagen, zehntausende Pferde, Maultiere und Ochsen. In jedem Augenblick wird die Ware, die transportiert werden soll, auf zehn oder fünfzehn Wagen geladen, in jedem Augenblick fahren zwanzig oder dreißig Wagen in den Hof hinein oder aus dem Hof des Unternehmens hinaus, in jedem Augenblick bewegen sich Tausende von Beschäftigten im Hof, in den Ställen, wo das Vieh gefüttert werden muss, in den Lagern, wo die Ware gestapelt oder aufgeladen werden muss … Parallel hunderte Arbeiten, erledigt von tausenden Ausführenden verschiedener Art, scheinbar ohne Zusammenhang miteinander, und doch bildet und schafft alles eine Ganzheit. Jede Arbeit für sich genommen mag unsinnig scheinen, aber alle zusammen offenbaren eine wunderbare Harmonie. Jeder Ausführende einer Arbeit, Mensch, Pferd oder Rad, könnte für sich genommen unsinnig erscheinen, aber alle zusammen und mit ihren Arbeiten genommen offenbaren eine atemberaubende Harmonie. Kannst du dir so ein Unternehmen vorstellen?«

»Ich muss es mir nicht vorstellen, ich war in vielen«, antwortete der Händler.

»Und kannst du schwören, dass es von selbst entstanden ist, ohne dass hinter allem ein Geist, eine Absicht und ein Plan gestanden hätte? Schau nur einmal in den Nachthimmel, und du wirst ein unendliches Transportunternehmen sehen.«

Der Händler antwortete nicht und verließ kurz danach

die Gesellschaft. Chayyams Geschichte vom Transportunternehmen wurde indes tagelang, wahrscheinlich sogar monatelang in der Stadt weitererzählt und kommentiert. Manche waren wütend auf Chayyam und empfanden seine Einmischung als Verrat, andere spotteten und behaupteten, der Astrologe und Zauberer versuche sich da, bei den Mächtigen einzuschmeicheln, aber die meisten Menschen billigten sein Verhalten doch und sahen darin eine Verteidigung von Glauben und Tradition. Das war ihm durchaus recht, Gott weiß, wann sich die Abneigung und Angst, die ihn hier schon zwanzig Jahre und länger begleiteten, in offene Wut verwandelt und die besorgten Leute, die ihrer Sache sicher waren, veranlasst hätten, ihn anzugreifen.

Hatte sich heute an alldem etwas geändert? Bestand Hoffnung, dass er aus seiner großen Stille herauskam?

## 4

Er ist ja! Ach, mein lieber Gott, er ist immer noch! Guter Gott, er ist … He Kleiner, Kleiner, wir werden ihn …« Chayyam konnte nicht entscheiden, ob ihn die Ausrufe seiner Nachbarin Tayida geweckt hatten oder erst die Berührung ihrer Hand, die sich ihm zunächst auf die Stirn gelegt hatte und dann über sein ganzes Gesicht gefahren war, als wüsche oder streichelte sie es, um auf die Stirn zurückzukehren und da zur Ruhe zu kommen. Wahrscheinlich hatten ihn die Ausrufe geweckt, und durch die Berührung hatte er das Bewusstsein wiedererlangt, anders konnte es nicht sein, weil er nicht gewusst hätte, was Tayida gesagt hatte, wenn er nicht wach gewesen wäre, aber erst nach ihrer Berührung hatte er begriffen, dass er dalag wie eine Strohpuppe und noch eine Weile so daliegen würde, weil er nicht einmal die Kraft hatte, die Augen zu öffnen, geschweige denn, seinen Körper zu bewegen, etwas zu sagen und Tayida zu bitten, leiser zu sein.

Vukac kam und fragte, was denn los sei, und Tayida wiederholte »er ist ja …« und nahm ihre Hand von Chayyams Stirn. Vukac legte seine Handflächen auf das Gesicht seines Gastgebers, danach nahm er die eine, dann die andere Hand von Chayyam zwischen seine Hände, um sie eine Weile zu halten, und erklärte, es sei nichts und deshalb brauche man kein Geschrei zu erheben. Er richtete seinen alten Freund auf und trug ihn, wie man Kinder trägt, hinunter, während Tayida schreiend hinter ihnen herging und sich bemühte, Chayyams Kopf zu fassen und zu halten, damit er nicht herabhing. Im Erdgeschoss verschwand sie einen Augenblick, tauchte aber schnell mit einer Binsenmatte auf, die sie im großen Zimmer aufgehoben hatte. Sie ging hinaus in den

Hof und breitete die Matte auf dem Boden aus, damit Vukac Chayyam drauflegen konnte. Dann verschwand sie wieder, erschien etwas später mit Apfelessig und schlug dem jungen Mann vor, Chayyam damit zu befeuchten und seine Füße und Hände ein wenig zu massieren.

»Geh du nur, mach deine Arbeit, hier gibt es nichts, wo du dich sorgen könntest«, schlug ihr der junge Mann vor und wies mit der Hand zum Haus.

Chayyam lag da und spürte, wie ihn die Sonne des späten Vormittags röstete, es war ihm angenehm, und daran erkannte er, dass er noch lebte. Er wusste und wollte sagen, dass Tayida ohne Grund einen solchen Aufstand machte, nach allem, was ihm gestern und heute Nacht passiert war, musste er ja eine etwas erhöhte Temperatur bekommen und etwas schwächer sein als sonst, aber er konnte den Mund nicht öffnen, geschweige denn, etwas sagen und alles, was notwendig war, erklären. Aber der Kleine erwartete gar nicht, dass man ihm etwas erklärte, rieb ihn mit Essig ein und massierte ihn emsig, laut atmend. Chayyam tat die Massage seiner Hände und Füße wohl, der kräftige Druck, den die Finger des jungen Mannes ausübten, schien etwas Leben und Kraft in seine Glieder zu bringen, ihm tat auch die Hitze wohl, die die Sonne über seinen ganzen Körper ergoss, es tat ihm wohl, unbeweglich und ohne Gedanken, ohnmächtig und abwesend dazuliegen. Später erzählte er dem jungen Mann beiläufig, er habe da zum ersten Mal gespürt, wie schön und gut es sei, abhängig und ausgeliefert zu sein, »glücklich ist, wer das manchmal sein kann«. Irgendwann fühlte er, dass seine Achseln und seine Stirn feucht wurden. Er wusste, im Übrigen spürte er es auch deutlich, dass sein Schlafhemd entlang der Wirbelsäule ebenfalls nass war. Wahrscheinlich hatte das leichte Schwitzen seine Temperatur gesenkt und erlaubt, dass er wieder ein wenig Kraft bekam, so dass er konzentriert verfolgen konnte, was um ihn herum geschah und gesprochen wurde.

Vukac massierte ihn kräftig und mäkelte an der abwesenden Tayida herum. Nach dem zu urteilen, was er sagte, war ihm nicht klar, warum sie ihre Nase in ein fremdes Haus steckte und es aufräumte, als hätte er es nicht genauso gut und vielleicht besser aufräumen können. Er fragte sich, mit welchem Recht und warum sie überhaupt hierhergekommen sei, wohin sie niemand gerufen habe und wo sich sicher niemand auf sie freue. Er sorgte sich und fragte, wie sie überhaupt auf die Idee gekommen sei, allein zu zwei fremden Männern zu gehen, es sei doch klar, dass sie fremd seien, auch einem Narren sei es klar, wenn sie nicht aus diesem Haus komme.

Chayyam lachte über die Gereiztheit in der Stimme seines jungen Freundes, bis dahin war es unvorstellbar für ihn gewesen, dass jemand so über die gute große Tayida sprach. Sie war eine der glücklichen Frauen, die ihr ganzes Leben lang jemandem dienten, jedem dienten, in der Hoffnung, dafür ein wenig Liebe oder wenigstens Aufmerksamkeit zu bekommen. Sie fragten sich nicht, ob man ihren Dienst brauchte und ob der, dem sie ihn taten, ihn verdiente, sie bemerkten nicht oder zeigten wenigstens nicht, dass sie dafür weder Liebe noch Aufmerksamkeit, noch Dankbarkeit erhielten, diesen Glücklichen gelang es, sich einzureden, sie bekämen alles, was sie brauchten. Wenn sich in ihrer Nähe niemand fand, der bereit war, ihren Dienst in Anspruch zu nehmen, suchten sie weiter und stießen immer auf jemanden, dem sie ergeben dienen konnten, ohne Murren und ohne eine Belohnung. Aber bestimmt wurden sie in ihrem Innern belohnt, vielleicht durch das Gefühl, genau das zu tun, wofür sie auf die Welt gekommen waren, durch die Freude, dass sie nützlich und gut waren, vielleicht durch etwas Drittes, aber es war sicher eine geheime Belohnung, von der nur sie wussten. Wie konnte so jemand dermaßen viel Wut und Gereiztheit hervorrufen?!

»Dir gefällt Tayida nicht gerade, würde ich sagen?«, fragte Chayyam.

»Ich kann sie nicht ausstehen«, entgegnete Vukac, ohne zu zögern. »Nicht einmal ansehen kann ich sie.«

»Aber warum denn, Mensch?!«

»Was für einen Sohn sie gehabt hat!«, rief der junge Mann mit trauriger Stimme.

»Sie hatte keinen.«

»Hat sie aber sollen haben«, behauptete Vukac.

»Sie hätte gebären sollen?«

»Ja, das meine ich. Das ist traurige Trauer.«

»Nicht unbedingt. Du siehst doch, dass sie nicht einmal weiß, wo sie mit sich hinsoll, was würde sie erst mit ihm anfangen, wenn sie ihn bekommen hätte, besser für sie und für ihn, wenn du mich fragst.«

»Du weißt nicht, wie er sich fühlt.«

»Wenn du es nur weißt, so klug, wie du bist«, fuhr Chayyam seinen jungen Gesprächspartner an. »Besser, du gehst ihr zur Hand und lernst sie ein wenig kennen, anstatt hier Blödsinn zu reden.«

»Gut«, Vukac stand auf und ging ohne Begeisterung ins Haus.

Er hatte einen etwas ungewöhnlichen, schweren Schritt, als schleifte er mit dem Fuß über den Boden oder träte zu stark auf. Chayyam erfüllte dieser seltsame Gang aus irgendeinem Grund mit Freude und brachte ihn zum Lächeln. Mit dem Blick begleitete er den jungen Mann, bis er im Haus verschwand, dann überließ er sich der Sonne und ihrer Wärme. Wie konnte Vukac wissen, dass Tayida einen Sohn hätte gebären sollen? Wahrscheinlich hatte er die Bemerkung über den ungeborenen Sohn als Vorwurf gegen sich selbst empfunden und deshalb den jungen Mann so angefahren? Allerdings war sie schwanger gewesen, vor gut fünfzehn Jahren oder etwas mehr, und Chayyam hatte ihr verordnet, zwei, drei Tage lang viel Safran zu sich zu nehmen, zweimal täglich sogar reinen Safran, soviel sie konnte. So hatte sie angefangen zu bluten und sich gereinigt, aber was konnte der Kleine darüber wissen? Und wie konnte er sagen, dass es ein Sohn hätte sein sollen?

Etwas in dem, was Vukac gesagt hatte, erinnerte Chayyam an ein lang zurückliegendes Gespräch und seine Fortsetzungen. Vor langer Zeit, noch in seiner Jugend, hatte er einmal mit seinem Freund Musaffer Samarkandi und mit Hussein, einem Schüler des großen Ibn-i Haithami, gesprochen. Hussein behauptete unter Berufung auf seinen Lehrer, der Blick und das Licht bewegten sich mit ungefähr der gleichen Geschwindigkeit und auf ähnlichen, fast identischen Bahnen. Das veranlasste Chayyam zu der Frage, wie sie und ihre Bewegungen sich zur Zeit verhielten. Wenn das Licht eines fernen Sterns hundert Jahre braucht, um zu uns zu gelangen und unsere Welt zu beleuchten, wird auch der Blick, den ein Bewohner einer Welt in der Nähe dieses Sterns auf uns gerichtet hat, ungefähr so lange brauchen. »Was wird er bei uns sehen, welchen Zustand wird er hier antreffen?«, fragte Chayyam. »Was jetzt geschieht, den Zustand, den wir jetzt haben, oder das, was gewesen ist, als er seinen Blick auf uns gerichtet hat?« Beide Möglichkeiten sind annehmbar und gleichermaßen überzeugend. Musaffer fand die zweite dennoch überzeugender und schöner. Ihn faszinierte der Gedanke, dass ein Blick, der sich vor 400 Jahren aus einer fernen Welt zu uns aufgemacht hat, nun den Aufbau Kufas und der ersten Moscheen, die überhaupt erbaut worden sind, sieht. Derjenige, der aus der fernen Welt zu uns geschaut hat, ist schon lange tot, wenn ihm ein Menschenleben bestimmt war, aber sein Blick sieht hier bei uns die Gesichter der ersten Kalifen und ihrer Freunde. Hussein und Chayyam meinten, es könne nicht so sein, weil das heißen würde, dass in diesem Moment, sagen wir, in den verschiedenen Schichten der Realität, aber gleichermaßen real und gerade jetzt, in unserer Welt alles existiert, was es je gegeben hat. Musaffer verteidigte seine Vision leidenschaftlich und stimmte gern mit seinen Freunden überein. Ja, es sei genau so, wie Chayyam sage, in dieser Welt sei jetzt alles gegenwärtig, was jemals in ihr gewesen sei, was nicht eigens erklärt und bewiesen zu werden brauche. Denn wohin und wie wäre das verschwunden, was einmal gewesen ist?! Soll beweisen und erklären, wer behauptet, die Dinge verschwänden, weil er etwas glaubt, was im Widerspruch zur Vernunft steht. Sagen wir, alles Gegenwärtige ist auf verschiedene Zeitschichten verteilt und offenbart sich daher verschiedenen Blicken, aber es kann keinen Zweifel geben, dass in der Welt alles gegenwärtig ist, was je in ihr gewesen ist. »Alles, was ist und was geschieht, ist doch notwendig, weil es Gottes Willen ist. Wie kann etwas, was notwendig ist, aufhören oder verschwinden?«, rief Musaffer. Dieses Argument hielt Chayyam lediglich für eine Pointe, wie jene, mit denen Theologen großtun, und begann es heftig zu widerlegen. Und im Eifer des Disputs entdeckte er ein neues Argument, das Musaffers Behauptung bestätigte: Die Zeit ist absolut, weil sie ein Bild der Ewigkeit ist, also muss der Grundsatz der Gleichzeitigkeit in jedem Fall gelten. Ein Blick muss sehen, was in seiner Zeit und Gegenwart existiert, und nicht das, was Jahre oder hunderte Jahre nach ihm gekommen ist.

An dieses Gespräch hatte sich Chayyam vor dreißig Jahren, in der Zeit seiner tiefen Verzweiflung, erinnert und gedacht, es könne ein Körnchen Erlösung oder wenigstens Trost darin liegen. Wenn das, was sie damals gesagt hatten, zumindest ein wenig Wahrheit enthielt, musste es möglich sein, die Entfernung auszurechnen, aus der man die Zeit, in der Leyla und Sukayna gelebt hatten, sehen konnte. Da hatte auch er gelebt, weil er mit ihnen zusammen gewesen war, da hatte … Monatelang nahm er Messungen vor, stellte Mutmaßungen an, führte Rechnungen durch und dachte nach, bevor er begriff, dass seine Hoffnung vergebens war, weil es unmöglich war, in die Entfernung, die er vielleicht ausrechnen konnte, zu gelangen, und selbst wenn er dorthin gelangte und zu uns hersähe, träfe sein Blick diesen Augenblick an und sich selbst in seiner Verlassenheit.

Während in seiner Erinnerung wieder Augenblicke aus jener Zeit lebendig wurden, überließ er sich der Stille und der lieben Hitze der Mittagssonne. Auf der Hofmauer, genau gegenüber seinem Gesicht, erschien eine Katze, die auf der Mauer unhörbar zum Tor ging und wieder verschwand. Irgendwo außerhalb meldete sich ein Hahn und hob mit seinem Krähen nur die Stille hervor, die über der Welt lag. Das Krähen war auch von kurzer Dauer, als hätte sich der Hahn selbst unterbrochen, als hätte er bemerkt, in welche tiefe Stille seine einsame Stimme fiel. Es war interessant, dass es keine Fliegen gab, man hätte erwartet, dass man sich ihrer nicht hätte erwehren können, während man so feucht und unbeweglich in der Mittagssonne lag. Dafür musste es eine Erklärung geben, und man hätte sie gewiss gefunden, wenn es einem gelungen wäre, sich ein wenig anzustrengen und zu überlegen.

Er versank in Halbschlaf, eigentlich in einen Fieberwahn, wie in eine Falle, weil ihn dort einer der Alpträume erwartete, wie sie ihn in den letzten dreißig und mehr Jahren in nahezu jedem Schlaf erwarteten. Er rechnete etwas, quälte sich entsetzlich, um ein mathematisches Problem zu lösen, aber er kam nicht vom Fleck, weil ihm eine Angabe fehlte oder vielleicht auch mehrere. So und anders versuchte er es, probierte alles aus, was ihm in den Sinn kam, aber er verstrickte sich nur immer tiefer. Er ahnte, dass sein Problem falsch gestellt war, so dass man es gar nicht lösen konnte, aber er rechnete beharrlich weiter, weil er wusste, dass es für ihn kein Zurück und keinen Ausweg gab, solange er das Problem nicht gelöst hatte, wie falsch es auch gestellt war. Schon zitterte er vor Müdigkeit und Eifer, fürchtete sich vor der Hoffnungslosigkeit, die eintreten musste, weil ihm immer klarer wurde, dass der verborgene Wert, die Angabe, die ihm fehlte, überhaupt nicht existierte und er sie daher weder erhalten noch ausrechnen, noch wissen konnte. Aber es galt weiterzurechnen, alles in ihm wusste, dass es weder ein Zurück noch ein Aufgeben gab, und so rechnete er wie rasend weiter, mit einem Schmerz und einer Anstrengung, die durch nichts gerechtfertigt waren. Mit zitternden Händen schrieb er Blätter voll, warf sie weg, bevor er das, was er geschrieben hatte, anständig überprüft hatte, weil er wusste, dass er das Ergebnis, das er erhalten hatte, gar nicht bekommen konnte, griff nach einem neuen Blatt und schrieb es voll, immer stärker zitternd, immer tiefer in Müdigkeit und Angst versinkend.

Erlöst wurde er von Tayida und Vukac, die ihn weckten, um gemeinsam zu Mittag zu essen. Sie hätten ihn nicht geweckt, erklärten sie fast einstimmig, sie wüssten, dass Schlaf einem Kranken mindestens so sehr helfe wie Essen, aber der Arme habe so gezuckt, gezappelt, sich so verkrampft, dass auch ein Narr habe sehen müssen, dass von diesem Schlaf nichts Gutes und Nützliches kam. Chayyam war selbst überrascht, wie gierig er das Essen hinunterschlang, ohne anständig in die Schüssel gesehen zu haben und ohne sich gefragt zu haben, was er überhaupt aß. Er erkannte lediglich den Geschmack von Granatapfelkernen, wohl eine Zutat zu einer Soße. Dennoch beendete er als Letzter das Essen; als er die Schüssel wegschob, war Vukac schon lange dabei, seinen Bauch mit Kreisbewegungen zu reiben, und Tayida erklärte, sie bringe kaum etwas hinunter, aber, maschallah, jeder Bissen werde angenommen. Als auch Chayyam mit dem Essen fertig war, ging Tayida ins Haus, um das Geschirr vom Mittagessen zu spülen, und ließ Chayyam und seinen jungen Freund allein.

»Du hast dich erholt«, bemerkte Vukac zufrieden und sah Chayyam an. »Du hast wieder Licht in den Augen, Leben im Gesicht. Richtig gut.«

»Das ist eins der Dinge, die man nicht verstehen kann, solange man lebt«, entgegnete Chayyam nachdenklich. »Gäbe es Vernunft und Verstand, würde sich jeder mit dreißig, spätestens mit fünfunddreißig umbringen, weil er weiß, dass ihn im restlichen Leben nicht unbedingt viel Gutes erwartet. Die Naivität hat er verloren, auch das Vertrauen in die Menschen, das Leben und die Schönheit, viel Freude hat er nicht mehr, verlieben wird er sich nicht mehr, wenn er Verstand hat, und mit Sicherheit erwarten ihn Krankheit, Schwäche, Trauer und Kummer. Das Beste, was ihm noch passieren kann, ist ein schneller und unerwarteter Tod, weil der ihn vor dem langen Verfall retten könnte. Trotzdem kämpfen wir krampfhaft um ein weiteres Jahr oder einen weiteren Tag, ich fürchte, wir würden auch um eine weitere Stunde kämpfen, wenn wir so weit gekommen wären, dass der Rest unseres Lebens in Stunden gemessen würde. Wir lassen uns behandeln, wenn wir krank werden, strengen uns an und essen, schlafen und schonen uns, um Kraft für einen weiteren Schritt, einen Seufzer, für ein weiteres Blinzeln zu sammeln. Warum ist das so? Sind wir wirklich so verrückt? Wie ist das zu begreifen?«

»So muss es sein.«

»Warum denn? Erkläre es mir.«

»Da gibt es nichts zu erklären, wenn es so sein muss.«

»Ich weiß, dass es sein muss, gewiss muss es sein, wenn sich alle so verhalten – das ist ein Gesetz und eine Regel, aber es gibt kein Gesetz und keine Regel ohne einen Grund. Nur welchen Grund? Wo ist er und warum ist er so unvernünftig, grausam, unbegreiflich? Wie finden wir ihn mit dem menschlichen Verstand heraus? Warum ist es so?«

»Nur ein Narr wundert sich, dass es tagt, wenn die Sonne aufgeht, ein kluger Mensch würde sich wundern, wenn es nicht tagen würde. Wundere dich, wenn jemand nicht leben will, und frag dich, warum.«

»Du Glücklicher, du bist klug, dir ist ja alles klar«, lachte Chayyam.

Tayida kam aus dem Haus und stellte sich neben sie, um sich zu verabschieden, weil sie das Ihre getan hatte und nach Hause wollte. Vukac begleitete sie und schloss das Hoftor hinter ihr.

»Was willst du mit ihr? Wie bist du an sie gekommen?«, fragte er Chayyam, als er sich wieder neben ihn setzte.

»Das ist meine nächste Nachbarin, seit über zwanzig Jahren kümmert sie sich ein wenig um mich, meine Schwester hat sich das ausgedacht. Sie wohnen im Zentrum, meine Schwester und mein Schwager, es wäre zu weit für sie, wegen der täglichen Arbeiten hierher zu kommen. Und für Tayida ist es gut, etwas geben sie ihr und etwas ich, genug, dass sie auskommt.«

»Worum kümmert sie sich denn?«, fragte Vukac erneut misstrauisch.

»Was hast du denn wieder gegen sie? Beim Mittagessen scheint ihr euch doch verstanden zu haben«, lachte Chayyam, dann hielt er inne und schien nachdenklich. »Seltsam, gestern und heute habe ich mehr gelacht als in den letzten zehn Jahren. Wie erklärst du das?«

»Gar nicht, man soll ja lachen, wenn man kann«, entgegnete der junge Mann. »Aber du brauchst sie nicht, sie kann nicht putzen, ich kann das besser.«

»Wer, wenn nicht du! Komm, hilf mir beim Aufstehen«, spottete Chayyam heiter.

Vukac hob seinen alten Freund wieder auf die Arme und trug ihn. Nebenbei gab er zu, Chayyams Entscheidung, auf das Dach zurückzukehren, sei sicher klug, weil ihm die Sonne offensichtlich bekomme, und oben werde sie wenigstens noch eine Weile bleiben, auf jeden Fall länger als hier. Er trug ihn auf das Dach, half ihm, sich an die Mauer, von der das Dach umgeben war, zu stellen, schüttelte das Bettzeug auf und richtete es ordentlich her, obwohl Tayida das heute bereits getan hatte. Chayyam ging selbst zum Bett und ließ sich mit Hilfe seines Freundes darauf nieder.

»Hast du bemerkt, dass ein alter Körper einen speziellen Geruch hat, einen ganz anderen als in der Jugend?«, fragte Chayyam. »Oder bilde ich mir das ein? Alles an mir stört mich, auch der Geruch!«

»Alles hat seinen Geruch«, antwortete Vukac und deckte ihn mit dem Laken zu, für alle Fälle, wie er erklärte. »Aber auch dabei kann man täuschen, Frauen tun das.«

»Was tun sie?«

»Täuschen. Sie reiben sich mit Cremes und Wässerchen ein und riechen ganz anders«, erklärte Vukac. »Willst du noch etwas essen, vielleicht könntest du noch ein wenig? Oder soll ich dir die Schriften von vergangener Nacht reichen?«

Chayyam lehnte beides ab, und so fragte der junge Mann, ob er ihn vielleicht noch eine Weile unterhalten solle.

»Auch das ist jetzt nicht nötig«, winkte Chayyam ab, und als Vukac sich schon zum Gehen wandte, fügte er hinzu, »aber du hast mich in den zwei Tagen richtig unterhalten, wenn man mich jetzt überhaupt noch unterhalten kann.«

Vukac setzte ein breites Lächeln auf und ging, seinen wie ein Kind zugedeckten Freund im Bett zurücklassend.

Der Himmel war noch immer hellblau, obwohl seine Farbe rasch dunkelte, was darauf hinwies, dass die Sonne bereits unterging. Dasselbe teilten auch die Vögel mit, die über das Haus flogen, wahrscheinlich auf dem Weg zu ihrem Nest, wie sie es immer taten, wenn sich die Dämmerung zu verdichten begann. Von seinem Platz aus konnte man das nicht sehen, aber Chayyam wusste, dass die Schatten schon sehr lang und bleich waren, weil die Sonne nicht mehr stark genug schien, um die Schatten scharf und dunkel zu machen. Man hörte eine Frauenstimme rufen, bestimmt suchte die Nachbarin Dschemila wieder ihren Sohn Ishak, der sich jeden Tag in der Dämmerung versteckte, um noch eine Weile draußen bleiben zu können. Man hörte auch einen Vogel, vielleicht suchte oder rief auch er jemanden.

Wahrscheinlich hätte er sich gewundert, dass die Vögel ungewöhnlich still, beinahe stumm waren, wenn er nicht so tief in einen Halbschlaf versunken gewesen wäre. Vielleicht waren die Vögel ja gar nicht so still, schon gar nicht stumm, aber ihre Stimmen gelangten nicht zu ihm, weil alles aus der Außenwelt sanfter und weicher zu ihm kam, wenn es überhaupt zu ihm drang. Und in seinem Innern fehlte die Konzentration, um sich zu wundern, um zu fragen, da schaukelte alles zwischen Schlaf und Wachzustand, zwischen Bewusstsein und dem, was tiefer war als es, zwischen dem Erinnerten und dem, was jetzt war und immer unklarer und schwächer wurde.

Dieser Zustand angenehmer sanfter Unruhe wurde von seinem eigenen Ausruf, fast Schrei unterbrochen, der aus den tiefen Schichten der Erinnerung aufstieg.

»Ich weigere mich! Ich weigere mich! Ich weigere mich!«, brüllte seine Stimme.

Es war schon lange her, sie hatten noch bei Sukaynas Verwandten gewohnt. Eines Nachts liebten sie sich, zärtlich, als hätten ihre Körper einander die tiefsten Geheimnisse zugeflüstert. Danach schwiegen sie lange, Sukaynas Kopf auf seiner linken Schulter, und hatten das Gefühl, jedes etwas lautere Geräusch würde ihnen wehtun. Nach langem Träumen begann Sukayna leise, kaum hörbar zu flüstern. Sie stellte sich vor, wie sie morgen ins Hamam ginge, ihre Haut mit Dampf und Wasser öffnete, ihr dann ein Mädchen Veilchenöl in die durstige Haut riebe, in der jede Pore geöffnet und voller Sehnsucht wäre. Sie stellte sich vor, wie er sie so glatt berühren und sie so duftend einatmen würde, stellte sich vor … Bis sie einschliefen.

Am nächsten Morgen, bevor er das Haus verließ, flüsterte sie ihm zu, sie werde nach dem Mittagsgebet ins Badezimmer hinuntergehen und um das Nachmittagsgebet herum schon ganz nach Veilchen duften. Er verstand alles und verbrachte den Tag in einem halbbewussten Zustand, unfähig, ernsthaft zu arbeiten oder zu reden, und vor dem Nachmittagsgebet eilte er zurück nach Hause. Vom Hoftor aus sah er eine Dienerin aus der Kellertür kommen und im Haus verschwinden, und es verschlug ihm den Atem. Er eilte auf das Haus zu, schlüpfte in den Keller, sich wie ein Dieb versteckend, damit ihn niemand sah, auf den Zehenspitzen ging er zur Badezimmertür und drückte die Klinke. Die Tür öffnete sich nicht, und so klopfte er leise.

»Was ist? Wer ist es?«, hörte man Sukaynas Stimme, gedämpft durch die Tür.

»Ich bin's, mach auf«, flüsterte Chayyam vor Aufregung vergehend.

»Warum sollte ich dir aufmachen? Was willst du?«

»Ich will dich sehen«, platzte er heraus und wunderte sich selbst über seine Antwort.

»Und was würdest du dir da ansehen?«

»Dein schönes Gesicht.«

»Nur das Gesicht?«

»Und das darunter. Deinen weißen Nacken. Und das darunter, was ich heute Nacht geküsst habe …«

»Das würdest du alles anschauen?«, fragte Sukayna drinnen halb flüsternd.

»Und das darunter. Und den Bauch, und das weiter unten, und das tiefer«, Chayyam hätte am liebsten laut gebrüllt, dennoch flüsterte er und stieß mit Mühe die Worte hervor.

»Das würdest du alles anschauen?«

»Alles. Und alles andere. Mach auf, bitte!«

»Warum sollte ich dir aufmachen? Sieh zu, wie du reinkommst, wenn du unbedingt musst.«

Chayyam fluchte abscheulich und stürzte aus dem Keller, dann aus dem Hof, ohne die Tür hinter sich zu schließen. Wie von Sinnen stürmte er Richtung Stadt, in der Hoffnung, so den unerträglichen Druck zu lindern, den er im Unterleib und etwas weiter unten verspürte. Er mied Orte, an denen sich Leute versammelten, aus Angst, jemanden Bekannten zu treffen, weil er wusste, dass er in diesem Zustand unfähig zum Umgang mit Menschen und zu Gesprächen war. Spät am Nachmittag kehrte er nach Hause zurück und fand, als er in ihr gemeinsames Zimmer ging, um sich umzuziehen, eine Botschaft von Sukayna aus drei Worten. »In der Laube«, stand auf dem Stückchen Papier, abgerissen von irgendeiner Notiz von ihm. Er rannte in den Garten zur Laube neben dem Springbrunnen, von der aus er einmal auf das Fenster ihres Zimmers gestarrt hatte.

Sukayna machte ihm bittere Vorwürfe, er sei ein Verräter und Lügner, weil er mit ihr lebe, obwohl er sie nicht liebe, denn heute wäre er gekommen, wäre er bestimmt gekommen, wenn er sie liebte, er hätte gewusst, dass er kommen muss, hätte es gefühlt. Chayyam erstickte buchstäblich vor Wut und Verzweiflung, ein weiteres Mal konfrontiert mit ihrem Bedürfnis zu spielen und seiner Unfähigkeit, gleichberechtigt bei ihren Spielen mitzumachen. Sie schrien einander an, schäumten, stampften mit den Füßen auf und warfen einander alles vor, was ihnen in den Sinn kam. Sukayna war gekränkt und wütend, weil er die Badezimmertür nicht eingeschlagen hatte, sie war verbittert und verzweifelt, weil er sie nie im Hamam genießen würde, denn ein eigenes Hamam im Haus konnten sie sich nicht leisten, und im öffentlichen Hamam ging es nicht. »Auch nicht in diesem, nie wieder in diesem.« Und sie war ganz sicher, dass nur Dummheit und Mangel an Liebe Chayyam daran hatten hindern können, ins Badezimmer einzubrechen und sie zu nehmen, wie es heute nötig gewesen wäre.

Daraufhin hatte Chayyam erklärt, er weigere sich. In Wirklichkeit hatte er es damals mit fast normaler Stimme ausgesprochen, weil er und Sukayna inzwischen schon wieder eher geredet als gestritten hatten, doch nun, im Halbschlaf, in dem ihm diese Erinnerung gekommen war, brüllte er. Er weigere sich, sie mit Gewalt oder grob zu nehmen, weil er die Seite der menschlichen Natur, die das brauche, missbillige. Er lehne es ab, sich nur aus Angst vor Strafe anständig zu verhalten, und werde es sicher nicht deswegen tun, genauso wenig wie er einer Belohnung halber gut und freundlich sein werde, weil ihn die sklavische Seite unseres menschlichen Wesens anwidere. Er lehne es ab zu glauben, unsere Freiheit bestehe darin, zu tun, wozu wir Lust haben, er lehne diese Freiheit und den bloßen Gedanken ab, es handele sich um menschliche Freiheit. Wer ein Waisenkind schlage und einem Greis in die Schüssel spucke, aus der dieser isst, sei nicht frei, sondern ein Sklave und weniger als ein Sklave. So einem armen Tropf fehle nicht nur der Geist als unsere Verbindung zum Besseren in der Welt und in uns, sondern er wisse nicht einmal, dass etwas Besseres als das Tier in ihm überhaupt möglich sei. Er werde auch von ihr, seiner Frau, nur das dankbar annehmen, was sie ihm aus echter, wahrer Freiheit heraus gebe.

Nachdem Chayyam geendet hatte, herrschte kurz Stille. Dann ging Sukayna auf ihn zu, umarmte ihn fest und flüsterte mehr für sich:

»Weh dir, mein Omar, so viel Verstand und so wenig Lebenstüchtigkeit.«

# 5

Mit wahrer Begeisterung erzählte Vukac, in Bosnien, das ganz grün sei, falle nachts Tau vom Himmel auf die liebe Erde, so dass diese am frühen Morgen aussehe wie eine schöne prächtig geschmückte Braut. Alles auf ihr glitzert, funkelt und freut sich, alles ist rein und gewaschen vom Tau, alles ist strotzend und üppig und jung. Man sieht dieses glänzende feuchte Leben und kann nicht widerstehen, man stürzt sich hinein und jauchzt vor Freude. Man stapft im Gras und reißt einzelne Halme ab, wird nass bis übers Knie, und es ist einem lieb, dass es so ist, man umarmt einen Baum und schüttelt sich ein wenig Regen auf den Kopf, rennt ins Dickicht und macht sich ganz nass wie ein Narr, dann lacht man darüber, wieder wie ein Narr. Er meinte, ihm fehle hier gerade der Tau am meisten, sonst sei alles gut, vor allem Chayyam und seine Freundschaft, aber alles wäre besser und schöner, wenn es noch Tau gäbe.

»Bei euch dort hält er sich richtig lang, der Tau?«, fragte Chayyam mit einem listigen Lächeln. »Alles bleibt bis tief in den Tag hinein feucht?«

Vukac begriff gleich, dass Chayyam so fragte, weil er, Vukac, in den paar Monaten, seit sie zusammen waren, meist ziemlich spät aufgestanden war, wenn die Sonne schon recht hoch stand und es Tau weder hier noch in Bosnien, noch irgendwo sonst auf der Welt geben konnte. Deshalb dachte er bestimmt, Vukac habe sich das mit dem Tau und dem frühen Morgen ausgedacht, wahrscheinlich, um sich wichtigzumachen, und lächelte und fragte so, nur um seinen jungen Freund nicht offen zu beschuldigen, er habe sich das ausgedacht.

»Du bist kein ehrlicher Freund«, drohte Vukac. »Du

meinst, ich denke mir das aus, und glaubst das, aber du hast vergessen, dass mich meine Mutter jeden Morgen mit den Hühnern geweckt hat. ›Du bist der Älteste hier‹, ›du bist der Älteste da‹, und ich musste jeden Tag vor den Hühnern hurtig auf die Beine springen.«

»Ich frage mich, ob du auch hier Tau und Leben vorfinden würdest, wenn du manchmal mit den Hühnern aufstehen würdest?«, fragte Chayyam noch immer lächelnd.

»Ich würde ja aufstehen, wenn du mich wecken würdest«, entgegnete Vukac aufgeregt. »Aber für dich bin ich wohl nicht der Älteste, und so lässt du mich in Ruhe.«

»Doch, für mich bist du der Älteste und der Jüngste, weil du mein Einziger bist«, bemerkte Chayyam, vielleicht mit einem Anflug von Trauer in der Stimme.

»Aber du weckst mich nicht«, beharrte Vukac, der nach längerem Schweigen betonte: »Die Sache mit Tau, das ist Wahrheit, wahre Wahrheit.«

Kurz darauf beendeten sie ihr spätes Frühstück und konnten in die Stadt gehen. Aber bevor sie aufbrachen, schlug Vukac vor, Chayyam ein wenig die Brauen zu stutzen, deren Härchen bis zu den Augen herunterhingen.

»Es heißt, die Haare und Nägel wachsen auch nach dem Tod weiter«, dachte Chayyam nach, als sie das Haus schließlich verließen. »So ist es auch im Alter, einem alten Menschen wachsen bloß die Haare und Nägel. Alles andere schrumpft und vertrocknet, wird kleiner und schwächer, nur die Haare wuchern, wachsen, erscheinen auch dort, wo es sie nie gegeben hat. Auch die Seele, würde ich sagen, schrumpft und zieht sich in sich zurück, aber die Haare wuchern, als flösse die ganze Lebenskraft des alten Menschen in die Haare.«

Vukac schwieg, weil er dazu nichts zu sagen hatte, und Chayyam dachte nach kürzerem Schweigen weiter laut nach.

»Und das beweist, dass der Tod kein Einschnitt oder

Bruch ist, du siehst, er beginnt schon zu Lebzeiten, dann, sagen wir, wenn die Lebenskräfte anfangen, in die Haare und Nägel zu gehen, anstatt die Glieder und Organe des Körpers zu ernähren, wie sie es bis dahin getan haben. Du hast gesehen, dass im Alter auch die Knochen brüchig und schwach sind, sie werden kleiner und spröde wie ein trockener Zweig, doch die Nägel bleiben stark und lebendig. Warum? Ich weiß nicht, vielleicht weil wir die Nägel und Haare, dort, wohin wir nach dem Tod geraten, am meisten brauchen. Aber es ist wichtig, dass der Übergang dorthin oder wenigstens die Vorbereitungen auf den Übergang noch zu Lebzeiten erfolgen, vielleicht dann, wenn das wahre Alter eintritt.«

»Das weiß ich nicht«, wandte Vukac ein. »Und ich weiß auch nicht, warum du mir erzählst das alles.«

»Das weiß ich auch nicht«, lächelte Chayyam wie verlegen, »Wahrscheinlich würde ich mir das nicht einmal selbst erzählen, wenn ich klug wäre.«

Bei Buzurgomid war es voll, wegen der Kälte konnte man nicht im Garten sitzen, und so drängten sich im geschlossenen Teil alle Gäste und viele Arme, die sich vor der Kälte von der Straße dorthin geflüchtet hatten. Während sie Platz an einem Tisch suchten, bemerkten sie so manchen spöttischen Blick, mit dem sie einige der Leute maßen, an denen sie vorübergingen. Sie fanden Platz an einem Tisch ganz hinten im dritten Raum, vom Eingang aus gesehen, und an diesem Tisch saß von den Bekannten lediglich Abu Lula. Die beiden kannten noch ganz oberflächlich, nur dem Namen nach und vom Sehen, den gutsituierten Händler Ibn Firat und den armenischen Juwelier und Goldschmied Petrasjan. Sobald sich die beiden gesetzt hatten, begann ein unbekannter Mann sehr laut, sicher lauter als nötig gewesen wäre, um von allen am Tisch gehört zu werden, die Güte der besser situierten Bürger von Nischapur und ihre Nächstenliebe zu loben. Er behauptete, es gebe zahllose Leute, die, sobald sie spürten, dass das Alter naht, Menschenliebe empfänden und eine junge Waise oder eben auch einen schönen Waisen bei sich aufnähmen, je nachdem was in wem Liebe und Mitgefühl wecke. Der Bürger besuche die Unglücklichen und Armen, die hier vor Kriegen und einigen anderen Übeln Zuflucht gesucht haben, und besehe sie gut, er besuche und besehe sie, bis er spüre, dass der Blick auf ein junges Menschenkind unter ihnen sein Herz mit Mitgefühl und Güte erfülle. Er biete ihm ein Heim und Unterkunft an, und die Waise gehe zu ihm, was bleibe ihr denn anderes übrig. Er begann die ihm bekannten Fälle aufzuzählen, wo ein wohlhabenderer Mann ein Menschenkind bei sich aufnahm, das die Not hierhergetrieben hatte und vom Alter sein Kind oder Enkelkind hätte sein können. Niemand zweifle an den guten Absichten dieser Leute und ihrem Wunsch, sich einen Gotteslohn zu verdienen, betonte der unbekannte Redner, aber es sei unerklärlich, warum niemand von den reicheren Leuten in Nischapur sich diesen Gotteslohn mit Wohltaten für Greise und Greisinnen verdiene, an denen es unter den Flüchtlingen nicht fehle. »Ich weiß, sagen wir, dass Bani Reza trotz seines ungeheuren Reichtums kaum eine Frau bekommen hat – so hässlich und elend ist er, dass ihn weder die heiratsfähigen Mädchen noch ihre Eltern haben wollten, bis sich eine arme Witwe gefunden hat, die seine Frau war, bis er sie beerdigt hat. Na, und jetzt ist er mit einem Mädchen zusammen, schön wie eine Blüte, tut gute Werke und prahlt, älter und hässlicher denn je«, warf lachend der Händler Ibn Firat ein.

»Ich weiß nicht, ich fürchte, die Dinge sind nicht so einfach«, bemerkte ein reich gekleideter Mann, der neben dem ersten Redner saß. »Oft weiß man da nicht, wer mit wem … Hm, sagen wir, den Gotteslohn verdient. Ich zum Beispiel weiß, dass mein Freund einen wunderbaren jungen Mann, eine Waise, in sein Haus aufgenommen hat, dessen ganze Familie irgendwo bei Termez umgekommen ist, über dreißig

Seelen. Der Bursche ist keine siebzehn Jahre alt, wie Milch und Blut. Ich mische mich in nichts ein, aber ich weiß, dass es der junge Mann ist, der da arbeitet und, wie wir schon gesagt haben, verdient.«

»Willst du sagen, er verdient verschiedene Dinge und eben auch den Gotteslohn?«, fragte der erste Redner.

Ein paar Leute lachten laut, wobei sie Chayyam und Vukac offen ansahen. Die anderen bemerkten und verstanden ihre Blicke, lachten mit und starrten die beiden Neuankömmlinge an ihrem Tisch an.

»Trotzdem glaube ich nicht, dass jemand besser weggekommen ist ..., ich will sagen, ich glaube nicht, dass jemand ein besseres Werk getan hat als unser Hakim Omar. Schön und weiß wie Milch, dabei ein völlig Fremder, keine Möglichkeit, dass sich irgendwer nach ihm erkundigt oder ihm nachseufzt. Er steht so auf der Straße, weiß nicht, was er mit sich anfangen und wo er mit sich hinsoll, und du kümmerst dich um ihn und nimmst ihn mit zu dir nach Hause, denn was könntest du anderes tun, wenn du ein guter Mensch bist. He, das ist eine Wohltätigkeit ohne Ende, da regnet es Gotteslohn vom Himmel wie Manna!«

»Schämt ihr euch denn nicht, habt ihr wenigstens Verstand, wenn ihr schon keine Ehre habt?!«, regte sich Ibn Firat auf.

»Was ist denn, was tun wir dir denn?«, wunderte sich einer von denen, die als Erste gelacht hatten, unschuldig.

»Euch tut ihr was, ihr Narren, nicht mir, der Stadt und der Ehre tut ihr was!«, rief Ibn Firat aus und stand auf, als wollte er seinen Worten dadurch zusätzliche Kraft verleihen.

»Gut, wir tun was, wenn dir so viel daran liegt«, stimmte der unbekannte Redner zu. »Aber was, mein Lieber, das erkläre du uns. Was tun wir? Jetzt wissen wir, wem wir was tun, wir Armen wissen nur noch nicht, was wir tun.«

»Das wisst ihr gut, das braucht euch keiner zu erklären«,

sagte Ibn Firat aufgeregt, beinahe von Sinnen. »Schlecht über einen Greis reden, einen angesehenen und klugen Mann ... Er war doch unser Stolz, er ist uns allen auch jetzt noch von Nutzen.«

»Vor allem ihm«, bemerkte einer der Unbekannten und zeigte auf Vukac.

»Das ist eine Sünde, eine wahre Sünde ist das, was ihr tut.«

»Es ist keine Sünde, den Menschen die Zukunft vorherzusagen und sie im Vorhinein erforschen zu wollen. Es ist keine Sünde vorherzusehen, wie das Wetter wird. Es ist keine Sünde, fremde Gedanken zu erraten und den Menschen in den Kopf zu kriechen. Es ist keine Sünde, nicht von einer armen Frau herunterzugehen und sie doch nicht zu heiraten, sondern zu sagen, sie sei deine Nachbarin, die sich um dich kümmert. Es ist keine Sünde, sich dem Mönchstum zu ergeben und auf die Mitbürger herunterzuschauen. Es ist keine Sünde zu leben, als gälten für dich die Gesetze nicht, weder die göttlichen noch die menschlichen. All das ist keine Sünde, mein lieber Ibn Firat, aber es ist eine große Sünde, einen alten Mann darauf hinzuweisen, dass er nicht anständig lebt.«

»Aber du weißt doch gar nicht, wie er lebt?!«, rief Ibn Firat bestürzt aus und ließ seinen Blick von Gesicht zu Gesicht schweifen, als suchte er Verbündete oder wenigstens jemanden, mit dem er sich verständigen könnte. »Weder von ihm noch von seinem Leben weißt und verstehst du etwas.«

»Natürlich weiß ich nicht, wie denn auch!«, antwortete der Unbekannte spöttisch, »wie ein alter Mann lebt, der mit einem solchen Jungen im Haus zusammenwohnt, und was er tut.«

»Ach, mein Gott!«, Ibn Firat stand auf und zog Vukac, der neben ihm saß, am Arm.

Auch Chayyam stand auf, nach ihm Abu Lula, und alle gingen gemeinsam zum Ausgang.

»Nach allem, was er uns angetan hat, werden wir nicht zulassen, dass er uns auch noch verdirbt!«, schrie ihnen der Mann hinterher, der als Erster geredet hatte.

»Was, um Gottes willen, hast du ihnen denn Böses angetan, Bruder?!«, fragte Ibn Firat Chayyam, der verloren mit den Schultern zuckte und die Arme ausbreitete.

»Er ist in ihre Köpfe gekrochen, das hast du doch gehört«, antwortete an seiner Stelle Abu Lula. »Er hat bestimmt gesehen, dass sie leer sind, und jetzt ist er ein Feind und ein Problem.«

Als sie schon auf der Straße waren, seufzte Ibn Firat schwer und rief, die Arme ausbreitend, »was für eine Schande, Leute, liebe Leute!«. Aber sein Seufzer war auch ein Ausdruck der Erleichterung, weil sie sich so aus der Gesellschaft und Situation herausgewunden hatten, das konnte man hören, aber auch seinem Gesicht ansehen. Sie standen kurze Zeit alle vier wie angewurzelt da, als fragten sie sich, wo sie Zuflucht suchen könnten.

»So schlimm ist das nicht«, behauptete Abu Lula nach längerem Schweigen, vielleicht aus dem Wunsch, Chayyam zu trösten, »morgen werden sie dich bewundern, wenn sich etwas verändert hat.«

»Ich weiß, sie wollten mich schon bewundern, allerdings vor langer Zeit, in Isfahan«, entgegnete Chayyam. »Aber es ist trotzdem schwer, ich verstehe es nicht.«

»Kann ich noch etwas für dich tun?«, fragte Ibn Firat und drehte sich dann nach einer verneinenden Kopfbewegung Chayyams um und entfernte sich mit schwerem Schritt.

»Die sind schnell bei der Hand, Omar, aber schnell kann nur sein, wer einen beschränkten Verstand hat«, überlegte Abu Lula, »man sollte es sich nicht zu sehr zu Herzen nehmen.«

»Das weiß ich im Kopf, aber das hilft wenig«, antwortete Chayyam. »Warum? Was habe ich ihnen getan? Außerdem bin ich verunsichert und besorgt – was soll ich und wohin soll ich mit uns?«

Er schlug den Heimweg ein, und Vukac und Abu Lula folgten ihm.

»Wollten wir denn nicht einkaufen gehen?«, fragte Vukac nach zehn Schritten, als er begriffen hatte, wohin sie gingen.

»Heute nicht.«

»Das ist dumm, es ist immer gut, wenn wir einkaufen gehen. Auch zum Lachen gibt es da was.«

»Du denkst ein bisschen zu viel nach, Omar, das kann nicht gut enden«, überlegte Abu Lula, der mit ihnen ging, weil er wohl nicht wusste, wo er mit sich hinsollte. »Da muss man ja in Trübsinn verfallen oder noch schlimmer, wenn man so viel nachdenkt.«

Vor dem Haus wartete ein unbekannter Mann auf sie, der, sobald er sie sah, auf das Haus von Tayida zueilte. Er kehrte mit einem weiteren Unbekannten zurück, bevor die drei dazu gekommen waren, ihre Mäntel abzulegen und sich zu setzen. Die Unbekannten kamen aus Merw, es schickte sie der Wesir Sadruddin bin Musaffer, damit sie ihm, so gut sie es wussten und konnten, bis übermorgen den Hakim Omar Chayyam herbrächten, es sei unbedingt notwendig und solle sein Schaden nicht sein, wenn alles gut ausgehe. Abu Lula und Chayyam sahen sich an und bestätigten einander mit einer Kopfbewegung, dass es ein gutes Zeichen sei, Vukac begriff, dass es fortging, und rannte weg, um die Reisevorbereitungen zu treffen, während Abu Lula das alles in einem Gedanken zusammenfasste, indem er erinnerte: «Der liebe Gott weist einen Ausweg, wem Er will.«

Für die Unbekannten stellte es kein Problem dar, dass sie nicht mit einem, sondern mit zwei alten Männern auf die Reise gingen, sie hatten genug Pferde und Lastvieh und Geld, so dass sie Tayida schön belohnen konnten, weil diese sie in ihr Haus aufgenommen hatte, damit sie sich nicht vor dem

Tor die Beine in den Bauch stehen mussten. So machten sie sich gegen Mittag auf die Reise, Chayyam und Abu Lula in Sänften zwischen zwei Pferden und Vukac auf einer schönen Mauleselin. Es war ihm schwergefallen aufzusteigen, er erklärte, das Reiten dort, im Heiligen Land, sei irgendwie mit seinem Tod verbunden gewesen, so dass er jetzt natürlich ungern ritt. Aber es gelang ihm, alle Widerstände zu überwinden, als man ihm statt eines Pferdes eine Mauleselin brachte, so machte man sich auf und traf am nächsten Tag gegen Abend glücklich in Merw ein.

Beim Abendessen erklärte ihnen der Wesir Musaffer, worum es ging. Der glückliche Sultan Mahmud bin Malik Schah habe wichtige Gäste bekommen, die er seines und ihres Ansehens würdig empfangen und beehren wolle. Es handele sich um die Familie seiner türkischen Frau, ihre Eltern und nächsten Verwandten, die Führer eines der stärksten türkischen Stämme, die ihm als Schwiegereltern aber auch als Verbündete in Krieg und Frieden wichtig seien. Im Moment zeige er ihnen seine Besitztümer, sie zögen von Siedlung zu Siedlung und von Palast zu Palast, aber zum Ende ihres Besuchs würde er für sie gerne eine Jagd in den Bergen veranstalten, wie sie seine Gäste, Menschen der Steppe, nie hatten kennenlernen können, das wäre sicher ein schönes Geschenk und ein unvergessliches Erlebnis für sie. Deshalb wolle er wissen, wie das Wetter in den nächsten vierzehn Tagen werde, weil von Norden, so heiße es, ein großer Schneesturm komme, der bereits Buchara erreicht und die Stadt und ihre Umgebung völlig zugedeckt habe.

Schon in dieser Nacht beobachtete Chayyam stundenlang den Himmel und studierte etwas an ihm. Und er tat gut daran, weil schon am nächsten Tag kurz nach Mittag am Himmel und auf der Erde nichts außer Schnee zu sehen war. Vom Himmel schneite es, und vom Boden hob der Wind den Schnee, der schon unten gelegen hatte, in die Höhe, so dass es schien, als schickten sich der Himmel und die Erde gegenseitig dichte Schneewolken. Das dauerte volle zwei Tage, und am dritten Tag hörte es auf, und es begann aufzuklaren, der Wind legte sich, und am Nachmittag kam am blauen Himmel die Sonne zum Vorschein. Chayyam ging gleich hinaus und fing an, etwas zu untersuchen, zu messen und auszurechnen, bis es stockdunkel wurde, und beim Abendessen, sagte er dem Wesir Musaffer, er könne seinem Sultan einen Boten mit guten Nachrichten schicken. Spätestens in fünf Tagen, von heute an, könne er mit seinen Gästen in die Berge aufbrechen.

Der Wesir ließ sie nicht abreisen. Er bemühte sich, es herzlich wirken zu lassen, und bewirtete sie aufs Beste, aber er versuchte auch nicht zu verbergen, dass er sie als Geiseln und Schuldige zurückhielt, für den Fall, dass das Wetter nicht gut würde und sich die Jagdvorbereitungen des Sultans als vergeblich erwiesen. Und auch sie bemühten sich nicht, sich gegen die Gastfreundschaft des Wesirs zu wehren, weil sie keine Lust hatten zu gehen, nicht nur, weil im Winter nur auf Reisen geht, wer muss, sondern auch weil es keinen Ort gab, an den es ihr Herz hinzog.

Nach etwa vierzehn Tagen traf der Sultan ein, ganz strahlend vor Freude über die herrlichen Tage, die er mit seinen türkischen Freunden auf der Jagd verbracht hatte. Er belohnte und lobte den Wesir reichlich, verkündete die Absicht, den weisen Hakim wenigstens ein paar Monate bei sich zu behalten, war gut gelaunt und allen geneigt.

Ihr Aufenthalt in Merw dehnte sich bis weit ins Frühjahr aus. Abu Lula hatte sich so gut eingelebt und die Sympathien der Leute am Hof gewonnen, dass es nur eine Frage der Zeit war, wann ihm der Wesir oder der Sultan selbst eine Stelle oder wenigstens dauernde Gastfreundschaft am Hof anbieten würde. Vukac verbrachte, solange Schnee lag, die meiste Zeit in den Ställen, weil er sich, wie er behauptete, richtig gut mit den Stallburschen, den Pferden und Maultieren unterhalten konnte. Chayyam vertraute er an, er fühle sich dort auch deshalb wohl, weil ihn niemand nach seiner ungewöhnlich weißen Haut frage.

»Stör dich nicht daran«, riet ihm Chayyam, »niemand hier ist so weiß, da ist es natürlich, dass sie fragen, dahinter muss keine böse Absicht stecken.«

»Auch bei uns nicht, auch ich war nicht eben so«, erklärte Vukac. »Ich bin so, seit ich gestorben bin, krank geworden bin oder wie man das nennen soll.«

Er versicherte seinem Freund, dass er sich an der Verwunderung über seine Haut und an den Fragen danach nicht störe, verbrachte die Tage aber weiterhin überwiegend in den Ställen und kehrte erst abends unter die Menschen zurück, wenn Abu Lula, Chayyam und die zeitweiligen Gäste die Aufmerksamkeit auf sich zogen und nicht seine allzu weiße Haut. Als der Frühling anbrach, erkundete Vukac die Umgebung und blühte geradezu auf. Er fing Fische in den Bächen, suchte in der Erde Baue von Tieren, die sich im Winter dorthin zurückgezogen hatten, entdeckte Vogelnester auf Felsen und Bäumen. Er fand es schön hier, nicht so schön wie in Bosnien, weil es nicht annähernd so mild war, aber sicher schön und gut zum Leben.

Im späteren Frühling erschien Ibn Maschisch genannt Köhler mit prächtigen Geschenken für den Sultan und Geschäftsplänen, die er ihm unterbreiten wollte, überzeugt, dass sie beide großen Nutzen aus ihrer Verwirklichung zögen. Mit ihm zusammen war Nizami Aruzi gekommen, einer der gelehrteren Leute seiner Zeit, der begeistert war, Chayyam hier anzutreffen, von dem er sich in den nächsten paar Tagen nicht mehr trennte. An einem der Tage bemerkte Ibn Maschisch, dass Chayyam sich seit ihrer letzten Begegnung ausgesprochen gut erholt hatte.

»Gott sei Dank, dir geht es viel besser, geradeso als würdest du auf die Jugend zugehen und nicht auf das Grab«, sagte Köhler, seine Worte mit einer Geste unterstreichend, die er mehrmals wiederholte.

»Ich gehe nicht auf die Jugend zu, ich bin nicht einmal sicher, ob ich es täte, wenn ich es könnte«, entgegnete Chayyam.

»Aber dir geht es viel, viel besser als vorher, da fragt man sich, wie du das schaffst. Und was du mit dir vorhast.«

»Er ist ein Hakim, wer sollte es schaffen, wenn nicht er?«, bemerkte der Wesir Musaffer.

»Das muss nicht sein, gibt es etwa wenige Hakims, die so gut wie nicht auf sich achtgeben«, dachte Abu Lula. »Man sagt nicht umsonst, dass der Schmied das schlechteste Beil hat.«

»Vor allem, wenn jemand vor einem halben Jahr ausgesehen hat, als wäre er schon gestorben, hätte nur vergessen, sich beerdigen zu lassen. Aber jetzt hat sich sein Körper gestrafft, er hat Farbe bekommen, seine Augen glänzen«, betonte Köhler, wobei er Chayyam unentwegt betrachtete, als schaute er ihn an, um ihn besser beschreiben zu können. »Das geht nicht mit rechten Dingen zu, das kann nicht sein. Habe ich recht, Omar, sag es geradeheraus.«

Stille trat ein, und alle befiel ein Unbehagen, weil hier niemand Lust auf ein Gespräch darüber hatte, ob Chayyam ein Zauberer oder nur ein Gelehrter war, ob er mit bösen Dschinnen unter einer Decke steckte oder nur das Wissen nutzte, das eine Gabe des Erbarmers ist. Bis zu diesem Zeitpunkt hatten sie sich angenehm und sogar heiter unterhalten, waren Gäste guter Gastgeber gewesen und hatten die guten Seiten echter Gastfreundschaft genossen. Wer hätte das verderben wollen und weshalb, um wieder eine Diskussion über Chayyam und sein Wissen anzustoßen?! Hatte denn der Wesir Musaffer seine Position nicht gerade dank dieses Wissens gefestigt?! Jetzt würden doch wohl nicht auch sie darüber diskutieren, ob Chayyam Ibn Sinas Unsterblichkeitselixier gefunden habe?!

Als Erster rührte sich der Wesir Musaffer, der eine echte Sympathie für Chayyam entwickelt hatte, und meldete sich nun als Gastgeber und als Mann zu Wort, der Chayyam Dankbarkeit schuldete, aber auch als sein Beschützer und Freund. Eine Hand hebend bat er um Aufmerksamkeit, ließ seinen Blick von Gesicht zu Gesicht schweifen, wobei er sich lange bei jedem Einzelnen aufhielt, und begann schließlich nach langem und gespanntem Schweigen zu sprechen.

»Es gibt da schon jemanden, der darüber nachdenkt, ob es mit rechten Dingen zugeht oder nicht«, sagte er ruhig in die Stille, die auf seine Handbewegung hin eingetreten war. »Aber das sind sicher keine zufälligen Durchreisenden, die können hier Gäste sein, aber nicht bestimmen, was mit rechten Dingen zugeht und was nicht.«

Abu Lula räusperte sich, verzog das Gesicht und bemerkte, die Worte stark dehnend, Ibn Maschisch habe es vielleicht gar nicht so böse gemeint.

»Nicht böse, bestimmt nicht«, bestätigte Köhler. »Ich war nur davon angetan, dass mein lieber Omar sich so erholt und verjüngt hat. Gott weiß, wie er in einem Jahr aussieht und wo er sich aufhält, wenn er so weitermacht.

Er versuchte zu lachen, aber Chayyam unterbrach ihn.

»An einem Ort, auf den zwei Mal im Jahr Blütenblätter fallen«, verkündete Chayyam ruhig.

»Was?«

»Da werde ich sein. Ich weiß nicht, wie ich aussehen werde, ziemlich schlecht, fürchte ich, falls ich überhaupt irgendwie aussehe, aber ich werde an diesem Ort sein.«

»Was für ein Ort denn?«

»Mein Grab.«

»Willst du damit sagen, dass dein Grab nicht im Diesseits sein wird?«, fragte Köhler unsicher, ohne zweideutigen Tonfall in der Stimme.

»Welches ist das schon?«, antwortete Chayyam mit einer Frage, genauso erstaunt. »Sobald du im Grab liegst, bist du nicht mehr im Diesseits.«

»Das Grab aber wohl«, wunderte sich Ibn Maschisch genannt Köhler weiter. »Im Diesseits gehe ich an ein Grab, um für die Seele eines lieben Menschen zu beten, und frage mich nicht, ob der Verstorbene im Diesseits oder im Jenseits weilt. Wo müsste dein Grab liegen, damit zwei Mal im Jahr Blütenblätter darauf fallen können?«

»Das ist kein Gespräch für meine Ohren«, unterbrach der Wesir und gab das Zeichen, die Tafel abzudecken. »Übrigens wäre es mir recht, wenn man an meinem Tisch mehr auf die Worte achtete, das ist eine Mahnung für die Zukunft. An alle«, betonte er noch.

Am Tag darauf reiste Köhler unverrichteter Dinge ab, der Sultan hatte die Geschenke angenommen, sich aber seine Pläne nicht angehört und ihn überhaupt nicht zu sich gelassen. Es hieß, das Treffen mit dem Sultan habe der Wesir Musaffer verhindert, der ihm diesen Gerüchten zufolge nicht verziehen habe, dass er, Köhler, gegen seinen neuen Schützling Chayyam gehetzt und intrigiert habe.

Aber das wahrscheinlich interessanteste Ereignis während ihres Aufenthalts in Merw war die Ankunft von Shohda, der Cousine des Sultans, die gekommen war, um Chayyam kennenzulernen und nach vielen Jahren mit Nizami Aruzi »den einen oder anderen Satz zu wechseln«. Schön, noch immer lebhaft und schnell in ihren Bewegungen und im Denken, rief Shohda großes Interesse hervor und zog, wo immer sie auftauchte, die Aufmerksamkeit auf sich. Weltweit war sie für ihre Schriften zum Recht bekannt, die an den angesehensten Schulen gelesen und abgeschrieben, gedeutet und verbreitet wurden und mindestens so viel Aufmerksamkeit genossen wie ihre öffentlichen Auftritte. Sie lehrte an zwei angesehenen Schulen im heimatlichen Samarkand und rief nicht so sehr dadurch als vielmehr durch ihre Vorlesungen heftige Wut bei den einen und eine genauso starke Begeisterung bei den anderen hervor. Sultan Mahmud und der Wesir Musaffer waren bemüht, sich über ihr Kommen zu freuen, Nizami Aruzi und Chayyam versuchten erst gar nicht, ihre große Freude zu verheimlichen, während es Vukac und Abu Lula nicht gelang, ihre Verlegenheit zu verbergen, sowohl gegenüber Shohda selbst als auch angesichts der Verwirrung, die ihr Kommen auslöste. Zu ihrer Verlegenheit trug sicher auch bei, dass sie nicht an Frauengesellschaft gewöhnt waren, schon gar nicht an die Gesellschaft einer welterfahrenen selbstsicheren Frau, die obendrein ungewöhnlich schön war und das auch wusste.

Es war nicht einfach, sich in der Gesellschaft einer Frau wie Shohda zu bewegen. Noch immer von strahlender Schönheit, sich ihrer Schönheit bewusst und bereit, die Schönheit so, wie es im gegebenen Moment notwendig war, auszunutzen, heiter und sicher im Umgang mit Menschen, war sie imstande, auch den erfahrensten Mann, an Höfen aufgewachsen und bewandert in den gesellschaftlichen Spielen, zu verunsichern. Sie konnte es sich erlauben zu sagen, was sie dachte, weil sie wusste, dass sie durch ihre hohe Herkunft, die mächtigen Familien, denen sie väterlicher- und mütterlicherseits angehörte, wie auch durch den Reichtum, in dem sie geboren wurde und nach dem sie nicht fragte, geschützt war. Schönheit, Reichtum und Selbstsicherheit, erworben durch ein Leben unter Menschen, die in ihr eine Privilegierte sahen und ihr ein angenehmes Mehr an Aufmerksamkeit widmeten, halfen ihr sicher dabei, heiter und entspannt anzuziehen, was ihr gefiel, zu sagen, was sie dachte, und zu tun, was sie für richtig hielt, ungeachtet dessen, was die Menschen um sie herum dachten.

Vor zwei, drei Jahren hatten ihre Äußerungen über die Verhüllung des Frauengesichtes in der Öffentlichkeit, die sogar einige angesehene Experten und Glaubenslehrer schon eine Weile gefordert hatten, große Aufmerksamkeit und bissige Auseinandersetzungen ausgelöst. Vielleicht war deshalb der aufregendste Augenblick ihres Aufenthaltes in Merw die Diskussion über die Verhüllung des Frauengesichts vor Fremden mit dem Hauptimam der Großen Moschee Abu Fetah, einem angesehenen Befürworter der Verhüllung. Mit ihren Schriften, in denen sie stets behauptete, eine Vorschrift, nach der die Frauen ihre Gesichter zu verschleiern hätten, sei unmöglich auf die Ursprünge des Glaubens zu gründen und verstoße sogar direkt gegen das Fundament des Glaubens, versetzte Shohda die Befürworter einer solchen Vorschrift in Rage und die Gegner in Begeisterung. Genau das behauptete sie auch zu Beginn der Auseinandersetzung mit Abu Fetah und nannte die Befürworter der Vorschrift Ungläubige und Heuchler. Abu Fetah fragte, ob Anstand und Zurückhaltung denn gegen den Glauben verstoßen könnten und ob ein Heuchler sei, wer von seiner Frau Anstand erwarte. Shohda fragte daraufhin verblüfft, wieso der Scheich denke, ihr Gesicht sei unanständig, und wie er darauf komme, dass sie seine Frau sei, und von ihr den Anstand verlange, wie er sich ihn vorstelle. Sie schwor, sie habe einen Mann, einen einzigen, und dieser Mann finde ihr Gesicht schön und nicht unanständig. Sie schwor ebenfalls, nie im Leben etwas mit Scheich Abu Fetah gehabt zu haben, so dass sie nicht wissen könne, warum er glaube, sich um die Anständigkeit der Frau ihres Mannes sorgen zu müssen.

Das Lachen der einen und die wütenden Ausrufe der anderen ließen keine schnelle Antwort zu, und so wartete Abu Fetah, bis sich die Zuhörer etwas beruhigt hatten.

»Auch ein so schönes Gesicht kann unanständig sein, wenn es mich in Versuchung führt und zu unerlaubten Gedanken verleitet«, behauptete der Imam Abu Fetah, »Gott bewahre, dass ich mir die Rechte deines Mannes anmaße, aber ich habe das Recht, mich vor deiner Schönheit und der Versuchung, in die sie mich führt, zu schützen.«

»Du bist nicht ungefährlich für die Menschen in deiner Umgebung, lieber Scheich«, unterbrach ihn Shohda. »Du würdest mich verhüllen, um dich selbst vor Gedanken und Wünschen zu schützen, die du nicht willst. Ich habe dich doch nicht geboren, dass ich für dich verantwortlich wäre, guter Mann. Und selbst wenn ich dich geboren hätte, müsste ich dir die Verantwortung für deine Gedanken und Wünsche, wenn du in das entsprechende Alter kommst, überlassen.«

Wieder Lachen und wütende Ausrufe, die Abu Fetah nicht erlaubten, schnell zu antworten.

»Das ist nicht nur meine Sache, und es sind nicht nur meine Gedanken, wenn du dich derart aufputzt, herrichtest und zurechtmachst und dich so schön zeigst«, bemerkte Abu Fetah. »Die Frau teilt den Männern in ihrer Umgebung etwas mit, wenn sie sich so zurechtmacht.«

»Auch der Mann, lieber Scheich, auch der Mann teilt etwas mit, glaube mir.«

»Stimmt, wir alle teilen etwas mit. Durch das, was wir anhaben, und die Art, wie wir es tragen, dadurch wie wir uns kämmen und den Bart pflegen, durch alles, was wir tun, sogar durch das, was wir nicht tun, wir teilen den Menschen um uns herum etwas mit«, erinnerte Abu Fetah. »Darum sage nicht, es sei nur meine Sache, was ich denke und fühle, wenn ich dich so zurechtgemacht betrachte und sehe, was nur dein Mann sehen sollte. Das verletzt das Schamgefühl des Mannes.«

»Ach Gott, lieber Scheich!«, rief Shohda bestürzt aus, stand auf und wandte sich an die Zuhörer. »Wen, liebe Leute, verletze ich Arme denn?! Wessen Schamgefühl leidet meines armen Gesichtes wegen?! Gerade eben war es noch unanständig, jetzt verletzt es euch schon, dabei wollte ich nur, dass es nicht abstoßend ist, mich anzuschauen.«

Es folgte eine lange, von Shohdas Seite ausgesprochen spöttische Diskussion darüber, wie und warum, wann und wen Schönheit verletzen könne. Ob nur die Schönheit eines Frauengesichts das Schamgefühl der Männer verletze oder jede Schönheit, fragte Shohda. Warum nur das Frauengesicht, wenn Ersteres der Fall sei? Was fangen wir mit uns an und wie retten wir das Schamgefühl in uns, wenn Letzteres der Fall ist? Wie soll man den Obstbaum dazu bringen, die Blüten zu verhüllen? Wie soll man die Hyazinthen zwingen, Farbe und Duft abzulegen? Mit welchen Mitteln soll man den Pfau drängen, die Federn zu verbergen?

Imam Abu Fetah ermahnte Shohda und ihre Zuhörer, all das seien witzige Einfälle, geeignet, einen zum Lachen zu bringen, sie klängen schön, erklärten aber nichts und dienten nur dazu, eine Diskussion zu vermeiden. Er wies darauf hin, die Sultanscousine streue ihre witzigen Bemerkungen mit dem Ziel aus, eine wichtige Tatsache zu verschleiern – sie habe vergessen, dass es Scham unter Pflanzen und Tieren nicht gebe, diese die Scham somit gar nicht verpflichte. Eigentlich tue sie so, als hätte sie es vergessen, um die Diskussion auf witzige Bemerkungen reduzieren und so gestalten zu können, dass gewinne, wer besser spotte und wem weniger am Gegenstand der Diskussion liege. Uns Menschen verpflichtet die Scham durchaus, die Scham ermahnt uns, dass alle unsere Handlungen und alle unsere Worte, unsere Gedanken und unsere Absichten immer mindestens einen Zeugen haben. Gott sieht uns auch dann, wenn wir vor den menschlichen Augen verborgen sind, Er sieht auch das, was in uns ist, verborgen vor uns selbst. Daran mahnt uns die Scham, deshalb kann ich sagen, dass wir Menschen sind, solange wir fähig sind, Scham zu empfinden. Aber all diese witzigen Bemerkungen rechtfertigen, selbst wenn sie wahr wären, nicht die Behauptung der Sultanscousine Shohda, die Vorschrift zur Verhüllung des Frauengesichts verstoße gegen das Fundament des Glaubens.

Da beruhigte sich Shohda ganz und begann, leise zu sprechen, wahrscheinlich weil sie wusste, dass sie so mit dem, was sie sagte, die Leute fesseln und sie darauf hinweisen würde, wie wichtig es war. Sie erinnerte daran, dass auf die Gerechten im Paradies Huris als Belohnung warteten. Huris sind Mädchen, Frauen. Werden auch sie verschleierte Gesichter haben? Werden ihre Gesichter unser Schamgefühl verletzen? Müssen sie sich ihrer Gesichter schämen? Ist es möglich, dass wir im Paradies mit Dingen belohnt werden, die Sünde sind? Der Scheich wird es besser wissen als ich, schloss Shohda, ich gestehe nur meine Unkenntnis und meine Verlegenheit.

Die Rufe unter den Zuhörern vereitelten jedes weitere Gespräch, und am nächsten Tag reiste Shohda ab, so dass es nicht mehr fortgesetzt werden konnte.

Vukac hatte mit Shohda tausend Probleme. Er konnte sie nicht ansehen und konnte den Blick nicht von ihr wenden, er wollte nicht dort sein, wo sie war, und konnte nicht aufhören, sie zu suchen, wenn er nicht in ihrer Nähe war, ihn interessierte nicht einmal das Wenige, das er von alldem, was sie sagte, verstand, und dabei verging er vor Lust, wenn er die Gelegenheit hatte, ihr zuzuhören. Die reinste Qual.

# 6

Der lange Aufenthalt in Merw tat Chayyam wohl, erschöpfte ihn aber gleichzeitig. Es war gut gewesen, Nischapur eine Weile zu meiden, die Stadt, in der er sich nie wirklich wohl gefühlt hatte, so sehr er sie auch mochte, vor allem jetzt, wo ihn die Überreiztheit der verängstigten Menschen geradezu überflutete. Schon in seiner Jugend hatte ihn hier allerhand gestört, zum Beispiel, dass die Menschen wie nirgendwo sonst bereit zu Gutem wie zu Bösem waren, und in der letzten Zeit, seit äußerste Unsicherheit herrschte, fand er ihre Neigung, alles Gute in der Welt und in den Menschen zu verleugnen, nachgerade unerträglich. In dem Maße, wie der Verfall, der die Welt beherrschte, weiterging, wuchs die Bereitschaft der Nischapurer Bürger, hinter allem Guten Niedertracht, Täuschung oder Betrug als Grund zu entdecken. Und jeder gute Mensch in Nischapur war stolz, wenn es ihm gelang, als wäre die allgemeine Niedertracht der Welt sein persönliches Verdienst. Ihm taten gewiss auch die Aufmerksamkeit wohl, die ihm der Wesir Musaffer entgegenbrachte, und der Kontakt zu Aruzi, der für ein Gespräch mit Chayyam einen großzügigen Gönner wie Köhler zu vernachlässigen bereit war, und dass sich die selbstsüchtige Shohda aus Samarkand aufgemacht hatte, um ihn kennenzulernen und mit ihm zu reden.

Aber er war bereits in dem Zustand, in dem Freude gefährlich ist, fast wie eine Krankheit, weil sie das bisschen Lebenskraft aufzehrt, das noch durch den Körper fließt. Die regelmäßige und gute Ernährung, die Pflege und der viele Schlaf, die er in Merw genoss, konnten den Verlust seiner Lebenskräfte, den die Freude über die Anerkennung und das Vergnügen an den Gesprächen mit sich brachten, nicht ausgleichen, so dass er von einem gewissen Zeitpunkt an sichtlich dahinzusiechen begann. Er schlief immer mehr, bewegte sich immer weniger und immer schwerfälliger, in jedem Gespräch vergaß er mehrmals, und zwar mitten im Satz, was er hatte sagen wollen. Es kam sogar vor, dass er den Namen seines Gesprächspartners unmittelbar, nachdem er sich von ihm getrennt hatte, vergaß. Er war sich dessen bewusst, was mit ihm geschah, aber er wusste nicht, wie er es ertragen und wie er sich gegenüber den Menschen verhalten sollte, die ihn liebten und achteten, ihn aber gleichzeitig bedauerten und schonen wollten, weil sie seine Schwäche sahen. Einmal erklärte er Vukac, er habe schon als junger Mann bei sich das Bedürfnis bemerkt, sich zu rechtfertigen und zu entschuldigen, wenn ihn eine Krankheit oder Schwäche befallen hatte. Wahrscheinlich quälte ihn auch jetzt ein Schuldgefühl wegen seiner Gebrechlichkeit und Ohnmacht, das er nicht verbergen konnte, weshalb er die Sprache darauf brachte. Es war schwer mit anzusehen, aber alles wurde noch viel schwerer, wenn er versuchte, sein Unbehagen mit Witzen und Scherzen auf Kosten seines Alters zu verbergen.

Ein solcher Versuch war schuld daran, dass sich Vukac zum ersten Mal ernstlich über seinen alten Freund ärgerte. Chayyam hätte zu einem Gespräch mit Aruzi und Abu Fetah kommen sollen, war aber nicht erschienen, weil er nicht aufgewacht war. Als sie sich später trafen, brachte er Entschuldigungen, Rechtfertigungen, Erklärungen vor. Je mehr ihm die beiden versicherten, dass sie es ihm nicht übelnähmen, weil sie einem Mann seines Ansehens und seiner Größe auch ein viel schlimmeres Vergehen nicht übelnähmen, desto mehr rechtfertigte er sich, als verpflichtete ihn die Achtung, die sie ihm entgegenbrachten, zu immer tieferer Reue. Am Ende erklärte er, ein Mann in seinem Alter und Zustand begehe die Tage als Feiertage, an denen er das Klo trocken und nicht verweint verlasse, daher könne man ihm wohl verzeihen, wenn er eine Verabredung verschlafe oder vergesse. Die beiden konnten das Unbehagen, das ihnen Chayyams Erklärung bereitete, nicht verbergen, sie sahen sich an und zuckten mit den Schultern, versicherten, alles sei in Ordnung, und dankten Gott, dass sie die Gelegenheit hätten, mit einem solchen Mann zu sprechen, während er sich für ihr Verständnis bedankte und sich weiter rechtfertigte. Vukac räusperte und wand sich, bemühte sich, all das abzubrechen oder wenigstens auf ein erträgliches Maß zu reduzieren, ganz rot vor Wut und den Tränen nahe.

»Ich sehe, du bist wütend auf mich, habe ich etwas Unrechtes gesagt oder getan?«, fragte Chayyam, als sie schließlich allein waren.

»Alles!«

»Was ›alles‹?«, fragte Chayyam wieder.

»Alles hast du falsch gemacht. Du bist nicht ehrlich. Du bist doch nicht schuld, dass du alt und schwach bist«, brach die Verbitterung aus dem jungen Mann heraus. »Du machst dich zum Narren und beschuldigst dich, glaubst, du bist schuld, und willst es wieder gutmachen ... Warum nur?!«

»Sie haben auf mich gewartet, und ich bin nicht gekommen, das ist doch ein Grund, sich schuldig zu fühlen und es zu erklären«, sagte Chayyam.

»Das am wenigsten«, regte sich Vukac immer mehr auf. »Dir geht es darum, dass du alt bist und schwach und ... Als ob man dich danach fragen würde!«

Es folgte eines der Gespräche, bei denen sich die Beteiligten immer weniger verstehen, je länger sie miteinander reden und sich um gegenseitiges Verständnis bemühen. Chayyam strengte sich an zu begreifen, warum der Kleine so gekränkt und wütend war, während Vukac immer mehr in Rage geriet, sowohl über Chayyams Bemühen, sich zu rechtfertigen, als auch und noch mehr über sein, Vukac' Unvermögen zu sagen, was hier das wirkliche Problem war. Ihn störte nicht, dass sein alter Freund versuchte, die anderen Leute dazu zu bringen, über ihn zu lachen, ihn störte nicht die Bohne, was Chayyam nun rechtfertigen und erklären wollte. Aber er spürte, dass Omar Unbehagen, beinahe Scham empfand, weil er hilflos war, und sich mit dummen Scherzen auf eigene Kosten wegen seiner Schwächen rechtfertigte Das war es, was ihn, Vukac, störte. Chayyam hielt sich für schuldig, weil er alt und schwach war, und das störte ihn noch mehr. Und ihn störte auch, dass er nichts von dem sagen konnte, er hätte es in seiner eigenen Sprache nicht vermocht, geschweige denn auf Arabisch, wie er sich mit Chayyam unterhielt. Deshalb schlug er sich mit der Hand aufs Knie, wurde rot, und die Wut benahm ihm den Atem, er war unfähig aufzugeben, und zugleich machte er sich bewusst, dass sie sich heute nicht verstehen würden und konnten.

»Ich denke, du hast recht«, stimmte Chayyam am Ende zu, »ich fürchte, ich weiß einfach nicht, wie man mit dem Alter umgehen soll.«

Da gab Vukac auf. Zuerst wollte er sagen, es gehe hier nicht um Wissen, aber er begriff sogleich, dass er nicht wusste, worum es ging, wenn nicht um Wissen. Viel später, ein paar Jahrzehnte später glaubte er, das, was ihn damals an den Rand der Verzweiflung gebracht hatte, benennen zu können. Sein Freund Chayyam hatte Unbehagen, fast Schuld empfunden für Dinge, die er oder irgendein anderer nicht beeinflussen konnte, zum Beispiel weil er alt und schwach war. Dieses Aufbäumen gegen die menschliche Natur hatte ihm eine untragbare Last auf die Schultern geladen, wie man sie nicht tragen kann, solange man jung und stark ist, geschweige denn in den späten und kranken Tagen. Das hatte ihn gestört, geschmerzt und gekränkt – wie hatte sich ein derart kluger Mann gegen etwas auflehnen können, nach dem man ihn nicht gefragt hatte?! Warum hatte er sich mit dieser Auflehnung gequält? Aber es tat ihm nicht leid, dass er diese

Worte und diese Erklärung damals, in Merw, nicht gefunden hatte, als er wütend und verzweifelt gewesen war, weil er seinem alten Freund nicht hatte helfen können. Er bedauerte es nicht, weil er wusste, dass Chayyam ihn sicher nicht verstanden hätte, aber auch weil er gut wusste, dass diese Erklärung, die bestimmt nicht weit von der Wahrheit entfernt war, Chayyams Problem weder wirklich traf noch ausreichend erklärte.

Die Reise von Merw nach Nischapur verschlief Chayyam. Sie brachen im Jahr 516 auf, im Frühsommer, als die Hitze noch zu ertragen war, aber trotzdem hatte man seine Sänfte mit bearbeiteten Häuten überdacht, die ihn vor Sonne und Staub schützten, so dass er reiste wie ein Kind in der Wiege. Ihm zuliebe reisten sie langsamer, als sie es hätten tun können, machten Rast, wo immer sich eine Gelegenheit für eine angenehme Erholung bot, so dass sich die Reise auf volle sieben Tage ausdehnte.

Zu Hause empfing sie Tayida, als hätte sie gewusst, wann sie zurückkehren würden. Sogleich rannte sie los, um etwas zu essen zu bereiten, obwohl sie von allem mehr mitgebracht hatten, als sie brauchten, gleichzeitig lief sie durchs Haus, räumte auf, reinigte das offensichtlich Reine und richtete alles her. Auf dem Dach wurde über Chayyams Bett die Vorrichtung aus bearbeiteten Häuten angebracht, die ihn auf der Reise geschützt hatte, so dass er nun auch mitten am Tag vor der Sonne abgeschirmt war. Vukac stand Tayida zur Seite, so gut er konnte, bemühte sich, ihr zu helfen, oder tat zumindest so, weil es, um die Wahrheit zu sagen, gar nicht ernsthaft etwas zu helfen gab, denn im Haus war alles in bester Ordnung. Lediglich die kleinen Spinnweben konnte er beseitigen, die da und dort hingen, und zwar nicht in den Ecken, wo man sie erwartet hätte, sondern mitten an der Wand oder unter der Decke. Mit ihren unvollendeten Sätzen ohne handlungsanweisende Wörter empfahl Tayida ihm, sich nicht damit herumzuquälen, weil die Spinnennetze von selbst verschwänden, wie sie gekommen seien. Sie tauchten immer dort auf, wo sie putze, wie sehr sie sich auch bemühe und aufpasse, sie tauchten auf, als hätten sie speziell mit ihr zu tun. Heute putze und scheuere sie hier oder bei sich im Haus, besehe und beseitige sorgfältig jede Spur von Schmutz und Verwahrlosung, und am nächsten Tag oder sogar vor Einbruch der Dunkelheit am selben Tag hingen ein oder zwei Netzchen von der Decke herab, als wären sie durch ihre Mühe dort hingehängt worden. In keinem einzigen habe sie je eine Spinne gesehen, nicht einmal in der Nähe eines Netzes oder irgendwo in dem Raum, in dem sie hingen, daher denke sie, die Spinnweben hätten irgendetwas mit ihr zu tun und andere Leute bräuchten sich nicht an ihnen zu stören. Schon eine Weile störe auch sie sich nicht daran, vor allem, seit sie bemerkt habe, dass die Spinnweben von selbst verschwanden, wenn sie diese nicht entfernt hatte. Aber bald tauchten andere auf, keine zehn Tage vergingen, ohne dass dort, wo sie sich aufhielt oder auch nur ein wenig öfter hinging, kleine Netze entstanden.

Tayida und Vukac kamen dieses Mal gut miteinander aus. Sie teilten die Arbeit auf, so dass sie sich um das Haus und er sich um Chayyam kümmerte. Sie bereitete das Essen zu und ging in die Stadt einkaufen; nur wenn es etwas Schwereres zu tragen gab, ging Vukac.

Je nach Bedarf half Vukac seinem Freund zu essen oder sich umzuziehen, aufs Klo zu gehen und danach wieder aufs Dach hinaufzusteigen. Tayida half ihm lediglich beim Baden, weil der junge Mann nicht die für solche Verrichtungen notwendige Geschicklichkeit besaß. Er genoss es, ihm zu helfen und sich dabei mit ihm zu unterhalten, und geradezu unsagbar freute ihn, dass Chayyam seine Schwäche nicht vor ihm verbarg, sondern sich ihm wie ein Kind überließ und es genoss, dass sich jemand um ihn kümmerte. Einige Male war es offensichtlich, dass Chayyam sich schwächer gab als er wirklich war, um sich ganz den Händen des Freundes überlassen zu können, um sich auf ihn zu stützen und so die Abhängigkeit von jemandem zu genießen, zu dem er Vertrauen hatte.

»Ich entdecke mit dir die Wonnen eines Kindes, die kennenzulernen ich bisher nicht die Gelegenheit gehabt habe«, sagte Chayyam einmal, als sie auf das Dach stiegen. Vukac erbebte vor Freude, weil er in der Stimme des Freundes Dankbarkeit wahrnahm und im selben Augenblick begriff, dass diese nicht von dem Gefühl, ihm etwas zu schulden, herrührte. Diese Dankbarkeit drückte die Freude eines Menschen aus, der das Vertrauen entdeckt hatte. Auf dem Dach, als er wieder im Bett war, hielt Chayyam die Hand seines jungen Freundes lange in den Händen und behielt ihn so bei sich.

»Glücklich ist, wer getäuscht werden kann, hat mein Freund Abu Said gesagt, glücklich sind die Kinder und naiven Menschen, sie haben Vertrauen kennengelernt und es genossen«, erinnerte sich Chayyam, als er wieder zu Atem kam.

Darauf erging er sich in Erinnerungen an seinen großen Freund, einen der wichtigsten Menschen in seinem Leben, den Sufi Abu Said, der Prinz Seydo genannt werden wollte, wie er sich auch selbst gern genannt hatte. Er hatte behauptet, die tiefsten und schönsten Freuden hätten die Menschen kennengelernt, die sich wenigstens einmal restlos und ohne Vorbehalt einem anderen Menschen überlassen, sich in fremde Hände gegeben und so die Verantwortung für sich auf ihren Schöpfer übertragen hätten. »Sie sind glücklich«, hatte Abu Said gesagt, »weil sie die direkte Quelle jeder Freude kennengelernt haben, soweit der Mensch sie überhaupt kennenlernen kann. Der liebe Gott offenbart sich uns, den Menschen, nämlich am unmittelbarsten als Vertrauen. Ihm steht der Mensch am nächsten, der sich nicht im Geringsten fürchtet. Dieser wird die tiefsten Freuden erfahren, ist frei von jeder Angst, die sicher die schwerste Krankheit der Menschen ist, er wird vom Leben die meisten der Genüsse erhalten, die man nicht verdienen noch sonst irgendwie erlangen, sondern nur geschenkt bekommen kann. Wer unendliches Vertrauen empfindet, hat unendliche Güte, unendliche Freude, unendliche Sicherheit kennengelernt. Ein Narr denkt, er habe Klugheit bewiesen, wenn er solch einen Glücklichen um sieben Dinar oder drei Küsse betrügt. Nichts ist verkehrter auf der Welt als das! Er hat lediglich gezeigt, dass das Leben für ihn armen Tropf nur Bangen, Lauern, Kampf und Streit ist. Ich scheiß' auf so ein Leben! Er, ein reiner Waisenknabe gegen ihn, wird nach wie vor Angst haben, lauern und sich quälen, während der Glückliche, den er betrogen hat, ausspuckt, ihn vergisst oder in Erinnerung behält und weiterhin die nur den Glücklichen zugänglichen Freuden genießt.«

Ein mit Vertrauen begabter Mensch wisse, dass sein Ich keine Mauer ist, die ihn vor allem anderen, was existiert, schützen muss, hat Abu Said gesagt, er schließe sich nicht in sein Ich ein wie eine Stadt unter Belagerung in ihre Mauern. So jemand lege für einen Augenblick gern sein Ich ab, um ein Kind in den Armen der Mutter oder die Liebste in den Armen des geliebten Mannes zu sein, er habe die Fähigkeiten eines Vogels, der sich dem Wind überlassen hat, und eines Fisches, der genießt, dass ihn das Wasser trägt. Nie sei der Mensch glücklicher als in solchen Augenblicken, weil sich sein Ich nur in solchen Augenblicken nicht von dem schönen wogenden Meer voller Leben statt Wasser löse.

»Bis jetzt habe ich Abu Said nicht geglaubt, das heißt, ich habe ihn nicht wirklich verstanden«, sagte Chayyam nach einer längeren Pause nachdenklich, noch immer in dem Tonfall, in dem er über seinen großen Freund gesprochen hatte. »Ich habe mich davon überzeugt, dass er die Wahrheit gesagt hat, ich habe gesehen, dass Leyla, meine Tochter, eben das

Vertrauen in mich hatte, von dem Abu Said gesprochen hat. Nichts droht einem kleinen Mädchen, wenn es in den Armen seines Vaters ist – weder Krankheit noch Donner, noch Feuer, noch Wasser, nichts kann ihm etwas anhaben, weil die Arme des Vaters es vor allem schützen. Das habe ich gesehen und mich gefreut, aber ich habe damals nur meine Freude gespürt und begriffen, nicht ihre. Auch meine Angst, ich wusste damals ja, dass ich so viel Vertrauen nicht rechtfertigen konnte, so ängstigte und schämte ich mich elend. Und jetzt …«

»Jetzt?«, fragte Vukac.

»Jetzt verstehe ich sie und Said. Aber woher haben sie dieses Wissen, so viel Weisheit!?«

Um die freudige Erregung zu verbergen, die ihn überflutete, erzählte Vukac Chayyam, wie gut er sich jetzt mit Tayida vertrug und verstand.

»Sie ist gut, die Arme, wirklich gut«, dachte Chayyam laut nach, »für mich ist sie eine große Hilfe, auch für jeden anderen, wenn sie ihm nahe ist.«

Tayida kam aus Mazandaran, der Kleine Jakub hatte sie vor gut fünfundzwanzig Jahren hierhergebracht. Der Kleine Jakub war der Sohn einer hiesigen Waisen, einem Mädchen, das früh die Eltern verloren hatte und sich durchschlug, indem sie in Häusern diente und Gewänder für heiratsfähige Töchter aus besserstehenden Familien anfertigte. Von den Eltern hatte sie ein kleines Häuschen in der Nähe des Basars geerbt, so dass sie mit ihrem Verdienst auskommen konnte, es gab sogar Burschen, die nicht abgeneigt waren, sie zu heiraten. Unglücklicherweise wurde sie nach dem Abzug einer der unzähligen Armeen, die in den letzten fünfzig Jahren durch die Stadt gekommen waren, schwanger. Ob sie sich verliebt und auf eine Liebesehe gehofft hatte, ob jemand sie vergewaltigt oder durch eine List herumgekriegt hatte, erfuhr man nie, weil sie darüber schwieg wie ein Fisch. Sie gebar einen Sohn und arbeitete weiter in fremden Häusern, und wenn es keine schweren Arbeiten gab, mit denen sie etwas besser verdienen konnte, nähte sie in ihrem Häuschen Bettwäsche, Kleider und Galabias, die sie mit Stickereien und auf andere Arten verzierte, über die ich nicht eben viel weiß, erzählte Chayyam. Ob sie so genug für ihr tägliches Brot zusammenbringen konnte, wovon und wie sie und ihr Sohn lebten, weiß nur der liebe Gott. Aber sie lebten, und der Kleine wuchs heran. In der Stadt wurde er seltsamerweise akzeptiert und gemocht, was er auch verdiente. Bereits mit fünf Jahren sah er zu, wem er etwas helfen, wo und wie er zu einem Verdienst kommen könnte, um ihn mit nach Hause zu bringen und so der Mutter und sich zu helfen, ein paar weitere Tage zu überbrücken. In dieser Zeit war er für die ganze Stadt »der Kleine Jakub« geworden, ein armer Junge und Diener, den die Leute mochten und kleine Arbeiten für sich verrichten ließen.

Die Schinderei und die Nöte einer verstoßenen und verurteilten Frau brachten seine Mutter um, als er etwa zehn Jahre alt war, und er verkaufte kurz danach das Haus und begann sich in Soldatenkreisen zu bewegen, wo man damals wie heute am leichtesten einen Zufluchtsort und Verdienst fand. Die Zeit war günstig für ihn, alles wimmelte von großen und kleinen, staatlichen und privaten Armeen, für die es allseits Arbeit und Raub gab. Nach einigen Jahren Dienst hatte er genug beisammen, um sich am Stadtrand, zu der Zeit wirklich weit außerhalb der Stadt, wo das Land billig war, ein Haus zu bauen. Bevor er sich recht überlegt hatte, wie er sich häuslich einrichten und wo er eine Frau finden könnte, schickte man ihn und seine Kameraden nach Mazandaran in einen der Kriege, von denen niemand den Grund kennt und in denen man die Seiten nicht auseinanderhalten kann. Dort verliebte er sich in Tayida und brachte sie mit, aber hier tötete ihn kurz nach der Rückkehr ein Kamerad in einem Streit, wie er unter Leuten, die ein solches Leben führen, nicht ausbleiben kann. So blieb Tayida alleine hier, um weiter das Unglück eines Lebens dazwischen zu tragen – weder heimisch noch fremd, weder Mädchen noch Frau. Die Arme. Hoffen wir, dass es mit ihr aufhören wird, sie war zum Glück nicht schwanger, als der Kleine Jakub umgebracht wurde.

»Das ist nicht das Schlimmste«, seufzte Vukac nach Chayyams Geschichte über Tayida, »es gibt noch schlimmere Dinge auf der Welt. Es gibt wahre Schicksale.«

»Wenn du es sagst.«

»Ich sage es«, betonte Vukac. »Lebendig, heil, im eigenen Haus.«

»Wir Menschen sind Pechvögel«, seufzte auch Chayyam, »für uns gibt es nichts Gutes, ohne dass auch etwas Schlechtes daran wäre. Sicher ist es gut für sie, dass sie ein Haus besitzt, aber das hat auch eine schlechte Seite: Gerade das Haus bietet ihr den Rahmen für ein volles und gutes Frauenleben, aber ihr fehlt das, womit sie diesen Rahmen ausfüllen könnte.«

Da Vukac nicht verstand, was sein alter Freund dachte, war es notwendig, ihm ein paar Dinge zu erklären, die man in seinem Alter noch nicht weiß.

Hast du den Pfau und die Pfauhenne, den Löwen und die Löwin, den Hirsch und die Hirschkuh gesehen, begann Chayyam. Du hast gesehen, dass bei ihnen der Wunsch nach Fortpflanzung, nach neuem Leben und die Sorge um seine Erhaltung zwischen Männchen und Weibchen gleich verteilt sind. Die Hirschkuh gebiert neues Leben, aber beide wünschen es, der Hirsch wahrscheinlich ein bisschen mehr, denn er ist ganz aufgeputzt, geschmückt, mit allem ausgestattet, was er braucht, um die Aufmerksamkeit der Hirschkuh auf sich zu ziehen, sie gut zu stimmen und geneigt zu machen, damit sie ihm einen Nachkommen gebiert. Die Hirschkuh sieht im Vergleich zum Hirsch unscheinbar aus, sie braucht nicht schön und auffällig zu sein, weil sie gebiert. Und wenn das Kleine auf die Welt kommt, wachen sie gleichermaßen darüber und kümmern sich darum, jeder auf seine Art, aber zu gleichen Teilen. So verhält es sich auch mit dem Pfau und der Pfauhenne, dem Löwen und der Löwin, so verhält es sich mit jeder lebendigen Art außer mit den Menschen. Überall ist es der männliche Teil, der sich aufputzt, einschmeichelt, bemüht, in die Augen zu fallen, weil es an ihm ist, die Plagen um die Fortpflanzung in Gang zu setzen. Nur bei uns ist der Frau sowohl der Wunsch nach neuem Leben als auch die Qual um das Gebären der Kinder, als auch die Sorge, sie zu erhalten und zu behüten, aufgebürdet. Nur bei uns Menschen ist die Frau der schöne, prächtige und geschmückte und der Mann der unscheinbare Teil der Art. Die Löwinnen und die Hirschkühe und die Pfauhennen können unscheinbar bleiben, während ihre Männchen geschmückt, prächtig und herausgeputzt sind. Wieso sollten sie sich schmücken und sich bemühen aufzufallen, wo sie doch gebären!? Auch bei den Menschen gebiert die Frau, und trotzdem schmückt sie sich und richtet sich her, sie bemüht sich, schön und auffällig zu sein. Warum ist das so? Warum sehnt sich bei den Menschen die Frau nach neuem Leben und macht sich schön, um den Mann anzuziehen, ihn mit ihrer Schönheit zu überreden, neues Leben zu zeugen, gebiert es dann und schindet sich, um es zu erhalten, während der Mann bei alldem abseits zu stehen scheint? Als wäre den Frauen die ganze Verantwortung für das Leben aufgebürdet und den Männern etwas anderes gegeben. Ich weiß nicht, was es ist, es wäre zu einfach zu sagen, es sei, sagen wir, der Tod und das Bewusstsein von ihm. Aber es ist die Wahrheit, dass wir jedes Mal, wenn wir über Leben und Tod entscheiden wollen, meist nur über den Tod entscheiden. Das erklärt dir, warum mit dem Menschen der Schöpfungszyklus beendet ist. Alles wurde vor uns erschaffen, die Erde und das Wasser, die Pflanzen und die Tiere, die Dschinne und Engel wurden schon am Anfang erschaffen, vor alldem. Wir wurden am Ende erschaffen, als Grenze, als der Teil dieser Welt, wo einige andere Welten anfangen.

»Hast du etwas von dem, was ich gesagt habe, verstanden?«, fragte Chayyam, als er den erstaunten Blick seines jungen Freundes bemerkte.

»Nichts«, stöhnte Vukac auf. »Auch nicht warum. Wir haben über Tayida gesprochen, warum musstest du das alles sagen?«

»Eben darum.«

»Warum?«

»Ja, ich habe gesagt, dass sie einen Rahmen hat, aber nicht das, womit sie ihn ausfüllen könnte«, erklärte Chayyam.

»Und der Rahmen sind deine Schöpfung, die Pfauen und die Grenze?«

»Ja.«

»Das würde ihr sehr helfen, wenn sie das alles hören würde.«

»Spotte nicht im Vorhinein, frag, wenn du etwas nicht verstehst«, lächelte Chayyam, der den Spott in der Bemerkung seines Freundes wahrscheinlich wahrgenommen hatte. »Ich wollte dir zeigen, dass die Frau in der Welt des Menschen ungefähr das ist, was die Königin in der Welt der Bienen ist. Sie ist drinnen, im Haus, im Verborgenen, aber vor ihr und um sie herum ist der Rahmen, den sie ausfüllt. Dieser Rahmen schirmt sie vor der Welt ab, verlangt aber von ihr, dass sie ihn ausfüllt. Das Problem liegt darin, dass gerade dies ihr stärkstes Bedürfnis ist – sie will, sie möchte und muss den Rahmen ausfüllen. Um die Frau versammelt sich die Familie wie der Schwarm um die Bienenkönigin, die Familie füllt den Rahmen aus, den das Haus um die Frau bildet, so wie die Bienen den Rahmen um die Königin ausfüllen. Verstehen wir uns jetzt? Tayida hat ein Haus, aber keine Familie, die sich um sie versammeln und den Rahmen um sie ausfüllen würde. Das ist wie eine Bienenkönigin, die einen Korb, aber keinen Schwarm hat.«

»Und wieder gäbe es Probleme, so ist sie nun einmal.«

»Die gäbe es, das habe ich am eigenen Leib erfahren. Das Problem mit den Frauen ist, dass sie jemanden brauchen, der hinausgeht und mitbringt, was für den Schwarm notwendig ist, und gleichzeitig und genauso stark haben sie das Bedürfnis, dass du neben ihnen sitzt und nicht von ihrer Seite weichst.«

»Ach, wenn es das einzige Problem mit ihnen wäre!«, seufzte Vukac finster.

»Du scheinst die Frauen ja gut zu kennen?«

»Wer kennt sie nicht?!«

Nach langem Schweigen, während dessen die Freunde lediglich hin und wieder seufzten, lächelte Chayyam und fragte:

»Ist es wegen Shohda?«

»Sag du dir das doch selbst«, rief Vukac aus und sprang wie von der Tarantel gestochen auf, »wir sehen ja, wer immerzu seufzt.«

»Beruhige dich bitte«, streckte Chayyam die Hand zu seinem Freund aus, wohl um ihn damit aufzufordern, sich wieder hinzusetzen. »Ich lache nicht über dich, ich spotte nicht und scherze nicht.«

»Du verspottest dich selbst, wir wissen, wer seufzt.«

»Ja«, lächelte Chayyam, »ständig«.

»War sie so schön?«, fragte Vukac, sich in den Schatten der über Chayyams Bett aufgespannten Häute setzend.

»Ich weiß nicht, wenn ich recht überlege, würde ich sagen, nein. Übrigens war das nicht … Wie jedes Leben – mal Sonne, mal Regen. Ich weiß nicht.«

»Warum seufzt du dann? Vor ein paar Tagen hast du zugegeben, dass ihr euch auch gestritten habt. Und dass sie manchmal geschrien hat.«

»Ach, du kleiner Narr!«, lachte Chayyam. »Wenn du wüsstest, was für ein Vergnügen es ist, mit seiner Frau zu streiten, wie schön es ist, ein Problem zu haben und einander zu grollen. Das alles füllt den Rahmen aus, das alles ist der Inhalt, der Tayida fehlt.«

»Ich weiß nicht, wirklich, das muss ich nicht haben.«

»Ich habe selbst nicht gewusst, wie gut es war, als es passiert ist, umso besser weiß ich es jetzt. Ich weiß nicht, ob ich Schönheit und Freude bei irgendetwas erlebt habe, was nicht mit ihr zu tun hatte, so kommt es mir jetzt vor, wo ich mich erinnere. Früher, als ich sie manchmal habe schreien hören (und sie konnte vielleicht toben!!!), habe ich mich gefragt, warum wir zusammen sind und wozu ich all das brauche, doch jetzt sehe ich ein, dass es ein Großteil des Besten war, was ich überhaupt erlebt habe.«

Über dreißig Jahre lang hatte Chayyam nicht über Sukayna gesprochen, schon seit ihrem Tod, nicht weil er niemanden gehabt hätte, um über sie zu reden (seine Schwester Hamida hatte Sukayna gut gekannt und gemocht), sondern weil er seinen Schmerz und seine Erinnerungen eifersüchtig hüten musste wie den wertvollsten Schatz. Auch er selbst rief keine Bilder und Ereignisse aus ihrem gemeinsamen Leben in die Erinnerung zurück, er ließ sie in seinem Bewusstsein nur aufleben, wenn er es musste, zum Beispiel dann, wenn etwas davon aus dem entsetzlich tiefen Brunnen all der Dinge auftauchte, die man sich absichtlich oder unabsichtlich gemerkt hat. Manchmal hörte er ihre Stimme, für Augenblicke spürte er ihre Berührung auf seiner Haut (für Augenblicke glaubte er, sie gespürt zu haben), er versuchte, verborgen vor sich selbst, die Erinnerung an ihre Gestalt zu bewahren, die flüchtig vor seinen Augen aufzutauchen pflegte. Und das, diese Augenblicke, in denen ihm Sukayna erschien, waren die einzigen Augenblicke, in denen er während der dreißig Jahre wirklich gelebt, sich und seine Existenz gespürt hatte.

Nun fragte er sich, ob das lange Schweigen einer der Fehler war, die er begangen hatte, eine der gegen sich selbst begangenen Sünden, weil er die düstere Zeit des Schweigens vielleicht viel besser durchgestanden hätte, wenn er sich seinem Schmerz geöffnet und über die, die ihn schmerzte, gesprochen hätte. In den zehn Tagen, in denen er mit Vukac über sie redete, sie sich vergegenwärtigte, war er lebendiger und wirklicher, hätte er gesagt, als irgendwann in den vergangenen dreißig Jahren des Schweigens.

Jetzt erzählte er von einem der wenigen Fälle, wo er Sukaynas Wunsch und Bedürfnis zu spielen verstanden und gemocht hatte. Leyla hatte nicht gerade große Lust an den Tag gelegt, die Buchstaben zu erlernen, lieber mochte sie alle Handarbeiten, und am liebsten machte sie sich aus Sachen aus Sukaynas Aussteuertruhe ein Kind und ging Sukayna damit besuchen, wie Freundinnen einander eben mit ihren Kindern besuchen gehen. Wenn Sukayna sie doch überredet hatte, Buchstaben zu lernen, blieb Leyla nur kurz dabei und ihr Gedächtnis nur ein wenig länger, denn schon heute wusste sie nicht, was sie gestern gelernt hatten. Diesem Problem trat Sukayna mit Spiel und Geschichten entgegen. Sie erzählte Leyla, die Buchstaben verfügten über eine geheime Kraft, die sich verändern und auf verschiedene Weise äußern könne, aber die Kraft eines Buchstaben bleibe immer bestehen. Zum Beispiel hätten allein die vier Buchstaben im Wort »bismi'llahi« die Kraft, die Quellen der vier Paradiesflüsse zu sein. Dem Buchstaben *elif* entspringe ein Fluss mit frischem, sauberem Wasser, das nicht trübe oder anders verdorben werden könne, und dem Buchstaben *mim* ein Fluss mit der besten Milch, sicher besser als Kamel- und Schafsmilch, sicher so gut wie Muttermilch oder vielleicht sogar noch besser. Dem Buchstaben *be* in diesem Wort entspringe der paradiesische Honigfluss und dem Buchstaben *lam* der Weinfluss. In anderen Wörtern, erzählte Sukayna ihrer Tochter, hätten dieselben Buchstaben andere Kräfte, weil die geheime Kraft des Buchstabens durch die Buchstabenkombination bestimmt werde, in der er vorkommt, und sich mit einer Veränderung der Kombination ändere. In einem Wort zum Beispiel habe *nun* die Eigenheit, Apfelmarmelade zu süßen, und in einem anderen Wort helfe dieser Buchstabe, Wolle weich und wie Seide zu machen, damit man daraus Kleider für kleine Mädchen anfertigen könne. Aber die verborgenen Kräfte der Buchstaben offenbarten sich nur denen, die schreiben könnten. »Wie wurde sie denn für meine Kleider weich gemacht?«, wollte Leyla wissen und erfuhr, dass ihre Mutter die Wolle für ihre Tochter bis zu ihrem siebten Lebensjahr weich machen könne, aber danach nicht mehr. Wer nicht schreiben könne, müsse sein ganzes Leben lang Kleider aus kratziger Wolle tragen, drohte Sukayna und betonte, das gelte besonders für Frauen, weil diese grobe Kleidung mehr störe.

Vukac ließ seinen alten Freund nicht in schöne Erinnerungen versinken, denn er verlangte von Chayyam, ihm die Buchstaben beizubringen, und gab zu, dass ihn sowohl die Geschichten von Sukayna als auch der Gedanke, schreiben zu lernen, begeisterten.

»Das wirst du nicht schaffen«, seufzte Chayyam, »so lange werde ich nicht leben.«

»Doch, doch, das wirst du, ich lerne schnell.«

## 7

Enge Straßen gehören zu den Vorzügen alter Städte. Davon konnten sich Chayyam und Vukac überzeugen, als sie am helllichten Tag in glühender Sommerhitze durch die Stadt gingen. Die Sonne glühte, als wollte sie alles, was sie nicht verbrennen konnte, in Staub verwandeln, nirgendwo am Horizont rührte sich auch nur irgendetwas, selbst die Schatten flüchteten aus der bis in die verborgensten Winkel beleuchteten Welt, und nur die beiden gingen durch das Zentrum zum östlichen Teil, dem lieben Gott dankend, dass Nischapur eine alte Stadt mit engen Straßen war, über denen sich die hervorspringenden Erker der Häuser beinahe berührten, so dass sie die ganze Zeit den angenehmen Schatten genossen, den die Sonne zu keiner Tageszeit von der Straße verbannen konnte. Sie hatten sich aufgemacht, die ehemalige Schule von Chayyam zu besuchen; schon tagelang hatten sie darüber gesprochen und geplant, frühmorgens aus dem Haus zu gehen, in der Frische, so dass sie vor der großen Hitze ein gutes Teehaus im Stadtzentrum erreichen würden. Dort würden sie sich ausruhen und ein wenig erfrischen und dann weitergehen zur Schule, mit der Absicht, um das Mittagsgebet anzukommen, wenn der jetzige Schulleiter Abdulhamid Amin sicher frei wäre.

Vor gut zwanzig Tagen, vielleicht auch etwas mehr, auf jeden Fall, seit sich Chayyam ausreichend erholt hatte, um sich bewegen zu können, hatten sie begonnen, über einen Besuch in Chayyams ehemaliger Schule zu reden. Angefangen hatte eigentlich Chayyam, der ohne sichtlichen Grund plötzlich von der Schulzeit und den Mitschülern, den Lehrern und den Dienern sprach. Stundenlang redete er über seinen Lieblingslehrer al-Zamahschari, der beim Rezitieren von

Versen so in Verzückung geraten war, dass er alles um sich herum vergessen hatte. Aber es handele sich nicht nur darum, dass er so in Verzückung geraten sei, rief Chayyam, sich erinnernd, aus, es handele sich darum, dass er auch sie, die Schüler, so habe verzücken können und es vorgekommen sei, dass sie das Gebet vergessen hätten oder nicht zum Essen gegangen seien. Er, Chayyam, könne nicht sagen, ob es schöner gewesen sei, wenn der Lehrer Verse rezitierte oder wenn er über Verse sprach – man habe hungrig und durstig zugehört, wenn er über seine Lieblingsdichter redete. Er habe ihnen den großen al-Ma'arri offenbart und warum er so groß sei, von ihm hätten sie gelernt, wie Imrul Kayes und der alte Rudaki zu lesen seien, er habe sie in die Labyrinthe der Sprache eingeführt und ihnen gezeigt, wie viel Schönheit und Genuss in ihnen steckt. Chayyam erzählte vom alten und weisen al-Muwaffak, den die Schüler gleichermaßen gelobt und schlecht gemacht hätten, weil sein Missmut sie zugleich eingeschüchtert und zum Lachen gebracht habe. Weit mehr erzählte er natürlich über seine Mitschüler, über die aus seiner Generation, unter denen ihm keiner wirklich nahegestanden hatte, und noch mehr über jene, welche die Schule lange davor verlassen hatten, deren Ruf aber von Generation zu Generation weitergegeben wurde, durch Geschichten, denen jedes neue Erzählen und jeder neue Erzähler etwas hinzufügte. Und es gab durchaus Dinge und es gab durchaus Leute, über die etwas zu erzählen war, unter den ehemaligen Schülern von Chayyams Schule befanden sich Gelehrte und Dichter, Staatsmänner und herausragende Imame, große Helden und namhafte Reisende.

Nebenbei erfuhr Vukac viel über die Stadt, ihre Schulen und die berühmte Bibliothek, die an Größe und Ausstattung auf der ganzen Welt nur von der Bagdads übertroffen wurde. Er erfuhr zum Beispiel, dass Nischapur die ersten großen Schulen vor ungefähr zweihundert Jahren bekommen hatte, als die Tahiriden in dieser Gegend herrschten. Dank der großzügigen Hilfe der Herrscher und des Staates konnte man an den meisten Schulen schon damals kostenlos lernen, eine Ausnahme bildeten lediglich kleinere Lehranstalten, an denen man verschiedene Künste wie das Spielen von Musikinstrumenten, die Anfertigung von Schmuck, den Kampf mit Fäusten oder Waffen, Seiltanz und Hürdenlauf und verschiedene andere Künste unterrichtete. Obwohl sich in den zweihundert Jahren die Herrscherhäuser abgewechselt und die Art der Herrschaft geändert hatte, ging die Zahl der Schulen nicht zurück, und das Ansehen einiger von ihnen wuchs ständig, ebenso wie die Sorge der Herrscher und des Staates um das Schulwesen. Ob und wie sich die Dinge in den letzten zwanzig Jahren des völligen Verfalls verändert hatten, konnte Chayyam nicht wissen, aber er hatte allen Grund zu befürchten, dass sie sich nicht zum Besseren hatten verändern können.

Jedes Mal, wenn sich Chayyam an jene Jahre seiner Jugend erinnert hatte, sprachen sie danach über einen Ausflug zu seiner ehemaligen Schule. In diesen Gesprächen war Vukac besonders entflammt und setzte sich leidenschaftlich für den Ausflug ein, weil er die Unsicherheit, fast Angst seines alten Freundes vor der Konfrontation mit der Schule bemerkt hatte. So hatten sie sich tagelang im Voraus besprochen und sozusagen jeden Schritt des Ausflugs geplant, der nun gerade so ablief, wie sie es sich vorgestellt hatten.

Der erste Blick auf die Schule überraschte sie. Die Wand zum Platz hin glänzte von der neuen, wunderschön gearbeiteten Keramik, auch das Tor war neu und reich verziert, vom Dach der Schule führte eine Art Brücke zum dritten Stock der großen Nischapurer Bibliothek. Soweit sich Chayyam erinnerte, hatte seine Schule selbst in ihren besten Tagen nicht die Spur, nicht das leiseste Anzeichen einer derartigen Pracht gezeigt.

Abdulhamid Amin empfing sie mit betonter Ehrerbietung im Zimmer des Schulleiters, gerade hatte er das Mittagsgebet beendet, das er allein verrichtete, und legte den zusammengerollten Gebetsteppich in den Wandschrank zurück. Ohne auch nur im Geringsten sein rosiges rundes Gesicht zu bewegen und den starren Ausdruck seiner Glotzaugen zu verändern, hörte er sich Chayyams Freudenergüsse ob des guten Zustands seiner Schule an, dann zwinkerte er etwas possenhaft und lachte unfroh. Er bemerkte, schlaue Leute hätten den inneren Verfall immer durch äußeren Glanz verdeckt, und erzählte dann, ein Bauunternehmer habe die Schule und im Übrigen auch die Bibliothek kostenlos renovieren und instandsetzen lassen, unter der Bedingung, dass er ein Stimmrecht in ihrer Verwaltung erhalte. Alle hätten gern zugestimmt, weil das Gebäude verwahrlost und baufällig gewesen sei, hätten es aber schnell bereut, denn der gute Erneuerer habe es verstanden, einige Leute aus der Verwaltung zu gewinnen und als Lehrer drei Leute durchzusetzen, die keine Schule der Welt würde haben wollen. Dabei sei das kleinere Problem, dass die neuen Lehrer nichts wüssten, ein viel größeres Problem sei, dass sie die Atmosphäre in der Schule vergifteten, absichtlich Streit anzettelten und die Lehrer gegeneinander aufbrächten. Aber sobald er seine Klage ausgesprochen hatte, lachte er wieder sein unfrohes Lachen und begann Anekdoten über die Renovierung des Gebäudes und seine Verbindung mit der Bibliothek zu erzählen. Vukac bemerkte überrascht, dass sich der Gesichts- und Augenausdruck des Schulleiters Amin nicht im Geringsten veränderte, wenn er lachte, als wäre an seinem Lachen lediglich die Luft beteiligt gewesen, die er dabei ausatmete.

Chayyam gelang es zwischen zwei Anekdoten eine Frage nach den jetzigen Schülern einzuwerfen, woraufhin Abdulhamid Amin wieder zwinkerte, tief seufzte und erklärte, das sei erst mal was! Ein wahrer Jammer, ein Elend, schlimmer und trauriger als die neuen Lehrer und die neue Verwaltung. Heutzutage gebe es keine guten Schüler, in allen Schulen und eben auch in dieser gebe es mehr Schüler denn je, aber alles sei schlechtes Material, alles Jammer und Elend, aber keine lebensfrohen und lebenshungrigen jungen Menschen. In die Schulen kämen heutzutage die Kinder aus der sogenannten gesellschaftlichen Mittelschicht, die übrigens im Verschwinden begriffen sei, und zwar die Kinder der schwächeren und ärmeren Angehörigen dieser Schicht, also die Kinder von Lehrern und kleinen Händlern, etwas erfolgreicheren Handwerkern und Bediensteten der Stadtverwaltung, aber auch sie kämen nur in die Schule, um den Tag hinauszuschieben, an dem sie gezwungen seien, sich zu fragen, wovon sie leben wollten. Solange sie in die Schule gingen, müssten sie sich das nicht fragen, aber sie wüssten die ganze Zeit, dass die Frage sie erwartet, wenn sie von der Schule abgehen, weil sie schon jetzt wüssten, dass es auf dieser Welt keine Arbeit, kein Einkommen, keine Stelle für sie gibt. Wahrscheinlich deshalb seien sie auch so, wie sie sind. »Wie sind sie denn?«, fragte Chayyam dazwischen, und der Schulleiter Amin, ohne sich mit seinen Überlegungen aufzuhalten, antwortete knapp, ihre Schüler seien hauptsächlich gleichgültig und hoffnungslos.

Der Kinder der richtig Armen kommen heutzutage besser weg als unsere, führte Amin weiter aus, weil sie zum Militär oder zu den Räubern gehen, sobald sie herangewachsen sind. Das Soldaten- und Räuberleben vertragen sie gut, vielleicht weil sie sich lange genug darauf vorbereitet haben, an dem Tag, an dem sie sich ihrer bewusst geworden sind, war ihnen klar, dass dieses Leben sie erwartet. So besuchen sie heutzutage keine Schule, nähern sich allenfalls einer, wenn sie sie niederbrennen sollen, und Chayyam wird sich erinnern, dass zu seiner Zeit, gerade unter ihnen, in jeder Hinsicht außerordentliche Schüler zu finden waren. Auch die Kinder aus den reicheren Häusern kommen nicht in die Schule, weil sie wissen, dass sie in der Schule das, was heute nützlich ist, nicht lernen können. In einer Zeit, wo es keinen Staat gibt, ist es unvernünftig, für die Laufbahn eines Staatsbediensteten zu lernen, und wenn es manchmal auch Ansätze gibt, halten diese nur so lange wie ein sauberes Hemd. Genauso unnütz ist es, sich der Wissenschaft, dem Glauben oder dergleichen zu widmen, weil es heutzutage keine Menschen gibt, die bereit sind, die Gelehrsamkeit, die Wissenschaft und den Glauben zu unterstützen und zu achten. Chayyam wird sich doch sicher an das erinnern, was er selbst im Vorwort zu seiner »Algebra« geschrieben hat. Deshalb bereiten sich Kinder aus etwas reicheren Häusern, wenn es so weit ist, auf eine der neuen Tätigkeiten vor, sie werden Wechsler auf Basaren, Bauunternehmer, Händler mit Luxuswaren oder etwas Ähnliches, wenn sie sich für die Arbeit, der sie sich widmen wollen, qualifiziert haben.

Was die Kinder aus wirklich reichen Häusern täten und dächten, könne ihnen Abdulhamid Amin nicht sagen, weil er diese Kinder gar nicht zu Augen bekomme und sie die Antworten auf ihre Fragen in den kleinen Kreisen fänden, in denen sich ihr Leben abspiele.

Ohne etwas am Ton und Rhythmus seiner Rede zu verändern, ohne auch nur die geringste Miene zu verziehen, ohne den Blick von Chayyams Gesicht abzuwenden, in das er, seit sie sich gesetzt hatten, wie gebannt starrte, unterbrach der Schulleiter sein Klagelied über die schlechten Schüler und begann Anekdoten über den Wechsler Ejub zu erzählen, den Neffen des angesehenen und reichen Bauunternehmers Ibn Maschisch genannt Köhler. Mit neunzehn Jahren fand Ejub, dass ihm die Arbeit seines Vaters als Händler zu anstrengend und gefährlich und die seines Onkels als Bauunternehmer zu schmutzig und langweilig sei. Deshalb entschied er, Wechsler auf dem Basar zu werden, und setzte seine Entscheidung in die Tat um trotz der Widerstände der älteren Familienmitglieder, die der Ansicht waren, diese Arbeit sei eines anständigen Menschen nicht würdig, weil sie zwar Verdienst bringe, aber das Ansehen schmälere. Ein Wechsler müsse offen oder geheim mit Zinsen arbeiten und diese berechnen, er müsse offen oder geheim Leben vernichten und Familien zerstören, er bewege sich in einer Grauzone zwischen Erlaubtem und Verbotenem, deshalb hätten sich mit dieser Arbeit immer nur solche Leute befasst, die von ehrlicher Arbeit nicht hätten leben können, und solche, denen der Verdienst wichtiger gewesen sei als die Ehre, das Herz und die Seele. So sprachen die älteren Familienmitglieder und die Freunde seiner Eltern zu Ejub und wiederholten es beharrlich.

Um den Auseinandersetzungen und Einwänden aus dem Weg zu gehen, ließ sich Ejub von seinem Vater als Vorschuss auf sein Erbe eine ordentliche Geldsumme auszahlen, zog von Balh nach Nischapur und eröffnete auf dem Nischapurer Basar eine Wechselbank. Er vergab Darlehen, stellte Händlern und Reisenden, die in ferne Städte gingen, Schecks und Garantiebriefe aus, löste Schecks und Garantiebriefe von denen ein, die von weit hierher kamen, kaufte kostbare Gegenstände von denen auf, die Bargeld brauchten, und verkaufte die Gegenstände mit Gewinn an die, welche sich vor Verlusten fürchteten – mit einem Wort, er tätigte alle Geschäfte, die Wechsler auf den Basaren tätigen, und verdiente dabei vollauf genug für ein gutes Leben. Dann hatte er eine Geschäftsidee, die in den nächsten zehn Jahren einen der reicheren und mächtigeren Leute in der Stadt und der ganzen Gegend aus ihm machen würde, ihm fiel nämlich ein, fremde Schulden für die Hälfte ihres Nominalwerts oder noch weniger aufzukaufen. (Es sei schwer, einmal die Grenze zwischen Erlaubtem und Verbotenem, Ehrbarem und Schändlichem zu überschreiten, bemerkte Amin nebenbei. Aber wenn man sie einmal überschritten habe, überschreite man sie zwanglos jedes Mal, wenn es einem Nutzen zu bringen scheine.) Von Wechslern, die einen Engpass mit Bargeld hatten, zum Beispiel weil sie zu viele Darlehen vergeben hatten oder weil ein teures Geschäft gescheitert war, das sie finanziert hatten, kaufte er spottbillig gegen Bargeld die Schulden der Leute auf, die von diesen Wechslern Geld geliehen hatten. Dann verlängerte er den Leuten, die nun seine Schuldner waren, die Abzahlungsfrist, wenn sie ihm als Pfand ihre Herden, ihr Land, Haus oder einen ähnlichen Wert gaben; oder er schrieb ihre Schuld nach einiger Zeit ganz ab, wenn sie diesen Wert ihm überschrieben und für ihn arbeiteten. So wurde er mit der Zeit zum Besitzer von Pfändern, mit denen die Schuldner die Verlängerung der Abzahlungsfrist rechtfertigten, und die Schuldner kümmerten sich um sein Vieh, bearbeiteten sein Land, wohnten in seinen Häusern und kümmerten sich um diese, indem sie ihm Miete zahlten. Die ehemaligen Eigentümer hüteten nun Hunderte Herden für ihn, indem sie mit ihrer Arbeit die Schulden abzahlten, aus denen sie, nach allem zu urteilen, nie herauskommen würden, in Hunderten Werkstätten arbeiteten die ehemaligen Eigentümer für Ejub, in Tausenden Häusern wohnten die ehemaligen Eigentümer, hielten sie für Ejub instand und zahlten Miete dafür.

Als Ejubs Schuldner, einst gut situierte Leute und nun beinahe seine Sklaven, begannen, sich umzubringen oder in die freiwillige Verbannung zu gehen, um Arbeit zu suchen, weil sie verstanden hatten, dass ihre Schulden wuchsen, je mehr sie davon zurückzahlten, und deshalb in Hoffnungslosigkeit versunken waren, fiel ihm das richtige Heilmittel für ihre Hoffnungslosigkeit ein, und er stellte Gruppen geschickter Männer zusammen, die aus dem Osten Opium beschaffen und es hier seinen Schuldnern, aber auch anderen Leuten, die schnellen Trost brauchten, verkaufen sollten. Dank des Opiums waren Ejubs Schuldner in der Lage, Anstrengung und Unterernährung, Elend und Hoffnungslosigkeit gelassen und ziemlich lange zu ertragen, weil sie bald, nachdem sie das erste Mal Opium gekostet hatten, in einen Zustand völliger Gleichgültigkeit gegenüber allem außer gegenüber ihrem verhängnisvollen Tröster gerieten. Und ihre Gleichgültigkeit löste den größten Teil der Probleme, die Ejub mit ihnen gehabt hatte.

»Was ist denn Opium?«, unterbrach Vukac den Schulleiter Amin.

»Ein Teufelszeug, besser für dich, wenn du es nicht weißt«, beeilte sich Chayyam zu antworten.

»Sag's mir trotzdem.«

»Eine Droge, die aus Mohn hergestellt wird«, erklärte Chayyam unwillig. »Ar-Razi hat das Opium in die Medizin eingeführt, er gab es Menschen, um ihre Schmerzen zu lindern, zum Beispiel jenen, denen er einen Körperteil hatte abschneiden müssen, oder jenen, für deren Krankheit es kein Heilmittel mehr gab. Es hilft für kurze Zeit, lindert den Schmerz oder tröstet, erneuert die Lebenskraft und lässt einen aufblühen, aber schon bald versklavt und vernichtet es einen. Es ist schrecklich schwer, sich davon zu befreien, wenn man einmal sein Sklave geworden ist.«

»Warum musst du dich davon befreien, wenn es hilft?«, fragte Vukac verwirrt.

»Weil es in jeder Hinsicht schadet«, mischte sich Abdulhamid Amin ein. »Wenn jemand wenig Opium nimmt, trifft es seinen Geldbeutel hart, weil Opium teuer ist. Aber wenn er viel nimmt, trifft es bald ihn, weil er tun wird, was jedem ordentlichen Menschen mit festen Gewohnheiten schwerfällt – er wird sterben. Und das kann keinem zur Gewohnheit werden.«

Der Schulleiter Amin beendete seine Erklärung mit einer weit ausholenden Geste seiner rechten Hand, als hätte er den Tisch säubern wollen, und fuhr fort mit seinen interessanten

Geschichten über Ejubs Leben und Arbeit. Da gab es Anekdoten über Betrügereien und betrogene Betrüger (in diesen Anekdoten kam Ejub den Listen seiner Schuldner und ihren Versuchen, durch Betrug ihre Schuld wenigstens zu verringern, immer zuvor), über schnelle und kluge Antworten auf schwere Fragen, darüber, wie ein kluger Mann einen Ausweg aus einer schwierigen Lage findet, auch wenn es scheint, dass es keinen Ausweg gibt und keinen geben kann. Aber es gab auch traurige Geschichten über Ruin, Gleichgültigkeit und Dumpfheit der Menschen, an denen Vukac nichts Gutes oder Schönes sah, demzufolge auch keinen Grund, dass jemand sie erzählte. Geradezu kränkend war für ihn Abdulhamid Amins Bemühen, traurige und schmerzliche Ereignisse in seiner Erzählung komisch darzustellen oder an ihnen wenigstens etwas Komisches zu finden. Das sagte er ihm auch, als sie ihren Tee getrunken hatten und in die Bibliothek aufbrachen.

»Warum findest du alles komisch«, fragte Vukac, in der Tür von dessen Zimmer stehend, den Schulleiter Amin. »Als wäre alles immer nur komisch, egal was.«

»Ich schätze, weil es so ist, warum denn sonst«, antwortete Amin, der schon auf die Brücke zugegangen war, die seine Schule mit der Bibliothek verband.

»Ist wirklich alles so, ich hätte gern, dass du das auch erklärst.«

»Ich weiß nicht, ob alles so ist, ich schätze, es findet sich auch manches, was nicht unbedingt nur komisch ist. Wenn mich zum Beispiel, Gott bewahre, ein Unglück treffen würde, schätze ich, wäre das nicht nur komisch. Aber sonst …«, überlegte Amin und bemerkte, als rechtfertigte er sich, dass er darüber nicht nachgedacht habe. »Aber was uns Menschen betrifft, bin ich mir beinahe sicher, wir sind heutzutage das reine Gespött, wir sind komisch und können für jeden, der uns von der Seite beobachtet, nur komisch sein.«

»Warum denkst du so?«, rief Vukac verwirrt, blieb wie angewurzelt stehen und breitete die Arme aus.

»Weil es, schätze ich, so ist, junger Mann«, rief Amin und bedeutete ihnen, den Gang zur Bibliothek fortzusetzen. »Was können wir heutzutage machen oder auch nur wissen? Inwieweit hängt mein Schicksal von meinem Verhalten und meinem Charakter ab? Wissen wir, was gut und was böse ist? Haben wir einen einzigen sicheren Grund, das Gute zu wählen, wenn wir es einmal irgendwo erkennen? Wie ein sprödes Blatt oder ein Sandkörnchen, das ist der Mensch heutzutage, mein junger Freund.«

»Aber das ist doch nicht komisch, warum bedauerst du ihn nicht!?«, verteidigte Vukac sein Recht, traurig zu sein. »Wie viel Schmerz ist darin!?«

»Ich sehe durchaus Schmerz und Blut, Junge, glaub mir. Immer gibt es viel Schmerz und Blut unter den Menschen und jetzt, scheint mir, mehr denn je. Aber es gibt Zeiten, in denen es seine Schwere und seinen Schrecken hat, wie es auch Zeiten gibt, in denen es wie alles andere zum Gespött wird. Vielleicht hängt das davon ab, was für Menschen es sind. Wenn ein Mensch selbst Gewicht hat und sich weniger fürchtet, ist er fähig, die Schwere und den Schrecken der Ereignisse zu erkennen, aber was soll das Häufchen Angst, in das sich der heutige Mensch verwandelt hat, erkennen und empfinden?! Vielleicht sind wir ja auch fähig, etwas Gutes zu wünschen, aber wir werden es bestimmt nicht tun, weil wir nicht mehr dazu imstande sind, uns geschieht nur dann etwas Gutes, wenn sich die Absichten unseres Feindes in ihr Gegenteil verkehren. Und sie verkehren sich zum Glück immer in ihr Gegenteil, weil auch er ein Häufchen Angst und ein Jammerlappen ist wie wir. Wie wir selbst fügt er seinen Nächsten Böses zu, wenn er sie erfreuen möchte, und bringt seinen Feinden Gutes, wenn er sie ins Verderben stürzen will. Jetzt sage du mir, was für ein Mensch das ist, dem Gutes nur von Feinden widerfährt?!«

»Kann es sich hier um das Auge handeln?«, fragte Vukac und blieb wieder stehen, Amin aufmerksam betrachtend. »Vielleicht hängt es auch vom Auge ab? Was es sieht und wie?«

Chayyam lachte laut und umarmte seinen jungen Freund.

»Durchaus möglich«, bestätigte Chayyam, »vom Auge hängt es mindestens so stark ab wie von dem, was man betrachtet.«

»Meine Frage war ernst gemeint«, empörte sich Vukac.

»Und ich meine es auch ernst«, beruhigte ihn Chayyam. »Was du siehst, hängt von deinem Blick ungefähr so stark ab wie von dem, was das Auge betrachtet, schließt du eins von beiden aus, kommst du sicher zu einem falschen Schluss. Auch ich habe das erst unlängst begriffen, als ich mit deinem Paradiesblick konfrontiert war, das heißt, als ich begriffen habe, warum wir alles, was wir betrachten, so unterschiedlich sehen.«

Sie kamen in die Bibliothek, und Chayyam stockte der Atem. Sein Gesicht erglänzte vom Anblick der Regale, zwischen denen er die Jahre seiner Jugend verbracht hatte, aber er schien nicht allein auf sie zugehen zu können, er ließ seinen Blick lediglich von Rolle zu Rolle und von Fach zu Fach schweifen. Er musste sich auf die Schulter seines jungen Freundes stützen, um ein Zittern zu überwinden und in den zentralen Saal der Bibliothek hineinzugehen.

Während er sie zwischen den Regalen hindurchführte und ihnen die Veränderungen erklärte, welche die Bibliothek ebenso wie seine Schule durchgemacht hatte, nutzte Abdulhamid Amin jede Gelegenheit, eine Anekdote zu erzählen, einen interessanten Menschen zu beschreiben, sich an einen ungeschickten oder besonders guten Mitarbeiter zu erinnern. All das führte zu der Wahrheit, die er die ganze Zeit hatte vermeiden oder wenigstens hinauszögern wollen: In die Bibliothek kamen keine Leser, jeden Tag waren in ihr mehr Bibliothekare als Besucher, und das zeigte am deutlichsten, wie wenig diese Zeit Bibliotheken und ähnliche Einrichtungen brauchte. Aber im halben Wort, mitten in einer seiner traurigen Überlegungen über die Zeit, welche die Weisheit nicht achtete und nichts mit dem Gedächtnis anzufangen wusste, lachte er, winkte ab und begann zu erzählen, wie der glückliche Nizam al-Mulk, der Großwesir und große Wohltäter, den die Zeit im Gedächtnis behielt, obwohl die Menschen sich bemühten, ihn zu vergessen, den Hauptbibliothekar der Schule, die er gegründet hatte und die man ihm zu Ehren Nizamiyya genannt hatte, zur Vernunft brachte.

Jeden Aufenthalt in Bagdad nutzte Nizam al-Mulk, um die Nizamiyya zu besuchen, sich mit den Angestellten zu unterhalten, zu prüfen, ob etwas an Ausstattung gebraucht wurde und ob es etwas zu reparieren, zu verändern, zu verbessern gab … Einmal deuteten ihm die Angestellten, ohne ihr Unbehagen zu verbergen, an, Nachbarn und zufällige Passanten beschwerten sich, dass sich in der im Dachgeschoss des Gebäudes untergebrachten Bibliothek oft mitten in der Nacht, wenn nicht die Zeit dazu sei, etwas Seltsames und Lautes abspiele. Der Großwesir beschloss, das zu überprüfen, versteckte sich zwischen den Regalen der Bibliothek und wartete auf die Nachtstunden, um zu sehen, was da Seltsames geschah. Ein oder zwei Stunden nach dem Abendgebet, als sich der arbeitende Teil der Stadt der Ruhe hingab, der andere sich aber bereitmachte, Vergnügungen zu suchen und die Nacht totzuschlagen, kam der Hauptbibliothekar mit einem Schlauch Wein in der Hand herein, begleitet von einer fröhlichen Gesellschaft, die aus ein paar wunderschönen jungen Frauen und etwa ebenso vielen Männern unterschiedlichen Alters bestand. Später stellte sich heraus, dass die jungen Frauen eigentlich Tänzerinnen, Musikerinnen und Sängerinnen waren, eingeladen, um die feuchten Brüder, welche mit dem Bibliothekar des Wesirs die Nacht zum Tage machten, zu unterhalten und zu erfreuen. Die feuchten Brüder hatten Fleisch, Brot, Käse und Obst dabei, genug für zwei solche Gesellschaften. Die Gesellschaft war offensichtlich gut eingespielt, denn im Handumdrehen befand sich der Wein in den Gläsern, die Instrumente in den Händen und das Essen auf den Tellern, so dass eine Lustbarkeit in Gang kam, die in allem einer Hochzeitsfeier in einem guten reichen Haus gleichkam. Man aß und trank in Hülle und Fülle, und mit ihrem Gesang und ihrem Tanz, ihrer Schönheit und ihrem Duft, mit ihren sanften Reden und ihrer Haut, um die sie die Seide beneidet hätte, bereiteten die Mädchen den Augen und den Ohren, den Händen und den Lippen, den Zungen und den Nasen jeden Genuss. Der Wesir muss tausend Qualen ausgestanden haben, weil er sich nicht unbemerkt aus der Bibliothek schleichen konnte, sich auch nicht zum Mahl setzen konnte, das anzuschauen, ohne daran teilzunehmen, unmöglich war, denn es war ein Fest für die Seele und alle Sinne.

Am nächsten Tag ging er zum Schulleiter, befahl ihm, den Hauptbibliothekar zu rufen, und tadelte diesen, als er erschien, streng. »Warum, du Sklave Gottes, verlangst du keine Gehaltserhöhung!?«, schrie Nizam al-Mulk, als der Bibliothekar auftauchte. »Heute Nacht hatte ich die Gelegenheit zu sehen, was für hohe Kosten du hast, ich habe mich davon überzeugt, dass du dreimal so viel Geld brauchst wie ein normaler Bibliothekar. Warum hast du wegen der außerordentlichen Kosten, die du oft hast, keine Gehaltserhöhung gefordert?« So sprach der Großwesir, und der Bibliothekar erbleichte und zitterte, aus Angst, er könne seine gute Arbeit und womöglich auch seinen weniger guten Kopf verlieren. »Wie oft hast du die außerordentlichen Kosten, von denen wir beide wissen?«, fragte der Wesir weiter, aber ihm antwortete der Schulleiter, weil der Bibliothekar nur Luft schluckte und mit den Augen rollte. Der Schulleiter erklärte, in der

Bibliothek finde, zumindest nach dem, was er wisse, nicht gerade jede Nacht ein Gelage statt, aber oft, wirklich oft, viel öfter als es sich gehöre. Der Wesir wunderte sich, schüttelte besorgt den Kopf und erklärte dem Bibliothekar, es sei verrückt und unzulässig, was er tue. »Du bist an meiner Schule angestellt, guter Mann«, sagte der Wesir in strengem Ton, »demnach trage auch ich die Verantwortung für dich. Hafte ich für dich, wenn du wegen außerordentlicher Kosten in Schulden und in verschiedene Notlagen gerätst, zu denen Schulden führen, dein Ansehen, womöglich auch deine Freiheit und Ehre verlierst? Du bist auf dem besten Weg, dass dir das passiert. Dann wird man mich einmal fragen, was ich getan habe, um das zu verhindern, wo du doch für mich gearbeitet hast. Warum ich wegen der Kosten nicht eingegriffen habe, warum ich zugelassen habe, dass du in Schulden und Sklaverei gerätst?! Aber wie soll ich eingreifen, wenn ich nicht weiß, was du treibst und dass du außerordentliche Kosten hast?!« Der Wesir verfügte, dass man das Gehalt des Hauptbibliothekars verdreifachte, übergab das dafür notwendige Geld und kehrte nach Isfahan zurück. Der Bibliothekar gab die zwei zusätzlichen Gehälter für die Beschaffung von Büchern aus, weil er nie wieder eine nächtliche Vergnügung in der Bibliothek veranstaltete, wohl beschämt durch das, was der Wesir mit ihm veranstaltet hatte. »Das waren Zeiten!«, rief der Schulleiter Amin, »damals waren die Menschen noch fähig zur Scham und allem anderen.« Damit beendete er seine Erzählung über Nizam al-Mulk, breitete die Arme mit den Handflächen nach oben aus, als zeigte das am deutlichsten, wie schlecht die Zeit war und wie schlecht die Menschen waren, die heute lebten.

Chayyams Blick ruhte schon lange auf einem Regal. Als hätte er etwas Vertrautes und Wichtiges wiedererkannt, nach seinem kaum sichtbaren unabsichtlichen Lächeln zu urteilen, schien er etwas ganz Ureigenes wiedererkannt zu haben, etwas Vertrauteres und Wichtigeres als das Regal, das heute aussah wie zu seiner Zeit und dadurch die Bibliothek in Erinnerung rief, in der er seine Jugendjahre verbracht hatte. Hier handelte es sich bestimmt um etwas Persönlicheres und Tieferes, weil er lächelte und sein Gesicht strahlte, in ihm lebte etwas auf, was ganz seines war und ganz jener Zeit und Jugend angehörte. Verwundert fragte er Amin, ob es möglich sei, dass man auf diesem Regal bei der Renovierung des Gebäudes nichts verschoben habe, worauf dieser noch verwunderter erklärte, dass natürlich jedes Regal und jeder Gegenstand hinausgetragen und, solange die Arbeiten gedauert hätten, in einem anderen Gebäude verwahrt worden sei. Daraufhin lachte Chayyam, rief »ach, du Narr!« und zeigte in die Mitte des Regals, wo zwischen den Rollen Figuren aus gebranntem Ton lagen. Irgendwann vor langer Zeit, lange vor Chayyams Geburt, waren diese Figuren auf dem Berg bei der Erneuerung der Festungsmauern ausgegraben und aus irgendeinem Grund in die Bibliothek gebracht worden. Genau so, in der Mitte des Regals, zwischen zahlreichen nebeneinander angeordneten Manuskriptrollen hatten sie damals, als er sich tagtäglich hier aufgehalten hatte, gelegen. Er ging hin und zählte die Figuren, es waren zehn wie damals, er hätte schwören können, dass sie auch geradeso angeordnet, d.h. verteilt waren, wie damals.

»Was meinst du, auf wie viele Arten man diese Figuren hier auf dem Regal anordnen könnte?«, fragte Chayyam seinen jungen Freund mit einem Lächeln.

»Auf viele, vielleicht auf hundert Arten«, antwortete Vukac nach kürzerem Nachdenken.

»Auf 3 628 800 Arten«, korrigierte ihn Chayyam. »Auf genau so viele.«

»Ach!«, rief sein Freund aus und schlug die Hände zusammen.«

»Dir scheint es leidzutun, dass man dich vor ein paar Tagen vor einer wahnsinnig gewordenen Horde gerettet hat«, bemerkte der Schulleiter Amin in gereiztem Ton.

»Wie meinst du das? Warum?«, wunderte sich Chayyam.

»Es ist noch keine zehn Tage her, dass dir gute Menschen mit Müh und Not aus der Patsche geholfen haben, und du machst schon wieder deine Spiele, zeigst, dass du Dinge weißt, die andere nicht wissen können, verwirrst die Leute und zeigst deinen weißen Jungen herum, der hier nicht hätte aufwachsen können ... Ist dir noch zu helfen?!«

»Das ist doch harmlos, das ist das erste mathematische Spiel, das ich mir ausgedacht habe«, rief Chayyam zu seiner Verteidigung. »Vom Anblick der Figuren ist in mir der junge Mann lebendig geworden, der die Zahl der Kombinationen ausgerechnet hat, in denen zehn Figuren vorkommen können, und tagelang stolz darauf war. Ich wollte doch nur die Freude, ich meine den Stolz und die Freude jenes jungen Mannes, mit meinem Freund und dir teilen.«

»Mit mir bitte nicht, ich habe auch ohne dich Freude genug, von Stolz ganz zu schweigen, ich weiß nicht, wohin mit mir vor Freude und Stolz.«

»Du bist verärgert, würde ich sagen?!«, fragte Chayyam den Hausherrn bestürzt, der gar nicht versuchte, seine tiefe Unzufriedenheit zu verbergen.

»Wie sollte ich nicht verärgert sein, guter Mann!?«, wunderte sich nun auch Abdulhamid Amin. »Du weißt genau, in was für einer Zeit wir leben, dass jeder jeden bespitzelt, dass sich keiner der Stelle, auf der er sitzt, sicher sein kann, noch des Kopfes, den er trägt. All das weißt du und auch, wie man in der Stadt deinen Jungen da ansieht. Du weißt alles, was über dich gesprochen wird, wie viel Angst und Wut deine Spiele hervorrufen, weißt, wie sicher meine Stelle und mein Kopf ist. All das weißt du so gut wie ich, und trotzdem kommst du mich besuchen, während die Stadt noch immer über dein großartiges Gedicht klatscht, schleppst mir diesen

Burschen an, über den die Leute in der Stadt nicht aufhören zu reden, und dann führst du hier auch noch die Spiele auf, mit denen du diese Leute verwirrst und erschreckst. Bist du noch bei dir?! Denkst du, die Bibliothekare verfolgen nicht, was wir tun und worüber wir uns unterhalten? Denkst du, sie werden nicht alles, was sie hören und sehen, dort melden, wo sie sich ein wenig Nutzen versprechen? Denkst du, das wird sich nicht auf mein Schicksal und meine Stelle auswirken? Habe ich, meinst du, etwa keinen Mut gebraucht, um dich zu empfangen?!«

»Du hast da ein bisschen was verwechselt«, entrüstete sich Chayyam. »Ich habe das Gedicht nicht öffentlich aufgesagt, andere haben es aufgesagt, und zwar in meiner Abwesenheit, ich weiß nicht einmal, woher sie es kennen. Du weißt so gut wie ich, dass nichts Beleidigendes oder Hässliches darin vorkommt, du weißt, dass alles ein großes dummes Missverständnis ist. Aber was soll man machen, den Leuten fällt es viel leichter, jemanden anzuschreien und anzugreifen, als ein wenig nachzudenken.«

»Ich habe dich empfangen und freundlich begrüßt, Hakim Omar. Immer werde ich dich empfangen und freundlich begrüßen, auch wenn ich dafür bezahlen muss, weil ich weiß, wer du bist und was du bist. Aber stürze mich um Gottes willen nicht zusammen mit dir ins Verderben, Bruder!«, schrie Abdulhamid Amin mit einer Stimme, in der sich Wut und Verzweiflung vermischten. »Ein vernünftiger Mensch bemüht sich in solchen Zeiten, nicht aufzufallen, ein wirklich vernünftiger bemüht sich immer darum, auch in den besten Zeiten. Aber du, du tust wirklich alles, um auch dem dümmsten Auge nicht zu entgehen.«

»Das ist doch ein Spiel, Abdulhamid, wenn du nur wüsstest, wie das Spiel … Ich habe das erst jetzt begriffen, mein ganzes Leben lang ist mir die Weisheit des Spiels verborgen geblieben, aber jetzt …«

»Zu spät, Omar Effendi, alles, was du jetzt begreifst, hast du zu spät begriffen, überlasse es dem Unwissen und dem Unverstandenen, so viel hättest du bis jetzt lernen müssen. Zeige nicht, wie viel du weißt, verwirre nicht die Leute, versteck dich und schweige, und erkläre den Leuten vor allem nicht, was du erst jetzt verstanden hast, um Gottes willen.«

»Dieses Gespräch ist mir zu dumm, du weißt gut, wie ich in Wahrheit bin, und weißt, dass ich nie etwas zeige«, entrüstete sich Chayyam weiter.

»Ich weiß es nicht, niemand weiß es, ich habe gesehen, dass sich Leute im Laufe eines Tages ändern, und zwar verändern sie die Haut und das Fleisch und die Knochen und den Charakter und, schätze ich, die Seele. In einer Welt, in der Angst herrscht und alles zum Verkauf steht, ist die Wahrheit das, was am lautesten hinausgeschrien wird. Doch weder deine noch meine Stimme ist stark genug, um die Wahrheit für den heutigen Tag hinauszuschreien. Es interessiert auch keinen, glaub mir, verängstigte Menschen und Hunde brauchen ein Opfer, das sie zerreißen können, um in dieser jämmerlichen Euphorie wenigstens für einen Augenblick ihre Angst zu vergessen. Deshalb werfen ihnen ihre erfahrenen Herrchen ständig neue Opfer vor – heute dich, weil du ein schlechter Muslim und Zauberer bist, und morgen mich, weil ich ein allzu guter Muslim bin, übermorgen eine hässliche Frau wegen Götzendienstes und dann eine schöne, weil sie ehrlos ist. Nur die Opfer dürfen nicht ausgehen, weil sie auch den verängstigten Menschen, die noch weniger wert sind als Hunde, die Angst erträglich machen, ihnen den Schein von Menschlichkeit zurückgeben. Weil die Leute, solange sie das Recht und die Möglichkeit haben, jemanden für schlechter als sich zu halten und ihn zu verfolgen, glauben, sie seien Menschen und hätten Würde. Aber wozu erzähle ich dir das, all das weißt du doch besser als ich!?«

»Nein, ich weiß nichts über Angst, ich bin ein Meister der

Verzweiflung«, lächelte Chayyam und forderte seinen jungen Freund mit einer Handbewegung zum Gehen auf.

Auf den Straßen waren bereits Leute, denn die Hitze hatte etwas nachgelassen.

»Ich bringe dir nur Probleme?«, fragte Vukac, als sie sich wieder auf der Straße befanden. »Alle regen sich, würde ich sagen, wegen mir über dich auf, aber warum nur?!«

»Du hast mir alles Mögliche gebracht, Probleme am allerwenigsten«, beruhigte ihn Chayyam. »Vielleicht ein paar winzige Probleme, aber viel, viel Gutes. Du hast, sagen wir, meinem Tag wieder Form gegeben, seit ich dich im Haus habe, lege ich mich nachts hin und stehe morgens auf, schleppe mich nicht nackt und schmutzig durchs Haus; weil du da bist, esse und bete ich, wann es zu tun ist, weil du mich daran erinnerst. Und das ist noch das wenigste von den guten Dingen, die ich dir verdanke, viel mehr bedeutet mir zum Beispiel, dass du Bilder in meinen Geist und in mein Leben gebracht hast. Vor dir gab es nur Worte.«

Sein junger Freund versuchte erst gar nicht zu verbergen, wie sehr ihn freute, was er gehört hatte. Nach einer kurzen Pause, die er wahrscheinlich gebraucht hatte, um sich zu konzentrieren, begann er fröhlich über alles zu plappern, was ihm in den Sinn kam, und zwar so schnell, dass Chayyam glauben musste, sein Freund brauche weder Luft zu holen noch seine Gedanken zu sammeln und zu ordnen. Sie gingen im angenehmen Schatten der Nischapurer Erker, zeitweise drängten sie sich durch das Gewühl der Leute, das immer größer wurde, und freuten sich auf ein Gespräch beim Tee, das sie zu Hause erwartete. Jedenfalls freute sich Vukac, er zählte bereits auf, was zu Hause alles zu besprechen und zu tun wäre.

Die Stimme versagte ihm, als sie an einem großen schönen Haus mit prächtigem Salon und Tor vorbeigingen. Er blieb mit weit geöffnetem Mund stehen und schnappte nach

Luft, während sich sein Gesicht verkrampfte und sein Körper zitterte. Er bewegte den Kopf von links nach rechts, als hätte ihm das beim Einatmen helfen können, aber auch das verschaffte ihm keine Erleichterung. Chayyam stand neben ihm und schaute ihn verwirrt an, offensichtlich wusste er nicht, was er tun und wie er ihm helfen sollte. Zum Glück brauchte er nichts zu tun, irgendwann ging der Anfall vorüber, und Vukac konnte seinen Weg normal fortsetzen.

»Was hattest du denn?«, fragte Chayyam ihn, als er sich seinem Schritt anpasste.

»Ich weiß nicht!«

»Ist was passiert? Was hast du gespürt?«

»Kälte. Mir war kalt in den Knochen«, antwortete Vukac ganz verkrampft.

»Aber warum denn? Das kann doch nicht von alleine kommen, was hast du denn gesehen, gedacht, ist etwas …«

»Ich sag doch, ich weiß nicht! Zuerst habe ich gesehen, dass aus der Wand des Hauses Hagebuttensträucher wachsen, direkt aus der Wand, ein, zwei Schritte links vom Tor. Zuerst war es ein normales Haus, aber dann auf einmal eine Ruine mit Hagebuttensträuchern in der Wand. Es gab kein Dach, nur Überreste, etwas weniger als die Hälfte, überall Löcher in den Wänden, und dort, neben dem Tor, Hagebuttensträucher. Danach hat mich von innen, aus mir heraus, eine Kälte gepackt und mir den Atem abgeschnitten.«

»Und dann ist es vorbeigegangen?

»Ja. Ein normales Haus wie vorher, nur die Kälte und Müdigkeit sind geblieben.«

»Seltsam«, stieß Chayyam nachdenklich zwischen den Zähnen hervor.

»Schrecklich«, verbesserte ihn Vukac.

Sie gingen in der Stille weiter, verließen das Zentrum und gelangten an den Stadtrand, wo die Straßen breiter waren und der Schutz vor der Sonne schwächer. Vukac freute sich darüber, trat aus dem Schatten der Häuser heraus und ging auf dem von der Sonne beschienenen Teil der Straße weiter, wobei er vor Zufriedenheit seufzte und seinem Freund versicherte, dass ihm die Sonne richtig wohltue. Chayyam schlug ihm lächelnd vor, sich doch den Bauch mit kreisenden Handbewegungen zu reiben, wie er es tat, wenn er sich satt gegessen hatte, und Vukac sah seinen Weggefährten schräg an und rieb sich den Bauch, so dass beide lachen mussten. Die Sonne brachte ihm offensichtlich die Kraft zurück und verscheuchte die Müdigkeit, die ihm der Anfall aufgeladen hatte.

Bald danach, kurz bevor sie zu ihrem Haus abbiegen mussten, taumelte Vukac, als hätte ihm etwas Schweres auf den Rücken geschlagen, und starrte mit aufgerissenen Augen und atemlos auf die Wand des Hauses, neben dem er stand. Etwas schnürte ihm schmerzhaft die Eingeweide zusammen, ein Zittern, das ihn befiel, erlaubte ihm nicht zu atmen, es schien ihm, als schaukelte er vor Schmerzen und Ohnmacht wie ein Blättchen im Wind, trotzdem wollte oder konnte ihm keine Träne ins Auge treten. Chayyam umfasste ihn und zog ihn mit sich, ihn so dem Bild entreißend, auf das er, unfähig, den Blick abzuwenden, gestarrt hatte.

»Gott bewahre!«, stöhnte Vukac nach einigen Schritten. »Ein großes Unglück könnte aus alldem entstehen.«

»Was war denn jetzt?«

»Löcher in der Wand und durch sie siehst du alles im Haus. Es gibt keine Wände, es gibt, scheint mir, kein Dach, auch keine Rückwand, alles schwimmt in einem Licht, rot wie Blut. Mitten im Zimmer sitzt ein Kind und schreit, sein Mund ist aufgerissen und rund, aber es hat keine Stimme. Nirgendwo ist etwas zu hören, alles ist taub und stumm, obwohl klar ist, dass das Kind durch seinen runden Mund schreit, sein Gesicht und seine Zähne sind schwarz, als hätte sich Ruß auf sie gesetzt, und neben ihm auf dem Boden liegt eine Alte und beißt in seine Ferse. Ich weiß, dass es seine Großmutter ist, obwohl ich weder sie kenne noch das Kind, noch das Haus ... Schrecklich!«, schauderte Vukac und beschleunigte seinen Schritt.

»Was ist das für dummes Zeug? Was könnte das nur sein?«, wunderte sich Chayyam besorgt.

»Wie soll ich es wissen, wenn du, so groß, wie du bist, es nicht weißt?!«, fuhr ihn Vukac mit Wut und Angst in der Stimme an. Hastig atmete er und unsicher ging er, sichtlich erschöpft durch die Anfälle, die er gehabt hatte. »Das ist ... Es tut weh. Erstickt. Schrecklich.«

Vor ihrem Tor erwartete sie in einer kleineren Gruppe Ibn Maschisch genannt Köhler. Flüsternd erzählte er, dass er, als er hier vorbeigekommen sei, zufällig gesehen habe, wie drei Burschen, gekleidet in Weiß, mit roten Stiefeln an den Füßen und roten Gurten über der Brust, über die Mauer geklettert seien. Wer das sehe, dem sei alles klar, der wisse, dass den Bewohnern des Hauses, in das die so ausstaffierten Burschen eingefallen seien, nicht mehr zu helfen sei, und er selbst am besten in aller Stille so weit wie möglich weglaufe, aber er, Köhler, sei aus irgendeinem Grund hiergeblieben. Er wisse nicht, warum, er habe keine Stimme gehört, die ihm das empfohlen hätte, nicht die Neugier habe ihn gehalten, weil er wisse, was im Haus geschehe oder geschehen werde, er habe nicht auf einen Gewinn oder ein schönes Erlebnis gehofft, aber er sei, nun also, hiergeblieben. Und nach langem Warten, weil die Burschen weder durch das Tor noch über die Mauer wieder aufgetaucht seien, habe er begriffen, dass Chayyam und sein Kleiner nicht zu Hause waren, und sei losgerannt, um so viele Leute wie möglich zusammenzutrommeln. Er habe gedacht, die Dinge würden sich anders abspielen, wenn Chayyam in Begleitung von einem Dutzend angesehener Leute käme, keiner könne in aller Ruhe vor so vielen Zeugen morden, Zeugen veranlassten auch den bösesten Menschen, anständig zu handeln. Und nun also hätten sie sich alle hier versammelt, bereit, mit ihnen ins Haus zu gehen.

Sie gingen alle zusammen ins Haus, fanden aber die Burschen, von denen Ibn Maschisch gesprochen hatte, nicht vor. Nirgendwo Spuren gewaltsamen Eindringens, nirgendwo eine Stimme, die jemandes Anwesenheit verraten hätte, kein einziger Grund zur Besorgnis. Sie inspizierten das Haus, wobei sie sich bemühten, es wie eine Besichtigung ohne bestimmtes Ziel aussehen zu lassen, sie dachten, die Burschen müssten nicht über sie herfallen, wenn ihre Begegnung keine Absicht oder Verfolgung erkennen lasse. Sie fanden sie erst im Garten, auf Bänken im Schatten eines Jasmins sitzend, jeder in völliger Stille vor sich hin starrend.

»Na endlich! Wir sind beim Warten schon versteinert«, freute sich einer der drei Burschen in Weiß.

»Ihr?«, hob Chayyam zu sprechen an, aber er schwieg, als er begriff, wie unsinnig jede Frage klingen würde.

»Wir sind im Auftrag gekommen«, erklärte der Bursche, der sich gefreut hatte. »Das Tor war verschlossen, darum sind wir über die Mauer. Wir haben einen Brief für dich.«

»Einen Brief?«

»Unser alter Befehlshaber, der verstorbene Hassan-i Sabbah, hat dir einen Brief geschrieben, ihn aber nicht abgeschickt. Der neue Befehlshaber hat beim Durchsehen aller Sachen, die der alte Scheich zurückgelassen hat, auch der Schriften, den Brief gefunden und entschieden, ihn dir zu schicken.«

Er reichte Chayyam einen Brief, den er wahrscheinlich aus einem Täschchen hervorgeholt hatte, das er unter dem Hemd trug.

»Dann gehen wir«, beschloss er, nachdem Chayyam den Brief entgegengenommen hatte.

»Wollt ihr etwas essen oder trinken?«, fragte Vukac. »Es gehört sich nicht, dass ihr so aus dem Haus geht.«

»Es gehört sich schon, wir sind ja keine Gäste«, antwortete der Bursche, der im Namen aller sprach.

Sie gingen, und auf den Bänken, auf denen sie bis dahin gesessen hatten, verteilten sich die Leute, die mit Chayyam und seinem jungen Freund gekommen waren. Sie tranken den Tee, auf den sich die beiden auf dem Heimweg gefreut hatten, und bemühten sich, miteinander zu reden, jedenfalls taten sie so.

»Etwas verstehe ich nicht«, gestand Chayyam irgendwann. »Wir sind keine Freunde, du hast keine Sympathie mir gegenüber gezeigt, du hast auch keinen Grund gehabt. Ist es nicht so?«

»So ist es«, antwortete Köhler, an den sich der Hausherr gewandt hatte. »Was wir auch alles gehabt haben, Sympathie sicher nicht.«

»Warum dann? Gott weiß, wie lange du vor meinem Tor ausgeharrt hast, du hast gewusst, dass alles Mögliche passieren kann, wenn du mit mir in das Haus gehst, in dem sie sind – warum?«

»Ich weiß nicht, Gott verdamme mich, wenn ich es weiß«, gab Köhler verwundert zu.

# 8

»Was ist denn eigentlich der Paradiesblick, von dem du heute gesprochen hast?«, fragte Vukac Chayyam, als sie nach dem Abendessen dasaßen. »Ist das etwas Gutes, oder hast du einen Scherz gemacht?«

»Davon hat Sukayna gesprochen«, antwortete Chayyam. »Sie hat die Menschen in die mit dem Paradiesblick und in jene mit dem Blick eines Verbannten eingeteilt.

Der Paradiesblick war für sie ein Blick voller Vertrauen. Im Paradies lebt man ohne Angst, alles ist sündenfrei und ungefährlich, sogar die Menschen, alles, was dort existiert und was überhaupt möglich ist – ist gut. Daher sieht das Auge im Paradies die Farbe und die Form eines Gegenstandes, die Nase atmet seinen Geruch ein, und die Haut erlebt seine Oberfläche. Der Paradiesmensch erkennt den Gegenstand, den er vor sich hat, nicht wieder, weil er über die Dinge, von denen er umgeben ist, kein Wissen zu sammeln und keine Vorurteile zu bilden braucht, er fürchtet sich nicht vor der Welt und den Dingen in ihr und will sie nicht beherrschen. Dieser Mensch erkennt nicht wieder, sondern sieht, berührt, riecht, kostet; die Dinge, denen er begegnet, erlebt er unmittelbar und nicht durch sein Wissen.

Der Blick des Verbannten erkennt dagegen in allem, worauf er stößt, das wieder, was er vor der Verbannung gesehen hat. Den Gegenstand sieht und erlebt er nicht, er sucht in ihm die Bestätigung seines Wissens und seiner Erinnerung, aber auch den Beweis, dass sein Vorurteil stimmt. Der Blick des Verbannten verweilt nicht auf dem Gegenstand, er geht durch ihn hindurch oder wandert hinter ihn, um die Erinnerungen seiner Seele wiederzuerkennen oder die Gesetze festzustellen, denen der Gegenstand unterliegt, oder die Art zu bestimmen, zu welcher der Gegenstand gehört. Auf jeden Fall hat der Verbannte nichts vom Gegenstand, den er betrachtet – weder ein Erlebnis noch einen Genuss, noch eine Erfahrung, er beschäftigt sich in Wahrheit mit seinen Vorstellungen und Kenntnissen, dem Verbannten dient der Gegenstand dazu, ihn irgendwo einzuordnen, den Gesetzen, die er hinter dem Gegenstand ahnt, unterzuordnen, oder als Bestätigung, Beweis, Beispiel einer eigenen Vorstellung. Deshalb wird der Verbannte niemals der Welt begegnen, er kann sie beherrschen oder sich vor ihr in seine imaginierten Welten zurückziehen, aber ein Gespräch mit der Welt, Freude und Vergnügen an der Welt und ihren Teilen, ein wirkliches Leben in der Welt kann der Verbannte nicht haben. Deshalb bleiben den Verbannten das Leben und die Freude vorenthalten, ungeachtet dessen, ob sie sich vor der Welt in ihre Vorstellungen und Entwürfe geflüchtet haben oder ob sie diese entwickelt haben, um mit ihrer Hilfe die Welt zu beherrschen.«

»Das hat sie dir gut gesagt«, stimmte Vukac zu, ohne abzuwarten, bis Chayyam seine Erklärung über die verschiedenen Typen des Blicks beendet hatte.

»Wie meinst du das?«

»Das hat sie auf dich gemünzt, nicht wahr«, erklärte Vukac. »Wie du bist.«

»Wenn nur ihr es wisst«, spottete Chayyam, seinen Gesprächspartner nachdenklich betrachtend, in einem Ton, der nicht verriet, ob er es ernst meinte oder nur so tat, als stritte er mit ihm. »Es gibt noch eine Art von Blick, den mein Freund Abu Said den benebelten oder den Blick des benebelten Menschen genannt hat. Ich habe ihn leider kennengelernt, aber euch Weisen ist er zum Glück unbekannt geblieben.«

»Wem?«

»Euch Weisen, Sukayna und dir zum Beispiel. Als Leyla … Damals habe ich ihn kennengelernt.«

In den Tagen nach dem Tod seiner Tochter Leyla hatte sich Chayyam oft selbst starken physischen Schmerz zufügen müssen, weil er nur so die Atemnot verhindern konnte, die ihn zu befallen pflegte. Er fühlte, wie seine sämtlichen inneren Organe anschwollen, wie sie einander drängten und drückten, weil in seinem engen Leib kein Platz für sie alle war, vor allem gab es keinen Platz für die Luft in der Brust, in der das aufgedunsene Herz bereits die Lunge quetschte, die unfähig war, sich dagegen zu wehren. Er fühlte, wie ihm der Atem stehenblieb und wie die Lichter in ihm erloschen. Um ein völliges Erlöschen zu verhindern, musste er sich Schmerz zufügen. Beim ersten Mal, als ihm das passierte, ergriff er aus dem Kohlenbecken, neben dem er stand, ein Stück glühende Kohle, das verbrannte ihm die Haut und ein Stück Fleisch von seiner Handfläche, aber es hemmte das Anschwellen der inneren Organe und zündete Licht in ihm an. Manchmal reichte es, die Brandblase aufzureißen und die junge Haut von der Handfläche abzuziehen, aber manchmal musste er ein Messer oder eine Zacke in die offene Wunde stoßen, um zu verhindern, dass ihn seine inneren Organe erstickten. Sein Freund, der Sufi Abu Said, hörte sich Chayyams Beteuerung, dass er das nicht aus einer bewussten Entscheidung heraus mache, sondern sich der Körper lediglich schütze und tue, was notwendig sei, um das Licht in ihm aufrechtzuerhalten, kommentarlos an. »Nie würde ich das aus freien Stücken tun«, behauptete Chayyam, »das macht der Körper von alleine, ganz ohne meinen Willen.« »Das ist mir klar«, schloss Abu Said, »aber dass du dich geschützt hast, bringt dir nicht viel, wenn du Invalide wirst.« Einen Tag nach diesem Gespräch nahm ihn Abu Said zu einem Besuch bei Freunden mit, die ihm einen seltsamen, unangenehm riechenden und ausgesprochen scharf schmeckenden Tee vorsetzten. Schnell fiel Chayyam auf, dass die Gastgeber nur ihm den scharfen Tee serviert hatten, während sie und Abu

Said normalen tranken, kurz darauf begriff er, dass der scharfe Geschmack von einem berauschenden Getränk kam, das man in ganz normalen Tee gegossen hatte, gleichzeitig dachte er, dass er das vielleicht nicht trinken sollte, aber unmittelbar danach beschloss er, dass es ganz in Ordnung sei, wenn er das oder irgendetwas anderes trank, wenn er seinen Geist verdunkelte oder irgendetwas anderes tat, weil alles besser war als die Qualen, an denen er litt, seit Leyla nicht mehr da war.

Am nächsten Tag lernte Chayyam eine ganz neue Art von Pein kennen. Er wagte nicht, seinen Kopf zu bewegen, weil jede Bewegung Übelkeit hervorrief und die Kopfschmerzen verschlimmerte, die ohnehin unerträglich waren. Jeder Versuch, die Augen zu öffnen, verursachte schmerzhafte Stiche in ihnen, Schläge im Hinterkopf, die sich in schnellen Wellen im ganzen Gehirn ausbreiteten, und eine unangenehme Verwunderung darüber, dass sein Schädel von diesen Schlägen noch nicht zerplatzt war. Nach mehreren Stunden solcher Pein holten ihn Sukayna und Abu Said mit starken sauren Suppen und Saft von Granatapfelkernen, die sie ihm erbarmungslos einflößten, ins Leben zurück. Abu Said überredete ihn anschließend mühevoll, mit ihm spazieren zu gehen. Es wehte ein übler Südwind, der nach Schwefel roch. Abu Said teilte seinem Freund mit, er habe sich in der vergangenen Nacht elend betrunken, und äußerte die Vermutung, dass ihm jetzt wohl klar sei, welche große Gnade uns der liebe Gott mit dem Verbot berauschender Getränke erwiesen habe. »Wer keine berauschenden Getränke genießt, macht die Qualen, die du heute durchmachst, nicht durch, und das ist ein großer Segen, da stimmst du mir sicherlich zu«, sagte Abu Said in dem Bemühen, seinen schweigsamen Freund, der noch immer unsicher auf den Beinen war und so beharrlich schwieg, dass er gewiss kein Gesprächspartner sein konnte, ein wenig aufzumuntern.

Ein besonders großer Gewinn des Verbots von berauschenden Getränken ist, Abu Saids Meinung nach, dass jemand, der sie nicht genießt, vom benebelten Blick verschont bleibt, der eine wahre Strafe Gottes ist. Dem benebelten Menschen kommt alles hässlich vor, und alles ist ihm gegenüber feindlich gestimmt. Die Farben sind unrein und die Formen ungleichmäßig, und jedes einzelne Ding will ihm seine unreine Farbe und seine hässliche plumpe Form besonders deutlich zeigen. Die Blumen blühen, um sich mit ihren hässlichen grell gefärbten Blüten wichtigzumachen und um unangenehm zu riechen. Aus allen Gegenständen, selbst den runden, springt mindestens eine Ecke hervor, damit er, der arme benebelte Mensch, sich daran stößt oder ritzt. Alle Frauen, auch die schönen, kehren etwas Hässliches an sich hervor, um ihm das Hässliche besonders deutlich unter die Nase zu reiben, wenn sie sich zufällig oder unabsichtlich treffen. Alles in allem zeigt die Welt dem benebelten Blick nur ihre hässliche Seite, und das Schöne verwandelt sich in sein Gegenteil, sobald dieser Blick darauf fällt. Es ist ein wahrer Fluch, die Welt mit dem benebelten Blick zu betrachten, dachte Abu Said, und wenn du das lange genug tust, wirst du dich innerlich von der Hoffnung verabschieden, jemals wieder etwas Schönes zu sehen. »Ein vernünftiger Mensch fragt sich natürlicherweise, was er von den Augen hat, wenn er mit ihnen nicht die Schönheit betrachten kann, nicht wahr«, analysierte Abu Said.

Chayyam besuchte jene Leute im folgenden Monat einige Male, weil ihn die Trunkenheit in einen Zustand abgestumpfter Gleichgültigkeit versetzte, der ihn ein paar Tage lang aufrechterhielt und ihn vor dem Leben und eben auch vor allen Qualen, die mit dem Leben einhergehen, schützte. Wenn die Abstumpfung durch die Trunkenheit und den Kater vorüber war, dauerte es vier, fünf Tage oder sogar länger, bis seine Anfälle von Verzweiflung so stark waren, dass sie jedes Leben zum Ersticken und Erlöschen brachten. Als er nach der fünften oder sechsten Trunkenheit gerade dabei war, aus der Katerstimmung herauszukommen, sagte ihm Abu Said am Ende eines Spaziergangs, sie würden sich wieder eine Weile nicht sehen (sie hatten eigentlich Streit, den Abu Said vergessen hatte, als Leyla gestorben war, aber nun erinnerte er sich wohl wieder daran). »Vorerst haben wir dich gerettet, gebe Gott, dass wir dich nicht für ein Schicksal gerettet haben, das schlimmer ist als das, welches dir jetzt gedroht hat«, sagte Abu Said und ließ den Freund mit der Bemerkung zurück: »Prinz Seydo hat Vernünftigeres zu tun, als sich um einen benebelten Hakim zu kümmern.« Und zu Hause fragte ihn Sukayna, wie lange er denn noch vorhabe, sich zum Narren zum machen und sich vom Tod zu kurieren, indem er sich umbringe. Nicht der Schaden, den die Trunkenheit seiner Gesundheit und seinem Ansehen zufüge, sei das Problem, versicherte ihm Sukayna, sondern dass er entsetzlich unerträglich sei, wenn er in seine dumpfe Gleichgültigkeit versinke, die einem anständigen Tod nicht im Geringsten ähnle, obwohl sie jeder Spur von Leben völlig entbehre.

Sie warf ihm vor, er fliehe vor dem Schmerz, anstatt sich ihm auszusetzen und durch das Leiden zu lernen. Damals hatte sie, soweit er sich erinnern konnte, zum ersten Mal vom Paradiesblick und vom Blick eines Verbannten gesprochen, hatte beklagt, dass Chayyam von ihr und von Leyla nicht wenigstens gelernt habe, die Vorteile und den großen Wert des Paradiesblicks zu erkennen. »Es ist schade, das Leben in Vorstellungen, Entwürfen und Gesetzen zu verbringen, Omar. Öffne dich mir, uns, stelle und öffne dich wenigstens dem Schmerz, wenn dir nichts anderes geblieben ist, aber es soll wirklich sein, persönlich, es soll existieren und einen Körper haben.« Lange und aufgeregt sprach Sukayna damals, redete ihm zu, schwor, die Welt gehe nicht unter, wenn sie Leyla verloren hätten, denn sie hatten ja noch sich selbst.

Aber keine zehn Tage danach verfiel sie in einen Zustand dumpfer Verzweiflung, nicht viel anders und keineswegs besser als die Gleichgültigkeit Chayyams. Aus der dumpfen Verzweiflung, in der sie Tag und Nacht verharrte, konnte sie, nicht einmal für den Augenblick, weder Schmerz noch Wut, noch ein Gespräch herausholen. Manchmal warf sie Chayyam offen vor, dass er arbeitete und unter Leute ging, als hätte er kein Kind verloren, sie war wütend, weil er ihr manchmal versicherte, sie hätten ja immer noch einander und demzufolge ein Leben, das gut sein könnte, aber wenn sie tobte und tadelte und aß oder trank, tat sie es abwesend und ohne wirkliches Interesse, in einer tierischen Abgestumpftheit, aus der sie keinen Ausweg fand.

Sukaynas Zustand der Abgestumpftheit und Abwesenheit von sich selbst dauerte einige Monate, dann brauchte es weitere Monate, um zwischen ihnen das Gespräch, die Nähe, die Fähigkeit, zu zweit und zusammen zu sein, wiederherzustellen. Das war nicht einfach, weil sie sich während ihres Lebens mit Leyla daran gewöhnt hatten, dass sie zu dritt waren und jeder von ihnen zwei Menschen hatte, die ihm am wichtigsten waren und denen er alles sagte. Nun brauchten die beiden viel Zeit, um sich abzufinden und daran zu gewöhnen, dass sie nur noch sich hatten, um sich von den dummen Worten und Gefühlen zu befreien, die aufgetaucht waren, als es Sukayna geschienen hatte, Chayyam trauere nicht genug oder verstehe ihre Trauer nicht, oder als es ihm geschienen hatte, sie trage ein wenig mehr nach außen, als sie innerlich erleide, und zwar hauptsächlich, um Zeugen zu haben. Aber es gelang ihnen, ungefähr ein Jahr nach Leylas Tod standen sie sich näher und stützten sich stärker aufeinander als je zuvor. Noch waren sie dabei, sich an den neuen Zustand zu gewöhnen und sich zu wundern, dass sie ihn genossen, als die Nachricht kam, dass Hind, Sukaynas Mutter, krank geworden war.

Ihre Krankheit war kurz, vielleicht kaum länger als zwanzig Tage. Hind erlaubte nicht, dass Sukayna in ihr Elternhaus zog, um sie zu pflegen, auch niemand anderen band sie an ihr Bett. Eines Tages kam Sukaynas Bruder Feridun bei ihnen vorbei und überbrachte die Bitte ihrer Mutter, sie morgen gegen Mittag zu besuchen. Sie trafen sie im Gespräch mit einem Diener an, der gleichzeitig Kutscher, Pferdeknecht und Stallbursche war. Hind erklärte ihm, wie er die Kutschen und Pferde am Tag ihrer Beerdigung ausstaffieren solle. Als die beiden eintraten, zeigte sie ihnen, wo sie sich hinsetzen und warten sollten, bis sie an die Reihe kämen, und fuhr fort, dem Kutscher aufzuzählen, wen er alles an diesem Tag, nach dem Begräbnis und dem Totengedenken, nach Hause fahren würde. All das sind gute Menschen, dachte Hind, aber alle, die sie aufgezählt hatte, waren arme Leute. Sie würden natürlich zum Begräbnis und zur Trauerfeier kommen, irgendwie würden sie sich zurechtfinden, obwohl sie weit entfernt wohnten, aber es gehörte sich, dass die Hausbewohner sie heimbrachten. Nun legte sie die Reihenfolge fest und vergewisserte sich, ob der Kutscher sich gemerkt hatte, wann er wen von den Gästen fahren würde und mit wem. Nach dem Kutscher kam das Mädchen an die Reihe, welches das Haus putzte, ihr musste man erklären, wie welches Zimmer herzurichten sei. Die Männer, die das Totengebet sprechen würden, sollten, wenn sie vom Friedhof hierherkämen, in das kleine Zimmer geführt werden, das so und so herzurichten sei. Die Frauen, die hier bei der Gedenkfeier sein würden, sollten in die zwei großen Zimmer gehen, die so und so aufzuräumen seien. Besonders genau musste sie erklären, was man den Leuten, die sich hier versammeln würden, anbieten solle, was in welchem Gefäß serviert und wo welches Gefäß hingestellt, in welcher Reihenfolge es vorgesetzt und wie oft es gefüllt werden solle. Dann erklärte sie der Köchin in allen Einzelheiten, was sie für den Trauertag vorbereiten solle und was für die zwei Gedenkfeiern danach, was für die nach sieben und was für die nach vierzig Tagen. Damit waren Anweisungen verflochten, wie die Männer, die kämen, um Feridun ihr Beileid auszusprechen, empfangen und womit sie bewirtet werden sollten, abhängig von ihrer Nähe zur Familie und ihrer Stellung in der Gesellschaft. Präzis bestimmte sie, was den Gästen in welchem Gefäß gereicht werden solle, in welchem Gefäß man wem Wasser zum Händewaschen bringen und welche Serviette zum Abwischen der Hände in welches Zimmer gebracht werden solle, wo und wie zu besorgen sei, was man für die vielen Gäste brauche, wie mit welchem Verkäufer zu verhandeln und was wem zu sagen sei, damit er den Preis senke. Ebenso präzis bestimmte sie, was vom Geschirr und vom Besteck der Armenküche am Tag nach der Gedenkfeier, die vierzig Tage nach ihrem Tod abgehalten werde, gespendet werden solle. Der Hauptdienerin, einer Frau, die etwas jünger war als sie und die sie schon seit Jahren als Freundin empfand und behandelte, wiederholte sie alle Anweisungen, die sie den anderen bereits gegeben hatte, und ermahnte sie, darauf zu achten, dass sich alle daran hielten. Dann erklärte sie ihr, was von ihren Sachen sie wem schenke, und verlangte, dass sie, die alte Dienerin, sich darum kümmere, dass jede dieser Sachen an den komme, dem sie zugedacht sei. Sie übergab ihr ein Beutelchen mit Geld, das sie, wie sie sagte, selbst brauchen könnte, wenn die beiden (dabei zeigte sie auf Feridun und seine Frau) sie nicht im Haus behielten. Es folgte eine Aufzählung der Kleidungsstücke, die sie ihr schenkte, und der Dinge, die man nehmen solle, um sie den Armen zu geben, um am Ende die übriggebliebenen Kleidungsstücke an die Hausbediensteten zu verteilen. Sie versäumte auch nicht, die Dinge aufzuzählen, die sie mitnehmen könne und solle, wenn die beiden sie nicht im Haus behielten, von Leuchtern und Messern bis zu einem mit Perlmutt geschmückten Tischchen und einer großen mit Gravuren verzierten Platte.

Dann kamen Sukayna und Chayyam an die Reihe. Sukayna hatte Hind eine goldene Kette zugedacht, die sie, als sie jung gewesen war, ums Fußgelenk getragen hatte (»Denk manchmal dran und lege sie dir um den Fuß, sie könnte jetzt von Wert für dich sein«, ermahnte Hind ihre Tochter, als sie ihr die Kette übergab), und einen großen Ring mit einem Rubin. »Ich hatte auch die Perlen für dich vorgesehen, aber ich dumme Gans habe sie nicht vom Hals genommen, als ich krank geworden bin, sieh nur, wie dunkel sie von der Krankheit geworden sind«, bemerkte sie, in ihrer ausgestreckten Hand eine dreireihige Perlenkette haltend. Außerdem gab sie ihr ein Kristallglas, das zu ihrer Aussteuer gehört hatte, und einen großen Seidenschal, den sie bekommen hatte, als sie nach Sukaynas Geburt wieder aus dem Bett aufgestanden war. Chayyam hatte sie zwei große, prächtig eingebundene Bücher zugedacht, die sie als junges Mädchen von ihrer verstorbenen Großmutter bekommen hatte. (»Sie war eine gelehrte Frau, berühmt, sie wurde sogar in Bagdad geehrt.«) Sie wisse natürlich nicht, was das für Bücher seien, sie wisse nicht, dass sie jemals eins geöffnet hätte, aber sie würde sie niemandem so sehr von Herzen geben wie ihm. Dann nahm sie seine rechte Hand in ihre heißen, mageren, knochigen Hände, in denen sie nicht einmal mehr die Kraft hatte, um seine Hand zu drücken, wie sie es versuchte, lange sah sie ihm in die Augen und flüsterte schließlich: »Nie hast du ausgesprochen, was du vielleicht hättest sagen sollen. Oder mich wenigstens fragen sollen. Ich weiß nicht, ob ich dir das eher übel genommen habe oder dir eher dankbar war für dein Schweigen. Aber ich habe gewusst, dass das zeigt, wie klug du bist. Und dass du der Richtige bist für sie.«

Danach verabschiedete sie sich von ihnen, so dass sie nicht wussten, was und worüber sie mit Feridun und seiner Frau redete, die die ganze Zeit dagesessen hatten, Feridun bleich, müde und ununterbrochen mit den Tränen kämpfend und die Schwiegertochter ebenfalls sichtlich müde und ebenso sichtlich gleichgültig. Sukayna und Chayyam waren schon in der Tür, als Hind ihnen gegenüber bemerkte, sie sollten morgen kommen, er zum Begräbnis und sie zur Gedenkfeier. Es war, wie sie es vorausgesehen hatte, am nächsten Tag betete Chayyam tatsächlich das Totengebet mit den Männern, während sich Sukayna bemühte, die Gastgeberin der Gedenkfeier in dem Haus zu geben, das schon lange nicht mehr ihres war.

Chayyam fürchtete, der Tod ihrer Mutter werde Sukayna wieder zerrütten, aber das geschah zum Glück nicht. Im Gegenteil, sie wurde reifer, stärker und gesammelter, wie eine Pflanze, die aus dem Schatten herausgekommen ist und nun genug Sonne hat. Eine Zeitlang unterhielten sie sich viel über Hind, fragten sich, wie sie ihren Schatten auf die Tochter hatte werfen können, die sie kaum gesehen hatte, sie erinnerten sich an die seltenen Begegnungen, von denen die meisten nicht gerade erfreulich gewesen waren. Sukayna wollte wissen, was es denn gewesen sei, was Chayyam nicht ausgesprochen hatte, aber vielleicht hätte aussprechen sollen, doch Chayyam schwor zu Recht, dass er es nicht wisse, obwohl er annahm, das heißt beinahe sicher war, dass Hind an ihr einziges ernsthaftes Gespräch gedacht hatte. Sukaynas Vater war an einer Fleischvergiftung gestorben, und Chayyam hatte festgestellt, dass ihn die Hasenpastete vergiftet hatte, die Hind ihm persönlich zubereitet und serviert hatte. Als er das entdeckt hatte, sprach Chayyam mit ihr über den seltsamen Tod und die noch seltsamere Verkettung von Zufällen im Zusammenhang mit ihr, und im Laufe des Gesprächs verdichtete sich der Verdacht immer mehr, dass Hind gewusst hatte, was sie tat, als sie ihrem Mann seine Lieblingsspeise vorgesetzt hatte. Chayyam war zu der Zeit frisch in Liebe zu Sukayna entbrannt, so dass er es nicht wagte, eigentlich vermochte es seine Zunge nicht, die Frage auszusprechen, die in der Luft lag und deren Antwort den Verdacht bestätigt oder ausgeräumt hätte. Aber Chayyam und seine Frau unterhielten sich am meisten darüber, wie sich Hind von den Menschen und vom Leben verabschiedet hatte. Das war in allem die Hind gewesen, die sie kannten und die man nicht allzu sehr lieben konnte – nüchtern, ruhig und ganz konzentriert auf das, was im Moment wichtig war und was sie vor Augen hatte. Das brachte das Gespräch jedes Mal auf Chayyam und seine Unfähigkeit, seinen Blick und seinen Gedanken auf das zu beschränken, was vor ihm war, und diese Gespräche hatten sie wiederum einander noch näher gebracht und ihre gegenseitige Verbundenheit vertieft.

Nach seinem langen Bekenntnis versank Chayyam in ein ebenso langes Schweigen, weil sein müder Geist Zeit brauchte, aus jener Zeit in diese, aus jenem Haus in dieses, aus jenem Leben in die Einsamkeit zurückzukehren. Als er glaubte, die Zeitreise sei beendet, ergriff Vukac ein leeres Gefäß vor Chayyam, füllte es mit Joghurt und reichte es seinem Freund. Chayyam schien immer noch nicht ganz hier zu sein, ergriff das Gefäß und begann langsam zu trinken, mit langen Atempausen zwischen zwei Schlucken.

»Es ist dumm, weißt du, dass ich das alles erst jetzt verstehe«, sagte Chayyam nach langem Schweigen. »Damals, als es geschah, als es mir persönlich passiert ist, habe ich es nicht verstanden, und es kam mir vor, als wäre ich an alldem nicht beteiligt gewesen. Es war nicht, als ob es einem anderen passiert wäre, nein, ich wusste, dass das meine Angelegenheit und mein Leben war, aber ich habe all das nicht verstanden und nicht wirklich gelebt. Erst jetzt ist das alles meins, wirklich meins. Aber was soll ich jetzt damit, wo keiner mehr da ist?!«

»Keiner mehr da?! Ich bin doch da!«

»Ja, verzeih bitte, du bist zum Glück da. Vielleicht habe ich es gerade dir zu verdanken, dass ich es so deutlich verstehe?«, fragte Chayyam nachdenklich.

»Im Ernst?«

»Ganz im Ernst«, antwortete Chayyam, ohne zu zögern.

»Den Brief, den sie heute gebracht haben, hast du nicht einmal angeschaut«, hielt ihm Vukac vor, das Gesicht zu einem breiten Lächeln verzogen. »Dabei sagst du, er sei dein Freund, einer der wichtigsten. Was bist du nur für einer.«

»Er war es«, entgegnete Chayyam. »Vielleicht sollte ich sagen, dass er leider ein enger Freund von mir war, leider einer der wichtigeren Menschen in meinem Leben. Aber auch er ist schon lange tot.«

»Vielleicht hättest du gerade deshalb nach seinem Brief greifen und ihn lesen sollen, vor dem Mittagessen und dem Abendbrot, vor all den unnötigen Gesprächen?«

»Mach mir nicht ständig Vorhaltungen und tu nicht schlauer als du bist«, drohte Chayyam.

»Du würdest dich nicht so aufregen, wenn ich nicht recht hätte«, lachte Vukac und stand auf, um den Brief zu holen, den die Burschen in den weißen Uniformen und im roten Leder dagelassen hatten.

Chayyam war in der Zwischenzeit aufgestanden, um sich schlafen zu legen, so dass er den Brief unten an der Treppe entgegennahm. Auf dem Dach war es angenehm, die Spätsommernächte taten gut, weil es sich abkühlte und frisch wurde, ganz gleich wie heiß der Tag gewesen war. Er zündete die Lampe an, zerriss den Umschlag und sah sich mit einer gut bekannten Handschrift konfrontiert.

»Meinem Bruder Omar in Nischapur,
Selam.

Das Ende naht, Omar, und es gilt, Bilanz zu ziehen. Vor kurzem habe ich festgestellt, dass ich während der vierunddreißig Jahre, die ich hier bin, Alamut kein einziges Mal verlassen habe und mein Haus auch nur zwei Mal, beide Male, als meine Söhne hingerichtet werden mussten. Für mich ist, denke ich, nicht nur der Körper ein Gefängnis, sondern auch das Haus, in dem ich mich aufhalte, und die Festung, auf der ich herrsche. Ich muss mich vor denen verstecken, über die ich herrsche, wenn ich will, dass sie an mich glauben. Sie werden nicht an mich glauben und werden mir nicht ergeben sein, wenn sie entdecken, dass ich aus dem Mund rieche, wie sie, und mich auf dem Klo manchmal vor Schmerz winde. Weil leider auch ich ein Mensch bin. Meine Söhne hatten Verbrechen begangen und mussten hingerichtet werden, der eine zettelte Verschwörungen an, der andere betrank sich öffentlich und behauptete, er dürfe das, weil er mein Sohn ist. Meine Anwesenheit bei der Hinrichtung konnte nur nützlich sein: Alle haben gesehen, dass das Gesetz für mich über der Familie, über dem Blut, über meinem eigenen Schmerz steht. Mit eigenen Augen haben sie gesehen, dass ich allein zurückgeblieben bin, ich und die Gemeinschaft meiner Anhänger – meine einzige Familie, die einzigen Verwandten, das Einzige, was mich an diese Welt bindet. Ich brauche nicht zu erwähnen, dass mich diese Bilanz an dich erinnert hat, weshalb ich dir jetzt auch schreibe. Sicher hätte ich mich in der Leere, die um mich entstanden ist, verloren, hätte ich nicht an dich denken können und wäre ich nicht sicher gewesen, dass du an mich denkst. All die Jahre habe ich Befehle und Instruktionen gegeben, aber nie habe ich mit jemandem gesprochen, außer mit dir, dem Abwesenden, weil man für ein Gespräch jemanden braucht, der dein und deinesgleichen ist. Kann man die Erinnerung an sich selbst so lange aufrechterhalten, ohne jemanden zu haben, mit dem man reden könnte? Kann man ohne Gespräche glauben, dass man existiert, wenn man vierunddreißig Jahre lang von der Leere umgeben ist, die die Macht erschafft, und von der Stille, die die Herrschaft bewirkt? Denn die Leute um mich herum verhalten sich mir gegenüber, auch wenn sie reden, unterwürfig oder schmeichlerisch, und das sind nur die dümmsten Formen des Schweigens, beinahe die Stille der Totenwelt. Seit früher Jugend weiß ich, dass Leben Verdammnis ist, aber das, wozu ich verurteilt bin, die Einsamkeit, die ich erleide – das ist schlimmer als Verdammnis.

Nur du hast dadurch, dass ich mich an dich erinnern, an dich denken, zu dir sprechen konnte, meine Einsamkeit und Leere gesprengt. Du hast mir nicht geantwortet, seit dem Tod deiner Frau hattest du nur Schweigen für mich übrig. Doch ich musste weiterhin reden und mich erinnern, weil ich ohne dich, fürchtete ich, verschwunden wäre wie eine Blase. Du weißt gut, dass ich keine Angst vor dem Verschwinden hatte, sondern vor unvollendeter Arbeit. Deshalb habe ich dich gebraucht, doch du hast geschwiegen, beharrlich geschwiegen und dich bemüht, mich zu vergessen. Zum Glück ist es dir nicht gelungen, und ich habe jetzt das Recht zu glauben, dass ich meine Arbeit abgeschlossen habe.

Du hast geschwiegen, weil du glaubst, ich hätte die Morde an deiner Frau und Nizam al-Mulk angeordnet. Nein, keineswegs. Ich habe meinen Leuten nicht gesagt, dass sie deine Lieben umbringen sollen, aber ich konnte dir das nicht schreiben oder sagen, weil ich kein Recht habe, mich zu rechtfertigen. Aber selbst wenn ich mich gerechtfertigt hätte, hättest du dich nicht so verhalten, wenn du wirklich gläubig und der Wahrheit restlos ergeben gewesen wärst, wie du es wolltest. Wenn du so gewesen wärst, wie du es wolltest, hättest du dich vielleicht gefragt, ob ich sie beseitigt habe, damit sie dir nicht weiter den Weg zur Wahrheit versperren. Ihr habt einander tröstliche Geschichten erzählt, habt süße Lügen über die Liebe geflüstert, über den lieben Gott, der alles erschaffen hat und uns liebt, über das Glück des Menschen im Familienkreis, über einen gerechten und guten Staat, den wir hätten, wenn wir alle tugendhaft und glücklich wären. Ich bin aus dem Staunen nicht herausgekommen, als ich mich davon überzeugt habe, dass auch du dir diese Geschichten anhörst und sie ernst nimmst. Du weißt doch gut, dass uns nicht der liebe Gott erschaffen hat. Wenn es irgendjemand auf der Welt wissen muss – dann du! Wenn wir nicht irrtümlich oder zufällig entstanden sind, hat uns ein böser Dämon erschaffen, um dem lieben Gott die Freude an Seinem Werk zu verderben. Wenn es in uns etwas von Gott gibt, sagen wir Geist und Seele, ist klar, dass Er sie möglichst bald zurückhaben möchte, weshalb er gegenüber dem Rest gleichgültig oder feindlich gestimmt ist. Alles, was ich über dich und von dir weiß, spricht dafür, dass du all das weißt und so denkst. Woher dann deine Bereitschaft zu süßlichen Sentimentalitäten, was Liebe, Glück, Heim betrifft?! Ich bin ein Diener der Wahrheit, Omar, ich muss alles tun, um dich zu zwingen, die Wahrheit zu bejahen, vor allem, wo du sie schon kennst. Die Wahrheit ist doch wohl wichtiger als ein paar Menschen, auch als jene, die du liebst, wenn du dich schon so auf die Liebe versteift hast! Womöglich wäre es dir gelungen, mich in all den Jahren zu vergessen, wenn nicht der Schmerz gewesen wäre, den du mit mir verbunden hast – dann wäre ich verschwunden und mit mir alle Aussichten, dass getan wird, was ich getan habe und was allein ich habe tun können. Im Übrigen kümmert sich die Wahrheit um dich, vor ihr kannst du nicht fliehen, weder dann, wenn du sie nicht anerkennst, noch dann, wenn du nichts von ihr weißt, noch dann, wenn du sie leugnest.

Warum betrachten wir die paar Leute, die umgekommen sind, nicht als einem großen Unternehmen dargebrachte Opfer? Ehrbare Menschen weihen die Hausfundamente mit dem Blut eines Opfers, in die Fundamente einer Brücke oder einer festen Stadt mauerten die Alten sogar menschliche Opfer ein, Jesus war bereit, sich zu opfern, um der Welt die Wirklichkeit zurückzugeben. Im Fundament jedes für eine Gemeinschaft wichtigen Unternehmens liegt ein Opfer. Wer nicht bereit ist, sich oder andere zu opfern, wird nichts Großes vollbringen – daran würdest du nicht zweifeln, wenn du meine Kämpfer sehen würdest, die darauf brennen, sich für unsere Sache zu opfern. Und die größten, jene, die eine Gemeinschaft zur Verwirklichung eines Werkes führen können, sind bereit, alles zu opfern, auch die Welt, wenn sie damit der Wahrheit dienen.

Die Wahrheit macht einsam, Omar, vor allem die grausame und harte Wahrheit, die ich verkünden muss. Du hast mir, ohne es zu wollen und etwas dafür zu tun, geholfen, meine Einsamkeit zu ertragen. Schade, dass du nicht die Größe gehabt hast, hierher zu kommen und mit mir, meine Einsamkeit teilend, der Wahrheit zu dienen. Trotzdem danke ich dir, das wollte ich dir noch mitteilen, bevor ich gehe. Es wäre sehr nützlich, wenn du wenigstens jetzt kommen würdest, um die letzten Tage mit mir zu verbringen und zu bezeugen, dass es mich wirklich gibt, dass ich auch nach vierunddreißig Jahren in der Leere noch existiere.

Diesen Brief werde ich nicht abschicken, sollen ihn dir meine Nachfolger zustellen. Ich würde es nicht ertragen, ein weiteres Mal von dir abgewiesen zu werden, und sicher würdest du auch jetzt meiner Aufforderung zu kommen nicht folgen. Wenn ich den Brief jetzt abschicken würde, würde ich meinen Kämpfern befehlen, dich umzubringen, solltest du nicht mit ihnen gehen. Ich hoffe, ich werde ihn nicht abschicken, es wäre schrecklich, dich zu verlieren, auch wenn du weit weg bist.

Hassan.«

Chayyam beendete die Lektüre, löschte die Lampe und versank in den Anblick des dunklen Nachthimmels. Der würde ihm in dieser Nacht keine Ruhe bringen, das wusste er, womöglich würde er bis zur Morgendämmerung mit seinem einstigen Freund diskutieren. Bald würde der Vollmond herauskommen und genug Licht für alles spenden, außer für das Lesen, doch ein bisschen zu viel für seine langen Gespräche mit der Stille und Tiefe der Dunkelheit, die sich über ihn legte. Er wusste auch, worüber er sich mit dem Freund, für den er mehr als dreißig Jahre nur Schweigen übriggehabt hatte, auseinandersetzen würde. Warum glaubt er, dass er das Recht und sogar die Pflicht hat, den Menschen seine Wahrheit aufzuzwingen? Reicht es ihm denn nicht, wenn er sie kennt und sie den anderen ruhig mitteilt, zum Beispiel indem er sie aufschreibt? Hat die Wahrheit es nötig, dass alle sie kennen? Warum liegt ihr daran, auf der Straße verbreitet und mit der Peitsche auf die Haut der Starrköpfigen geschrieben zu werden? Warum greift er in dem Brief, in dem er sich von seinem Freund und der Welt verabschiedet, weiterhin zu billigen Tricks, die an Lüge grenzen? Er hat seinen Leuten nicht GESAGT, dass sie meine Lieben umbringen sollen, als hätte er das nicht mit einer Handbewegung oder auf eine andere Art befehlen können. Oder es einen anderen befehlen lassen. Warum denkt er, dass es den Menschen mit seiner schrecklichen Wahrheit besser geht als mit ihren schönen

Irrtümern? Sind seine Wahrheiten wirklich so wichtig und gut? Werden wir unsterblich (da sei Gott vor!!!), wenn wir bejahen, dass wir irrtümlich entstanden sind? Hat es Hassan besser oder hatte es Hind besser, von der ich eben noch gesprochen habe? Was hat seine Wahrheit Hassan Gutes gebracht und was Hind ihre Irrtümer Schlechtes? Wird eine ferne Zukunft besser sein, wenn man uns zwingt, die Wahrheit zu bejahen? Wir leben jetzt, Hassan, jetzt! (Er runzelte die Stirn, weil er begriffen hatte, dass dies wieder eine Auseinandersetzung mit sich selbst werden würde. Arm dran ist das liebe »Jetzt«, auf das er Hassan gerade hingewiesen hat, wenn es sich von ihm, Chayyam, verteidigen lassen muss, verspottete ihn eine Stimme, die der von Sukayna ähnelte.) Warum glaubt Hassan, er könne mit Gewissheit etwas über Gott oder das, was an Seiner Stelle Existenz geschenkt hat, wissen? Was bringt ein solches Wissen uns, den Menschen, eingekerkert in unser Jetzt wie ein Steinchen im Ton, in den es vor dem Brennen hineingeraten ist? Warum denkt er, der eingebildete Narr, dass unsere Liebe eine »süße Lüge« ist? Er hat sie nicht erfahren und würde sogar die Gespräche darüber aus der Welt verbannen! Oder ist er so ein Idiot, dass er, selbst wenn er die Liebe erfahren hätte, sie überhaupt nicht erkannt und nicht an sie geglaubt hätte? Alle sehen wir in der Welt nur das, was wir in uns tragen und wozu wir fähig sind, hat Sukayna gesagt.

Er seufzte schwer. Es sah ihm ganz ähnlich, dass er sich über alle wichtigen Dinge mit Menschen auseinandersetzte, die nicht mehr da waren. Der Mond war bereits hervorgekommen, es würde eine lange und helle Nacht ohne Trost werden.

# 9

Bis weit in den Herbst war das Wetter angenehm, so dass sie viel Zeit draußen verbrachten, auf Spaziergängen, auf denen Vukac die Stadt gut kennenlernte. Aber zu Beginn des Monats Zul-Hidscha erhob sich ein starker salziger Wind, der sich weder beruhigte noch abflaute und zeitweise große Staubwolken und Sandkörner mitbrachte. Er brachte keine wirkliche Kälte mit, aber es war unangenehm, manchmal auch unmöglich, sich bei einem derart starken Wind und durch die Staubwolken hindurch normal zu bewegen, und so ging nur aus dem Haus und hielt sich draußen auf, wer unbedingt musste. Das bereitete Chayyam große Probleme, weil er nicht atmen konnte, wenn er hinausging, einmal wegen des Staubes und des Sandes, die der Wind mit sich brachte, ein anderes Mal wegen des Tuches, das sein Gesicht bedeckte und ihm das Atmen unmöglich machte, wenn er versuchte, sich damit vor Wind, Staub und Sand zu schützen. Aber er musste ausgehen, weil ihn in den Nachmittagsstunden eine Unruhe ergriff, wenn er den ganzen Tag im Zimmer verbrachte, und mit der Zeit verwandelten sich die Unruhe und der Luftmangel, über den er sich schon seit langem beklagte, in Streitsucht und eine Verbitterung, wie er sie nie an sich gekannt hatte, bisweilen sogar in eine heftige Wut, die ihn wegen irgendwelcher Kleinigkeiten packte. Daher ließ sich Vukac alles Mögliche einfallen, um seinen Freund trotzdem zu einem Spaziergang zu bewegen, der ihn ermüden und so vor Unruhe und Wut verschonen würde, und suchte Wege, durch die sie wenigstens einigermaßen vor dem Wind verschont blieben, er ging mit einem Laken vor Chayyam her, das den Staub und Sand auffing, stellte sich vor ihn hin und schützte ihn mit seinem Körper sowohl vor dem Wind als auch vor dem, was er mitbrachte; auf der Suche nach einer Möglichkeit, jeden Tag so viel Zeit draußen verbringen zu können, wie der Alte brauchte, probierte er allerhand aus. Ein glücklicher Augenblick bei dieser Suche war die zufällige Begegnung mit einer Frau, vor der ein Mädchen einen Sonnenschirm hertrug, ein über strahlenförmig angeordnete Stäbe gespanntes Stück Seidenstoff. Am selben Tag besorgte er einen Sonnenschirm und machte die Spaziergänge möglich, sogar angenehm, nach denen so Chayyam müde und ruhig war, dass er nachts keine Probleme beim Einschlafen hatte und oft auch am Nachmittag in Schlaf versank.

Einmal donnerte, kurz nachdem sie das Haus verlassen hatten, in wildem Galopp ein Pferd mit einem reich ausgerüsteten Reiter vorbei. Als sie auf gleicher Höhe mit ihnen waren, brüllte der Reiter, sie sollten aus dem Weg gehen, und stieß Vukac zur Seite, während das Pferd sie mit dem aufgewirbelten Sand überschüttete. Sie sahen dem Pferd und dem Reiter eine Zeitlang nach, Vukac auf dem Boden hockend und Chayyam stehend neben ihm. Als die Verwirrung nachgelassen hatte, ergriff Chayyam den Sonnenschirm und fragte seinen Freund, ob ihn das Pferd mit seiner Kruppe zur Seite geworfen habe oder der Reiter, der ihn mit dem Fuß oder mit etwas, was er in der Hand gehabt hatte, zum Beispiel einer Lanze oder einer Stange, hätte stoßen können. Vukac wusste es nicht und wollte es auch nicht erfahren, er winkte ab und fuhr fort, die schmerzende Stelle auf der linken Brustseite zu reiben. Wortlos kehrten sie nach Hause zurück, jeden Blickkontakt vermeidend, als schämten sie sich voreinander, als wären sie an etwas Schändlichem beteiligt gewesen und empfänden nun Unbehagen und Ablehnung gegeneinander, weil der andere ein unerwünschter Zeuge war, der durch seine bloße Existenz das Vergessen des leidigen Vorfalls unmöglich machte. Vukac kochte Tee, den sie in völliger Stille zu trinken begannen, darauf bedacht, dass auch die Schale nicht gegen das Tablett oder die andere Schale klirrte.

»Geh nie so durch die Welt«, hob Chayyam irgendwann mit einer von Wut, Staub, Müdigkeit, was auch immer gedämpften Stimme zu sprechen an. »Bitte bemühe dich nicht, auf dem Boden und den Dingen Spuren von dir zu hinterlassen, das tun hauptsächlich Gewalttäter, Grobiane und große Betrüger. Ehrbare Menschen bemühen sich, wie gut erzogene Gäste durch die Welt zu gehen – möglichst leise und nach Möglichkeit unbemerkt, auf jeden Fall ohne auf fremden Dingen und Häusern Spuren von sich zu hinterlassen. Und wie sollten wir auch anders durch die Welt gehen, wo wir hier doch wirklich nur Gäste sind. All das hat jemand anderer hier angehäuft und hingestellt, bevor wir aufgetaucht sind, all das gehört jemand anderem und liegt nur im Moment vor unseren Augen. Wir sind von irgendwoher gekommen, wir wissen selbst nicht, woher und warum, ein bisschen haben wir uns hier angepasst, und bevor wir uns zurechtgefunden haben, gilt es auch schon wieder zu gehen, ohne dass wir wissen, wohin.«

Chayyam schwieg, weil er schwer nach Atem rang, ob vor Aufregung oder vor Mattigkeit. Vukac hörte zu und trank Tee, heimlich die linke Brustseite massierend.

»Tritt bitte nicht schwer auf der Erde auf«, fuhr Chayyam fort, als sich sein Atem und seine Stimme so weit beruhigt hatten, dass er sprechen konnte, »bemühe dich, einen möglichst leichten Schritt zu erlangen. Vergiss nicht, dass jedes Staubkörnchen, auf das du trittst, womöglich eine Augenbraue war, der jemand nachgeseufzt hat, oder das Gesicht eines Mädchens, dessentwegen Blut geflossen ist. Vielleicht hat uns der ungehobelte Kerl eben mit Augen vollgespritzt, die sich an der Schönheit ergötzt haben, oder Händen, die aus Holz Wunderdinge zu fertigen wussten? Denk daran, wenn du durch die Welt schreitest, bemüh dich, all das Leben und die Schönheit von einst nicht grob zu treten, zu verletzen, zu verleugnen. Alles, was war, ist irgendwo da, dir und deinem Gewissen auf Gedeih und Verderb ausgeliefert, hab acht darauf.«

Vukac hörte sich die Verhaltensregeln seines Freundes schweigend an, erstens, weil er über die Dinge, über die Chayyam sprach, nichts zu sagen hatte, er verstand ihn, um die Wahrheit zu sagen, nicht besonders gut, und zweitens, weil er dem Pulsieren des Schmerzes in der Nähe seiner linken Schulter lauschte, dort, wo er wahrscheinlich den Stoß des wilden Reiters abbekommen hatte. Und dennoch machte er sich, wie sich später herausstellen sollte, die Verhaltensregeln, die er heute von seinem Freund gehört hatte, mit seinem ganzen Wesen zu eigen und bemühte sich sein Leben lang, wie ein gut erzogener Gast durch die Welt zu gehen. Chayyam ermüdete die Wut über die Rohheit des unbekannten Reiters zum Glück schnell, und so schlief er ein, noch bevor sie den Tee zu Ende getrunken hatten. Vukac deckte ihn auf seinem provisorischen Lager zu und ging in die Küche, um sich um seine Verletzung zu kümmern. Er schnitt eine große Zwiebel auf, salzte sie gut und trug sie auf die Stelle auf, die sich bereits zu einem großen Bluterguss mit dunkelrotem Mittelpunkt entwickelt hatte, und verband sie. Aus Erfahrung wusste er, dass gesalzene Zwiebel die Quetschung herausziehen würde, seine Mutter hatte ihn viele Male so von Blutergüssen geheilt.

Ein paar Tage später kamen sie auf ihrem Spaziergang an einem großen schönen Haus vorbei, und Vukac begann, von Bosnien und den bosnischen Häusern zu erzählen. In Bosnien heiße Haus »hiža« und sei kleiner als dieses hier, sogar viel kleiner, aber genauso schön und bequem. Anders als hier befinden sich die bosnischen Gärten außerhalb, um das Haus herum oder davor, weil dort das ganze Land wie ein großer üppiger Garten voll Wasser und sanftem Grün ist. Die Häuser werden aus Stein und Holz gemacht, das Fundament und der untere Teil aus Stein und alles andere aus Holz, in Bosnien gibt es im Übrigen viel Holz, überall sind nur Bäume und Wald, so dass auch die Häuser mit ihren Fenstern zwischen den Bäumen hervorgucken, als sähe einen ein riesiges gutes Tierchen mit seinen erstaunten Augen an. Lange und begeistert sprach Vukac über die bosnischen Häuser und die bosnischen Wälder und versicherte dem Freund, das Land verdiene voll und ganz den Namen Gutes Bosnien, wie es im Übrigen Leute genannt hätten, die aus der Fremde gekommen seien und es kennengerlernt hätten. Etwas anderes wäre es, wenn die Einheimischen es so genannt hätten, das könnte Selbstliebe oder Selbstbetrug sein, aber wenn andere, Leute aus der Fremde, es so genannt hätten, müsse man das ganz ernst nehmen, nicht wahr, plapperte Vukac, der allerdings keinen einzigen Menschen erwähnte, sei es nun ein Fremder oder Einheimischer, der sein Land Gutes Bosnien genannt hätte. Und sparsam, um die Wahrheit zu sagen, führte er auch die Gründe an, es so zu nennen.

Chayyam hörte ihm vergnügt zu, weil man den ansonsten schweigsamen jungen Mann selten so begeistert erleben konnte. Er bemerkte es nicht einmal, als sein Freund aufhörte, über Bosnien zu sprechen, und anfing, ihm zu versichern, dass, wer viel reise, allerhand sehen und erleben könne, es aber nicht unbedingt immer so sein müsse, weil ja er, Vukac, weit gekommen sei, weit weg von zu Hause, aber nicht schwören könne, dass er gerade besonders viel gesehen habe. Auf der Reise von Bosnien hätten sie besiedelte Orte gemieden, sie hätten sich ihnen nur genähert, wenn sie etwas zum Essen hätten stehlen, mitnehmen oder im Notfall kaufen müssen, doch dann sei er gestorben oder in etwas versunken, in irgendeine Ohnmacht, hauptsächlich sei er weder bei sich noch im Diesseits gewesen, so dass er nicht die Möglichkeit gehabt habe, etwas zu sehen oder kennenzulernen. So sei er durch viele Reiche und Gegenden gekommen, ohne gesehen zu haben, wie die Häuser dort sind, wie sich die Menschen kleiden und ernähren. Am interessantesten fände er es zu sehen, wie wo die Häuser sind und wie die Leute wo mit dem Schnee umgehen, er habe eine gute Meinung vom Schnee und möge ihn, obwohl er wisse, dass er kalt sei und man gegen ihn anheizen müsse.

Als sie zu Hause beim Mittagessen waren, wollte Vukac wissen, ob Chayyam viel gereist sei und wie viel er von der Welt gesehen habe. Das brachte diesen in Verlegenheit, weil er zugeben musste, dass er zwar viel gereist war und viele Städte und Länder besucht und noch mehr Menschen und Sitten kennengelernt hatte, ihn aber überall mehr interessiert hatte, was am Nachthimmel zu sehen war, als das, was sich bei Tageslicht unter den Menschen abspielte. Er sei in Nischapur, Merw und Balh, Buchara, Samarkand und Isfahan gewesen … Er sei nach Sukaynas Tod, um Trost zu suchen, auf den Hadsch gegangen und auch da durch viele Gegenden und Städte gekommen. Vukac wollte wissen, wo es die schönsten Häuser gebe. Das schönste und überhaupt einzig wahre Haus sei jenes, welches Sukaynas Bruder Feridun für eine Familie in der Stadt Isfahan erbaut habe. Nein, er wisse nicht, ob das Haus noch stehe, entgegnete er auf die Frage des Freundes, das interessiere ihn auch gar nicht, weil es die Familie nicht mehr gebe und ein Haus ohne Familie wie eine Nussschale ohne Kern sei. Ein Haus sei etwas Wichtiges und Großes, die Form unseres Aufenthaltes auf der Welt, deshalb habe jede Gegend die für sie charakteristischen Häuser, im Einklang mit dem Klima, dem Boden, den Baumaterialien, die den Menschen zur Verfügung stehen, und den Gebräuchen; aber Häuser interessierten den Menschen nur zusammen mit denen, die darin wohnen. Welchen ernsthaften Menschen könne die Form des Aufenthalts interessieren ohne den, der sich aufhält?, fragte Chayyam, wahrscheinlich ohne eine Antwort zu erwarten.

Aber es folgte eine neue Frage, denn Vukac, unzufrieden mit den allgemeinen Überlegungen seines Freundes, verlangte, dass er ihm kurz und bündig sage, welches das größte und schönste Haus sei, das er jemals gesehen hat.

Das Haus des Baumes, sagte Chayyam, ein prunkvoller Palast, den er in Bagdad, der glänzendsten und größten Stadt der Welt, in der Stadt der Städte, könnte man sagen, gesehen und oft angeschaut hatte. Umgeben ist es von einem riesigen und prächtig angelegten Garten, in dem sich auch ein erfahrener Reisender mehrmals verlieren könnte. Wer ihn durchquert, hat den Eindruck, als würde und könnte er sein Ende und seine Anlage nicht absehen, so dass sich in seiner Seele Staunen und Unbehagen abwechseln – Unbehagen angesichts der Größe des Gartens und der Angst, er könnte sich in dieser Unendlichkeit verirren, und Staunen angesichts der Wunderdinge, die sich seinen Augen auf Schritt und Tritt darbieten. Da gab es Gewässer, die hinaufflossen, Bäume aus den entferntesten Weltgegenden, Bäumchen in der Größe eines erwachsenen Mannes mit Kronen in Form geometrischer Figuren, Blumen aller Farben und Düfte, gepflanzt auf Beeten, die gestaltet waren wie zwei kämpfende Drachen, wie der Vogel Simurg, ein Pfauenschwanz und auf unzählige andere Arten. Vor dem Palast befand sich ein herrlicher Pavillon mit jeweils einem großen Bassin, eigentlich einem kleinen See, auf beiden Seiten. Links und rechts vom Eingang des Pavillons standen zwei Bäume, einer aus Gold und der andere aus Silber. Beide Bäume verzweigten sich, jeder in achtzehn Zweige und davon wiederum jeder in eine Vielzahl kleiner Zweige. Hatte der Palast seinen Namen nach diesen Bäumen bekommen, oder war er Haus des Baumes nach den riesigen lebendigen Bäumen aus den verschiedenen Gegenden der Welt genannt worden, die an den Rändern der Bassins in regelmäßigen Reihen wuchsen, an den Ecken des Pavillons begannen, sich bis ans Ende der Bassins erstreckten und reichlich Schatten auf die Bassins warfen, weshalb das Wasser darin immer angenehm kühl war?

Auf dem goldenen Baum vor dem Pavillon waren goldene Früchte und Vögel, deren buntes Gefieder durch Edelsteine in verschiedenen Farben dargestellt war. Wenn man einen unten am goldenen Baum, ganz nah am Boden angebrachten und beinahe unsichtbaren Hebel betätigte, konnte man die Zweige in Bewegung setzen, und dann begannen die goldenen Vögel mit ihrem bunten Gefieder aus Edelsteinen in den schönsten Tönen zu singen. Auf dem anderen Baum, dem aus Silber, saßen fünfzehn Reitergestalten, gekleidet in Gold und Perlen, mit gezückten silbernen Säbeln, die sich auf ein gegebenes Zeichen, wieder mit Hilfe eines kaum sichtbaren Hebels, in Bewegung setzten. Alle Reiter bewegten sich auf die gleiche Art in einem harmonischen Rhythmus, und die Bewegung war begleitet von einem Klang, der das Aufschlagen von Pferdehufen auf hartem Boden getreu nachahmte. Das sei sicher das am reichsten geschmückte und wahrscheinlich auch eins der schönsten Gebäude, die er im Leben gesehen habe, beendete Chayyam seine Erzählung.

»Oh!«, rief Vukac mit glühenden Augen, die wahrscheinlich die goldenen Vögel und die silbernen Säbel in den Händen der Reiter sahen. Und als er sich ein wenig beruhigt hatte, sprach er in einem Atemzug eine Reihe von Fragen aus, mit denen er seine Neugier ausdrückte. Ob Chayyam in den Pavillon und den Palast hineingegangen sei. Wie oft? Ob er verstummt sei, als er diese Schönheit gesehen habe. Warum er darüber jetzt so ruhig rede. Chayyam enttäuschte ihn wieder mit seinen Antworten. Er sei zwar sowohl in den Palast als auch in den Pavillon hineingegangen, habe sich die Wunderdinge angesehen, die es dort in Hülle und Fülle gebe, und sich daran erfreut, aber man könne nicht sagen, dass er unbedingt geblendet gewesen und verstummt sei. Er habe nämlich davor, und zwar viele Male, ein größeres, besseres und prächtigeres Bauwerk gesehen, nämlich den Himmel mit seiner unermesslichen Weite, Tiefe und den zahllosen Sternen, die harmonisch, ruhig und weise ihrer Wege ziehen, jeder den seinen und jeder zu seiner Zeit, aber doch gemeinsam und miteinander im Einklang.

Am häufigsten redeten sie jedoch über Hassan-i Sabbah und die Geheimorganisation, die er gegründet hatte. Vukac verhehlte nicht, dass er sich Tag und Nacht Geschichten darüber anhören könnte, aber auch Chayyam musste aus irgendeinem Grund darüber sprechen, also erzählte er täglich von seinem ehemaligen Freund und dessen Taten, als hätte er in der kurzen Zeit alles nachholen wollen, was er im Lauf der Jahre verschwiegen hatte. Er bemühte sich, Hassan mit seinem runden rosigen Gesicht, gutmütig wie der Vollmond, seiner hohen Stirn und seinem wie Stroh gelben Haar möglichst getreu zu beschreiben. Er ärgerte sich, weil es ihm nicht gelang, die merkwürdige Intensität zu vergegenwärtigen, die Hassan gehabt und in allem an den Tag gelegt hatte. Diese Intensität, Heftigkeit, Leidenschaft, wie man es auch immer nennen sollte, hatte er ausgestrahlt, so stark, dass die Menschen ihm gegenüber geradezu Position beziehen mussten, schon bei der ersten Begegnung. Die einen schlossen ihn ins Herz, sobald sie ihn sahen, wahrscheinlich angezogen von seinem gutmütigen Gesicht und der warmen Stimme, seinem geradezu krankhaften Wunsch zu gefallen und geliebt zu werden. Die anderen zeigten unverhohlen und von der ersten Begegnung an, dass sie ihn nicht ausstehen konnten und ihn widerwärtig fanden, und unter diesen wahrscheinlich niemand so deutlich und heftig wie Sukayna und Abu Said. Sukayna, die gestand, dass gesunde Antipathie keine Gründe brauche und ihre Antipathie gegen ihn gesund sei, machte Chayyam einmal auf die kalten Augen seines Freundes aufmerksam, die abwesend blickten, wie von ferne, und das, worauf sie gerade ruhten, wahrscheinlich überhaupt nicht sähen.

Das klingt vielleicht verrückt, aber Chayyam überprüfte die Behauptungen seiner Frau und überzeugte sich, dass sie zutrafen – Hassans Augen sahen den, auf dem sie ruhten, wirklich nicht, sie blickten in eine ihm bekannte Ferne oder, wahrscheinlicher, tief in sich selbst hinein, vielleicht in das, was er, Hassan, vergeblich in sich suchte.

Ständig begeisterte er sich für etwas, und vor lauter Begeisterung geriet er in Hast und begann zu glühen. Wohl vor Begeisterung und Eile schwitzte er permanent, Chayyam konnte sich nicht erinnern, ihn jemals mit trockener Stirn und trockenen Händen gesehen zu haben. (Hatte das Sukaynas Abneigung hervorgerufen? Sie hätte keinen »angelaufenen« Menschen, wie sie es nannte, ertragen können, nicht einmal, wenn sie ihn geboren hätte oder er ihr aus den Augen getropft wäre.) Einmal wollte Chayyam mit ihm scherzen und erzählte ihm, der große ar-Razi sei der Meinung gewesen, starkes Schwitzen lasse auf Angst schließen und sei deshalb nicht gut. Hassan stimmte sogleich zu, als hätte der Freund mit seiner erfundenen Behauptung, die er ar-Razi zuschrieb, seinen, Hassans, intimsten Gedanken ausgesprochen. »Aber wovor hast du denn jetzt Angst, am helllichten Tag, wo du mit mir mitten in der sicheren Sultansstadt Isfahan stehst?«, fragte Chayyam, verwirrt, eigentlich bestürzt über Hassans Geständnis, dass er ständig Angst habe und wohl deshalb so schwitze.

Der Aufenthalt des Menschen auf der Welt stehe im Zeichen der Angst, antwortete Hassan. Ohne nach unserem Willen und den wirklichen Gründen zu fragen, fürchtet sich unsere Seele, weil sie weiß, dass sie weit gegangen ist, wie ein Kind, das in einen tiefen Wald geraten ist. Es gibt keine wilden Tiere noch gefährliche Vögel, keine Räuber noch andere böse Menschen, keinen Sturm, der einen hinwegfegen, keine Nacht, die einen verschlucken würde, es gibt also keinen einzigen Grund zur Angst, und doch fürchtet man sich. Vielleicht fürchtet man sich, weil man es will? Vielleicht hofft man, dass einem die Angst mehr Kraft verleiht, damit man sich beeilen und nach Hause zurückkehren kann? Nein, sicher nicht, man weiß, dass die Angst einem die Kraft nur nimmt und den Verstand schwächt, man würde sich nicht fürchten, wenn es von einem selbst abhinge. Aber warum hat man dann Angst? Weil man zu weit von zu Hause weggegangen ist. In der heimatlichen Umgebung hätte man, wenn man ganz reale Gefahren sehen würde, weniger Angst als hier, weit weg von zu Hause, wo man auch nicht die kleinste Gefahr sieht. So verhält es sich auch mit unserer Seele, solange wir hier sind – sie hat sich weit von ihrem Ursprung entfernt und ist voller Angst. Sie sieht keine Gefahren und will sich nicht fürchten, aber sie fürchtet sich doch. Im Übrigen hat sie auch ihre Gründe – sie muss den Weg auf dieser Welt zurücklegen und in eine andere hinüberwechseln, aber sie weiß nichts über diese Wege, sie weiß nur, dass sie gern an ihren Ursprung zurückkehren würde, dem sie jetzt fern ist, weit weg von ihm. Wo ist dieser Ursprung? Was ist er? Sie weiß es genauso wenig wie wir, und sie kennt auch den Weg dorthin genauso wenig wie wir. Ist es das Licht, falls sie aus dem großen Licht hervorgegangen ist, wie wir glauben? Ist es die Ewigkeit, falls unsere Seele die Zeit ist, die uns die Ewigkeit geborgt hat?

Hassan mochte keine Musik und scherzte nicht gern, und Trompeten hasste er zutiefst, er soll in Alamut die Trompeten verboten haben, sobald er die Macht erobert hatte, lachte Chayyam, sich an seinen einstigen Freund erinnernd, und dann erzählte er von den pubertären Problemen Hassans mit der Musik und dem Lachen der Menschen.

Es gelang ihm nicht, die Welt so zu akzeptieren, wie sie ist, ständig und in allem suchte er neue Wege und Möglichkeiten. Er war zum Beispiel überzeugt, dass ein Netz in den Händen eines gewandten Mannes eine bessere Waffe sei als ein Säbel, ein Beil, eine Lanze und die übrigen Waffen, von denen wir wissen. »All das kann brechen, danebentreffen, abprallen«, sagte Hassan, »aber ein Netz ist überall um dich herum, wenn es ein richtiges ist, ihm entkommst du nur, wenn du dir selbst entkommst. Du kannst es nicht brechen und auch nicht anders vernichten, du kannst mit dem Säbel ein paar Fäden durchschneiden, aber du kannst nicht gegen es ankommen oder ihm entrinnen, wenn es dich einmal eingefangen hat.« In Gegenden, wo große Weisheit und Alter herrschen, in Indien und China zum Beispiel, sei das Netz seit eh und je eine wichtige, vielleicht die wichtigste Waffe, behauptete Hassan und riet jedem Bekannten, der Interesse an Kampfkunst zeigte, in den Osten zu gehen und das Netz als Waffe, Form und Art des Aufenthalts in der Welt zu studieren.

Vielleicht waren ihm einige dieser Leute von Nutzen, als er seine Kämpfer vorzubereiten begann. Aus Indien und noch ferneren Gegenden kamen Lehrer, die ihnen beibrachten, den Schmerz zu beherrschen, bis sie fähig waren, über Glut zu gehen und Nadelstiche auszuhalten, ohne mit der Wimper zu zucken. Es kamen Einheimische, aber auch Derwische aus dem Osten, die ihnen zeigten, wie man atmen und was man alles durch Atem erreichen kann, sie zeigten ihnen unter anderem, wie man den Atem anhält, bis man ohnmächtig wird. Die besten Kämpfer brachten ihnen das Kämpfen mit verschiedenen Waffenarten bei, und sicherlich braucht man nicht zu erwähnen, dass das Netz eine der wichtigeren Waffen war. Es verwundert nicht, wenn man all das weiß, dass Hassans Kämpfer allen Heeren in den Gegenden, in denen sie auftauchten, Angst einflößten, und, wie sich mehrmals zeigte, auch nicht vor dem Heer des Sultans zurückwichen. Aber ein wahres Wunder ihrer Ausbildung war, dass die Burschen von der Angst vor dem Tod befreit wurden. Sie (die Glücklichen!) fürchteten sich wirklich nicht vor dem Tod, nicht im Geringsten, sie waren bereit, ihn anzunehmen wie ein Glas klares kaltes Wasser. Denn viele Zeugnisse sagen aus, dass sie sich im Gegenteil auf den Tod freuten, dass sie mit einem Glanz in den Augen in den Tod gingen, wie ihn normale Menschen nicht einmal an ihrer Hochzeit haben, und ihn, den Tod, in den alltäglichen Gesprächen als ihren Engel bezeichneten. Das ist so viel Freiheit, wie man irgend haben kann, jemandem, der seinen Tod angenommen oder sogar liebgewonnen hat, können die Menschen nicht mehr schaden, sie können ihn nur beneiden, wenn sie klug sind.

Diese Burschen ohne Angst sind das Fundament ihrer Bewegung. Sie sind Feddayyin, Kämpfer, fromm und bereit, diejenigen, die allzeit bereit sind, sich zu opfern. Die Feddayyin schulden dem Da'i, ihrem Lehrer, der neue Anhänger entdeckt und gewinnt, vorbehaltlosen Gehorsam und Treue, und jeder Da'i muss seinem Vorgesetzten, der Hudschat heißt, weil er sich bewährt hat, rückhaltlos gehorchen und folgen. Auf der obersten Sprosse der Leiter steht der Da'i ad-duat, der oft auch Großmeister genannt wird, dem alle Angehörigen des Ordens rückhaltlose Ergebenheit und Unterwerfung schulden. Sie alle bauen zusammen ein Haus, wie Hassan ihre Gemeinschaft als Erster genannt hat. Er hat deutlich zur Kenntnis gebracht, wie viel ihm daran liegt, dass ihre Gemeinschaft Haus genannt und als Haus verstanden wird. Jedes Ordensmitglied soll eine eigene Familie und ein eigenes, soweit möglich, vollständiges Leben haben, aber es muss spüren und wissen, dass sein Wesen und Leben, seine Familie und sein Besitz, dass alles, was es kann und hat, in das Haus eingebaut ist, das sie alle gemeinsam bilden. Das Haus muss wichtiger sein als das Leben, der Besitz oder die Familie jedes Einzelnen, denn nur als Teil des Hauses kann all das über sich selbst hinausgehen und seinen vollen Wert erreichen. Ein Stein geht über sich selbst hinaus, wird etwas mehr, als er ist, wenn er in das Fundament oder eine Wand eines

Hauses eingebaut wird, hört dabei aber nicht auf, ein Stein zu sein. Wenn du dich opferst, verlierst du dich und deine Seele nicht, du gehst nur über dich hinaus und wirst etwas mehr, als du selbst bist. In jedem Baum siehst du eine Laute, falls du zu sehen und den Baum zu überreden vermagst, sich zu opfern, um sich in eine Laute zu verwandeln. Glücklich ist der Baum, der eine Laute geworden ist!

Ihr Haus hat neun Stockwerke oder neun Stufen des Wissens, der Erleuchtung, ich weiß nicht, wie ich es nennen soll, begann Chayyam einmal in einem von Dutzenden Gesprächen zu erklären, die er und Vukac in diesen Tagen Hassan und seinen Leuten widmeten, aber sein junger Freund ließ ihn nicht darüber sprechen.

»Stimmt es, dass sie gemordet haben?«, fragte er mit glühenden Augen. »Bist du jemals dort gewesen?«

»Ja, könnte man sagen, sie ermordeten gezielt bedeutende Persönlichkeiten und mächtige Menschen, die ihnen hätten gefährlich werden oder ihnen bei der Eroberung der Vorherrschaft hätten Einhalt gebieten können«, antwortete Chayyam unsicher, als wäre er selbst nicht überzeugt von dem, was er sagte, oder von der Art, wie er es tat.

»Davon erzähl mir, das ist viel besser als Wissen und Glauben!«

Aber Chayyam vermochte darüber nicht viel Aufregendes zu erzählen. Monatelang beschatteten sie denjenigen, den sie zu ermorden beabsichtigten, um seine Gewohnheiten, seinen Tagesablauf, die Wege und Orte, an denen man ihn während des Tages treffen konnte, auszukundschaften. Wenn sie das alles in Erfahrung gebracht hatten, versammelten sich die mit dem Mord Beauftragten und suchten den für den Erfolg des Angriffs aussichtsreichsten Moment und Ort. In der Regel bestimmten sie drei Orte, an denen ein Überfall während eines Tages gute Erfolgsaussichten hatte, dann schickten sie drei aus je drei Feddayyin zusammengesetzte Gruppen los, um an den bestimmten Orten auf das Opfer zu warten. Sie mordeten mit Dolchen, vielleicht nicht nur, aber sicherlich am liebsten mit Dolchen, um dem Opfer ganz nahe zu sein, nach Möglichkeit in Umarmung mit ihm. Das Ziel des Fed-dayyin war, von den Säbeln der Wächter zerstückelt zu werden, sobald er den Dolch in das Herz dessen gestoßen hatte, den diese bewachten, so dass der Mörder und sein Opfer ihre Seele gemeinsam aushauchten, in einem Augenblick und an einem Ort, verbrüdert im Tod. Denn sie lieben ihre Opfer, die Ermordeten werden durch den Tod in ihr Haus eingebaut. Daher bemühen sich alle drei Burschen aus der Gruppe, am Ort des Angriffs zu sterben, daher wissen die Leute schon, wenn sie drei Burschen in Weiß mit roten Gurten über der Brust und roten Stiefeln an den Füßen sehen, dass bald irgendwo vier Leichen liegen werden, eine davon die eines angesehenen Mannes.

Chayyam erzählte von seinen Freunden und Bekannten, die von ihrer Hand getötet worden waren, am ausführlichsten natürlich von Nizam al-Mulk und Suhrab. Beim Erzählen fiel ihm ein, dass Hassans Burschen auch auf andere Arten mordeten: wenn etwa mit dem Mord keine Botschaft verbunden war. Und er begann, von den ihm bekannten Fällen solcher Morde zu erzählen. Mitten im Wort erstarrte sein Gesicht, verkrampfte sich, und er verstummte. Er biss sich auf die Lippen, dass Blut hervortrat. Man sah, dass er nach Atem rang, als schnürte ihm eine mächtige Hand die Brust zusammen, und die Farbe wich aus dem Gesicht.

Vukac sprang auf und holte Wasser, um ihn zu erfrischen. Ein paarmal fuhr er Chayyam mit feuchter Hand über Gesicht und Nacken, danach goss er ein wenig Wasser auf Chayyams Handflächen und rieb und knetete sie dann in seinen Händen, als wüsche und massierte er sie zugleich.

»Weißt du, vielleicht ist auch Sukayna«, hauchte Chayyam mit knarrender Stimme aus der zusammengeschnürten Kehle. »Auch Sukayna ist, glaub mir, so …«

»Sprich jetzt nicht darüber, bitte nicht«, versuchte ihn Vukac zu beruhigen, aber sein Freund winkte nur ab.

»Einmal muss auch das gesagt werden«, murmelte er wie für sich und starrte auf einen Punkt vor sich, vielleicht zwischen seine Füße.

Unter großer Anstrengung, sich sichtlich zum Sprechen zwingend, erzählte Chayyam, wie er Sukayna in ihrem gemeinsamen Haus mit dem Gesicht zum Boden gefunden hatte, warum er überzeugt sei, dass man sie vergiftet hatte, wie er seit jenem Tag in Gedanken immer wieder aufs Neue die Gründe durchspielte, die dafür sprachen, den einen oder den anderen von zwei möglichen Tätern zu verdächtigen. Es konnte jemand vom Hof gewesen sein, und es konnte der Bote von Hassan gewesen sein, der sie am Tag vor Sukaynas Tod besucht hatte. Wenn es jemand vom Hof war, hatte es mit den Intrigen dort zu tun, und der Grund für das Verbrechen war Nizam al-Mulk und der Wunsch, ihn zu schwächen, zu erschüttern, einen seiner Leute zu bestrafen, und wenn es Hassans Bote war, dann war er, Chayyam, der Grund für das Verbrechen. Möglich war das eine wie das andere, aber dennoch gab es mehr Gründe, das Verbrechen Hassans Boten zuzuschreiben, was die Sache für ihn noch schwerer machte. Er sprach über die Qualen, die er erlitten hatte, weil man ihm sogar verweigert hatte, den Mord an seiner Frau zu untersuchen und den Mörder zu finden, und dann erinnerte er sich an den Prozess, den er, auch als er schon fast abgeschlossen war, für unwahrscheinlich gehalten hätte, wenn er ihn nur wahrgenommen und ihn sich bewusst gemacht hätte. Mit der Zeit war er nämlich zu dem Glauben gelangt, dass es gar nicht so wichtig war, Sukaynas Mörder zu finden; er hatte begriffen, dass er es ohnehin niemals sicher wissen werde, nicht einmal, wenn der Betreffende es ihm gestehen würde, weil Menschen aus verschiedenen Beweggründen logen; er hatte den Schluss gezogen, dass es ihm und vor allem ihr nicht viel helfen würde, selbst wenn er der gemeinen Kreatur, die es getan hatte, eigenhändig den Kopf abriss. Du hast nicht viel erreicht, wenn er nicht begriffen hat, was er getan hat, aber wie soll so jemand etwas begreifen?! All das hatte sich in ihm während jenes Prozesses abgespielt, der ihm erst jetzt bewusst wurde, wo er Vukac von seinen Qualen erzählte, noch gestern hätte er ihn für unmöglich gehalten.

Er redete, hastete, bis er an den eigenen Worten zu ersticken drohte, dann versank er in Schweigen, um wenig später von neuem anzuheben, manchmal röchelnd, wahrscheinlich wenn in seiner Kehle zehn, fünfzehn Wörter steckten, die gleichzeitig ausgesprochen werden wollten. Aber irgendwann war nicht mehr zu verstehen, was er sagte. Dann begann er die Besinnung zu verlieren.

Die Nacht verbrachte er im Delirium. Zeitweise sagte er etwas, manchmal weinte er, und zeitweise sank er auch in Schlaf, in einen unruhigen und offensichtlich krankhaften, aber immerhin in Schlaf. Dieser Zustand hielt am nächsten und am übernächsten Tag an. Tayida kochte Suppen, die sie ihm einflößten, in ein Schälchen mit Schnabel schlug sie ein paar Eier, die sie Chayyam dann Schluck für Schluck eingaben, alles Mögliche dachten sie sich aus, um ihn nicht so schwach, wie er war, dem Hunger auszuliefern. Am Nachmittag des dritten Tages ging Tayida los, um Chayyams Schwester Hamida und deren Mann, den Imam Muhammed Bagdadi, holen. Als sie eintrafen, schlief Chayyam bereits, nicht unbedingt friedlich, aber auch nicht so verkrampft wie in den Tagen zuvor.

Er erwachte, ganz bei sich und gestärkt. Unterhielt sich, aß, erkundigte sich nach ihren häuslichen Angelegenheiten, ihren Kindern, hörte sich an, was die beiden ihm von den Kindern ausrichteten, und erwiderte es. Als er sich stark und konzentriert genug fühlte, bat er sie, ihm *Die Nische der Lichter* von al-Ghazali zu bringen, und begann zu lesen.

Einige Tage verlebte er so: Er schlief und aß, unterhielt sich ein wenig und las viel.

»Es gilt zu sterben, mein Bruder, wohl wissend, dass du nicht den zehnten Teil dessen gelesen hast, was du hättest lesen müssen, nicht den hundertsten Teil dessen, was du hättest lesen sollen, nicht den tausendsten dessen, was du gewollt hast … Mir scheint, ich gehe, bevor ich dazu gekommen bin, mich anständig umzusehen, zu erraten, wo ich bin, mich ein wenig zurechtzufinden und etwas zu lernen«, sagte er an einem der Tage zu Imam Muhammed Bagdadi.

»Als ob du nicht genug gelernt und gelesen hast!!! Und auch das mit der Zeit ist nicht ganz so, du hast das achtzigste Jahr überschritten, Gott sei Dank«, versicherte ihm der Imam.

»Ich sage, wie es in mir aussieht, wie ich mich jetzt fühle, nicht, wie es euch vorkommt«, lächelte Chayyam. »Vielleicht sind das die wahren Fragen, vielleicht … Ich weiß nicht, aber alles ist eben kurz.«

Danach las er weiter, seinen Schwager und die anderen Menschen um sich herum völlig vergessend. An dem Tag las er seinen al-Ma'arri und lachte oft und laut, gerade so, wie er es getan hatte, als er in seiner Jugend »Sendschreiben über die Vergebung« gelesen hatte.

Am Donnerstag, den 12. Muharram des Jahres 555, erwachte er frisch und scheinbar völlig gesund. Er frühstückte mit ihnen, trank Tee und unterhielt sich, scherzte ein wenig mit Tayida, die nicht verhehlen konnte, wie sehr sie sich über seine Genesung freute, dann holte er das *Buch der Genesung* von Ibn Sina und versank in die Lektüre. Den Blick hob er erst, als er den Ruf zum Mittagsgebet hörte, und im Aufstehen wandte er sich an seine Schwester Hamida mit den Worten: »Merkwürdig, gerade bin ich zum Kapitel *Einheit und Vielheit* gelangt, da ist der Gebetsruf erschollen.« Er erklärte nicht, was daran merkwürdig sei, was er dachte noch was all das überhaupt bedeuten könnte, und auch sie kam nicht mehr dazu, ihn zu fragen, weil er bereits die Waschung vornahm.

Er zog sich auf die linke Seite des Zimmers zurück, breitete den Teppich aus und betete lange, viel länger als sonst, dann ließ er, auf dem Teppich sitzend, genauso lange die Gebetskette durch die Finger gleiten. Er stand auf, ergriff das Buch und ging zu seinem Lager, das man ihm für die Zeit der Krankheit im großen Zimmer hergerichtet hatte. Mit einer Handbewegung lehnte er das Essen ab, streckte sich aus und legte das Buch auf seine Brust. Vukac hätte schwören können, bemerkt zu haben, dass er leise etwas sagte, er aß zusammen mit den anderen, beobachtete aber aufmerksam seinen Freund, jede Geste und Bewegung von ihm, und sah deutlich, wie sich seine Lippen bewegten.

Von irgendwo kam eine Biene und begann in Kreisen, die immer kleiner wurden und dann größer, durchs Zimmer zu fliegen. Hamida sprang vom Essen auf und rief, Tayida winkend: »Eine Quitte, schnell eine Quitte!«

»Eine Quitte? Wo bekomme ich denn jetzt eine Quitte her?«, fragte Tayida verwirrt, auch sie unterbrach das Essen und stand vom Tisch auf.

»Es ist bestimmt eine da, zwischen den Büchern oder in seinem Festtagsgewand, schnell«, drängte Hamida, dann, während sie warteten, erklärte sie Vukac, Chayyam habe stets eine Quitte im Haus, zu jeder Zeit, weil er meine, es sei seine und Sukaynas Frucht. Er meine, ihre Liebe habe damit angefangen, dass Sukayna ihm eine schöne große Quitte geschenkt hatte, deshalb habe er seit seiner Rückkehr nach Nischapur darauf geachtet, immer eine Frucht an einem der Plätze zu haben, die ihm wichtig waren.

Tayida erschien, eine Quitte in der Hand, die sie tatsächlich zwischen den Büchern gefunden hatte, und Hamida sprang ihr buchstäblich entgegen, nahm ihr die Frucht aus der Hand und begann, sie zu schälen. Dabei bedeutete sie Tayida, die Glut im Kohlenbecken neu anzufachen.

Chayyam hatte die Biene, seitdem sie aufgetaucht war, mit dem Blick verfolgt, als könnte er seinen Blick nicht von ihrem Flug abwenden, und als seine Schwester anfing, die Quitte zu schälen, schloss er die Augen, richtete sich auf und sagte laut:

»Mein Herr! Du weißt, ich habe mich mein Leben lang bemüht, mich Dir zu nähern und etwas über Dich zu erkennen. Du hast entschieden, wieweit es mir gelingen sollte. Verzeih mir bitte diese Bemühung, verzeih, dass ich mich mit Wissen an Dich gewandt habe, und das Wenige, was ich vielleicht erkannt habe, soll mein Fürsprecher bei Dir sein.«

Das sprach er mit geschlossenen Augen aus, einfach so vor sich hin, dann legte er sich wieder, ohne die Augen zu öffnen und ohne erkennen zu lassen, ob er irgendetwas um sich herum wahrnahm.

»Es ist gut, wir haben es geschafft«, flüsterte Hamida Tayida und Vukac zu, während ihr Mann an Chayyams Bett saß.

Sie schälte die Quitte und warf die Schalenstückchen auf die Glut im Kohlenbecken. Nebenbei erzählte sie Tayida und Vukac flüsternd, damit Muhammed Bagdadi es nicht hörte, dass Chayyam ihr einmal erzählt hatte, die Paradiesvögel ernährten sich vom Duft, den die Quittenschale auf dem Feuer abgibt.

»Wenn etwas ihre Seelen wieder verbinden kann, dann ist es dieser Duft«, flüsterte Hamida verschwörerisch, durch ein Zeichen anzeigend, dass ihr Mann nichts von dem, was sie sagten, hören durfte, dann breitete sie die Hände aus, in der linken die geschälte Frucht haltend. »So viel konnten wir tun, der Rest liegt nicht in unseren Händen.«

## *Bekenntnis*

Als ich im Orient lebte, hörte ich eine Geschichte über eine wahre Begebenheit im großen Rhomäischen Reich, ich erinnere mich gut, dass sie mein Wohltäter Ali Rizah erzählte, der mich mit Omar Chayyam zusammenbrachte, aber jetzt weiß ich nicht mehr, ob er sie nur mir erzählt hat oder einer Gesellschaft am Tisch, wie man es dort oft und gern tut.

Der rhomäische Kaiser hatte beschlossen, den Verwalter einer griechischen Stadt auszuwechseln, ich erinnere mich, dass es nicht Athen war, aber ich bin sicher, dass es sich um eine genauso große und stolze Stadt handelte. Der Verwalter, der ausgewechselt werden sollte, war ein sanftmütiger Mann, der am liebsten nur Gutes tat auf der Welt: Er senkte gern die Steuern oder erließ sie den Leuten ganz, aus der Stadtkasse kaufte er den Armen Brot und das Notwendigste zum Anziehen, und besonders großzügig spendete er der Kirche, ihr gab er, wie es schien, alles, was ihm in die Hände kam. So verringerten sich während seiner Verwaltung ständig die Einnahmen, und gleichzeitig wuchsen die Kosten der Stadt, auch in die Kasse des Kaisers floss immer weniger, bis es ganz versiegte. Da beschloss der Kaiser, ihn abzusetzen und an seine Stelle einen fähigen Verwalter zu setzen, der die Interessen der Stadt im Blick behalten würde, einen Menschen, der weiß, dass es den Untertanen nicht gutgehen kann, wenn es dem Staat schlechtgeht.

Der neue Verwalter wollte gleich nach seiner Ankunft zur Kenntnis bringen, dass sich die Dinge in der Stadt von Grund auf ändern würden, und entschied, die beste Art, das zu tun, sei, den alten Verwalter öffentlich wegen Veruntreuung städtischer Gelder zu bestrafen. Er tat es so, wie es damals Brauch bei ihnen war – er ließ ihn auf einen Esel binden, mit dem Gesicht zum Schwanz, und befahl einem Wächter, den Esel durch die Stadt zu führen. Davor hatte er verkündet, dass alle, die sich auf der Straße befänden, wenn der Esel vorbeigeführt werde, das Recht hätten, mit dem, was ihnen gerade in die Hände komme, auf den alten Verwalter zu werfen, außer mit größeren Steinen, die den Mann töten oder ernstlich verletzen könnten.

So geschah es auch. An einem Sonntag, das Volk war gerade aus den Kirchen gekommen, ging der Wächter mit den Zügeln in der Hand und dem Esel hinter sich durch die Straßen, in denen es von schön gekleideten und feierlich gestimmten Menschen nur so wimmelte. Da es mitten im Herbst war, lag auf dem Boden allerhand herum, was sich gut eignete, um auf den Unglücklichen geworfen zu werden, und so flog alle Augenblicke eine faule Orange oder eine angebissene Feige, ein Stückchen Mist oder ein fortgeworfener stinkender Lumpen auf ihn, aber es flogen auch unversehrte Eier. In den Straßen hallten und schallten spöttische Liedchen und Flüche, Schmährufe und Gelächter, Geplärr und Geschrei, wie sie nur fröhliche Leute veranstalten können.

An einer etwas stilleren Kreuzung nahm ein Passant, als er auf gleicher Höhe mit dem Esel war, die Mütze ab und grüßte höflich den ehemaligen Verwalter, worauf dieser, bereits verstört, aber noch immer bei sich, rief, dass er dem betreffenden Passanten gewiss nie etwas Gutes im Leben getan habe. »Stimmt, ich bin vor ungefähr zwanzig Tagen hierhergezogen«, antwortete der Passant, grüßte noch einmal höflich und setzte seinen Weg fort.

Bevor der Spaziergang durch die Stadt beendet war, wurde der Verwalter ohnmächtig, und am nächsten Tag verschied er kurz vor Einbruch der Dunkelheit, er war wohl an der Trauer, an der Qual oder etwas in der Art verreckt.

Mein Wohltäter Ali Rizah erzählte diese Geschichte zur

Belehrung. »Der liebe Gott tötet uns durch uns selbst«, sagte er und belegte seine Worte mit zahlreichen Beispielen. Jener Verwalter hat am liebsten auf der Welt Gutes getan, und gerade das hat ihn am Ende getötet. Der Frauenheld geht hauptsächlich an den Frauen zugrunde und der Säufer am Alkohol, wer gerne isst, wird vom vielen Essen umgebracht und die Frohnatur vom Lachen. In der Regel bringt uns um, was wir lieben, allerdings nur, wenn wir das Glück haben, in Frieden und im Einklang mit uns selbst zu sterben.

So steht es nun auch mit mir! Mein ganzes Leben lang habe ich wie ein Pfau großartige Geschichten über Bosnien verbreitet, vor allem in meiner Jugend, als ich im Süden lebte, habe ich nicht aufgehört, die bosnische Feuchtigkeit und Üppigkeit zu rühmen, wodurch ich bei den Leuten um mich herum Seufzer und Neid hervorgerufen habe. Jetzt vergällen mir die Feuchtigkeit und Üppigkeit, wie es sich gehört, das Leben und lassen mich wissen, dass sie mich ins Grab bringen werden, denn gerade die bosnische Feuchtigkeit und Üppigkeit haben mir die Gicht beschert und eine Reihe anderer Krankheiten, die mit ihr einhergehen, wie Atemnot und ein schwaches Kreuz. Eigentlich weiß ich nicht, was sie mir alles gebracht haben, aber mir scheint, alles ließe sich ertragen, wenn nicht die Gicht und die geschwollenen Beine wären. Das fesselt einen ans Haus, ans Bett, zwingt einen dazu, sich von anderen versorgen zu lassen wie ein Kind. Aber man selbst und derjenige, der sich um einen kümmert, sieht und weiß, dass man kein Kind ist, sondern ein schwerfälliger, griesgrämiger Greis, von Mattigkeit und Schmerzen geplagt, so dass die Sorge, die, wenn sie einem Kind gilt, eine wahre Freude ist, sich jetzt für alle Seiten in Quälerei verwandelt.

Bis vor etwa zwei Jahren konnten wir uns noch etwas vormachen, weil ich im Erdgeschoss lebte und die Jüngeren oben. Alle müssen hundertmal am Tag durchs Erdgeschoss gehen, und so konnte ich das, was ich brauchte, wie nebenbei erbitten, und mein Sohn oder meine Schwiegertochter, hauptsächlich derjenige, der vorbeikam, konnte für mich erledigen, was notwendig war, und dabei tun, als geschähe auch das nebenbei, so dass es für uns beide etwas leichter war. Aber die gesegnete bosnische Feuchtigkeit drang ins Erdgeschoss ein, vor allem im Frühling und im Herbst, so stark, dass meine Gicht schlimmer wurde und unbändig wie ein junges Fohlen. Das war kein Leben, sie mussten mich nach oben umziehen lassen, wo weniger Feuchtigkeit herrscht, da sie aber wegen der Enkel den ersten Stock nicht aufgeben konnten, mussten sie für mich hier oben zwei Zimmer ausbauen und mit Holz verkleiden. Hier bin ich nun seit über zwei Jahren und habe mich nicht davon überzeugt, dass es mit der Feuchtigkeit besser bestellt ist, aber ich habe mich ausgiebig davon überzeugt, dass es mit allem anderen viel, viel schlechter steht. Jedes Mal, wenn ich einen Tropfen Wasser trinken oder lassen muss, klopfe ich auf den Boden, und unten muss jemand alles stehen und liegen lassen und heraufsteigen, um sich um mich und mein Wasser zu kümmern. Wem kann das recht sein?! Und für wen ist es schwerer, für den, der sich kümmert, oder für den, um den man sich so kümmern muss?

In der Hoffnung, mir diese Gefangenschaft zu erleichtern, habe ich angefangen, meine Erinnerungen aufzuschreiben. Schon lange reden mir angesehene Menschen und meine Freunde aus Bileševo, Leševo und auch aus Visoko zu, weder sie noch ich kennen in Bosnien jemanden, der so weit in der Welt herumgekommen und gesund und munter nach Hause zurückgekehrt wäre, um hier noch ein ganz anständiges Leben zu verbringen. Es wäre schade, sagen sie, wenn den Menschen all das, was ich erlebt habe, verborgen bliebe, für so manchen könnte es von Nutzen sein, etwas über die fernen Länder und Menschen, die ich gesehen habe, zu erfahren, Nutzen und Belehrung können auch jene daraus ziehen, die nicht beabsichtigen, sich aus Bosnien wegzurühren. Da gibt es eine Menge Nützliches und Belehrendes, immerhin sind es beinahe achtzig Lebensjahre, in denen alles Mögliche passiert ist. In meiner Jugend bin ich gestorben (oder was auch immer, als ich so lange bewusstlos war), und doch habe ich Kinder in die Welt gesetzt und aufgezogen. Ich bin in der halben Welt herumgekommen, ohne dass ich mein Haus in Bosnien verloren hätte, ich habe gekämpft und von klugen Menschen gelernt, habe allerhand ertragen und rares Wissen erworben.

Aber etwas Unbegreifliches geschah, als ich mit dem Schreiben beginnen sollte. Ich habe mir, wie es sich gehört, alles, was zu erzählen war, ins Gedächtnis gerufen, habe einige Gedanken oder Sätze als Erinnerungsstütze notiert, um keinen Vorfall oder Menschen zu vergessen, und dann habe ich diese Notizen angestarrt wie das Kalb das neue Tor, unfähig, eine mit der anderen zu verbinden. Jede Notiz für sich ist mir klar, klar ist mir auch die Begebenheit, an die sie mich erinnern soll, aber mir ist nicht klar, was diese Notiz mit der davor und der danach zu tun hat, was das Ereignis, an das sie mich erinnern soll, mit dem Ereignis zu tun hat, an das mich die folgende oder vorhergehende Notiz erinnert. Aus all dem erschließt sich mir nicht das Leben, um das es gehen sollte, ich sehe mich nicht, wenn ich versuche, mir all das, was ich zu erzählen beabsichtigte, ins Gedächtnis zu rufen. Ich erinnere mich an ein Ereignis, an dem ich beteiligt war, erinnere mich deutlich an jede Einzelheit, aber dennoch sehe ich mich nicht und sehe nicht, warum ich das erzählen sollte. Ich erinnere mich an eine Begegnung und ein Gespräch mit einem gelehrten und angesehenen Mann, jedes im Gespräch ausgesprochene Wort habe ich mir gemerkt und könnte es wiederholen, aber ich höre weder seine noch meine Stimme und weiß nicht, was noch warum ich all das erzählen sollte. Ich weiß eigentlich schon, was ich sagen würde, ich hatte das

Glück, viele ehrbare und weise Menschen zu treffen, von denen ich viel Gutes gesehen habe, und man weiß ja, was man über solche Menschen sagen und wie man über sie reden muss, aber nichts treibt mich, das niederzuschreiben. Stattdessen erstand in meiner Erinnerung immer lebendiger das Jahr, das ich mit dem traurigen und glücklichen Alten aus Nischapur, Omar Chayyam, verbracht habe. Sooft ich mich an mein Leben erinnere, auch dann, wenn ich mich nicht erinnere, sogar dann, wenn ich es gar nicht will, schieben sich vor meine Augen Bilder von dem, was in diesem Jahr geschehen ist, in ihnen klingen die Stimmen der Menschen, mit denen ich mich unterhalten habe, kehren die Düfte zurück, die ich zu dieser Zeit besonders stark empfunden habe, wahrscheinlich wegen der langen Krankheit, während der ich nicht bei mir und so von der Welt und ihren Düften getrennt war.

Warum ist das so, lieber Gott?! Weil ich heute ein sterbender alter Mann bin und ich in jenem Jahr einen lieben alten Mann habe sterben sehen, so dass mir diese Erfahrung heute näher ist als alles andere, was ich erlebt habe und auch sonst als alles, was ich sehen und erleben könnte? Weil ich den Alten von ganzem Herzen, das damals noch rein und unberührt war, liebgewonnen habe? Ich weiß nicht, ob ich jemals wieder jemanden so geliebt und von ganzem Herzen verstanden habe, wir können wohl nur in diesen Jahren so lieben. Weil die Begegnung mit Omar Chayyam das Erste war, was mir nach der langen Abwesenheit aus mir selbst geschehen ist, als ich schwach, rein und empfindsam war wie ein Kind und alles stärker als sonst erlebt habe? Ich weiß es nicht, ich würde nicht sagen, dass irgendetwas davon die richtige Antwort ist, warum habe ich mich all die Jahre nur gelegentlich und nicht besonders lebhaft an ihn erinnert, wenn er sich damals so stark auf mein kindliches Herz gelegt hat? Wie dem auch sei, ich muss mich damit abfinden, dass

Omar Chayyam mir heute näher und gegenwärtiger ist als alle Menschen, die mir vor die Augen kommen und sich um mich kümmern, und sich die Erlebnisse von damals mit allen heutigen verflechten, sich mit ihnen vermischen, sie oft sogar verdrängen und überstrahlen. So kommt es vor, dass ich in eine Pflaume beiße und sich in meinem Mund der Geschmack einer Feige entfaltet, den ich geschmeckt habe, wenn ich mit Chayyam frückstückte (im Übrigen würde ich die Pflaume gern als unsere, die bosnische Feige bezeichnen, weil sie uns genau das bedeutet, was die Feige den Südländern bedeutet). Merkwürdig ist, dass dabei nicht nur der Geschmack der Feige wieder hervorgerufen wird, sondern überhaupt alles, in mir lebt das ganze Frühstück auf, alle Geschmäcker, Gespräche …

So hielt ich, statt meine Erinnerungen zu schreiben, alles fest, was ich mit Omar Chayyam erlebt, von ihm gehört, von anderen Leuten über ihn erfahren hatte. Das größte Wunder ist, dass ich trotzdem zufrieden bin. Ich habe gelesen, was ich niedergeschrieben habe, und spüre, dass es meine Erinnerungen sind, ich spüre, dass das, was ich über Chayyam aufgezeichnet habe, mich ausdrückt und genauer und wahrer Auskunft über mich gibt als alles, was ich direkt von mir erzählt hätte. Ich vermag das nicht zu erklären, für Wunder gibt es ja keine Erklärungen, deshalb verstehen sie nur diejenigen, die ihrer mit dem Herzen oder durch Erfahrung teilhaftig geworden sind, aber ich weiß gewiss, dass es so ist – ich hätte keine Erinnerungen schreiben können, die mehr und genauer über mich Auskunft gegeben hätten, und das hätte ich weder innerhalb von fünf noch innerhalb von zehn Jahren tun können. Deshalb schließe ich jetzt rasch ab.

Chayyam starb im Winter des Jahres 1131 im schönen Alter von 83 Jahren. Wir brachten ihn auf den Friedhof und beerdigten ihn nach ihrem Brauch. Während die anderen beteten, so wie es ihnen ihr Glaube vorschreibt, stand ich untätig herum und bemühte mich, meinen Blick und meine Gedanken an etwas zu kleben, an irgendetwas, damit der Schmerz ein wenig gelindert würde und sich die Tränen aus den Augen nach innen zurückzögen (die Muslime mögen es nicht, wenn auf Beerdigungen geweint wird, sie mögen es nicht, wenn überhaupt über die Toten geweint wird, sie sagen nicht, dass jemand gestorben sei, sondern dass er in eine andere Welt übersiedelt, manche sogar, dass der Verstorbene nur nach Hause zurückgekehrt sei). Aber in meinem Innern erstickte ich fast an den Tränen, ich weiß nicht, ob ich den Verlust eines Menschen jemals so schwer ertragen habe. Während ich, wie ich sagte, einen Gedanken oder Gegenstand suchte, an den ich mich hätte heften können, bemerkte ich, dass man meinen verstorbenen Freund an der Friedhofsmauer beerdigte, an deren Außenseite ein Birnbaum wuchs, und dass direkt am Grab neben dem von Chayyam ein Pfirsichbaum stand. Mir ging plötzlich auf, dass zwei Mal im Jahr Blütenblätter auf sein Grab fallen würden, und die Tränen schossen mir in die Augen, stärker als ich und alle meine Listen, mit denen ich sie in mir hatte zurückhalten wollen. Ich musste vom Friedhof fliehen, schließlich gehört es sich für uns, die Ordnung und Gebräuche der Menschen, denen wir begegnen, zu achten, und so machte ich mich auf den Weg zu Chayyams Haus, außerdem hätte ich an dem Gebet, das direkt nach der Beerdigung begann, ohnehin nicht teilnehmen können. Unterwegs erinnerte ich mich, dass er in Merw gesagt hatte, er werde nur in einem Grab liegen, auf das jedes Jahr zwei Mal Blütenblätter fallen würden, und damit beinahe große Scherereien bekommen hätte, weil ein paar Leute geschlossen hatten, dass er nicht vorhabe zu sterben oder denke, er werde nach dem Tod an einen besonderen Ort gelangen.

Chayyams Schwester und Schwager boten mir an, so lange in seinem Haus zu leben, wie ich wolle, aber ich blieb nur kurz, gerade so lange, um von den Menschen, die ihn kannten, die Dinge über meinen Freund zu erfahren, die ich nicht hatte von ihm hören können. Danach brach ich in den Westen auf. Während der Reise überzeugte ich mich davon, dass die verrückten Bilder und Erlebnisse, die ich zum ersten Mal gehabt hatte, als wir auf dem Heimweg von Chayyams Schule gewesen waren, leider Ausdruck einer prophetischen Gabe waren. Ich hatte Hagebutten aus den Wänden eines heilen und ganzen Hauses wachsen sehen, hatte eine Großmutter in die Ferse ihres verweinten Enkelkinds beißen sehen, und zwar in einem Haus, dessen Inneres ich nicht erkennen konnte, und das hatte mich erschreckt, geschmerzt, verwirrt. Jetzt weiß ich, dass dort passieren wird, was ich damals gesehen habe, wie bereits auf meiner Reise mehrmals geschah, was ich vorhergesehen hatte. Aber alles Übel hat sein Gutes, oft habe ich meine seherische Fähigkeit verflucht, weil sie mich erschreckte und weil die Bilder von den künftigen Ereignissen mit unerträglichen Schmerzen einhergingen, obwohl ich gestehen muss, dass ich genauso oft Grund hatte, sie zu segnen, weil sie mir guten Verdienst einbrachte und zeitweise auch meine einzige Einkommensquelle war.

Am längsten blieb ich in Jerusalem, nahezu vier Jahre. Dort nahm ich an Kriegen teil und trieb Handel, sah die Zukunft voraus und verdiente meinen Lebensunterhalt, indem ich Leuten das, was sie brauchten, in arabischer Sprache und Schrift schrieb. Dort lernte ich auch die Tempelritter kennen, die mich stark an die Anhänger von Chayyams Freund Hassan-i Sabbah erinnerten, so stark sogar, dass ich sie für mich die christliche Variante von Hassans Leuten nannte, wie ich heute Hassans Leute als muslimische Ausgabe der Tempelritter bezeichnen würde. Sie waren, genau wie jene, in Weiß gekleidet, nur dass sie keine roten Gurte über der Brust hatten, sondern auf der Brust ein großes rotes Kreuz. Wie jene waren auch sie eine geschlossene Gesellschaft und deshalb für Leute, die ihre Nase gern hineinstecken, wo sie nicht hingehört, geheimnisvoll und interessant. Diese Leute verbreiteten unwahrscheinliche und völlig verrückte Geschichten über sie. Wie die Anhänger Hassans waren die Tempelritter in den Geschichten derer, die ihnen geneigt waren, Wohltäter und Helden, Kämpfer für den Glauben, Befreier und Wundertäter, während diejenigen, die sie nicht mochten, und diese hatten in der Regel auch Angst vor ihnen, nur das Schlimmste über sie sagten. In ihren Geschichten waren die Tempelritter Ketzer, Abtrünnige und Mörder, Verschwörer gegen den Staat, jede Ordnung und alles Richtige, Wucherer, Plünderer und alles andere, was nichts taugt und nicht sein soll.

Wie die Leute von Hassan sagten sie, wer ihnen beitrete, gehe in das Haus hinein. Wie über jene wurden über diese wahnsinnige Abscheulichkeiten in Jerusalem erzählt, die nicht einmal ein Kind glauben dürfte, aber es glaubten sie viele ernsthafte und vernünftige Leute, wie ich mich persönlich überzeugt habe. Man erzählte zum Beispiel, dass der Novize bei der Aufnahme oder beim Betreten des Hauses, wie sie sagten, den Großmeister, den Hauptbefehlshaber des Ordens, habe auf den Mund, den Nabel und den After küssen müssen, um mit seinen Küssen symbolisch alle Stellen, an denen der Großmeister zur Außenwelt hin offen ist, zu schließen. Viele Male habe ich diese Geschichte mit eigenen Ohren aus dem Mund vernünftiger und reifer Menschen gehört, die fest daran glaubten wie an ihren eigenen Namen oder daran, dass sie Hände haben. Sie boten mir sogar vernünftige Erklärungen für das unvernünftige Ritual an, das sie beschrieben, wahrer Wahnwitz scheint oft vernünftiger als alles, was die Menschen im Alltagsleben sagen und tun. Die Tempelritter seien Anhänger des Inneren, Verborgenen, Unsichtbaren und Geschlossenen, erklärten die Leute, die mir von dem verrückten Ritual erzählten, daher müsse ihr

Großmeister gegenüber der Außenwelt völlig verschlossen sein, und die Küsse auf die besagten Stellen verschlössen und versiegelten gerade seine Öffnungen, wodurch sie verhinderten, dass das Geheimnis nach außen dringe und den Uneingeweihten offenbart werde.

Noch verrückter als das, wenn überhaupt etwas verrückter sein kann, ist die Geschichte vom schwarzen Kater Baphomet, der das Hauptidol des Rittertempels sein soll, vor dem sie knien und den sie anbeten. Die Ritter hielten den Kater Baphomet dieser Geschichte zufolge im verborgensten, heiligen Raum ihres Tempels und begannen jedes Ritual damit, Baphomet auf den After zu küssen. Einen angesehenen Mann, geschickt bei der Arbeit und vernünftig im Umgang mit Menschen, fragte ich, nachdem er mir von Baphomet erzählt hatte, wie denn nach seinem Urteil der After des armen Katers aussehen müsse, um tagtäglich so viele Küsse ertragen zu können, doch er sah mich nur mitleidig an und winkte ab. Er kam nicht aus dem Staunen über meine Naivität heraus, deshalb verzichtete er auch darauf, sich weiter mit mir zu unterhalten. »Baphomet ist ein Gesandter des Leibhaftigen, sein Name soll ausgelöscht werden, oder der Leibhaftige selbst, ihm können weder Küsse noch Schläge Schaden oder Schmerz zufügen, soviel weiß auch ein unverständiges Kind«, erklärte er mir.

Er war ein guter Mann, hatte mir viel genützt, und ich wollte weiterhin mit ihm arbeiten, also bemühte ich mich, ihn eines Besseren zu belehren und ihn zur Vernunft zu bringen. Ich sagte ihm, dass »bu fehmet« auf Arabisch »Vater des Verstehens« heißen kann, und fragte ihn, ob es auf der Welt etwas Leichteres gebe, wenn man kein Arabisch könne, als »bu fehmet« in »Baphomet« zu verwandeln. »Stünde in diesem Fall im tiefsten Inneren ihres Tempels statt eines schwarzen Katers nicht etwas, was das Verstehen fördert, oder etwas, was man verstehen muss, etwa ein Buch oder eine ganze Bibliothek?«

»Du denkst doch wohl nicht, dass sie so weit gegangen sind?!«, fragte mein Gesprächspartner ungläubig, gleichermaßen entsetzt und wütend, erschrocken und bereit, das, was ihm diese Angst einflößte, zu vernichten. Und ich wollte mich selbst verspotten, weil mein Versuch, sie zu rechtfertigen, die Tempelritter in das schwärzeste Licht gestellt hatte, und so versuchte ich während meines Aufenthalts in Jerusalem nie wieder, etwas aufzuklären oder zu rechtfertigen, und vor allem hütete ich mich, einen redlichen Mann, der bereit war, die Ordnung auf der Welt zu bewahren, zur Vernunft bringen zu wollen.

Aber ich gebe zu, dass es mir auch jetzt nicht klar ist, rein menschlich, wie jemand jahrelang neben einem anderen her leben kann, ohne sich jemals bei ihm zu erkundigen und etwas über ihn zu erfahren, nicht aus guter Absicht oder wirklichem Interesse, sondern einfach so, aus purer Neugier.

In Jerusalem habe ich ein schönes Vermögen erworben, so dass ich mich wie ein Herr einschiffen konnte, als ich wieder Heimweh bekam. In weniger als einem Monat erreichten wir die Adria, und von dort brauchte ich ungefähr zehn Tage, um auf dem Pferd hierherzukommen.

Meine Mutter traf ich auf dem Krankenbett an. Sie erkannte mich wieder, und wir vergossen selige Tränen und weinten uns aus. Auch meine Brüder nahmen mich gut auf, sie waren bereits erwachsene Männer, die den kleinen Familienbesitz, den wir hatten, gut und klug führten. Mit meinem Geld und meinen Erfahrungen erweiterten wir rasch den Besitz, und innerhalb weniger Jahre hatten wir es so weit gebracht, dass wir in Bileševo und in Leševo und sogar in Visoko einiges Ansehen genossen. Als meine Brüder nach und nach gestorben waren, teilte ich dieses Ansehen mit meinen und ihren Kindern, nun auch mit den Enkeln.

Viele Male habe ich mich gefragt, warum mich der Tod hartnäckig meidet. Ich bin wesentlich älter als meine Brüder, aber diese weilen alle drei längst im Jenseits. Es gab Krankheiten, es gab gefährliche Jagdausflüge, von denen so mancher gewandte und erfahrene Jäger nicht zurückkam, es gab unruhige und auch rasende Pferde, aber irgendwie bin ich immer am Leben geblieben und mit einem Knochenbruch oder einer Narbe, mit etwas Angst und mit einer Belehrung für die Zukunft davongekommen. Hat mich der Tod wegen jener Geschichte in meiner Jugend gemieden? Oder wollte er mich nicht haben, weil ich noch nicht sein war? Das soll einer wissen! Solange du ein lebendiger Mensch bist, sind dir solche Kenntnisse vorenthalten.

Jetzt spüre ich, dass er da ist, dass er mich dieses Mal nicht meiden wird, obwohl ich keine schlimme Krankheit an mir sehe außer der Gicht, aber an der Gicht, heißt es, stirbt man nicht. Mir kommt in den Sinn, dass ich all das vielleicht deshalb niederschreiben musste, weil ich damals in Nischapur mit Chayyam zum ersten Mal einem Tod begegnet war, der mich wirklich betroffen hatte. Ich weiß es nicht, ich weiß nur, dass ich hier alles aufgezeichnet habe, was ich über ihn herausfinden konnte, und dass ich mich darin auch selbst ehrlich ausgedrückt habe, ich, der alte Vukac aus Bileševo.

## *Nachbemerkung*

Sarajevo war zwischen 1975 und 1985 ein guter Ort zum Leben. Dort wurde die beste Musik in Jugoslawien gespielt, dort wurden die besten Filme gedreht, wunderbare Bilder gemalt, gute Bücher geschrieben, die besten Witze erzählt und täglich neu erfunden, und überall schossen wie Pilze gemütliche Lokale aus dem Boden, voll mit netten Leuten. In Sarajevo spielte damals der Europameister Basketball und zwei jugoslawische Meister Fußball, überall bauten gute Architekten, und gute und immer bessere Gastronomen ersannen ständig neue Arten, Gäste anzuziehen und an ihre Lokale zu binden. Jedes Jahr im Frühling ging eine neue Generation wunderschöner Mädchen auf die Straßen hinaus, und jedes Jahr im Herbst strömte eine neue Studentengeneration in die Stadt. Die Neuerwerbungen vom Frühjahr wie die vom Herbst passten sich der Stadt rasch an und begannen, deren Leben zu leben, das zu dieser Zeit wirklich intensiv, reich und verführerisch war.

Sarajevo war zu der Zeit auch für diejenigen ein guter Ort, die sich vor dem Leben verstecken wollten, nicht nur vor dem der Stadt, sondern auch vor ihrem eigenen und jedem anderen. Die Stadt war voller Bibliotheken, die solchen Leuten in der Weisheit alter Orientalen und im Wissen moderner Abendländer, in den Träumen früherer und neuer Schriftsteller, im Staub alter Handschriften und im unvergleichlichen Geruch frisch gedruckter Bücher Zuflucht oder wenigstens Obdach boten. Wahrscheinlich hatte jede Bibliothek einen Lesesaal, in dem man in aller Ruhe den ganzen Tag verbringen konnte, lesend und bisweilen sehnsüchtig zu dem Mädchen hinsehend, das zwei Reihen weiter weg saß, in dem schmerzlichen Bewusstsein, dass man es nicht wagte und auch gar nicht vermochte, auf sie zuzugehen. Schwachsichtig und schüchtern, wie ich damals war und bis heute geblieben bin, waren die Bibliotheken von Sarajevo mit ihren Lesesälen ein wesentlicher Zufluchtsort für mich, die Rettung vor dem Leben, dem ich meinem Urteil nach nicht gewachsen war, aber doch ein Ort, an dem ich auf das Leben so weit zugehen konnte, wie ich es zu ertragen vermochte, und von ihm bekommen konnte, soviel ich brauchte. In einem der Lesesäle lernte ich meine Frau kennen, die für den Rest meines Lebens die Rolle eines Lesesaals übernahm: mich vor dem Leben zu schützen, so gut es geht, und mir davon so viel zu geben, wie man bekommen muss. Das war im Lesebereich der National- und Universitätsbibliothek, die wir alle Vijećnica nannten, im Saal Nummer zwei. Seither ist die »Zwei« für uns beide, meine Frau und mich, die Ziffer, das Symbol alles Guten, ein Wort, Begriff und Ort, der untrennbar mit uns und mit Freude verbunden ist.

Ein besonderer Abschnitt meines Lebens mit der Vijećnica brach an, als ich begann, mich auf meine Diplomarbeit vorzubereiten. Mein Diplom wollte ich über die in arabischer Schrift geschriebene und in unserer Sprache verfasste Literatur machen, die wir Alhamiado nannten, und der Professor, bei dem ich mein Diplom machen sollte, nahm gerade eine große Monographie über denselben Gegenstand in Angriff. Deshalb vereinbarte er mit der Verwaltung der Vijećnica, dass man mir die Arbeit in der Abteilung mit den Alhamiado-Handschriften erlaubte, die noch nicht veröffentlicht, viele davon nicht einmal katalogisiert und klassifiziert waren. Als Diplomarbeit sollte ich eine Liste und eine kurze Beschreibung jeder Handschrift in einem der Zimmer dieser Abteilung anfertigen, und diese Liste sollte meinem Professor dabei helfen, in seiner Monographie ein Kapitel über die noch immer unbekannten Alhamiado-Handschriften zu schreiben.

Es waren fünf aufregende und wunderbare Monate. Ich

las vor Urzeiten verfasste Rezepte gegen Fieber (im Text stand »Feuer«) und lehrreiche Gedichte, die von der Schädlichkeit des Tabaks und des Alkohols oder von den guten Seiten des Glaubens und des Gehorsams gegenüber den Eltern handelten, las Reisebeschreibungen und Ratgeber für Haushaltsführung, lyrische, manchmal von authentischen Gefühlen inspirierte Gedichte und Berichte über alchemistische Versuche. Jede gelesene Handschrift registrierte, beschrieb ich, bestimmte aufgrund der Sprache, des Schrifttyps, des Aussehens und Zustands des Papiers ihr ungefähres Alter, und zum Schluss fügte ich ein paar Sätze über den Inhalt des Textes hinzu. Gegen Ende der Arbeit stieß ich auf eine Handschrift, die weder die besten Spezialisten noch die Leute, bei denen meine Professoren noch viel hätten lernen können, für möglich gehalten hätten, oder sie hätten zumindest behauptet, die Wahrscheinlichkeit, dergleichen zu finden, gehe gegen null, und die Wahrscheinlichkeit, dass ein Student, der seine Diplomarbeit schreibt, sie findet, liege weit unter null. Ich fand eine Handschrift, die spätestens im Jahr 1200 entstanden war, also lange vor der osmanischen Okkupation Bosniens, während der der größte Teil der Alhamiado-Literatur, geschrieben in arabischer Schrift, aber in einer guten und heute noch völlig verständlichen Volkssprache von hier, entstanden war. Diese Handschrift ließ sich, um die Wahrheit zu sagen, lediglich durch die arabische Schrift, in der sie geschrieben war, in das Corpus der Alhamiado-Literatur einordnen, in allen anderen Punkten hob sie sich von diesem Corpus ab – angefangen vom Umfang, der in diesem Fall alles übertraf, was unter den Alhamiado-Schriften zu finden und zu erwarten war, über die Textsorte bis hin zu ihrem Thema. Vom Umfang und Stil her und in den meisten anderen Eigenheiten glich diese Handschrift eher einem Roman als irgendeiner mir bekannten Alhamiado-Schrift. Ich brachte sie meinem Professor, der sie durchsah und mich bat, sie dorthin zurückzulegen, wo ich sie gefunden hatte, darauf bedacht, dass niemand sonst von ihrer Existenz erführe. Auf meine erstaunte Frage antwortete der Professor, er wolle seine restlichen Tage in Frieden verleben und nicht mit Auseinandersetzungen, ob es eine echte Alhamiado-Schrift oder eine Fälschung sei, woher sie stamme, wie und warum sie hierhergeraten sei. »Sobald man von diesem Dokument erfahren würde, würden sich die Fachleute aufteilen in jene, die wissen, dass es authentisch ist, jene, die sehen, dass es sich um ein Falsifikat handelt, jene, denen klar ist, dass ein Irrtum vorliegt, und jene, die es für bewiesen halten, dass es sich um eine meisterhafte Täuschung handelt, und alle würden sie gleichermaßen wütend über mich herfallen und verlangen, dass ich mich dazu äußere und gestehe«, erklärte mir der Professor. »Aber ich weiß nicht, was ich gestehen und was ich überhaupt denken sollte, Sie sehen, ich bin so verwirrt wie Sie, eigentlich viel mehr.«

Noch einmal las ich die Handschrift durch, bevor ich sie dorthin zurücklegte, wo ich sie gefunden hatte, im Einklang mit den Empfehlungen des Professors darauf bedacht, dass niemand sie bemerkte und auf die Idee käme, es könnte sich um etwas Interessantes handeln. Aber was ich gelesen hatte, ließ mir keine Ruhe. Mich hatte der Wunsch gepackt, möglichst viel über Omar Chayyam, den persischen Astronom, Mathematiker und Dichter, um den es in der Handschrift geht, zu erfahren, und so suchte ich seine Gedichte und las sie immer wieder aufs Neue. Später las ich einige Jahre lang neben meinen hauptsächlichen Tätigkeiten und Interessen alles, was ich über ihn in die Finger bekam, so auch die Nachdichtungen und Deutungen der Gedichte, die Anmerkungen und Überlegungen der Übersetzer. Am Ende transkribierte ich, anstatt meine Magisterarbeit zu schreiben, die gefundene Handschrift und fügte die Transkription dem Original bei.

Ein paar Jahre später passierte mir das, was auch Vukac, der Autor meiner Handschrift, erfahren hatte – in mir erwachte das Heimweh, und so zogen wir nach Livno, wo ich in der Bibliothek arbeitete und sie im Krankenhaus.

Dann brach der Krieg aus. Wenn ich jetzt überlege, ist von unserer Ankunft in Livno bis zum Ausbruch des Krieges viel Zeit vergangen, aber in mir, in meinem Erleben, kommt es mir noch immer so vor, als hätten wir nicht einmal anständig ausgepackt, wahrscheinlich weil es so viel mit dem Haus, den Kindern, der Bibliothek, der Erneuerung von Freundschaften aus der Kindheit und frühen Jugend zu tun gab. Jetzt scheint mir, ich wäre in der ganzen Zeit nicht anständig mit mir selbst zusammengetroffen, wahrscheinlich deshalb scheint mir, sie wäre im Handumdrehen vorbeigesaust.

Am 25. August 1992 wurde die Vijećnica systematisch mit Phosphorgranaten beschossen, bis sie schließlich in Flammen aufging und vollkommen ausbrannte. Ich verstummte und verspürte eine wahnsinnige Kälte, wahrscheinlich hatte etwas in mir begriffen, dass eine Welt ausgelöscht worden war, die einzige, die ich gekannt und bewohnt hatte.

Ist das noch immer eine menschliche Welt, wenn kein Platz darin ist für all die Schwachsichtigen und Schüchternen, die lieber träumen und über die Welt nachdenken als sie zu erobern und zu beherrschen? Ist es möglich, dass es die »Zwei« nicht mehr gibt, die Bänke mit den heimlich eingeritzten Namen, all die Bücher, hinter denen ich hervorgeschaut habe, wenn ich sie betrachtete, all die Handschriften, die ich für meine Diplomarbeit durchgesehen und beschrieben habe? Wo finden morgen Leute wie ich Zuflucht? Was sollen sie mit sich anfangen und wo sollen sie mit sich hin?

Jahrelang hielt mich die Stummheit gefangen. Mechanisch, wie jemand anderes, den ich aus angemessener Entfernung beobachte, erledigte ich, was ich musste und was von mir erwartet wurde, und dabei schwieg alles in mir. Erst vor ein paar Jahren, ich hatte schon ziemlich lange einen abgetrennten Teil der Wohnung für mich, bemerkte ich, als ich in die tiefe Finsternis der nordischen Nacht starrte, dass sich in dieser Finsternis etwas bewegte. Im ersten Moment traute ich meinen Augen nicht, ich war im Begriff, sie zu rufen und mich mit ihr gemeinsam zu vergewissern, ob sich wirklich etwas bewegte oder es mir nur so vorkam, aber ich sah davon ab, weil mir einfiel, dass sie morgen zur Arbeit musste, wenn man das graue Licht draußen »morgen« nennen darf. Ich verschwieg jenes Hin und Her sowohl ihr als auch den Kindern, es ist noch immer mein gutes Geheimnis. Mit der Zeit lernte ich die Figuren, die sich im Hintergrund der nordischen Finsternis bewegten, anzusehen und zu erkennen, lernte, ihre Bewegungen zu beobachten und zu unterscheiden, und irgendwann begriff ich auch, dass sie, meine Figuren, mir mit ihren Bewegungen Zeichen geben. Ich nannte sie Schatten, diese meine Figuren, liebe heilsame Gesprächspartner, die mich in den endlosen norwegischen Nächten besuchen, wenn sie und die Kinder schlafen. Sie überredeten mich, damit zu beginnen, alles, was ich kann, von meiner verbrannten Welt wiederherzustellen, sie versprachen, alles, was ich wiederherstelle, zu hüten und zu bewahren.

Ich beschloss, zunächst, soweit es meine Erinnerung zuließ, alles, was ich in der Vijećnica gelesen hatte und was am 25. und 26. August 1992 verbrannt war, zu rekonstruieren. Und das Erste bei diesem Unterfangen konnte und musste, weil es am meisten Aussicht auf Erfolg versprach, die Wiederherstellung der Handschrift sein, die ich dort gefunden, einige Male gelesen, transkribiert hatte. Irgendwo hatte ich gelesen, dass Omar Chayyam in Balh an ein Buch gekommen war, das er gebraucht hatte, aber nicht bekommen und mitnehmen konnte, so dass er es fünf Mal las und dann zu Hause aus dem Gedächtnis fast ohne Fehler und Auslassungen aufschrieb. Warum hätte ich die Handschrift über ihn, die ich mindestens fünf Mal gelesen und transkribiert hatte, nicht aufschreiben können sollen?!

Vor etwa zehn Tagen las ich durch, was ich aufgeschrieben hatte, mir scheint, ich habe das, was ich damals gefunden und gelesen hatte, im Großen und Ganzen wirklich wiederhergestellt.

Seit ich diese Arbeit mache, habe ich mich von der Stummheit befreit, von neuem höre ich Stimmen in mir, Leben, registriere ich Bewegungen. Und mit den Stimmen sind die Hoffnung, der Trotz, das Vertrauen zurückgekehrt. (Sie und die Kinder bemerken die Veränderungen bei mir und sind erleichtert.) Ich verfolge, wie auf der ganzen Welt die Orte, an die wir uns zurückgezogen haben, zerstört und verbrannt werden, aber jetzt verliere ich nicht die Hoffnung und ergebe ich mich nicht. Im Gegenteil, immer fester glaube ich, dass ich die Lösung gefunden habe und mich meine Schatten dabei unterstützen. Kommt, damit wir in den langen nordischen Nächten unsere Welt, unsere Bücher und Bänke, Häuser und Handschriften, die Bäckereien, in denen wir die ersten warmen Hörnchen gekauft haben, und unsere Parks, Möbelstücke und die Fähigkeit, miteinander zu reden, wiederherstellen. Kommt, meine Lieben, kommt alle ihr Schwachsichtigen und Schüchternen, Streber und Bücherwürmer, Büffler und Brillenträger, Wortverschlinger und Papierfresser, kommt, ihr Unangepassten und Zurückgezogenen, Stillen und Unsicheren, ihr, die ihr die Welt zu sehr liebt, um sie zu erobern und zu beherrschen, kommt zu mir, damit wir alles, was wir gehabt haben, wiederherstellen. Kommt hierher! In die Schatten? In die Schatten, diese werden alles, was unser ist, bewahren, wie sie ja auch das bewahrt haben, was mir die von der Vijećnica übriggebliebene Asche erzählt hat.

*Aufgeschrieben von Juso Podžan Livnjak*
9. 11. 2008, in Bergen, Norwegen

# *Glossar*

Alle Jahreszahlen nach dem gregorianischen Kalender

*Abbasiden* – Kalifendynastie, die den Sitz des Kalifats von Damaskus nach Bagdad verlegte, benannt nach ihrem Gründer al-Abbas ibn Abd al-Muttalib, in der Literatur vor allem bekannt durch Harun al-Raschid.

*Abu al-Qasim* – andalusisch-arabischer Arzt, 936 bis 1013; im Westen als Abulcasis bekannt.

*Abu Ali al-Hassan Ibn al-Haitham* – Mathematiker, Optiker, Philosoph arabischer oder persischer Herkunft, um 965 bis 1040, im Westen als Alhazen bekannt.

*Abu Said Abul-Hair* – einer der einflussreichsten iranischen Sufi-Meister und Lehrer, um 965 in Chorasan geboren. Nach einer Legende prophezeite er Nizam al-Mulk, er werde einst die Welt beherrschen, so dass sich dieser ihm gegenüber ausgesprochen gewogen zeigte, seit er als Großwesir des Seldschukenreichs tatsächlich die Welt beherrschte. Als Asket nutzte Abu Said die Gewogenheit dieses und anderer Machthaber nicht aus.

*Alamut* (Adlernest) – Festung im unzugänglichen Bergland zwischen Dailam (den heutigen iranischen Küstenprovinzen Mazandaran und Gilan) und dem Irak, 860 erbaut. 1090 übernahm Hassan-i Sabbah (siehe *al-Hassan Ibn Muhammed al-Sabbah*) Alamut vom seldschukischen Befehlshaber und machte es zum Zentrum, von dem aus er die ganze Bewegung lenkte. Alamut wurde 1256 von Hulagu-Khan, dem Eroberer Bagdads, zerstört.

*Amir as-suk* – Polizeipräfekt

*Arschin* – (türk.) Längenmaß (75,8 cm)

*Bayram* – Bezeichnung zweier muslimischer Feiertage; im Jahr wird zweimal Bayram gefeiert: Ramadan-Bayram, der drei Tage dauert, und Kurban-Bayram (Opferfest), der vier Tage dauert.

*Boza* – Getränk aus Maismehl und Zucker

*Dehkan* – Adliger, Grundbesitzer; die Dehkane kümmerten sich nach der arabischen Okkupation am meisten um die Bewahrung der persischen Kulturtradition und trugen zu ihrem Aufleben bei.

*Derwisch* – islamischer Mystiker, Angehöriger eines Derwischordens

*Dirhem* – Silbergeld unterschiedlichen Wertes zu unterschiedlichen Zeiten

*Dschelali-Kalender* – auch Dschalali-Kalender, der von Omar Chayyam mit seinen Mitarbeitern ausgearbeitete Kalender zu Ehren des Sultans Dschelaluddin Malik Schah.

*Dschinn* – unsichtbarer Geist, Dämon (gut oder böse), aus einer Flamme erschaffen, eins der drei vernünftigen Wesen nach islamischem Glauben (das sind der Mensch, der Dschinn und der Engel).

*Emir* – Oberhaupt, Führer, Großgrundbesitzer; auch Herrscher

*Fatimiden* – die schiitischen Kalifen, die in Ägypten herrschten, nannten sich Fatimiden, um damit auf ihre Herkunft von Fatima, der Tochter des Gesandten a. s. (Mohammed), hinzuweisen.

*Galabia* – Herrenhemd, das bis zu den Fußknöcheln reicht

*al-Ghazali* – persischer Philosoph, Theologe und Mystiker, 1058 bis 1111

*Ghaznawiden* – türkische Sultansdynastie in Zentralasien, die der Heerführer Sabuktigin begründete; am bekanntesten war Sabuktigins Sohn Mahmud von Ghazni, der große Teile Indiens eroberte.

*Hadsch, Hadschi* – Pilgerfahrt nach Mekka, Besuch der Kaaba im Monat Dhu l-hiddscha; ein Hadschi ist ein Pilger, jemand, der den Hadsch unternommen hat.

*Hadithe* – Sammlung von Aussprüchen Mohammeds

*Hakim* – einer, der urteilt, Gelehrter; Titel, der Menschen verliehen wurde, die in mehreren Gebieten bewandert waren.

*halal* – zulässig (arab.); Dinge und Handlungen, die nach islamischem Recht erlaubt sind.

*Han* – Herberge, Nachtlager

*Iblis* – Teufel, Satan, die islamische Entsprechung Luzifers. Diese Gestalt legen die Nizari ihrer gnostischen Lehre zugrunde.

*Ibn Sina* – persischer Arzt, Dichter und Philosoph, um 980 bis 1037.

Der auch als Avicenna bekannte Gelehrte wurde mit seinen Kommentaren zu den Werken von Aristoteles bekannt.

*Imam* – 1. Vorbeter in der Moschee; 2. religiös gebildeter Mann, angesehen genug, um das gemeinsame Gebet einer Gemeinschaft zu leiten; 3. Titel großer islamischer Gelehrter (z. B. Imam Ghazali)

*Ismailiten* – schiitische Sekte, Verehrer des Imams Ismail ibn Dschafar, den sie als siebten und letzten regulären Imam betrachten.

*Kaaba* – islamisches heiliges Bauwerk in kubischer Form, wie der Name schon sagt, 12 m lang, 10 m breit und 15 m hoch. Jedes Jahr am Kurban Bayrami kommen Muslime aus der ganzen Welt nach Mekka und umrunden die Kaaba. Die Wallfahrt heißt Hadsch und das Ritual der Umrundung der Kaaba Tawaf. Alle Moscheen der Welt zeigen mit ihrer Gebetsnische (Mihrab) in Richtung Kaaba, und die Muslime der ganzen Welt wenden ihr Gesicht während des Gebets zu ihr hin.

*Kadi* – Richter der Schari'a bzw. Richter des heiligen Gesetzes (wobei sich »heilig« auf die Quelle und nicht auf den Gegenstand des Gesetzes und des Urteils bezieht); die Rechtsprechung in den muslimischen Ländern kannte neben dem Kadi auch einen weltlichen Richter (amiri haras), der auch zur Vollstreckung der Strafe bevollmächtigt war.

*Kaffee* – ein erfrischendes Getränk; holzige Pflanze mit hellgrünen bohnenartigen Früchten, Herkunft aus Südäthiopien, in der Literatur im 9. Jahrhundert erwähnt, über das Arabische und später das Osmanische Reich in der Welt verbreitet; außerordentlich beliebtes Getränk, in Mekka brachen zum Beispiel ernsthafte Unruhen aus, weil man versucht hatte, den Kaffee zu verbieten. Die erste Erwähnung des Kaffees in den europäischen Kulturen ist mit dem Arzt L. Rauwolf aus Augsburg verbunden, der den Kaffee im Jahr 1570 auf einer Orientreise kennenlernte und seine Erfahrung mit ihm aufzeichnete. Das erste europäische Kaffeehaus wurde, wie die angesehensten Quellen vermerkten, 1647 in Venedig eröffnet. Es folgten Kaffeehäuser in Oxford (1650), London (1652), Paris (wo der Armenier Pascal 1670 ein Kaffeehaus eröffnete). Für Mitteleuropa »entdeckte«

J. Diodato den Kaffee, der das kaiserliche Monopol auf Kaffee erhielt und das erste Kaffeehaus am 17. 1. 1685 eröffnete. Ibrahim Alajbegović Pečevija erwähnt in seiner *Historija* für das Jahr 1592, ganz nebenbei, als etwas Selbstverständliches, weil allgemein bekannt, das Kaffeehaus, in der Sarajevoer Bembaša. Daraus lässt sich schließen, dass das erste Kaffeehaus in Sarajevo spätestens 1592 eröffnet wurde. Die kritische Historiographie hat wissenschaftlich festgestellt, dass das älteste Kaffeehaus 1647 in Venedig eröffnet wurde, wie die angesehensten und zuverlässigsten Quellen mitteilen.

*Kaftan* – langer Mantel, sehr alte Tracht in Zentralasien und der Türkei

*Kalender* – in muslimischen Ländern ist der Mondkalender in Gebrauch (im Iran der Sonnenkalender siehe *Dschelali-Kalender*). Das Jahr null bestimmte Kalif Omar als Jahr der Hedschra (H), des Umzugs des Gesandten Mohammed und der ersten Muslime von Mekka nach Medina (622 n. Chr.). Die Formel für die Errechnung eines bestimmten Jahres lautet: C (Jahr nach dem gregorianischen Kalender) = H x (32/33) + 622 und H = (33/32) x (C - 622).

*Kalif* – Titel des geistlichen Oberhaupts der Muslime, das als Nachfolger Mohammeds betrachtet wird.

*Karmaten* – Anhänger des Predigers Hamdan Karmat, eines radikalen Verfechters sozialer Gerechtigkeit und menschlicher Gleichheit; die Sekte der Karmaten gründete den ersten kommunistischen Staat der Geschichte.

*al-Ma'arri* – arabischer Dichter und Philosoph, Autor von »Sendschreiben über die Vergebung«, ausgesprochener Skeptiker, geboren 973 in Ma'arra in Syrien, gestorben 1057 in seinem Geburtsort

*Jallah maschallah* – Ausdruck des Wunderns oder des Gefallens; Ausdruck der Freude beim Empfang von Gästen

*Minber* (türk.), Minbar (arab.) – Kanzel in der Moschee

*Muhtasib* – Aufseher über die Märkte und Basare, Befehlshaber der sog. moralischen Polizei; in seiner Zuständigkeit liegen die Kontrolle der Maße auf dem Markt, aber auch das Verhalten der Händler, Geschäftsleute und Bürger; der Muhtasib verbietet

Betrug beim Wiegen, aber auch Verführung oder unanständiges Verhalten in der Öffentlichkeit; in seiner *Siyasatnama* (»Buch der Staatskunst«) bringt der Großwesir Nizam al-Mulk einige Anekdoten über Vertreter dieses Amtes, die so gewissenhaft arbeiteten, dass sie manchmal betrunkene Prinzen zur Zwangsausnüchterung auf die Polizei schleiften.

*Nay* – dünne Längsflöte aus Rohr

*Nizam al-Mulk* – (Ordnung des Reiches), Abu Ali al-Hassan b. Ali b. Ishak al-Tusi, geboren am 10. April 1018, ermordet am 14. Oktober 1092; Großwesir der Seldschukensultane Alp Arslan und Malik Schah

*Nizamiyya* – angesehene Schule in Bagdad, gegründet von Nizam al-Mulk

*Papier* – im Juli 751 wurden bei einem Feldzug Meister für die Papierproduktion gefangen genommen, so wurde in Samarkand im selben Jahr die Produktion in Gang gesetzt, die blitzartig wuchs.

*Nouruz* – Beginn des Frühlings und des Jahres im persischen Kalender, Neujahrsfeiertag

*Okka* – altes Gewichtsmaß

*Pilav* – Speise aus Reis und Fleisch

*Ramadan* – der neunte Monat des muslimischen Kalenders, Fastenmonat

*ar-Razi / al-Razi* – persischer Arzt und Philosoph, um 864 bis 925. Im Westen als Rhazes/Rasis bekannt.

*Rekat* – Bestandteil des muslimischen Gebets; besteht aus Stehen, Biegen in der Taille und Niederwerfen; ein Gebet hat zwei, drei oder vier Rekate.

*Rum, Rhomäer* – für die Orientalen Byzanz; für den islamischen Osten waren die Bewohner Roms und Westeuropas »Franken«.

*al-Hassan Ibn Muhammed al-Sabbah* – geboren 1034 in der Stadt Rayy, gestorben 1124 in Alamut, Gründer der nizarischen Bewegung, die unter dem Namen Assassinen, den ihr Marco Polo gegeben hat, in die Geschichte eingegangen ist. Demnach wäre er auch der Vater des politischen Terrorismus gewesen. Er soll während 35 Jahre sein Haus in Alamut nur zwei Mal verlassen haben und Alamut kein einziges Mal.

*Sahib* – Herr, Hausherr; Beschützer
*Sahib ul-berid* – regionaler Leiter der Post (und Spitzel)
*Selam* – Gruß; Frieden
*Scha'ban* – der achte Monat des muslimischen Mondjahrs
*Scheich* – 1. Stammesältester; 2. alter Mann, ehrwürdiger Greis; 3. Lehrer; Oberhaupt des Derwischordens
*Scheich ul Dschebal* – der Alte vom Berg, Lehrer, einer der Titel von Hassan-i Sabbah, der auch auf seine Nachfolger übertragen wurde.
*Scheitan* – Teufel; figurativ: Spitzbube, listiger Mann
*Sipahsalar* – Mitglied des Rats des Sultans, Sicherheitsberater des Sultans
*Sorbet* – erfrischendes süßes Getränk
*Sufi* – islamischer Mystiker, in grobe Wollkleidung gekleideter reisender Prediger
*Tadsch al-Mulk* (Reichskrone) – Abu'l-Gana'im al-Marzan b. Husrau Firuz, Nachfolger von Nizam al-Mulk als Großwesir des Seldschukenreiches, ermordet 1093
*Tevhid* – Totendenken (pers.), muslimischer Brauch; wird am Tag der Beerdigung, am siebten, vierzigsten Tag, ein halbes Jahr und ein Jahr nach dem Tod begangen.
*Umayyaden* – Kalifendynastie, die den Sitz des Kalifats nach Damaskus verlegte.
*Yazd* – Stadt in der Salzwüste (im heutigen Iran)
*Zoroaster, Zardescht, Zarduscht* – Zarathustra, iranischer Prediger und Philosoph (zwischen dem 7. und 6. Jh. v. Chr.). Gründer des Zoroastrismus oder Mazdaismus, der Staatsreligion des vorislamischen Persien, ein Mann, der nach altem Glauben das iranische heilige Buch Awesta und die heilige Flamme aus dem Paradies bekommen hat.
*zarra* – eins von zwei Wörtern, mit denen Omar Chayyam das Atom bezeichnet.
*Zurle* – ein Art Blasinstrument mit sehr starkem Pfeifton

# *Inhalt*